हैरी पॉटर

और पारस पत्थर

मंजुल पब्लिशिंग हाउस द्वारा हिन्दी में प्रकाशित
जे. के रोलिंग की अन्य पुस्तकें

हैरी पॉटर और रहस्यमयी तहख़ाना
हॉगवर्ट्स में दूसरा वर्ष

हैरी पॉटर और अज़्काबान का क़ैदी
हॉगवर्ट्स में तीसरा वर्ष

हैरी पॉटर और आग का प्याला
हॉगवर्ट्स में चौथा वर्ष

हैरी पॉटर और मायापंछी का समूह
हॉगवर्ट्स में पाँचवाँ वर्ष

हैरी पॉटर और हाफ़-ब्लड प्रिंस
हॉगवर्ट्स में छटवाँ वर्ष

हैरी पॉटर और मौत के तोहफ़े
हॉगवर्ट्स में सातवाँ वर्ष

हैरी पॉटर

और पारस पत्थर

जे.के. रौलिंग

अनुवाद : डॉ. सुधीर दीक्षित

MANJUL

मंजुल पब्लिशिंग हाउस

MANJUL

मंजुल पब्लिशिंग हाउस

कॉरपोरेट एवं संपादकीय कार्यालय

• द्वितीय तल, उषा प्रीत कॉम्प्लेक्स, 42 मालवीय नगर, भोपाल-462 003

विक्रय एवं विपणन कार्यालय

• सी-16, सेक्टर 3, नोएडा, उत्तर प्रदेश, 201301

वेबसाइट : www.manjulindia.com

वितरण केन्द्र

अहमदाबाद, बेंगलुरू, कोच्चि, कोलकाता, चेन्नई,
हैदराबाद, मुम्बई, नई दिल्ली, पुणे

जे.के. रोलिंग द्वारा लिखित मूल अंग्रेजी पुस्तक
हैरी पॉटर ऐंड द फ़िलॉसफ़र्स स्टोन का हिन्दी अनुवाद

Harry Potter and the Philosopher's Stone by J. K. Rowling – Hindi edition

इस प्रकाशन के सभी चरित्र और घटनाएँ (जो सार्वजनिक क्षेत्र में आते हैं उन्हें छोड़कर) काल्पनिक हैं तथा उनकी किसी भी जीवित अथवा मृत व्यक्ति से समानता मात्र एक संयोग होगा

यह हिन्दी संस्करण 2003 में पहली बार प्रकाशित
5वीं आवृत्ति 2025

ISBN 978-81-86775-60-8

अनुवाद : डॉ. सुधीर दीक्षित

मुद्रण व जिल्दसाज़ी : थॉमसन प्रेस (इंडिया) लिमिटेड

जेसिका को, जिसे कहानियाँ पसंद हैं,
एन को, जिसे भी कहानियाँ पसंद हैं,
और डी को, जिसने यह सबसे पहले सुनी।

अनुक्रम

अध्याय एक

वह लड़का जो ज़िंदा बच गया

प्रिविट ड्राइव के मकान नंबर चार में रहने वाले मिस्टर और मिसेज़ डर्स्ली गर्व से कहते थे *हम तो पूरी तरह सामान्य लोग हैं।* कोई सोच भी नहीं सकता था कि ये लोग किसी रहस्यमयी या अजीब चीज़ में उलझ सकते थे, क्योंकि वे इस तरह की बेतुकी बातों से दूर रहते थे।

मिस्टर डर्स्ली ग्रनिंग्स नाम की कंपनी के डायरेक्टर थे, जो ड्रिल बनाती थी। मिस्टर डर्स्ली मोटे-तगड़े थे और उनकी गर्दन तो जैसे थी ही नहीं, हालाँकि उनकी मूँछें बहुत बड़ी थीं। मिसेज़ डर्स्ली सुनहरे बालों वाली दुबली महिला थीं, जिनकी गर्दन सामान्य से लगभग दुगुनी लंबी थी। यह लंबी गर्दन उनके बहुत काम आती थी, क्योंकि वे बगीचे की मुँडेर के पार ताक-झाँक करने में और पड़ोसियों की जासूसी करने में अपना बहुत सा समय बिताती थीं। उनका एक छोटा सा बेटा भी था, जिसका नाम था डडली और मिस्टर-मिसेज़ डर्स्ली का मानना था कि दुनिया में उससे अच्छा बच्चा हो ही नहीं सकता।

उनके पास वह सब कुछ था जो वे चाहते थे, पर उनकी ज़िंदगी में एक रहस्य भी था और उन्हें सबसे ज़्यादा डर इसी बात से लगता था कि कहीं वह रहस्य किसी को पता न चल जाये। वे यह सोच भी नहीं सकते थे कि अगर किसी को पॉटर परिवार के बारे में पता चल गया, तो उनका क्या होगा। मिसेज़ पॉटर मिसेज़ डर्स्ली की बहन थीं, परंतु वे कई सालों से एक-दूसरे से नहीं मिली थीं। सच तो यह था कि मिसेज़ डर्स्ली सबको यही बताती थीं कि उनकी कोई बहन ही नहीं थी, क्योंकि उनकी बहन

और उसका निकम्मा पति उन लोगों से उतने ही अलग थे, जितना अलग होना संभव था। यह सोचकर ही डर्स्ली पति-पत्नी के होश उड़ जाते थे कि अगर पॉटर पति-पत्नी उनकी गली में आ गये, तो उनके पड़ोसी क्या कहेंगे। वे जानते थे कि उनका एक छोटा सा बेटा भी था, पर उन्होंने उसे कभी नहीं देखा था। यह बच्चा भी एक बड़ा कारण था, जिस वजह से वे पॉटर पति-पत्नी से दूर रहते थे। वे नहीं चाहते थे कि डडली इस तरह के बच्चे से मिले-जुले।

जब मिस्टर और मिसेज़ डर्स्ली उस बोझिल मंगलवार को सोकर उठे जहाँ से हमारी कहानी शुरू होती है, तो बादलों से भरे आसमान को देखकर कोई भी यह नहीं सोच सकता था कि पूरे देश में अजीबोग़रीब और रहस्यमयी घटनायें जल्दी ही होने वाली हैं। मिस्टर डर्स्ली ने ऑफ़िस जाने के लिये गुनगुनाते हुए अपनी सबसे बोरिंग टाई निकाली और मिसेज़ डर्स्ली चहकते हुए इधर-उधर की बातें करती रहीं; इसके साथ ही वे हल्ला मचा रहे डडली को ऊँची कुर्सी पर बिठाने के लिये उसके साथ कुश्ती भी लड़ती जा रही थीं।

उनमें से किसी को भी यह नहीं दिखा कि एक बड़ा सा भूरा उल्लू उनकी खिड़की के पास से पंख फड़फड़ाते हुए गुज़र गया।

साढ़े आठ बजे मिस्टर डर्स्ली ने अपना ब्रीफ़केस उठाया, पत्नी का गाल थपथपाया और डडली को चूमने की कोशिश की, परंतु वे ऐसा नहीं कर पाये, क्योंकि डडली उस समय झुँझला रहा था और अपना नाश्ता दीवार पर फेंक रहा था। 'शैतान कहीं का,' मिस्टर डर्स्ली ने घर से निकलते समय हँसकर लाड़ से कहा। वे अपनी कार में बैठे और चार नंबर के पोर्च से बाहर आ गये।

सड़क के मोड़ पर डर्स्ली को पहली अजीब चीज़ दिखी - एक बिल्ली, जो नक़्शा पढ़ रही थी। एक पल को तो डर्स्ली यह समझ ही नहीं पाये कि उन्होंने क्या देखा था - फिर उन्होंने सिर झटका और दुबारा देखा। एक भूरी बिल्ली प्रिविट ड्राइव के मोड़ पर खड़ी थी, परंतु नक़्शा कहीं नहीं दिख रहा था। उनके दिमाग़ में भी कैसे अजीब विचार आ जाते हैं? हो सकता है रोशनी की वजह से उनकी आँखों को धोखा हुआ हो। मिस्टर डर्स्ली ने आँखें झपकाकर बिल्ली को घूरा। बिल्ली ने भी पलटकर उन्हें घूरा। जब मिस्टर डर्स्ली मोड़ पर मुड़े और सड़क पर आगे बढ़े, तो उन्होंने

कार के शीशे में बिल्ली को देखा। बिल्ली अब उस साइनबोर्ड को पढ़ रही थी, जिस पर लिखा था *प्रिविट ड्राइव* – नहीं, नहीं, वह साइनबोर्ड को *देख रही थी;* बिल्लियाँ न तो नक़्शे देख सकती थीं, न ही साइनबोर्ड पढ़ सकती थीं। मिस्टर डर्स्ली ने अपने कंधे उचकाये और बिल्ली को अपने दिमाग़ से बाहर निकाल दिया। जब वे शहर की तरफ़ बढ़े, तो उनके दिमाग़ में और कुछ भी नहीं था – ड्रिल के उस बड़े ऑर्डर के सिवाय, जो उन्हें उस दिन मिलने की उम्मीद थी।

परंतु शहर के क़रीब पहुँचते-पहुँचते उन्होंने कुछ ऐसा देखा, जिसने उनके दिमाग़ से ड्रिल का विचार बाहर निकाल दिया। हर सुबह की तरह जब वे ट्रैफ़िक जाम में फँसे, तो उनका ध्यान इस तरफ़ गया कि आज बहुत से लोग अजीब कपड़े पहनकर घूम रहे थे। चोगे पहने लोग हर तरफ़ दिख रहे थे। मिस्टर डर्स्ली अजीब कपड़े पहनने वाले लोगों को पसंद नहीं करते थे – आजकल के जवान लड़के-लड़कियाँ भी कैसे ऊटपटाँग कपड़े पहनते हैं! उन्होंने सोचा, यह कोई बेवकूफ़ी भरा नया फ़ैशन होगा। उन्होंने अपनी उँगलियों से स्टियरिंग व्हील पर तबला बजाया और तभी उनकी निगाह पास में खड़े कुछ अजीब लोगों के झुंड पर पड़ी। वे लोग रोमांचित होकर आपस में कानाफूसी कर रहे थे। मिस्टर डर्स्ली आगबबूला हो गये जब उन्होंने देखा कि उनमें से दो तो बिलकुल जवान नहीं थे : अरे, उस आदमी की उम्र तो मुझसे भी ज़्यादा होगी और उसे शर्म नहीं आती कि वह गहरा हरा चोगा पहने है। उसकी यह मजाल! परंतु तभी मिस्टर डर्स्ली ने सोचा कि शायद इसका संबंध किसी मूर्खतापूर्ण काम से हो – हो सकता है यह लोग किसी चीज़ के लिये चंदा इकट्ठा कर रहे हों... हाँ, यही होगा। ट्रैफ़िक फिर से चालू हो गया और कुछ मिनट बाद मिस्टर डर्स्ली कंपनी की कार पार्किंग में पहुँच गये और उनका दिमाग़ एक बार फिर ड्रिल में उलझ गया।

मिस्टर डर्स्ली नौवीं मंज़िल पर अपने ऑफ़िस में हमेशा खिड़की की तरफ़ पीठ करके बैठते थे। अगर ऐसा नहीं होता, तो उस सुबह उन्हें ड्रिल पर अपना ध्यान केन्द्रित रखने में कठिनाई होती। वे भरी दोपहर में तेज़ी से उड़ते हुए उल्लुओं को नहीं देख पाये, परंतु नीचे सड़क पर खड़े लोग उन उल्लुओं को देखकर हैरान हो रहे थे। जब एक के बाद एक उल्लू तेज़ी से उड़कर गये, तो लोग उँगली से इशारा कर-करके मुँह फाड़े उन्हें देखते रहे। उनमें से ज़्यादातर लोगों ने तो रात में भी कभी उल्लू नहीं देखा था।

बहरहाल, मिस्टर डर्स्ली की सुबह पूरी तरह सामान्य गुज़री, जिसमें उल्लुओं का नामोनिशान नहीं था। उन्होंने पाँच लोगों को डाँटा, कई ज़रूरी टेलीफोन किये और वे फोन पर भी चीख़ते-चिल्लाते रहे। लंच के समय तक वे बहुत अच्छे मूड में थे। लंच में उन्होंने सोचा कि पैर सीधे कर लें और सड़क के पार सामने वाली बेकरी से अपने लिये स्वीट ब्रेड ले आयें।

चोगा पहने लोगों के बारे में वे पूरी तरह भूल चुके थे, परंतु बेकरी के पास वे एक बार फिर उनके पास से गुज़रे। उनके पास से गुज़रते समय मिस्टर डर्स्ली ने उन्हें गुस्से से घूरा। न जाने क्यों, उन्हें देखकर वे थोड़े परेशान से हो गये। ये लोग भी रोमांचित होकर कानाफूसी कर रहे थे और उनके हाथ में चंदा माँगने वाला डिब्बा भी नहीं दिख रहा था। वापस लौटते समय मिस्टर डर्स्ली की थैली में एक बड़ी स्वीट ब्रेड थी और जब वे एक बार फिर उन लोगों के पास आये, तो उन्हें उनकी बातचीत के कुछ शब्द सुनाई दिये।

'पॉटर परिवार, हाँ, सही है, मैंने यही सुना है –'

'हाँ, उनका बेटा हैरी –'

मिस्टर डर्स्ली के पैरों को जैसे लक़वा मार गया। डर के मारे उनके होश उड़ गये। उन्होंने कानाफूसी करने वालों की तरफ़ देखा, जैसे उनसे कुछ पूछना चाहते हों, परंतु फिर उन्होंने ऐसा न करने में ही अपनी भलाई समझी।

उन्होंने सड़क के पार दौड़ लगा दी, धड़धड़ाते हुए अपने ऑफ़िस में घुसे, अपनी सेक्रेटरी को फटकारा कि वह उन्हें डिस्टर्ब न करे, झपटकर फोन उठाया और घर का नंबर लगभग पूरा डायल कर लिया था कि तभी उन्होंने अपना इरादा बदल दिया। उन्होंने रिसीवर दुबारा नीचे रख दिया और अपनी मूँछों पर हाथ फेरने लगे। वे सोच रहे थे... नहीं, नहीं, वे भी कितनी बड़ी बेवक़ूफ़ी करने जा रहे थे। पॉटर नाम के बहुत से लोग होते हैं। उन्हें विश्वास था कि पॉटर नाम के ऐसे भी कई लोग होंगे, जिनके बेटे का नाम हैरी होगा। और अगर देखा जाये, तो उन्हें यह भी पक्का पता नहीं था कि उनके भांजे का नाम *हैरी ही था।* उन्होंने उसे कभी नहीं देखा था। उसका नाम हार्वे या फिर हैरॉल्ड भी तो हो सकता था। मिसेज़ डर्स्ली को चिंता में डालने से क्या फ़ायदा? उनकी बहन का नाम सुनते ही वे हमेशा बहुत परेशान हो जाती थीं। और इसमें मिसेज़ डर्स्ली की भी क्या ग़लती थी – अगर *उनकी अपनी* बहन इस तरह की होती ... परंतु फिर भी, चोगा पहने लोग ...

उस दोपहर ड्रिल पर ध्यान लगाये रखने में उन्हें बहुत कठिनाई हुई और जब वे पाँच बजे ऑफ़िस की बिल्डिंग से बाहर निकले, तो इतने परेशान थे कि गेट से निकलते ही एक आदमी से टकरा गये।

'सॉरी,' वे हड़बड़ाकर बोले, क्योंकि उनकी टक्कर से एक ठिगना बूढ़ा आदमी लड़खड़ाकर लगभग गिर गया था। कुछ सेकंड बाद जाकर मिस्टर डर्स्ली का ध्यान इस तरफ़ गया कि उस आदमी ने बैंगनी चोगा पहन रखा था। टकराने और ज़मीन पर लगभग गिर जाने के बाद भी वह क़तई नाराज़ या परेशान नहीं दिख रहा था। इसके बजाय उसके चेहरे पर चौड़ी मुस्कान खिली थी। उसने अपनी चिंचियाती सी काँपती आवाज़ में कहा और उसकी आवाज़ इतनी अजीब थी कि आसपास के लोग उसे घूरने लगे : 'कोई बात नहीं! आज मुझे कोई भी चीज़ परेशान नहीं कर सकती! ख़ुशियाँ मनाओ, क्योंकि तुम-जानते-हो-कौन अब आख़िरकार चला गया है! आज का दिन इतनी ख़ुशी का है कि तुम्हारे जैसे मगलुओं को भी जश्न मनाना चाहिये!'

और फिर उस बूढ़े ने मिस्टर डर्स्ली की कमर में हाथ डालकर उन्हें गले लगाया और वहाँ से चल दिया।

मिस्टर डर्स्ली वहीं किसी पेड़ की तरह खड़े रह गये। एक अजनबी ने उन्हें गले लगाया था। यही नहीं, उसने उन्हें मगलू भी कहा था, चाहे उसका जो भी मतलब होता हो। उनके दिमाग़ के पुर्जे हिल चुके थे। वे अपनी कार की तरफ़ लपके और घर की तरफ़ चल दिये। उन्हें आशा थी कि ये सब बातें उनकी कल्पना की उपज होंगी। ऐसी आशा उन्होंने आज से पहले कभी नहीं की थी, क्योंकि वे कल्पना की उड़ान को पसंद नहीं करते थे।

जब वे अपने घर के पोर्च में अंदर घुसे, तो उन्होंने जो पहली चीज़ देखी, उसे देखकर उनका दिमाग़ और ख़राब हो गया। जिस भूरी बिल्ली को उन्होंने सुबह देखा था, वह अब उनके बगीचे की मुँडेर पर बैठी हुई थी। उन्हें पूरा विश्वास था कि यह वही बिल्ली थी, क्योंकि इसकी आँखों के चारों तरफ़ भी उसी तरह के निशान थे।

'शू!' मिस्टर डर्स्ली ज़ोर से चिल्लाये।

बिल्ली टस से मस नहीं हुई। इसके बजाय उसने मिस्टर डर्स्ली की तरफ़ घूरकर देखा। मिस्टर डर्स्ली हैरान रह गये, क्या यह आम बिल्लियों

जैसा व्यवहार था? अपने आपको सँभालने की कोशिश करते हुए वे घर के अंदर घुसे। अब भी उनका यह पक्का इरादा था कि वे अपनी पत्नी को कुछ भी नहीं बतायेंगे।

मिसेज़ डर्स्ली का दिन अच्छा और सामान्य गुज़रा था। उन्होंने डिनर पर अपने पति को बताया कि पड़ोसन को अपनी बेटी के साथ क्या समस्यायें आ रही हैं और डडली ने एक नया वाक्य सीखा है 'नहीं करूँगा'। मिस्टर डर्स्ली ने सामान्य व्यवहार करने की कोशिश की। जब डडली को सुला दिया गया, तो वे समय रहते ड्रॉइंग रूम में गये, ताकि रात के समाचार की अंतिम ख़बर सुन सकें:

'और अंत में, हर जगह के लोग बता रहे हैं कि इस देश के उल्लुओं की हरकतें आज बहुत अजीब थीं। हालाँकि उल्लू आम तौर पर रात को ही शिकार करते हैं और दिन की रोशनी में शायद ही कभी दिखते हैं, परंतु आज सूरज उगने के बाद से सैकड़ों उल्लू हर दिशा में उड़ते दिखाई दिये। विशेषज्ञ यह नहीं बता पा रहे हैं कि उल्लुओं ने अचानक अपने सोने का समय क्यों बदल दिया है।' समाचार पढ़ने वाले ने मुस्कराते हुए कहा। 'बड़ी अजीब बात है। और अब, मौसम की जानकारी जिम मैक्गफ़िन से। जिम, क्या आज रात भी उल्लुओं की बारिश होने की संभावना है?'

'हलो, टेड,' मौसम विशेषज्ञ ने कहा, 'मैं उसके बारे में तो नहीं जानता, परंतु आज सिर्फ़ उल्लुओं की हरकतें ही अजीब नहीं रहीं। केंट, यॉर्कशायर और डन्डी के दर्शकों ने आज मुझे फोन करके बताया कि मैंने कल जिस बारिश का वादा किया था, उसकी जगह आज आसमान से उल्काओं की बारिश हुई। शायद लोग बॉनफायर नाइट का त्यौहार थोड़ी जल्दी मना रहे हैं – यह अगले सप्ताह है दोस्तो, परंतु आज की रात निश्चित रूप से पानी बरसेगा।'

मिस्टर डर्स्ली अपनी कुर्सी पर बर्फ़ की तरह जमे रह गये। पूरे ब्रिटेन में उल्काओं की बारिश? दिन की रोशनी में उल्लुओं का उड़ना? हर जगह चोगों में घूम रहे रहस्यमय लोग? और पॉटर ... पॉटर परिवार के बारे में कानाफूसी ...

मिसेज़ डर्स्ली दो कप चाय लेकर ड्रॉइंग रूम में आयीं। अब बताये बिना कोई चारा नहीं था। उन्हें अपनी पत्नी को कुछ तो बताना ही पड़ेगा।

उन्होंने घबराते हुए अपना गला साफ़ किया, 'अह पेटूनिया डियर – हाल में तुम्हारी – बहन की कोई ख़बर मिली है क्या?'

जैसा उन्होंने सोचा था, यह सुनकर मिसेज़ डर्स्ली को झटका भी लगा और गुस्सा भी आया। आम तौर पर वे लोग यही जताते थे कि मिसेज़ डर्स्ली की कोई बहन नहीं थी।

'नहीं, उन्होंने तीखा जवाब दिया, 'क्यों?'

'समाचार में अजीब ख़बरें आ रही थीं,' मिस्टर डर्स्ली ने सहमी हुई आवाज़ में कहा। 'उल्लू, उल्कायें ... और शहर में आज बहुत से अजीब लोग घूम रहे थे ...

'*तो?*' मिसेज़ डर्स्ली ने तमतमाकर पूछा।

'तो, मैंने सोचा, मैंने सोचा ... शायद कहीं हो न हो इसका संबंध ... *उन लोगों से* ... उनकी तरह के लोगों से तो नहीं है।'

मिसेज़ डर्स्ली होंठ सिकोड़कर अपनी चाय पीती रहीं। मिस्टर डर्स्ली ने विचार किया कि क्या उनमें अपनी पत्नी को यह बताने की हिम्मत थी कि उन्होंने 'पॉटर' का नाम सुना है। अंत में वे इस नतीजे पर पहुँचे कि उनमें इतनी हिम्मत नहीं थी। इसके बजाय वे जितने सामान्य ढंग से कह सकते थे, उन्होंने कहा, 'उनका बेटा – उसकी उम्र भी अपने डडली जितनी ही होगी, है ना?'

'मेरे ख़्याल से उतनी ही होना चाहिये,' मिसेज़ डर्स्ली ने कड़ककर कहा।

'वैसे उसका नाम क्या है? हॉवर्ड, है ना?'

'हैरी। और मेरे ख़्याल से यह बहुत ही घटिया और सड़कछाप नाम है।'

'और नहीं तो क्या,' मिस्टर डर्स्ली बोले और उनका दिल बुरी तरह डूबता जा रहा था। 'बिलकुल ठीक कहा, मेरा भी यही ख़्याल है।'

जब वे लोग सोने के लिये ऊपर वाली मंज़िल पर गये, तो इसके बाद मिस्टर डर्स्ली इस विषय पर एक शब्द भी नहीं बोले। जब मिसेज़ डर्स्ली बाथरूम में थीं, तो मिस्टर डर्स्ली चुपके से बेडरूम की खिड़की के पास गये और उन्होंने सामने वाले बगीचे में झाँका। बिल्ली अब भी वहीं थी। वो

प्रिविट ड्राइव के मोड़ पर नज़रें गड़ाये थी जैसे उसे किसी का इंतज़ार था!

क्या यह उनके मन का वहम था? या फिर इस सबका पॉटर परिवार से कोई संबंध था? अगर ऐसा हो ... और अगर किसी को यह पता चल जाये कि उनका संबंध ऐसे लोगों से है तो ... बहरहाल यह तय था कि वे यह सहन नहीं कर पायेंगे।

मिस्टर और मिसेज़ डर्स्ली बिस्तर पर लेट गये। मिसेज़ डर्स्ली तो तत्काल सो गयीं, परंतु मिस्टर डर्स्ली जागते रहे और मन ही मन सारी बातें याद करते रहे। सोने से पहले उनके मन में तसल्ली देने वाला आख़िरी विचार यही था कि अगर पॉटर परिवार का इन अजीब घटनाओं से कोई संबंध हो भी, तो भी डरने की कोई बात नहीं थी, क्योंकि वे उनके और मिसेज़ डर्स्ली के पास भला क्यों आयेंगे? पॉटर पति-पत्नी बहुत अच्छी तरह से जानते थे कि उनके और उन जैसे लोगों के बारे में पेटूनिया और वे किस तरह के विचार रखते थे ... मिस्टर डर्स्ली को समझ में नहीं आ रहा था कि वे और पेटूनिया इस समय होने वाले किसी झमेले में किस तरह उलझ सकते थे। उन्होंने उबासी ली और करवट बदली। इसका उन पर कोई असर नहीं हो सकता था ...

उनका अंदाज़ा कितना ग़लत था।

मिस्टर डर्स्ली भले ही कच्ची नींद में सो गये थे, पर बाहर मुंडेर पर बैठी बिल्ली की आँखों में नींद का नामोनिशान नहीं था। वो अब भी किसी मूर्ति की तरह स्थिर बैठी थी और पलक झपकाये बिना प्रिविट ड्राइव के दूर वाले मोड़ पर नज़रें गड़ाये थी। जब बगल वाली सड़क पर एक कार का दरवाज़ा भड़ाक से बंद हुआ तो भी वो नहीं हिली, न ही तब, जब दो उल्लू उसके सिर के ऊपर से उड़ते हुए गये। दरअसल, आधी रात के क़रीब ही ये बिल्ली अपनी जगह से हिली।

बिल्ली जिस मोड़ पर नज़रें जमाये थी, वहाँ एक आदमी प्रकट हुआ। वह इतने अचानक और चुपचाप आया था कि देखने वाले को लग सकता था जैसे वह ज़मीन के भीतर से निकला हो। बिल्ली की पूँछ फड़की और उसकी आँखें सिकुड़ गयीं।

इस तरह का आदमी प्रिविट ड्राइव में पहले कभी नहीं दिखा था, जैसे वह लंबा, दुबला और बहुत बूढ़ा था। उसकी उम्र उसके बालों और दाढ़ी

की सफ़ेदी से पता चलती थी, जो दोनों ही इतने लंबे थे कि वह उन्हें अपनी बेल्ट के नीचे खोंस सकता था। वह लंबा दुशाला ओढ़े था, उसका जामुनी चोगा ज़मीन पर घिसट रहा था और उसने ऊँची एड़ी के बकल वाले जूते पहन रखे थे। आधे चाँद के आकार वाले चश्मे के पीछे से दिखती उसकी नीली आँखें साफ़ और चमकदार थीं। उसकी नाक बहुत लंबी और मुड़ी हुई थी, जैसे उसे कम से कम दो बार तोड़ा गया हो। इस आदमी का नाम था एल्बस डम्बलडोर।

एल्बस डम्बलडोर को शायद इस बात का एहसास नहीं था कि वे अभी-अभी एक ऐसी सड़क पर आ गये थे, जहाँ उनके नाम से लेकर उनके जूते तक किसी भी चीज़ को पसंद नहीं किया जाता। वे अपने चोगे में हाथ डालकर टटोल रहे थे, जैसे कुछ ढूँढ़ रहे हों। परंतु उन्हें इस बात का एहसास हो गया कि कोई उन्हें देख रहा था, क्योंकि उन्होंने अचानक बिल्ली की तरफ़ देखा, जो सड़क के दूसरे छोर से अब भी उन्हें घूर रही थी। न जाने क्यों, बिल्ली को देखकर उन्हें ख़ुशी हुई। वे हँसे और धीरे से बोले, 'मुझे मालूम होना चाहिये था।'

वे जिस चीज़ की तलाश कर रहे थे, वो उन्हें अंदर वाली जेब में मिल गयी। यह चीज़ चाँदी के सिगरेट लाइटर जैसी दिख रहा था। उन्होंने उसे खोला और हवा में लहराते हुए क्लिक किया। सबसे पास वाला सड़क का लैंप तड़ से बंद हो गया। उन्होंने एक बार फिर क्लिक किया – अगला लैंप भी बुझ गया। उन्होंने अपने बत्ती बुझाने वाले यंत्र को बारह बार क्लिक किया और कुछ समय बाद पूरी सड़क पर सिर्फ़ दो छोटी रोशनियाँ ही बची थीं : दूर बैठी बिल्ली की आँखें, जो उन्हें देख रही थीं। अगर कोई इस वक़्त अपनी खिड़की से बाहर झाँकता, चाहे चमकदार आँखों वाली मिसेज़ डर्स्ली ही क्यों न होतीं, तो भी वो यह नहीं देख सकती थीं कि नीचे फ़ुटपाथ पर क्या हो रहा था। डम्बलडोर ने बत्ती बुझाने वाले यंत्र को वापस अपने चोगे में रख लिया और सड़क पर मकान नंबर चार की तरफ़ बढ़े, जहाँ वे बिल्ली की बगल में मुँडेर पर बैठ गये। उन्होंने बिल्ली की तरफ़ नहीं देखा, परंतु एक पल बाद उन्होंने बिल्ली से कहा।

'प्रोफ़ेसर मैक्गॉनेगल, आप यहाँ क्या कर रही हैं?'

वे बिल्ली की तरफ़ देखकर मुस्कराये, परंतु भूरी बिल्ली ग़ायब हो चुकी थी। बिल्ली के बजाय वे एक गंभीर सी दिखने वाली महिला की तरफ़

देखकर मुस्करा रहे थे, जो उसी तरह का चौकोर चश्मा पहने थीं, जिस तरह के निशान बिल्ली की आँखों के चारों तरफ़ थे। वे भी एक चोगा पहने थीं, जो गहरे हरे रंग का था। उनके काले बाल जूड़े में कसकर बँधे थे। साफ़ नज़र आ रहा था कि वे परेशान थीं।

'आप कैसे समझे कि वो बिल्ली मैं ही हूँ?' उन्होंने पूछा।

'माई डियर प्रोफ़ेसर, मैंने आज तक किसी बिल्ली को इतना तनकर बैठे नहीं देखा।'

'अगर आपको दिन भर ईंट की मुँडेर पर बैठना पड़ता, तो आप भी ऐसे ही तनकर बैठते।' प्रोफ़ेसर मैक्गॉनेगल ने कहा।

'दिन भर? जबकि आप भी जश्न मना सकती थीं? यहाँ आते समय मैं रास्ते में दर्जन भर दावतों और समारोहों के पास से होता हुआ आ रहा हूँ।'

प्रोफ़ेसर मैक्गॉनेगल गुस्से से गुर्रायीं।

'अरे हाँ, सब जश्न मना रहे हैं,' उन्होंने बेचैन होकर कहा, 'वैसे समझदारी इसी में होती कि वे थोड़े सावधान रहते, परंतु नहीं – यहाँ तक कि मगलू भी जान गये हैं कि कोई अजीब चीज़ हुई है। उनके समाचारों में यह ख़बर थी।' उन्होंने अपना सिर डर्स्ली के अँधेरे ड्रॉइंग रूम की खिड़की की तरफ़ झटके से मोड़ा। 'मैंने समाचार सुने थे। उल्लुओं के झुंड ... उल्कायें ... वे लोग पूरी तरह मूर्ख नहीं हैं। उन्हें पता चलना ही था। केंट में उल्काओं की बारिश – मैं शर्त लगा सकती हूँ यह डीडेलस डिगल का काम होगा। उसमें धेले भर की भी अकल नहीं है।'

'आप उन्हें दोष कैसे दे सकती हैं,' डम्बलडोर ने नर्मी से कहा। 'ग्यारह साल से हमारे पास जश्न मनाने की कोई वजह ही नहीं थी।'

'मैं जानती हूँ,' प्रोफ़ेसर मैक्गॉनेगल ने चिढ़ते हुए कहा, 'परंतु इसका मतलब यह तो नहीं कि लोग बेवकूफ़ी पर ही उतर आयें। लोग सरासर लापरवाही कर रहे हैं; उन्होंने मगलुओं जैसे कपड़े तक नहीं पहने हैं, चोगे पहनकर भरी दोपहर में सड़कों पर घूम रहे हैं और अफ़वाहें फैला रहे हैं।'

फिर उन्होंने डम्बलडोर पर तीखी, तिरछी निगाह डाली, मानो उम्मीद कर रही हों कि वे कुछ कहेंगे, परंतु चूँकि उन्होंने ऐसा नहीं किया, इसलिये वे आगे बोलती रहीं : 'कितना बढ़िया रहेगा अगर जिस दिन तुम-जानते-हो-कौन आख़िरकार ग़ायब हो गया है, उसी दिन मगलुओं को हमारे बारे में

पता चल जाये। मुझे लगता है वह सचमुच *चला गया है*, है ना डम्बलडोर?'

'लगता तो ऐसा ही है,' डम्बलडोर ने कहा। 'हमें बहुत सी चीज़ों के लिये ऊपर वाले का एहसान मानना चाहिये। क्या आप शर्बत लेमन लेंगी?'

'*क्या?*'

'शर्बत लेमन। एक तरह की मगलू मिठाई, जो मुझे बहुत पसंद है।'

'नहीं, धन्यवाद,' प्रोफ़ेसर मैक्गॉनेगल ने ठंडे स्वर में कहा, मानो कहना चाहती हों यह भी कोई वक़्त है शर्बत लेमन खाने का। 'जैसा मैंने कहा, अगर तुम-जानते-हो कौन *चला भी गया हो*-'

'माई डियर प्रोफ़ेसर, कम से कम आप जैसी समझदार महिला को तो उसका नाम लेना चाहिये! यह "तुम-जानते-हो-कौन" की बकवास छोड़िये! पिछले ग्यारह साल से मैं लोगों को यह समझाने की कोशिश कर रहा हूँ कि वे उसे उसके असली नाम से बुलायें : *वोल्डेमॉर्ट।* प्रोफ़ेसर मैक्गॉनेगल पीछे हटी, परंतु डम्बलडोर दो शर्बत लेमन निकालने में लगे थे, इसलिये वे उनकी तरफ़ नहीं देख रहे थे। 'अगर हम कहते रहें "तुम-जानते-हो-कौन" "तुम-जानते-हो-कौन", तो समझना बहुत मुश्किल हो जाता है। मुझे कभी नहीं लगा कि वोल्डेमॉर्ट का नाम लेने में डरने की कोई ज़रूरत है।'

'मैं जानती हूँ कि आप नहीं डरते,' प्रोफ़ेसर मैक्गॉनेगल ने कहा। उनकी आवाज़ में आधी तारीफ़ और आधी उलझन साफ़ सुनाई दे रही थी। 'आपकी बात अलग है। सब जानते हैं कि आप ही वह अकेले आदमी हैं, जिससे तुम-जानते-हो, अरे, अच्छा, *वोल्डेमॉर्ट* - डरता था।'

'आप मेरी ज़रूरत से ज़्यादा तारीफ़ कर रही हैं,' डम्बलडोर ने शांति से कहा। 'वोल्डेमॉर्ट में ऐसी शक्तियाँ हैं, जो मुझमें कभी नहीं हो सकतीं।'

'सिर्फ़ इसलिये, क्योंकि आप इतने - *महान* हैं कि आप उनका इस्तेमाल नहीं करना चाहते।'

'मेरी क़िस्मत अच्छी है कि आज अँधेरा है। मैं तब से इतना कभी नहीं शर्माया, जब मैडम पॉमफ्री ने मेरे नये मफ़लर की तारीफ़ की थी।'

प्रोफ़ेसर मैक्गॉनेगल ने डम्बलडोर को घूरकर देखा और कहा, 'उल्लुओं की तो छोड़िये, उससे भी तेज़ रफ़्तार से *अफ़वाहें* चारों तरफ़ उड़

रही हैं। आप जानते हैं, लोग क्या कह रहे हैं? कि वह क्यों ग़ायब हो गया? कि आख़िर किस चीज़ ने उसे रोक दिया?'

ऐसा लग रहा था, जैसे प्रोफ़ेसर मैक्गॉनेगल उस मुद्दे पर पहुँच गयी थीं, जिस पर चर्चा करने के लिये वे सबसे ज़्यादा बेचैन थीं। वह असली कारण, जिसकी वजह से वे ठंडी सख़्त मुँडेर पर दिन भर बैठकर इंतजार कर रही थीं, क्योंकि न तो बिल्ली के रूप में, न ही महिला के रूप में उन्होंने डम्बलडोर पर पहले इतनी पैनी निगाह डाली थी, जितनी वे इस समय डाल रही थीं। यह बात साफ़ थी कि चाहे 'लोग' कुछ भी कह रहे हों, वे उनकी बात पर तब तक यक़ीन नहीं करेंगी, जब तक कि डम्बलडोर ख़ुद इसकी सच्चाई की पुष्टि न कर दें। परंतु डम्बलडोर इस समय एक और शर्बत लेमन छाँट रहे थे, इसलिए उन्होंने कोई जवाब नहीं दिया।

प्रोफ़ेसर मैक्गॉनेगल ने ज़ोर देकर आगे कहा, '*लोग कह रहे हैं* कि वोल्डेमॉर्ट कल रात को गॉडरिक हौलो में पॉटर परिवार की तलाश में गया था। अफ़वाह यह है कि लिली और जेम्स पॉटर – कि वे लोग – *मर* चुके हैं।'

डम्बलडोर ने सिर झुकाया। प्रोफ़ेसर मैक्गॉनेगल के मुँह से आह निकल गयी।

'लिली और जेम्स ... मुझे विश्वास नहीं हो रहा है... मैं इस पर विश्वास नहीं करना चाहती थी ... ओह, एल्बस ....'

डम्बलडोर आगे बढ़े और उन्होंने प्रोफ़ेसर मैक्गॉनेगल का कंधा थपथपाया। 'मैं जानता हूँ ... मैं जानता हूँ...' उन्होंने भारी आवाज़ में कहा।

आगे बोलते समय प्रोफ़ेसर मैक्गॉनेगल की आवाज़ थरथरा रही थी। 'यही नहीं, लोग तो यह भी कह रहे हैं कि उसने उनके बेटे हैरी पॉटर को भी मारने की कोशिश की, लेकिन – वह उसे नहीं मार पाया। यह उस छोटे से बच्चे को नहीं मार पाया। कोई नहीं जानता कि क्यों या कैसे, परंतु लोग कह रहे हैं कि जब वोल्डेमॉर्ट हैरी पॉटर को नहीं मार पाया, तो उसकी शक्ति नष्ट हो गयी – और इसीलिये वह ग़ायब हो गया है।'

डम्बलडोर ने उदास होकर सिर हिलाया।

'यह...यह *सच* है?' प्रोफ़ेसर मैक्गॉनेगल ने हकलाते हुए कहा। 'जब वह इतना कुछ कर चुका है ... जब वह इतने सारे लोगों को मार चुका

है ... इसके ... बाद भी वह एक छोटे से बच्चे को नहीं मार पाया? बड़ी हैरानी की बात है ... उसे रोकने वाला कौन था ... परंतु भगवान के लिये मुझे यह बतायें कि हैरी कैसे ... बच गया?'

'हम सिर्फ़ अंदाज़ा लगा सकते हैं,' डम्बलडोर ने कहा। 'शायद हम इसका कारण कभी नहीं जान पायेंगे।'

प्रोफ़ेसर मैक्गॉनेगल ने जाली वाला रूमाल निकाला और चश्मे के नीचे अपनी आँखें पोंछीं। डम्बलडोर ने गहरी साँस खींचते हुए अपनी जेब से एक सुनहरी घड़ी निकाली और उसे ध्यान से देखा। यह घड़ी बहुत विचित्र थी, क्योंकि इसमें बारह काँटे थे, पर अंक एक भी नहीं था। इसके बजाय इसके किनारे पर छोटे ग्रह घूम रहे थे। बहरहाल, इससे डम्बलडोर को कुछ समझ में आया होगा, क्योंकि उन्होंने इसे वापस अपनी जेब में रख लिया और कहा, 'हैग्रिड को देर हो गयी। वैसे मुझे लगता है, उसी ने आपको बताया होगा कि मैं यहाँ आने वाला हूँ।'

'हाँ,' प्रोफ़ेसर मैक्गॉनेगल ने कहा। 'और मुझे नहीं लगता, आप मुझे यह बतायेंगे कि आप कहीं और जाने के बजाय यहाँ *क्यों* आये हैं?'

'मैं हैरी को उसके अंकल-आंटी के पास छोड़ने आया हूँ। अब उसके परिवार के नाम पर सिर्फ़ यही लोग बचे हैं।'

'आप यह तो नहीं कहना चाहते - आपका इशारा उन लोगों की तरफ़ तो नहीं है जो *यहाँ* रहते हैं?' प्रोफ़ेसर मैक्गॉनेगल ने चीख़ते हुए मकान नंबर चार की तरफ़ इशारा किया और वे मुँडेर से नीचे कूद गयीं। 'डम्बलडोर - आप ऐसा नहीं कर सकते। मैंने दिन भर इन लोगों को देखा है। दुनिया में आपको ऐसे दो लोग नहीं मिल सकते, जो हमसे इतने अलग हों। और उनका एक बेटा भी है - मैंने देखा कि वह अपनी माँ को पूरी सड़क पर लात मारता जा रहा था और मिठाई खाने की ज़िद कर रहा था। हैरी पॉटर यहाँ आकर रहेगा!'

'यह उसके लिये सबसे अच्छी जगह है,' डम्बलडोर ने थोड़ी कड़क आवाज़ में कहा। 'जब वह थोड़ा बड़ा हो जायेगा, तो उसके अंकल-आंटी उसे सब कुछ समझा देंगे। मैंने उनके लिये एक चिट्ठी लिख दी है।'

'चिट्ठी?' प्रोफ़ेसर मैक्गॉनेगल ने मरी हुई आवाज़ में दोहराया और वे एक बार फिर मुँडेर पर बैठ गयीं। 'डम्बलडोर, क्या आपको सचमुच लगता

है कि आप चिट्ठी में सारी बातें समझा सकते हैं? ये लोग उसे कभी नहीं समझ पायेंगे! वह मशहूर होगा – चारों तरफ़ उसका नाम होगा– मुझे हैरानी नहीं होगी, अगर भविष्य में आज का दिन हैरी पॉटर दिवस के रूप में मनाया जाये – हैरी के बारे में किताबें लिखी जायेंगी – हमारी दुनिया के हर बच्चे की ज़ुबान पर उसका नाम होगा।'

'बिलकुल ठीक कहा,' डम्बलडोर अपने आधे चाँद के आकार के चश्मे के ऊपर से गंभीरता से देखते हुए बोले। 'यह किसी भी बच्चे का दिमाग़ ख़राब करने के लिये काफ़ी है। बोलना और चलना सीखने से पहले ही वह मशहूर हो जायेगा! उसे तो वह घटना भी याद नहीं होगी, जिसके लिये वह मशहूर है! क्या आपको नहीं लगता कि अगर वह इस सबसे दूर रहकर बड़ा हो, तो ज़्यादा अच्छा होगा – जब तक कि वह इसे झेलने के लिये तैयार न हो जाये?'

प्रोफ़ेसर मैक्गॉनेगल ने अपना मुँह खोला, फिर अपना इरादा बदलकर अपने विचार को निगला और आगे कहा, 'हाँ–हाँ, आप ठीक कह रहे हैं। परंतु डम्बलडोर, वह बच्चा यहाँ आयेगा कैसे?' उन्होंने अचानक डम्बलडोर के चोगे को घूरा, जैसे उन्हें लग रहा हो कि हैरी इसी के नीचे छुपा था।

'हैग्रिड उसे ला रहा है।'

'क्या आपको यह – *ठीक* – लगता है कि आप हैग्रिड पर इतने महत्त्वपूर्ण काम के लिये भरोसा कर रहे हैं?'

'मुझे हैग्रिड पर अपनी जान से ज़्यादा भरोसा है,' डम्बलडोर ने कहा।

'मैं यह नहीं कहती कि वह दिल का बुरा है,' प्रोफ़ेसर मैक्गॉनेगल ने मन मारकर कहा, 'परंतु आपको यह तो मानना ही पड़ेगा कि वह थोड़ा लापरवाह है। उसकी यह आदत है – यह कैसी आवाज़ है?'

एक हलकी गड़गड़ की आवाज़ ने उनके चारों तरफ़ फैली ख़ामोशी तोड़ी। आवाज़ धीरे–धीरे तेज़ होती गयी। उन्होंने सड़क पर ऊपर और नीचे की तरफ़ हेडलाइट की रोशनी की तलाश की। और जब आवाज़ बहुत तेज़ हो गयी, तो उन्होंने ऊपर आसमान की तरफ़ देखा – एक बड़ी मोटरसाइकल हवा में से निकलकर नीचे उतरी और उनके सामने सड़क पर आकर खड़ी हो गयी।

मोटरसाइकल बहुत बड़ी थी, परंतु यह उस आदमी के मुक़ाबले में कुछ नहीं थी, जो उस पर बैठा हुआ था। वह आम आदमी की तुलना में

दुगुना लंबा था और कम से कम पाँच गुना चौड़ा था। वह एकदम *जंगली* लग रहा था, क्योंकि काले बालों और दाढ़ी की लंबी लटों ने उसके ज़्यादातर चेहरे को छुपा रखा था। उसके हाथ कूड़ेदान के ढक्कन जितने बड़े थे और चमड़े के जूतों में उसके पैर बेबी डॉल्फ़िन की तरह लग रहे थे। उसकी विशाल, शक्तिशाली बाँहों में कंबलों की एक पोटली थी।

'हैग्रिड,' डम्बलडोर ने राहत की साँस लेते हुए कहा। 'आख़िर तुम आ ही गये। और तुम्हें यह मोटरसाइकल कहाँ से मिली?'

'उधार ली, प्रोफ़ेसर डम्बलडोर, सर,' हैग्रिड ने मोटरसाइकल से सावधानी से उतरते हुए कहा। 'सिरियस ब्लैक ने यह हमें उधार दी है। हम उसे ले आये, सर।'

'कोई मुश्किल तो नहीं हुई?'

'नहीं, सर – घर तो लगभग पूरी तरह तबाह हो गया था, परंतु इससे पहले कि मगलू चारों तरफ़ जमा हो जाते, हम उसे सही-सलामत बाहर निकाल लाये। जब हम ब्रिस्टल के ऊपर से उड़ रहे थे तो उसकी नींद लग गयी।'

डम्बलडोर और प्रोफ़ेसर मैक्गॉनेगल आगे झुके और उन्होंने कंबलों की पोटली के ऊपर से झाँका। अंदर एक छोटा बच्चा था, जो गहरी नींद में सो रहा था। उसके माथे पर काले घने बालों के गुच्छे के नीचे उन्हें एक अजीब से आकार का घाव दिख रहा था, जैसे वहाँ पर बिजली गिरी हो।

'क्या यहीं पर –?' प्रोफ़ेसर मैक्गॉनेगल ने फुसफुसाते हुए पूछा।

'हाँ,' डम्बलडोर ने कहा। 'उसके माथे पर यह निशान ज़िंदगी भर रहेगा।'

'क्या आप इस बारे में कुछ नहीं कर सकते, डम्बलडोर?'

'अगर मैं कर भी सकता, तो भी नहीं करता। घाव के निशान कई बार बहुत काम आते हैं। मेरे ख़ुद के बाँये घुटने के ऊपर एक निशान है, जो लंदन के अंडरग्राउंड का बेहतरीन नक़्शा है। ख़ैर उसे मुझे दे दो, हैग्रिड। अच्छा रहेगा – अगर हम इस काम को जल्दी से निबटा लें।'

डम्बलडोर ने हैरी को अपनी बाँहों में लिया और डर्स्ली के घर की तरफ़ मुड़े।

'क्या हम – क्या हम उसे गुडबाय कह सकते हैं, सर?' हैग्रिड ने पूछा।

उसने अपना बड़ा झबरीले वालों वाला सिर हैरी पर झुकाया और अपने लटकते वालों को छुआते हुए उसे बहुत हलके से चूम लिया। फिर अचानक हैग्रिड के मुँह से ऐसी आवाज़ निकली, जैसे कोई घायल कुत्ता रो रहा हो।

'शश्श्श्श!' प्रोफ़ेसर मैक्गॉनेगल दबी आवाज़ में बोलीं। 'मगलू जाग जायेंगे!'

'स–स–सॉरी,' हैग्रिड ने सिसकते हुए कहा। उसने एक बड़ा–सा धब्बेदार रूमाल निकाला और उसमें अपना चेहरा छुपा लिया। 'परंतु हम इसे सहन नहीं कर स–स सकते। लिली और जेम्स मर गये – और बेचारे छोटे से हैरी को मगलुओं के साथ रहना पड़ेगा –'

'हाँ, हाँ, बड़े दुख की बात है, पर अपने आपको सँभालो हैग्रिड, वरना लोग हमें देख लेंगे,' प्रोफ़ेसर मैक्गॉनेगल ने फुसफुसाते हुए कहा। जब डम्बलडोर बगीचे की नीची दीवार को लाँघकर सामने वाले दरवाज़े तक गये, तो प्रोफेसर मैक्गॉनेगल हैग्रिड की बाँह को डरते–डरते थपथपा रही थीं। डम्बलडोर ने हैरी को दरवाज़े की सीढ़ियों पर धीरे से लिटा दिया, अपने चोगे से एक चिट्ठी निकाली, उसे हैरी के कंबलों के अंदर सावधानी से रखा और इसके बाद वे उन दोनों के पास लौट आये। पूरे एक मिनट तक वे तीनों खड़े रहे और उस छोटी सी पोटली को निहारते रहे। हैग्रिड के कंधे हिल रहे थे, प्रोफ़ेसर मैक्गॉनेगल की पलकें लगातार झपक रही थीं और डम्बलडोर की आँखों में जो चमक आम तौर पर नज़र आती थी, वह इस समय नहीं दिख रही थी।

'तो,' डम्बलडोर ने अंत में कहा, 'अब हमारा काम ख़त्म हो चुका है। अब यहाँ रुकने की कोई ज़रूरत नहीं है। अच्छा होगा कि हम यहाँ से चल दें और जश्न में शामिल हो जायें।'

'हाँ' हैग्रिड ने बहुत दबी आवाज़ में कहा। 'हम यह मोटरसाइकल सिरियस ब्लैक को लौटा देते हैं। गुडनाइट, प्रोफ़ेसर मैक्गॉनेगल – प्रोफ़ेसर डम्बलडोर, सर।

अपने बहते हुए आँसुओं को अपनी जैकेट की आस्तीन से पोंछते हुए हैग्रिड मोटरसाइकल पर सवार हुआ और किक मारकर उसके इंजन में जान

डाल दी। फिर तेज़ गरज के साथ मोटरसाइकल हवा में उठी और रात के अँधेरे में गुम हो गयी।

'प्रोफ़ेसर मैक्गॉनेगल, मुझे आशा है आपसे जल्दी ही मुलाकात होगी,' डम्बलडोर ने सिर हिलाते हुए कहा। प्रोफ़ेसर मैक्गॉनेगल ने जवाब में अपनी नाक सुड़की।

डम्बलडोर मुड़े और सड़क पर चल दिये। मोड़ पर जाकर वे रुके और अपना चाँदी का बत्ती बुझाने वाला यंत्र बाहर निकाला। उन्होंने उसे एक बार क्लिक किया, तो रोशनी के बारह गोले सड़क के लैंपों की तरफ़ तेज़ी से लपके और प्रिविट ड्राइव अचानक नारंगी रोशनी में नहा गया। डम्बलडोर देख सकते थे कि सड़क के दूसरे सिरे पर एक भूरी बिल्ली चली जा रही थी। उन्हें नंबर चार की सीढ़ी पर रखे कंबलों की पोटली की झलक भर दिख रही थी।

'गुड लक, हैरी,' उन्होंने धीमे से कहा। फिर वे पलटे और चोगे को एक झटका देते हुए ग़ायब हो गये।

हलकी-हलकी हवा प्रिविट ड्राइव की साफ़-सुथरी झाड़ियों को हिला रही थी। काले आसमान के नीचे सब कुछ शांत और व्यवस्थित था। यह वह आख़िरी जगह थी, जहाँ आप आश्चर्यजनक घटनायें होने की उम्मीद कर सकते थे। हैरी पॉटर ने सोते-सोते अपने कंबलों के भीतर करवट बदली। उसके नन्हे से हाथ ने पास रखी चिट्ठी को पकड़ लिया और वह सोता रहा। वह नहीं जानता था कि वह ख़ास था, यह भी नहीं कि वह मशहूर था, यह भी नहीं कि वह कुछ घंटे बाद मिसेज़ डर्स्ली की चीख़ सुनकर उठेगा, जब वे दूध की बोतल बाहर रखने के लिये सामने वाला दरवाज़ा खोलेंगी। वह यह भी नहीं जानता था कि अगले कुछ सप्ताह उसका कज़िन डडली उसे नोंचेगा और तंग करेगा ... और वह यह तो जान ही नहीं सकता था कि इस समय पूरे देश में छुप-छुपकर मिल रहे लोग अपने गिलास उठाकर दबी आवाज़ में कह रहे थे : 'हैरी पॉटर के नाम – वह लड़का जो ज़िंदा बच गया!'

अध्याय दो

ग़ायब होने वाला काँच

जब डर्स्ली पति-पत्नी को उनका भांजा बाहर सीढ़ियों पर मिला था, उस घटना को लगभग दस साल हो चुके थे, पर प्रिविट ड्राइव में शायद ही कुछ बदला था। सूरज अब भी सामने वाले साफ़-सुथरे बगीचे की तरफ़ से निकलता था और डर्स्ली परिवार के दरवाज़े पर लगी पीतल की नेमप्लेट पर लिखे चार नंबर को चमकाता था। इसके बाद यह उनके ड्राइंग रूम में घुसता था, जो लगभग वैसा ही था जैसा उस रात था, जब मिस्टर डर्स्ली ने उल्लुओं के बारे में अनोखी ख़बर सुनी थी। केवल मैंटलपीस पर रखे फ़ोटो ही सचमुच बता रहे थे कि कितना वक़्त गुज़र चुका था। दस साल पहले वहाँ पर बड़ी गेंद जैसे एक मोटे गुलाबी बच्चे के बहुत से फ़ोटो थे, जिसने रंग-बिरंगी टोपियाँ पहन रखी थीं - परंतु डडली डर्स्ली अब छोटा बच्चा नहीं था। अब फ़ोटो बता रहे थे कि सुनहरे बालों वाला एक मोटा-तगड़ा लड़का अपनी पहली साइकल पर सवार है, मेले में झूला झूल रहा है, अपने पिता के साथ कम्प्यूटर गेम खेल रहा है, उसकी माँ उसे गले लगा रही है और चूम रही है। कमरे में ऐसी कोई निशानी नहीं थी, जिससे यह पता चले कि उस घर में एक और बच्चा भी रहता था।

परंतु हैरी पॉटर अब भी वहीं था और इस समय सोया हुआ था, हालाँकि वह ज़्यादा देर तक नहीं सो पाया। उसकी पेटूनिया आंटी जाग गयी थीं और उनकी तेज़ आवाज़ उस दिन उस घर में गूँजने वाली पहली आवाज़ थी।

'उठ! जल्दी उठ। सुना कि नहीं?'

हैरी चौंक कर जागा। उसकी आंटी ने एक बार फिर दरवाज़ा भड़भड़ाया।

'उठो!' वे चीख़ीं। हैरी को उनके क़दमों की आवाज़ से समझ में आ गया कि वे किचन की तरफ़ जा रही थीं और फिर उसे गैस पर फ्राइंग पैन रखने की आवाज़ सुनाई दी। हैरी करवट बदलकर पीठ के बल लेटा और उसने वह सपना याद करने की कोशिश की, जो वह उठने से पहले देख रहा था। बड़ा प्यारा सपना था। उसमें मोटरसाइकल उड़ रही थी। उसे यह अजीब सा एहसास हो रहा था जैसे वह यह सपना पहले भी देख चुका था।

उसकी आंटी दुबारा उसके दरवाज़े के बाहर धमक चुकी थीं।

'अभी तक नहीं उठे?' उन्होंने चिल्लाकर पूछा।

'उठ तो गया,' हैरी ने जवाब दिया।

'तो फिर जल्दी से बाहर आओ। मैं चाहती हूँ कि तुम नाश्ते पर नज़र रखो और ध्यान रखना, जला मत देना। मैं डडली बेटे के बर्थडे पर हर चीज़ बढ़िया चाहती हूँ।'

हैरी के मुँह से आह निकल गयी।

'क्या कहा तुमने?' आंटी दरवाज़े के बाहर से गुर्रायीं।

'कुछ नहीं, कुछ नहीं ...'

डडली का बर्थडे – वह कैसे भूल गया था? हैरी धीरे से बिस्तर से बाहर निकला और अपने मोज़े ढूँढ़ने लगा, जो उसे अपने बिस्तर के नीचे मिले। एक मोज़े में मकड़ी थी, जिसे निकालने के बाद उसने मोज़े पहन लिये। हैरी को मकड़ियों के साथ रहने की आदत थी, क्योंकि सीढ़ियों के नीचे की अलमारी में ढेर सारी मकड़ियाँ थीं और वह यहीं सोता था।

जब उसने कपड़े पहन लिये, तो वह हॉल से होता हुआ किचन में गया। डडली के बर्थडे के ढेर सारे तोहफ़ों के नीचे टेबल लगभग पूरी तरह से छुप गयी थी। ऐसा लग रहा था जैसे डडली को वह नया कम्प्यूटर मिल गया था, जो उसे चाहिये था। इसके साथ ही उसे एक और टेलीविज़न मिल गया था तथा रेसिंग बाइक भी। डडली रेसिंग बाइक क्यों चाहता था – यह हैरी के लिये एक रहस्य था, क्योंकि डडली बहुत मोटा था और एक्सरसाइज़ से नफ़रत करता था, जब तक कि इसमें किसी को मुक्का मारना शामिल

न हो। डडली का प्रिय पंचिंग बैग हैरी था, हालाँकि वह उसकी पकड़ में बहुत कम आ पाता था। हैरी दिखता नहीं था, लेकिन था वह बहुत तेज़।

शायद यह अँधेरी अलमारी में रहने का परिणाम था कि हैरी अपनी उम्र के हिसाब से दुबला और छोटा रह गया था, पर वह सचमुच जितना था, उससे भी ज़्यादा दुबला और छोटा दिखता था, क्योंकि उसे हर समय डडली के पुराने कपड़े पहनना पड़ते थे और डडली उससे चार गुना मोटा था। हैरी का चेहरा दुबला था, घुटने गाँठदार, बाल काले और आँखें चमकदार हरी थीं। वह गोल चश्मा पहनता था, जिस पर बहुत सा सेलोटेप लगा रहता था, क्योंकि डडली उसकी नाक पर अक्सर मुक्के मारता रहता था। हैरी को अपनी शक्ल-सूरत में सिर्फ़ एक ही चीज़ पसंद थी : उसके माथे पर बना बहुत पतला निशान, जो ऐसा दिखता था जैसे वहाँ पर बिजली गिरी हो। जब से उसने होश सँभाला था, तभी से वह इस निशान को देख रहा था और उसे याद था कि होश सँभालने के बाद उसने पेटूनिया आंटी से पहला सवाल यही पूछा था कि उसके माथे पर यह निशान कैसे बना।

'उस कार एक्सीडेंट में जिसमें तुम्हारे माता-पिता मरे थे,' उन्होंने कहा था। 'और हाँ, सवाल मत पूछो।'

सवाल मत पूछो - यह डर्स्ली परिवार में शांतिपूर्ण जीवन का पहला नियम था।

जब हैरी नाश्ते को पलट रहा था, तो वरनॉन अंकल किचन में आये।

'बालों में कंघी करो!' वे भौंके, जैसे उन्होंने हैरी से गुड मॉर्निंग की हो।

सप्ताह में लगभग एक बार वरनॉन अंकल अपने अख़बार के ऊपर से देखते थे और चिल्लाते थे कि हैरी के बाल बहुत बढ़ गये हैं और उसे कटिंग की ज़रूरत है। उसकी क्लास में बाक़ी बच्चों की जितनी बार कटिंग होती थी, उन सबको आपस में जोड़ भी दिया जाये तो भी हैरी की कटिंग उनसे ज़्यादा बार होती थी, हालाँकि इससे कोई फ़र्क नहीं पड़ता था, क्योंकि उसके बाल बहुत तेज़ी से बढ़ते थे।

जब डडली अपनी माँ के साथ किचन में आया, तो हैरी अंडे तल रहा था। डडली काफ़ी कुछ वरनॉन अंकल जैसा दिखता था : बड़ा गुलाबी चेहरा; छोटी गर्दन; छोटी पानीदार नीली आँखें; और मोटे, सुनहरे बाल, जो उसके मोटे सिर पर जमे हुए थे। पेटूनिया आंटी अक्सर कहती थीं कि

डडली किसी नन्हे देवदूत की तरह दिखता है – हैरी अक्सर कहता था कि डडली किसी सुअर की तरह दिखता है, जिसने विग पहन रखी हो।

हैरी ने अंडे और नाश्ते की प्लेटें टेबल पर रख दीं, जो आसान काम नहीं था, क्योंकि वहाँ पर जगह बहुत कम थी। इस बीच डडली अपने तोहफ़े गिन रहा था। उसका चेहरा उतर गया।

'छत्तीस,' उसने अपने मम्मी-डैडी की तरफ़ देखते हुए कहा। 'ये तो पिछले साल से दो कम हैं।'

'राजा बेटे, तुमने मार्ज आंटी के तोहफ़े को तो गिना ही नहीं, देखो वह मम्मी-डैडी के बड़े तोहफ़े के नीचे छुपा है।'

'ठीक है, तो सैंतीस हुए,' डडली ने कहा और उसका चेहरा लाल हो रहा था। हैरी को लगा कि डडली का नाटक अब शुरू होने ही वाला है और इसलिये वह नाश्ते को अपने मुँह में जितनी तेज़ी से भर सकता था भरने लगा, क्योंकि डडली टेबल भी पलटा सकता था।

ज़ाहिर था पेटूनिया आंटी को भी ख़तरा दिख गया था, क्योंकि वे जल्दी से बोलीं, 'और हम आज जब बाज़ार जायेंगे तो तुम्हारे लिये दो और तोहफ़े ले आयेंगे। यह कैसा रहेगा, बेटू? दो और तोहफ़े। अब तो ठीक है?'

डडली ने एक पल सोचा। यह मुश्किल काम था। अंत में वह धीमे से बोला, 'तो मेरे पास सैंतीस और दो ... सैंतीस और दो ...'

'उनतालीस, मेरे लाड़ले,' पेटूनिया आंटी बोलीं।

'ओह,' डडली धम्म से बैठ गया और उसने अपने सबसे पास वाले पैकेट पर झपट्टा मारा। 'फिर ठीक है।'

वरनॉन अंकल धीरे से हँसे।

'छोटा बदमाश अपने पैसे की पूरी क़ीमत वसूल करना चाहता है, बिलकुल अपने डैडी की तरह। वाह मेरे बेटे, वाह डडली!' उन्होंने डडली के बालों पर हाथ फेरा।

उसी समय फोन की घंटी बजी और पेटूनिया आंटी फोन सुनने चली गयीं, जबकि हैरी और वरनॉन अंकल इस बीच डडली को तोहफ़े खोलते हुए देखते रहे, जिनमें रेसिंग बाइक, वीडियो कैमरा, रिमोट कंट्रोल वाला हवाई जहाज़, सोलह नये कम्प्यूटर गेम और वी. सी. आर. शामिल था।

जब वह एक सुनहरी कलाईघड़ी की पन्नी खोल रहा था, तभी पेटूनिया आंटी फोन सुनकर वापस आयीं, उनके चेहरे पर गुस्सा भी था और चिंता भी।

'बुरी ख़बर है, वरनॉन,' वे बोलीं। 'मिसेज़ फिग का पैर टूट गया है। वे इसे अपने पास नहीं रख सकतीं।' उन्होंने हैरी की तरफ़ सिर झटकते हुए कहा।

दहशत के मारे डडली का मुँह खुला रह गया, परंतु हैरी का दिल तो बल्लियों उछलने लगा। हर साल डडली के जन्मदिन पर अंकल-आंटी डडली और उसके किसी दोस्त को दिन भर बाहर घुमाने ले जाते थे, यानी एडवेंचर पार्क, हैमबर्गर वार या फ़िल्म। हर साल हैरी को मिसेज़ फिग नाम की एक पागल बुढ़िया के पास छोड़ दिया जाता था, जो दो गली दूर रहती थी। हैरी वहाँ जाने से बुरी तरह चिढ़ता था। वहाँ पूरे घर में पत्तागोभी की बदबू भरी रहती थी और मिसेज़ फिग उसे ज़बर्दस्ती उन सब बिल्लियों के फ़ोटो दिखाती थीं, जो उन्होंने कभी पाली थीं।

'अब क्या होगा?' पेटूनिया आंटी ने कहा। वे हैरी को खा जाने वाली नज़रों से देख रही थीं, जैसे उसी ने इसकी योजना बनायी हो। हैरी जानता था कि उसे इस बात पर दुखी होना चाहिये कि मिसेज़ फिग की टाँग टूट गयी है, परंतु यह आसान नहीं था, क्योंकि वह यह भी जानता था कि अब उसे एक साल तक टिबल्स, स्नोई, मिस्टर पॉज़ और टफ़्टी को नहीं देखना पड़ेगा।

'हम मार्ज को फोन कर सकते हैं, वरनॉन अंकल ने सुझाव दिया।

'बेवकूफ़ी की बातें मत करो वरनॉन, वो हैरी से नफ़रत करती हैं।'

डर्स्ली पति-पत्नी अक्सर हैरी के बारे में इसी तरह से बातें करते थे, जैसे वह वहाँ हो ही नहीं - या फिर वह कोई बहुत ही कम बुद्धि वाला प्राणी हो, जो उनकी बातें नहीं समझ सकता हो, जैसे कोई घोंघा।

'और उसका-क्या-नाम-है, तुम्हारी सहेली - वॉन?'

'माजोर्का में छुट्टियाँ मनाने गयी है,' पेटूनिया आंटी खीझते हुए बोलीं।

'आप मुझे घर पर ही छोड़ जायें,' हैरी ने बड़ी आशा से कहा (कम से कम आज के दिन तो वह टेलीविज़न पर जो चाहेगा देखेगा और शायद डडली के कम्प्यूटर पर गेम भी खेल लेगा)।

पेटूनिया आंटी को देखकर लग रहा था जैसे उन्होंने अभी-अभी साबुत नीबू निगल लिया हो।

'और वापस लौटकर देखें कि घर तबाह हो चुका है?' वे गुर्रायीं।

'मैं घर को बम से तो नहीं उड़ा दूँगा,' हैरी ने कहा, परंतु किसी ने उसकी बात नहीं सुनी।

'एक काम करते हैं, इसे चिड़ियाघर ले चलते हैं,' पेटूनिया आंटी ने धीमे से कहा, '... और वहाँ इसे कार में छोड़ देंगे ...'

'कार नयी है, हम इसे कार में अकेला नहीं छोड़ सकते...'

डडली गला फाड़कर रोने लगा। सच तो यह था कि वह रो नहीं रहा था। उसे सचमुच रोये तो बरसों हो चुके थे, परंतु वह जानता था कि अगर वह मुँह बनायेगा और ज़ोर से रोने जैसी आवाज़ निकालेगा तो उसकी माँ उसकी हर इच्छा पूरी कर देंगी।

'मेरे प्यारे, राजदुलारे, रोना नहीं। मम्मी उसे तुम्हारा बर्थडे बर्बाद नहीं करने देंगी!' वे चीख़ीं और उसे बाँहों में भर लिया।

'मैं ... नहीं ... चाहता ... कि ... वह ... साथ ... चले!' डडली झूठ-मूठ की ज़ोरदार सुबकियों के बीच चीख़ा। 'वह हमेशा हर चीज़ गड़बड़ कर देता है!' उसने अपनी माँ की बाँहों के बीच से झाँकते हुए हैरी को चिढ़ाया।

तभी दरवाज़े की घंटी बजी - 'हे भगवान, वे लोग आ गये!' पेटूनिया आंटी हड़बड़ाकर बोलीं - और एक पल बाद, डडली का सबसे अच्छा दोस्त पियर्स पॉलकिस अपनी माँ के साथ अंदर आ गया। पियर्स एक दुबला-पतला लड़का था, जिसका चेहरा चूहे जैसा था। जब डडली दूसरे बच्चों को मारता था, तो आम तौर पर पियर्स ही उनके हाथ पीछे पकड़कर रखता था। डडली ने रोने का नाटक तत्काल बंद कर दिया।

आधे घंटे बाद हैरी को अपनी क़िस्मत पर भरोसा नहीं हो रहा था; वह डर्स्ली की कार में पियर्स और डडली के साथ पीछे वाली सीट पर बैठा हुआ था और ज़िंदगी में पहली बार चिड़ियाघर जा रहा था। उसकी आंटी और अंकल को यह समझ में नहीं आया कि उसका क्या किया जाये, परंतु चलने से पहले वरनॉन अंकल हैरी को एक तरफ़ ले गये।

'मैं तुम्हें चेतावनी दे रहा हूँ,' अपने बड़े जामुनी चेहरे को हैरी के बिलकुल पास लाकर उन्होंने कहा था, 'कान खोलकर सुन लो, लड़के कोई भी ख़ुराफ़ात की, कोई भी – तो मैं तुम्हें उस अलमारी में क्रिसमस तक बंद कर दूँगा।'

'मैं कुछ नहीं करूँगा,' हैरी ने कहा, 'कसम से ...'

परंतु वरनॉन अंकल ने उसकी बात पर विश्वास नहीं किया। कोई भी कभी नहीं करता था।

समस्या यह थी कि हैरी के साथ अक्सर अजीब चीज़ें होती थीं और डर्स्ली परिवार को यह बताने से कोई फ़ायदा नहीं होता था कि उसने यह चीज़ें नहीं कीं।

एक बार, पेटूनिया आंटी यह देखते-देखते तंग आ गयीं कि हैरी जब कटिंग कराकर लौटता था, तो ऐसा लगता था जैसे नाई ने उसके बालों को छुआ ही न हो। गुस्से में उन्होंने किचन से कैंची उठायी और हैरी के बाल इतने छोटे काट दिये कि वह लगभग गंजा हो गया। उन्होंने सिर्फ़ सामने की लट छोड़ दी थी, ताकि 'उसका भयानक निशान छुप जाये'। डडली तो हैरी को देखकर हँसते-हँसते लोटपोट हो गया। उस रात हैरी को यह सोच-सोचकर नींद नहीं आयी कि अगले दिन स्कूल में उसका क्या हाल होगा। वहाँ पर वैसे भी बच्चे उसके ढीले-ढाले कपड़े और सेलोटेप लगे चश्मे को देखकर उसकी हँसी उड़ाते थे। बहरहाल, अगली सुबह जब वह उठा, तो उसने देखा कि उसके बाल उतने ही बड़े हो गये थे, जितने पेटूनिया आंटी के काटने से पहले। इस बात के लिये उसे एक सप्ताह तक अलमारी में बंद रहने की सज़ा दी गयी, हालाँकि उसने यह समझाने की लाख कोशिश की कि उसे *क्या मालूम*, उसके बाल इतनी जल्दी कैसे बढ़ गये।

एक बार पेटूनिया आंटी उसे डडली का पुराना और बुरा सा दिखने वाला स्वेटर पहनाने की कोशिश कर रही थीं (जो भूरा था और उस पर नारंगी फुदने थे)। उन्होंने उसके सिर में स्वेटर घुसाने की जितनी कोशिश की, वह उतना ही छोटा होता चला गया और अंत में इतना छोटा हो गया कि वह किसी दस्ताने की तरह हाथ में तो घुस सकता था, परंतु हैरी के सिर में नहीं। पेटूनिया आंटी ने सोचा स्वेटर धुलाई में सिकुड़ गया होगा और हैरी को बड़ी राहत मिली कि उसे सज़ा नहीं मिली।

परंतु एक बार वह बहुत परेशानी में पड़ गया, जब वह स्कूल के किचन की छत पर पहुँच गया था। डडली का गैंग हर दिन की तरह उस दिन भी उसका पीछा कर रहा था, और बाक़ी लोगों के साथ-साथ ख़ुद हैरी भी यह देखकर हैरान रह गया कि वह चिमनी पर बैठा हुआ था। हैरी की प्रिंसिपल ने बहुत गुस्से में डर्स्ली परिवार को पत्र में लिखा कि हैरी स्कूल की इमारतों पर चढ़ रहा था। पर उसने तो सिर्फ़ यह कोशिश की थी (और उसने अपनी अलमारी के बंद दरवाज़े के पीछे से वरनॉन अंकल को चिल्लाकर यह बात बतायी थी) कि वह किचन के बाहर रखे बड़े कूड़ेदानों के पीछे छलाँग लगा रहा था। हैरी सोच रहा था कि शायद तेज़ हवा के झोंके ने उसकी छलाँग के बीच में उसे ऊपर उठा दिया होगा।

परंतु आज कोई भी गड़बड़ नहीं होगी। डडली और पियर्स के साथ दिन गुज़ारना भी बहुत बड़ी बात थी, जब वह जगह स्कूल, उसकी अलमारी या पत्तागोभी की बदबू से भरा मिसेज़ फिग का ड्रॉइंग रूम न हो।

गाड़ी चलाते समय वरनॉन अंकल पेटूनिया आंटी के सामने सबको कोस रहे थे। कोसना उनका प्रिय शौक था : ऑफ़िस के लोग, हैरी, म्युनिसिपैलिटी, हैरी, बैंक और हैरी उनके कुछ प्रिय विषय थे। आज सुबह यह विषय था मोटरसाइकल।

जब एक मोटरसाइकल उनकी गाड़ी के आगे निकल गयी तो वे बोले, '... जवान आवारा लोग... पागलों की तरह अंधाधुंध गाड़ी भगाते हैं।'

'मैंने सपने में एक मोटरसाइकल देखी थी,' हैरी को अचानक याद आया और उसने कहा, 'वह उड़ रही थी।'

वरनॉन अंकल ने आगे वाली कार में लगभग टक्कर मार दी। वे अपनी सीट में पीछे मुड़े और हैरी की तरफ़ देखकर चिल्लाये और इस समय उनका चेहरा मूँछ वाले किसी बड़े चुकंदर की तरह दिख रहा था, '**मोटरसाइकलें उड़ नहीं सकतीं।**'

डडली और पियर्स ही-ही करने लगे।

'मैं जानता हूँ मोटरसाइकलें उड़ नहीं सकतीं,' हैरी ने कहा। 'यह तो बस एक सपना था।'

परंतु वह सोच रहा था, काश उसने यह नहीं कहा होता। अगर डर्स्ली परिवार सवाल पूछने से भी ज़्यादा किसी बात से चिढ़ता था तो ऐसा तब

होता था, जब हैरी बोलता था कि कोई चीज़ उस तरह से हो रही थी जिस तरह से उसे नहीं होना चाहिये, चाहे वह सपने में या कार्टून में ही क्यों न हो- उन्हें लगता था इससे उसके दिमाग़ में ख़तरनाक विचार आ जायेंगे।

आज बहुत सुहावना शनिवार होने की वजह से चिड़ियाघर में बहुत भीड़ थी। डर्स्ली ने गेट के बाहर डडली और पियर्स को बड़ी चॉकलेट आइस्क्रीम दिलवायी। और फिर वे हैरी को जल्दी से वहाँ से हटा पाते, इससे पहले ही वैन में मुस्कराती हुई महिला ने चूँकि हैरी से पूछ लिया कि उसे क्या चाहिये, इसलिये उन्हें मन मारकर उसे एक सस्ती सी लेमन आइस्क्रीम दिलवानी पड़ी, जिसे चूसते हुए हैरी ने सोचा, यह भी बुरी नहीं थी। तभी उसने देखा कि एक गोरिल्ला अपना सिर खुजा रहा था और डडली से काफ़ी मिलता-जुलता दिख रहा था, सिवाय इसके कि गोरिल्ले के बाल सुनहरे नहीं थे।

बहुत लंबे समय बाद हैरी की सुबह इतनी अच्छी गुज़री थी। वह इस बात का ध्यान रख रहा था कि डर्स्ली परिवार से थोड़ी दूर चले, ताकि डडली और पियर्स, जो लंचटाइम तक जानवरों को देख-देखकर बोर होने लगे थे, कहीं उसे मारने का अपना प्रिय खेल शुरू न कर दें। उन्होंने चिड़ियाघर के रेस्तराँ में लंच किया और इसके बाद डडली एक बार फिर हंगामा खड़ा करने लगा, क्योंकि उसकी फ्रूट आइस्क्रीम ख़त्म हो गयी थी। इस पर वरनॉन अंकल ने उसे एक और आइस्क्रीम दिलवा दी और हैरी को पहली वाली ख़त्म करने की इजाज़त दी।

हैरी ने बाद में यह सोचा, उसे पता होना चाहिये था कि इतना अच्छा समय ज़्यादा देर तक नहीं चल सकता था।

लंच के बाद वे लोग चिड़ियाघर के नागभवन में गये। यहाँ ठंडक और अँधेरा था, और दीवारों पर लगी खिड़कियों पर रोशनी थी। काँच के पीछे कई तरह की छिपकलियाँ और साँप थे, जो लकड़ी और पत्थर के टुकड़ों पर फिसल और चढ़ रहे थे। डडली और पियर्स बड़े ज़हरीले कोबरा और आदमी को चकनाचूर करने वाले मोटे अजगर को देखना चाहते थे। डडली ने वहाँ के सबसे बड़े साँप को जल्दी ही ढूँढ़ लिया। वह वरनॉन अंकल की कार के चारों तरफ़ अपने शरीर को दो बार लपेटकर कार को किसी कचरापेटी में चकनाचूर कर सकता था - परंतु इस वक़्त वह ऐसा करने के

मूड में नहीं दिख रहा था। सच तो यह था कि वह गहरी नींद में सो रहा था।

डडली काँच पर अपनी नाक गड़ाकर खड़ा रहा और साँप की चमकदार भूरी कुंडलियों को देखता रहा।

'इसे उठाओ,' उसने अपने पिता से झल्लाते हुए कहा। वरनॉन अंकल ने काँच पर ठक-ठक की, परंतु साँप हिला तक नहीं।

'एक बार और करो,' डडली ने ऑर्डर जमाया। वरनॉन अंकल ने अपनी उँगलियों के पिछले हिस्से से काँच को बढ़िया तरीक़े से ठोंका, परंतु साँप फिर भी सोता रहा।

'कितना बोरिंग है,' डडली ने आह भरी और पैर पटकते हुए दूर चला गया।

हैरी काँच के सामने आया और उसने साँप की तरफ़ उत्सुकता से देखा। कोई ताज्जुब नहीं कि बेचारा साँप बोरियत के मारे ही मर जाये – साथ में कोई नहीं, सिवाय उन मूर्ख लोगों के जो दिन भर उसे तंग करने की कोशिश करते थे और काँच पर अपनी उँगलियाँ ठोंकते रहते थे। यह तो अलमारी को बेडरूम बनाने से भी बुरा था, जहाँ इकलौती मेहमान पेटूनिया आंटी होती थीं, जो उसे जगाने के लिये दरवाज़ा भड़भड़ाती थीं – कम से कम उसे पूरे घर में घूमने को तो मिल जाता था।

साँप ने अचानक अपनी छोटी चमकदार आँखें खोलीं। साँप ने धीरे, बहुत धीरे अपना सिर उठाया, जब तक कि उसकी आँखें हैरी की आँखों की ऊँचाई तक नहीं आ गयीं।

उसने आँख मारी।

हैरी घूरने लगा। फिर उसने जल्दी से आसपास देखा कि कहीं कोई देख तो नहीं रहा था। कोई नहीं देख रहा था। उसने साँप की तरफ़ पलटकर देखा और उसने भी आँख मार दी।

साँप ने वरनॉन अंकल और डडली की तरफ़ सिर को झटका दिया और अपनी आँखें छत की तरफ़ उठायीं। उसने हैरी को इस तरह देखा मानो कह रहा हो : *'मेरे साथ पूरे समय यही होता है।'*

'मैं जानता हूँ,' हैरी काँच के इस पार से बुदबुदाया, हालाँकि उसे विश्वास नहीं था कि साँप उसकी आवाज़ को सुन सकता था। 'इससे सचमुच बहुत चिढ़ छूटती होगी।'

साँप ने तेज़ी से अपना सिर हिलाया।

'वैसे तुम कहाँ से आये हो?' हैरी ने पूछा।

साँप ने अपनी पूँछ काँच के पास लगे एक छोटे साइनबोर्ड पर मारी। हैरी ने इसे पढ़ा।

बोआ कन्स्ट्रिक्टर, ब्राज़ील।

'क्या वहाँ पर अच्छा लगता था?'

साँप ने एक बार फिर उसी साइनबोर्ड पर अपनी पूँछ मारी और हैरी ने पढ़ा : *यह साँप चिड़ियाघर में पैदा हुआ था।* 'अच्छा, मैं समझ गया तुम कभी ब्राज़ील में रहे ही नहीं?'

जैसे ही साँप ने अपना सिर हिलाया, हैरी के पीछे से एक कानफोडू आवाज़ आयी, जिसे सुनकर वे दोनों उछल पड़े। **'डडली। मिस्टर डर्स्ली! आइये और इस साँप को देखिये! आपको विश्वास नहीं होगा यह क्या कर रहा है!'**

डडली जितनी तेज़ी से आ सकता था, उनकी तरफ़ लुढ़कता हुआ आया।

'तुम अलग हटो,' उसने हैरी की पसलियों में घूँसा मारते हुए कहा। अचानक हमले से हैरान हैरी कंक्रीट के फ़र्श पर धड़ाम से गिर गया। आगे जो हुआ वह इतनी तेज़ी से हुआ कि कोई भी नहीं देख पाया यह कैसे हुआ – एक पल पहले तक पियर्स और डडली काँच के क़रीब उससे टिके खड़े थे और दूसरे ही पल वे दहशत में चीख़ते हुए पीछे की तरफ़ उछल पड़े।

हैरी बैठ गया और हाँफने लगा; साँप के सामने वाला काँच ग़ायब हो गया था। साँप अब तेज़ी से अपनी कुंडली खोल रहा था और फ़र्श पर फिसल रहा था – पूरे नागभवन में लोग चीख़ने लगे और बाहर के दरवाज़ों की तरफ़ भागने लगे।

जब साँप उसके पास से तेज़ी से सरसराता हुआ गया, तो हैरी क़सम खा सकता था कि उसने धीमे से फुफकारते हुए कहा था, 'ब्राज़ील, मैं आ रहा हूँ,

... शुक्रिया, दोस्त?'

नागभवन का पहरेदार सदमे में था।

'परंतु काँच,' वह बार-बार कह रहा था, 'काँच कहाँ गया?'

चिड़ियाघर के डायरेक्टर ने अपने हाथ से पेटूनिया आंटी को एक कप कड़क मीठी चाय बनाकर दी और वह लगातार उनसे माफ़ी माँगता रहा। पियर्स और डडली अनापशनाप बक रहे थे। जहाँ तक हैरी ने देखा था, साँप ने कुछ भी नहीं किया था। उसने तो उनके पास से गुज़रते समय सिर्फ़ उनके पैरों के पास अपनी पूँछ मज़ाक़ में पटकी थी, परंतु जब वे वरनॉन अंकल की कार में वापस लौटे, तो डडली उन्हें बता रहा था कि किस तरह साँप ने उसके पैर में लगभग काट ही लिया था और पियर्स क़सम खा रहा था कि साँप ने उसे दबोचकर मारने की कोशिश की थी। परंतु कम से कम हैरी के लिये सबसे बुरी बात वह थी जो पियर्स ने कही। जब पियर्स इतना शांत हो गया कि कुछ कह सके, तो उसने सबके सामने कहा था, 'हैरी साँप से बात कर रहा था, है ना हैरी?'

वरनॉन अंकल ने तब तक इंतज़ार किया, जब तक पियर्स उनके घर से चला नहीं गया और उसके बाद वे हैरी पर जमकर बरसे। वे इतने गुस्से में थे कि उनके मुँह से शब्द मुश्किल से निकल रहे थे। वे सिर्फ़ इतना कह पाये, 'जाओ - अलमारी - वहीं रहो - कोई खाना नहीं।' इतना कहने के बाद वे कुर्सी पर गिर - पड़े और पेटूनिया आंटी को भागकर उनके लिये ब्रांडी का एक बड़ा पेग लाना पड़ा।

*

हैरी काफ़ी देर तक अपनी अँधेरी अलमारी में पड़ा रहा। वह सोच रहा था, काश उसके पास घड़ी होती। वह नहीं जानता था कि कितने बज गये थे और इसलिये वह यक़ीन से नहीं कह सकता था कि डर्स्ली परिवार अभी सो गया होगा या नहीं। जब तक वे सो नहीं जाते, तब तक वह किचन में जाकर चोरी से कुछ खाने का ख़तरा नहीं उठा सकता था।

डर्स्ली परिवार के साथ रहते हुए उसे लगभग दस साल हो गये थे, जहाँ तक उसे याद था, दस दुख भरे साल। वह तब से यहीं रह रहा था, जब वह छोटा सा बच्चा था और उसके माता-पिता उस कार एक्सीडेंट में मर गये थे। उसे याद नहीं था कि उसके माता-पिता की मौत के समय वह भी कार में था। कई बार, जब वह अलमारी में लंबे घंटों के दौरान अपनी याददाश्त

पर जोर डालता था, तो उसे एक अजीब दृश्य दिखता था : चकाचौंध करने वाली हरी रोशनी और माथे में बहुत तेज़ दर्द। उसने मान लिया था कि यही एक्सीडेंट होगा, हालाँकि उसे यह समझ में नहीं आ रहा था कि इतनी सारी हरी रोशनी कहाँ से आ रही थी। उसे अपने माँ-बाप की शक्ल तक याद नहीं थी। उसके अंकल-आंटी उनके बारे में कभी बात नहीं करते थे, और सवाल पूछने के बारे में उसे पहले ही मना कर दिया गया था। घर में उनकी एक भी फ़ोटो नहीं थी।

जब हैरी छोटा था, तो अक्सर सपने देखता था कि कोई अनजान रिश्तेदार उसे यहाँ से दूर ले जाने के लिये आया है, परंतु ऐसा कभी नहीं हुआ। डर्स्ली परिवार के सिवाय उसका कोई नहीं था, परंतु कई बार उसे ऐसा लगता था (या शायद यह उसके मन का वहम हो) जैसे सड़क पर जा रहे अजनबी लोग उसे पहचानते थे। वे बड़े अजीब क़िस्म के अजनबी थे। एक बार जब वह पेटूनिया आंटी और डडली के साथ शॉपिंग करने गया, तो बैंगनी हैट पहने एक नाटे आदमी ने उसकी तरफ़ देखकर सिर झुकाया था। पेटूनिया आंटी ने गुस्सा होकर हैरी से पूछा कि क्या वह उस आदमी को जानता था और इसके बाद वे बिना कुछ ख़रीदे उन्हें दुकान से तत्काल बाहर ले आयीं। सिर से पैर तक हरे कपड़े पहने एक पागल सी दिखने वाली बुढ़िया ने एक बार बस में उसकी तरफ़ देखकर ख़ुशी-ख़ुशी अपना हाथ हिलाया था। बहुत लंबा जामुनी कोट पहने एक गंजे आदमी ने तो एक दिन सड़क पर उससे हाथ मिलाया था और फिर बिना कुछ कहे चला गया था। इन सभी लोगों के बारे में सबसे अजीब बात यह थी कि जिस पल हैरी उन्हें ध्यान से देखने की कोशिश करता था, वे न जाने कहाँ ग़ायब हो जाते थे।

स्कूल में हैरी का कोई दोस्त नहीं था। सब जानते थे कि डडली का गैंग ढीले-ढाले पुराने कपड़े और टूटा चश्मा पहनने वाले हैरी पॉटर से नफ़रत करता था, और कोई भी डडली के गैंग से पंगा नहीं लेना चाहता था।

अध्याय तीन

गुमनाम चिट्ठियाँ

ब्राज़ीलियन साँप के निकल भागने के कारण हैरी को अब तक की सबसे लंबी सज़ा मिली। जब उसे अलमारी से बाहर आने की छूट दी गयी, तब तक गर्मी की छुट्टियाँ शुरू हो चुकी थीं, डडली अपना नया वीडियो कैमरा तोड़ चुका था, रिमोट कंट्रोल वाले हवाईजहाज़ को चकनाचूर कर चुका था, और पहली बार रेसिंग बाइक चलाते समय बूढ़ी मिसेज़ फिग को तब टक्कर मार चुका था, जब वे बैसाखियों के सहारे प्रिविट ड्राइव की सड़क पार कर रही थीं।

हैरी ख़ुश था कि स्कूल बंद हो गया, परंतु डडली के गैंग से बचने का कोई उपाय नहीं था, क्योंकि वे रोज़ घर आ धमकते थे। पियर्स, डेनिस, मैल्कम और गॉर्डन सब के सब मोटे और मूर्ख थे, परंतु चूँकि डडली उनमें सबसे मोटा और सबसे मूर्ख था, इसलिये वह उनका लीडर था। बाक़ी सभी ख़ुशी-ख़ुशी डडली के मनपसंद खेल 'हैरी का शिकार' में शामिल हो जाते थे।

इस वजह से हैरी ज़्यादातर समय घर से बाहर रहना पसंद करता था। यहाँ-वहाँ भटकते हुए जब वह छुट्टियों के ख़त्म होने के बारे में सोचता, तो उसे आशा की हलकी सी किरण नज़र आती। जब सितंबर आयेगा तो वह हाईस्कूल में जायेगा और जीवन में पहली बार वह डडली के साथ नहीं पढ़ेगा। डडली को वरनॉन अंकल के पुराने स्कूल स्मेल्टिंग्स में भेजा जा रहा था। पियर्स पॉलकिस भी वहीं जा रहा था। दूसरी तरफ़ हैरी एक सरकारी स्कूल स्टोनवॉल हाईस्कूल में जाने वाला था, जिसका डडली मज़ाक उड़ाता रहता था।

'स्टोनवॉल में पहले दिन बच्चों का सिर टॉयलेट के अंदर डालते हैं,' उसने हैरी से कहा। 'चाहो तो ऊपर आकर उसकी प्रैक्टिस कर लो।'

'नहीं, धन्यवाद,' हैरी ने कहा। 'बेचारे टॉयलेट के अंदर तुम्हारे सिर जितनी गंदी चीज़ पहले कभी नहीं गयी होगी – वह बीमार होगा।' इससे पहले कि डडली उसके कहने का मतलब समझ पाये, हैरी ने दौड़ लगा दी।

जुलाई में पेटूनिया आंटी डडली को एक दिन लंदन ले गयीं, क्योंकि डडली के लिये स्मेल्टिंग्स की यूनिफ़ॉर्म ख़रीदनी थी। हैरी को वे मिसेज़ फिग के यहाँ छोड़ गयीं। मिसेज़ फिग का व्यवहार आज पहले जितना बुरा नहीं था। बाद में हैरी को पता चला कि अपनी पालतू बिल्लियों में से एक के कारण वे गिर गयी थीं, जिससे उनकी टाँग टूट गयी और शायद इसीलिये अब मिसेज़ फिंग को बिल्लियों से पहले जितना प्रेम नहीं रहा था। उन्होंने हैरी को टेलीविज़न देखने दिया और उसे थोड़ा सा चॉकलेट केक भी दिया, जिसका स्वाद ऐसा था जैसे उसे कई सालों से सँभालकर रखा गया हो।

उस शाम डडली ने अपनी नयी चमचमाती यूनिफ़ॉर्म में पूरे परिवार के सामने ड्रॉइंग रूम में परेड की। स्मेल्टिंग्स में पढ़ने वाले लड़के मेहरून रंग का लंबा कोट, नारंगी नेकर और बोटर्स नाम के स्ट्रॉ हैट पहनते थे। वे गाँठदार छड़ी भी रखते थे और टीचर्स की आँख बचाकर उससे एक-दूसरे को मारते थे। ऐसा लगता था जैसे बाद के जीवन के लिये यह बहुत अच्छी ट्रेनिंग थी।

जब वरनॉन अंकल ने डडली को नयी यूनिफ़ॉर्म में देखा, तो वे भरी आवाज़ में बोले कि यह उनके जीवन का सबसे गौरवशाली पल है। पेटूनिया आंटी की आँखों में ख़ुशी के आँसू छलक आये और वे कहने लगीं उन्हें यक़ीन ही नहीं हो रहा कि यह उनका छोटा सा डडली बेटू है, जो इतना सुंदर और बड़ा दिख रहा है। हैरी की बोलने की हिम्मत नहीं हो रही थी। उसे लग रहा था जैसे हँसी रोकने की कोशिश में उसकी दो पसलियाँ पहले ही टूट चुकी होंगी।

अगली सुबह जब हैरी नाश्ता करने गया, तो किचन में भयानक बदबू भरी थी। ऐसा लग रहा था जैसे बदबू सिंक में रखे लोहे के एक बड़े टब में से आ रही थी। उसने इसमें झाँककर देखा। टब में गंदे कपड़े भरे थे, जो भूरे पानी में तैर रहे थे।

'यह क्या है?' उसने पेटूनिया आंटी से पूछा। उसके होंठ जैसे सिले हुए थे, क्योंकि जब भी वह सवाल पूछने की गुस्ताख़ी करता था, वह अपने होंठ कसकर बंद कर लेता था।

'तुम्हारी नयी स्कूल यूनिफ़ॉर्म,' उन्होंने कहा।

हैरी ने एक बार फिर टब में देखा।

'अच्छा,' उसने कहा 'मुझे पता नहीं था कि उसका इतना गीला होना ज़रूरी है।'

'बेवकूफ़ हो क्या,' पेटूनिया आंटी ने तमतमाते हुए कहा। 'मैं तुम्हारे लिये डडली के पुराने कपड़े भूरे रंग में रंग रही हूँ। जब काम पूरा हो जायेगा, तो यह यूनिफ़ॉर्म भी बाक़ी बच्चों जैसी ही दिखेगी।'

हैरी को इस बारे में बहुत संदेह था, परंतु उसने सोचा कि बहस करने से कोई फ़ायदा नहीं होगा। वह टेबल पर बैठ गया और उसने कोशिश की कि वह इस बारे में न सोचे कि स्टोनवॉल हाईस्कूल में पहले दिन उसका हुलिया कैसा दिखेगा – शायद वैसा, जैसे उसने किसी बड़े हाथी की खाल ओढ़ रखी हो।

डडली और वरनॉन अंकल अंदर आये और हैरी की नयी यूनिफ़ॉर्म की बदबू के कारण दोनों की ही नाक सिकुड़ी हुई थी। वरनॉन अंकल ने हमेशा की तरह अपना अख़बार खोला और डडली अपनी स्मेल्टिंग्स की छड़ी से (जिसे वह हर जगह साथ ले जाता था) टेबल पर ठक-ठक करने लगा।

तभी उन्हें लेटर बॉक्स खुलने की आवाज़ सुनाई दी और फिर फ़र्श पर चिट्ठियाँ गिरने की आवाज़ आयी।

'चिट्ठियाँ लाओ डडली,' वरनॉन अंकल ने अख़बार के पीछे से कहा।

'हैरी से कहो ना।'

'हैरी, चिट्ठियाँ लाओ।'

'डडली से कहिये ना।'

'डडली, अपनी स्मेल्टिंग्स की छड़ी इसे चुभाओ।'

अपने आपको स्मेल्टिंग्स की छड़ी से बचाते हुए हैरी चिट्ठियाँ लाने चला गया। फ़र्श पर तीन चिट्ठियाँ पड़ी थीं : वरनॉन अंकल की बहन

मार्ज का पोस्टकार्ड, जो आइल ऑफ वाइट पर छुट्टियाँ मना रही थीं, एक भूरा लिफ़ाफ़ा जो शायद कोई बिल था और – *एक चिट्ठी* हैरी के नाम।

हैरी ने चिट्ठी उठाई और उसे ग़ौर से देखा। उसका दिल किसी बड़े रबर बैंड की तरह उछल रहा था। ज़िंदगी में किसी ने भी, कभी भी उसे चिट्ठी नहीं लिखी थी? उसे कौन चिट्ठी लिखता? उसके न दोस्त थे, न ही रिश्तेदार – वह किसी लाइब्रेरी का मेंबर भी नहीं था, इसलिये उसे किताबें लौटाने के बारे में अपमानजनक पत्र भी नहीं मिलते थे। बहरहाल, उसके सामने एक चिट्ठी थी और पते से यह साफ़ ज़ाहिर था कि इसमें ग़लती की कोई गुंजाइश नहीं थी :

मिस्टर एच. पॉटर
सीढ़ियों के नीचे वाली अलमारी
4 प्रिविट ड्राइव
लिटिल व्हिंगिंग
सरे

लिफ़ाफ़ा मोटा और भारी था तथा पीले चमड़े के काग़ज़ से बना था और उस पर हरी स्याही से पता लिखा था। लिफ़ाफ़े पर एक भी टिकट नहीं लगा था।

लिफ़ाफ़े को पलटते समय उसके हाथ काँपने लगे। हैरी ने देखा कि लिफ़ाफ़े के पीछे जामुनी मोम की मोहर लगी थी और एक मोनो बना था। मोनो में एक शेर, एक चील, एक बिज्जू और एक साँप थे और बीच में बड़ा सा 'एच' लिखा हुआ था।

'जल्दी करो लड़के!' वरनॉन अंकल किचन से चीख़े। 'तुम क्या कर रहे हो? कहीं चिट्ठी में रखे बम की जाँच तो नहीं करने लगे?' वे अपने मज़ाक़ पर ख़ुद ही हँस पड़े।

हैरी किचन में वापस आया। वह अब भी अपनी चिट्ठी को घूर रहा था। उसने वरनॉन अंकल को बिल और पोस्टकार्ड दे दिये, फिर बैठकर धीरे से अपना पीला लिफ़ाफ़ा खोलने लगा।

वरनॉन अंकल ने बिल वाला लिफ़ाफ़ा खोला, उसे नफ़रत से पढ़ा और फिर पोस्टकार्ड पर निगाह डाली।

'मार्ज बीमार है,' उन्होंने पेटूनिया आंटी को बताया। 'उसने बासी मछली खा ली थी ...'

'डैड!' डडली अचानक चिल्लाया। 'डैड, हैरी के पास कुछ है!'

हैरी इस समय अपनी चिट्ठी खोलने ही वाला था, जो लिफ़ाफ़े की तरह ही चमड़े के भारी काग़ज़ पर लिखी गयी थी, परंतु तभी वरनॉन अंकल ने उसके हाथ से चिट्ठी तेज़ी से छीन ली।

'यह *मेरी* चिट्ठी है!' हैरी ने कहा और उसे वापस छीनने की कोशिश की।

'तुम्हें चिट्ठी कौन लिखेगा?' वरनॉन अंकल ने ताना मारते हुए कहा। उन्होंने एक हाथ से चिट्ठी खोली और उस पर नज़र दौड़ायी। ट्रैफ़िक लाइट्स में जितनी तेज़ी से रंग बदलती हैं, उससे भी ज़्यादा तेज़ी से उनका चेहरा लाल से हरा हो गया। और बात यहीं पर ख़त्म नहीं हुई। कुछ ही सेकंड में उनका चेहरा बासी दलिये की तरह भूरा-सफ़ेद हो गया।

'पे-पे-पेटूनिया!' वे हाँफते हुए बोले।

डडली चिट्ठी छीनने की कोशिश कर रहा था ताकि उसे पढ़ सके, परंतु वरनॉन अंकल ने चिट्ठी इतनी ऊँची पकड़ रखी थी कि वो उसकी पहुँच से दूर थी। पेटूनिया आंटी ने उत्सुकता से चिट्ठी ली और पहली लाइन पढ़ी। एक पल के लिये तो ऐसा लगा जैसे वे बेहोश होने वाली हों। उन्होंने अपना गला पकड़ लिया और दम घुटने जैसी आवाज़ निकाली।

'वरनॉन! हे भगवान! - वरनॉन!'

वे एक-दूसरे की तरफ़ एकटक देखते रहे। वे भूल गये थे कि हैरी और डडली अब भी उसी कमरे में थे। डडली को यह सहन करने की आदत नहीं थी कि उसकी तरफ़ ध्यान न दिया जाये। उसने अपनी स्मेल्टिंग्स की छड़ी अपने डैडी के सिर पर खट से मारी।

'मैं उस चिट्ठी को पढ़ना चाहता हूँ,' वह ज़ोर से चिल्लाया।

हैरी ने बौखलाते हुए कहा, 'मैं इसे पढ़ना चाहता हूँ; क्योंकि यह *मेरी* चिट्ठी है।'

'दोनों बाहर निकल जाओ,' वरनॉन अंकल ने चिट्ठी को लिफ़ाफ़े के अंदर ठूँसते हुए कहा।

हैरी हिला भी नहीं।

'मुझे *मेरी* चिट्ठी चाहिये।' वह चिल्लाया।

'*मुझे* चिट्ठी पढ़ने दो!' डडली चीख़ रहा था।

'बाहर!' वरनॉन अंकल गरजे। इसके बाद उन्होंने हैरी और डडली की गर्दन पकड़ी और उन्हें हॉल में फेंक दिया और किचन का दरवाज़ा धड़ाम से बंद कर लिया। हैरी और डडली में तत्काल एक ज़ोरदार, परंतु ख़ामोश लड़ाई होने लगी कि चाबी के छेद में से कौन सुनेगा। डडली इस लड़ाई में जीत गया और इसलिये हैरी, जिसके एक कान पर उसका चश्मा लटक रहा था, पेट के बल लेटकर उस दरार में से सुनने लगा, जो दरवाज़े और फ़र्श के बीच थी।

'वरनॉन,' पेटूनिया आंटी काँपती आवाज़ में कह रही थीं, 'पता देखो–उन्हें कैसे मालूम वह कहाँ सोता है? कहीं ऐसा तो नहीं कि वे घर पर नज़र रख रहे हों?'

'नज़र रख रहे हों – जासूसी कर रहे हों – पीछा कर रहे हों, कुछ भी हो सकता है,' वरनॉन अंकल बहुत परेशान आवाज़ में बोले।

'परंतु वरनॉन, हम क्या करें? इसका जवाब दें? यह कह दें कि हम नहीं चाहते–'

हैरी को दिख रहा था कि वरनॉन अंकल के चमकते काले जूते किचन में इधर से उधर आ–जा रहे थे।

'नहीं.' उन्होंने फ़ैसला करते हुए कहा। 'नहीं, हम इसकी तरफ़ ध्यान नहीं देंगे। अगर उन्हें कोई जवाब नहीं मिलेगा तो ... हाँ, यही सबसे अच्छा रहेगा ... हम कुछ भी नहीं करेंगे ...'

'पर–'

'मैं अपने घर में उस तरह की कोई चीज़ नहीं चाहता, पेटूनिया! जब हमने उसे घर में रखा था, तो क्या हमने उस वक़्त यह क़सम नहीं खायी थी कि हम इस ख़तरनाक बेवकूफ़ी को बंद कर देंगे?'

उस शाम को ऑफ़िस से लौटने के बाद वरनॉन अंकल ने एक ऐसा काम किया, जो उन्होंने पहले कभी नहीं किया था; वे हैरी की अलमारी में उससे मिलने गये।

जैसे ही वरनॉन अंकल दरवाज़े में जैसे-तैसे घुसकर अंदर आये हैरी ने पूछा, 'मेरी चिट्ठी कहाँ है? मुझे किसने चिट्ठी लिखी है?'

'किसी ने नहीं। उस पर ग़लती से तुम्हारा नाम लिखा हुआ था,' वरनॉन अंकल ने रूखेपन से कहा। 'मैंने चिट्ठी जला दी है।'

'कहीं कोई ग़लती *नहीं* थी,' हैरी ने गुस्से से कहा। 'उस पर मेरी अलमारी का पता लिखा था।'

'**चुप रहो**!' वरनॉन अंकल इतने ज़ोर से चीख़े कि छत से दो मकड़ियाँ नीचे गिर पड़ीं। कई गहरी साँसें लेने के बाद वरनॉन अंकल ने अपने चेहरे को मुस्कराने के लिये मजबूर किया, जो बहुत कष्ट में दिख रहा था।

'अच्छा हाँ, हैरी - इस अलमारी के बारे में। तुम्हारी आंटी और मैं सोच रहे थे ... अब तुम्हारे हिसाब से यह अलमारी छोटी पड़ने लगी है। ... हमने सोचा अच्छा यही रहेगा कि तुम डडली के दूसरे बेडरूम में रहने लगो।'

'क्यों?' हैरी ने कहा।

'सवाल मत पूछो!' अंकल ने गुर्राते हुए कहा। 'अपना सामान ऊपर ले जाओ, अभी।'

डर्स्ली परिवार के घर में चार बेडरूम थे : एक वरनॉन अंकल और पेटूनिया आंटी के लिये, दूसरा मेहमानों के लिये (आम तौर पर वरनॉन अंकल की बहन मार्ज), तीसरा जिसमें डडली सोता था और चौथा जहाँ डडली अपने खिलौने और वे सारी चीज़ें रखता था, जो उसके पहले बेडरूम में नहीं समा पाती थीं। हैरी को अपना पूरा सामान अलमारी से इस कमरे तक ले जाने में सिर्फ़ एक ही चक्कर लगाना पड़ा। वह बिस्तर पर बैठा और उसने अपने चारों तरफ़ ध्यान से देखा। यहाँ रखी लगभग हर चीज़ टूटी-फूटी थी। एक महीने पुराना वीडियो कैमरा उस छोटे और सही-सलामत टैंक के ऊपर पड़ा था, जिसे एक बार डडली ने पड़ोसी के कुत्ते के ऊपर चढ़ा दिया था। कोने में डडली का पहला टेलीविज़न रखा था, जिसे उसने उस दिन

लात मारकर तोड़ दिया था, जब उसका मनपसंद सीरियल नहीं आया था। पक्षी रखने का एक बड़ा सा पिंजरा भी था, जिसमें कभी एक तोता रहता था, जिसकी अदला-बदली करके डडली ने स्कूल के एक दोस्त से असली एयर राइफल ले ली थी। वह राइफल शेल्फ़ के ऊपर रखी थी और उसका कोना बुरी तरह पिचका हुआ था, क्योंकि डडली उस पर बैठ गया था। बाक़ी की शेल्फ़ों में किताबें रखी थीं। कमरे में बस किताबें ही ऐसी दिख रही थीं, जैसे उन्हें कभी छुआ ही नहीं गया था।

नीचे से डडली के अपनी माँ पर चिल्लाने की आवाज़ आ रही थी: 'मैं नहीं *चाहता* वह वहाँ रहे ... मुझे वह कमरा *चाहिये* ... उसे वहाँ से बाहर निकालो।'

हैरी ने आह भरी और बिस्तर पर लेट गया। कल तक यहाँ रहने के लिये वह सब कुछ दे सकता था, पर आज वह बिना चिट्ठी के इस कमरे में रहने के बजाय चिट्ठी के साथ उसी अलमारी में वापस जाने के लिये तैयार था।

अगली सुबह नाश्ते की टेबल पर सब चुप थे। डडली सदमे में था। वह चीख़ा था, चिल्लाया था; अपने डैडी को अपनी स्मेल्टिंग्स की छड़ी से मारा था; बीमारी का नाटक किया था; अपनी माँ को लातें मारी थीं; ग्रीनहाउस की छत से अपने कछुए को फेंका था; और इस सबके बाद भी उसे अपना कमरा वापस नहीं मिला। हैरी गुज़रे हुए कल के इसी समय के बारे में सोच रहा था और दुखी हो रहा था कि काश उसने हॉल में ही अपनी चिट्ठी पढ़ ली होती। वरनॉन अंकल और पेटूनिया आंटी एक-दूसरे की तरफ़ रहस्यपूर्ण ढंग से देख रहे थे।

वरनॉन अंकल हैरी से अच्छा व्यवहार करने की कोशिश कर रहे थे और जब डाक आयी, तो उन्होंने डडली को डाक लेने भेजा। डडली पूरे हॉल में स्मेल्टिंग्स छड़ी से हर चीज़ को ठोंकता हुआ गया। फिर वह चिल्लाया, 'एक और चिट्ठी आ गयी! मिस्टर *एच. पॉटर, सबसे छोटा बेडरूम, 4 प्रिविट ड्राइव –'*

दबी हुई चीख़ के साथ वरनॉन अंकल कुर्सी से उछले और उन्होंने हॉल में दौड़ लगा दी; हैरी उनके ठीक पीछे दौड़ रहा था। डडली के हाथ से चिट्ठी छीनने के लिये वरनॉन अंकल को उसे ज़मीन पर गिराना पड़ा। यह

काम और भी ज़्यादा मुश्किल इसलिये हो गया, क्योंकि हैरी ने पीछे से हाथ डालकर वरनॉन अंकल की गर्दन पकड़ ली थी। एक मिनट की उठापटक के बाद, जिसमें हर एक को स्मेल्टिंग्स की छड़ी कई बार पड़ी, वरनॉन अंकल सीधे खड़े हुए। वे हाँफ रहे थे और हैरी की चिट्ठी उनके हाथ में थी।

'अपनी अलमारी में जाओ – मेरा मतलब है, अपने बेडरूम में,' वे हैरी से हाँफते हुए बोले। 'डडली – तुम भी जाओ – दफ़ा हो जाओ।'

हैरी अपने नये कमरे में गोल-गोल घूमता रहा। कोई जानता था कि वह अपनी अलमारी से निकलकर कहीं और सोने लगा था और वह यह भी जानता था कि उसे पहली चिट्ठी नहीं मिली। निश्चित रूप से इसका मतलब यह था कि वह दुबारा कोशिश करेगा? और इस बार हैरी ऐसा इंतज़ाम कर लेगा, ताकि वह उस तक चिट्ठी पहुँचाने में सफल हो जाये। उसके दिमाग़ में एक योजना थी।

*

अगली सुबह छह बजे सुधरी हुई अलार्म घड़ी की घंटी बजी। हैरी ने लपककर उसे बंद किया और चुपचाप कपड़े पहने। वह डर्स्ली परिवार को जगाना नहीं चाहता था, इसलिये बिना लाइट जलाये वह दबे पाँव नीचे उतरा।

वह प्रिविट ड्राइव के कोने पर पोस्टमैन का इंतज़ार करने जा रहा था, ताकि नंबर चार की चिट्ठियाँ सबसे पहले उसी के हाथ लग जायें। अँधेरे हॉल से बाहर के दरवाज़े की तरफ़ रेंगते समय उसका दिल तेज़ी से धड़क रहा था –

'आआआआहहहहहह!'

हैरी हवा में उछल पड़ा – वह फ़र्श पर पड़ी किसी मोटी और गिलगिली चीज़ पर चढ़ गया था – किसी *ज़िंदा* चीज़ पर!

ऊपर की मंज़िल की बत्तियाँ खट से जलीं और हैरी यह देखकर आतंकित हो गया कि जिस गिलगिली चीज़ पर वह चढ़ा था, वह उसके अंकल का चेहरा था। वरनॉन अंकल स्लीपिंग बैग में सामने वाले दरवाज़े से टिककर सो रहे थे। यह बात तय थी कि वे पक्का इंतज़ाम कर लेना चाहते थे, ताकि हैरी वो काम न कर पाये, जिसे करने की वह कोशिश कर रहा था। वे आधे घंटे तक हैरी को डाँटते रहे और फिर उन्होंने उसे एक कप

चाय बनाकर लाने को कहा। हैरी पैर पटकते हुए दुखी मन से किचन में गया और जब वह लौटकर आया, तब तक डाक आ चुकी थी और वरनॉन अंकल की गोद में पड़ी थी। हैरी को दिख रहा था कि तीन चिट्ठियाँ पर हरी स्याही से पता लिखा था।

'मैं चाहता हूँ –' उसने कहना शुरू किया, परंतु वरनॉन अंकल उसकी आँखों के सामने उसकी चिट्ठियाँ फाड़ रहे थे।

वरनॉन अंकल उस दिन ऑफ़िस नहीं गये। वे घर पर ही रहे और उन्होंने कील ठोंककर लेटर बॉक्स को बंद कर दिया।

'देखो,' मुँह में कीलें भरी होने के बावज़ूद वे पेटूनिया आंटी को समझा रहे थे, 'जब वे लोग चिट्ठियाँ नहीं *पहुँचा पायेंगे* तो हार मान लेंगे।'

'वरनॉन, मुझे नहीं लगता कि वे इतनी आसानी से हार मान लेंगे।'

'अरे, वे लोग तुम्हारी और मेरी तरह थोड़े ही सोचते हैं, उनके सोचने का ढंग बहुत अजीब होता है।' वरनॉन अंकल ने कहा और फिर उन्होंने एक कील को फ्रूट केक के उस टुकड़े से ठोंकने की कोशिश की जो पेटूनिया आंटी उनके खाने के लिये लाई थीं।

*

शुक्रवार को हैरी के नाम की बारह चिट्ठियाँ आ गयीं। जब चिट्ठियाँ लेटर बॉक्स में से अंदर नहीं घुस पायीं, तो उन्हें दरवाज़े के नीचे से सरकाकर अंदर डाला गया; कुछ चिट्ठियों को किनारे की दरारों से और कुछ को तो नीचे वाले बाथरूम के रोशनदान से अंदर डाला गया।

वरनॉन अंकल उस दिन भी घर पर ही रहे। सारी चिट्ठियाँ को जलाने के बाद उन्होंने हथौड़ी और कीलें उठाकर अगले और पिछले दरवाज़ों की सारी दरारें बंद कर दीं। अब कोई अंदर तो क्या, बाहर भी नहीं जा सकता था। काम करते-करते वे 'टिपटो थ्रू द ट्यूलिप्स' गुनगुना रहे थे और ज़रा-ज़रा सी आवाज़ पर चौंक जाते थे।

*

शनिवार को स्थिति नियंत्रण से बाहर होने लगी। हैरी के नाम की चौबीस चिट्ठियाँ घर के अंदर घुस आयीं, जो दो दर्जन अंडों के भीतर एक-एक

करके मोड़ी और छुपायी गयी थीं। उनका दूध वाला बहुत परेशान दिख रहा था, जब उसने यह अंडे ड्रॉइंग रूम की खिड़की से पेटूनिया आंटी को दिये। वरनॉन अंकल गुस्से से पागल होकर पोस्ट ऑफ़िस और डेरी में फोन लगा रहे थे, ताकि उन्हें कोई सही आदमी मिल जाये, जिससे वे इसकी शिकायत कर सकें। इस बीच, पेटूनिया आंटी ने अपनी मिक्सी में वे चिट्ठियाँ पीस डालीं।

'आख़िर दुनिया में ऐसा कौन है, जो *तुमसे* कुछ कहने के लिये इतना छटपटा रहा है?' डडली ने हैरी से आश्चर्य से पूछा।

*

रविवार की सुबह नाश्ते की टेबल पर वरनॉन अंकल थके हुए और थोड़े बीमार से दिख रहे थे, परंतु वे ख़ुश थे।

'इतवार को डाक नहीं आती,' उन्होंने अख़बार पर मुरब्बा लगाते हुए उन्हें ख़ुशी-ख़ुशी याद दिलाया, 'आज कोई बेहूदा चिट्ठी नहीं आ सकती –'

जब वे बोल रहे थे तभी किचन की चिमनी से कोई चीज़ सरसराती हुई नीचे आयी और उनके सिर के पिछले हिस्से पर चटाक से पड़ी। अगले ही पल अँगीठी से तीस या चालीस चिट्ठियाँ गोलियों की तरह बरसने लगीं। बाक़ी सभी ने अपने सिर झुका लिये, परंतु हैरी चिट्ठी पकड़ने के लिये हवा में उछला –

'बाहर जाओ! **बाहर जाओ!**'

वरनॉन अंकल ने हैरी को कमर से पकड़ा और बाहर हॉल में फेंक दिया। जब पेटूनिया आंटी और डडली अपने चेहरों पर हाथ रखकर बाहर निकल गये, तो वरनॉन अंकल ने दरवाज़ा धड़ाम से बंद कर लिया। दरवाज़ा बंद होने के बाद भी बाहर से वे सुन सकते थे कि चिट्ठियाँ अब भी कमरे में तैरती हुई घुस रही थीं और दीवारों तथा फ़र्श पर टकरा रही थीं।

'बहुत हो गया,' वरनॉन अंकल ने कहा। वे शांत लहज़े में बोलने की कोशिश कर रहे थे, परंतु बोलते समय अपनी मूँछ के बाल लगातार उखाड़ते जा रहे थे। 'पाँच मिनट में तुम सब चलने के लिये तैयार हो जाओ। हम लोग यहाँ से दूर जा रहे हैं। सिर्फ़ कुछ कपड़े पैक कर लो। कोई बहस नहीं!'

अपनी आधी मूँछ के बिना वे इतने ख़तरनाक दिख रहे थे कि उनसे बहस करने की किसी की हिम्मत नहीं हुई। दस मिनट बाद वे लोग कीलों से बंद दरवाज़ों को झटके से खींचते हुए बड़ी मुश्किल से बाहर आये, कार में बैठे और कार हाईवे पर हवा से बातें करने लगी। डडली पिछली सीट पर सुबक रहा था। उसके डैडी ने उसे सिर पर मार दिया था, क्योंकि अपने टेलीविज़न, वी. सी. आर. और कम्प्यूटर को स्पोर्ट्स बैग में पैक करने में उसे कुछ ज़्यादा ही समय लग रहा था।

उनकी कार चलती रही। और चलती रही। यहाँ तक कि पेटूनिया आंटी भी यह पूछने में डर रही थीं कि वे जा कहाँ रहे थे। बीच-बीच में वरनॉन अंकल झटके से गाड़ी मोड़ लेते थे और कुछ समय तक विपरीत दिशा में कार चलाने लगते थे।

जब वे झटके से गाड़ी मोड़ते थे, तो वे यह शब्द बुदबुदाते थे, 'पीछा करने वालों, अब क्या करोगे ... पीछा करने वालों, अब क्या करोगे।'

दिन भर हो गया, परंतु वे खाने-पीने के लिये कहीं नहीं रुके। रात तक डडली दुखी होकर चिंघाड़ने लगा। उसकी ज़िंदगी में इतना बुरा दिन पहले कभी नहीं गुज़रा था। वह भूखा था, उसके पाँच मनपसंद टेलीविज़न सीरियल छूट गये थे। यही नहीं, आज से पहले वह अपने कम्प्यूटर पर किसी दुश्मन को मारे बिना इतने समय तक कभी नहीं रहा था।

आख़िरकार वरनॉन अंकल एक गंदे से होटल के सामने रुके, जो एक बड़े शहर के बाहरी हिस्से में था। डडली और हैरी एक ही कमरे में सोये, जिसमें डबल बेड था और सीली हुई, गंदी चादरें थीं। डडली खर्राटे भरने लगा, पर हैरी जागता रहा। वह खिड़की की चौखट पर बैठकर नीचे से गुज़रती हुई कारों की रोशनियाँ देख रहा था और सोच रहा था ...

*

अगले दिन नाश्ते में उन्होंने बासी कॉर्नफ़्लेक्स और ठंडे डिब्बाबंद टमाटर के साथ टोस्ट खाये। उन्होंने नाश्ता ख़त्म ही किया था कि तभी होटल की मालकिन उनकी टेबल के पास आयी।

'माफ़ कीजिये, परंतु क्या आपमें से किसी का नाम मिस्टर एच. पॉटर है? मेरे पास रिसेप्शन में इस तरह की लगभग सौ चिट्ठियाँ रखी हैं।'

उसने एक चिट्ठी दिखायी, ताकि वे हरी स्याही में लिखा पता पढ़ सकें :

मिस्टर एच. पॉटर
कमरा नंबर 17
रेलव्यू होटल
कोकवर्थ

हैरी ने चिट्ठी को झपटना चाहा, परंतु वरनॉन अंकल ने उसके बढ़े हुए हाथ को हटाकर एक तरफ़ कर दिया। मालकिन घूरती रही।

'मैं उन्हें ले लेता हूँ,' वरनॉन अंकल बोले और जल्दी से खड़े होकर वे उसके पीछे-पीछे डाइनिंग रूम से बाहर चले गये।

*

'डियर, क्या यह बेहतर नहीं होगा कि हम घर लौट चलें?' पेटूनिया आंटी ने कई घंटे बाद डरते-डरते सुझाव दिया, परंतु ऐसा लगा जैसे वरनॉन अंकल ने उनकी बात सुनी ही नहीं थी। वरनॉन अंकल क्या चाहते थे, यह उनमें से कोई नहीं जानता था। वरनॉन अंकल उन्हें कार से जंगल के बीचों-बीच ले गये, वहाँ कार से बाहर निकले, चारों तरफ़ देखा, अपना सिर हिलाया, दुबारा कार में बैठे और एक बार फिर चल पड़े। यही हाल ही में जुते एक खेत के बीच, एक झूला-पुल के बीचों-बीच और एक बहुमंज़िला कार पार्किंग में हुआ।

'डैडी पागल हो गये हैं, है ना?' डडली ने पेटूनिया आंटी से देर शाम को धीमी आवाज़ में पूछा। वरनॉन अंकल कार को समुद्र के किनारे पार्क करके और उन सभी को उसके अंदर लॉक करके कहीं चले गये थे।

बारिश होने लगी। बड़ी-बड़ी बूँदें कार की छत पर शोर मचाने लगीं। डडली झींक रहा था।

'आज सोमवार है,' वह अपनी माँ से बोला। 'द ग्रेट हम्बर्टो आज रात आने वाला है। मैं किसी ऐसी जगह पर ठहरना चाहता हूँ जहाँ *टेलीविज़न* हो।'

सोमवार। यह सुनकर हैरी को कुछ याद आया। अगर आज सोमवार *था* – और टेलीविज़न के कारण डडली से सप्ताह के दिनों के बारे में आम तौर पर कोई ग़लती नहीं हो सकती थी – तो कल यानी मंगलवार को हैरी का ग्यारहवाँ जन्मदिन है। ज़ाहिर है, उसके बर्थडे ख़ास ख़ुशी के मौके नहीं होते थे – पिछले साल डर्स्ली परिवार ने उसे कोट टाँगने वाला हैंगर दिया था और वरनॉन अंकल के एक जोड़ी पुराने मोज़े भी। फिर भी, कोई रोज़-रोज़ तो ग्यारह साल का नहीं होता है।

वरनॉन अंकल वापस लौट आये थे और अब वे मुस्करा रहे थे। उनके हाथ में एक लंबा, पतला पैकेट था और जब पेटूनिया आंटी ने उनसे पूछा कि वे क्या ख़रीद कर लाये हैं, तो उन्होंने कोई जवाब नहीं दिया।

'बिलकुल सही जगह मिल गयी है!' उन्होंने कहा। 'आ जाओ! सब बाहर निकल आओ!'

कार के बाहर बहुत ठंडक थी। वरनॉन अंकल समुद्र के काफ़ी भीतर एक बड़ी चट्टान की तरफ़ इशारा कर रहे थे। चट्टान के ऊपर एक छोटी सी झोंपड़ी बनी थी, इससे बुरी झोंपड़ी की आप कल्पना भी नहीं कर सकते। एक बात तो तय थी, वहाँ कोई टेलीविज़न नहीं था।

'आज रात के लिये तूफ़ान की भविष्यवाणी की गयी है!' वरनॉन अंकल ने ख़ुशी से दमकते हुए और ताली बजाते हुए कहा। 'और इस भले आदमी ने मेहरबानी करके हमें अपनी नाव उधार दे दी है!'

बिना दाँतों वाला एक बूढ़ा आदमी धीमी गति से चलते हुए उनके पास आया। थोड़ी कुटिल मुस्कान के साथ उसने एक पुरानी नाव की तरफ़ इशारा किया, जो नीचे स्लेटी-भूरे पानी में हिचकोले खा रही थी।

'खाने-पीने का थोड़ा सामान मैंने ले लिया है,' वरनॉन अंकल बोले, 'सब लोग नाव पर चढ़ जाओ!'

नाव में उनकी कुलफ़ी जमने लगी। समुद्र की बर्फ़ीली बौछार और बारिश उनके गले से नीचे उतर रही थी और ठंडी हवा चेहरे पर कोड़े बरसा रही थी। ऐसा लग रहा था जैसे घंटों बाद वे उस चट्टान तक पहुँचे, जहाँ से वरनॉन अंकल फिसलते और लड़खड़ाते हुए उन्हें टूटी-फूटी झोंपड़ी तक ले गये।

अंदर की हालत बहुत भयानक थी। समुद्री शैवाल की बुरी बदबू आ रही थी, लकड़ी की दीवारों के बीच मोटी-मोटी दरारों से हवा सीटी बजाती हुई आ रही थी और अँगीठी सीली व ख़ाली थी। झोंपड़ी में सिर्फ़ दो ही कमरे थे।

वरनॉन अंकल के खाने-पीने के सामान में चार केले और सबके लिये आलू की चिप्स का एक-एक पैकेट ही था। उन्होंने आग जलाने की कोशिश की, पर चिप्स के ख़ाली पैकेट सिर्फ़ धुंआ निकालकर ही सिकुड़ गये।

'ऐसे समय वह चिट्ठियाँ होतीं तो मज़ा आ जाता, है ना?' वे ख़ुशी-ख़ुशी बोले।

वे बहुत अच्छे मूड में थे। ज़ाहिर था, वे सोच रहे थे कि इस तूफ़ान में उन तक चिट्ठियाँ पहुँचाने कोई यहाँ तक नहीं आ सकता। हैरी मन ही मन इस बात से सहमत था, हालाँकि इस विचार से उसे ज़रा भी ख़ुशी नहीं हो रही थी।

जब रात हुई तो भविष्यवाणी के अनुसार तूफ़ान उनके चारों तरफ़ गरजने लगा। ऊँची लहरों की बौछारें झोंपड़ी की दीवारों पर टकराने लगीं और तूफ़ानी हवा गंदी खिड़कियों को हिलाने लगी। पेटूनिया आंटी को दूसरे कमरे में कुछ सीले हुए कंबल मिल गये और उन्होंने दीमक लगे सोफ़े पर डडली के लिये बिस्तर लगा दिया। वे और वरनॉन अंकल अंदर वाले मोटे पलंग पर सोने चले गये और हैरी को उसके हाल पर छोड़ दिया गया कि वह फ़र्श पर सबसे नर्म जगह ढूँढ़ ले और सबसे पतले तथा फटे कंबल के नीचे दुबककर सो जाये।

जब रात गहराने लगी, तो तूफ़ान और भी भयानक होता चला गया। हैरी सो नहीं सका। वह काँपता रहा, करवटें बदलता रहा और कोशिश करता रहा कि उसे थोड़ा आराम मिल जाये, परंतु उसका पेट भूख के मारे गुड़गुड़ कर रहा था। डडली के खर्राटे तूफ़ान की आवाज़ों में दब गये, जो आधी रात के क़रीब शुरू हुआ। डडली की घड़ी उसकी मोटी कलाई पर सोफ़े से नीचे लटकी हुई थी और हैरी को उसके चमकते डायल से यह दिख रहा था कि दस मिनट बाद वह ग्यारह साल का हो जायेगा। वह लेटा रहा और देखता रहा कि उसका बर्थडे टिक-टिक करके क़रीब आ रहा है। वह

सोच रहा था कि क्या डर्स्ली परिवार को उसका बर्थडे याद रहेगा और यह भी, कि चिट्ठियाँ लिखने वाला इस समय कहाँ होगा।

पाँच मिनट बचे थे। हैरी को बाहर किसी चीज़ के चरमराने की आवाज़ आयी। उसे डर लगा कि कहीं छत टूटकर न गिर जाये, हालाँकि ऐसा होने पर उसे अधिक गर्मी मिल जायेगी, इसमें कोई संदेह नहीं था। चार मिनट बचे थे। शायद प्रिविट ड्राइव के घर में अब तक इतनी सारी चिट्ठियाँ इकट्ठी हो गयी होंगी कि जब वे वापस लौटेंगे तो वह किसी तरह से एक चिट्ठी चुराने में सफल हो जायेगा।

तीन मिनट बचे थे। क्या यह समुद्र की आवाज़ थी, जो इतनी बुरी तरह चट्टानों से टकरा रहा था? और (दो मिनट बचे थे) यह अजीब सी चटकने की आवाज़ कैसी थी? क्या कोई चट्टान समुद्र में गिर रही थी?

एक मिनट बचा था और फिर वह ग्यारह साल का हो जायेगा। तीस सेकंड ... बीस ... दस - नौ - शायद उसे डडली को उठा देना चाहिये, सिर्फ़ उसे चिढ़ाने के लिये ... तीन - दो - एक -

भड़ाम।

पूरी झोंपड़ी हिल गयी। हैरी उठकर सीधा बैठ गया और दरवाज़े को घूरने लगा। कोई बाहर खड़ा था और अंदर आने के लिये दरवाज़ा खटखटा रहा था।

अध्याय चार

चाबियों का रखवाला

भड़ाम! किसी ने दुबारा दरवाज़ा खटखटाया। डडली चौंककर जागा। 'बम कहाँ फटा?' उसने मूर्खों की तरह पूछा।

तभी उनके पीछे धमाका हुआ और वरनॉन अंकल कमरे में फिसलते हुए आये। उनके हाथ में राइफल थी– अब सबको पता चल गया कि उस लंबे, पतले पैकेट में क्या था, जो वे ख़रीद कर लाये थे।

'कौन है?' वे चिल्लाये। 'मैं तुम्हें चेतावनी दे रहा हूँ– मेरे पास बंदूक है!'

कुछ पल ख़ामोशी रही। फिर –

धड़ाक!

दरवाज़े को इतनी ताक़त से धक्का दिया गया कि उसके कब्जे उखड़ गये और जब दरवाज़ा ज़मीन पर गिरा, तो उसकी आवाज़ ने कान के पर्दे हिला दिये।

दरवाज़े की चौखट पर एक भीमकाय आदमी खड़ा था। लंबे, खिचड़ी बालों और जंगली, उलझी दाढ़ी की वजह से उसका चेहरा लगभग पूरी तरह से छुप गया था, परंतु उसकी आँखें काले बीटल की तरह उसके बालों के बीच में चमक रही थीं।

भीमकाय आदमी को झोंपड़ी में घुसने के लिये अपने शरीर को सिकोड़ना पड़ा और अंदर आते समय वह झुक गया, ताकि उसका सिर छत से न टकरा जाये। उसने झुककर दरवाज़ा उठाया और उसे आसानी से दुबारा चौखट में लगा दिया। बाहर से आ रही तूफ़ान की आवाज़ अब थोड़ी कम हो गयी। वह मुड़कर उन लोगों को देखने लगा।

'कोई एक कप चाय पिलायेगा? सफ़र आसान नहीं था ...'

उसने सोफ़े की तरफ़ कदम बढ़ाये, जहाँ डडली दहशत के मारे जमा बैठा था।

'मोटे थुलथुल, दूर हट,' अजनबी ने कहा।

डडली ने चूँ-चूँ जैसी आवाज़ निकाली और अपनी माँ के पीछे छुपने के लिये दौड़ लगा दी, जो डरी और सहमी सी वरनॉन अंकल के पीछे दुबकी हुई थीं।

'और ये रहा हैरी!' भीमकाय आदमी ने कहा।

हैरी ने उस खूँखार, जंगली, धुँधले चेहरे को देखा। भीमकाय आदमी की बीटल जैसी चमकती आँखें मुस्करा रही थीं।

'हैरी, हमने तुम्हें तब से नहीं देखा, जब तुम बहुत छोटे थे,' भीमकाय आदमी ने कहा। 'तुम काफ़ी हद तक अपने डैडी की तरह दिखते हो, परंतु तुम्हारी आँखें बिलकुल तुम्हारी मम्मी जैसी हैं।'

वरनॉन अंकल के मुँह से एक अजीब सी खरखराती आवाज़ निकली।

'मैं कहे देता हूँ, आप तत्काल यहाँ से चले जायें, सर!' उन्होंने कहा। 'आप जबर्दस्ती अंदर घुस आये हैं और आपको ऐसा नहीं करना चाहिये।'

अपना मुँह बंद रखो, डर्स्ली डरपोक कहीं के,' भीमकाय आदमी ने कहा। उसने सोफ़े के पिछले हिस्से की तरफ़ हाथ बढ़ाया, वरनॉन अंकल के हाथ से बंदूक छीनकर उसे इतनी आसानी से मोड़ दिया, जैसे वह रबर की बनी हो और फिर उसे कमरे के कोने में फेंक दिया।

वरनॉन अंकल ने एक और अजीब सी आवाज़ निकाली, जैसे किसी चूहे पर पैर रख दिया गया हो।

भीमकाय आदमी ने डर्स्ली परिवार की तरफ़ पीठ करते हुए कहा, 'हैप्पी बर्थडे हैरी। हम तुम्हारे लिये कुछ लाये हैं - शायद रास्ते में कहीं हम इसके ऊपर बैठ गये होंगे, पर लगता है इसका स्वाद अच्छा ही होगा।'

अपने काले ओवरकोट की अंदर वाली जेब से उसने थोड़ा दबा हुआ पैकेट निकाला। हैरी ने काँपते हाथों से उसे खोला। अंदर एक बड़ा, चिपचिपा चॉकलेट केक था जिस पर हरी चाशनी में लिखा था *हैप्पी बर्थडे हैरी*।

हैरी ने भीमकाय आदमी की तरफ़ देखा। वह कहना चाहता था 'धन्यवाद', परंतु यह शब्द मुँह तक आते-आते गुम हो गया और उसके मुँह से धन्यवाद के बजाय यह निकला, 'आप कौन हैं?'

भीमकाय आदमी हँसा।

'सही बात है, हमने अपना परिचय नहीं दिया है। हम रूबियस हैग्रिड हैं, हॉगवर्ट्स की चाबियों और मैदान के रखवाले।'

फिर उसने अपना विशालकाय हाथ बढ़ाया और हाथ मिलाते समय हैरी की बाँह को हिलाकर रख दिया।

'तो चाय के बारे में क्या ख़्याल है,' उसने अपने दोनों हाथ मलते हुए कहा। 'वैसे, अगर तुम्हारे पास कोई ज़्यादा ज़ोरदार चीज़ हो तो हम उसके लिये भी मना नहीं करेंगे।'

उसकी नज़र ख़ाली अँगीठी पर पड़ी, जिसमें सिकुड़े हुए चिप्स के पैकेट पड़े थे और उसने नाक-भौं सिकोड़ी। फिर वह अँगीठी पर झुका। वे लोग यह नहीं देख पाये कि उसने क्या किया, परंतु जब वह एक पल बाद हटा तो वहाँ पर आग की तेज़ लपटें धधक रही थीं। आग की वजह से सीली झोंपड़ी में लहराती हुई रोशनी भर गयी और हैरी को ऐसा महसूस हुआ जैसे वह गर्म पानी के टब में बैठ गया हो।

भीमकाय आदमी एक बार फिर सोफ़े पर बैठ गया, जो उसके वज़न से दबा जा रहा था। वह अपने कोट की जेबों से ढेर सारा सामान निकालने लगा : ताँबे की केतली, कबाब का दबा हुआ पैकेट, पोकर, चाय की पतीली, लकड़ी के कई मग और एक गहरे रंग की बोतल, जिसमें से उसने चाय बनाने से पहले एक घूँट पिया। जल्दी ही, भुन रहे कबाबों की आवाज़ और ख़ुशबू झोंपड़ी में भर गयी। जब भीमकाय आदमी काम कर रहा था, तो सब चुपचाप रहे, परंतु जब उसने छह मोटे, रसदार, हलके भुने कबाब पोकर से बाहर निकाले, तो डडली थोड़ा छटपटाया। वरनॉन अंकल ने तेज़ी से कहा, 'डडली, उसकी दी कोई चीज़ मत छूना।'

भीमकाय आदमी ने ठहाका लगाया।

'तुम्हारे मोटे थुलथुल बेटे को और मोटा करने की कोई ज़रूरत नहीं है, डर्स्ली, चिंता मत करो।'

उसने हैरी को कवाब दिये, जो इतना भूखा था कि उसे लगा जैसे उसने इतनी अच्छी चीज़ पहले कभी नहीं खायी थी, पर अब भी वह अपनी आँखें भीमकाय आदमी पर से हटा नहीं पा रहा था। आख़िरकार, जब किसी ने भी कुछ नहीं बताया, तो उसने कहा,'माफ़ कीजिये, परंतु मैं अब भी सचमुच नहीं जानता कि आप कौन हैं।'

भीमकाय आदमी ने चाय का एक घूँट लिया और हथेली के पिछले हिस्से से अपना मुँह पोंछा।

'हमें हैग्रिड कहो,' उसने कहा, 'सभी हमें इसी नाम से बुलाते हैं। और जैसा कि हम पहले ही बता चुके हैं, हम हॉगवर्ट्स में चाबियों के रखवाले हैं – वैसे तुम हॉगवर्ट्स के बारे में तो सब कुछ जानते ही होगे।'

'अररर... नहीं,' हैरी बोला।

हैग्रिड को जैसे साँप सूँघ गया।

'सॉरी,' हैरी ने तत्काल कहा।

'सॉरी?' हैग्रिड गरजा और डर्स्ली परिवार को घूरने लगा, जो छायाओं के पीछे छुप गये। 'सॉरी तुम्हें नहीं, उन्हें कहना चाहिये! हम जानते थे कि तुम्हें चिट्ठियाँ नहीं मिल रही थीं, परंतु हमने यह कभी नहीं सोचा था कि तुमने हॉगवर्ट्स का नाम भी नहीं सुना होगा, क़सम से! क्या तुमने कभी नहीं सोचा कि तुम्हारे मम्मी और डैडी ने यह सब कहाँ सीखा?'

'क्या सीखा?' हैरी ने पूछा।

'**क्या सीखा**?' हैग्रिड गरजा। 'ज़रा एक मिनट रुको!'

वह उछलकर खड़ा हो गया। हैग्रिड गुस्से में पूरी झोंपड़ी के आकार का लग रहा था। डर्स्ली परिवार दीवार से चिपककर दुबका खड़ा था।

'क्या इसका यह मतलब है,' वह डर्स्ली पति-पत्नी की तरफ़ देखकर गुर्राया, 'कि यह बच्चा – यह बच्चा! – **किसी भी चीज़** के बारे में– कुछ भी नहीं जानता?'

हैरी को लगा कि बात हद से आगे बढ़ गयी थी। वह स्कूल जाता था और उसके नंबर भी बुरे नहीं आते थे।

'मैं कुछ चीज़ें जानता हूँ,' उसने कहा। 'देखिये, मैं गणित वग़ैरह अच्छे से कर सकता हूँ।'

परंतु हैग्रिड ने अपना हाथ हवा में लहराया और कहा, 'मेरा मतलब है, *हमारी* दुनिया के बारे में। *तुम्हारी* दुनिया। *हमारी* दुनिया। *तुम्हारे मम्मी–डैडी की दुनिया।*'

'कौन सी दुनिया?'

ऐसा लग रहा था जैसे हैग्रिड किसी बम की तरह बस फटने ही वाला था।

'**डर्स्ली!**' वह गरजा।

वरनॉन अंकल का चेहरा बहुत पीला पड़ गया और वे फुसफुसाकर 'कांय–कांय' जैसा कुछ बोले। हैग्रिड हैरी को हैरानी से घूर रहा था।

'परंतु तुम्हें अपने मम्मी–डैडी के बारे में पता होना चाहिये,' उसने कहा। 'हमारा मतलब है, वे लोग *मशहूर* हैं। *तुम भी मशहूर* हो।'

'क्या? मेरे ... मेरे मम्मी–डैडी मशहूर हैं, क्या सचमुच?'

'तुम्हें नहीं पता ... तुम्हें नहीं पता...' हैग्रिड ने अपने बालों में उँगलियाँ फिराईं और हक्का–बक्का होकर हैरी को घूरने लगा।

'तुम्हें सचमुच नहीं पता कि तुम क्या हो?' उसने अंत में पूछा।

वरनॉन अंकल की आवाज़ अचानक वापस लौट आयी।

'रुक जाइये!' उन्होंने आदेश दिया। 'यहीं पर रुक जाइये, सर! मैं आपको मना करता हूँ कि आप इस लड़के को कुछ भी न बतायें।'

वरनॉन डर्स्ली से ज़्यादा बहादुर आदमी भी हैग्रिड की गुस्से भरी निगाह से दहल जाता। जब हैग्रिड बोला तो उसका हर शब्द गुस्से के मारे थरथरा रहा था।

'तुमने उसे कभी नहीं बताया? तुमने उसे कभी नहीं बताया कि उस चिट्ठी में क्या था, जो डम्बलडोर उसके लिये छोड़ गये थे? हम वहीं थे! हमने अपनी आँखों से डम्बलडोर को चिट्ठी छोड़ते देखा था, डर्स्ली! तुमने इतने सालों तक उससे यह बात छुपाकर रखी?'

'*कौन सी बात* छुपाकर *रखी?*' हैरी ने उत्सुकता से पूछा।

'**ठहर जाइये! मैं आपको मना कर रहा हूँ।**' आतंकित होकर वरनॉन अंकल चीख़े।

पेटूनिया आंटी ने घबराकर सिसकारी भरी।

'तुम दोनों भाड़ में जाओ और जाकर अपना सिर धुनो,' हैग्रिड ने कहा। 'तुम एक जादूगर हो, हैरी।

झोंपड़ी के अंदर ख़ामोशी थी। सिर्फ़ समुद्र और सीटी बजाती हवा की आवाज़ें सुनाई दे रही थीं।

'मैं *क्या* हूँ?' हैरी ने तेज़-तेज़ साँस लेते हुए कहा।

'जादूगर, और क्या,' हैग्रिड ने कहा और सोफ़े पर एक बार फिर बैठ गया, जो उसके बोझ से दबकर कराहता हुआ थोड़ा और नीचे धँस गया। 'और हम कहते हैं तुम बहुत अच्छे जादूगर हो, बस तुम्हें कुछ साल तक सीखने की ज़रूरत है। तुम जिन मम्मी-डैडी के बेटे हो, उनका बेटा और क्या हो सकता है? और हमें लगता है अब समय आ चुका है कि तुम अपनी चिट्ठी पढ़ लो।'

हैरी ने अपना हाथ बढ़ाया और आख़िरकार उस पीले लिफ़ाफ़े को ले लिया, जिस पर हरी स्याही में पता लिखा था : *मिस्टर एच. पॉटर, फ़र्श, चट्टान पर बनी झोंपड़ी, समुद्र।* उसने चिट्ठी बाहर निकाली और पढ़ने लगा :

हॉगवर्ट्स जादूगरी और तंत्र का विद्यालय

हेडमास्टर : एल्बस डम्बलडोर

(ऑर्डर ऑफ मर्लिन, फर्स्ट क्लास, ग्रांड सॉरसरर, चीफ़ वारलॉक, सुप्रीम मग्वम्प, इन्टरनेशनल कॉन्फेडरेशन ऑफ विज़ाड्र्स)

डियर मिस्टर पॉटर,

हमें आपको सूचित करते हुए ख़ुशी हो रही है कि आपको हॉगवर्ट्स जादूगरी और तंत्र के विद्यालय के लिये स्वीकार कर लिया गया है। आवश्यक किताबों और उपकरणों की सूची साथ में लगी है।

स्कूल 1 सितंबर से शुरू होगा। हम 31 जुलाई तक आपके उल्लू का इंतज़ार करेंगे।

आपकी

मिनर्वा मैक्गॉनेगल

डिप्टी हेडमिस्ट्रेस

हैरी के दिमाग़ में पटाख़ों की तरह कई सवाल फूट रहे थे और वो यह फ़ैसला नहीं कर पा रहा था कि पहले कौन सा सवाल पूछे। कुछ मिनट बाद वह अटक-अटक कर बोला, 'वे मेरे उल्लू का इंतज़ार करेंगे, इसका क्या मतलब है?'

'तूफ़ान की आँख, इससे मुझे याद आया,' हैग्रिड ने कहा और उसने अपने माथे पर इतनी जमकर हाथ मारा कि उससे कोई घोड़ागाड़ी पलट सकती थी। इसके बाद उसने अपने ओवरकोट के अंदर की दूसरी जेब से एक उल्लू निकाला – एक असली, ज़िंदा, थोड़ा परेशान दिख रहा उल्लू – एक लंबी कलम और चमड़े का एक क़ाग़ज भी। अपने दाँतों में जीभ दबाकर उसने चिट्ठी लिखी, जिसे हैरी दूसरी तरफ़ से पढ़ सकता था :

डियर मिस्टर डम्बलडोर,

हैरी को उसकी चिट्ठी दे दी है। हम कल उसका सामान ख़रीदने के लिये उसे ले जा रहे हैं। मौसम भयानक है। आशा है आप सकुशल होंगे।

हैग्रिड

हैग्रिड ने चिट्ठी मोड़ी और उसे उल्लू को पकड़ा दिया, जिसने उसे अपनी चोंच में दबा लिया। इसके बाद हैग्रिड दरवाज़े तक गया और उल्लू को तूफ़ान में उछाल दिया। फिर वह वापस आया और बैठ गया, जैसे यह करना उतना ही सामान्य हो जैसे फोन पर बात करना।

हैरी को ध्यान आया कि उसका मुँह खुला हुआ है और उसने उसे तत्काल बंद कर लिया।

'हम कहाँ थे?' हैग्रिड ने कहा, परंतु उसी समय वरनॉन अंकल आग की रोशनी में आगे आये। उनका चेहरा राख जैसा था, परंतु वे बहुत नाराज़ लग रहे थे।

'वह नहीं जायेगा,' उन्होंने कहा।

हैग्रिड घुरघुराया और बोला।

'हम देखना चाहेंगे कि तुम जैसा बड़ा मगलू उसे कैसे रोकता है।'

'क्या?' हैरी ने दिलचस्पी से पूछा।

'मगलू,' हैग्रिड ने कहा। 'जो जादू न जाने। हम लोग जादू न जानने वाले लोगों को इसी नाम से पुकारते हैं। और यह तुम्हारा दुर्भाग्य है कि तुम दुनिया के सबसे बड़े मगलू परिवार में बड़े हुए हो।'

'जब हमने इसे रखा था, तो क़सम खायी थी कि हम यह बकवास बंद कर देंगे,' वरनॉन अंकल ने कहा, 'हमने क़सम खायी थी कि हम उसके अंदर से सारे कचरे को बाहर निकाल देंगे। हुँह, जादूगर।'

'आपको *पता था?*' हैरी ने कहा। 'आपको *पता था* मैं जादूगर हूँ?'

'पता था!' पेटूनिया आंटी अचानक चीख़ीं। 'हाँ, *पता था!* बिलकुल पता था! तुम जादूगर कैसे नहीं होते, क्योंकि मेरी पागल बहन भी तो यही थी। उसे भी इसी तरह की चिट्ठी मिली थी और वह - इसी *स्कूल में* –चली गयी। छुट्टियों में जब वह घर आती थी तो उसकी जेब में मेंढक के बच्चे भरे रहते है और वह चाय के कप को चूहे में बदलती रहती थी। मैं ही अकेली ऐसी थी जो उसकी असलियत जानती थी - वह दीवानी हो गयी थी! परंतु मेरे मम्मी-डैडी तो ख़ुशी से फूले नहीं समा रहे थे, अरे नहीं, हमारी लिली तो ये थी, हमारी लिली तो वो थी। उन लोगों को गर्व था कि उनके घर में भी एक जादूगरनी थी!'

वे एक लंबी साँस लेने के लिये रुकीं और फिर बोलने लगीं। ऐसा लगता था जैसे वे कई सालों से यह भड़ास निकालना चाहती थीं।

'फिर वहाँ उसे स्कूल में पॉटर मिला और दोनों ने शादी कर ली, फिर तुम पैदा हुए और ज़ाहिर है मैं जानती थी कि तुम भी उन्हीं की तरह के बनोगे, उतने ही अजीब, उतने ही - उतने ही *पागल* - और फिर, एक धमाके में उन लोगों की जान चली गयी और तुम हमारे पल्ले पड़ गये।'

हैरी का चेहरा बिलकुल सफ़ेद पड़ गया था। जैसे ही उसकी बोलने की शक्ति वापस आयी, उसने कहा, 'धमाके में? आपने तो मुझे बताया था कि वे लोग कार एक्सीडेंट में मरे थे!'

'कार एक्सीडेंट!' हैग्रिड दहाड़ा। वह इतने गुस्से से कूदा कि डर्स्ली परिवार अपने कोने में और पीछे खिसक गया। 'लिली और जेम्स पॉटर कार एक्सीडेंट में कैसे मर सकते थे? यह बकवास है! सरासर झूठ है! हैरी पॉटर अपनी ख़ुद की कहानी नहीं जानता, जबकि हमारी दुनिया का हर बच्चा उसका नाम जानता है!'

'परंतु क्यों? क्या हुआ था?' हैरी ने जल्दी से पूछा।

हैग्रिड के चेहरे से गुस्सा ग़ायब हो गया। वह अचानक चिंतित दिखाई देने लगा।

'हमें इस बात की उम्मीद नहीं थी,' उसने धीमी और परेशान आवाज़ में कहा। 'जब डम्बलडोर ने हमसे कहा था कि तुम्हें लाने में दिक़्क़त हो सकती है, तो हमें यह अंदाज़ा नहीं था कि तुम्हें कुछ भी पता नहीं होगा। वैसे हैरी, हमें नहीं मालूम कि तुम्हें बताने के लिये हम सही आदमी हैं या नहीं – परंतु किसी न किसी को तो बताना ही पड़ेगा – बिना यह जाने तुम हॉगवर्ट्स कैसे जा सकते हो?'

उसने डर्स्ली की तरफ़ नफ़रत से देखा।

'तो, अच्छा यह होगा कि तुम उतना जान लो, जितना हम तुम्हें बता सकते हैं। परंतु ध्यान रखना, हम तुम्हें सब कुछ नहीं बता सकते। यह एक बहुत बड़ा रहस्य है। हम तुम्हें सिर्फ़ कुछ बातें ही बता सकते हैं ...'

वह बैठ गया और कुछ पल तक आग को देखते रहने के बाद उसने कहा, 'हमें लगता है कि बात शुरू होती है उस जादूगर से, जिसका नाम था – परंतु यक़ीन नहीं होता कि तुम उसका नाम नहीं जानते, जबकि हमारी दुनिया में हर कोई उसका नाम जानता है –'

'कौन?'

'देखो – अगर हमारा बस चलता तो हम उसका नाम कभी नहीं लेते। कोई भी उसका नाम लेना पसंद नहीं करता।'

'पर क्यों?'

'तूफ़ान की आँख! हैरी, लोग अब भी डरे हुए हैं। हे भगवान, इस बात को समझाना कितना मुश्किल है। देखो, वह एक ऐसा जादूगर था जो ... ग़लत रास्ते पर चला गया। और वह इस रास्ते पर बहुत आगे पहुँच गया। इससे भी बुरा। बुरे से भी बुरा। उसका नाम था...'

हैग्रिड ने मुँह खोला, परंतु शब्द बाहर नहीं निकले।

'आप लिखकर बता दें,' हैरी ने सुझाव दिया।

'नहीं – हमें उसके नाम की स्पेलिंग नहीं आती। ठीक है – *वोल्डेमॉर्ट*।' हैग्रिड को कंपकंपी छूट गयी। 'अब दुबारा हमसे उसका नाम मत कहलवाना।

बहरहाल, यह - यह जादूगर, आज से क़रीब बीस साल पहले, दूसरे जादूगरों को अपने दल में शामिल कर रहा था। कई जादूगर उसके दल में चले गये - कुछ तो डरे हुए थे, कुछ उसकी ताक़त में थोड़ा हिस्सा चाहते थे, क्योंकि वह अपने आपको सचमुच ताक़तवर बना चुका था। बहुत बुरे दिन थे, हैरी कोई नहीं जानता था कि किस पर भरोसा करें और किस पर नहीं। अजनबी जादूगरों या जादूगरनियों से दोस्ती करने की हिम्मत नहीं होती थी ... भयानक घटनायें होने लगीं। वह सिंहासन की तरफ़ बढ़ रहा था। ज़ाहिर है, कुछ लोग उसके ख़िलाफ़ लड़े - और उसने उन्हें मार डाला। भयानक तरीक़े से। हॉगवर्ट्स ही इकलौती ऐसी जगह थी, जहाँ उसका ख़तरा नहीं था। हमें लगता है कि डम्बलडोर ही अकेले ऐसे जादूगर थे, जिनसे तुम-जानते-हो- कौन डरता था। स्कूल पर कब्ज़ा जमाने की उसकी हिम्मत नहीं थी, कम से कम उस समय तो नहीं थी।

'अब जहाँ तक हम जानते हैं, तुम्हारे मम्मी-डैडी बहुत अच्छे जादूगर थे। अपने स्कूल के दिनों में वे हॉगवर्ट्स में हेड बॉय और हेड गर्ल थे! यह रहस्य है। कि-तुम-जानते-हो-कौन ने उन्हें अपनी तरफ़ मिलाने की इससे पहले कोशिश क्यों नहीं की ... शायद वह जानता था कि वे डम्बलडोर के इतने करीब थे कि काले जादू की तरफ़ कभी नहीं आयेंगे।

'या शायद उसने सोचा हो कि वह उन्हें राज़ी कर लेगा ... या फिर शायद वह सिर्फ़ उन्हें अपने रास्ते से हटाना चाहता था। हम तो बस इतना जानते हैं कि वह दस साल पहले हैलोवीन के दिन उस गाँव में गया जहाँ तुम्हारा परिवार रहता था। तब तुम सिर्फ़ एक साल के थे। वह तुम्हारे घर गया और - और -'

हैग्रिड ने अचानक एक बहुत गंदा, धब्बेदार रूमाल निकाला और इतनी ज़ोर से नाक छिनकी मानो कोहरे की चेतावनी देने वाला बिगुल बजा हो।

'सॉरी,' उसने कहा। 'परंतु यह बहुत दुख भरी कहानी है - हम तुम्हारे मम्मी-डैडी को जानते थे, और उनसे अच्छे लोग दुनिया में नहीं मिल सकते - ख़ैर -

'तुम-जानते-हो-कौन ने उन्हें मार डाला। और फिर - और दरअसल हैरानी की बात यह है - उसने तुम्हें भी मारने की कोशिश की। हमें लगता

है, वह तुम्हारे खानदान को पूरी तरह से ख़त्म कर देना चाहता था, या शायद उसे तब तक दूसरों की जान लेने में मज़ा आने लगा था। परंतु वह ऐसा नहीं कर सका। कभी तुमने सोचा कि तुम्हारे माथे पर यह अजीब सा निशान कैसे आया? यह कोई मामूली खरोंच नहीं है, हैरी। ऐसा घाव तब होता है, जब कोई शैतान किसी को शक्तिशाली और बुरा श्राप देता है – तुम्हारे मम्मी–डैडी और घर को तो उसने पहले ही मिटा दिया था, परंतु – उसका जादू तुम पर नहीं चल पाया हैरी, और इसीलिये तुम मशहूर हो। उसने जिन लोगों को मारने का फ़ैसला किया, उनमें से एक भी ज़िंदा नहीं बचा, कोई भी नहीं – सिवाय तुम्हारे। और उसने अपने ज़माने के बड़े–बड़े जादूगरों को मार डाला था – मैकिनॉन्स, बोन्स, प्रिवेट्स। तुम तो छोटे से बच्चे थे और फिर भी तुम ज़िंदा बच गये।'

हैरी के दिमाग़ में बहुत दर्दनाक विचार आ रहे थे। जब हैग्रिड की कहानी ख़त्म हुई, तो एक बार फिर हैरी ने हरी रोशनी की चकाचौंध देखी और उसे वह पहले से भी ज़्यादा साफ़ दिखी – अब उसे कुछ और भी याद आया, जीवन में पहली बार – एक तेज़, भावहीन, क्रूर हँसी।

हैग्रिड उसे दुख भरी निगाहों से देख रहा था।

'तबाह हो चुके घर में से तुम्हें हम ख़ुद निकाल कर लाये थे – डम्बलडोर के कहने पर। फिर हम तुम्हें इन लोगों के पास लाये ...'

'बकवास बहुत हो चुकी,' वरनॉन अंकल ने कहा। हैरी उछल पड़ा। वह लगभग भूल गया था कि डर्स्ली परिवार भी वहाँ पर था। निश्चित रूप से ऐसा लग रहा था जैसे वरनॉन अंकल की हिम्मत वापस लौट आयी थी। वे हैग्रिड को खा जाने वाली नज़रों से देख रहे थे और उनकी मुट्ठी तनी हुई थी।

'अब कान खोलकर सुन लो, लड़के,' उन्होंने गुस्से से कहा। 'मैं मानता हूँ कि तुम थोड़े अजीब हो, परंतु शायद इतने अजीब भी नहीं कि जमकर पिटाई करने से तुम्हारा इलाज न हो सके – और जहाँ तक तुम्हारे माता–पिता के बारे में कही गयी बातों का सवाल है, तो यह सच है कि वे जादूगर थे। मैं इस बात से इंकार नहीं करता, पर मुझे लगता है दुनिया उनके बिना ज़्यादा अच्छी तरह चल रही है – उन्हें वही मिला, जो उन्हें मिलना चाहिये था। इन जादूगरों से घुलने–मिलने का नतीजा यही होता है – मुझे ऐसी ही उम्मीद थी, हमेशा जानता था कि उनका अंत बुरा ही होगा –'

परंतु उसी पल हैग्रिड सोफ़े से उछला और उसने अपने कोट के अंदर से एक टूटी-फूटी गुलाबी छतरी निकाली। इसे वरनॉन अंकल पर तलवार की तरह तानते हुए उसने कहा, 'हम तुम्हें चेतावनी दे रहे हैं, डर्स्ली हम तुम्हें चेतावनी दे रहे हैं - आगे एक भी शब्द कहा तो...'

दाढ़ी वाले भीमकाय आदमी के हाथ में छतरी की नोंक भाले की तरह दिख रही थी। घायल होने के ख़तरे को देखते हुए वरनॉन अंकल की हिम्मत एक बार फिर जवाब दे गयी। वे दीवार से पूरी तरह टिक गये और ख़ामोश हो गये।

'अब ठीक है,' हैग्रिड ने कहा, जो गहरी साँस लेते हुए एक बार फिर सोफ़े पर बैठ गया और इस बार सोफ़ा इतना धँस गया कि फ़र्श से जा लगा।

इस बीच हैरी को बहुत से सवाल पूछने थे, सैकड़ों सवाल।

'परंतु वोल् - सॉरी - मेरा मतलब है, तुम जानते हो कौन का क्या हुआ?'

'अच्छा सवाल पूछा, हैरी। ग़ायब हो गया। ख़त्म हो गया। उसी रात को, जिस रात को उसने तुम्हें मारने की कोशिश की थी। इस वज़ह से तुम और भी मशहूर हो गये। यही तो सबसे बड़ा रहस्य है, देखो... वह दिनोंदिन ज़्यादा ताकतवर होता जा रहा था - फिर वह क्यों चला गया?

'कुछ लोग कहते हैं कि वह मर गया। हमें लगता है यह बेकार की बात है। हमें नहीं लगता उसमें इतनी इंसानियत थी कि वह मर जाता। कुछ लोग कहते हैं कि वह अब भी कहीं पर है और अपना समय काट रहा है, परंतु हमें इस पर भी विश्वास नहीं है। जो लोग उसकी तरफ़ थे, अब हमारी तरफ़ लौट आये हैं। कुछ तो जैसे लंबे समय तक बेहोश रहने के बाद होश में आये। अगर वह वापस आ रहा होता तो हमें नहीं लगता कि यह लोग लौटकर हमारी तरफ़ आ सकते थे।'

'हममें से ज़्यादातर लोगों का मानना है कि वह अब भी कहीं पर है, परंतु उसकी शक्तियाँ चली गयी हैं। वह इतना कमज़ोर हो गया है कि अब कुछ नहीं कर सकता, क्योंकि तुम्हारे पास कोई ऐसी चीज़ थी हैरी, जिसने उसे ख़त्म कर दिया। उस रात को ऐसा कुछ हुआ था, जिसकी उसे क़तई उम्मीद नहीं थी - हम नहीं जानते कि वह क्या था, कोई भी नहीं जानता - पर तुम्हारे अंदर ऐसी कोई चीज़ थी, जिसने उसकी गिल्लियाँ बिखेर दीं।'

हैग्रिड की आँखों में हैरी के प्रति प्रेम और सम्मान का भाव झलक रहा था, परंतु हैरी ख़ुशी और गर्व का अनुभव करने के बजाय सोच रहा था कि कहीं न कहीं कोई भयानक ग़लती हुई है। जादूगर? और वह? यह कैसे संभव था? ज़िंदगी भर वह डडली से मार खाता रहा, पेटूनिया आंटी और वरनॉन अंकल की दहशत में रहा; अगर वह सचमुच जादूगर होता तो जब वे लोग उसे अलमारी में बंद करते थे, तो वे मस्सेदार मेंढक क्यों नहीं बन जाते थे? अगर उसने कभी दुनिया के सबसे बड़े जादूगर को पछाड़ दिया था, तो फिर डडली उसे हमेशा फुटबॉल की तरह किक कैसे मारता रहता था?

'हैग्रिड,' उसने धीमे से कहा, 'मुझे लगता है आपको कोई ग़लतफ़हमी हुई है। मुझे नहीं लगता कि मैं जादूगर हो सकता हूँ।'

उसे यह देखकर हैरानी हुई कि हैग्रिड हँस रहा था।

'जादूगर नहीं हो, अच्छा? जब तुम नाराज़ या डरे थे, तो क्या कभी तुम्हारे साथ अजीब घटनायें नहीं हुईं?'

हैरी ने आग की तरफ़ देखा। अगर इस तरह से सोचा जाये तो ... हर वह अजीब चीज़, जिससे उसके अंकल-आंटी उससे बुरी तरह नाराज़ हुए थे, तब हुई थी जब हैरी या तो डरा हुआ था या फिर गुस्से में था ... जब डडली का गैंग उसका पीछा कर रहा था तो न जाने कैसे वह उन लोगों की पहुँच से दूर चला गया था ... जब वह बेहूदा कटिंग के बाद स्कूल जाने से डर रहा था, तो उसके बाल अपने आप बढ़ गये थे ... और आख़िरी बार जब डडली ने उसे मारा था, तो क्या उसने बदला नहीं ले लिया था, हालाँकि उसे यह पता भी नहीं था कि वह ऐसा कर रहा था? क्या उसने उस पर सांप नहीं छोड़ दिया था?'

हैरी ने हैग्रिड की तरफ़ मुस्कराते हुए देखा और हैग्रिड पहले से ही उसे देखकर मुस्कान बिखेर रहा था।

'देखा?' हैग्रिड ने कहा। 'हैरी पॉटर जादूगर कैसे नहीं है – तुम ज़रा ठहरो तो सही, तुम हॉगवर्ट्स में मशहूर हो जाओगे।'

परंतु वरनॉन अंकल बिना लड़े हार मानने वाले नहीं थे।

'मैंने तुम्हें पहले ही बता दिया है कि वह नहीं जायेगा?' उन्होंने फुफकारते हुए कहा। 'वह स्टोनवॉल हाईस्कूल में पढ़ने जा रहा है और

इसके लिये उसे हमारा एहसान मानना चाहिये। मैंने वे चिट्ठियाँ पढ़ी हैं और उसे बहुत सी वाहियात चीज़ें चाहिये – जादू-मंतर की किताबें, जादुई छड़ी और –'

'अगर वह जाना चाहता है तो तुम्हारे जैसा बड़ा मगलू भी उसे नहीं रोक सकता,' हैग्रिड गुर्राया। 'लिली और जेम्स पॉटर का बेटा और हॉगवर्ट्स न जाये! तुम पागल हो गये हो। उसका नाम तो वहाँ उसी दिन से लिखा हुआ है, जब वह पैदा हुआ था। वह दुनिया में जादूगरी और तंत्र के सबसे अच्छे स्कूल में जायेगा। सात साल वहाँ रहने के बाद वह ख़ुद को पहचान नहीं पायेगा। वह अपनी तरह के बच्चों के साथ रहेगा, जो यहाँ से बहुत अच्छा रहेगा, और वह हॉगवर्ट्स के महानतम हेडमास्टर एल्बस डम्बलडोर की देखरेख में जादू सीखेगा।'

'इसे जादू के करतब सिखाने के लिये मैं किसी सनकी बुड्ढे को पैसे नहीं देने वाला!' वरनॉन अंकल चीख़े।

परंतु अब उन्होंने हद पार कर ली थी। हैग्रिड ने अपनी छतरी उठायी, उसे सिर के ऊपर घुमाया और गरजती आवाज़ में कहा, **'कभी भी – हमारे–सामने–एल्बस–डम्बलडोर–की–बेइज़्ज़ती–मत–करना।'**

हवा में झूलती छतरी को खट से नीचे लाते हुए उसने उसकी नोक डडली की तरफ़ कर दी – एक जामुनी रोशनी चमकी, पटाख़े जैसी आवाज़ हुई, एक तेज़ चीख़ सुनाई दी और अगले ही पल डडली अपनी जगह पर नाचने लगा। उसके हाथ अपने मोटे पुट्ठों पर थे और वह दर्द से बिलबिला रहा था। जब उसने उनकी तरफ़ पीठ की, तो हैरी ने देखा कि उसके पैंट के छेद में से सुअर की मुड़ी घुँघराली पूँछ बाहर लटक रही थी।

वरनॉन अंकल दहाड़े। पेटूनिया आंटी और डडली को दूसरे कमरे के अंदर धकेलते हुए उन्होंने हैग्रिड को आख़िरी बार दहशत भरी निगाहों से देखा और अंदर घुसने के बाद दरवाज़ा धड़ाम से बंद कर लिया।

हैग्रिड ने अपनी छतरी की तरफ़ देखा और अपनी दाढ़ी थपथपायी।

'हमें अपना आपा नहीं खोना चाहिये था,' उसने अफ़सोस से कहा, 'परंतु यह वैसे भी पूरी तरह नहीं हो पाया। हम उसे सुअर बनाना चाहते थे, परंतु हमें लगता है वह पहले से ही इतना सुअर जैसा था कि उसमें ज़्यादा कुछ बदला नहीं जा सकता था।'

उसने अपनी घनी भौंहों के नीचे से हैरी को कनखियों से देखा।

'वैसे अच्छा होगा, अगर तुम हॉगवर्ट्स में यह बात किसी को न बताओ,' उसने कहा। 'सच कहें तो हमें – अह – जादू करने की मनाही है। हमें थोड़ा–बहुत जादू करने की छूट दी गयी थी, ताकि हम तुम्हारा पीछा कर सकें और तुम तक चिट्ठियाँ पहुँचा सकें – यह भी एक कारण था, जिस वज़ह से हम यह काम करने के लिये इतने उतावले थे –'

'आपको जादू करने की इजाज़त क्यों नहीं है?' हैरी ने पूछा।

'वो ऐसा है – सच तो यह है कि कभी हम भी हॉगवर्ट्स में थे, परंतु हमें – वहाँ से – निकाल दिया गया। हमारे तीसरे साल में। उन्होंने हमारी जादुई छड़ी के दो टुकड़े कर दिये, परंतु डम्बलडोर ने हमें वहाँ पर रखवाले के रूप में रहने दिया। डम्बलडोर महान हैं।'

'आपको वहाँ से क्यों निकाला गया?'

'अब बहुत देर हो चुकी है और कल हमें बहुत सा काम करना है,' हैग्रिड ने ज़ोर से कहा। 'कल शहर जाना है और तुम्हारी किताबें और बाक़ी का सामान लेना है।'

उसने अपना मोटा काला कोट उतारा और हैरी की तरफ़ उछाल दिया।

'तुम इसे ओढ़कर सो सकते हो,' उसने कहा। 'अगर यह थोड़ा हिले–डुले तो परेशान मत होना। मुझे लगता है किसी जेब में एक–दो चुहियाँ होंगी।'

अध्याय पाँच

छूमंतर गली

अगली सुबह हैरी जल्दी जाग गया। हालाँकि उसे अच्छी तरह से मालूम था कि सुबह हो चुकी है, फिर भी उसने अपनी आँखें नहीं खोलीं।

'मैं एक सपना देख रहा था,' उसने अपने आपको समझाते हुए कहा। 'मैंने सपने में देखा कि हैग्रिड नाम का एक भीमकाय आदमी आया और उसने मुझे बताया कि मैं जादूगरों के स्कूल में पढ़ने जा रहा हूँ, लेकिन जब मैं अपनी आँख खोलूँगा, तो ख़ुद को घर की अपनी अलमारी में पाऊँगा।'

तभी अचानक एक तेज़ आवाज़ हुई, जैसे कोई खटखटा रहा हो।

'और यह पेटूनिया आंटी दरवाज़ा खटखटा रही हैं,' हैरी ने सोचा। हालाँकि उसका दिल डूब रहा था, परंतु उसने अब भी अपनी आँखें नहीं खोलीं। कितना अच्छा सपना था!

ठक! ठक! ठक!

'ठीक है,' हैरी बड़बड़ाया, 'उठता हूँ।'

वह उठकर बैठ गया और हैग्रिड का भारी कोट उसके ऊपर से गिर गया। झोंपड़ी सूरज की रोशनी से भरी हुई थी, तूफ़ान ख़त्म हो चुका था, सोफ़े पर हैग्रिड सो रहा था और एक उल्लू अपने पंजे से खिड़की पर 'ठक! ठक!' कर रहा था, जिसकी चोंच में एक अख़बार दबा था।

हैरी हाथों के बल उठकर खड़ा हुआ। वह इतना ख़ुश था मानो उसके अंदर कोई बड़ा सा गुब्बारा फूल रहा हो। वह सीधा खिड़की तक गया और

उसे झटके से खोल दिया। उल्लू झपटकर अंदर आया और उसने हैग्रिड के ऊपर अख़बार गिरा दिया, परंतु हैग्रिड नहीं जागा। उल्लू फ़र्श पर मँडराने लगा और हैग्रिड के कोट पर हमला करने लगा।

'ऐसा मत करो।'

हैरी ने उल्लू को वहाँ से भगाने की कोशिश की, परंतु उल्लू ने उस पर तेज़ी से अपनी चोंच मारी और एक बार फिर से कोट पर हमला करने लगा।

'हैग्रिड!' हैरी ने ज़ोर से कहा, 'एक उल्लू है –'

'उसे पैसे दे दो,' हैग्रिड सोफ़े पर पड़े-पड़े ही घुरघुराया।

'क्या?'

'वह अख़बार पहुँचाने के बदले में पैसे चाहता है। जेबों में देखो।'

हैग्रिड के कोट में जैसे जेबों के *सिवाय* और कुछ था ही नही-चाबियों के गुच्छे, घोंघे के गोले, धागे की गिट्टियाँ, पिपरमेंट केंडी, टी-बैग्स ... आख़िरकार, हैरी ने मुट्ठी भर अजीब से दिखने वाले सिक्के बाहर निकाले।

'उसे पाँच नट दे दो,' हैग्रिड ने नींद भरी आवाज़ में कहा।

'नट?'

'काँसे के छोटे सिक्के।'

हैरी ने काँसे के पाँच छोटे सिक्के गिने और उल्लू ने अपना पैर बाहर कर दिया, ताकि हैरी उन सिक्कों को एक छोटी सी चमड़े की थैली में रख सके, जो उसके पैर में बँधी थी। फिर उल्लू खुली खिड़की से बाहर उड़ गया।

हैग्रिड तेज़ आवाज़ में जम्हाई लेते हुए खड़ा हुआ और अँगड़ाई लेने लगा।

'बेहतर होगा कि हम जल्दी चल दें, हैरी। आज बहुत काम करना है, लंदन जाना है और तुम्हारे स्कूल का सब सामान ख़रीदना है।'

हैरी जादूगरों के सिक्कों को उलट-पलट रहा था और उन्हें ध्यान से देख रहा था। तभी उसके मन में एक ऐसा विचार आया, जिसने उसके अंदर के ख़ुशी के गुब्बारे से सारी हवा बाहर निकाल दी।

'अरे – हैग्रिड?'

'क्या?' अपने भारी-भरकम जूते पहनते हुए हैग्रिड बोला।

'मेरे पास पैसे तो हैं ही नहीं– और आपने वरनॉन अंकल की बात तो रात को ही सुन ली थी – वे मुझे हॉगवर्ट्स जाने और जादू सीखने के लिये एक पैसा भी नहीं देंगे।'

'उसकी चिंता मत करो,' हैग्रिड ने खड़े होकर अपना सिर खुजाते हुए कहा। 'तुमने कैसे सोच लिया कि तुम्हारे मम्मी–डैडी तुम्हारे लिये कुछ भी नहीं छोड़ गये होंगे?'

'परंतु उनका घर तो तबाह हो गया था –'

'वे अपना सोना घर में नहीं रखते थे, बेटे! नहीं, हम सबसे पहले ग्रिनगॉट चलेंगे। जादूगरों का बैंक। एक कबाब खाओ, ठंडे होने के बावज़ूद ये उतने बुरे नहीं हैं – और हम तुम्हारे बर्थडे केक के टुकड़े के लिये भी मना नहीं करेंगे।'

'जादूगरों के भी बैंक होते हैं?'

'सिर्फ़ एक ही है। ग्रिनगॉट। इसे पिशाच चलाते हैं।'

हैरी जिस कबाब के टुकड़े को पकड़े था, वह उसके हाथ से छूट गया।

'पिशाच?'

'हाँ और हम तुम्हें बताये देते हैं कि इसे लूटने की कोशिश करने वाला कोई पागल ही होगा। कभी भी पिशाचों से पंगा मत लेना, हैरी। किसी चीज़ को सुरक्षित रखने के लिये ग्रिनगॉट दुनिया में सबसे सुरक्षित जगह है। – शायद हॉगवर्ट्स को छोड़कर। सच तो यह है कि हमें ग्रिनगॉट वैसे भी आना था। डम्बलडोर के काम से हॉगवर्ट्स का काम है।' हैग्रिड ने अपने सीने को गर्व से फुला लिया। 'वे आम तौर पर अपने महत्त्वपूर्ण काम हमीं से करवाते हैं। तुम्हें लाना – ग्रिनगॉट से सामान निकालना – उन्हें मालूम है कि वे हम पर भरोसा कर सकते हैं।'

'सब चीज़ें ले लीं? तो फिर चलो।'

हैरी हैग्रिड के पीछे–पीछे चट्टान पर आ गया। अब आसमान बिलकुल साफ़ था और समुद्र सूरज की रोशनी में चमक रहा था। वरनॉन अंकल, जो नाव किराये पर लाये थे वह अब भी वहीं थी, हालाँकि तूफ़ान के कारण उसके पेंदे में बहुत सा पानी भर गया था।

'आप यहाँ आये कैसे थे?' हैरी ने पूछा, क्योंकि दूसरी नाव कहीं नज़र नहीं आ रही थी।

'उड़कर आये थे,' हैग्रिड ने कहा।

'उड़कर?'

'हाँ–परंतु हम लोग इस नाव में वापस चलेंगे। अब तुम हमें मिल गये हो, इसलिये हमारा जादू करना ठीक नहीं रहेगा।'

वे नाव में बैठ गये। हैरी अब भी हैग्रिड को घूर रहा था और यह कल्पना करने की कोशिश कर रहा था कि हैग्रिड उड़ते समय कैसा लग रहा होगा।

'वैसे नाव चलाने में हमें शर्म आ रही है,' हैग्रिड ने एक बार फिर हैरी को कनखियों से देखते हुए कहा। 'क्या हम नाव को–थोड़ा–थोड़ा सा तेज़ कर दें, ताकि हम जल्दी पहुँच जायें, बशर्ते तुम इसका ज़िक्र हॉगवर्ट्स में न करो?'

'बिलकुल नहीं करूँगा,' हैरी ने कहा, जो जादू के और कमाल देखने के लिये उत्सुक था। हैग्रिड ने अपनी गुलाबी छतरी बाहर निकाली, उसे नाव के किनारे पर दो बार ठोंका और नाव तेज़ी से किनारे की तरफ़ चल पड़ी।

'ग्रिनगॉट को लूटने की कोशिश करना पागलपन क्यों है?' हैरी ने पूछा।

'मंत्र हैं – टोटके हैं,' हैग्रिड ने कहा और यह बोलते समय उसने अपना अख़बार खोल लिया। 'लोग कहते हैं कि भारी सुरक्षा वाली तिजोरियों की रक्षा के लिये वहाँ पर ड्रैगन भी हैं। और फिर वहाँ रास्ता ढूंढ़ना भी आसान काम नहीं है – ग्रिनगॉट लंदन से सैकड़ों मील नीचे है। अंडरग्राउंड से भी नीचे गहराई में। अगर आपके हाथ कोई चीज़ लग भी गयी, तो भी आप बाहर निकलने की कोशिश में भूखे मर जायेंगे।'

जब हैग्रिड अपना अख़बार *दैनिक जादूगर* पढ़ रहा था, तो हैरी बैठा-बैठा इस बारे में सोचता रहा। हैरी ने वरनॉन अंकल से सीखा था कि जब लोग अख़बार पढ़ते हैं, तो उनसे बात नहीं करना चाहिये, परंतु चुप रहना बहुत मुश्किल था; ज़िंदगी में कभी उसके दिमाग़ में इतने सारे सवाल एक साथ नहीं आये थे।

'जादू का मंत्रालय हमेशा की तरह गड़बड़ काम कर रहा है,' हैग्रिड पेज पलटते हुए बुदबुदाया।

'क्या जादू का भी मंत्रालय होता है?' हैरी अपने आपको रोक पाये, इससे पहले ही उसके मुँह से निकल गया।

'हाँ' हैग्रिड ने कहा। 'सब चाहते थे कि डम्बलडोर मंत्री बन जायें, पर वे हॉगवर्ट्स छोड़ने को तैयार नहीं थे, इसलिये बूढ़े कॉर्नेलियस फज को मंत्री बना दिया गया। दुनिया में उससे बड़ा अनाड़ी नहीं मिलेगा। वह हर रोज़ डम्बलडोर के पास ढेर सारे उल्लुओं की फौज़ भेज देता है, उनसे सलाह माँगने के लिये।

'परंतु जादू का मंत्रालय *करता क्या है?*'

'उनका मुख्य काम यह देखना है कि मगलुओं को यह पता न चले कि देश में जादूगर और जादूगरनियाँ हैं।'

'क्यों?'

'*क्यों*? हे भगवान, हैरी, हर आदमी चाहेगा कि उसकी समस्या जादू से सुलझ जाये। नहीं, हम इन झंझटों से दूर ही भले हैं।'

इसी पल नाव बंदरगाह की दीवार से धीमे से टकराई। हैग्रिड ने अख़बार मोड़ा और ये पत्थर की सीढ़ियों से चढ़कर सड़क पर पहुँच गये।

जब वे छोटे से कस्बे से होते हुए स्टेशन की तरफ़ बढ़े, तो आस-पास गुज़रने वाले लोग उन्हें बुरी तरह से घूर रहे थे। हैरी उन्हें दोष नहीं दे सकता था। न सिर्फ़ हैग्रिड औरों से दुगुना लंबा था, बल्कि वह पार्किंग मीटर जैसी साधारण चीज़ों को देख-देखकर उनकी तरफ़ इशारा कर रहा था और ज़ोर से चिल्ला रहा था, 'देखो हैरी, देखो? इन मगलुओं के दिमाग़ में भी कहाँ-कहाँ के विचार आ जाते हैं?'

'हैग्रिड' हैरी ने हाँफते हुए कहा, क्योंकि हैग्रिड के साथ चलने के लिये उसे भागना पड़ रहा था। 'क्या सचमुच ग्रिनगॉट में *ड्रैगन* हैं?'

'हमने सुना है,' हैग्रिड बोला। 'सच कहें तो हम भी ड्रैगन पालना चाहते हैं।'

'आप ड्रैगन *पालना* चाहते हैं?'

'जब हम बच्चे थे तभी से हमारे मन में यह इच्छा है - लो हम आ गये।'

वे लोग स्टेशन पहुँच गये थे। पाँच मिनट बाद एक ट्रेन लंदन जाने वाली थी। हैग्रिड को 'मगलुओं के पैसे' की समझ नहीं थी, इसलिये उसने हैरी को नोट दे दिये, ताकि वह उनके लिये टिकट ख़रीद ले।

ट्रेन में लोग उनकी तरफ़ और भी ज़्यादा घूर रहे थे। हैग्रिड दो सीटों पर बैठा था और पीले गोल तंबू जैसी कोई चीज़ बुन रहा था।

'तुम्हारे पास तुम्हारी चिट्ठी है ना, हैरी?' उसने फंदे गिनते हुए पूछा।

हैरी ने लिफ़ाफ़े को अपनी जेब से बाहर निकाला।

'ठीक है,' हैग्रिड ने कहा। 'इसमें वह सारा सामान लिखा है, जिसकी तुम्हें ज़रूरत है।'

हैरी ने काग़ज़ के दूसरे टुकड़े को खोलकर देखा, जिसे उसने पिछली रात को नहीं पढ़ा था। इसमें लिखा था :

हॉगवर्ट्स जादूगरी और तंत्र का विद्यालय

यूनिफ़ॉर्म

फर्स्ट इयर के बच्चों को इन चीज़ों की ज़रूरत होगी:

1. तीन जोड़ी काम करने के सादे दुशाले (काले)
2. एक सादी नुकीली टोपी (काली) दिन में पहनने के लिये
3. एक जोड़ी सुरक्षा दस्ताने (ड्रैगन के चमड़े के या इससे मिलते-जुलते)
4. एक चोगा जाड़े में पहनने के लिये (काला, सफ़ेद डोरी वाला)

कृपया ध्यान रखें कि सभी विद्यार्थियों के कपड़ों पर उनके नाम के टैग लगे होने चाहिये।

कोर्स की किताबें

सभी विद्यार्थियों को नीचे लिखी किताबों की एक प्रति लानी होगी :

मंत्रों की शुरुआती किताब (भाग 1): *मिरान्डा गोशॉक*

जादू का इतिहास : *बाथिल्डा बैगशॉट*

जादुई किताब : *एडलबर्ट वैफ़्लिंग*

रूप-परिवर्तन की शुरुआती किताब : *एमरिक स्विच*

एक हज़ार जड़ी-बूटियाँ और फफूँदियाँ : *फ़िलिडा स्पोर*

जादुई काढ़े : *आर्सेनियस जिगर*

विचित्र जानवर और उन्हें कहाँ ढूँढ़ा जाये : *न्यूट स्कैमेन्डर*

गुप्त कलाओं से रक्षा : *क्वेन्टिन ट्रिम्बल*

अन्य सामग्री

1 जादुई छड़ी

1 कड़ाही (जस्ते की, स्टैंडर्ड साइज़ 2)

1 जोड़ी काँच या स्फटिक की शीशियाँ

1 दूरबीन

1 जोड़ी पीतल के तराज़ू

विद्यार्थी चाहें तो उल्लू **या** बिल्ली **या** मेंढक भी ला सकते हैं।

विद्यार्थियों के माता-पिता ध्यान रखें कि फर्स्ट इयर के बच्चों को जादुई झाड़ू लाने की इजाज़त नहीं है।

'क्या यह सब हमें लंदन में मिल जायेगा?' हैरी ने हैरान होकर ज़ोर से पूछा।

'हाँ, पर आपको सही जगह मालूम होना चाहिये,' हैग्रिड ने कहा।

*

हैरी पहले कभी लंदन नहीं आया था। हालाँकि हैग्रिड को मालूम था कि उसे कहाँ जाना है, परंतु ज़ाहिर था उसे आम तरीक़े से जाने की आदत नहीं थी। वह प्लेटफ़ॉर्म पर टिकट बैरियर में फँस गया और हल्ला मचाने लगा कि मगलुओं की सीटें बहुत छोटी होती हैं और उनकी ट्रेनें बहुत धीमे चलती हैं।

'हम नहीं जानते कि जादू के बिना मगलुओं का काम कैसे चलता है,' यह उसने तब कहा जब वे टूटी-फूटी ऑटोमेटिक सीढ़ी पर चढ़े, जो उन्हें एक भीड़ भरी सड़क पर ले गयी, जिसके दोनों तरफ़ दुकानें बनी थीं।

हैग्रिड इतना लंबा-चौड़ा था कि उसे देखते ही भीड़ छँट जाती थी; हैरी को बस इतना करना था कि वह उसके ठीक पीछे चले। वे किताबों की दुकानों, म्यूजिक स्टोर्स, हैमबर्गर बार और सिनेमाघर के पास से गुज़रे, परंतु एक भी दुकान ऐसी नहीं दिख रही थी, जिसे देखकर लगे कि वहाँ जादुई छड़ी मिल सकती है। यह सामान्य लोगों से भरी एक सामान्य सड़क थी। क्या सचमुच जादूगरों का ढेर सारा सोना उनके नीचे मीलों गहराई में दबा हुआ था? क्या सचमुच ऐसी दुकानें थीं, जहाँ मंत्रों की किताबें और जादुई झाडुयें मिलती थीं? कहीं डर्स्ली परिवार ने उसके साथ कोई भयानक मज़ाक तो नहीं किया? अगर हैरी को यह पता न होता कि डर्स्ली परिवार को मज़ाक करना नहीं आता, तो वह ऐसा ज़रूर सोच सकता था। हालाँकि हैग्रिड ने जो कुछ भी बताया था वह सब कल्पना से परे था, फिर भी हैरी को उसकी बात पर यक़ीन था।

हैग्रिड ने रुकते हुए कहा, 'यह रही *रिसती कड़ाही।* यह एक मशहूर जगह है।'

रिसती कड़ाही एक छोटा और गंदा सा बियर बार था। अगर हैग्रिड ने उसकी तरफ़ इशारा न किया होता, तो हैरी उसे नहीं देख पाता। आसपास से तेज़ी से गुज़रते हुए लोग उसकी तरफ़ नहीं देख रहे थे। उनकी निगाहें तो इस तरफ़ की किताबों की बड़ी दुकान से उस तरफ़ की रिकॉर्ड शॉप तक सीधी जा रही थीं, जैसे उन्हें रिसती कड़ाही नज़र ही नहीं आ रही हो। दरअसल हैरी को यह अजीब एहसास हो रहा था कि यह सिर्फ़ उसे और हैग्रिड को ही दिख रही थी। इससे पहले कि वह यह कह पाये, हैग्रिड उसे खींचकर अंदर ले गया।

मशहूर जगह के हिसाब से यहाँ कुछ ज़्यादा ही अँधेरा और गंदगी थी। कुछ बूढ़ी महिलायें एक कोने में बैठकर छोटे गिलासों में शेरी पी रही थीं। उनमें से एक लंबा पाइप पी रही थी। ऊँची टोपी पहने एक नाटा आदमी बूढ़े मैनेजर से बातें कर रहा था, जो काफ़ी गंजा था और किसी पिलपिले अखरोट की तरह दिख रहा था। जब वे अंदर घुसे तो बातचीत की आवाज़ें थम गयीं। लगता था वहाँ सब लोग हैग्रिड को जानते थे। उन लोगों ने उसकी तरफ़ देखकर हाथ हिलाया और मुस्कराये। मैनेजर ने गिलास की तरफ़ हाथ बढ़ाया और पूछा, 'हैग्रिड, हमेशा वाला ही पियोगे ना?'

'नहीं पी सकते टॉम, हम हॉगवर्ट्स के काम से आये हैं,' हैग्रिड ने हैरी के कंधे पर अपना भारी हाथ ठोंकते हुए कहा, जिसके वज़न से हैरी के घुटने झुक गये।

'हे भगवान,' मैनेजर ने हैरी की तरफ़ देखते हुए कहा, 'क्या यह – क्या ऐसा हो सकता है –?'

रिसती कड़ाही अचानक पूरी तरह शांत और ख़ामोश हो गयी।

'भगवान भला करे,' बूढ़ा मैनेजर बोला। 'हैरी पॉटर ... कितने सम्मान की बात है।'

वह बार के पीछे से लपककर बाहर आया, हैरी की तरफ़ दौड़ा और उसका हाथ अपने हाथों में ले लिया। उसकी आँखों में आँसू भरे थे।

'हमारी दुनिया में आपका स्वागत है, मिस्टर पॉटर, स्वागत है।'

हैरी को समझ में नहीं आ रहा था कि क्या कहे। सब लोग उसी की तरफ़ देख रहे थे। पाइप पीने वाली बूढ़ी महिला पाइप खींचे जा रही थी और उसे पता ही नहीं चला कि पाइप बुझ चुका था। हैग्रिड का चेहरा चमक रहा था।

फिर बहुत सी कुर्सियों के खिसकने की तेज़ खड़खड़ाहट हुई और अगले ही पल रिसती कड़ाही के सभी लोग उससे हाथ मिला रहे थे।

'डोरिस क्रॉकफोर्ड, मिस्टर पॉटर, मुझे यक़ीन नहीं होता कि मैं आपसे मिल रही हूँ।'

'मुझे गर्व है, मिस्टर पॉटर, मुझे बहुत गर्व है।'

'हमेशा से आपसे हाथ मिलाना चाहता था – मैं ख़ुशी के मारे पागल हो रहा हूँ।'

'मैं बता नहीं सकता मिस्टर पॉटर कि आपसे मिलकर कितनी ख़ुशी हुई मेरा नाम डिगल है, डीडेलस डिगल।'

'मैंने आपको पहले भी देखा है!' हैरी ने कहा, जब डीडेलस डिगल की टोपी रोमांच के कारण गिर गयी। 'आपने मुझे एक बार दुकान में देखकर सिर झुकाया था।'

'उसे याद है!' डीडेलस डिगल ने चिल्लाते हुए चारों तरफ़ देखा। 'सुना तुमने? उसे याद है!'

हैरी ने बार-बार हाथ मिलाये - डोरिस क्रॉकफोर्ड हाथ मिलाने के लिये बार-बार आती रही।

एक पीला सा युवक रास्ता बनाते हुए आगे आया। वह बहुत घबराया सा दिख रहा था। उसकी एक आँख फड़क रही थी।

'प्रोफ़ेसर क्विरिल!' हैग्रिड ने कहा। 'हैरी, प्रोफ़ेसर क्विरिल हॉगवर्ट्स में तुम्हारे टीचर होंगे।'

'प-प-पॉटर,' प्रोफ़ेसर क्विरिल ने हकलाते हुए कहा और उन्होंने हैरी का हाथ कसकर पकड़ लिया, 'ब-ब-बता नहीं सकता म-म-मैं आपसे मिलकर कितना ख़ुश हूँ।'

'आप किस तरह का जादू सिखाते हैं, प्रोफ़ेसर क्विरिल?'

'ग-ग-गुप्त कलाओं से र-रक्षा,' प्रोफ़ेसर क्विरिल ने फुसफुसाते हुए कहा, जैसे इस बारे में वे सोचना नहीं चाहते हों। 'वैसे तुम्हें इसे सी-सी-सीखने की क्या ज़रूरत है, है ना, प-प-पॉटर?' वे घबराहट में हँसे। 'मुझे लगता है, तुम अपना सा-सामान लेने के लिये आये होगे? मुझे भी ख़ून चूसने वाले भूतों पर एक नयी कि-कि-किताब ख़रीदना है।' वे इस विचार से ही आतंकित दिख रहे थे।

परंतु दूसरे लोग यह सहन नहीं कर पा रहे थे कि प्रोफ़ेसर क्विरिल हैरी पर कब्ज़ा किये रहें। उन सबसे पीछा छुड़ाने में लगभग दस मिनट लग गये। आख़िरकार हैग्रिड ने अपनी आवाज़ शोरगुल से ऊँची करने में सफलता पाई।

'अब चलना चाहिये - बहुत सारा सामान ख़रीदना है चलो, हैरी।'

डोरिस क्रॉकफोर्ड ने हैरी से आख़िरी बार हाथ मिलाया और हैग्रिड हैरी को बार के अंदर ले गया। अंदर दीवारों से घिरा एक छोटा सा अहाता था, जहाँ एक कूड़ेदान और कुछ जंगली पौधों के सिवाय कुछ भी नहीं था।

हैग्रिड ने हैरी की तरफ़ देखकर दाँत निकाले।

'हमने तुमसे कहा था ना? कहा था ना कि तुम मशहूर हो। यहाँ तक कि प्रोफ़ेसर क्विरिल भी तुमसे मिलते समय काँप रहे थे - वैसे यह जान लो वे हमेशा - काँपते ही रहते हैं।'

'क्या ये हमेशा इतने ही घबराये रहते हैं?'

'हाँ। बेचारे। बहुत तेज़ दिमाग़ था। जब तक वे किताबों से पढ़ते रहे तब तक बिलकुल ठीक-ठाक थे, परंतु फिर उन्होंने असली अनुभव लेने के लिये एक साल की छुट्टी ली ... लोग कहते हैं कि वे काले जंगल में ख़ून चूसने वाले भूतों से मिले और एक चुड़ैल के कारण उन्हें बहुत मुश्किलें आयीं – उसके बाद से वे पहले जैसे नहीं रहे। वे विद्यार्थियों से डरते हैं, अपने ख़ुद के विषय से डरते हैं – अब, हमारी छतरी कहाँ है?'

ख़ून चूसने वाले भूत? चुड़ैलें? हैरी का दिमाग़ घूम रहा था। इस बीच हैग्रिड कूड़ेदान के ऊपर वाली दीवार पर ईंटें गिन रहा था।

'तीन ऊपर ... दो बगल में ...' वह बुदबुदा रहा था। 'ठीक है, पीछे हटो, हैरी।'

उसने अपनी छतरी की नोक से दीवार को तीन बार ठोंका।

जिस ईंट को उसने छुआ था, वह थरथराई – काँपी – और फिर बीच में एक छोटा सा छेद नज़र आया – जो चौड़ा होता गया – एक सेकंड बाद उन्हें एक मेहराबदार रास्ता दिखा, जो इतना बड़ा था कि हैग्रिड भी उसमें आराम से जा सकता था। इस मेहराबदार रास्ते के उस पार पैबंद लगी सड़क थी, जो घुमावदार थी और आगे जाकर मोड़ पर गुम हो जाती थी।

'छूमंतर गली में तुम्हारा स्वागत है,' हैग्रिड ने कहा।

हैरी को आश्चर्य हुआ कि वह दाँत दिखा रहा था। फिर वे लोग मेहराबदार रास्ते से अंदर गये। हैरी ने जल्दी से सिर घुमाकर देखा कि मेहराबदार रास्ता तत्काल एक बार फिर से ठोस दीवार में बदल गया था।

सबसे पास वाली दुकान के बाहर रखी कड़ाहियों का ढेर सूरज की रोशनी में चमक रहा था। उनके ऊपर लटके साइनबोर्ड पर लिखा था : *कड़ाहियाँ – हर साइज़ की – ताँबे, पीतल, जस्ते, चाँदी की – अपने आप तलने वाली – फोल्ड होने वाली।*

'हाँ, तुम्हें इसकी ज़रूरत पड़ेगी, हैग्रिड ने कहा, 'पर सबसे पहले तुम्हारे पैसे निकालने होंगे।'

हैरी सोच रहा था, काश उसकी आठ आँखें और होतीं। सड़क पर चलते समय वह हर दिशा में अपना सिर घुमा रहा था और एक साथ सब चीज़ों को देखने की कोशिश कर रहा था : दुकानें, उनके बाहर रखी चीज़ें, सामान ख़रीदते लोग। औषधियों की दुकान के बाहर वे एक गोलमटोल

औरत के पास से गुज़रे, जो अपना सिर हिला रही थी और कह रही थी, 'ड्रैगन लिवर, सत्रह सिकल का एक औंस, यह लोग पागल हो गये हैं ...'

एक अँधेरी दुकान से उल्लुओं के बोलने की धीमी-धीमी आवाज़ें आ रही थीं, जिसके साइनबोर्ड पर लिखा था *आईलॉप्स उल्लू एम्पोरियम – पिंगल, घुघ्घू, करैल, भूरे और सफ़ेद उल्लू।* हैरी की उम्र के कई बच्चे एक खिड़की पर अपनी नाक गड़ाये खड़े थे, जिसके अंदर जादुई झाडुयें रखी थीं। 'देखो,' हैरी ने एक को कहते सुना, 'नयी निम्बस 2000 – सबसे तेज़ –' वहाँ पर ऐसी दुकानें थीं, जहाँ दुशाले और दूरबीनें बिक रही थीं और चाँदी के अजीब से यंत्र भी, जिन्हें हैरी ने पहले कभी नहीं देखा था। खिड़कियों में चमगादड़ के स्प्लीन और ईल मछली की आँखों के ढेर लगे थे, मंत्रों की किताबों के गट्ठर, चमड़े के काग़ज़ के रोल और कलमें, जादुई काढ़े की बोतलें, चंद्रमा के ग्लोब ...

'ग्रिनगॉट,' हैग्रिड ने कहा।

वे एक बर्फ़ जैसी सफ़ेद इमारत के पास पहुँच गये थे, जो बाक़ी सभी दुकानों से बहुत ऊँची थी। उसके काँसे के चमकते दरवाज़े के पास लाल और सुनहरी यूनिफ़ॉर्म पहने हुए खड़ा था –

'हाँ, पिशाच है,' हैग्रिड ने धीमे से कहा, जब वे लोग सफ़ेद पत्थर की सीढ़ियाँ चढ़ते हुए उसकी तरफ़ बढ़े। पिशाच हैरी से कुछ इंच नाटा होगा। उसका चेहरा साँवला और चालाक सा था, उसकी दाढ़ी नुकीली थी और हैरी ने देखा कि उसकी उँगलियाँ और पैर बहुत लंबे थे। जब वे लोग अंदर घुसने लगे, तो उसने सिर झुकाकर उनका अभिवादन किया। अब उनके सामने एक और दरवाज़ा था, जो चाँदी का था और उस पर यह शब्द लिखे थे :

अंदर आइये, अजनबी, परंतु ध्यान रखिये आप
लालच होता है महापाप।
क्योंकि वे लोग जो योग्य नहीं होते, फिर भी हैं लेते,
वे वक़्त आने पर उसकी बहुत बड़ी क़ीमत हैं देते।
इसलिये अगर आप खोज रहे हों हमारे फ़र्श के नीचे
वह ख़ज़ाना, जो आपका नहीं है, न आगे न पीछे,

तो चोर महाशय, आपको चेतावनी दे दी गयी है, रहना सावधान
आपको ख़ज़ाना ही नहीं, कुछ और भी मिलेगा, इसका रखना ध्यान।

'जैसा हमने कहा था, इसे लूटने की कोशिश करना पागलपन होगा,' हैग्रिड ने कहा।

जब वे चाँदी के दरवाज़े से अंदर जा रहे थे, तो पिशाचों की एक जोड़ी ने उन्हें सलाम किया और अब वे संगमरमर के एक बड़े हॉल में थे। सौ से भी अधिक पिशाच एक लंबे काउंटर के पीछे ऊँचे स्टूलों पर बैठकर मोटे-मोटे लेजरों में लिख रहे थे, पीतल के तराज़ुओं में सिक्के तौल रहे थे, आँखों पर लेंस लगाकर क़ीमती रत्नों की जाँच कर रहे थे। हॉल से बाहर जाने वाले दरवाज़े इतने सारे थे कि उन्हें गिना नहीं जा सकता था। बहुत से पिशाच वहाँ पर खड़े थे और दरवाज़ों से आने-जाने में लोगों की मदद कर रहे थे। हैग्रिड और हैरी काउंटर की तरफ़ बढ़े।

'गुड मॉर्निंग,' हैग्रिड ने एक ख़ाली बैठे पिशाच से कहा। 'हम लोग मिस्टर हैरी पॉटर की तिजोरी से पैसे निकालना चाहते हैं।'

'आपके पास उनकी चाबी है, सर?'

'यहीं कहीं पर होगी,' हैग्रिड ने कहा और फिर वह अपनी जेब का सामान काउंटर पर ख़ाली करने लगा। ऐसा करते समय कुत्ते के फफूँद लगे कुछ बिस्कुट पिशाच के रजिस्टर पर गिर गये। पिशाच ने अपनी नाक सिकोड़ी। हैरी ने देखा कि उनकी दाँयी तरफ़ बैठा पिशाच माणिकों का ढेर तौल रहा था, जो दहकते हुए अंगारों जितने बड़े थे।

'मिल गयी,' हैग्रिड ने कहा। उसके हाथ में एक छोटी सुनहरी चाबी थी। पिशाच ने इसे करीब ले जाकर ध्यान से देखा।

'यह ठीक दिख रही है।'

'और हम प्रोफ़ेसर डम्बलडोर की चिट्ठी भी लाये हैं,' हैग्रिड ने अपने आपको महत्त्वपूर्ण दिखाते हुए और अपना सीना बाहर निकालते हुए कहा। 'यह उसके बारे में है जिस-आप-जानते-हैं, तिजोरी नंबर सात सौ तेरह।'

पिशाच ने उस पत्र को बहुत ध्यान से पढ़ा।

‘बहुत अच्छा,’ उसने हैग्रिड को पत्र वापस करते हुए कहा, ‘मैं आपके साथ किसी को भेज देता हूँ, जो आपको इन दोनों तिजोरियों तक ले जायेगा। ग्रिपहुक!’

ग्रिपहुक एक और पिशाच था। हैग्रिड ने जब कुत्ते के सभी बिस्कुट एक बार फिर से अपनी जेब में भर लिये, तो इसके बाद वह और हैरी ग्रिपहुक के पीछे-पीछे हॉल से बाहर जाने वाले एक दरवाज़े की तरफ़ बढ़े।

‘तिजोरी नंबर सात सौ तेरह में वह चीज़ क्या है जिसे-आप-जानते-हैं?’ हैरी ने पूछा।

‘तुम्हें नहीं बता सकते,’ हैग्रिड ने रहस्य भरी आवाज़ में कहा। ‘एकदम ख़ुफ़िया है। हॉगवट्‌र्स का काम है। डम्बलडोर ने हम पर भरोसा किया है। तुम्हें बताने का मतलब है अपनी नौकरी गंवाना।’

ग्रिपहुक ने उनके लिये दरवाज़ा खोला। हैरी उम्मीद कर रहा था कि वहाँ भी संगमरमर का फ़र्श होगा, परंतु उसे हैरानी हुई। वे लोग पत्थर के एक सँकरे गलियारे में थे, जिसमें जलती मशालों से रोशनी हो रही थी। गलियारे में नीचे की तरफ़ सीधी ढलान थी और फ़र्श पर छोटी पटरियाँ बिछी थीं। पिक ने सीटी बजायी और एक छोटी सी गाड़ी पटरियों पर धड़धड़ाती हुई उनकी तरफ़ आ गयी। वे उसमें चढ़े-हैग्रिड थोड़ी दिक़्क़त से चढ़ पाया-और वे चल दिये।

पहले तो वे सिर्फ़ घुमावदार गलियारों की भूलभुलैया में ही इधर से उधर घूमते रहे। हैरी ने रास्ता याद करने की कोशिश की, बाँये, दाँये, दाँये, बाँये, बीच वाला रास्ता, दाँये, बाँये, परंतु याद रख पाना असंभव था। धड़धड़ाती हुई गाड़ी को रास्ता मालूम था, क्योंकि ग्रिपहुक गाड़ी नहीं चला रहा था, वो अपने आप चल रही थी।

हैरी की आँखें दुखने लगीं, क्योंकि उसके मुँह पर ठंडी हवा के थपेड़े सीधे पड़ रहे थे, फिर भी वह आँखें फाड़कर देखता रहा। एक बार तो उसे लगा जैसे गलियारे के मोड़ पर उसे आग का गोला दिखाई दिया और वह यह देखने के लिये मुड़ा कि क्या यह ड्रैगन था, परंतु बहुत देर हो चुकी थी - वे लोग और गहराई में उतरते चले गये, ज़मीन के अंदर बनी एक झील के पास से गुज़रे जहाँ स्टैलेक्टाइट (छत से लटकते चूने के खंभे) और स्टैलेग्माइट (फ़र्श से ऊपर जाते चूने के खंभे) थे।

गाड़ी के शोरगुल से अधिक तेज़ आवाज़ में बोलते हुए हैरी ने हैग्रिड से पूछा, 'मैं नहीं जानता कि स्टैलेग्माइट और स्टैलेक्टाइट में क्या अंतर होता है?'

'स्टैलेग्माइट में "एम" होता है,' हैग्रिड ने कहा 'और हमसे इस समय कोई सवाल मत पूछो, हमें लगता है हमारी तबियत ख़राब हो रही है।'

हैग्रिड का चेहरा फक्क पड़ गया था और जब गाड़ी आख़िरकार गलियारे की दीवार में एक छोटे से दरवाज़े के पास रुकी, तो हैग्रिड नीचे उतरा। उसके घुटने इतने काँप रहे थे कि उसे दीवार का सहारा लेना पड़ा।

ग्रिपहुक ने दरवाज़े का ताला खोला। अंदर से काफ़ी सारा हरा धुंआ तैरता हुआ निकला और जब वो साफ़ हुआ, तो हैरी का मुँह खुला रह गया। अंदर सोने के सिक्कों का ढेर था। चाँदी का अंबार लगा था। छोटे काँसे के नट तो अनगिनत थे।

'सब तुम्हारा है, हैरी, हैग्रिड ने मुस्कराते हुए कहा।

यह सब हैरी का था – उसे विश्वास नहीं हो रहा था। डर्स्ली परिवार को इस बारे में पता नहीं था, वरना उन्होंने चुटकियों में यह सब हथिया लिया होता। वे हैरी को हमेशा ताना देते रहते थे कि उसको पालने में कितना खर्च करना पड़ता था? और इस पूरे समय उसके नाम का एक छोटा सा ख़ज़ाना लंदन के नीचे गहराई में दबा हुआ था।

हैग्रिड ने इनमें से कुछ सिक्कों को बैग में भरने में हैरी की मदद की।

'सोने के सिक्कों को गैलियन कहते हैं,' उसने समझाया। 'एक गैलियन में सत्रह चाँदी के सिकल होते हैं और एक सिकल में उनतीस नट होते हैं, यह बहुत आसान है। ठीक है, इतना दो साल के लिये काफ़ी होगा, हम बाक़ी पैसे तुम्हारे भविष्य के लिये बचाकर रखेंगे।' वह ग्रिपहुक की तरफ़ मुड़ा 'अब तिजोरी नंबर सात सौ तेरह, और मेहरबानी करके, क्या हम थोड़ा धीमे चल सकते हैं?'

'गाड़ी एक ही स्पीड से चलती है,' ग्रिपहुक ने कहा।

वे लोग अब और भी गहराई में जा रहे थे और उनकी गाड़ी रफ़्तार पकड़ रही थी। जब वे सँकरे मोड़ पर मुड़कर धड़धड़ाते हुए आगे बढ़े, तो हवा बहुत ठंडी हो गयी। अब वे एक अंडरग्राउंड दर्रे के ऊपर से तेज़ी से

गुज़र रहे थे और हैरी ने गाड़ी के किनारे से झाँककर देखने की कोशिश की कि अंधेरी तलहटी में क्या था, परंतु हैग्रिड ने कराहते हुए उसकी गर्दन पकड़कर उसे पीछे खींच लिया।

तिजोरी नंबर सात सौ तेरह में चाबी लगाने का कोई छेद नहीं था।

'पीछे खड़े रहो,' ग्रिपहुक ने रौब झाड़ते हुए कहा। उसने दरवाज़े को अपनी लंबी उँगली से हलके से ठोंका और दरवाज़ा पिघल गया।

ग्रिपहुक ने कहा, 'अगर ग्रिनगॉट के पिशाच के अलावा किसी और ने ऐसा करने की कोशिश की होती, तो दरवाज़ा उसे अंदर चूस लेता और वह अंदर फँसा रह जाता।'

'आप कितने दिनों बाद दरवाज़ा खोलकर यह देखते हैं कि कहीं कोई अंदर तो नहीं है?' हैरी ने पूछा।

'लगभग हर दस साल बाद,' ग्रिपहुक ने बहुत गंदे तरीक़े से मुस्कराते हुए कहा।

हैरी को विश्वास था कि इस भारी सुरक्षा वाली तिजोरी के अंदर कोई सचमुच असाधारण चीज़ होगी, इसलिये वह उत्सुकता से आगे की तरफ़ झुका; उसे उम्मीद थी कि कम से कम यहाँ पर उसे बेशक़ीमती हीरे-जवाहरात तो दिखेंगे ही - परंतु पहली नज़र में तो उसे लगा जैसे तिजोरी ख़ाली है। फिर उसे फ़र्श पर भूरे काग़ज़ में लिपटा एक गंदा सा छोटा पैकेट दिखाई दिया। हैग्रिड ने उसे उठाया और अपने कोट के अंदर रख लिया। हैरी यह जानने के लिये बहुत उत्सुक था कि पैकेट में क्या था, परंतु वह यह भी जानता था कि पूछने से कोई फ़ायदा नहीं होगा।

'चलो, एक बार फिर इस बेहूदा गाड़ी में चढ़ जाओ और वापस लौटते समय हमसे बात मत करना। बेहतर होगा अगर हम अपना मुँह बंद रखें,' हैग्रिड ने कहा।

*

गाड़ी की एक और भीषण यात्रा के बाद वे ग्रिनगॉट के बाहर सूरज की रोशनी में खड़े थे और उनकी आँखें चौंधिया रही थीं। हैरी को समझ में नहीं आ रहा था कि दौड़ लगाकर सबसे पहले कहाँ जाये, क्योंकि अब उसके पास पैसों भरा बैग था। वह यह तो नहीं जानता था कि एक पौंड में कितने

गैलियन होते हैं, परंतु वह इतना ज़रूर जानता था कि उसके पास पूरी ज़िंदगी में जितना पैसा रहा था, उससे ज़्यादा पैसा इस समय उसके हाथ में था – डडली के पास जितना पैसा रहता था, उससे भी ज़्यादा।

'अब तुम्हारी यूनिफ़ॉर्म ले लें,' हैग्रिड ने कहा और एक दुकान की तरफ़ देखकर सिर हिलाया, जिस पर लिखा था : *मैडम मैल्किन के दुशाले – हर मौक़े के लिये।* 'सुनो हैरी, तुम्हें बुरा तो नहीं लगेगा अगर हम रिसती कड़ाही में जाकर थोड़ी ताक़त बटोर लें? हमें ग्रिनगॉट की गाड़ियों से नफ़रत है।' वह अब भी थोड़ा बीमार दिख रहा था, इसलिये हैरी मैडम मैल्किन की दुकान में अकेला ही अंदर गया और वह घबराया हुआ था।

मैडम मैल्किन एक गोलमटोल और मुस्कराती हुई जादूगरनी थीं, जो ऊपर से नीचे तक बैंगनी कपड़े पहने थीं।

'हॉगवर्ट्स, बेटे?' हैरी के कुछ बोलने से पहले ही वे बोल पड़ीं। 'यहाँ पर पूरा सामान है – एक और बच्चा अभी दुशाले का नाप दे रहा है।'

दुकान के पिछले हिस्से में पीले, नुकीले चेहरे वाला एक लड़का स्टूल पर खड़ा था, जबकि एक जादूगरनी उसके लंबे काले दुशाले में पिन लगा रही थी। मैडम मैल्किन ने उसके पास वाले स्टूल पर हैरी को खड़ा कर दिया, उसके सिर पर एक लंबा दुशाला डाला और सही ऊँचाई पर पिन लगाना शुरू किया।

'हलो' लड़के ने कहा, 'हॉगवर्ट्स?'

'हाँ,' हैरी ने कहा।

'मेरे डैडी बगल वाली दुकान में मेरी किताबें ख़रीद रहे हैं और मम्मी सड़क पर आगे की तरफ़ जादुई छड़ियाँ देख रही हैं,' लड़के ने कहा। उसकी आवाज़ बोरियत भरी थी और वह धीरे-धीरे बोल रहा था। 'फिर मैं उन लोगों को खींचकर ले जाऊँगा, क्योंकि मुझे उड़ने वाली झाड़ू देखना है। मुझे नहीं मालूम कि फर्स्ट इयर में हमें झाड़ू रखने की इजाज़त क्यों नहीं है। मुझे लगता है मैं डैडी को धमकाकर मना लूँगा कि वे मुझे एक झाड़ू दिला दें और फिर मैं उसे किसी तरह चोरी से अंदर ले जाऊँगा।'

यह सुनकर हैरी को डडली याद आ गया।

'क्या *तुम्हारे* पास तुम्हारी झाड़ू है?' लड़के ने आगे कहा।

'नहीं,' हैरी ने जवाब दिया।

'क्विडिच खेलते हो?'

'नहीं' हैरी ने एक बार फिर कहा और वह हैरान हो रहा था कि यह क्विडिच क्या बला होती है?

'*मैं* तो खेलता हूँ – डैडी कहते हैं कि अगर मुझे मेरे हाउस की टीम में नहीं चुना गया, तो यह अन्याय होगा और मुझे कहना पड़ेगा कि मैं उनकी बात से सहमत हूँ। क्या तुम्हें मालूम है कि तुम किस हाउस में जाओगे?'

'नहीं' हैरी ने कहा और वह हर मिनट अपने आपको अधिक मूर्ख महसूस कर रहा था।

'वैसे तो वहाँ पहुँचने से पहले कोई भी सचमुच यह नहीं जानता कि यह किस हाउस में रहेगा, परंतु मैं जानता हूँ कि मैं नागशक्ति में रहूँगा, हमारा पूरा परिवार उसी में रहा है – ज़रा मेहनतकश में रहने की कल्पना करो। मुझे लगता है कि मैं तो स्कूल ही छोड़ दूँगा, और तुम?'

'हूँ.' हैरी ने कहा और वह चाहता था कि वह कोई अधिक रोचक बात कह सके।

'मैं कहता हूँ, ज़रा उस आदमी को तो देखो।' लड़के ने अचानक सामने वाली खिड़की की तरफ़ इशारा करते हुए कहा। वहाँ पर हैग्रिड खड़ा था और हैरी की तरफ़ देखकर दाँत दिखा रहा था। उसने दो बड़ी आइस्क्रीमों की तरफ़ इशारा किया, ताकि हैरी समझ सके कि वह अंदर क्यों नहीं आ सकता था।

'वह हैग्रिड है,' हैरी ने कहा उसे ख़ुशी थी कि उसे कोई तो ऐसी बात मालूम थी, जो उस लड़के को नहीं मालूम थी। 'वह हॉगवर्ट्स में काम करता है।'

'अच्छा!' लड़के ने कहा। 'मैंने उसके बारे में सुना है। वह एक तरह से नौकर है, है ना?'

'वह चाबियों का रखवाला है,' हैरी ने कहा। गुज़रने वाले हर पल के साथ हैरी उस लड़के को कम पसंद करता जा रहा था।

'हाँ, वही तो मैंने सुना है कि वह थोड़ा *जंगली* क़िस्म का है – स्कूल के मैदान में एक झोंपड़ी में रहता है और हर कुछ दिनों में शराब पी लेता

है, जादू करने की कोशिश करता है और अंत में अपने ही बिस्तर में आग लगा लेता है।'

'मुझे लगता है कि वह बहुत होशियार है,' हैरी ने ठंडेपन से कहा।

'क्या *सचमुच*,' लड़के ने हलके व्यंग्य से कहा। 'वह तुम्हारे साथ क्यों है? तुम्हारे मम्मी-डैडी कहाँ है?'

'वे मर चुके हैं,' हैरी ने छोटा सा जवाब दिया। वह इस लड़के के साथ इस बारे में ज़्यादा बातें करने के मूड में नहीं था।

'ओह, सॉरी,' लड़के ने कहा, परंतु उसकी आवाज़ से नहीं लग रहा था। जैसे उसे ज़रा भी अफ़सोस हुआ हो। 'पर वे *हमारी* ही तरह के थे, है ना?

'अगर तुम्हारा यही मतलब है, तो वे जादूगर और जादूगरनी थे।'

'मैं सोचता हूँ कि उन्हें दूसरी तरह के लोगों को अंदर नहीं आने देना चाहिये, तुम्हें क्या लगता है? वे लोग हमारी तरह के नहीं होते, उन लोगों को इस तरह से नहीं पाला जाता कि उन्हें हमारे तौर-तरीक़ों की जानकारी रहे। ज़रा सोचो तो सही, उनमें से कुछ तो हॉगवट्र्स का नाम ही पहली बार तब सुनते हैं, जब उन्हें चिट्ठी मिलती है। मुझे लगता है कि उन्हें जादू को पुराने जादूगर परिवारों तक ही सीमित रखना चाहिये। वैसे तुम्हारा सरनेम क्या है?'

परंतु इससे पहले कि हैरी जवाब दे पाये, मैडम मैल्किन बोल पड़ीं, 'अब आपका काम हो गया, बेटे।' हैरी उस बच्चे से बात करना बंद करना चाहता था और किसी बहाने का इंतज़ार कर रहा था, इसलिये वह तत्काल स्टूल से कूद गया।

'अच्छा, मुझे लगता है, हम हॉगवट्र्स में मिलेंगे,' धीरे बोलने वाले लड़के ने कहा।

जब हैरी ने आइस्क्रीम खाई (मेवे के टुकड़े डली चॉकलेट और रास्पबेरी की आइस्क्रीम) जो हैग्रिड उसके लिये ख़रीदकर लाया था, तो वह थोड़ा चुप था।

'क्या हुआ?' हैग्रिड ने पूछा।

'कुछ नहीं,' हैरी ने झूठ बोल दिया। वे लोग चमड़े के काग़ज़ और कलम ख़रीदने के लिये रुक गये। हैरी तब थोड़ा ख़ुश हुआ, जब उसे

ऐसी स्याही की बोतल मिली, जो लिखते समय रंग बदल लेती थी। जब ये लोग दुकान से बाहर निकले तो उसने पूछा, 'हैग्रिड, क्विडिच क्या होता है?'

'हे भगवान, हैरी। हम भूल जाते हैं कि तुम कितना कम जानते हो - तुम्हें क्विडिच के बारे में भी नहीं पता!'

'मुझे ज़्यादा नीचा मत दिखाओ,' हैरी ने कहा। उसने हैग्रिड को मैडम मैल्किन की दुकान पर मिले पीले लड़के के बारे में बताया।

'- और वह कह रहा था कि मगलू परिवारों से आये लोगों को जादू सीखने ही नहीं देना चाहिये -'

'तुम मगलू परिवार *से* नहीं आये हो। अगर उसे पता होता कि तुम कौन हो - अगर उसके माता-पिता जादूगर हैं, तो वह तुम्हारा नाम सुनते-सुनते बड़ा हुआ होगा - तुमने रिसती कड़ाही में देख ही लिया है। बहरहाल, वह इस बारे में जानता ही क्या है? हमने जितने भी अच्छे जादूगर देखे हैं, उनमें से कुछ तो ऐसे परिवारों से आये थे, जो कई पीढ़ियों से मगलू थे - अपनी माँ को ही देख लो! तुमने देखा ही है कि उनकी बहन कैसी हैं।'

'तो क्विडिच क्या है?'

'यह हमारा खेल है। जादूगरों का खेल। यह ... यह मगलू दुनिया की फुटबॉल की तरह है - क्विडिच में हर जादूगर की रुचि होती है - इसे हवा में जादुई झाडुओं के साथ खेला जाता है और इसमें चार गेंदें होती हैं - इसके नियमों को समझाना ज़रा मुश्किल है।'

'और नागशक्ति तथा मेहनतकश क्या है?'

'स्कूल के हाउस। कुल चार हाउस या दल हैं। सभी कहते हैं कि मेहनतकश में कम बुद्धि वाले बच्चे रहते हैं, परंतु -'

'मैं शर्त लगा सकता हूँ कि मैं मेहनतकश में जाने वाला हूँ,' हैरी ने उदास होकर कहा।

हैग्रिड ने कड़वाहट से कहा, 'नागशक्ति में रहने से तो अच्छा है मेहनतकश में रहना। बुराई के रास्ते पर जाने वाले सारे जादूगर नागशक्ति से ही आये हैं। तुम-जानते-हो-कौन भी उनमें से एक था।'

'वोल्- सॉरी - तुम-जानते-हो कौन हॉगवर्ट्स में था?'

'बहुत साल पहले,' हैग्रिड ने कहा।

उन्होंने हैरी की स्कूल की किताबें जिस दुकान से ख़रीदीं, उसका नाम था फ़्लरिश एंड ब्लॉट्स। यहाँ किताबें शेल्फ़ पर छत तक लगी थीं। कुछ किताबें तो इतनी बड़ी थीं, जैसे चट्टानों को चमड़े में बाइंड कर दिया गया हो। कुछ किताबें डाक टिकट के आकार की थीं और उन पर रेशम का कवर था। कुछ किताबों में अजीब से निशान बने हुए थे और कुछ किताबें तो ऐसी थीं, जिनमें कुछ भी नहीं था। डडली भी, जो कभी कुछ नहीं पढ़ता था, इनमें से कुछ किताबों को ख़रीदने के लिये ललचा जाता। हैग्रिड हैरी को लगभग खींचकर एक किताब से दूर ले गया, जिसका शीर्षक था : *श्राप और उनसे मुक़ाबला करने वाले श्राप (अपने मित्रों को आकर्षित करें और अपने शत्रुओं से नवीनतम तरीक़ों से बदला लें : बाल उड़ाना, पैर का मुरब्बा बनाना, जीभ बाँधना और भी बहुत, बहुत कुछ) :* लेखक प्रोफ़ेसर विन्डिक्टस विरिडियन।

'मैं यह जानने की कोशिश कर रहा था कि डडली को कौन सा श्राप दिया जाये।'

'हम यह नहीं कहते कि यह बुरा विचार है, परंतु तुम मगलू दुनिया में जादू का प्रयोग नहीं कर सकते, सिवाय कुछ ख़ास स्थितियों के,' हैग्रिड ने कहा। 'और वैसे भी तुम अभी इनमें से कोई श्राप नहीं दे सकते। पढ़ाई करने के बाद ही तुम ऐसा कर सकते हो।'

हैग्रिड ने हैरी को ठोस सोने की कड़ाही भी नहीं ख़रीदने दी ('तुम्हारी लिस्ट में लिखा है जस्ते की कड़ाही'), परंतु उन्होंने कड़ाही में डालने वाला सामान तौलने के लिये एक अच्छा सा तराज़ू ख़रीदा और काँसे की एक फोल्डिंग दूरबीन भी। फिर वे औषधियों की दुकान में गये, जो सड़े अंडों और सड़ी पत्तागोभी की भयानक बदबू के बावज़ूद आकर्षित करती थी। फ़र्श पर लिसलिसे पदार्थों के ढेर लगे थे, जड़ी-बूटियों, सूखी हुई जड़ों और चमकदार पाउडरों के मर्तबान दीवार पर लाइन से जमे थे, पंखों के बंडल थे, ज़हरीले दाँतों की झालरें थीं और छत से टँगे उलझे हुए पंजे थे। जब हैग्रिड ने काउंटर पर बैठे आदमी से हैरी के लिये जादुई काढ़े का शुरुआती सामान देने को कहा, तो हैरी ने ख़ुद यूनिकॉर्न के चाँदी जैसे सफ़ेद सींग की जाँच की, जिसकी क़ीमत इक्कीस गेलियन थी। उसने बीटल की चमकती

काली छोटी आँखें भी देखीं, जो पाँच नट में एक बड़ी चम्मच के हिसाब से मिल रही थीं।

औषधियों की दुकान के बाहर हैग्रिड ने हैरी की लिस्ट की एक बार फिर जाँच की।

'अब सिर्फ़ तुम्हारी छड़ी बची है – और हाँ, हमने अभी तक तुम्हें जन्मदिन का तोहफ़ा भी तो नहीं दिया है।'

हैरी का चेहरा अचानक लाल हो गया।

'आपको देने की ज़रूरत नहीं है –'

'हम जानते हैं कि हमें देने की ज़रूरत नहीं है। वैसे हम तुम्हें बता दें कि हम तुम्हें तुम्हारा जानवर देना चाहते हैं। मेंढक नहीं, मेंढक तो सालों पहले फ़ैशन से बाहर हो चुके हैं, लोग तुम पर हँसेंगे– और बिल्लियाँ हमें पसंद नहीं हैं, क्योंकि हमें उनके कारण छींकें आने लगती हैं। हम तुम्हें उल्लू ख़रीदकर देंगे। सभी बच्चे उल्लू चाहते हैं, क्योंकि वे बहुत उपयोगी होते हैं, वे आपकी डाक ले जाते हैं ... और भी बहुत से काम करते हैं।'

बीस मिनट बाद वे लोग आईलॉप्स उल्लू एम्पोरियम से बाहर निकले, जिसके अंदर अँधेरा था, रत्नों की तरह चमकती आँखें थीं और पंख फड़फड़ाने या हिलने की आवाज़ें आ रही थीं। हैरी के हाथ में एक बड़ा पिंजरा था, जिसमें एक सुंदर सफ़ेद उल्लू थी, जो अपने पंख के नीचे अपना सिर छुपाकर गहरी नींद में सो रही थी। हैरी हकलाते हुए धन्यवाद देने से ख़ुद को रोक नहीं पाया और उसकी आवाज़ प्रोफ़ेसर क्विरिल जैसी लग रही थी।

'धन्यवाद की कोई ज़रूरत नहीं है,' हैग्रिड ने रूखेपन से कहा। 'यह उम्मीद मत करो कि तुम्हें डर्स्ली परिवार से बहुत सारे तोहफ़े मिलेंगे। अब सिर्फ़ ऑलिवेन्डर्स का काम बचा है। ऑलिवेन्डर्स छड़ियों की इकलौती दुकान है और तुम्हें बेहतरीन छड़ी की ज़रूरत है।'

जादुई छड़ी ... सच तो यह था कि हैरी इसके लिये बहुत उत्सुक था।

आख़िरी दुकान सँकरी और गंदी थी। दरवाज़े पर उखड़े सुनहरे अक्षरों में लिखा था *ऑलिवेन्डर्स : बेहतरीन छड़ियों के निर्माता (382 ई. पू. से)*। धूल भरी खिड़की में रंग उड़ी जामुनी गद्दी पर एक छड़ी रखी थी।

जब वे अंदर घुसे तो दुकान के भीतर कहीं एक घंटी बजी। यह एक छोटी सी जगह थी, जिसमें सिर्फ़ एक टूटी टाँग वाली कुर्सी के सिवाय और कुछ भी नहीं था, जिस पर बैठकर हैग्रिड इंतज़ार करने लगा। हैरी को बहुत अजीब लग रहा था, जैसे वह किसी बहुत सख़्त नियम वाली लाइब्रेरी में घुस आया हो। उसने बहुत से नये सवाल निगले, जो उसके मन में अभी-अभी आये थे और इसके बजाय उसने उन हज़ारों सँकरे बक्सों को देखा, जो क़रीने से छत तक जमे हुए थे। न जाने क्यों, उसे लगा जैसे उसकी गर्दन के पिछले हिस्से में कुछ चुभ रहा था। यहाँ की धूल और ख़ामोशी में जैसे रहस्यमय जादू भरा था।

'गुड आफ़्टरनून,' एक धीमी आवाज़ आयी। हैरी उछल पड़ा। हैग्रिड भी उछल पड़ा होगा, क्योंकि एक तेज़ चरमराहट हुई और वह टूटी कुर्सी से हड़बड़ाकर उठा।

उनके सामने एक बूढ़ा आदमी खड़ा था, जिसकी चौड़ी, पीली आँखें दुकान के अँधेरे में चंद्रमा की तरह चमक रही थीं।

'हलो' हैरी ने अजीब तरीक़े से कहा।

'अरे हाँ,' आदमी ने कहा। 'हाँ, हाँ। मुझे यक़ीन था आपसे बहुत जल्दी मुलाक़ात होगी, हैरी पॉटर।' यह कोई सवाल नहीं था। 'आपकी आँखें बिलकुल आपकी मम्मी जैसी हैं। अभी कल की ही बात लगती है, जब उन्होंने यहाँ से अपनी पहली छड़ी ख़रीदी थी। सवा दस इंच लंबी, सरसराती, विलो लकड़ी से बनी। सम्मोहन के लिये बहुत अच्छी छड़ी थी।'

मिस्टर ऑलिवैन्डर हैरी के क़रीब आ गये। हैरी चाह रहा था कि वे पलकें झपकायें। उनकी चाँदी जैसी आँखें थोड़ी डरावनी थीं।

'दूसरी तरफ़, तुम्हारे डैडी को महोगनी लकड़ी की छड़ी पसंद आयी। ग्यारह इंच। लचीली। थोड़ी ज़्यादा ताक़तवर और रूप-परिवर्तन के लिये आदर्श। पर मैंने क्या कहा, तुम्हारे पिता को यह छड़ी पसंद आयी? – सच तो यह है कि हर छड़ी अपना मालिक ख़ुद चुनती है।'

मिस्टर ऑलिवैन्डर इतने क़रीब आ चुके थे कि उनकी नाक हैरी की नाक से लगभग टकरा रही थी। हैरी को उनकी कोहरेदार आँखों में अपना प्रतिबिंब दिख रहा था।

'और यहाँ पर ...'

मिस्टर ऑलिवैन्डर ने अपनी लंबी, सफ़ेद उँगली से हैरी के माथे के बिजली जैसे निशान को छुआ।

'मुझे यह कहते हुए अफ़सोस है कि मैंने वह छड़ी भी बेची थी, जिसने यह काम किया है,' उन्होंने धीमे से कहा। 'साढ़े तेरह इंच। सदाबहार लकड़ी की। उस छड़ी में ताक़त थी, बहुत ज़्यादा ताक़त थी और ग़लत हाथों में ... अगर मुझे मालूम होता कि वह छड़ी दुनिया में कितनी गड़बड़ करेगी ...'

उन्होंने अपना सिर हिलाया और तभी उन्हें हैग्रिड दिख गया। हैरी ने राहत की साँस ली।

'रूबियस! रूबियस हैग्रिड! आपसे दुबारा मिलकर बहुत ख़ुशी हुई ... बलूत की लकड़ी, सोलह इंच, थोड़ी झुकी हुई, है ना?'

'हाँ, सर, हाँ,' हैग्रिड ने कहा।

'अच्छी छड़ी थी, परंतु मुझे लगता है जब आपको स्कूल से निकाला गया होगा, तो उन्होंने वह छड़ी तोड़ दी होगी?' मिस्टर ऑलिवैन्डर्स ने थोड़ी कड़क आवाज़ में कहा।

'जी हाँ, उन्होंने उसे तोड़ डाला, हाँ,' हैग्रिड ने कहा और अपने पैर आगे-पीछे खिसकाये। 'पर हमारे पास अब भी उसके टुकड़े पड़े हुए हैं,' उसने थोड़े उत्साह से आगे जोड़ा।

'परंतु आप उनका *इस्तेमाल तो* नहीं करते?' ऑलिवैन्डर ने तीखी आवाज़ में कहा।

'अरे नहीं, सर,' हैग्रिड ने हड़बड़ाकर जवाब दिया। हैरी ने देखा कि यह बोलते समय उसने अपनी गुलाबी छतरी कसकर पकड़ ली थी।

'फिर ठीक है,' मिस्टर ऑलिवैन्डर ने हैग्रिड को पैनी निगाह से घूरते हुए कहा। 'चलिये, मिस्टर पॉटर। अब – मुझे देखने दें।' उन्होंने अपनी जेब से एक लंबा टेप निकाला, जिस पर चाँदी जैसे निशान बने थे। 'आपकी छड़ी वाली बाँह कौन सी है?'

'मैं – मैं दाँये हाथ का हूँ,' हैरी ने कहा।

'अपनी बाँह सामने की तरफ़ करें। ऐसे।' उन्होंने हैरी का नाप लिया, कंधे से उँगली तक, फिर कलाई से कोहनी तक, कंधे से फ़र्श तक, घुटने से काँख तक और सिर के चारों तरफ़। नाप लेते हुए वे बोले, 'ऑलिवैन्डर

की हर छड़ी में एक शक्तिशाली जादुई पदार्थ होता है, मिस्टर पॉटर। हम यूनिकॉर्न के बालों, मायापंछी की पूँछ के पंखों और ड्रैगन के दिल के रेशों का इस्तेमाल करते हैं। ऑलिवैन्डर की दो छड़ियाँ एक जैसी नहीं होतीं, ठीक उसी तरह जिस तरह दो यूनिकॉर्न, ड्रैगन या मायापंछी बिलकुल एक जैसे नहीं होते। ज़ाहिर है, इसी कारण किसी दूसरे जादूगर की छड़ी से आपको उतने अच्छे परिणाम नहीं मिल सकते।'

हैरी ने अचानक महसूस किया कि टेप, जो उसके नथुनों का नाप ले रहा था, अपने आप ऐसा कर रहा था। मिस्टर ऑलिवैन्डर शेल्फ़ों के बीच घूम रहे थे और छड़ियों के बक्से निकालकर नीचे रख रहे थे।

'बस काफ़ी है,' उन्होंने कहा और टेप फ़र्श पर गुड़ीमुड़ी होकर गिर गया। 'तो मिस्टर पॉटर। इसे आज़माकर देखें। बीचवुड और ड्रैगन के दिल का रेशा। नौ इंच। सुंदर और लचीली। बस इसे हाथ में पकड़ें और हवा में घुमायें।'

हैरी ने छड़ी ली और (थोड़ा मूर्ख अनुभव करते हुए) उसने इसे ज़रा सा ही लहराया था कि तभी मिस्टर ऑलिवैन्डर ने तत्काल उसके हाथ से छड़ी छीन ली।

'मैपिल की लकड़ी और मायापंछी का पंख। सात इंच। बहुत लचीली। इसे घुमाकर देखें –'

हैरी ने कोशिश की – परंतु उसने छड़ी उठायी ही थी कि तभी मिस्टर ऑलिवैन्डर ने उसके हाथ से वह छड़ी भी छीन ली।

'नहीं, नहीं,– अब इसे देखिये, तेंदू की लकड़ी और यूनिकॉर्न का बाल, साढ़े आठ इंच, लचकदार। चलिये, चलिये, अब घुमाइये इसे!'

'हैरी ने छड़ी घुमाई। और वह एक के बाद एक छड़ियाँ घुमाता रहा। उसे ज़रा भी पता नहीं था कि मिस्टर ऑलिवैन्डर किस चीज़ का इंतज़ार कर रहे थे। टूटी टाँग वाली कुर्सी पर उन छड़ियों का ढेर ऊँचा होता जा रहा था, जिन्हें वह घुमाकर देख चुका था, परंतु मिस्टर ऑलिवैन्डर शेल्फ़ से जितनी ज़्यादा छड़ियाँ निकाल रहे थे, वे उतने ही ज़्यादा ख़ुश होते जा रहे थे।

'मुश्किल ग्राहक, ऐसा क्या? कोई बात नहीं, हमें यहीं कहीं आदर्श तालमेल मिल ही जायेगा – मुझे लगता है, शायद ये हाँ, क्यों नहीं –

असामान्य तालमेल – शूलपर्णी की लकड़ी और मायापंछी का पंख, ग्यारह इंच, सुंदर और लचीली।'

हैरी ने छड़ी हाथ में ली। उसे पकड़ते ही हैरी को लगा जैसे उसकी उँगलियाँ गर्म हो गयी थीं। उसने छड़ी को अपने सिर के ऊपर उठाया और धूल भरी हवा में नीचे की तरफ़ झटके से लाया। छड़ी के सिरे से किसी आतिशबाज़ी की तरह लाल और सुनहरी चिंगारियाँ निकलीं और दीवारों पर रोशनी नाचती दिखाई दी। हैग्रिड ख़ुशी से चीख़ते हुए ताली बजाने लगा और मिस्टर ऑलिवैन्डर चिल्लाये, 'शाबाश! हाँ, सचमुच, बहुत बढ़िया। पर, पर, पर... अजीब बात है ... बड़ी अजीब बात है ...'

उन्होंने हैरी की छड़ी बक्से में रखकर और भूरे काग़ज़ में लपेट दी। वे अब भी बुदबुदा रहे थे, 'अजीब बात है ... अजीब बात है ...'

'माफ़ कीजिये,' हैरी ने कहा, 'पर *क्या* अजीब है?'

मिस्टर ऑलिवैन्डर ने अपनी पीली निगाह से हैरी को घूरा।

'मुझे हर वो छड़ी याद है, जो मैंने बेची है, मिस्टर पॉटर। हर छड़ी। बात ये है कि उस मायापंछी ने, जिसकी पूँछ का पंख आपकी छड़ी में है, एक और पंख दिया था – सिर्फ़ एक और। अजीब बात ये है कि यह छड़ी आपको जँची है, जबकि इसी के जोड़ीदार ने – हाँ, इसी के जोड़ीदार ने आपको ये निशान दिया था।'

हैरी ने थूक निगला।

'हाँ, साढ़े तेरह इंच। सदाबहार की लकड़ी। अजीब बात है कि दुनिया में कैसे विचित्र संयोग होते हैं। ध्यान रहे, हर छड़ी अपना मालिक ख़ुद चुनती है ... मुझे लगता है कि आगे चलकर आप ज़रूर महान काम करेंगे, मिस्टर पॉटर, ... क्योंकि उसने भी जिसका हम नाम नहीं ले सकते, बहुत बड़े काम किये थे – भयानक, हाँ पर बड़े।'

हैरी काँप गया। वह यक़ीन से कह सकता था कि उसे मिस्टर ऑलिवैन्डर कोई ख़ास पसंद नहीं आये थे। उसने सोने के सात गैलियन देकर छड़ी की क़ीमत चुकाई और दुकान से बाहर निकलते समय मिस्टर ऑलिवैन्डर ने झुककर उनका अभिवादन किया।

*

जब हैरी और हैग्रिड छूमंतर गली से वापस लौट रहे थे, तो शाम का सूरज आसमान में नीचे की तरफ़ आ चुका था। वे लोग दीवार और ख़ाली हो चुकी रिसती कड़ाही से होते हुए बाहर आये। जब वे सड़क पर चल रहे थे, तो हैरी कुछ नहीं बोला। उसने यह भी नहीं देखा कि अंडरग्राउंड में बहुत से लोग आश्चर्य से उनकी तरफ़ देख रहे थे, क्योंकि उनके पास अजीब से आकार के बहुत से पैकेट थे और हैरी की गोद में सफ़ेद उल्लू सो रही थी। ऑटोमेटिक सीढ़ी पर चढ़कर वे लोग पैडिंगटन स्टेशन पहुँच गये। जब हैग्रिड ने उसके कंधे को थपथपाया, तब जाकर हैरी को यह एहसास हुआ कि वे कहाँ थे।

'तुम्हारी ट्रेन छूटने से पहले इतना समय है कि थोड़ा सा कुछ खा लिया जाये, उसने कहा।

वह हैरी के लिये एक हैमबर्गर ख़रीद लाया और वे प्लास्टिक की कुर्सियों पर बैठकर खाने लगे। हैरी ने चारों तरफ़ देखा। न जाने क्यों, सब कुछ अजीब लग रहा था।

'तुम ठीक तो हो हैरी? तुम बहुत चुप हो,' हैग्रिड ने कहा।

हैरी को विश्वास नहीं था कि वह शब्दों में समझा सकता था। उसने अपने जीवन का सबसे अच्छा बर्थडे मनाया था – और इसके बाद भी – वह अपना हैमबर्गर कुतर रहा था और शब्द ढूँढने की कोशिश कर रहा था।

उसने अंत में कहा, 'सभी यह समझते हैं कि मैं ख़ास हूँ। रिसती कड़ाही में बैठे सभी लोग, प्रोफ़ेसर क्विरिल, मिस्टर ऑलिवैन्डर ... परंतु मैं जादू के बारे में कुछ भी नहीं जानता। वे मुझसे महान काम करने की उम्मीद कैसे कर सकते हैं? मैं मशहूर हूँ, जबकि मुझे तो यह भी याद नहीं है कि मैं किसलिये मशहूर हूँ। मैं नहीं जानता कि क्या हुआ था जब वोल– माफ़ कीजिये – मेरा मतलब है, उस रात को क्या हुआ था, जब मेरे मम्मी-डैडी की मौत हुई थी।'

हैग्रिड टेबल पर आगे झुका। जंगली दाढ़ी और भौंहों के पीछे छुपे उसके चेहरे पर बहुत ही दयालुता भरी मुस्कान थी।

'चिंता मत करो, हैरी तुम बहुत जल्दी सीख जाओगे। हॉगवर्ट्स में हर कोई शुरू से ही शुरू करता है। तुम बिलकुल ठीक-ठाक रहोगे। बस

जैसे हो वैसे ही बने रहो। हम जानते हैं यह आसान नहीं है। क़िस्मत ने तुम्हें बाक़ी लोगों से अलग कर दिया है और यह हमेशा मुश्किल होता है, पर हॉगवर्ट्स में तुम्हें बहुत मज़ा आयेगा – हमें तो आया था – और सच कहें तो आज भी आता है।'

हैग्रिड ने हैरी को ट्रेन में बैठाने में मदद की, जो उसे वापस डर्स्ली परिवार के पास ले जा रही थी और फिर हैग्रिड ने उसे एक लिफ़ाफ़ा दिया।

'हॉगवर्ट्स का तुम्हारा टिकट,' उसने कहा। 'पहली सितंबर – किंग्स क्रॉस स्टेशन – तुम्हारे टिकट पर सब लिखा है। डर्स्ली परिवार से किसी भी तरह की परेशानी हो तो अपनी उल्लू के साथ हमें चिट्ठी भेज देना, वो हमें ढूंढ लेगी ... जल्दी ही मिलेंगे, हैरी।'

ट्रेन स्टेशन से चल पड़ी। हैरी हैग्रिड को तब तक देखना चाहता था, जब तक वो नज़रों से ओझल न हो जाये। वह अपनी कुर्सी से उठा और खिड़की पर अपनी नाक गड़ाकर बाहर देखने लगा, परंतु जैसे ही उसने पलकें झपकायीं, हैग्रिड ग़ायब हो चुका था।

अध्याय छह

प्लेटफ़ॉर्म नंबर पौने दस से यात्रा

डर्स्ली परिवार में हैरी का आख़िरी महीना मज़ेदार नहीं गुज़रा। यह सच था कि डडली अब हैरी से इतना डरा हुआ था कि वह उस कमरे में ही नहीं रहता था, जिसमें हैरी हो, और पेटूनिया आंटी तथा वरनॉन अंकल भी अब हैरी को उसकी अलमारी में बंद नहीं करते थे, उसे कुछ करने के लिये मज़बूर नहीं करते थे और उस पर चिल्लाते भी नहीं थे - दरअसल, उन्होंने अब उससे बात करना ही बंद कर दिया था। उनके मन में दहशत भी थी और गुस्सा भी, इसलिये वे लोग ऐसा व्यवहार करते थे जैसे जिस कुर्सी पर हैरी बैठा हो वो ख़ाली हो। हालाँकि कई मायनों में स्थिति में सुधार हुआ था, परंतु कुछ समय बाद इससे हैरी का मन उखड़ने लगा।

हैरी ज़्यादातर समय अपने कमरे में ही रहता था और उसकी नई उल्लू ही उसकी इकलौती साथी थी। उसने उसका नाम हेडविग रखने का फ़ैसला किया; उसे यह नाम *जादू का इतिहास* किताब में मिला था। उसकी स्कूल की किताबें बहुत दिलचस्प थीं। वह अपने बिस्तर पर लेटा-लेटा देर रात तक उन्हें पढ़ता रहता और हेडविग अपनी मर्ज़ी से खुली खिड़की से अंदर-बाहर आती-जाती रहती थी। हैरी की क़िस्मत अच्छी थी कि पेटूनिया आंटी ने अब यहाँ पर सफ़ाई करना बंद कर दिया था, क्योंकि हेडविग बाहर से मरे हुए चूहे उठा लाती थी। हर रात को सोने से पहले हैरी एक काम करना नहीं भूलता था। वह एक काग़ज़ के टुकड़े पर एक और दिन काट लेता था। इस काग़ज़ पर एक सितंबर तक की तारीख़ें लिखी थीं।

अगस्त के आख़िरी दिन उसने सोचा कि अगले दिन किंग्स क्रॉस स्टेशन जाने के बारे में अंकल-आंटी से बात कर ली जाये, इसलिये वह नीचे ड्रॉइंग रूम में गया, जहाँ डर्स्ली परिवार टेलीविज़न पर एक क्विज़ शो देख रहा था। वह थोड़ा खाँसा, ताकि उन लोगों को यह पता चल जाये कि वह वहाँ पर है। डडली चीख़ा और कमरे से बाहर भाग गया।

'अर वरनॉन अंकल?'

वरनॉन अंकल ने हूँ करके बताया कि वे सुन रहे थे।

'अर - मुझे कल - हॉगवर्टस जाने के लिये - किंग्स क्रॉस स्टेशन जाना है।

वरनॉन अंकल ने एक बार फिर हूँ की।

'आपको परेशानी न हो तो क्या आप मुझे वहाँ तक लिफ़्ट दे देंगे?' हूँ। हैरी ने मान लिया कि इसका मतलब हाँ था।

'धन्यवाद।'

वह ऊपर जाने ही वाला था कि तभी वरनॉन अंकल सचमुच कुछ बोले।

'ट्रेन से भी कोई जादूगरों के स्कूल में जाता है? बड़ा अजीब तरीक़ा है। जादू के गलीचे क्या पंचर हो गये?'

हैरी कुछ नहीं बोला।

'वैसे यह स्कूल है कहाँ पर?'

'मुझे नहीं मालूम,' हैरी ने जवाब दिया और इस तरफ़ पहली बार उसका ध्यान गया। उसने अपनी जेब से वह टिकट बाहर निकाला, जो हैग्रिड ने उसे दिया था।

'मुझे प्लेटफ़ॉर्म नंबर पौने दस से ग्यारह बजे वाली ट्रेन पकड़ना है,' उसने पढ़कर सुनाया।

उसके अंकल-आंटी उसे घूरते रह गये।

'कौन सा प्लेटफ़ॉर्म?'

'पौने दस।'

'बेवकूफ़ी की बात मत करो,' वरनॉन अंकल ने कहा, 'पौने दस नंबर का कोई प्लेटफ़ॉर्म ही नहीं है।'

'यह मेरे टिकट पर लिखा है।'

'पागल हैं,' वरनॉन अंकल ने कहा, 'वो सब के सब पूरे पागल हैं। तुम ख़ुद अपनी आँखों से देख लोगे, बस थोड़ा सा इंतज़ार करो। ठीक है, हम तुम्हें किंग्स क्रॉस तक ले जायेंगे। हम लोग वैसे भी कल लंदन जा रहे हैं, वरना मैं इतना कष्ट नहीं करता।'

'आप लोग लंदन क्यों जा रहे हैं,' हैरी ने दोस्ताना संबंध बनाने की कोशिश करते हुए पूछा।

'डडली को अस्पताल ले जाना है,' वरनॉन अंकल ने गुस्से से कहा। 'जब तक उसकी वह कमबख़्त पूँछ नहीं हटेगी, तब तक वह स्मेल्टिंग्स कैसे जायेगा?'

*

अगली सुबह हैरी पाँच बजे ही उठ गया। उसे इतना रोमांच और इतनी घबराहट हो रही थी कि वह दुबारा नहीं सो पाया। वह बिस्तर से उठा और अपनी जीन्स पहनी, क्योंकि वह जादूगरों के कपड़े पहनकर स्टेशन नहीं जाना चाहता था – वह ट्रेन में कपड़े बदल लेगा। उसने एक बार फिर अपनी हॉगवर्ट्स की लिस्ट देखी, ताकि यह पक्का कर ले कि कहीं कोई सामान छूट तो नहीं गया। इसके बाद उसने यह देखा कि हेडविग का पिंजरा तो ठीक तरह से बंद है। फिर वह कमरे में घूमते हुए डर्स्ली परिवार के उठने का इंतज़ार करता रहा। दो घंटे बाद हैरी का बड़ा और भारी संदूक डर्स्ली की कार में रख दिया गया, पेटूनिया आंटी ने डडली को राज़ी कर लिया कि वह हैरी के पास बैठ जाये और फिर वे चल पड़े।

साढ़े दस बजे वे लोग किंग्स क्रॉस स्टेशन पहुँच गये। वरनॉन अंकल ने हैरी के संदूक को ट्रॉली पर पटका और उसे स्टेशन तक ख़ुद धकाते हुए ले गये। हैरी ने सोचा कि उसे उनसे इतनी उदारता की उम्मीद नहीं थी, परंतु तभी वरनॉन अंकल एकदम रुक गये। प्लेटफ़ॉर्म उनके सामने थे और उनके चेहरे पर कुटिल मुस्कान नाच रही थी।

'तो, तुम्हारी मंज़िल आ गयी, लड़के। यह रहा प्लेटफ़ॉर्म नंबर नौ – और वह रहा प्लेटफ़ॉर्म नंबर दस। तुम्हारा प्लेटफ़ॉर्म कहीं इनके बीच में होना चाहिये, परंतु ऐसा लगता है कि वे उसे बनाना भूल गये, है ना?'

ज़ाहिर है, उनकी बात बिलकुल सही थी। एक प्लेटफ़ॉर्म पर प्लास्टिक की बड़ी तख्ती पर नौ नंबर लिखा था; उसके अगले प्लेटफ़ॉर्म पर दस नंबर लिखा था और दोनों के बीच में कुछ भी नहीं था।

'आशा है स्कूल में यह साल अच्छा गुज़रेगा,' वरनॉन अंकल ने और भी ज़्यादा कुटिलता से मुस्कराते हुए कहा। बिना कुछ कहे वे वापस चल दिये। हैरी ने मुड़कर देखा कि डर्स्ली परिवार कार में बैठकर जा रहा था। तीनों हँस रहे थे। हैरी का मुँह सूखने लगा। अब वह क्या करेगा? हेडविग के कारण बहुत से लोग अजीब निगाहों से उसकी तरफ़ देख रहे थे। उसे किसी से पूछना ही होगा।

उसने पास से गुज़रते हुए एक गार्ड को रोका, परंतु उसमें इतनी हिम्मत नहीं थी कि यह प्लेटफ़ॉर्म नंबर पौने दस के बारे में पूछ सके। गार्ड ने कभी हॉगवर्ट्स का नाम नहीं सुना था और जब हैरी उसे यह भी नहीं बता पाया कि यह देश के किस हिस्से में है, तो वह भड़क गया, क्योंकि उसे लगा जैसे हैरी जान-बूझकर मूर्ख बनने का नाटक कर रहा है। निराशा में डूबे हैरी ने ग्यारह बजे जाने वाली ट्रेन के बारे में पूछा, परंतु गार्ड ने कहा कि ग्यारह बजे कोई ट्रेन नहीं जाती। अंत में गार्ड वहाँ से तेज़ क़दमों से चला गया; जाते समय वह समय बर्बाद करने वालों के बारे में बड़बड़ाता जा रहा था। हैरी अब बहुत कोशिश कर रहा था कि वह आतंकित न हो। प्लेटफ़ॉर्म पर लगी बड़ी घड़ी के हिसाब से हॉगवर्ट्स जाने वाली ट्रेन पकड़ने के लिये उसके पास सिर्फ़ दस मिनट का समय बचा था और उसे ज़रा भी मालूम नहीं था कि वह प्लेटफ़ॉर्म तक कैसे पहुँचे। वह स्टेशन के बीच में बुरी तरह फँस गया था : उसके पास एक संदूक था, जिसे वह उठा नहीं सकता था, जेब में जादूगरों के सिक्के भरे थे और एक बड़ी सी उल्लू थी।

शायद हैग्रिड उसे यह बताना भूल गया था कि यहाँ पर उसे क्या करना है, जैसे छूमंतर गली में घुसने के लिये बाँयी तरफ़ की तीसरी ईंट ठोंकना। वह सोचने लगा कि क्या वह अपनी छड़ी निकाले और प्लेटफ़ॉर्म नंबर नौ व दस के बीच में बने बैरियर को ठोंके।

उसी समय उसके ठीक पीछे से कुछ लोग गुज़रे और उसने उनकी बातचीत के कुछ शब्द सुने।

'– मगलुओं से भरी थी, और क्या –'

हैरी एकदम से घूमा। यह शब्द एक गोलमटोल महिला बोल रही थी, और वह अपने चार लड़कों से बात कर रही थी, जिन सबके बाल अंगारों की तरह लाल थे। उन सभी की ट्रॉली में हैरी जैसा संदूक था, जिसे वे धका रहे थे – और उनके पास एक उल्लू भी था।

धड़कते हुए दिल से हैरी ने अपनी ट्रॉली उनके पीछे धकेली। वे लोग रुक गये, हैरी भी रुक गया, इतने क़रीब ताकि वह उनकी बातें सुन सके।

'अब, कौन सा प्लेटफ़ॉर्म है?' बच्चों की माँ ने पूछा।

'पौने दस' एक छोटी लड़की ने सुरीली आवाज़ में कहा। इस लड़की के बाल भी लाल थे और वह अपनी माँ की उँगली पकड़े थी। 'मम्मी, मैं क्यों नहीं जा सकती ...'

'तुम अभी इतनी बड़ी नहीं हो जिनी, अब चुप रहो। ठीक है, पर्सी। सबसे पहले तुम जाओ।'

सबसे बड़ा दिखने वाला लड़का प्लेटफ़ॉर्म नंबर नौ और दस के बीच की तरफ़ आगे बढ़ा। हैरी ने उस पर अपनी नज़रें जमा लीं। वह सावधान था कि कहीं उसकी पलकें न झपकें, क्योंकि वह चूकना नहीं चाहता था – परंतु जैसे ही यह लड़का दोनों प्लेटफ़ॉर्मों के बीच में पहुँचा, हैरी के सामने पर्यटकों का एक बड़ा झुंड आ गया और जब तक भीड़ छँटी, वह लड़का ग़ायब हो चुका था।

'फ्रेड, अब तुम जाओ,' गोलमटोल महिला ने कहा।

'मैं फ्रेड नहीं, जॉर्ज हूँ,' लड़के ने कहा। 'आप भी मम्मी, आपको हमारी माँ कहलाने का कोई हक़ नहीं है। आपको तो यह भी नहीं *पता* कि मैं जॉर्ज हूँ।'

'सॉरी, जॉर्ज डियर।'

'मैं तो मजाक़ कर रहा था, फ्रेड मैं ही हूँ' लड़के ने कहा और वह चल पड़ा। उसके जुड़वाँ भाई ने पीछे से उससे जल्दी करने को कहा और उसने सचमुच जल्दी की होगी, क्योंकि एक सेकंड बाद ही वह ग़ायब हो गया था – परंतु उसने ऐसा किस तरह किया?

अब तीसरा भाई टिकट बैरियर की तरफ़ फुर्ती से जा रहा था – वह लगभग वहाँ पहुँच गया – और तभी एकदम अचानक, वह कहीं नहीं दिख रहा था।

अब कोई रास्ता नहीं था।

'माफ़ कीजिये,' हैरी ने गोलमटोल महिला से पूछा।

'हलो डियर,' उसने कहा। 'पहली बार हॉगवर्ट्स जा रहे हो? मेरा रॉन भी पहली बार जा रहा है।'

उसने अपने आख़िरी और सबसे छोटे बेटे की तरफ़ इशारा किया। वह लंबा, दुबला और चकत्तों से भरा अजीब सा दिख रहा था। उसके हाथ-पैर बड़े थे और नाक लंबी थी।

'हाँ,' हैरी ने कहा। 'बात यह है – बात यह है मैं नहीं जानता कि किस तरह –'

'किस तरह प्लेटफ़ॉर्म पर पहुँचा जाये?' महिला ने दयालुता से कहा और हैरी ने सिर हिलाया।

महिला ने कहा, 'चिंता मत करो। तुम्हें सिर्फ़ इतना करना है कि प्लेटफ़ॉर्म नंबर नौ और दस के बीच के बैरियर तक सीधे चलते जाओ। कहीं भी मत रुकना और यह सोचकर मत घबराना कि तुम इससे टकरा जाओगे, यह बहुत महत्त्वपूर्ण है। अगर तुम्हें डर लग रहा हो, तो बेहतर होगा कि तुम दौड़ लगाकर यह काम करो। अब जाओ, रॉन से पहले अंदर जाओ।'

'अच्छा, ठीक है,' हैरी ने कहा।

उसने अपनी ट्रॉली घुमाई और बैरियर की तरफ़ घूरकर देखा। यह बहुत ठोस दिख रहा था।

हैरी उसकी तरफ़ चलने लगा। प्लेटफ़ॉर्म नंबर नौ और दस पर आने-जाने वाले लोग उसे धक्का मारते हुए निकल रहे थे। हैरी ज़्यादा तेज़ चलने लगा। वह सीधे बैरियर से टकराने वाला था और अगर वह गिर गया तो मुश्किल में पड़ जायेगा – अपनी ट्रॉली पर आगे झुकते हुए वह सरपट भागने लगा – बैरियर लगातार पास आता जा रहा था – वह रुक नहीं पायेगा – ट्रॉली नियंत्रण के बाहर हो चुकी थी – वह एक फुट दूर था – उसने अपनी आँखें बंद कर ली और टक्कर के लिये तैयार हो गया –

परंतु टक्कर नहीं हुई ... वह दौड़ता ही रहा ... उसने अपनी आँखें खोलीं।

भाप का एक लाल इंजन सामने खड़ा था और प्लेटफ़ॉर्म लोगों से खचाखच भरा था। ऊपर एक साइनबोर्ड पर लिखा था *हॉगवर्ट्स एक्सप्रेस, 11 बजे।* हैरी ने अपने पीछे देखा और जहाँ पर बैरियर था, वहाँ उसे लोहे का गलियारा दिखा, जिस पर लिखा था : *प्लेटफ़ॉर्म नंबर पौने दस*। वह आख़िर वहाँ पहुँच गया था।

इंजन से निकलता धुँआ बतियाती भीड़ के सिर के ऊपर तैर रहा था और बहुत सी रंग-बिरंगी बिल्लियाँ खड़े हुए लोगों के पैरों के बीच से निकल रही थीं। भीड़ के शोर और भारी संदूकों के ज़मीन पर घसीटे जाने की आवाज़ों के ऊपर उल्लुओं की चिड़चिड़ी आवाज़ें सुनाई दे रही थीं, जैसे वे भी आपस में बातें कर रहे हों।

इंजन के साथ वाले कुछ डिब्बे पहले ही पूरी तरह भर चुके थे। कुछ बच्चे खिड़की से बाहर लटककर अपने परिवार वालों से बात कर रहे थे, तो कुछ सीटों के लिये आपस में झगड़ रहे थे। किसी ख़ाली सीट की तलाश में हैरी अपनी ट्रॉली को प्लेटफ़ॉर्म पर धकेलता गया। वह एक गोल चेहरे वाले लड़के के पास से गुज़रा, जो कह रहा था, 'दादी, मेरा मेंढक फिर गुम गया है।'

'क्या करते हो *नेविल*,' उसने बूढ़ी औरत को आह भरते सुना।

कुछ लोग घुँघराले बालों वाले एक लड़के को घेरे खड़े थे।

'हमें भी दिखाओ, ली, चलो दिखाओ।'

लड़के ने उस बक्से का ढक्कन खोल दिया, जिसे वह हाथ में पकड़े था। जब अंदर बंद जानवर का बालों भरा लंबा पैर बाहर निकला, तो चारों तरफ़ खड़े लोग चीख़ने लगे।

हैरी भीड़ को चीरता हुआ आगे बढ़ता गया, जब तक कि उसे ट्रेन के आख़िरी सिरे पर एक ख़ाली कम्पार्टमेंट नहीं मिल गया। सबसे पहले उसने हेडविग को अंदर रखा और फिर अपने संदूक को डिब्बे के दरवाज़े की तरफ़ धकेला। उसने इसे पायदानों के ऊपर उठाने की कोशिश की, परंतु एक सिरा उठाना भी उसे भारी पड़ रहा था। दो बार उसने अपने पैरों पर संदूक गिरा लिया और वह दर्द के मारे बिलबिला उठा।

'मदद चाहिये?' यह बोलने वाला वही लाल बालों वाला जुड़वाँ भाई था, जिसके पीछे वह बैरियर में घुसा था।

'हाँ, प्लीज़' हैरी ने हाँफते हुए कहा।

'अरे फ्रेड! यहाँ आओ और मदद करो!'

जुड़वाँ भाइयों की मदद से हैरी का संदूक आख़िरकार कम्पार्टमेंट के एक कोने में सही-सलामत पहुँच गया।

'धन्यवाद' हैरी ने कहा और अपने पसीने से लथपथ बालों को आँखों के सामने से हटाया।

'यह क्या है?' जुड़वाँ भाइयों में से एक ने अचानक हैरी के बिजली जैसे निशान की तरफ़ इशारा करते हुए पूछा।

'हे भगवान,' दूसरे भाई ने कहा। 'कहीं तुम – ?'

'वही है,' पहले भाई ने कहा। 'है ना?' उसने हैरी से पूछा।

'क्या?' हैरी ने कहा।

'हैरी पॉटर,' दोनों जुड़वाँ भाई एक साथ कोरस में बोले।

'अच्छा, वो,' हैरी ने कहा। 'मेरा मतलब है, हाँ, मैं ही हूँ।'

दोनों भाई मुँह खोलकर उसे देखते रहे और हैरी को लगा कि उसका चेहरा लाल हो रहा था। तभी ट्रेन के खुले दरवाज़े से एक आवाज़ तैरती हुई अंदर आयी, जिसे सुनकर हैरी को राहत मिली।

'फ्रेड? जॉर्ज? तुम लोग कहाँ हो?'

'आ रहे हैं, मम्मी।'

हैरी पर एक और नज़र डालने के बाद जुड़वाँ भाई ट्रेन से कूद गये।

हैरी खिड़की के पास बैठ गया, जहाँ वह आधा छुपा था। वहाँ से वह प्लेटफ़ॉर्म पर खड़े लाल बालों वाले परिवार को देख सकता था और उनकी बातें सुन सकता था। उनकी माँ ने अपना रूमाल बाहर निकाल लिया था।

'रॉन, तुम्हारी नाक पर कुछ लगा है।'

सबसे छोटे बच्चे ने बचकर निकलने की बहुत कोशिश की, परंतु उसकी माँ ने उसे दबोच ही लिया और उसकी नाक के सिरे को रगड़ने लगीं।

'*मम्मी* – अब छोड़ो भी।' उसने धक्का देते हुए अपने को छुड़ाया।

'अरे, क्या छोटे बच्चे रॉनी की नक्कू पर कुछ लगा था?' जुड़वाँ भाइयों में से एक ने चिढ़ाते हुए कहा।

'चुप रहो।' रॉन ने कहा।

'पर्सी कहाँ है?' उनकी माँ ने पूछा।

'इधर ही आ रहा है।'

सबसे बड़ा लड़का लंबे-लंबे डग भरता हुआ उन्हीं की तरफ़ आ रहा था। वह अपने कपड़े बदलकर हॉगवर्ट्स का लहराता हुआ काला दुशाला पहन चुका था। हैरी ने देखा कि उसके सीने पर चाँदी का चमकता हुआ बिल्ला लगा था, जिस पर 'पी' अक्षर लिखा था।

'ज़्यादा देर नहीं रुक सकता मम्मी' उसने कहा। 'मैं आगे वाले डिब्बे में हूँ, प्रिफेक्ट्स के लिये दो कम्पार्टमेंट रिज़र्व हैं -'

'अच्छा, तो तुम *प्रिफेक्ट* हो, पर्सी?' एक जुड़वाँ भाई ने बहुत आश्चर्य प्रकट करते हुए पूछा। 'तुम्हें इस बारे में कुछ तो बताना चाहिये था, हमें तो यह पता ही नहीं था।'

'छोड़ो भी, मुझे याद आ रहा है कि उसने इस बारे में कुछ कहा था,' दूसरे जुड़वाँ भाई ने कहा। 'एक बार-'

'या दो बार -'

'एक मिनट -'

'सारी गर्मी भर -'

'चुप रहो,' पर्सी यानी प्रिफेक्ट ने कहा।

'वैसे, पर्सी को नये कपड़े क्यों मिले हैं?' एक जुड़वाँ भाई ने कहा।

'क्योंकि वह *प्रिफेक्ट* है,' उनकी माँ ने लाड़ से कहा। 'ठीक है, बच्चों, तुम्हारा यह साल अच्छा गुज़रे- वहाँ पहुँचते ही मुझे उल्लू भेज देना।'

उन्होंने पर्सी का गाल चूमा और वह चला गया। फिर वे जुड़वाँ बच्चों की तरफ़ पलटीं।

'और तुम दोनों - इस साल - ज़रा ढंग से रहना। अगर मुझे एक भी उल्लू मिला कि तुम लोगों ने - तुम लोगों ने टॉयलेट उड़ा दिया है या -'

टॉयलेट उड़ा दिया है? पर मम्मी, हमने तो आज तक कभी कोई टॉयलेट नहीं उड़ाया।'

'वैसे विचार बहुत बढ़िया है, धन्यवाद मम्मी।'

'यह *मज़ाक़ की बात* नहीं है। और सुनो, रॉन का ख़्याल रखना।'

'चिंता मत करो, नन्हा-मुन्ना रॉनी हमारे साथ सुरक्षित रहेगा।'

'चुप रहो,' रॉन ने दुबारा कहा। वह अभी से जुड़वाँ भाइयों जितना लंबा हो चुका था और उसकी नाक उस जगह पर अब भी गुलाबी दिख रही थी, जहाँ उसकी माँ ने रगड़ा था।

'अच्छा मम्मी, ज़रा सोचो तो सही? अंदाज़ा लगाओ हमें अभी ट्रेन में कौन मिला था?'

हैरी तत्काल पीछे की तरफ़ टिक गया, ताकि वे उसे बाहर झाँकते हुए न देख लें।

'आप जानती हैं वह काले वालों वाला लड़का कौन था, जो हमारे पास स्टेशन पर खड़ा था? जानती हैं वह कौन है?'

'कौन?'

'*हैरी पॉटर!*'

फिर हैरी को छोटी लड़की की आवाज़ सुनाई दी।

'अच्छा मम्मी, मैं ट्रेन में चढ़ कर उसे देख लूँ, मम्मी, प्लीज़ ...'

'तुमने उसे पहले ही देख लिया है जिनी, और वह बेचारा कोई ऐसी चीज़ नहीं है, जिसे तुम चिड़ियाघर के जानवरों की तरह घूरते रहो। क्या सचमुच वही था फ्रेड? तुमने कैसे पहचाना?'

'हमने उससे पूछा था। उसका निशान देखकर। निशान सचमुच वहाँ पर है बिजली गिरने जैसा।'

'*बेचारा बच्चा* – कोई हैरानी की बात नहीं कि वह अकेला था। मुझे-आश्चर्य हो रहा था। उसने इतनी नम्रता से पूछा था कि प्लेटफ़ॉर्म तक कैसे पहुँचा जाये।'

'यह सब छोड़ो, क्या आपको लगता है उसे याद होगा कि तुम-जानते-हो-कौन कैसा दिखता है?'

उनकी माँ अचानक बहुत गंभीर हो गयीं।

'मैं तुम्हें चेतावनी देती हूँ कि तुम उससे यह नहीं पूछोगे, फ्रेड। नहीं, यह पूछने की हिम्मत मत करना। जैसे उसे स्कूल के पहले दिन यह बात याद दिलाने की ज़रूरत है।'

'ठीक है, मम्मी, चिंता में अपने बाल सफ़ेद मत करो।'

एक सीटी बजी।

'जल्दी करो।' उनकी माँ ने कहा, और तीनों लड़के लपककर ट्रेन में चढ़ गये। फिर वे खिड़की से बाहर झाँकने लगे, ताकि उनकी माँ उन्हें चूमकर गुडबाय कह सके। उनकी छोटी बहन ने रोना शुरू कर दिया।

'रोओ मत जिनी, हम तुम्हें ढेर सारे उल्लू भेजेंगे।'

'हम तुम्हें हॉगवर्ट्स की टॉयलेट सीट भी भेजेंगे।'

'जॉर्ज!'

'मज़ाक़ कर रहा था, मम्मी।'

ट्रेन रेंगने लगी। हैरी ने देखा कि बच्चों की माँ हाथ हिला रही थी और उनकी बहन आधी हँसती-आधी रोती हुई ट्रेन के साथ-साथ भागने की कोशिश कर रही थी, परंतु फिर ट्रेन इतनी तेज़ हो गयी कि वह पीछे रह गयी और अपना हाथ हिलाने लगी।

जब ट्रेन एक मोड़ पर मुड़ी, तो हैरी को लड़की और उसकी माँ दिखाई देना बंद हो गयीं। खिड़की के पास से घर धड़ाधड़ गुज़रते जा रहे थे। हैरी का दिल रोमांच के मारे बल्लियों उछल रहा था। वह नहीं जानता था कि जिस जगह वह जा रहा था, वह कैसी होगी - परंतु यह तो तय था कि वह जगह उससे तो बेहतर ही होगी, जिसे वह पीछे छोड़कर जा रहा था।

कम्पार्टमेंट का दरवाज़ा खुला और लाल बालों वाला सबसे छोटा लड़का अंदर आया।

'यहाँ कोई बैठा तो नहीं है?' उसने हैरी के सामने वाली सीट की तरफ़ इशारा करते हुए पूछा। 'बाक़ी सब कम्पार्टमेंट भरे हुए हैं।'

हैरी ने अपना सिर हिलाया और लड़का बैठ गया। उसने हैरी की तरफ़ देखा और फिर जल्दी से खिड़की के बाहर देखने लगा। वह यह दिखाना चाहता था कि उसने हैरी की तरफ़ देखा ही नहीं था। हैरी ने देखा कि उसकी नाक पर अब भी एक काला निशान था।

'अरे, रॉन।'

जुड़वाँ भाई वापस आ गये थे।

'सुनो, हम लोग ट्रेन के बीच वाले हिस्से में जा रहे हैं – वहीं ली जॉर्डन के पास एक बहुत बड़ा मकड़ा है।'

'ठीक है,' रॉन बुदबुदाया।

'हैरी' दूसरे जुड़वाँ भाई ने कहा, 'हमने अपना परिचय तो दिया ही नहीं। फ्रेड और जॉर्ज वीज़्ली। और यह रॉन है, हमारा भाई। अच्छा तो बाद में मिलते हैं।'

'बाय' हैरी और रॉन ने कहा। जुड़वाँ भाई जाते समय कम्पार्टमेंट का दरवाज़ा बंद कर गये।

'क्या तुम सचमुच हैरी पॉटर हो?' रॉन के मुँह से निकल पड़ा।

हैरी ने सिर हिलाया।

'अच्छा – मैं तो सोच रहा था कि फ्रेड और जॉर्ज मज़ाक़ कर रहे थे,' रॉन ने कहा। 'और क्या सचमुच तुम्हारे सिर पर – यानी कि ...'

उसने हैरी के माथे की तरफ़ इशारा किया।

हैरी ने अपनी लट पीछे खिसकायी, ताकि वह अपना बिजली जैसा निशान दिखा सके। रॉन घूरता रहा।

'तो यहीं पर तुम–जानते–हो कौन–ने–?'

'हाँ,' हैरी ने कहा, 'परंतु मुझे कुछ भी याद नहीं है।'

'कुछ भी नहीं?' रॉन ने उत्सुकता से पूछा।

'बस – मुझे बहुत सारी हरी रोशनी याद है, और कुछ नहीं।'

'अच्छा,' रॉन ने कहा। वह बैठा–बैठा कुछ मिनट तक हैरी को घूरता रहा, फिर जैसे उसे अचानक समझ में आया कि वह क्या कर रहा था, और वह एक बार फिर जल्दी से खिड़की के बाहर देखने लगा।

'क्या तुम्हारे परिवार में सभी जादूगर हैं?' हैरी ने पूछा। हैरी को रॉन उतना ही दिलचस्प लग रहा था, जितना कि रॉन को हैरी लग रहा था।

'अरे – हाँ, मुझे ऐसा ही लगता है,' रॉन ने कहा। 'मुझे लगता है कि मम्मी का दूर के रिश्ते का एक कज़िन है जो एकाउंटेंट है, पर हम लोग उसके बारे में कभी बात नहीं करते।'

'तो इसका मतलब है तुम्हें पहले से ही बहुत सा जादू आता होगा।'

ज़ाहिर था कि वीज़्ली परिवार उन पुराने जादूगर परिवारों में से एक था, जिनके बारे में छूमंतर गली में वह पीला लड़का बातें कर रहा था।

'मैंने सुना है तुम्हें मगलुओं के साथ रहने के लिये भेज दिया गया था,' रॉन ने कहा। 'वे लोग कैसे होते हैं?'

'बहुत बुरे – पर सभी नहीं। मेरे अंकल-आंटी और कज़िन बहुत बुरे हैं। काश मेरे तीन जादूगर भाई होते।'

'पाँच,' रॉन ने कहा। किसी कारण से वह उदास नज़र आ रहा था। 'हमारे परिवार से हॉगवर्ट्स जाने वाला मैं छठवाँ हूँ। तुम कह सकते हो कि मुझे बहुत कुछ करके दिखाना है। बिल और चार्ली पहले ही हॉगवर्ट्स से निकल चुके हैं – बिल हेड बॉय था और चार्ली क्विडिच का कप्तान। अब पर्सी प्रिफेक्ट बन गया है। फ्रेड और जॉर्ज बहुत शैतानी करते हैं, परंतु उनके सचमुच अच्छे नंबर आते हैं और सब सोचते हैं कि वे बहुत अच्छे मसखरे हैं। सब मुझसे भी यही उम्मीद करते हैं कि मैं अपने बाक़ी भाइयों जितने अच्छे काम करूँ, अगर मैं ऐसा करता हूँ तो यह कोई बड़ी बात नहीं होगी, क्योंकि वे पहले ही वह काम कर चुके हैं। और हाँ, पाँच बड़े भाई होने के कारण मुझे कोई भी चीज़ नई नहीं मिलती। मेरे पास बिल के पुराने कपड़े हैं, चार्ली की पुरानी छड़ी है और पर्सी का पुराना चूहा है।'

रॉन ने अपनी जैकेट के अंदर हाथ डाला और एक मोटा भूरा चूहा बाहर निकाला, जो सो रहा था।

'इसका नाम स्कैबर्स है और यह किसी काम का नहीं है। हमेशा सोता रहता है। प्रिफेक्ट बनने के बाद डैडी ने पर्सी को एक उल्लू दिला दिया, परंतु उन लोगों के पास इतने पैसे – मेरा मतलब है मुझे उल्लू के बजाय स्कैबर्स मिल गया।'

रॉन के कान गुलाबी हो गये। उसे लग रहा था कि वह कुछ ज़्यादा ही बोल गया, क्योंकि वह एक बार फिर खिड़की के बाहर देखने लगा।

हैरी को यह समझ में नहीं आया कि उल्लू ख़रीदने के पैसे न होने में शर्म की क्या बात है। एक महीने पहले तक उसके पास भी तो कभी पैसे नहीं रहते थे और उसने रॉन को यह बता दिया। उसने यह भी बताया कि उसे डडली के पुराने कपड़े पहनने पड़ते थे और उसे कभी ढंग के बर्थडे गिफ़्ट नहीं मिलते थे। इससे रॉन एक बार फिर ख़ुश नज़र आने लगा।

'... और जब तक हैग्रिड ने मुझे नहीं बताया, तब तक मैं नहीं जानता था कि मैं जादूगर हूँ, और मैं अपने मम्मी-डैडी या वोल्डेमॉर्ट के बारे में कुछ भी नहीं जानता था -'

रॉन ने साँस अंदर खींची।

'क्या हुआ?' हैरी ने कहा।

'तुमने तुम-जानते-हो-कौन का नाम ले लिया! रॉन ने कहा। उसकी आवाज़ बता रही थी कि उसे धक्का लगा था और वह प्रभावित भी हुआ था। 'मुझे लगता था कि कम से कम तुम तो -'

'नाम लेकर मैं यह साबित नहीं करना चाहता कि मैं *बहादुर* हूँ,' हैरी बोला। 'मुझे यह मालूम ही नहीं था कि ऐसा नहीं करना चाहिये। देखा, मैं यही तो कह रहा था। मुझे बहुत सारी बातें सीखनी हैं ... मैं शर्त लगा सकता हूँ,' उसने आगे कहा और पहली बार वह बात कही जो उसे पिछले कुछ दिनों से बहुत परेशान कर रही थी, 'मैं शर्त लगा सकता हूँ कि मैं अपनी क्लास में सबसे बुरा विद्यार्थी रहूँगा।'

'नहीं, ऐसा नहीं होगा। ढेर सारे बच्चे मगलू परिवारों से आते हैं और वे जल्दी ही सीख जाते हैं।'

जब वे बातें कर रहे थे, तो ट्रेन उन्हें लंदन से बाहर ले जा रही थी। अब वे गाय-भेड़ों से भरे खेतों के पास से तेज़ी से गुज़र रहे थे। वे लोग कुछ समय चुप रहे और सरपट भागते खेतों और गलियों को देखते रहे।

साढ़े बारह बजे के क़रीब बाहर गलियारे में खड़खड़ की तेज़ आवाज़ सुनाई दी। एक महिला ने, जिसके गालों पर डिम्पल थे, उनके कम्पार्टमेंट का दरवाज़ा खोला और मुस्कराते हुए पूछा, 'ट्रॉली में से कुछ चाहिये, बेटा?'

हैरी ने सुबह से नाश्ता नहीं किया था और वह उछलकर खड़ा हो गया, परंतु रॉन के कान एक बार फिर से गुलाबी हो गये। उसने धीमी आवाज़ में कहा कि उसके पास सैंडविच रखे हैं। हैरी गलियारे में बाहर चला गया।

जब वह डर्स्ली परिवार के साथ रहता था, तो उसके पास कभी मिठाइयाँ ख़रीदने के पैसे नहीं रहते थे। चूँकि अब उसकी जेब में सोने और

चाँदी के सिक्के खनखना रहे थे, इसलिये वह जितनी मार्स बार उठा सकता था, उतनी ख़रीदने के लिये तैयार था – परंतु उस महिला के पास मार्स बार नहीं थी। उसके पास जो सामान था उसमें बर्टी बॉट की हर स्वाद की टॉफ़ियाँ, ड्रूबल की बेहतरीन बबल गम, चॉकलेट के मेंढक, कद्दू की पेस्टी, कड़ाही केक, लिकोरिस की छड़ियाँ और भी बहुत सी अजीब चीज़ें थीं, जिन्हें हैरी ने ज़िंदगी में पहले कभी नहीं देखा था। कोई चीज़ छूट न जाये इस डर से हैरी हर चीज़ थोड़ी-थोड़ी ख़रीद लाया और उसने महिला को ग्यारह चाँदी के सिकल और सात काँसे के नट दिये।

हैरी सारे सामान को लेकर कम्पार्टमेंट में वापस आया और उसे एक ख़ाली सीट पर रख दिया। रॉन उसे टकटकी लगाकर देख रहा था।

'बहुत भूख लगी है क्या?'

'भूख के मारे दम निकला जा रहा है,' हैरी ने कद्दू की पेस्टी का एक बड़ा टुकड़ा मुँह में भरते हुए कहा।

रॉन ने एक मुड़ा हुआ पैकेट निकाला और उसे खोला। उसके अंदर चार सैंडविच थे। उसने उनमें से एक को खोलकर देखा और कहा, 'मम्मी हमेशा भूल जाती हैं कि मुझे कॉर्न वाला बीफ़ पसंद नहीं है –'

'हम इसे आपस में बदल लेते हैं,' हैरी ने एक पेस्टी उठाते हुए कहा। 'चलो –'

'तुम्हें यह पसंद नहीं आयेगा, यह सूखा हुआ है,' रॉन ने कहा। 'मम्मी के पास ज़्यादा समय नहीं रहता,' उसने जल्दी से जोड़ा, 'तुम तो जानते ही हो कि हम पाँच भाई हैं।'

'चलो, पेस्टी लो' हैरी ने कहा, जिसके पास इससे पहले कभी कोई चीज़ बाँटने के लिये नहीं थी। सच कहा जाये तो ऐसा कोई था भी नहीं, जिसके साथ वह कोई चीज़ मिल-बाँटकर खा सके। उसे बहुत अच्छा लग रहा था कि वह और रॉन एक साथ वहाँ बैठकर हैरी की पेस्टी और केक खा रहे थे (वे सैंडविच के बारे में भूल चुके थे)।

'ये क्या हैं?' हैरी ने चॉकलेट के मेंढक का एक पैकेट उठाकर रॉन से पूछा। 'कहीं इसमें *सचमुच* के मेंढक तो नहीं हैं?' अब उसे लगने लगा था कि कुछ भी हो सकता है और वह किसी भी आश्चर्यजनक घटना के लिये तैयार था।

'नहीं,' रॉन ने कहा। 'परंतु यह देखना कि कौन सा कार्ड निकलता है, मेरे पास एग्रिप्पा नहीं है।'

'क्या?'

'अरे, अच्छा, तुम्हें कैसे पता होगा– देखो, चॉकलेट के मेंढक के अंदर एक कार्ड रहता है जिसे हम लोग इकट्ठा करते हैं – किसी मशहूर जादूगर या जादूगरनी का कार्ड। मेरे पास पाँच सौ कार्ड हैं, पर मेरे पास एग्रिप्पा या टॉलेमी के कार्ड नहीं हैं।'

हैरी ने अपने चॉकलेट के मेंढक का कवर हटाया और कार्ड बाहर निकाला। उसमें एक आदमी का चेहरा दिख रहा था। उसने आधे चाँद के आकार का चश्मा पहन रखा था, उसकी लंबी नाक मुड़ी हुई थी और उसके लहराते बाल, दाढ़ी और मूँछें चाँदी की तरह सफ़ेद थीं। तस्वीर के नीचे उसका नाम लिखा था : *एल्बस डम्बलडोर*

'तो ये हैं डम्बलडोर!' हैरी ने कहा।

'मुझसे यह मत कहना कि तुमने कभी डम्बलडोर का नाम नहीं सुना!' रॉन ने कहा। 'मैं एक मेंढक ले लूँ? शायद मुझे एग्रिप्पा मिल जाये – धन्यवाद –'

हैरी ने अपना कार्ड पलटा। कार्ड के दूसरी तरफ़ लिखा था :

एल्बस डम्बलडोर, वर्तमान में हॉगवर्ट्स के हेडमास्टर। कई लोग मानते हैं कि वे आधुनिक समय के महानतम जादूगर हैं। प्रोफ़ेसर डम्बलडोर ख़ास तौर पर इन चीज़ों के लिये मशहूर हैं : 1945 में शैतानी जादूगर ग्रिन्डेलवाल्ड को हराने के लिये, ड्रैगन के ख़ून के बारह प्रयोगों की खोज के लिये और अपने पार्टनर निकोलस फ़्लेमैल के साथ रसायनशास्त्र पर किये गये काम के लिये। प्रोफ़ेसर डम्बलडोर को चैम्बर म्यूज़िक और टेनपिन बॉलिंग पसंद हैं।

हैरी ने कार्ड को दुबारा पलटा और उसे यह देखकर हैरानी हुई कि डम्बलडोर का चेहरा ग़ायब हो गया था।

'वे तो चले गये!'

'तुम उनसे यह उम्मीद तो नहीं कर सकते कि वे सारा दिन यहीं तुम्हारे पास बैठे रहेंगे,' रॉन ने कहा। 'वे दुबारा आ जायेंगे। अरे, मुझे एक बार

फिर मॉरगना मिल गयी। मेरे पास पहले से ही उसके छह कार्ड हैं। ... क्या तुम्हें यह चाहिये? तुम भी कार्ड इकट्ठे करना शुरू कर दो।'

रॉन की आँखें चॉकलेट के मेंढकों के ढेर की तरफ़ मुड़ गयीं, जो खोले जाने का इंतज़ार कर रहे थे।

'जितने चाहो उठा लो,' हैरी ने कहा। 'परंतु, तुम्हें पता है, मगलुओं की दुनिया में लोग अपने फ़ोटो से कहीं नहीं जाते और वहीं बने रहते हैं।'

'क्या सचमुच? क्या वे लोग बिलकुल भी नहीं हिलते?' रॉन की आवाज़ में हैरानी थी। *'बड़ी अजीब बात है!'*

हैरी कार्ड को घूर रहा था कि तभी उसने देखा डम्बलडोर एक बार फिर अपने कार्ड में लगे फ़ोटो में दुबककर लौट आये और उसकी तरफ़ देखकर हलके से मुस्करा दिये। मशहूर जादूगरों और जादूगरनियों को देखने के बजाय रॉन मेंढकों को खाने में ज़्यादा दिलचस्पी ले रहा था, परंतु हैरी तो उन पर से अपनी आँखें नहीं हटा पा रहा था। जल्दी ही उसके पास न सिर्फ़ डम्बलडोर और मॉरगना थे, बल्कि हेंजिस्ट ऑफ वुडक्रॉफ्ट, अल्बेरिक ग्रनियॉन, सर्सी, पैरासेल्सस और मर्लिन भी थे। उसने आख़िरकार अपनी आँखें क्लियोड्ना नाम की जादूगरनी से हटायीं, जो अपनी नाक खुजा रही थी, और बर्टी बॉट की हर स्वाद की टॉफ़ियों का बैग खोला।

'तुम्हें इनके बारे में सावधान रहना होगा,' रॉन ने हैरी को चेतावनी दी। 'जब वे कहते हैं कि हर स्वाद की, तो उनका *मतलब होता* है हर स्वाद की – तुम्हें, चॉकलेट, पिपरमेंट और मुरब्बे जैसे लोकप्रिय स्वाद तो मिलेंगे ही, पर तुम्हें पालक, गोश्त और गुर्दे के स्वाद वाली टॉफ़ी भी मिल सकती है। जॉर्ज कहता है कि उसे एक बार कीड़े के स्वाद की टॉफ़ी मिली थी।'

रॉन ने एक हरी टॉफ़ी उठायी, उसकी तरफ़ ध्यान से देखा और उसका एक कोना चबाया।

'अरेरेरे – देखा? स्प्राउट्स।'

हर स्वाद की टॉफ़ियाँ खाने में उनका समय अच्छी तरह गुजरा। हैरी को टोस्ट, नारियल, भुनी हुई बीन्स, स्ट्रॉबेरी, करी, घास, कॉफी, मछली के स्वाद की टॉफ़ियाँ मिलीं। उसने बहादुरी दिखाते हुए एक अजीब सी दिखने वाली भूरी टॉफ़ी का टुकड़ा भी चख लिया, जिसे रॉन छूने के लिये भी तैयार नहीं था। बाद में पता चला कि वह मिर्च के स्वाद की टॉफ़ी थी।

उनकी खिड़की के पास से गुज़रता हुआ देहात का दृश्य अब जंगली हो गया था। साफ़-सुथरे खेत दिखना बंद हो गये थे। अब उन्हें जंगल, घुमावदार नदियाँ और अँधेरी हरी पहाड़ियाँ दिख रही थीं।

किसी ने उनके कम्पार्टमेंट का दरवाज़ा खटखटाया और वही गोल चेहरे वाला लड़का अंदर आया, जिसे हैरी ने प्लेटफ़ॉर्म नंबर पौने दस पर देखा था। उसकी आँखों में आँसू भरे थे।

'सॉरी,' उसने कहा, 'परंतु क्या तुम लोगों ने कोई मेंढक देखा है?'

जब उन्होंने अपना सिर हिलाकर मना किया, तो वह बिलखते हुए बोला, 'मैंने उसे फिर से गुमा दिया! वो हमेशा मुझसे दूर भाग जाता है!'

'वो मिल जायेगा,' हैरी ने कहा।

'हाँ,' लड़के ने दुखी मन से कहा। फिर भी, अगर तुम्हें दिखे तो बता देना ...'

वह चला गया।

'मैं नहीं जानता कि वह इतना परेशान क्यों है,' रॉन ने कहा। 'अगर मैं मेंढक लाया होता तो उसे जितनी जल्दी गुमा सकता, गुमा देता। ध्यान रहे, मैं स्कैबर्स को लाया हूँ, इसलिये मैं इस बारे में कुछ नहीं बोल सकता।'

चूहा अब भी रॉन की गोद में सो रहा था।

'वह मर भी जाये तो भी आपको पता नहीं चलेगा,' रॉन ने हिकारत से कहा। 'मैंने कल उसे पीला करने की कोशिश की, ताकि मैं उसे अधिक दिलचस्प बना सकूँ, परंतु मेरे मंत्र का उस पर कोई असर नहीं हुआ। मैं तुम्हें दिखाता हूँ, देखो ...'

वह अपने संदूक में सामान की छानबीन करता रहा और फिर उसने एक बहुत ही टूटी-फूटी छड़ी निकाली। छड़ी कई जगह से चटकी हुई थी और उसके कोने पर कोई सफ़ेद चीज़ बाहर झाँक रही थी।

'यूनिकॉर्न का बाल लगभग बाहर झाँकने लगा है। ख़ैर -'

उसने अपनी छड़ी उठायी ही थी कि तभी कम्पार्टमेंट का दरवाज़ा एक बार फिर खुला। जिस बच्चे का मेंढक खो गया था, वह एक बार फिर लौट आया, परंतु इस बार उसके साथ एक लड़की भी थी। वह हॉगवर्ट्स की अपनी नयी यूनिफ़ॉर्म पहन चुकी थी।

'क्या किसी ने मेंढक देखा है? नेविल का मेंढक गुम गया है,' उसने कहा। उसकी आवाज़ रौबदार थी, बाल भूरे-घने थे और सामने वाले दाँत थोड़े बड़े थे।

'हमने उसे पहले ही बता दिया है कि हमने मेंढक नहीं देखा,' रॉन ने कहा, परंतु लड़की उसकी बात नहीं सुन रही थी, वह तो उसके हाथ की छड़ी को देख रही थी।

'अरे, क्या तुम जादू कर रहे हो? चलो देखते हैं।'

वह बैठ गयी। रॉन आश्चर्यचकित हो गया।

'अच्छा- ठीक है।'

उसने अपना गला साफ़ किया।

'सूरज, चंदा, मक्खन खा लो,

इस धब्बेदार चूहे का रंग बदल डालो।'

उसने अपनी छड़ी घुमायी, परंतु कुछ नहीं हुआ। स्कैबर्स भूरा ही बना रहा और गहरी नींद में सोता रहा।

'क्या तुम्हें यक़ीन है कि यह असली मंत्र है?' लड़की ने कहा। 'वैसे कुछ असर तो नहीं हुआ, है ना? मैंने सिर्फ़ प्रैक्टिस के लिये कुछ आसान मंत्रों का प्रयोग किया है और वे हमेशा काम करते हैं। मेरे परिवार में कोई भी जादूगर नहीं है। जब मुझे चिट्ठी मिली, तो मैं बहुत हैरान हुई, परंतु ज़ाहिर है, मैं बहुत ख़ुश भी थी। मेरा मतलब है मैंने सुना है कि यह जादूगरी का बेहतरीन स्कूल है। मैंने कोर्स की सारी किताबें पूरी याद कर ली हैं। ज़ाहिर है, मुझे लगता है कि यह पर्याप्त होगा - वैसे मैं हर्माइनी ग्रेंजर हूँ, तुम्हारा नाम क्या है?'

उसने यह सारी बातें बहुत तेज़ी से बोली थीं।

हैरी ने रॉन की तरफ़ देखा और उसके आश्चर्यचकित चेहरे को देखकर उसे राहत मिली। रॉन का चेहरा बता रहा था कि उसे भी कोर्स की सारी किताबें याद नहीं थीं।

'मैं रॉन वीज़्ली,' रॉन बुदबुदाया।

'हैरी पॉटर' हैरी ने कहा।

'क्या सचमुच?' हर्माइनी ने कहा। 'ज़ाहिर है, मैं तुम्हारे बारे में सब कुछ जानती हूँ – अपनी नींव मज़बूत करने के लिये मैंने कोर्स के बाहर की कुछ किताबें भी पढ़ी है और तुम्हारा नाम *आधुनिक जादू का इतिहास*, *गुप्त कलाओं का उत्थान और पतन* तथा *बीसवीं सदी की महान जादुई घटनायें* में है।'

'क्या सचमुच?' हैरी भौंचक्का रह गया था।

'हे भगवान, क्या तुम्हें नहीं मालूम था? अगर मैं तुम्हारी जगह होती, तो मैंने अपने बारे में सब कुछ पता लगा लिया होता,' हर्माइनी ने कहा। 'क्या तुममें से कोई जानता है कि तुम किस हाउस में जाओगे? मैंने पूछताछ की है और मेरी इच्छा है कि मैं गरुड़द्वार में रहूँ, यह सबसे अच्छा हाउस लगता है। मैंने सुना है कि ख़ुद डम्बलडोर भी इसी हाउस में थे। वैसे मेरे ख़्याल से चीलघात भी बुरा नहीं *रहेगा*... ख़ैर, हम लोग अब चलते हैं और नेविल का मेंढक ढूँढ़ते हैं। तुम दोनों भी अपनी यूनिफ़ॉर्म पहन लो। मुझे लगता है हम जल्दी ही पहुँचने वाले हैं।'

और वह चली गयी। उसके साथ वह लड़का भी चला गया, जिसका मेंढक गुम गया था।

'मैं चाहे जिस हाउस में रहूँ, मैं यह चाहता हूँ कि यह लड़की उस हाउस में न रहे,' रॉन ने कहा। उसने अपनी छड़ी को दुबारा अपने संदूक में फेंक दिया। 'बेहूदा मंत्र – यह मुझे जॉर्ज ने बताया था। शर्त लगा सकता हूँ वह जानता था कि यह फुस्सी बम था।'

'तुम्हारे भाई किस हाउस में हैं?' हैरी ने पूछा।

'गरुड़द्वार,' रॉन ने कहा। एक बार फिर उदासी ने उसके चेहरे पर डेरा जमा लिया। 'मम्मी और डैडी भी इसी में थे। अगर मैं इस हाउस में नहीं जा पाता, तो न जाने वे लोग क्या कहेंगे। मुझे लगता है कि चीलघात भी बहुत बुरा नहीं रहेगा, परंतु ज़रा सोचो कहीं उन्होंने मुझे नागशक्ति में डाल दिया तो क्या होगा।'

'क्या यही वह हाउस था, जिसमें वोल– मेरा मतलब है, तुम–जानते हो–कौन था?'

'हाँ,' रॉन ने कहा। वह एक बार फिर अपनी सीट पर धम्म से बैठ गया और काफ़ी परेशान दिख रहा था।

'देखो, मुझे लगता है कि स्कैबर्स की मूँछ के सिरे का रंग थोड़ा हलका हुआ है,' हैरी ने रॉन के दिमाग़ को हाउसों से दूर ले जाने की कोशिश करते हुए कहा। 'तो हॉगवर्ट्स से निकलने के बाद तुम्हारे दोनों बड़े भाई क्या कर रहे हैं?'

हैरी सोच रहा था कि स्कूल की पढ़ाई पूरी करने के बाद जादूगर क्या करते होंगे।

'चार्ली रूमानिया में ड्रैगनों की पढ़ाई कर रहा है और बिल अफ्रीका में ग्रिनगॉट के लिये कुछ कर रहा है,' रॉन ने कहा। 'क्या तुमने ग्रिनगॉट का नाम सुना है? इसका नाम *दैनिक जादूगर* के हर पेज पर छपा है, पर मुझे नहीं लगता कि मगलुओं को यह अख़बार पढ़ने को मिलता होगा – किसी ने एक बहुत सुरक्षित तिजोरी से सामान चुराने की कोशिश की।'

हैरी ने घूरा।

'सचमुच? चोर का क्या हुआ?'

'कुछ नहीं, इसीलिये तो यह इतनी बड़ी ख़बर है। उसे पकड़ा नहीं जा सका। मेरे डैडी कहते हैं कि ग्रिनगॉट में इतना बड़ा काम कोई ताक़तवर शैतानी जादूगर ही कर सकता है, वैसे पिशाचों का कहना है कि चोर कुछ नहीं ले जा सका। बड़ी अजीब बात है। ज़ाहिर है, जब इस तरह की कोई चीज़ होती है, तो सब लोग डर जाते हैं कि कहीं इसके पीछे तुम-जानते-हो-कौन का हाथ तो नहीं है?'

यह ख़बर हैरी के दिमाग़ में घूमती रही। जब भी तुम-जानते-हो-कौन का नाम लिया जाता था, हर बार उसे जैसे डर का काँटा चुभ जाता था। उसे लगा कि यह जादू की दुनिया में क़दम रखने का हिस्सा है, परंतु 'वोल्डेमॉर्ट' कहना ज़्यादा आरामदेह था और उसमें कोई चिंता नहीं होती थी।

'तुम्हारी क्विडिच टीम कौन सी है?' रॉन ने पूछा।

'अह – मुझे एक भी क्विडिच टीम का नाम नहीं मालूम,' हैरी ने स्वीकार किया।

'क्या!' रॉन को शब्द नहीं मिल रहे थे। 'अच्छा, ज़रा ठहरो, यह दुनिया का सबसे अच्छा खेल है –' और फिर वह शुरू हो गया, चार गेंदों और सात खिलाड़ियों की पोज़ीशन के बारे में सब कुछ समझाता रहा। उसने

उन मशहूर खेलों का विस्तार से वर्णन किया, जिन्हें उसने अपने भाइयों के साथ देखा था। उसने यह भी बताया कि जब उसके पास पैसे होंगे तो वह किस तरह की जादुई झाड़ू ख़रीदना पसंद करेगा। वह हैरी को खेल की बारीक़ियाँ समझाने की दिशा में आगे बढ़ रहा था कि तभी कम्पार्टमेंट का दरवाज़ा एक बार फिर खुला, परंतु इस बार दरवाज़े पर मेंढक खोने वाला बच्चा नेविल या हर्माइनी ग्रेंजर नहीं थे।

तीन लड़के अंदर आये और हैरी ने बीच वाले को तत्काल पहचान लिया : यह वही पीला लड़का था, जो उसे मैडम मैल्किन की दुशालों की दुकान में मिला था। उसने हैरी में छूमंतर गली में जितनी दिलचस्पी ली थी, अब वह उससे बहुत ज़्यादा दिलचस्पी के साथ उसे देख रहा था।

'क्या यह सच है?' उसने कहा। 'लोग ट्रेन में कह रहे हैं कि हैरी पॉटर इस कम्पार्टमेंट में है। तो तुम हैरी पॉटर हो, है ना?'

'हाँ,' हैरी ने कहा। वह बाक़ी दोनों लड़कों को देख रहा था। दोनों ही तगड़े थे और बहुत ही काइयाँ क़िस्म के दिख रहे थे। पीले लड़के के दोनों तरफ़ वे इस तरह खड़े थे, जैसे उसके बॉडीगार्ड हों।

'अरे, यह क्रैब है और यह गॉइल,' पीले लड़के ने हैरी की निगाह को भाँपते हुए लापरवाही से कहा। 'और मेरा नाम मैल्फॉय है, ड्रेको मैल्फॉय।'

रॉन हलके से खाँसा, जैसे वह अपनी हँसी रोकने की कोशिश कर रहा हो। ड्रेको मैल्फॉय ने उसकी तरफ़ देखा

'मेरा नाम सुनकर हँसी आ रही है, क्यों? यह पूछने की ज़रूरत ही नहीं है कि तुम कौन हो। मेरे डैडी ने मुझे बताया है कि वीज़्ली परिवार में सभी के बाल लाल होते हैं, चकत्ते होते हैं और उससे अधिक बच्चे होते हैं, जितनों को वे ढंग से पाल सकते हैं।'

वह हैरी की तरफ़ मुड़ा।

'तुम्हें जल्दी ही पता चल जायेगा कि कुछ जादूगरों के परिवार दूसरों से ऊँचे होते हैं, पॉटर। तुम ग़लत तरह के लोगों से दोस्ती नहीं करना चाहोगे। यहाँ पर मैं तुम्हारी मदद कर सकता हूँ।'

उसने हैरी से हाथ मिलाने के लिये अपना हाथ आगे बढ़ाया, परंतु हैरी ने अपना हाथ नहीं बढ़ाया।

'मुझे लगता है कि मैं ख़ुद ही ग़लत और सही तरह के लोगों की पहचान कर सकता हूँ, धन्यवाद,' उसने ठंडेपन से कहा।

ड्रेको मैल्फ़ॉय का चेहरा लाल नहीं हुआ, परंतु उसके पीले गालों पर गुलाबी सी चमक उभर आयी।

'अगर मैं तुम्हारी जगह होता पॉटर, तो मैं इस बारे में सावधान रहता,' उसने धीरे-धीरे कहा। 'अगर तुमने विनम्र होना नहीं सीखा, तो तुम्हारा भी वही हाल होगा, जो तुम्हारे मम्मी-डैडी का हुआ था। वे लोग भी नहीं जानते थे कि उनके लिये क्या अच्छा था। तुम वीज़्ली ... और हैग्रिड जैसे निकम्मे लोगों के साथ रहोगे तो तुम पर उनका असर आ ही जायेगा।'

हैरी और रॉन दोनों ही खड़े हो गये। रॉन का चेहरा उसके बालों की तरह ही लाल हो गया था।

'एक बार फिर से तो कहना,' उसने कहा।

'अच्छा, तो तुम हमसे लड़ाई करोगे, क्यों?' मैल्फ़ॉय ने व्यंग्य से कहा।

'अगर तुम इसी वक़्त यहाँ से बाहर नहीं निकले तो,' हैरी ने कहा और वह जितना बहादुर महसूस कर रहा था, उससे ज़्यादा बहादुरी का प्रदर्शन कर रहा था, क्योंकि क्रैब और गॉइल उससे या रॉन से बहुत बड़े थे।

'परंतु हमारी यहाँ से जाने की कोई इच्छा नहीं है, है ना दोस्तों? हमने अपना पूरा खाना खा लिया है, जबकि तुम्हारे पास तो अभी खाना बचा है।'

गॉइल रॉन के पास रखे चॉकलेट के मेंढकों की तरफ़ बढ़ा - रॉन आगे लपका, परंतु इससे पहले कि वह गॉइल को छू भी पाता, गॉइल जोर से चीख़ा।

स्कैबर्स उसकी उँगली से लटक रहा था और उसके नुकीले छोटे दाँत गॉइल की उँगली के जोड़ में गहराई तक धंसे हुए थे। क्रैब और मेल्फ़ॉय पीछे हट गये, जब बिलबिलाते हुए गॉइल ने स्कैबर्स को गोल-गोल घुमाया। और जब आख़िरकार स्कैबर्स उछलकर खिड़की से टकराया, तो तीनों तत्काल वहाँ से ग़ायब हो गये। शायद उन्होंने सोचा होगा कि मिठाइयों में और चूहे छुपे होंगे या शायद उन्होंने किसी के क़दमों की आहट सुन ली थी, क्योंकि एक सेकंड बाद ही हर्माइनी ग्रेंजर अंदर आ गयी।

'यहाँ क्या हो रहा है?' उसने पूछा। वह फ़र्श पर चारों तरफ़ बिखरी मिठाइयों की तरफ़ देख रही थी। उसने यह भी देखा कि रॉन स्कैबर्स की पूँछ पकड़कर उसे उठा रहा था।

'मुझे लगता है कि यह मर गया,' रॉन ने हैरी से कहा उसने स्कैबर्स को पास से देखा। 'नहीं – मुझे यक़ीन नहीं होता – यह तो फिर से सो गया है।'

और वह सचमुच सो गया था।

'तुम मैल्फॉय से पहले भी मिल चुके हो?'

हैरी ने छूमंतर गली में हुई मुलाक़ात के बारे में बताया।

'मैंने उसके परिवार के बारे में सुना है,' रॉन ने गंभीर आवाज़ में कहा। 'जब तुम–जानते–हो–कौन लापता हुआ, तो हमारी तरफ़ आने वाले सबसे पहले लोगों में उसका परिवार भी था। उन्होंने कहा कि उन्हें सम्मोहित कर दिया गया था। मेरे डैडी को इस बात पर यक़ीन नहीं है। वे कहते हैं कि मैल्फॉय के पिता को काले जादू की तरफ़ जाने के लिये बहाने की ज़रूरत नहीं थी।' फिर वह हर्माइनी की तरफ़ मुड़ा। 'हम आपकी क्या मदद कर सकते हैं?'

'बेहतर होगा कि तुम जल्दी करो और अपनी यूनिफ़ॉर्म पहन लो। मैंने अभी इंजन में जाकर ड्राइवर से पूछा था और उसने मुझे बताया कि हम बस पहुँचने ही वाले हैं। तुम लोग लड़ तो नहीं रहे थे, है ना? हम वहाँ पहुँच पायें, इससे पहले ही तुम लोग परेशानी में पड़ जाओगे!'

'हम नहीं, स्कैबर्स लड़ रहा था,' रॉन ने उसकी तरफ़ घूरते हुए कहा। 'और अब अगर आप बुरा न मानें तो यहाँ से चली जायें, ताकि हम लोग कपड़े बदल सकें?'

'ठीक है – मैं तो यहाँ सिर्फ़ इसलिये आयी थी, क्योंकि बाहर लोग बहुत ही बचकानी हरकतें कर रहे हैं और गलियारों में इधर से उधर दौड़ रहे हैं,' हर्माइनी ने नाक सिकोड़ते हुए कहा। 'और हाँ, क्या तुम्हें पता है, तुम्हारी नाक पर मैल लगा है?'

उसके बाहर जाते समय रॉन ने उसकी तरफ़ गुस्से से देखा। हैरी ने खिड़की से बाहर झाँका। बाहर अँधेरा हो रहा था। गहरे बैंगनी आसमान के नीचे उसे पहाड़ और जंगल दिख रहे थे। ट्रेन धीमी हो रही थी।

उसने और रॉन ने अपनी जैकेट उतारी और अपने लंबे काले दुशाले ओढ़ लिये। रॉन का थोड़ा छोटा था, इसलिये दुशाले के नीचे उसके जूते दिख रहे थे।

पूरी ट्रेन में एक आवाज़ गूँजी : 'हम लोग पाँच मिनट में हॉगवर्ट्स पहुँच जायेंगे। अपना सामान ट्रेन में ही रहने दें, इसे अलग से स्कूल पहुँचाया जायेगा।'

घबराहट के मारे हैरी के पेट में मरोड़ उठने लगी और उसने देखा कि रॉन अपने चकत्तों के नीचे पीला दिख रहा था। उन्होंने बची हुई मिठाइयाँ अपनी जेब में भर लीं और गलियारे में जमा भीड़ में शामिल हो गये।

ट्रेन पहले तो धीमी हुई और आख़िर रुक गयी। लोग दरवाज़े की तरफ़ जाने के लिये धक्का-मुक्की करने लगे, और फिर वे एक छोटे, अँधेरे प्लेटफ़ॉर्म पर नीचे उतरे। रात की ठंडी हवा में हैरी को कंपकंपी छूट गयी। तभी विद्यार्थियों के सिर के ऊपर से तैरता हुआ एक लैंप आया और हैरी को एक परिचित आवाज़ सुनाई दी : 'फर्स्ट इयर के बच्चे! फर्स्ट इयर के बच्चे यहाँ आ जायें। सब ठीक है, हैरी?'

सिरों के समुद्र के ऊपर हैग्रिड का बड़ा, बालों भरा चेहरा चमक रहा था।

'चलो, हमारे पीछे आओ - फर्स्ट इयर का कोई और बच्चा तो नहीं है? ज़रा सँभलकर क़दम रखना! फर्स्ट इयर के बच्चे हमारे पीछे आओ!'

फिसलते और लड़खड़ाते हुए वे लोग हैग्रिड के पीछे-पीछे एक सँकरे, ढलवाँ रास्ते पर चल दिये। उनके दोनों तरफ़ इतना अँधेरा था कि हैरी ने सोचा, वहाँ पर घने पेड़ होने चाहिये। कोई भी ज़्यादा नहीं बोल रहा था। सिर्फ़ नेविल ने, जिसका मेंढक बार-बार गुमता रहता था, एक-दो बार नाक से सूँ-सूँ की आवाज़ की।

'तुम्हें एक सेकंड में हॉगवर्ट्स की पहली झलक दिखाई देगी,' हैग्रिड ने अपने कंधे के ऊपर से कहा, 'इस मोड़ के ठीक बाद।'

एक ज़ोरदार 'ऊऊऊऊह!' की आवाज़ हुई।

सँकरी पगडंडी उन्हें अचानक एक बड़ी काली झील के किनारे पर ले आई थी। झील के दूसरी तरफ़ ऊँचे पहाड़ पर एक बड़ा महल बना

था, जिसमें कई कँगूरे और टॉवर थे। सितारों से भरे आसमान में महल की खिड़कियाँ चमक रही थीं।

'एक नाव में चार से ज़्यादा मत बैठना।' हैग्रिड ने किनारे पर पानी में तैरती छोटी नावों के बेड़े की तरफ़ इशारा करते हुए कहा। हैरी और रॉन के पीछे-पीछे नेविल और हर्माइनी भी नाव में चढ़ गये।

'सब आ गये?' हैग्रिड चिल्लाया, जो अपनी नाव में अकेला ही बैठा था, 'तो ठीक है – **आगे बढ़ो।**'

और सभी छोटी नावें तत्काल आगे चल दीं। काँच की तरह चिकनी झील में वे फिसलती लग रही थीं। सब ख़ामोश थे और सिर उठाकर बड़े महल की तरफ़ देख रहे थे। जैसे-जैसे वे उस चट्टान के क़रीब आये, जिस पर महल खड़ा था, वह उन्हें उतना ही ऊँचा दिखने लगा।

जैसे ही आगे वाली नावें चट्टान के पास पहुँचीं, हैग्रिड चिल्लाया, 'सिर झुका लो!' उन सभी ने अपने सिर झुका लिये और छोटी नावें उन्हें चट्टान के अंदर एक सुरंग में ले गयीं, जो सुंदर पत्तों वाली बेल के पर्दे के पीछे छुपी थी। वे लोग एक अँधेरी गुफा में से जा रहे थे, जो महल के ठीक नीचे से जाती दिख रही थी और फिर वे ज़मीन के नीचे बने एक बंदरगाह में पहुँचे, जहाँ चट्टानों और पत्थरों पर वे मुश्किल से उतरे।

बच्चों के नाव से उतरने के बाद हैग्रिड ने नावों की तलाशी ली और चिल्लाकर कहा, 'ओये, तुम वहाँ! कहीं यह तुम्हारा मेंढक तो नहीं है?'

'ट्रेवर! ' नेविल ख़ुशी से चिल्लाया और उसने अपना हाथ आगे बढ़ा दिया। फिर वे सब हैग्रिड के लैंप के पीछे चट्टान में बने एक रास्ते पर मुश्किल से चढ़ने लगे। अंत में वे महल की छाया में नर्म और गीली घास पर आ गये।

पत्थर की सीढ़ियों पर चलकर वे बलूत के बड़े दरवाज़े के सामने भीड़ लगाकर खड़े हो गये।

'सब आ गये? और तुम, क्या तुम्हारा मेंढक अब भी तुम्हारे पास है?'

हैग्रिड ने दैत्याकार मुट्ठी उठायी और महल के दरवाज़े पर तीन बार दस्तक दी।

अध्याय सात

बोलती टोपी

दरवाज़ा एकदम खुल गया। वहाँ काले बालों वाली एक लंबी जादूगरनी हरे दुशाले में खड़ी थीं। उनका चेहरा बहुत कठोर था और उन्हें देखते ही हैरी के मन में पहला विचार यह आया कि उनके साथ पंगा लेना ठीक नहीं होगा।

'प्रोफ़ेसर मैक्गॉनेगल, फर्स्ट इयर के बच्चे,' हैग्रिड ने कहा।

'धन्यवाद, हैग्रिड। यहाँ से इन्हें मैं ले जाऊँगी।'

उन्होंने दरवाज़े को चौड़ा खोल दिया। प्रवेश हॉल इतना बड़ा था कि डर्स्ली का पूरा घर उसमें समा सकता था। ग्रिनगॉट की तरह यहाँ भी पत्थर की दीवारों पर जलती हुई मशालों से रोशनी हो रही थी। छत इतनी ऊँची थी कि दिखती ही नहीं थी और ऊपर की मंज़िलों तक जाने के लिये संगमरमर की शानदार सीढ़ियाँ उनके सामने थीं।

सख़्त पत्थर के फ़र्श पर वे लोग प्रोफ़ेसर मैक्गॉनेगल के पीछे-पीछे चल दिये। दाँयी तरफ़ के दरवाज़े से हैरी को सैकड़ों हलकी-हलकी आवाज़ें सुनाई दे रही थीं। लगता था स्कूल के बाक़ी बच्चे वहाँ पहले ही पहुँच चुके थे। पर प्रोफ़ेसर मैक्गॉनेगल फर्स्ट इयर के बच्चों को हॉल में नहीं ले गयीं, बल्कि उन्हें हॉल के पास वाले एक छोटे ख़ाली कमरे में खड़ा कर दिया। वे एक-दूसरे से सटकर खड़े थे और परेशानी की हालत में इधर-उधर ताक रहे थे। आम तौर पर वे इतने पास-पास खड़े नहीं हुए होते, जितने पास वे इस समय खड़े थे।

'हॉगवर्ट्स में आपका स्वागत है,' प्रोफ़ेसर मैक्गॉनेगल ने कहा। 'सत्र की शुरुआती दावत जल्दी ही शुरू होने वाली है, परंतु इससे पहले कि आप लोग बड़े हॉल में अपनी सीट पर बैठें, आपको अपने हाउस के लिये चुना जायेगा। यह बहुत महत्त्वपूर्ण है, क्योंकि जब तक आप यहाँ रहेंगे, तब तक आपका हाउस हॉगवर्ट्स में आपके परिवार की तरह होगा। आप अपने हाउस के बाक़ी बच्चों के साथ क्लास में बैठेंगे, अपने हाउस के कमरे में सोयेंगे और अपने हाउस के हॉल में अपना ख़ाली समय बितायेंगे।

'कुल चार हाउस या दल हैं, जिनके नाम हैं : गरुड़द्वार, मेहनतकश, चीलघात और नागशक्ति। हर हाउस का अपना शानदार इतिहास है और हर एक में बेहतरीन जादूगर और जादूगरनियाँ हुए हैं। जब तक आप हॉगवर्ट्स में रहेंगे, तब तक अच्छे काम के लिये आपको हाउस पॉइंट मिलेंगे, जबकि किसी भी तरह का नियम तोड़ने पर आपके हाउस के पॉइंट घटा दिये जायेंगे। साल के अंत में सबसे ज़्यादा पॉइंट वाले हाउस को हाउस कप दिया जायेगा, जो बहुत बड़ा सम्मान है। मुझे आशा है आप जिस भी हाउस में जायेंगे, उसके लिये गौरव साबित होंगे।

'चुनने की रस्म पूरे स्कूल के सामने कुछ ही मिनटों में होगी। मैं सुझाव देती हूँ कि बेहतर होगा आप लोग इंतज़ार करते समय अपने आपको तैयार कर लें।'

उनकी आँखें एक पल के लिये नेविल के चोगे पर रुकीं, जो उसके बाँये कान के नीचे बँधा था, और फिर रॉन की नाक के धब्बे पर। हैरी घबराकर अपने बाल सँवारने की कोशिश करने लगा।

'जब हम आपके लिये तैयार हो जायेंगे तो मैं वापस आऊँगी,' प्रोफ़ेसर मैक्गॉनेगल ने कहा। 'कृपया शांति से इंतज़ार करें।'

वे कमरे से चली गयीं। हैरी ने थूक निगला।

'हमें हाउस के लिये कैसे चुना जायेगा?' उसने रॉन से पूछा।

'मुझे लगता है किसी तरह का इम्तहान होता होगा। फ्रेड ने कहा था कि इसमें बहुत दर्द होता है, पर मुझे लगता है वह मज़ाक़ कर रहा था।'

हैरी का दिल धक्क रह गया! इम्तहान? और वह भी पूरे स्कूल के सामने? परंतु उसे तो अभी रत्ती भर भी जादू नहीं आता – हे भगवान, उसे न जाने क्या करके दिखाना होगा? यहाँ क़दम रखते ही उसे ऐसी किसी

चीज़ की उम्मीद नहीं थी। उसने अपने चारों तरफ़ चिंता से देखा और पाया कि सभी डरे हुए थे। कोई भी ज़्यादा नहीं बोल रहा था, सिवाय हर्माइनी ग्रेंजर के, जो अपने सीखे हुए सभी मंत्र बहुत तेज़ी से दोहरा रही थी और सोच रही थी कि उसे न जाने कौन से मंत्र का इस्तेमाल करना होगा। हैरी ने बहुत कोशिश की कि हर्माइनी की बातों की तरफ़ उसका ध्यान न जाये। वह कभी इतना ज़्यादा नहीं घबराया था, कभी नहीं! तब भी नहीं जब उसे वरनॉन अंकल के पास स्कूल का रिपोर्ट कार्ड ले जाना पड़ा था, जिसमें लिखा था कि उसने न जाने कैसे अपने टीचर के विग को नीला कर दिया था। उसकी आँखें दरवाज़े पर जमी हुई थीं। किसी भी पल प्रोफ़ेसर मैक्गॉनेगल वापस आ सकती थीं और उसे उसके दुर्भाग्य की तरफ़ ले जा सकती थीं।

फिर ऐसा कुछ हुआ, जिसके कारण वह हवा में एक फुट ऊपर उछल गया – उसके पीछे कुछ बच्चे चीख़े।

'क्या बेवकूफ़ी है –?'

उसने जोर से साँस ली। उसके आसपास खड़े बच्चों ने भी ऐसा ही किया। लगभग बीस भूत पिछली दीवार से तैरते हुए अंदर आ गये थे। मोती की तरह सफ़ेद और कुछ हद तक पारदर्शी यह भूत कमरे में तैरते हुए एक-दूसरे से बातें कर रहे थे और फर्स्ट इयर के बच्चों की तरफ़ उनका ध्यान नहीं गया था। वे आपस में बहस कर रहे थे। संन्यासी की तरह दिखने वाला एक मोटा और नाटा भूत कह रहा था, 'मैं तो यही कहूँगा कि माफ़ करो और भूल जाओ। हमें उसे एक और मौका देना चाहिये –'

'मेरे प्यारे संन्यासी, क्या हमने पीव्ज़ को वे सारे मौके नहीं दे दिये हैं, जो उसे मिलने चाहिये थे? वह हम सबका नाम बदनाम करता है और आप तो जानते ही हैं, वह सचमुच भूत भी नहीं है – मैं तो यही कहूँगा ... तुम लोग यहाँ क्या कर रहे हो?'

गुलूबंद और चुस्त कपड़े पहने एक भूत ने अचानक फर्स्ट इयर के विद्यार्थियों को देख लिया था।

किसी ने जवाब नहीं दिया।

'नये विद्यार्थी होंगे!' मोटे संन्यासी ने कहा और उनकी तरफ़ देखकर मुस्कराया। 'मुझे लगता है, तुम लोगों को हाउसों के लिये चुना जाने वाला है?'

कुछ बच्चों ने सहमति में सिर हिलाया।

संन्यासी ने कहा, 'मुझे उम्मीद है तुमसे मेहनतकश में मुलाक़ात होगी! मेरा पुराना हाउस।'

तभी एक तीखी आवाज़ आयी, 'अब चलिये। चुनने की रस्म शुरू होने वाली है।'

प्रोफ़ेसर मैक्गॉनेगल लौट आयी थीं। एक-एक करके सभी भूत सामने वाली दीवार से तैरते हुए चले गये।

'आप लोग लाइन बना लें,' प्रोफ़ेसर मैक्गॉनेगल ने फर्स्ट इयर के बच्चों से कहा, 'और मेरे पीछे आयें।'

हैरी की हालत बुरी थी। उसके पैर जैसे अचानक बहुत भारी हो गये। लाइन में हैरी रेत जैसे भूरे बालों वाले एक लड़के के पीछे खड़ा हो गया और रॉन हैरी के पीछे। फिर वे लोग कमरे से बाहर निकलकर, हॉल की तरफ़ मुड़कर दोहरे दरवाज़ों से होते हुए बड़े हॉल में आ गये।

हैरी ने कभी इतनी अद्भुत और शानदार जगह की कल्पना भी नहीं की थी। यहाँ हज़ारों मोमबत्तियाँ जल रही थीं, जो उन चार लंबी टेबलों के ऊपर हवा में तैर रही थीं, जहाँ बाक़ी विद्यार्थी बैठे थे। इन टेबलों पर सुनहरी चमकती प्लेटें और प्याले रखे थे। हॉल के ऊपरी हिस्से में एक और लंबी टेबल थी, जहाँ टीचर्स बैठे थे। प्रोफ़ेसर मैक्गॉनेगल फर्स्ट इयर के बच्चों को वहाँ तक ले गयीं, ताकि वे लोग बाक़ी विद्यार्थियों के सामने खड़े रहें और टीचर्स उनके पीछे की तरफ़ रहें। उन लोगों को घूरने वाले सैकड़ों चेहरे मोमबत्तियों की हिलती हुई रोशनी में पीली लालटेनों की तरह दिख रहे थे। विद्यार्थियों के बीच में कहीं-कहीं कोहरेदार चाँदी की तरह चमकते भूत भी नज़र आ रहे थे। घूरती आँखों से बचने के लिये हैरी ने ऊपर की तरफ़ देखा और वहाँ उसे सितारों से भरी एक मख़मली काली छत दिखी। उसने सुना, हर्माइनी फुसफुसा रही थी, 'इस पर जादू किया गया है, ताकि यह बाहर के आसमान की तरह दिखे, *हॉगवर्ट्स का इतिहास* किताब में मैंने यह पढ़ा है।'

यह विश्वास करना मुश्किल था कि ऊपर छत भी थी, क्योंकि लग तो ऐसा रहा था, जैसे बड़ा हॉल सीधे आसमान में ही खुलता था।

जब प्रोफ़ेसर मैक्गॉनेगल ने बिना कुछ कहे चार पैर वाला एक स्टूल फर्स्ट इयर के विद्यार्थियों के सामने रख दिया, तो हैरी ने जल्दी से दुबारा नीचे देखा। स्टूल के ऊपर उन्होंने जादूगरों की एक टोपी रखी, जिसकी नोक उभरी हुई थी। यह टोपी फटी थी, गंदी थी और इसमें बहुत सारे पैबंद लगे थे। पेटूनिया आंटी ने इसे अपने घर में नहीं घुसने दिया होता।

शायद उन लोगों को टोपी में से खरगोश निकालकर दिखाना होगा, हैरी की कल्पना अब क़ाबू से बाहर हो चुकी थी – यही हो सकता है। उसने देखा कि हॉल में बैठे सभी लोग टोपी की तरफ़ घूर रहे थे, इसलिये वह भी उसकी तरफ़ घूरने लगा। कुछ पल तक ख़ामोशी छायी रही। फिर टोपी हिली। उसके ऊपर की तरफ़ की सिलाई चौड़ी खुल गयी, जैसे यह उसका मुँह हो – और फिर टोपी ने गाना शुरू कर दिया :

'तुम्हें शायद लगेगा कि मैं सुंदर नहीं हूँ,
पर अपनी आँखों पर मत करो यक़ीन,
मुझसे ज़्यादा समझदार टोपी नहीं मिलेगी,
चाहे तुम आसमान ढूँढ़ लो या ज़मीन।
चाहे तुम्हारे पास हो काले डर्बी हैट,
या फिर टोपियाँ रेशमी और ऊँची,
पर मैं हूँ हॉगवर्ट्स की चुनने वाली टोपी;
उन सबसे मैं हूँ ज़्यादा अच्छी।
तुम्हारे दिमाग़ में क्या है, मुझसे कुछ नहीं छुपा;
बोलती टोपी सब देख सकती है, यह मान लो।
इसलिये मुझे पहन लो और मैं तुम्हें बता दूँगी
कि तुम्हें किस हाउस में जाना चाहिये, सचमुच जान लो।
तुम जा सकते हो गरुड़द्वार में,
जहाँ बहादुर, शेरदिल लोग रहते हैं,
उनकी हिम्मत, हौसला और दिलदारी
गरुड़द्वार को औरों से अलग करते हैं।
तुम जा सकते हो मेहनतकश में,

जहाँ निष्पक्ष और वफ़ादार रहते हैं,
मेहनतकश के बच्चे सच्चे और धैर्यवान होते हैं
और मेहनत से कभी नहीं डरते हैं।
या तुम जा सकते हो समझदार पुराने चीलघात में,
बशर्ते तेज़ हो तुम्हारा दिमाग़;
हाज़िरजवाब और ज्ञानी इंसान को
हमेशा मिल जाते हैं अपनी तरह के लोग-बाग।
या शायद नागशक्ति में भी जा सकते हैं,
जहाँ आप सच्चे दोस्त बनायेंगे,
यह चालाक लोग अपने लक्ष्य हासिल करने के लिये
अच्छा-बुरा हर तरीक़ा प्रयोग में लायेंगे।
इसलिये मुझे लगा लो! डरो मत!
और चिंता मत करो ज़रा भी!
तुम सुरक्षित हाथों में हो (हालाँकि मेरे हाथ नहीं हैं)
क्योंकि मैं हूँ सोचने वाली टोपी।

जब टोपी ने गाना बंद किया, तो पूरा हॉल तालियों से गूंज उठा। टोपी ने चारों टेबलों की तरफ़ सिर झुकाया और फिर चुप हो गयी।

'तो हमें सिर्फ़ टोपी पहनना है!' रॉन ने हैरी से फुसफुसाकर कहा। 'मैं फ्रेड को जान से मार डालूँगा। वह कह रहा था कि हमें दैत्य से लड़ना पड़ेगा।'

हैरी मन मारकर हँसा। हाँ, टोपी पहनना मंत्र पढ़ने से लाख गुना अच्छा था, परंतु वह सोच रहा था काश वह अकेले में टोपी पहन सकता; काश टोपी पहनते समय इतने सारे लोग उसे नहीं देख रहे होते। उसे लग रहा था कि टोपी ने उन लोगों से बहुत ज़्यादा उम्मीदें लगा रखी थीं : हैरी को उस वक़्त लग रहा था कि न तो वह बहादुर है, न ही हाज़िरजवाब या बुद्धिमान। अगर टोपी ने डरे हुए लोगों के लिये कोई हाउस बताया होता तो उसके लिये वही हाउस सही होता।

प्रोफ़ेसर मैक्गॉनेगल हाथ में चमड़े के काग़ज़ का लंबा रोल लेकर आगे बढ़ीं।

'जब मैं आपका नाम बोलूँ, तब आप आकर टोपी पहनेंगे और स्टूल पर बैठेंगे, ताकि आपको चुना जा सके,' उन्होंने कहा 'हान्ना एबॉट!'

गुलाबी चेहरे, लंबी चोटी और भूरे बालों वाली एक लड़की लाइन से बाहर निकली। उसने टोपी लगायी, जो उसकी आँखों के सामने आ गयी, और फिर वह स्टूल पर बैठ गयी। एक पल के बाद –

टोपी चिल्लायी, **'मेहनतकश!'**

जब हान्ना दाहिनी तरफ़ की मेहनतकश टेबल पर बैठने के लिये गयी, तो वहाँ से तालियों की और ख़ुशी से चिल्लाने की आवाज़ें आयी। हैरी ने देखा कि मोटे संन्यासी का भूत हान्ना की तरफ़ देखकर ख़ुशी से हाथ हिला रहा था।

'सूज़न बोन्स!'

'मेहनतकश।' टोपी एक बार फिर चिल्लायी और सूज़न भी हान्ना के बगल में बैठने के लिये दौड़ पड़ी।

'टेरी बूट!'

'चीलघात!'

इस बार बाँयी तरफ़ से दूसरी टेबल पर तालियाँ बजने की आवाज़ें आयीं। टेरी के पास आने पर चीलघात के कई विद्यार्थी उससे हाथ मिलाने के लिये खड़े हुए।

'मेन्डी ब्रॉकलहर्स्ट' भी चीलघात में गई, परंतु 'लैवेंडर ब्राउन' गरुड़द्वार में जाने वाली पहली नई विद्यार्थी बनी और सबसे बाँयी तरफ़ की टेबल पर ख़ुशी का शोर गूंज उठा। हैरी देख रहा था कि रॉन के जुड़वाँ भाई सीटी बजा रहे थे।

'मिलिसेंट बुलस्ट्रोड' नागशक्ति में जाने वाली पहली विद्यार्थी बनी। शायद नागशक्ति के बारे में उसने जो सुना था, उसकी वजह से यह हैरी की कल्पना हो, परंतु उसके मन में यह विचार आया कि नागशक्ति के विद्यार्थी बुरे दिख रहे थे।

उसे लगा जैसे उसकी तबियत ख़राब हो रही थी। उसे याद था कि उसके पुराने स्कूल में खेलकूद के पीरियड में टीम बाँटते समय क्या होता था। उसे हमेशा सबसे आख़िर में चुना जाता था, इसलिये नहीं, क्योंकि वह अच्छा नहीं खेलता था, बल्कि इसलिये क्योंकि कोई भी डडली के सामने यह नहीं दिखाना चाहता था कि वे उसे पसंद करते थे।

'जस्टिन फिंच-फ्लेचली!'

'मेहनतकश!'

हैरी ने देखा कि कई बार टोपी हाउस का नाम तत्काल चिल्ला देती है, परंतु कई बार इसे फ़ैसला करने में थोड़ी देर लगती है। 'सीमस फिनिगन', जो लाइन में हैरी के आगे खड़ा रेत जैसे भूरे बालों वाला लड़का था, स्टूल पर लगभग एक मिनट तक बैठा रहा और इसके बाद टोपी ने उसे गरुड़द्वार के लिये चुना।

'हर्माइनी ग्रेंजर!'

हर्माइनी लगभग दौड़ती हुई स्टूल तक गयी और उसने उत्सुकता से टोपी को अपने सिर पर रखा लिया।

'गरुड़द्वार!' टोपी चिल्लायी। रॉन के मुँह से आह निकल गयी।

हैरी के मन में एक भयानक विचार आया, क्योंकि जब कोई बहुत घबराया होता है, तो उसके मन में हमेशा भयानक विचार ही आते हैं। क्या होगा अगर उसे चुना ही न जाये? क्या होगा, अगर वह टोपी को अपनी आँखों के सामने लगाकर बहुत देर तक बैठा रहे, और फिर प्रोफ़ेसर मैक्गॉनेगल उसके सिर से टोपी हटाकर कहें कि कहीं कोई ग़लती हुई है और उसे वापस ट्रेन में बैठकर घर रवाना हो जाना चाहिये?

जब मेंढक गुमाने वाले लड़के नेविल लाँगबॉटम का नाम लिया गया, तो वह स्टूल तक जाते समय गिर पड़ा। टोपी को नेविल के बारे में फ़ैसला करने में बहुत समय लगा। जब यह आख़िरकार चिल्लायी **'गरुड़द्वार'**, तो नेविल इसे उतारे बिना ही दौड़ पड़ा। फिर हँसी के फव्वारों के बीच वह वापस लौटा और उसने टोपी 'मॉराग मैक्डगल' को दे दी।

जब मैल्फॉय का नाम पुकारा गया, तो वह अकड़ते हुए आगे आया और उसकी इच्छा तत्काल पूरी हो गई : टोपी ने उसके सिर को बस छुआ ही था कि यह चीख़ पड़ी **'नागशक्ति।'**

मैल्फॉय अपने दोस्तों क्रैब और गॉइल के पास बैठने चला गया। वह बहुत ख़ुश दिख रहा था।

अब ज़्यादा लोग नहीं बचे थे।

'मून' ... 'नॉट' ... 'पार्किन्सन' ... फिर जुड़वाँ बहनों की जोड़ी, 'पाटिल' और 'पाटिल' ... फिर 'सैली-एन पर्क्स' ... और फिर आख़िरकार –

'हैरी पॉटर!'

जब हैरी आगे आया, तो अचानक लोग फुसफुसाने लगे। पूरे हॉल में आग सुलगने जैसी हलकी-हलकी आवाज़ें सुनाई देने लगीं।

'क्या कहा, *पॉटर?*'

'हैरी पॉटर?'

हैरी ने टोपी को अपनी आँखों के ऊपर गिराने से पहले जो आख़िरी दृश्य देखा, वह यह था कि हॉल के लोग उसे ठीक से देखने के लिये अपनी गर्दन ऊँची कर रहे थे। अगले पल वह टोपी के काले अंदरूनी हिस्से को देख रहा था। वह इंतज़ार करने लगा।

'हूँ,' उसके कान में एक धीमी आवाज़ ने कहा। 'मुश्किल है। बहुत मुश्किल है। काफ़ी हिम्मत दिखती है! दिमाग़ भी तेज़ है तुम्हारा! बहुत हुनर है तुममें, और, हे भगवान, हाँ अपनी पहचान बनाने का इरादा भी है, यह बहुत ही दिलचस्प है ... तो मैं तुम्हें कहाँ रखूँ?'

हैरी ने स्टूल के कोनों को पकड़ा और सोचा, 'नागशक्ति नहीं, नागशक्ति नहीं।'

'नागशक्ति नहीं?' धीमी आवाज़ ने कहा। 'क्या तुम्हें पक्का यक़ीन है? सोच लो, तुम महान बन सकते हो ... और महान बनने के सारे लक्षण हैं तुममें। और नागशक्ति महान बनने में तुम्हारी मदद करेगा, इसमें कोई शक नहीं – नहीं? ठीक है, अगर तुम यही चाहते हो – तो फिर तुम्हारा हाउस होगा **गरुड़द्वार**!'

हैरी ने सुना कि टोपी ने आख़िरी शब्द पूरे हॉल के सामने चिल्लाकर बोला था। उसने अपनी टोपी उतारी और काँपते क़दमों से गरुड़द्वार की टेबल की तरफ़ बढ़ गया। चुन लिये जाने और नागशक्ति में न जाने पर उसे

इतनी राहत मिली कि उसका ध्यान इस तरफ़ नहीं गया कि उसके चुने जाने पर सबसे ज़्यादा तालियाँ बज रही थीं। प्रिफेक्ट पर्सी उठा और उसने हैरी से उत्साह से हाथ मिलाया, जबकि वीज़्ली बंधु चिल्लाये, 'हमें पॉटर मिल गया! हमें पॉटर मिल गया!' हैरी उस गुलूबंद पहने भूत के सामने बैठ गया, जिसे वह पहले देख चुका था। भूत ने उसकी बाँह थपथपायी और हैरी को अचानक ऐसा भयानक एहसास हुआ जैसे उसने अपना हाथ बर्फ़ के पानी से भरी बाल्टी में डाल दिया हो।

अब वह ऊँची टेबल को ठीक तरह से देख सकता था। उसके सबसे क़रीब वाले कोने पर हैग्रिड बैठा था। हैरी और हैग्रिड की आँखें जब मिली, तो हैग्रिड ने अपना अंगूठा ऊपर करके उसे बधाई दी। हैरी जवाब में मुस्कराया। और वहाँ, ऊँची टेबल के बीचोंबीच एक बड़ी सुनहरी कुर्सी पर एल्बस डम्बलडोर बैठे थे। हैरी ने उन्हें तत्काल पहचान लिया, क्योंकि वह ट्रेन में चॉकलेट के मेंढक वाले कार्ड में उनकी फ़ोटो देख चुका था। डम्बलडोर के चाँदी जैसे बाल पूरे हॉल में इकलौती ऐसी चीज़ थे, जो भूतों जितने चमक रहे थे। हैरी ने प्रोफ़ेसर क्विरिल यानी उस घबराये हुए युवक को भी पहचान लिया, जिनसे वह रिसती कड़ाही में मिल चुका था। बड़ी बैंगनी पगड़ी में वे बहुत अजीब दिख रहे थे।

और अब चुने जाने के लिये सिर्फ़ तीन ही लोग बचे थे। 'लीसा टर्पिन' चीलघात में गयी और फिर रॉन की बारी आयी। रॉन का चेहरा अब तक पीला हरा हो चुका था। हैरी ने टेबल के नीचे अपनी उँगलियाँ आपस में बाँध लीं और एक सेकंड बाद टोपी चिल्लायी, '**गरुड़द्वार!**'

जब रॉन उसके पास वाली कुर्सी में धम्म से बैठा, तो बाक़ी लोगों के साथ हैरी ने भी ज़ोर-ज़ोर से तालियाँ बजायीं।

'बहुत अच्छे रॉन, शाबाश,' पर्सी वीज़्ली ने बड़प्पन से कहा। फिर 'ब्लेज़ ज़ैबिनी' को नागशक्ति के लिये चुना गया। प्रोफ़ेसर मैक्गॉनेगल ने चमड़े के काग़ज़ का रोल मोड़ा और बोलती टोपी उठाकर ले गयीं।

हैरी ने अपनी सुनहरी ख़ाली प्लेट की तरफ़ देखा। उसे अब जाकर ध्यान आया कि वह कितना भूखा था। उसे लग रहा था जैसे कद्दू की पेस्टी खाये हुए सदियाँ बीत चुकी थीं।

तभी एल्बस डम्बलडोर खड़े हुए। वे विद्यार्थियों की तरफ़ देखकर मुस्करा रहे थे, उनकी बाँहें चौड़ी खुली थीं, जैसे उन लोगों को देखने से बढ़कर ख़ुशी दुनिया में कोई और हो ही नहीं सकती थी।

'स्वागत है।' उन्होंने कहा 'हॉगवर्ट्स में नये साल में स्वागत है! इससे पहले कि हम लोग दावत शुरू करें, मैं कुछ शब्द कहना चाहूँगा। और यह रहे शब्द : उल्लू! चर्बी! छुटपुट! चिकोटी!'

'धन्यवाद!'

वे बैठ गये। सबने ख़ुश होकर तालियाँ बजायीं। हैरी की समझ में नहीं आया कि हँसना चाहिये या नहीं।

'क्या वे – थोड़े से पागल हैं?' हैरी ने पर्सी से दुविधा में पूछा।

'पागल?' पर्सी ने गर्व से कहा। 'वे जीनियस हैं! दुनिया के बेहतरीन जादूगर! पर हाँ, वे थोड़े खिसके हुए ज़रूर हैं। आलू लोगे, हैरी?'

हैरी का मुँह खुला रह गया। उसके सामने की प्लेटें अब भोजन से भरी हुई थीं। उसने इतनी सारी मनपसंद चीज़ें एक ही टेबल पर कभी नहीं देखी थीं : रोस्ट बीफ़, रोस्ट चिकन, पोर्क चॉप्स और लैम्ब चॉप्स, कबाब, बेकन और स्टीक, उबले आलू, भुने आलू, चिप्स, यॉर्कशायर पुडिंग, मटर, गाजर, ग्रैवी, केचप और किसी अजीब कारण से, मिंट कैंडी।

डर्स्ली परिवार में हैरी को पूरी तरह भूखा तो नहीं रखा जाता था, परंतु उसे उसकी पसंद का खाना नहीं मिल पाता था। हैरी को जो चीज़ सचमुच चाहिये होती थी, उसे डडली हमेशा ले लेता था, चाहे उसे खाने के बाद वह बीमार ही क्यों न पड़ जाये। हैरी ने अपनी प्लेट में मिंट कैंडी को छोड़कर बाक़ी सभी चीज़ें थोड़ी-थोड़ी ले लीं और खाने पर टूट पड़ा। सब चीज़ें बहुत स्वादिष्ट थीं।

'देखकर अच्छा लगता है,' गुलूबंद पहने भूत ने दुख भरी आवाज़ में कहा, जो हैरी को अपना स्टीक काटते हुए देख रहा था।

'क्या आप नहीं खा सकते –?'

'मैंने पिछले चार सौ सालों से कुछ नहीं खाया है,' भूत ने कहा। 'ज़ाहिर है मुझे इसकी ज़रूरत नहीं है, परंतु फिर भी इसकी कमी अखरती है। मुझे नहीं लगता कि मैंने अपना परिचय दिया है। सर निकोलस डे मिम्सी-पॉपिंगटन, गरुड़द्वार टॉवर का भूत।'

'मैं जानता हूँ आप कौन हैं!' रॉन ने अचानक कहा। 'मेरे भाइयों ने मुझे आपके बारे में बताया था – आप लगभग सिरकटे निक हैं।'

'मैं *चाहूँगा* कि तुम मुझे सर निकोलस डे मिम्सी के नाम से बुलाओ –' भूत ने थोड़ा तनकर कहा, परंतु रेत जैसे बालों वाला सीमस फिनिगन बीच में बोल पड़ा,

'*लगभग सिरकटे*? कोई आदमी *लगभग* सिरकटा कैसे हो सकता है?'

सर निकोलस का मूड उखड़ गया। ऐसा लग रहा था जैसे यह चर्चा उस रास्ते पर नहीं जा रही थी, जिस रास्ते पर वो इसे ले जाना चाहता था।

'*इस* तरह,' उसने चिढ़ते हुए कहा। उसने अपना बाँया कान पकड़ा और उसे झटका दिया। उसका पूरा सिर गर्दन के पास से लटक गया और कंधों पर गिर गया, मानो यह किसी कब्जे पर झूल गया हो। साफ़ दिख रहा था कि किसी ने उसका सिर काटने की कोशिश की थी, परंतु उसने यह काम ठीक तरह से नहीं किया था। उनके चेहरे पर आश्चर्य के भाव देखकर लगभग सिरकटे निक ने ख़ुश होकर अपने सिर को वापस अपनी गर्दन पर लगा लिया और खाँसते हुए कहा, 'तो – गरुड़द्वार के नये विद्यार्थियों। मुझे आशा है कि इस साल हाउस चैंपियनशिप जीतने में तुम हमारी मदद करोगे? गरुड़द्वार इतने लंबे समय तक बिना जीते कभी नहीं रहा। नागशक्ति लगातार छह साल से कप जीत रहा है। ख़ूनी नवाब को सहन करना अब मुश्किल होता जा रहा है – वह नागशक्ति का भूत है।'

हैरी ने नागशक्ति की टेबल की तरफ़ देखा। वहाँ पर एक भयानक भूत बैठा था, जिसकी घूरती आँखें भावहीन थीं, चेहरा दुबला था और कपड़े चाँदी जैसे ख़ून से रँगे हुए थे। हैरी को देखकर ख़ुशी हुई कि वह भूत मैल्फ़ॉय के ठीक पास बैठा था, जो इस बैठक व्यवस्था से ख़ास ख़ुश नहीं लग रहा था।

'उसके कपड़ों पर इतना ख़ून कैसे लगा हुआ है?' सीमस ने बहुत दिलचस्पी से पूछा।

'मैंने कभी पूछा नहीं,' लगभग सिरकटे निक ने नज़ाकत से कहा।

जब सबने भरपेट खा लिया, तो बचा हुआ खाना उनकी प्लेटों से ग़ायब हो गया और प्लेटें पहले की तरह चमकने लगीं। एक पल बाद पुडिंग्स

सामने आ गयीं। हर स्वाद की आइस्क्रीम मौज़ूद थी, एप्पल पाई, ट्रिकल पेस्ट्री, चॉकलेट एक्लेयर्स और जैम डोनट्स, स्पंज केक, स्ट्रॉबेरीज़, जेली, राइस पुडिंग ...

जब हैरी ने ट्रिकल पेस्ट्री खाना शुरू किया, तो चर्चा उनके परिवारों की तरफ़ मुड़ गयी।

'मैं मिला-जुला हूँ,' सीमस ने कहा। 'मेरे डैडी मगलू हैं और मम्मी जादूगरनी। मम्मी ने अपने जादूगरनी होने की बात उन्हें तब तक नहीं बतायी, जब तक उनकी शादी नहीं हो गयी। यह सुनकर उनके तो होश उड़ गये।'

बाक़ी लोग हँसे।

'और तुम, नेविल?' रॉन ने कहा।

'मेरी दादी ने मुझे पाला है और वे जादूगरनी हैं,' नेविल ने कहा, 'परंतु पूरा परिवार यही सोचता था कि मैं शुरू से ही मगलू था। एल्गी दादाजी हमेशा मुझे असावधान पाने की कोशिश करते रहे, ताकि मुझसे जादू का कोई सबूत हासिल कर लें - उन्होंने मुझे एक बार ब्लैकपूल पायर के किनारे से धक्का दे दिया, मैं लगभग डूब गया - परंतु तब तक कुछ नहीं हुआ, जब तक मैं आठ साल का नहीं हो गया। एक दिन एल्गी दादाजी चाय पर घर आये और वे मेरे पैर पकड़कर मुझे ऊपर वाली मंज़िल की खिड़की से लटका रहे थे कि तभी एनिड दादी ने उन्हें खाने के लिये केक दिया। ध्यान बँट जाने के कारण एल्गी दादाजी ने मुझे छोड़ दिया, परंतु मैं उछलकर नीचे गया - पूरे बगीचे और सड़क तक। वे लोग सचमुच ख़ुश थे। दादी तो इतनी ख़ुश हुई कि रोने लगीं। और जब मुझे स्कूल में दाख़िला मिला, तो उनके चेहरे देखने लायक थे - वे सोच रहे थे कि मुझमें यहाँ आने - जितना जादू नहीं होगा। एल्गी दादाजी इतने ख़ुश हुए कि उन्होंने मुझे मेंढक ख़रीदकर दिया।'

हैरी के दूसरी तरफ़ पर्सी वीज़्ली और हर्माइनी पढ़ाई के बारे में बातें कर रहे थे ('मुझे *आशा* है वे लोग तत्काल पढ़ाई शुरू कर देंगे, सीखने को कितना कुछ है! मेरी रुचि ख़ास तौर पर रूप-परिवर्तन में है, यानी किसी चीज़ को किसी दूसरी चीज़ में बदलना। ज़ाहिर है, इसे बहुत कठिन समझा जाता है -'; 'शुरुआत में तुम्हें छोटी चीज़ें सिखाई जायेंगी, जैसे माचिस की तीली को सुई में बदलना और इसी तरह की चीज़ें -')।

हैरी के शरीर में अब पर्याप्त गर्मी आ चुकी थी और उसे नींद आ रही थी। उसने एक बार फिर ऊँची टेबल की तरफ़ देखा। हैग्रिड अपने प्याले में से कुछ पी रहा था। प्रोफ़ेसर मैक्गॉनेगल प्रोफ़ेसर डम्बलडोर से बातें कर रही थीं। अजीबोग़रीब पगड़ी पहने प्रोफ़ेसर क्विरिल एक टीचर से बात कर रहे थे। उस टीचर के बाल काले और चिपचिपे थे, नाक मुड़ी थी और चमड़ी पीली थी।

यह एकदम अचानक हुआ। मुड़ी नाक वाले टीचर ने क्विरिल की पगड़ी के पास से हैरी की आँखों में सीधे देखा – और हैरी के माथे के निशान में तेज़, तीखा दर्द उठा।

'आउच!' हैरी ने अपना एक हाथ अपने सिर पर ठोंका।

'क्या हुआ?' पर्सी ने पूछा।

'कु–कुछ नहीं।'

दर्द जिस तरह अचानक आया था, उसी तरह अचानक चला गया, परंतु टीचर की नज़रों से हैरी को जो एहसास हुआ था, उसे दूर हटाना इतना आसान नहीं था – यह एहसास कि वे हैरी को बिलकुल पसंद नहीं करते थे।

'प्रोफ़ेसर क्विरिल से बात करने वाले टीचर कौन हैं?' उसने पर्सी से पूछा।

'अच्छा, तो तुम क्विरिल को पहले से ही जानते हो? कोई हैरानी नहीं कि क्विरिल इतने घबराये हुए हैं, क्योंकि वे प्रोफ़ेसर स्नेप से बात कर रहे हैं।

प्रोफ़ेसर स्नेप जादुई काढ़े का विषय पढ़ाते हैं, परंतु वे यह विषय नहीं पढ़ाना चाहते – सबको मालूम है कि वे क्विरिल की जगह पढ़ाना चाहते हैं। गुप्त कलाओं के बारे में स्नेप को बहुत ज़्यादा ज्ञान है।'

हैरी ने कुछ समय तक स्नेप को देखा, पर स्नेप ने दुबारा उसकी तरफ़ नहीं देखा।

और फिर अंत में पुडिंग्स भी ग़ायब हो गयीं और प्रोफ़ेसर डम्बलडोर एक बार फिर खड़े हुए। हॉल में ख़ामोशी छा गयी।

'अच्छा – अब जब हमने खा–पी लिया है, तो मैं कुछ कहना चाहूँगा। साल के शुरू में मैं आपको कुछ बातें बताना चाहता हूँ।'

'फर्स्ट इयर के बच्चे यह ध्यान रखें कि अँधेरे जंगल में किसी हालत में कोई छात्र नहीं जायेगा। और हमारे कुछ सीनियर विद्यार्थी भी इसका ध्यान रखें तो बेहतर होगा।'

डम्बलडोर की चमकती आँखें वीज़्ली बंधुओं की दिशा में मुड़ गयीं।

'हमारे चौकीदार मिस्टर फिल्च ने मुझसे कहा है कि मैं आप सबको याद दिला दूँ कि पीरियड्स के बीच में गलियारों में जादू करना मना है।

'क्विडिच के ट्रायल्स सत्र के दूसरे सप्ताह में आयोजित होंगे। अपनी हाउस टीम के लिये खेलने में जिसकी दिलचस्पी हो, वह मैडम हूच से संपर्क करे।

'और अंत में, मैं आपको यह बताना चाहता हूँ कि इस साल, तीसरी मंज़िल के दाहिने हिस्से के गलियारे में जाना मना है, वरना आप दर्दनाक मौत मर सकते हैं।'

हैरी हँसा, परंतु वह उन गिने-चुने लोगों में से था, जिन्होंने ऐसा किया।

'वे गंभीर तो नहीं हैं?' उसने पर्सी के कान में कहा।

'बिलकुल होंगे,' पर्सी ने डम्बलडोर को घूरते हुए कहा। 'यह अजीब है, क्योंकि आम तौर पर वे हमें कारण बताते हैं कि हमें कहीं पर जाने की इजाज़त क्यों नहीं है – सब जानते हैं कि जंगल में ख़तरनाक जानवर हैं। मुझे लगता है। कम से कम उन्हें हम प्रिफ़ेक्ट्स को तो कारण बताना चाहिये था।'

'और अब, इससे पहले कि हम बिस्तर पर जायें, हम अपने स्कूल का गीत गायेंगे!' डम्बलडोर चिल्लाये। हैरी ने देखा कि बाक़ी टीचर्स की मुस्कराहटें थोड़ी सिमट गयी थीं।

डम्बलडोर ने अपनी छड़ी को हलका सा झटका दिया, जैसे वह इसके सिरे से मक्खी भगाना चाहते हों। एक लंबी सुनहरी रिबन छड़ी से बाहर निकली, जो टेबलों के ऊपर उठी और साँप की तरह लहराते हुए शब्दों में बदल गयी।

'सब अपनी मनपसंद धुन चुन लें,' डम्बलडोर ने कहा, 'और अब हम शुरू करते हैं!'

और स्कूल में यह शब्द गूँज उठे :

'हॉगवर्ट्स, हॉगवर्ट्स, हॉगी वार्टी हॉगवर्ट्स,
हमें कुछ सिखाओ मेहरबानी करके,
चाहे हम बूढ़े और गंजे हों
या छिले घुटनों वाले लड़के।
हमारे सिर में तुम भर दो
थोड़ा दिलचस्प ज्ञान,
क्योंकि अभी हमारी खोपड़ी में सिर्फ़ हवा भरी है,
और हैं मरी मक्खियाँ तथा कचरे जैसा सामान।
हमें सिखाओ जानने लायक चीज़ें
याद दिलाओ जो हम हैं भूल चुके;
अपनी बेहतरीन कोशिश करो, बाक़ी हम कर लेंगे,
और सीखेंगे जब तक कि हमारा दिमाग़ न पक जाये।'

हरेक ने यह गीत अलग-अलग समय पर ख़त्म किया। अंत में, केवल वीज़्ली बंधु ही बहुत धीमे राग में गा रहे थे। डम्बलडोर ने अपनी छड़ी से उनकी आख़िरी लाइनों का संचालन किया। गीत ख़त्म होने पर बाक़ी लोगों ने तालियाँ बजायीं, और डम्बलडोर ने सबसे तेज़ ताली बजायी।

'अहा, संगीत,' उन्होंने अपनी आँखें पोंछते हुए कहा। 'हम यहाँ जो जादू करते हैं उससे भी बड़ा जादू! और अब, सोने का समय। अब आप यहाँ से चल दीजिये!'

गरुड़द्वार के फर्स्ट इयर के विद्यार्थी बातें करती भीड़ के बीच से गुज़रते हुए पर्सी के पीछे-पीछे चल दिये। वे लोग बड़े हॉल से बाहर निकले और संगमरमर की सीढ़ियों पर चढ़ने लगे। हैरी के पैर एक बार फिर बहुत भारी हो रहे थे, परंतु सिर्फ़ इसलिये, क्योंकि वह बहुत थका हुआ था और उसने ज़्यादा खा लिया था। उसे इतनी नींद आ रही थी कि उसे यह देखकर भी हैरानी नहीं हुई कि गलियारों में लगी तस्वीरों के लोग कानाफूसी कर रहे थे और उनके पास से गुज़रते समय इशारे भी कर रहे थे। जब पर्सी दो बार उन्हें ऐसे दरवाज़ों से ले गया, जो फिसलने वाली पैनल और झूलते हुए पर्दों के पीछे छुपे थे, तो भी उसे कोई हैरानी नहीं हुई। सभी बच्चे जम्हाई लेते

हुए और अपने पैरों को घसीटते हुए सीढ़ियों पर चढ़ रहे थे, पर सीढ़ियाँ थीं कि ख़त्म ही नहीं हो रही थीं। हैरी सोच रहा था अभी उन्हें कितनी दूर और जाना पड़ेगा कि तभी वे अचानक रुक गये।

छड़ियों का एक गट्ठर बीच हवा में उनके सामने तैर रहा था। और जब पर्सी आगे की तरफ़ बढ़ा, तो गट्ठर छड़ियों को एक-एक करके उसकी तरफ़ फेंकने लगा।

'पीव्ज़ है,' पर्सी ने फर्स्ट इयर के बच्चों को फुसफुसाकर बताया। 'एक भूत।' उसने ऊँची आवाज़ में कहा, 'पीव्ज़, सामने आओ।'

जवाब में एक तेज़ और बेहूदा आवाज़ आयी, जैसे गुब्बारे में से हवा निकल रही हो।

'क्या तुम चाहते हो कि मैं ख़ूनी नवाब को बुलाऊँ?'

फटाक जैसी आवाज़ हुई और कुटिल काली आँखों तथा चौड़े मुँह वाला एक नाटा आदमी सामने आया, जो हवा में पैर सिकोड़कर तैर रहा था और छड़ियों का गट्ठर पकड़े था।

'ऊऊऊऊऊह!' उसने बुरी सी खिलखिलाहट के साथ कहा। 'फर्स्ट इयर के बच्चे! ईलीलीली! कितनी मज़ेदार बात है!'

वह अचानक उनकी तरफ़ झपटा। सबने अपने सिर झुका लिये।

'दूर हटो, पीव्ज़, वरना मैं नवाब को इस बारे में बता दूँगा, मैं सचमुच बता दूँगा!' पर्सी ने गरजते हुए कहा।

पीव्ज़ ने अपनी जीभ बाहर निकाली और ग़ायब हो गया, परंतु जाते-जाते वह छड़ियों को नेविल के सिर पर गिराता हुआ गया। उन्होंने उसे दूर जाते सुना और जाते-जाते वह सजावटी ज़िरहबख़्तरों से टकराता हुआ गया।

जब वे दुबारा चलने लगे, तो पर्सी बोला, 'तुम्हें पीव्ज़ से बचकर रहना पड़ेगा। ख़ूनी नवाब ही है, जो उसे क़ाबू में रख सकता है। वह हम प्रिफेक्ट्स तक की नहीं सुनता। लो हम आ गये।'

गलियारे के आख़िरी सिरे पर गुलाबी रेशम की पोशाक में एक बहुत मोटी औरत की तस्वीर टँगी थी।

'पासवर्ड?' उसने पूछा।

'कैपट ड्रैकोनस,' पर्सी ने कहा। तस्वीर आगे की तरफ़ झुक गयी और दीवार में एक गोल छेद दिखायी पड़ा। वे सब उसमें से घुस गये – नेविल को एक पैर उठाने के लिये सहारे की ज़रूरत पड़ी – और उन लोगों ने ख़ुद को गरुड़द्वार – के हॉल में पाया। यह गद्देदार कुर्सियों से भरा शानदार गोल कमरा था।

पर्सी ने लड़कियों को एक दरवाज़े से उनके कमरे तक पहुँचाया और लड़कों को दूसरे दरवाज़े से उनके कमरे तक। सर्पीली सीढ़ियों के सबसे ऊपर वाले सिरे पर पहुंचने के बाद – ज़ाहिर था कि वे टॉवर में पहुंच चुके थे – उन्होंने आख़िरकार अपने बिस्तर खोज लिये : पाँच पलंग लगे थे, जिन पर गहरे लाल मखमल के पर्दे थे। उनके संदूक पहले ही आ चुके थे। वे इतने थके हुए थे कि बात करने का तो सवाल ही नहीं उठता था। उन्होंने अपना-अपना पायजामा पहना और बिस्तर पर लुढ़क गये।

'खाना शानदार था, है ना?' रॉन ने पर्दे के पीछे से हैरी से बुदबुदाकर कहा। 'दूर *हटो*, स्कैबर्स? वह मेरी चादर कुतर रहा है।'

हैरी रॉन से पूछने वाला था कि क्या उसने ट्रिकल पेस्ट्री खायी थी, परंतु इससे पहले कि वह यह पूछ पाता, हैरी तत्काल सो गया।

शायद हैरी ने कुछ ज़्यादा ही खा लिया था, क्योंकि उसने एक अजीब सपना देखा। वह प्रोफ़ेसर क्विरिल की पगड़ी पहने था, जो उससे बातें कर रही थी और उसे बता रही थी कि उसे तत्काल नागशक्ति में जाना पड़ेगा, क्योंकि यही उसकी तक़दीर में लिखा है। हैरी ने पगड़ी को बताया कि वह नागशक्ति में नहीं रहना चाहता। पगड़ी भारी होती चली गयी। हैरी ने उसे उतारकर फेंकने की कोशिश की, परंतु पगड़ी उसके सिर पर कसती चली गयी, जिससे उसे दर्द होने लगा – और फिर वहाँ पर मैल्फॉय दिखा, जो उसे पगड़ी से जूझते देखकर उस पर हँस रहा था – फिर मैल्फॉय मुड़ी नाक वाले टीचर यानी स्नेप में बदल गया, जिसकी हँसी ऊँची और ठंडी होती चली गयी – हरी रोशनी की एक चकाचौंध हुई और हैरी पसीना-पसीना होकर, काँपते हुए जाग गया।

उसने करवट बदली और वह फिर से सो गया। जब वह अगले दिन जागा तो इस सपने को पूरी तरह भूल चुका था।

अध्याय आठ

जादुई काढ़े के टीचर

'वो देखो।'

'कहाँ?'

'लाल बालों वाले लंबे लड़के के पास वाला।'

'चश्मे वाला?'

'क्या तुमने उसका चेहरा देखा?'

'क्या तुमने उसका निशान देखा?'

अगले दिन जिस पल हैरी ने अपना कमरा छोड़ा, उसी समय से उसके आसपास कानाफूसी होने लगी। क्लासरूम के बाहर लाइन लगाकर खड़े बच्चे पंजों के बल उचककर उसे देखने की कोशिश करते रहे। कई तो गलियारे में बिना कारण आगे तक जाकर लौट आते थे और उसे घूरते हुए पास से गुज़र जाते थे। हैरी की दिली ख़्वाहिश थी कि वे ऐसा न करें, क्योंकि वह क्लास का रास्ता खोजने में अपना पूरा ध्यान लगाना चाहता था।

हॉगवर्ट्स में एक सौ बयालीस सीढ़ियाँ थीं : कुछ चौड़ी और फैली हुई; कुछ सँकरी और हिलती हुई। कुछ सीढ़ियाँ शुक्रवार को कहीं और ले जाती थीं। कुछ के बीच की एक सीढ़ी ग़ायब थी और बच्चों को याद रखना पड़ता था कि उसे कूदकर पार करना है। ऐसे दरवाज़े भी थे, जो तब

तक नहीं खुलते थे जब तक आप नम्रता से निवेदन न करें, या उन्हें सही जगह पर गुदगुदी न करें। और ऐसे दरवाज़े भी थे, जो दरअसल दरवाज़े थे ही नहीं, बल्कि ठोस दीवारें थीं, जो दरवाज़े होने का नाटक कर रही थीं। यह याद रखना बहुत मुश्किल था कि कौन सी चीज़ कहाँ थी, क्योंकि हर चीज़ इधर से उधर घूमती रहती थी। तस्वीरों के अंदर के लोग एक-दूसरे से मिलने आते-जाते रहते थे और हैरी को पूरा विश्वास था कि सजावटी ज़िरहबख़्तर चल सकते थे।

भूतों से भी कोई मदद नहीं मिलती थी। जब कोई भूत अचानक उस दरवाज़े से तैरता हुआ आता था, जिसे आप खोलने की कोशिश कर रहे हों, तो इससे बहुत सदमा लगता था। लगभग सिरकटा निक हमेशा गरुड़द्वार के नये विद्यार्थियों को ख़ुशी-ख़ुशी सही दिशा बता देता था, परंतु अगर आपको क्लास के लिये देर हो रही हो और पीव्ज़ नाम का भूत रास्ते में मिल जाये, तो वह दो तालाबंद दरवाज़ों और एक चालाक सीढ़ी के बराबर था। वह आपके सिर पर रद्दी काग़ज़ की टोकरी उड़ेल देता था, पैरों के नीचे से कालीन खींच लेता था, चॉक के टुकड़े फेंककर मारता था या फिर आपके पीछे अदृश्य होकर आता था, आपकी नाक पकड़ लेता था और फिर ज़ोर से चीख़ता था, *'तुम्हारी नक्कू मिल गयी।'*

अगर पीव्ज़ से बुरा कोई हो सकता था, तो वह था चौकीदार आर्गस फिल्च। उससे हैरी और रॉन की पहली ही सुबह मुठभेड़ हो गयी। फिल्च ने देखा कि वे एक दरवाज़े को ज़बर्दस्ती खोलकर अंदर घुसने की कोशिश कर रहे थे। दुर्भाग्य से वह दरवाज़ा तीसरी मंज़िल के उस गलियारे में ले जाता था, जहाँ जाना मना था। वह यह मानने को तैयार नहीं था कि वे रास्ता भटक गये थे और उसे पूरा विश्वास था कि वे जान-बूझकर अंदर घुसने की कोशिश कर रहे थे। वह उन्हें तहख़ाने में बंद करने की धमकी दे रहा था, परंतु तभी वहाँ से गुज़र रहे प्रोफ़ेसर क्विरिल ने उन्हें बचा लिया।

फिल्च के पास एक बिल्ली थी, जिसका नाम था मिसेज़ नॉरिस, जो दुबली-पतली और धूल के रंग की थी। फिल्च की तरह उसकी आँखें भी लैंप जैसी दिखती थीं और बाहर को निकली हुई थीं। वह अकेली गलियारों की रखवाली करती थी। अगर उसके सामने कोई नियम तोड़ा, लाइन के बाहर एक क़दम भी रखा, तो वह फौरन फिल्च के पास पहुँच जाती थी, जो दो सेकंड बाद हाँफता हुआ टपक पड़ता था। फिल्च को स्कूल के खुफ़िया

रास्तों के बारे में सबसे ज़्यादा जानकारी थी (शायद वीज़्ली बंधुओं को छोड़कर) और इसलिये वह किसी भूत की तरह अचानक टपक सकता था। सभी विद्यार्थी फिल्च से नफ़रत करते थे और कइयों की तो दिली ख़्वाहिश थी कि मिसेज़ नॉरिस को कसकर एक लात मार दी जाये।

और फिर, अगर आप कमरा खोजने में कामयाब हो भी जायें, तो उसके बाद पढ़ाई का संकट था। हैरी को जल्दी ही पता चल गया कि जादू सीखने का मतलब सिर्फ़ छड़ी हिलाना और कुछ अजीब से शब्द बोलना ही नहीं है।

उन्हें हर बुधवार को आधी रात में दूरबीन से आसमान का अध्ययन करना पड़ता था तथा अलग-अलग तारों के नाम और ग्रहों की गतियों को याद करना पड़ता था। सप्ताह में तीन बार वे महल के पीछे वाले ग्रीनहाउस में जड़ी-बूटियों का ज्ञान विषय का अध्ययन करने जाते थे, जिसकी क्लास एक गोलमटोल नाटी जादूगरनी लेती थीं, जिनका नाम प्रोफ़ेसर स्प्राउट था। यहाँ वे सीखते थे कि किस तरह विचित्र पौधों और फफूँदियों की देखरेख की जाये और यह भी कि किस काम के लिये उनका उपयोग होता है।

सबसे बोरिंग क्लास थी जादू का इतिहास। यह इकलौती ऐसी क्लास थी, जिसे एक भूत पढ़ाता था। प्रोफ़ेसर बिन्स सचमुच बहुत ही बूढ़े थे, जब ये स्टाफ रूम की आग के सामने सो गये थे और अगली सुबह जब वे जागे तो अपने शरीर को पीछे छोड़कर पढ़ाने चले गये। बिन्स बोलते रहते थे, लगातार बोलते रहते थे, जबकि विद्यार्थी नाम और तारीख़ें लिखते जाते थे तथा एमरिक द ईविल और यूरिक द ऑडबॉल के नाम उलट-पलट देते थे।

सम्मोहन के टीचर प्रोफ़ेसर फ्लिटविक एक बौने से जादूगर थे, जिन्हें अपनी डेस्क के पार देखने के लिये किताबों के ढेर पर खड़े होना पड़ता था। अपनी पहली क्लास की शुरुआत में उन्होंने रजिस्टर खोला और जब वे हैरी के नाम पर पहुँचे, तो उनके मुँह से रोमांच भरी चीख़ निकली और वे नज़रों से ओझल हो गये।

प्रोफ़ेसर मैक्गॉनेगल सबसे अलग थीं। हैरी ने सही सोचा था कि वे ऐसी टीचर थीं, जिनसे पंगा नहीं लेना चाहिये। वे सख़्त और बुद्धिमान थीं तथा पहली क्लास में ही उन्होंने विद्यार्थियों को अच्छी तरह से समझा दिया।

'रूप-परिवर्तन बहुत मुश्किल और ख़तरनाक जादू होता है, जो आप हॉगवर्ट्स में सीखेंगे, परंतु अगर मेरी क्लास में किसी ने गड़बड़ की, तो

वह यहाँ से ग़ायब हो जायेगा और फिर कभी लौटकर नहीं आ पायेगा। मैंने आपको चेतावनी दे दी है।'

फिर उन्होंने अपनी डेस्क को सुअर में बदल दिया और एक बार फिर डेस्क में। सभी इससे बहुत प्रभावित हुए और वे भी ऐसा करने के लिये उतावले हो रहे थे, परंतु जल्दी ही उन्हें पता चल गया कि वे काफ़ी लंबे समय तक फर्नीचर को जानवरों में नहीं बदल पायेंगे। बहुत से मुश्किल नोट्स बनाने के बाद हर विद्यार्थी को माचिस की एक तीली दी गयी और कहा गया कि वे उसे सुई में बदलने की कोशिश करें। क्लास के अंत तक केवल हर्माइनी ग्रेंजर ही ऐसी थी, जिसने अपनी माचिस की तीली का हुलिया बदलने में सफलता पायी। प्रोफ़ेसर मैक्गॉनेगल ने क्लास को दिखाया कि किस तरह यह सफ़ेद हो गयी थी और इसमें नोक निकल आयी थी। यह कहते समय उन्होंने हर्माइनी को एक दुर्लभ मुस्कराहट दी।

हर विद्यार्थी सचमुच जिस क्लास का इंतज़ार कर रहा था, वह थी गुप्त कलाओं से रक्षा, पर क्विरिल का लेक्चर एक तरह का मज़ाक साबित हुआ। क्लास में लहसुन की बुरी बदबू भरी थी। सब कह रहे थे कि यह उस ख़ून चूसने वाले भूत को दूर रखने के लिये थी, जिससे क्विरिल रूमानिया में मिले थे और वे अब भी डरते थे कि वह भूत किसी न किसी दिन उन्हें पकड़ने के लिये फिर आ जायेगा। क्विरिल ने विद्यार्थियों को बताया कि उन्हें यह पगड़ी एक अफ्रीकी राजकुमार ने तोहफ़े में दी थी, जब उन्होंने उसे एक सताने वाले जिन्न से बचाया था, पर विद्यार्थियों को उनकी कहानी पर यक़ीन नहीं हुआ। जब सीमस फिनिगन ने उत्सुकता से पूछा कि किस तरह क्विरिल ने जिन्न से लड़ाई की, तो क्विरिल का चेहरा लाल हो गया और वे मौसम के बारे में बात करने लगे। इसके अलावा विद्यार्थियों ने यह महसूस किया कि क्विरिल की पगड़ी में से एक अजीब बदबू आती थी और वीज़्ली बंधुओं का दावा था कि पगड़ी में लहसुन भरे हैं, ताकि क्विरिल जहाँ भी जाये, सुरक्षित रह सके।

हैरी को यह जानकर बहुत राहत मिली कि वह बाक़ी विद्यार्थियों से मीलों पीछे नहीं था। बहुत से बच्चे मगलू परिवारों से आये थे और उसकी तरह उन्हें भी मालूम नहीं था कि वे जादूगर और जादूगरनियाँ थे। सीखने को इतना कुछ था कि रॉन जैसे लोग भी उनसे बहुत आगे नहीं थे।

शुक्रवार हैरी और रॉन के लिये एक महत्त्वपूर्ण दिन था। नाश्ते के लिये बड़े हॉल में नीचे जाते समय वे एक बार भी रास्ता नहीं भटके।

'आज हमें क्या पढ़ना है?' हैरी ने अपने दलिये में शकर मिलाते समय रॉन से पूछा।

'नागशक्ति के साथ जादुई काढ़े के दो पीरियड हैं,' रॉन ने कहा। 'स्नेप नागशक्ति हाउस के प्रमुख हैं। लोग कहते हैं कि वे हमेशा उन्हीं का पक्ष लेते हैं – हम अपनी आँखों से देखेंगे कि क्या यह सच है।'

'काश मैक्गॉनेगल भी हमारा पक्ष लेतीं,' हैरी ने कहा। प्रोफ़ेसर मैक्गॉनेगल गरुड़द्वार हाउस की प्रमुख थीं, परंतु इसके बावज़ूद उन्होंने पिछले दिन उन्हें ढेर सारा होमवर्क दिया था।

और तभी डाक आ गयी। हैरी को अब तक इसकी आदत पड़ गयी थी, परंतु पहले दिन जब लगभग सौ उल्लू नाश्ते के समय बड़े हॉल में अचानक घुस आये, तो वह हड़बड़ा गया था। यह उल्लू तब तक टेबलों के ऊपर गोल-गोल घूमते रहे जब तक कि उन्हें उनके मालिक नहीं दिखे और उन्होंने चिट्ठियाँ तथा पैकेट उनकी गोद में नहीं डाल दिये।

हेडविग हैरी के लिये अब तक कुछ नहीं लायी थी। वह कई बार आयी ज़रूर थी, परंतु उसके कानों को कुतरकर और थोड़ा टोस्ट खाकर स्कूल के दूसरे उल्लुओं के साथ सोने के लिये उल्लूख़ाने में चली गयी थी। परंतु इस सुबह वह मुरब्बे और शकर के डिब्बे के बीच में उड़ती हुई आयी और उसने हैरी की प्लेट में एक चिट्ठी टपका दी। हैरी ने इसे तत्काल फाड़कर खोला।

प्रिय हैरी, (इसमें लिखा था और लिखावट बहुत बुरी थी)

हम जानते हैं कि शुक्रवार को तुम्हारी आधी छुट्टी रहती है। क्या तुम तीन बजे के करीब हमारे यहाँ आकर हमारे साथ एक कप चाय पियोगे? हम जानना चाहते हैं कि तुम्हारा पहला सप्ताह कैसा रहा। हेडविंग के साथ ही जवाब भिजवा देना।

हैग्रिड

हैरी ने रॉन से कलम उधार ली और उसी चिट्ठी के पीछे लिख दिया, *'हाँ, क्यों नहीं! ज़रूर मिलेंगे'*। और फिर उसने हेडविग को चिट्ठी के साथ रवाना कर दिया।

हैरी की क़िस्मत अच्छी थी कि वह हैग्रिड के साथ चाय पीने के लिये उत्सुक था, क्योंकि जादुई काढ़े की क्लास उसके लिये अब तक की सबसे बुरी घटना साबित हुई।

सत्र की शुरुआती दावत में हैरी ने सोचा था कि प्रोफ़ेसर स्नेप उसे नापसंद करते थे। जादुई काढ़े के पहले पीरियड के बाद वह जान गया कि वह ग़लत था। स्नेप हैरी को नापसंद नहीं करते थे – वे उससे *नफ़रत* करते थे।

जादुई काढ़े की क्लास एक तहख़ाने में लगती थी। मुख्य महल की तुलना में यहाँ अधिक ठंडक रहती थी। दीवारों में हर तरफ़ काँच के जार रखे थे और इनमें मरे हुए जानवर अचार की तरह तैरते न होते तो भी यह जगह बहुत डरावनी लगती।

फ्लिटविक की तरह स्नेप ने भी रजिस्टर निकालकर क्लास लेना शुरू किया और फ्लिटविक की तरह ही वे भी हैरी के नाम पर आकर ठहर गये।

'अरे, हाँ, ' उन्होंने धीरे से कहा, 'हैरी पॉटर। हमारा नया – *हीरो।*'

ड्रेको मैल्फॉय और उसके दोस्त क्रैब व गॉइल मुँह पर हाथ रखकर हँसने लगे। सबके नाम पुकारने के बाद स्नेप ने क्लास की तरफ़ देखा। उनकी आँखें हैग्रिड की आँखों की तरह ही काली थीं, परंतु उनमें हैग्रिड जैसी कोमलता नहीं थी। उनकी आँखें ठंडी और भावहीन थीं तथा उन्हें देखकर आपको अँधेरी सुरंगों की याद आ जाती थी।

'आप यहाँ पर जादुई काढ़े बनाने का सूक्ष्म विज्ञान और सटीक कला सीखने के लिये आये हैं,' उन्होंने बोलना शुरू किया। उनकी आवाज़ कानाफूसी से अधिक ऊँची नहीं थी, परंतु विद्यार्थियों को हर शब्द साफ़ सुनाई दे रहा था – प्रोफ़ेसर मैक्गॉनेगल की तरह ही स्नेप के पास भी क्लास को बिना प्रयास किये चुप रखने की प्रतिभा थी। 'चूंकि यहाँ पर छड़ी हिलाने का मूर्खतापूर्ण काम बहुत कम होता है, इसलिये तुममें से कइयों को यह विश्वास नहीं होगा कि यह भी जादू है। मुझे उम्मीद नहीं है कि तुम लोग उबलती हुई कड़ाही से उठते हुए लहराते धुंये की सुंदरता को कभी समझ पाओगे या इंसान की नसों में जाने वाले रसों की नाज़ुक शक्ति को पहचान

पाओगे, जो दिमाग़ को वश में कर लेते हैं और इन्द्रियों पर क़ाबू कर लेते हैं ... मैं तुम्हें यह तक सिखा सकता हूँ कि शोहरत को बोतल में कैसे बंद कर सकते हैं, गौरव को कैसे उबाल सकते हैं और यहाँ तक कि मौत पर ढक्कन कैसे लगा सकते हैं – बशर्ते तुम उतने बड़े मूर्खों का समूह न हो, जिन्हें मुझे आम तौर पर पढ़ाना पड़ता है।'

इस छोटे से लेक्चर के बाद काफ़ी देर चुप्पी छायी रही। हैरी और रॉन भौहें उठाकर एक-दूसरे की तरफ़ देख रहे थे। हर्माइनी ग्रेंजर अपनी सीट के कोने पर खिसक आयी और यह साबित करने के लिये उतावली दिख रही थी कि वह मूर्ख नहीं थी।

'पॉटर!' स्नेप ने अचानक कहा। 'अगर मैं एस्फोडल की जड़ी के चूर्ण को वर्मवुड के सार में मिलाऊँ तो मुझे क्या मिलेगा?'

कौन सी जड़ी के चूर्ण को किसके सार में? हैरी ने रॉन की तरफ़ देखा, जिसके चेहरे पर भी उतनी ही हवाइयाँ उड़ रही थीं जितनी कि हैरी के चेहरे पर। हर्माइनी का हाथ हवा में तलवार की तरह खड़ा हुआ था।

'मैं नहीं जानता, सर,' हैरी ने कहा।

स्नेप के होंठ व्यंग्यात्मक मुस्कान में सिकुड़ गये।

'त ... त ... त – शोहरत ही सब कुछ नहीं होती।'

उन्होंने हर्माइनी के हाथ को अनदेखा कर दिया।

'हम एक बार और कोशिश करते हैं। पॉटर, अगर मैं तुमसे बीज़ोआ लाने के लिये कहूँ तो तुम उसे कहाँ खोजोगे?'

हर्माइनी ने अपने हाथ को उतना ऊँचा उठाया, जितना वह अपनी सीट से उठे बिना उठा सकती थी, परंतु हैरी को इस बात का रत्ती भर भी अंदाज़ा नहीं था कि बीज़ोआ किस बला का नाम है। उसने कोशिश की कि वह मैल्फ़ॉय, कैब और गॉइल की तरफ़ न देखे, जो हँसी के मारे दोहरे हुए जा रहे थे।

'मैं नहीं जानता, सर।'

'ऐसा लगता है यहाँ आने से पहले तुमने किताब खोलकर भी नहीं देखी, है ना पॉटर?'

हैरी ने उन ठंडी आँखों में सीधे देखने के लिये अपनी ताक़त बटोरी। उसने डर्स्ली के घर में अपनी किताबों को खोलकर *देखा था*, परंतु क्या स्नेप उससे यह उम्मीद कर रहे थे कि उसे एक *हज़ार जड़ी-बूटियाँ* और *फफूँदियाँ* में लिखी हर बात याद होगी?

स्नेप ने एक बार फिर हर्माइनी के हिलते हुए हाथ को अनदेखा कर दिया।

'पॉटर, अच्छा यह बताओ कि मॉन्क्सहुड और वोल्फ्सबेन में क्या अंतर होता है?'

इस बार हर्माइनी उठकर खड़ी हो गयी और उसका हाथ तहख़ाने की छत को छूने लगा।

'मैं नहीं जानता,' हैरी ने धीरे से कहा। 'मुझे लगता है हर्माइनी जानती है, आप उसी से क्यों नहीं पूछ लेते?'

कुछ बच्चे हँस पड़े। हैरी की निगाह सीमस से मिली, जिसने उसे आँख मारी। बहरहाल, स्नेप इस बात से ख़ुश नहीं हुए।

उन्होंने हर्माइनी को डाँटते हुए कहा, 'बैठ जाओ। और पॉटर, तुम्हारी जानकारी के लिये बता दूँ कि एस्फोडेल और वर्मवुड नींद का इतना शक्तिशाली काढ़ा बनाते हैं कि इसे ज़िंदा मौत का घूँट कहा जाता है। बीज़ोआ एक पत्थर है, जिसे बकरी के पेट से निकाला जाता है और यह ज़्यादातर ज़हरों से बचाता है। जहाँ तक मॉन्क्सहुड और वोल्फ्सबेन का सवाल है, यह दोनों एक ही पौधे के नाम हैं, जिसे एकोनाइट या वत्सनाभ के नाम से जाना जाता है। तो? तुम लोग इसे लिख क्यों नहीं रहे हो?'

अचानक चमड़े के काग़ज़ और कलम निकालने की आवाज़ें आने लगीं। इस आवाज़ के ऊपर स्नेप ने कहा, 'और पॉटर, तुम्हारी बदतमीज़ी के लिये गरुड़द्वार का एक पॉइंट काट लिया जायेगा।'

जादुई काढ़े की क्लास जब आगे बढ़ी, तब भी गरुड़द्वार की स्थिति में कोई सुधार नहीं हुआ। स्नेप ने उनकी जोड़ियाँ बना दीं और उन्हें छाले ठीक करने वाला एक आसान सा जादुई काढ़ा बनाने का काम दे दिया। स्नेप अपने लंबे काले चोगे में चारों तरफ़ घूमकर देखते रहे कि वे सूखी हुई बिच्छू-बूटी और साँप के जहरीले दाँत के चूर्ण को किस तरह से तौल रहे

हैं। मैल्फ़ॉय को छोड़कर उन्होंने हर एक की आलोचना की, ऐसा लग रहा था जैसे वे मैल्फ़ॉय को पसंद करने लगे थे। जब वे सबको यह बता रहे थे कि मैल्फ़ॉय ने अपने सींग वाले घोंघों को कितनी अच्छी तरह से उबाला था, तभी एसिड के हरे धुँये का बादल उठा और कमरे में एक सनसनाती हुई आवाज़ भर गयी। नेविल ने न जाने कैसे सीमस की कड़ाही को एक मुड़े हुए गोले में बदल दिया था और कड़ाही में भरा काढ़ा पत्थर के फ़र्श पर बिखर रहा था और लोगों के जूतों में छेद कर रहा था। कुछ ही पल में पूरी क्लास अपने स्टूलों पर खड़ी थी, जबकि नेविल, जो कड़ाही के गिरते समय उस काढ़े में नहा गया था, दर्द से कराह रहा था, क्योंकि उसके हाथ और पैर पर हर जगह लाल फोड़े हो गये थे।

'मूर्ख लड़के!' स्नेप ने गुर्राते हुए कहा और अपनी छड़ी को एक बार घुमाकर फैले हुए काढ़े को साफ़ किया। 'मुझे लगता है तुमने कड़ाही को आग पर से उतारने से पहले ही उसमें साही के काँटे मिला दिये होंगे?'

नेविल बिलख रहा था और अब फोड़े उसकी नाक के चारों तरफ़ उभरने लगे थे।

'उसे हॉस्पिटल ले जाओ,' स्नेप ने सीमस से गुस्से में कहा। फिर वे हैरी और रॉन की तरफ़ मुड़े, जो नेविल के पास वाली टेबल पर काम कर रहे थे।

'और – पॉटर – तुम? तुमने उसे क्यों नहीं बताया कि उस समय काँटे नहीं मिलाना चाहिये? तुम्हें ऐसा लगा होगा कि अगर वह ग़लती कर देगा तो तुम्हारा काम ज़्यादा अच्छा दिखेगा, है ना? पॉटर, तुमने गरुड़द्वार का एक और पॉइंट कम कर दिया है।'

यह सरासर अन्याय था और हैरी ने बहस करने के लिये अपना मुँह खोला, परंतु रॉन ने कड़ाही के पीछे से उसे पैर मारा।

'बात को आगे मत बढ़ाओ,' वह बुदबुदाया। 'मैंने सुना है कि स्नेप बहुत बुरे हो सकते हैं।'

जब वे लोग एक घंटे बाद तहख़ाने की सीढ़ियों से ऊपर चढ़ रहे थे, तो हैरी का दिमाग़ तेज़ी से घूम रहा था और उसका उत्साह बिलकुल ठंडा पड़ चुका था। पहले ही सप्ताह में उसने गरुड़द्वार के दो पॉइंट गँवा दिये थे – स्नेप उससे इतनी नफ़रत *क्यों* करते थे?

'दिल पर मत लो,' रॉन ने कहा। 'स्नेप हमेशा फ्रेड और जॉर्ज के भी पॉइंट काटते रहते हैं। क्या मैं तुम्हारे साथ चलकर हैग्रिड से मिल सकता हूँ?'

तीन बजने में पाँच मिनट पर वे लोग महल से निकले और मैदान के पार चल दिये। हैग्रिड अँधेरे जंगल के कोने पर लकड़ी के एक छोटे से घर में रहता था। सामने वाले दरवाज़े के बाहर एक धनुष और जूते की जोड़ी रखी थी।

जब हैरी ने दरवाज़ा खटखटाया तो उन्हें अंदर से ज़बर्दस्त उथलपुथल की आवाज़ सुनाई दी। साथ में कुत्ते के कई बार भौंकने की तेज़ आवाज़ें भी आयीं। फिर हैग्रिड की आवाज़ गूँजी, '*पीछे हटो,* फैंग – *पीछे*।'

जब हैग्रिड ने दरवाज़ा खोलकर झाँका, तो उन्हें दरार में से उसका बड़ा और बालों भरा चेहरा दिखा।

'रुक जाओ,' उसने कहा। '*पीछे हटो,* फैंग।'

उनके अंदर आते समय वह बोअरहाउंड नस्ल के एक विशालकाय काले कुत्ते का पट्टा पकड़े रखने की कोशिश कर रहा था।

अंदर केवल एक ही कमरा था। छत से सुअर का सूखा गोश्त और जंगली मुर्गियाँ लटक रही थीं। खुली आग पर एक ताँबे की केतली उबल रही थी। एक कोने में एक बड़ा सा बिस्तर था, जिस पर पैबंद लगा गद्दा डला था।

'आराम से बैठो,' हैग्रिड ने कहा और फैंग को छोड़ दिया, जो सीधे रॉन की तरफ़ लपका और उसके कान चाटने लगा। ज़ाहिर था, हैग्रिड की ही तरह फैंग भी उतना खूंखार नहीं था, जितना कि दिखता था।

'यह रॉन है,' हैरी ने हैग्रिड को बताया, जो चाय की बड़ी केतली में उबलता हुआ पानी डाल रहा था और एक प्लेट में रॉक केक रख रहा था।

'एक और वीज़्ली, हैं?' हैग्रिड ने रॉन के चकत्तों की तरफ़ देखते हुए कहा। 'हमारी आधी ज़िंदगी तुम्हारे जुड़वाँ भाइयों को जंगल से दूर भगाते-भगाते गुजरी है।'

रॉक केक ने उनके दाँत लगभग तोड़ दिये, परंतु हैरी और रॉन ने ऐसा नाटक किया, जैसे उन्हें यह सचमुच अच्छे लग रहे थे। फिर उन्होंने हैग्रिड

को अपनी क्लासों के बारे में बताया। फैंग ने हैरी के घुटने पर अपना सिर टिका लिया और उसके कपड़ों पर लार टपकाने लगा।

जब हैग्रिड ने फिल्च को 'बुढ्डा खूसट' कहा, तो हैरी और रॉन बेहद ख़ुश हुए।

'और जहाँ तक उस बिल्ली मिसेज़ नॉरिस का सवाल है, हमारी इच्छा है कि हम किसी दिन उसकी मुलाक़ात फैंग से करवा दें। तुम जानते हो, जब भी हम स्कूल जाते हैं वह हर जगह हमारे पीछे-पीछे चली आती है! हम उससे पीछा नहीं छुड़ा पाते – फिल्च ने उसे इस काम पर लगा रखा है।'

हैरी ने हैग्रिड को स्नेप की क्लास के बारे में बताया। रॉन की तरह ही हैग्रिड ने भी हैरी को समझाया कि वह इसकी चिंता न करे, क्योंकि स्नेप सभी विद्यार्थियों से चिढ़ते थे।

'परंतु ऐसा लगता है, जैसे वे मुझसे सचमुच *नफ़रत* करते हैं।'

'बकवास!' हैग्रिड ने कहा। 'वे ऐसा क्यों करेंगे?'

परंतु हैरी ने देख लिया कि यह बोलते समय हैग्रिड ने उससे नज़रें चुरा ली थीं।

'और तुम्हारे भाई चार्ली के क्या हालचाल हैं?' हैग्रिड ने रॉन से पूछा। 'हमें वह बहुत पसंद था – जानवरों के मामले में उसका मुक़ाबला नहीं था।'

हैरी सोचने लगा कि कहीं हैग्रिड ने जान-बूझकर तो विषय नहीं बदल दिया। जब रॉन हैग्रिड को चार्ली और ड्रैगनों के उसके काम के बारे में बता रहा था, तो हैरी ने काग़ज़ का वह टुकड़ा उठा लिया, जो टिकोज़ी के नीचे टेबल पर पड़ा हुआ था। यह *दैनिक जादूगर* की कटिंग थी :

ग्रिनगॉट में घुसपैठ की ताज़ा जानकारी

31 जुलाई को ग्रिनगॉट में हुई घुसपैठ के बारे में जाँच चल रही है, जिसके बारे में लोगों का मानना है कि यह अज्ञात शैतानी जादूगरों या जादूगरनियों का काम है।

ग्रिनगॉट के पिशाचों ने आज दावे से कहा कि कुछ भी चोरी नहीं गया था। जिस तिजोरी को तोड़ा गया था, उसे

दरअसल, उसी दिन पहले ही ख़ाली कर लिया गया था।

'परंतु हम आपको यह नहीं बतायेंगे कि उसमें क्या था, इसलिये फटे में टाँग मत डालो वरना इसका अंजाम आपके लिये अच्छा नहीं होगा,' ग्रिनगॉट के पिशाच-प्रवक्ता ने आज दोपहर को कहा।

हैरी को याद आया कि रॉन ने उसे ट्रेन में बताया था कि किसी ने ग्रिनगॉट को लूटने की कोशिश की थी, परंतु रॉन ने तारीख़ नहीं बतायी थी।

'हैग्रिड।' हैरी ने कहा। 'ग्रिनगॉट में घुसपैठ मेरे जन्मदिन पर हुई थी! हो सकता है यह उसी समय हो रही हो जब हम लोग यहाँ पर थे!'

इस बारे में कोई संदेह नहीं था कि इस बार हैग्रिड ने हैरी से नज़रें बिलकुल नहीं मिलायीं, बल्कि घुरघुराते हुए उसकी तरफ़ एक और रॉक केक बढ़ाया। हैरी ने एक बार फिर समाचार पढ़ा। *जिस तिजोरी को तोड़ा गया था, उसे दरअसल उसी दिन पहले ही ख़ाली कर लिया गया था।* हैग्रिड ने तिजोरी नंबर सात सौ तेरह को ख़ाली किया था, अगर आप उसे ख़ाली करना कहें, यानी कि उस गंदे छोटे से पैकेट को बाहर निकालना। क्या चोरों को उसी पैकेट की तलाश थी?

जब हैरी और रॉन डिनर के लिये महल की तरफ़ जा रहे थे, तो उनकी जेबों में रॉक केक का वज़न था, जिन्हें लेने से वे झिझक के कारण मना नहीं कर पाये थे। हैरी ने सोचा कि उसकी क्लासों में उसे सोचने का इतना सामान नहीं मिला था, जितना उसे हैग्रिड के साथ चाय पीने में मिला। क्या हैग्रिड ने वह पैकेट सही समय पर निकाल लिया था? वह पैकेट अब कहाँ था? और क्या हैग्रिड स्नेप के बारे में ऐसा कुछ जानता था, जो वह हैरी को बताना नहीं चाहता था?

अध्याय नौ

आधी रात की लड़ाई

हैरी ने कभी सोचा भी नहीं था कि वह किसी ऐसे लड़के से मिलेगा, जिससे वह डडली से भी ज़्यादा नफ़रत करेगा, परंतु यह तब की बात थी, जब वह ड्रेको मैल्फॉय से नहीं मिला था। गरुड़द्वार के फर्स्ट इयर के विद्यार्थी नागशक्ति हाउस के साथ सिर्फ़ जादुई काढ़े की ही क्लास में बैठते थे, इसलिये उनका मैल्फॉय से ज़्यादा पाला नहीं पड़ता था। या कम से कम तब तक तो नहीं, जब तक उन्हें गरुड़द्वार के हॉल में लगा वह नोटिस नहीं दिखा, जिसे पढ़ने के बाद उनके मुँह से आह निकल गयी। उड़ने की क्लास गुरुवार को शुरू हो रही थी – और गरुड़द्वार तथा नागशक्ति दोनों उसमें एक साथ सीखेंगे।

'बहुत बढ़िया,' हैरी ने उदास होकर कहा। 'मैं हमेशा से यही तो चाहता था कि मैं मैल्फॉय के सामने जादुई झाड़ू पर अपने आपको मूर्ख साबित करूँ।'

उड़ना सीखने के लिये वह जितना बेताब था, उतना किसी दूसरी चीज़ सीखने के लिये नहीं था।

'तुम्हें क्या पता कि तुम अपने आपको मूर्ख साबित करोगे,' रॉन ने समझदारी से कहा। 'मैं जानता हूँ कि मैल्फॉय हमेशा डींगें हाँकता रहता है कि वह कितना अच्छा क्विडिच खिलाड़ी है, पर मुझे लगता है कि वह फेंकता है।'

यह सच था कि मैल्फॉय उड़ने के बारे में बहुत बातें करता था। वह ज़ोर-ज़ोर से शिकायत करता था कि फर्स्ट इयर के विद्यार्थियों को क्विडिच

टीम में शामिल होने का मौक़ा नहीं दिया जाता। इसके साथ ही वह शेख़ी बघारने वाली लंबी कहानियाँ सुनाया करता था, जो हमेशा इस मोड़ पर ख़त्म होती थीं कि वह हेलिकॉप्टर में बैठे मगलुओं से किस तरह बाल-बाल बचा। वैसे इस तरह की बातें करने वाला वह अकेला विद्यार्थी नहीं था। सीमस फिनिगन भी कहता फिरता था कि उसने अपना ज़्यादातर बचपन देहात में अपनी जादुई झाड़ू पर उड़ते हुए बिताया था। यहाँ तक कि रॉन भी हर उस आदमी को बताता था, जो उसकी बात सुनने के लिये तैयार होता था, कि एक बार चार्ली की पुरानी झाड़ू पर वह एक हैंग-ग्लाइडर से टकराते-टकराते बचा था। जादूगरों के परिवार से आया हर बच्चा क्विडिच के बारे में लगातार बातें करता था। फुटबॉल को लेकर रॉन की डीन थॉमस से पहले ही लंबी बहस हो चुकी थी, जो उन्हीं के कमरे में सोता था। रॉन की समझ में नहीं आता था कि ऐसे खेल में क्या मज़ा आ सकता है, जिसमें केवल एक ही गेंद हो और किसी को उड़ने की इजाज़त न हो। हैरी ने देखा था कि डीन की वेस्ट हैम फुटबॉल टीम के पोस्टर में रॉन खिलाड़ियों को कोंच रहा था और कोशिश कर रहा था कि खिलाड़ी हिलें।

नेविल जादुई झाड़ू पर कभी नहीं चढ़ा था, क्योंकि उसकी दादी ने उसे इसकी इजाज़त नहीं दी थी। मन में हैरी को लगता था कि उन्होंने समझदारी का काम किया, क्योंकि जब नेविल के दोनों पैर धरती पर रहते थे, तब भी उसके साथ बहुत दुर्घटनायें होती थीं।

हर्माइनी ग्रेंजर भी उड़ने को लेकर उतनी ही घबरा रही थी, जितना कि नेविल। यह एक ऐसी चीज़ थी, जिसे आप किताब में पढ़कर नहीं सीख सकते - वैसे ऐसा नहीं था कि उसने कोशिश नहीं की। गुरुवार को नाश्ते के समय हर्माइनी ने सबको बहुत बोर किया। वह उन्हें उड़ने के बारे में टिप्स दे रही थी, जो उसने लाइब्रेरी की एक किताब *क्विडिच : शुरुआत से आज तक* से सीखी थीं। नेविल उसके हर शब्द को कान लगाकर सुन रहा था। वह हर उस चीज़ को जानने के लिये उतावला था, जो बाद में जादुई झाड़ू पर सफलतापूर्वक चढ़ने में उसकी मदद कर सके, परंतु बाक़ी सब लोग तब बहुत ख़ुश हुए, जब डाक आने से हर्माइनी का लेक्चर ख़त्म हो गया।

हैग्रिड की चिट्ठी मिलने के बाद से हैरी के नाम कोई भी चिट्ठी नहीं आयी थी और मैल्फॉय ने इसे जल्दी ही भाँप लिया। मैल्फॉय का ईगल

उल्लू घर से उसके लिये हमेशा मिठाई के पैकेट लेकर आता था, जिन्हें वह नागशक्ति की टेबल पर शान झाड़ते हुए खोलता था।

एक करैल उल्लू नेविल के लिये उसकी दादी का एक छोटा पैकेट लाया। उसने इसे रोमांचित होकर खोला। पैकेट में बड़े कंचे के आकार की काँच की गेंद निकली, जिसमें सफ़ेद धुंआ भरा था। उसने सबको वो गेंद दिखाई।

'इसे भूल-न-जाना कहते हैं!' उसने बताया। 'दादी जानती हैं कि मुझे भूलने की आदत है - यह आपको बताता है कि कहीं आप कोई चीज़ भूल तो नहीं गये हैं। देखो, इसे इस तरह कसकर पकड़ते हैं और अगर यह लाल हो जाये तो - ओह ...' उसका चेहरा लटक गया, क्योंकि भूल-न-जाना अचानक हो गया था, '... तुम कुछ भूल गये हो।'

नेविल यह याद करने की कोशिश कर रहा था कि वह क्या भूल गया था, तभी ड्रेको मैल्फॉय ने, जो गरुड़द्वार की टेबल के पास से गुज़र रहा था, उसके हाथ से भूल-न-जाना छीन लिया।

हैरी और रॉन एकदम से उछलकर खड़े हो गये। वे लोग मैल्फॉय से लड़ने का बहाना ढूँढ़ रहे थे, परंतु प्रोफ़ेसर मैक्गॉनेगल, जो स्कूल में किसी भी टीचर से ज़्यादा तेज़ी से समस्या को भाँप सकती थीं, पलक झपकते ही वहाँ पर आ गयीं।

'क्या हो रहा है?'

'मैल्फॉय ने मेरा भूल-न-जाना ले लिया है, प्रोफ़ेसर।'

गुस्से से घूरते हुए मैल्फॉय ने भूल-न-जाना को एक बार फिर टेबल पर जल्दी से गिरा दिया।

'मैं तो बस देख रहा था,' उसने कहा और वह क्रैब व गॉइल के साथ वहाँ से खिसक लिया।

*

उस दोपहर साढ़े तीन बजे हैरी, रॉन और गरुड़द्वार के बाक़ी बच्चे सामने वाली सीढ़ियों से नीचे उतरकर मैदान में पहुँचे, जहाँ उनकी उड़ने की पहली क्लास लगने वाली थी। मौसम साफ़ था, हवा चल रही थी और घास उनके पैरों के नीचे चटचट की आवाज़ कर रही थी। वे लोग ढलवाँ मैदान से होते

हुए एक सपाट मैदान की तरफ़ बढ़े, जो अँधेरे जंगल की विपरीत दिशा में था, जिसके पेड़ दूर लहराते दिख रहे थे।

नागशक्ति के विद्यार्थी पहले ही वहाँ पहुँच चुके थे। बीस जादुई झाड़ुयें लाइन से ज़मीन पर रखी थीं। हैरी ने फ्रेड और जॉर्ज वीज़्ली के मुँह से सुना था कि स्कूल की झाड़ुयें आदर्श नहीं थीं, क्योंकि ज़्यादा ऊँचाई पर उड़ते समय इनमें से कुछ हिलने लगती थीं या हमेशा थोड़ी बाँयी तरफ़ उड़ती थीं।

उनकी टीचर मैडम हूच आ गयीं। उनके बाल छोटे और भूरे थे तथा उनकी पीली आँखें बाज की तरह थीं।

'तो, इंतज़ार किस बात का है?' उन्होंने तेज़ आवाज़ में कहा। 'तुम सब एक-एक जादुई झाड़ू के पास खड़े हो जाओ। चलो, जल्दी करो।'

हैरी ने अपनी झाड़ू की तरफ़ देखा। यह पुरानी थी और उसमें से कुछ शाखायें कहीं-कहीं बाहर निकल रही थीं।

'अपनी झाड़ू के ऊपर अपना दाहिना हाथ लाओ,' मैडम हूच ने आगे कहा, 'और बोलो, "ऊपर!"

'ऊपर'! सब चिल्लाये।

हैरी की झाड़ू तत्काल उसके हाथों में कूदकर आ गयी, परंतु बहुत कम झाड़ुओं ने ऐसा किया। हर्माइनी ग्रेंजर की झाड़ू जमीन पर सिर्फ़ लुढ़की और नेविल की तो बिलकुल भी नहीं हिली। हैरी ने सोचा शायद घोड़ों की तरह झाड़ुयें भी समझ जाती हैं कि आप डरे हुए हैं। नेविल की आवाज़ की थरथराहट साफ़ बता रही थी कि वह अपने पैर ज़मीन पर ही रखना चाहता था।

मैडम हूच ने उन्हें यह बताया कि किस तरह झाड़ू पर चढ़ा जाये, ताकि वे दूसरे सिरे से न फिसलें और इसके बाद वे इधर से उधर घूमकर उन्हें झाड़ू पकड़ने का सही तरीक़ा सिखाती रहीं। जब मैडम हूच ने मैल्फॉय को यह बताया कि वह कई सालों से झाड़ू को ग़लत तरह से पकड़ रहा था, तो हैरी और रॉन को मज़ा आ गया।

'अब, जब मैं सीटी बजाऊँ तो तुम ज़मीन पर पैर मारकर ऊपर उछलना,' मैडम हूच ने कहा। 'अपनी झाड़ू सीधी रखना, कुछ फुट ऊपर उठना और फिर हलके से आगे की तरफ़ झुककर धीरे से नीचे उतर आना। मेरी सीटी बजते ही - तीन - दो -'

परंतु नेविल तो इतना घबराया हुआ था और ज़मीन पर बने रहने से इतना डरा हुआ था कि उसने मैडम हूच की सीटी के उनके होंठों तक पहुँचने से पहले ही ज़मीन पर कसकर पैर मार दिये।

'वापस आ जाओ, लड़के!' वे चीख़ी, परंतु नेविल तो बोतल से निकले कॉर्क की तरह सीधे ऊपर उठ रहा था – बारह फ़ुट – बीस फ़ुट। हैरी ने देखा कि ज़मीन को दूर होते देखकर नेविल का डरा हुआ चेहरा सफ़ेद हो गया; उसका मुँह खुला हुआ था, फिर वह अपनी झाड़ू पर से फिसला और –

धम्म – एक ज़ोरदार आवाज़... एक धमाका और नेविल घास पर किसी गठरी की तरह औंधे मुँह पड़ा हुआ था। उसकी जादुई झाड़ू अब भी ऊपर की तरफ़ चली जा रही थी और फिर वह आलसी अंदाज़ में अँधेरे जंगल की तरफ़ बढ़ने लगी तथा नज़रों से ओझल हो गयी।

मैडम हूच नेविल के ऊपर झुकीं और उनका चेहरा भी उतना ही सफ़ेद था, जितना कि नेविल का था।

'कलाई की हड्डी टूट गयी है,' हैरी ने उन्हें बुदबुदाते हुए सुना। 'चलो उठो, लड़के – कुछ भी नहीं हुआ है, उठो।'

वे बाक़ी क्लास की तरफ़ मुड़ीं।

'तुममें से कोई भी अपनी जगह से नहीं हिलेगा। मैं इस बच्चे को हॉस्पिटल ले जा रही हूँ! तुम इन झाड़ुओं को वहीं पड़े रहने दो, जहाँ वे हैं, वरना तुम "क्विडिच" कह पाओ, उससे पहले ही हॉगवर्ट्स से बाहर दिखोगे। चलो बेटे।'

नेविल के चेहरे पर आँसू बह रहे थे, उसने अपनी कलाई पकड़ रखी थी, वह मैडम हूच के साथ लँगड़ाते हुए चल रहा था और मैडम उसके कंधे पर अपना हाथ रखे थीं।

जैसे ही वे इतनी दूर पहुँचे कि आवाज़ न सुन पायें, मैल्फ़ॉय ने ठहाका लगाया।

'तुमने मोटे का चेहरा देखा?'

नागशक्ति के दूसरे विद्यार्थी भी उसके साथ हँसने लगे।

'चुप रहो, मेल्फ़ॉय,' पार्वती पाटिल ने कड़वाहट से कहा।

'अहा, लाँगबॉटम की तरफ़दारी कर रही हो?' पैन्सी पार्किन्सन नाम की सख़्त चेहरे वाली नागशक्ति की लड़की ने कहा। 'मुझे नहीं लगता था कि *तुम्हें* रोने वाले छोटे बच्चे पसंद आते होंगे, पार्वती।'

'देखो!' मैल्फॉय ने आगे की तरफ़ झपटकर घास में से कुछ उठाते हुए कहा। 'यह रही वह मूर्खतापूर्ण चीज़, जो लाँगबॉटम को उसकी दादी ने भेजी थी।'

जब उसने भूल-न-जाना को ऊपर उठाया, तो वो सूरज की रोशनी में चमकने लगा।

'इसे मुझे दे दो मैल्फॉय,' हैरी ने धीरे से कहा। सब चुप होकर उन दोनों को देखने लगे।

मैल्फॉय के चेहरे पर शैतानी मुस्कराहट थी।

'मैं सोचता हूँ इसे किसी ऐसी जगह पर रख दूँ, जहाँ से लाँगबॉटम इसे उठा सके - जैसे - किसी पेड़ के ऊपर?'

'इसे मुझे दे दो।' हैरी चीख़ा, परंतु मैल्फॉय तब तक अपनी जादुई झाड़ू पर कूदकर चढ़ गया और ऊपर उड़ने लगा। वह झूठ नहीं बोल रहा था, वह अच्छी तरह उड़ सकता था। बलूत के पेड़ की सबसे ऊँची शाखाओं के बराबर पहुँच जाने के बाद वह बोला, 'आओ और इसे ले लो, पॉटर!'

हैरी ने अपनी झाड़ू उठायी।

'नहीं!' हर्माइनी ग्रेंजर चिल्लायी। 'मैडम हूच ने हमसे कहा है कि हम हिलें भी नहीं - तुम हम सबको मुसीबत में डाल दोगे।'

हैरी ने उसकी बात नहीं सुनी। उसके कानों में ख़ून की गर्मी थी। वह अपनी झाड़ू पर चढ़ा और ज़मीन पर तेज़ी से पैर मारे। वह ऊपर, और ऊपर उड़ता चला गया। हवा उसके बालों के बीच से तेज़ी से जा रही थी और उसके कपड़े हवा में उसके पीछे लहरा रहे थे। एक ज़बर्दस्त ख़ुशी के साथ उसे यह एहसास हुआ कि कोई चीज़ तो थी, जो वह बिना सिखाये कर सकता था - यह आसान था, यह *अद्‌भुत* था। उसने अपनी जादुई झाड़ू को थोड़ा और ऊपर कर लिया। उसे ज़मीन पर खड़ी लड़कियों की चीख़ें और आवाज़ें सुनाई दे रही थीं और रॉन की प्रशंसा भरी शाबाशी भी।

उसने अपनी जादुई झाड़ू को हवा में ही मैल्फॉय की तरफ़ तेज़ी से मोड़ा और उसके सामने आ गया। मैल्फॉय को काटो तो ख़ून नहीं था।

'इसे मुझे दे दो,' हैरी ने कहा, 'वरना मैं तुम्हें झाड़ू से नीचे गिरा दूँगा।'

'ऐसा क्या?' मैल्फॉय ने व्यंग्य से मुस्कराने की कोशिश की, परंतु साफ़ नज़र आ रहा था कि उसे चिंता हो रही थी।

हैरी न जाने कैसे यह जानता था कि क्या करना है। वह आगे झुका, अपने दोनों हाथों से झाड़ू को कसकर पकड़ा और किसी भाले की तरह मैल्फॉय की तरफ़ तेज़ी से चल पड़ा। मैल्फॉय समय रहते उसके रास्ते से हट गया। फिर हैरी ने एक तीखा मोड़ लिया और झाड़ू को बीच हवा में रोक दिया। नीचे खड़े कुछ लोग ताली बजाने लगे।

'मैल्फॉय, यहाँ पर तुम्हारी जान बचाने के लिये क्रैब और गॉइल नहीं हैं,' हैरी ने उसे याद दिलाया।

यही विचार मैल्फॉय के मन में भी आ रहा था।

'अगर इसे पकड़ सकते हो, तो पकड़ लो!' मैल्फॉय चीख़ा और काँच की गेंद को हवा में ऊपर उछालकर वह तेज़ी से ज़मीन पर लौट आया।

हैरी ने जैसे धीमी गति में देखा कि गेंद हवा में उठ रही थी और फिर वह गिरने लगी। वह आगे झुका और उसने अपनी झाड़ू के हैंडल को नीचे की तरफ़ किया – अगले ही पल वह तेज़ी से सीधे उतरते हुए गेंद का पीछा कर रहा था – हवा उसके कानों में सीटी बजा रही थी, उसे देखने वालों की चीख़ें सुनाई दे रही थीं– उसने अपना हाथ फैलाया और ज़मीन से एक फ़ुट ऊपर गेंद पकड़ ली। समय रहते उसने अपनी झाड़ू को सीधा किया और फिर घास पर हलके से लुढ़क गया। भूल–न–जाना उसकी मुट्ठी में सुरक्षित था।

'हैरी पॉटर!'

जितनी तेज़ी से उसने गोता लगाया था, उसका दिल उससे भी ज़्यादा तेज़ी से डूब गया। प्रोफ़ेसर मैक्गॉनेगल उनकी तरफ़ भागती हुई आ रही थीं। वह अपने काँपते हुए पैरों पर खड़ा हुआ।

'*कभी नहीं* – मैंने हॉगवर्ट्स में ऐसा पहले कभी –'

प्रोफ़ेसर मैक्गॉनेगल सदमे के मारे कुछ बोल नहीं पा रही थीं और चश्मे के पीछे से उनकी आँखें गुस्से से तमतमा रही थीं, '– तुम्हारी *हिम्मत* कैसे हुई – तुम्हारी गर्दन टूट सकती थी –'

'उसकी ग़लती नहीं थी, प्रोफ़ेसर –'

'चुप रहो, मिस पाटिल –'

'परंतु मैल्फॉय –'

'रहने दो, मिस्टर वीज़्ली। पॉटर, मेरे पीछे आओ, अभी।'

हैरी ने चलते–चलते मैल्फॉय, क्रैब और गॉइल की विजयी मुस्कान देखी। जब प्रोफ़ेसर मैक्गॉनेगल महल की तरफ़ बढ़ीं, तो हैरी मुर्दा पैरों से उनके पीछे-पीछे चल रहा था। वह जानता था कि उसे स्कूल से निकाल दिया जायेगा। वह अपने बचाव में कुछ कहना चाहता था, परंतु ऐसा लगता था, जैसे उसकी आवाज़ में कहीं कुछ गड़बड़ हो गयी थी। प्रोफ़ेसर मैक्गॉनेगल उसकी तरफ़ देखे बिना धड़धड़ाती हुई चली जा रही थीं। उनके साथ चलने के लिये उसे लगभग दौड़ना पड़ रहा था। अब उसने यह कर दिया था। वह दो सप्ताह भी नहीं टिक पाया। वह दस मिनट में अपना संदूक जमा रहा होगा। जब वह डर्स्ली परिवार की चौखट पर दुबारा पहुँचेगा, तो वे लोग क्या कहेंगे?

वे सामने वाली सीढ़ियों से ऊपर चढ़े और अंदर जाने के बाद संगमरमर की सीढ़ियों पर चढ़कर ऊपर गये, परंतु इस बीच प्रोफ़ेसर मैक्गॉनेगल ने उससे एक शब्द भी नहीं कहा। उन्होंने झटका देकर दरवाज़ों को खोला और गलियारों में तेज़ी से चलती रहीं। हैरी दुखी मन से उनके पीछे भागता रहा। शायद वे उसे डम्बलडोर के पास ले जा रही थीं। उसने हैग्रिड के बारे में सोचा, जिसे स्कूल से निकाल दिया गया था, परंतु रखवाले के रूप में वहाँ रहने दिया था। शायद वह भी हैग्रिड का असिस्टेंट बनकर वहाँ रह सकता था। उसके पेट में मरोड़ उठने लगी, जब उसने यह कल्पना की कि रॉन और दूसरे लोग जादूगर बन चुके हैं, जबकि वह हैग्रिड का बैग टाँगकर मैदान में इधर से उधर घूम रहा है।

प्रोफ़ेसर मैक्गॉनेगल एक क्लासरूम के बाहर रुक गयीं। उन्होंने दरवाज़ा खोला और अपना सिर अंदर डाला।

'माफ़ कीजिये, प्रोफ़ेसर फ्लिटविक, क्या मैं कुछ देर के लिये वुड को ले जा सकती हूँ?'

वुड? हैरी ने हैरानी से सोचा। क्या वुड कोई लकड़ी थी, जिससे वे उसकी पिटाई करना चाहती थीं?

परंतु वुड फिफ्थ इयर का एक हट्टा-कट्टा लड़का निकला, जो फ्लिटविक की क्लास से बाहर आते समय काफ़ी उलझन में दिख रहा था।

'तुम दोनों मेरे पीछे आओ,' प्रोफ़ेसर मैक्गॉनेगल ने कहा और वे सभी गलियारे में चल पड़े। वुड हैरी की तरफ़ उत्सुकता से देख रहा था।

'अंदर, यहाँ पर।'

प्रोफ़ेसर मैक्गॉनेगल ने उन लोगों को एक क्लासरूम दिखाया, जो ख़ाली था, सिवाय पीव्ज़ के, जो ब्लैकबोर्ड पर गालियाँ लिखने में जुटा था।

'बाहर, पीव्ज़!' वे चिल्लायीं! पीव्ज़ ने कूड़ेदान में चॉक फेंकी, जिसकी तेज़ आवाज़ आयी और इसके बाद वह चिल्लाता हुआ बाहर चला गया। उसके जाने के बाद प्रोफ़ेसर मैक्गॉनेगल ने दरवाज़ा धड़ाम से बंद किया और उन दोनों की तरफ़ गर्दन घुमायी।

'पॉटर, यह ऑलिवर वुड है। वुड – मैंने तुम्हारा नया खोजी ढूँढ़ लिया है।

वुड के चेहरे के भाव बदल गये। पहले जहाँ आश्चर्य था, वहाँ अचानक ख़ुशी दिखने लगी।

'आप सच कह रही हैं, प्रोफ़ेसर?'

'बिलकुल,' प्रोफ़ेसर मैक्गॉनेगल ने फुर्ती से कहा। 'इस लड़के में जन्मजात प्रतिभा है। मैंने आज तक किसी को इस तरह उड़ते नहीं देखा। क्या जादुई झाड़ू पर चढ़ने का यह तुम्हारा पहला मौका था, पॉटर?'

हैरी ने चुपचाप सिर हिलाया। उसे ज़रा भी अंदाजा नहीं था कि क्या हो रहा था, परंतु अब उसे लग रहा था कि उसे निकाला नहीं जायेगा। इस वजह से उसके पैरों में थोड़ी जान लौट आयी।

प्रोफ़ेसर मैक्गॉनेगल ने वुड को बताया, 'इसने उस चीज़ को पचास फुट गोता लगाने के बाद अपने हाथ में पकड़ लिया और इसे खरोंच तक नहीं आयी। चार्ली वीज़्ली भी ऐसा नहीं कर सकता था।'

वुड का चेहरा अब ऐसा दिख रहा था, जैसे उसके सभी सपने एक साथ सच हो चुके थे।

'कभी क्विडिच का मैच देखा है, पॉटर?' उसने रोमांच से पूछा।

'वुड गरुड़द्वार टीम का कप्तान है,' प्रोफ़ेसर मैक्गॉनेगल ने बताया।

'इसका शरीर भी बिलकुल खोजी की तरह है,' वुड ने कहा, जो अब हैरी के चारों तरफ़ घूमकर उसे घूर रहा था। 'चपल – फुर्तीला – हमें इसे एक अच्छी सी झाड़ू दिलानी होगी, प्रोफ़ेसर मुझे लगता है, निम्बस 2000 या क्लीनस्वीप 7।'

'मैं प्रोफ़ेसर डम्बलडोर से बात करूँगी और देखूँगी कि क्या हम फर्स्ट इयर के नियम में ढील दे सकते हैं। ईश्वर जानता है, हमें पिछले साल से अच्छी टीम चाहिये। आख़िरी मैच में नागशक्ति ने हमें *रौंद डाला* था और मैं कई सप्ताह तक सीवियरस स्नेप से आँखें नहीं मिला पायी थी ...

प्रोफ़ेसर मैक्गॉनेगल ने अपने चश्मे के ऊपर से हैरी को सख़्ती से घूरा।

'मैं यह सुनना चाहूँगी कि तुम मेहनत से सीख रहे हो, पॉटर, वरना मैं तुम्हें सज़ा देने का अपना इरादा बदल लूँगी।'

फिर अचानक वे मुस्करायीं।

'तुम्हारे डैडी को तुम पर गर्व होता,' उन्होंने कहा। 'वे ख़ुद बहुत अच्छे क्विडिच खिलाड़ी थे।'

*

'तुम *मज़ाक़* कर रहे हो।'

यह डिनर की बात थी। हैरी ने रॉन को अभी-अभी पूरा क़िस्सा बताया था कि प्रोफ़ेसर मैक्गॉनेगल के साथ मैदान से जाने के बाद क्या हुआ था। रॉन के हाथ में स्टीक-और-किडनी भरी कचौड़ी का टुकड़ा था, जिसे वह मुँह की तरफ़ आधी दूरी तक तो ले गया था, परंतु वह उसके बारे में भूल चुका था।

'*खोजी?*' उसने कहा। 'परंतु फर्स्ट इयर के विद्यार्थी को *कभी भी* – तुम सबसे कम उम्र के हाउस खिलाड़ी होगे लगभग –'

'सौ साल में,' हैरी ने कचौड़ी को अपने मुँह में ठूँसते हुए कहा। दोपहर के रोमांच के बाद उसे ख़ासी भूख लग रही थी। 'मुझे वुड ने बताया है।'

रॉन इतना आश्चर्यचकित था, इतना प्रभावित, कि वह बस बैठा रहा और हैरी का मुँह ताकता रहा।

'मुझे अगले सप्ताह सीखना शुरू करना है,' हैरी ने कहा। 'पर किसी को बताना मत। वुड इसे सबसे छुपाकर रखना चाहता है।'

तभी फ्रेड और जॉर्ज वीज़्ली हॉल में आये। जब उन्होंने हैरी को देखा, तो वे जल्दी से उसके पास आ गये।

'शाबाश,' जॉर्ज ने धीमी आवाज़ में कहा। 'वुड ने हमें बताया है। हम भी टीम में हैं – हम मारक हैं।'

'मैं तुमसे कहे देता हूँ, हम लोग इस साल निश्चित रूप से क्विडिच कप जीतने वाले हैं,' फ्रेड ने कहा। 'जब से चार्ली गया है, तब से हम नहीं जीते हैं, परंतु इस साल की टीम बहुत बढ़िया होगी। तुम्हारा खेल सचमुच अच्छा होगा, हैरी, क्योंकि तुम्हारे बारे में बोलते समय वुड लगभग कूद रहा था।'

'बहरहाल, हमें कहीं जाना है, ली जॉर्डन कह रहा था कि उसने स्कूल से बाहर जाने का एक नया ख़ुफ़िया रास्ता खोजा है।'

'शर्त लगा लो यह ग्रेगरी चापलूस की मूर्ति के पीछे वाला रास्ता होगा, जिसे हमने अपने पहले ही सप्ताह में खोज लिया था। अच्छा, तो फिर मिलते हैं।'

फ्रेड और जॉर्ज अभी मुश्किल से गये ही थे कि तभी एक ऐसा व्यक्ति आया, जिसका वहाँ पर स्वागत नहीं हो सकता था : मैल्फॉय। उसके एक तरफ़ क्रैब था और दूसरी तरफ़ गॉइल।

'आख़िरी बार खाना खा रहे हो, पॉटर? तुम मगलुओं के पास जाने वाली ट्रेन में कब बैठ रहे हो?'

'ज़मीन पर वापस लौटने के बाद तुम ज़्यादा बहादुरी दिखा रहे हो, क्योंकि अब तुम्हारे छोटे दोस्त तुम्हारे साथ हैं,' हैरी ने ठंडेपन से कहा। ज़ाहिर है, क्रैब और गॉइल कहीं से छोटे नहीं थे, परंतु चूँकि ऊँची टेबल टीचर्स से भरी हुई थी, इसलिये दोनों में से कोई भी अपनी उँगलियाँ चटकाने

और कहर ढाने वाली नज़रों से देखने से ज़्यादा कुछ नहीं कर सकता था।

'मैं तुमसे किसी भी समय अकेले ही निबट सकता हूँ,' मैल्फॉय ने कहा। 'अगर तुम चाहो, तो आज रात को ही। जादूगरों की लड़ाई। केवल छड़ियों से - शरीर से एक-दूसरे को छुए बिना। क्या हुआ? पहले कभी जादूगरों की लड़ाई के बारे में नहीं सुना, है ना?'

'ऐसे कैसे नहीं सुना,' रॉन ने पलटते हुए कहा। 'मैं उसका साथी रहूँगा, और तुम्हारा कौन रहेगा?'

मैल्फॉय ने क्रैब और गॉइल की तरफ़ देखा और उन्हें तौला।

'क्रैब,' उसने कहा। 'तो आधी रात का समय ठीक है? हम ट्रॉफी रूम में मिलेंगे। वह हमेशा खुला रहता है।'

जब मैल्कॉय चला गया, तो रॉन और हैरी ने एक-दूसरे की तरफ़ देखा।

'जादूगरों की लड़ाई क्या होती है?' हैरी ने पूछा। 'और इस बात से तुम्हारा क्या मतलब था कि तुम मेरे साथी हो?'

'अरे, साथी वह होता है, जो तुम्हारे मरने के बाद भी लड़ना जारी रखता है,' रॉन ने इत्मीनान से कहा और आख़िरकार अपनी ठंडी कचौड़ी खाना शुरू की। हैरी के चेहरे के भाव देखते हुए उसने तुरंत कहा, 'परंतु लोग केवल सचमुच की लड़ाई में मरते हैं, यानी असली जादूगरों की लड़ाई में तुम और मैल्फॉय तो ज़्यादा से ज़्यादा एक-दूसरे की तरफ़ चिंगारियाँ ही निकाल पाओगे। तुममें से कोई भी इतना जादू नहीं जानता कि सचमुच का नुक़सान पहुँचा सके। वैसे मैं शर्त लगाता हूँ, उसे उम्मीद थी कि तुम मना कर दोगे।'

'और क्या होगा अगर मैं अपनी छड़ी घुमाऊँ और कुछ न हो?'

'तो छड़ी को दूर फेंक देना और उसकी नाक पर एक मुक्का मार देना,' रॉन ने सुझाव दिया।

'माफ़ कीजिये।'

उन दोनों ने ऊपर देखा। हर्माइनी ग्रेंजर थी।

'क्या कोई इस जगह शांति से नहीं खा सकता?' रॉन ने कहा।

हर्माइनी ने उसकी बात अनसुनी करते हुए हैरी से कहा।

'न चाहते हुए भी मैंने सुन लिया कि तुम्हारे और मेल्फॉय के बीच क्या बातें हुई हैं –'

'मैं शर्त लगाता हूँ कि तुम चाहतीं तो ऐसा नहीं होता,' रॉन बुदबुदाया।

'– तुम्हें रात के समय स्कूल में इधर-उधर नहीं भटकना *चाहिये।* ज़रा सोचो तो सही, अगर तुम पकड़े गये तो गरुड़द्वार के पॉइंट कम हो जायेंगे, और तुम्हारा पकड़ा जाना तय है। सच कहा जाये तो तुम बहुत स्वार्थी हो।'

'और सच कहा जाये तो तुम्हारा इससे कोई लेना-देना नहीं है, हैरी बोला।

'गुडबाय,' रॉन ने कहा।

*

बहरहाल, इसे दिन का आदर्श अंत नहीं कहा जा सकता था, हैरी ने देर रात तक जागते हुए सोचा, जब वह डीन और सीमस के खर्राटे सुन रहा था (नेविल अभी तक हॉस्पिटल से नहीं लौटा था)। रॉन उसे पूरी शाम सलाह देता रहा था, जैसे – 'अगर वह तुम्हें श्राप देने की कोशिश करे, तो बेहतर होगा कि तुम झुक जाओ, क्योंकि मुझे नहीं पता कि श्राप से कैसे बचा जाता है।' इस बात की काफ़ी संभावना थी कि फिल्च या मिसेज़ नॉरिस उन्हें पकड़ लेंगे। हैरी को लग रहा था कि वह अपनी क़िस्मत पर कुछ ज़्यादा ही भरोसा कर रहा था और आज ही के दिन स्कूल का एक और नियम तोड़ने जा रहा था। दूसरी तरफ़ मैल्फॉय का हँसी उड़ाता चेहरा अँधेरे में बार-बार उसकी आँखों के सामने उभर आता था – मैल्फॉय को आमने-सामने की लड़ाई में हराने का यह बहुत सुनहरा मौक़ा था। वह इसे छोड़ना नहीं चाहता था।

'साढ़े ग्यारह बज गये,' रॉन आख़िरकार बुदबुदाया। 'बेहतर होगा कि हम चल दें।' उन्होंने अपने ड्रेसिंग गाउन पहने, छड़ियाँ उठायीं और धीमे से टॉवर रूम पार किया। घुमावदार सीढ़ियाँ उतरते हुए वे गरुड़द्वार के हॉल में आ गये। अँगीठी में अब भी कुछ अंगारे सुलग रहे थे, जिनकी वजह से कुर्सियाँ काली छायाओं की तरह दिख रही थीं। वे दरवाज़े तक पहुँचे ही थे, कि तभी उनके सबसे पास वाली कुर्सी से एक आवाज़ आयी : 'मुझे यक़ीन नहीं होता कि तुम यह करने जा रहे हो, हैरी।'

एक लैंप हिलता नज़र आया। यह हर्माइनी ग्रेंजर थी, जो गुलाबी ड्रेसिंग गाउन पहने थी और उसकी त्यौरियाँ चढ़ी हुई थीं।

'*तुम!*' रॉन ने गुस्से से कहा। 'अपने बिस्तर में जाओ!'

'मैंने लगभग तुम्हारे भाई को बता ही दिया था,' हर्माइनी ने पलटकर कहा। 'पर्सी प्रिफेक्ट है, वह इसे रोक सकता है।'

हैरी को यक़ीन नहीं हो रहा था कि कोई दूसरों के मामले में इतनी टाँग अड़ा सकता था।

'चलो,' उसने रॉन से कहा। उसने मोटी औरत की तस्वीर को धकेला और छेद में से उतर गया।

हर्माइनी इतनी आसानी से हार मानने वाली नहीं थी। वह भी तस्वीर के छेद में से उतरकर रॉन के पीछे-पीछे आ गयी और किसी गुस्सैल बतख की तरह आवाज़ें निकालती रही।

'क्या तुम्हें गरुड़द्वार की कोई *परवाह* नहीं है? क्या तुम्हें *सिर्फ़* अपनी परवाह है? मैं नहीं चाहती कि नागशक्ति हाउस कप जीत जाये। तुम लोग वे सारे पॉइंट गँवा दोगे, जो मैंने कायापलट का मंत्र जानने के कारण प्रोफ़ेसर मैक्गॉनेगल से हासिल किये थे।'

'अब जाओ भी।'

'ठीक है, परंतु मैंने तुम्हें चेतावनी दे दी है। जब तुम कल घर जाने वाली ट्रेन में बैठो, तो याद करना कि मैंने क्या कहा था। तुम लोग इतने-'

परंतु वे लोग क्या थे, यह उन्हें पता नहीं चल पाया। हर्माइनी अंदर जाने के लिये मोटी औरत की तस्वीर के पास वापस लौटी, परंतु तस्वीर ख़ाली थी। मोटी औरत रात में किसी से मिलने चली गयी थी और हर्माइनी गरुड़द्वार टॉवर के बाहर ही खड़ी रह गयी।

'अब मैं क्या करूँ?' उसने तीखी आवाज़ में पूछा।

'यह तुम्हारी समस्या है,' रॉन ने कहा। 'हमें जाना है, हमें देर हो रही है।'

वे लोग अभी गलियारे के छोर तक भी नहीं पहुँच पाये थे कि तभी हर्माइनी उनके पीछे-पीछे आ गयी।

'मैं तुम्हारे साथ आ रही हूँ,' उसने कहा।

'नहीं, तुम *नहीं* आ रही हो।'

'तुम्हें क्या लगता है मैं यहाँ पर बाहर खड़ी रहूँगी और फिल्च का इंतज़ार करूँगी कि वह आकर मुझे पकड़ ले? अगर वह हम तीनों को पकड़ लेगा, तो मैं उसे सच-सच बता दूँगी कि मैं तुम लोगों को रोकने की कोशिश कर रही थी और तुम मेरी बात का समर्थन कर सकते हो।'

'तुम्हारे हौसले की दाद देनी होगी -' रॉन ने ज़ोर से कहा।

'तुम दोनों चुप रहो,' हैरी ने तेज़ी से कहा। 'कोई आवाज़ आ रही है।'

ऐसा लग रहा था, जैसे कोई सूँ-सूँ करके साँस ले रहा हो।

'मिसेज़ नॉरिस?' रॉन ने अँधेरे में झाँकने की कोशिश करते हुए कहा।

परंतु वहाँ मिसेज़ नॉरिस नहीं थी। यह तो नेविल था, जो फ़र्श पर गुड़ी-मुड़ी लेटा था और गहरी नींद में सोया हुआ था, पर जैसे ही वे लोग उसके पास पहुँचे वह अचानक जाग गया।

'भगवान का शुक्र है कि तुम लोग मिल गये! मैं कई घंटों से यहाँ पर पड़ा हुआ हूँ। मुझे नया पासवर्ड याद नहीं है इसलिये मैं अंदर जाकर नहीं सो पाया।'

'थोड़ा धीमे बोलो, नेविल। पासवर्ड "पिग स्नाउट" है, परंतु हाल-फिलहाल यह तुम्हारी कोई मदद नहीं करेगा, क्योंकि मोटी औरत कहीं चली गयी है।'

'अब तुम्हारा हाथ कैसा है?' हैरी ने कहा।

'अच्छा है,' नेविल ने उन्हें हाथ दिखाते हुए कहा। 'मैडम पॉमफ्री ने इसे एक मिनट में ठीक कर दिया।'

'अच्छा - देखो नेविल, हमें कहीं जाना है, हम तुमसे बाद में मिलते हैं -'

'मुझे छोड़कर मत जाओ!' नेविल ने अपने पैरों पर मुश्किल से खड़े होते हुए कहा। 'मैं यहाँ पर अकेला नहीं रुकना चाहता, ख़ूनी नवाब पहले ही यहाँ से दो बार गुज़र चुका है।'

रॉन ने अपनी घड़ी देखी और फिर गुस्से से हर्माइनी और नेविल को घूरा।

'अगर तुम दोनों में से किसी की भी वजह से हम पकड़े गये, तो मैं तब तक चैन से नहीं बैठूँगा, जब तक कि क्विरिल का बताया भूतों का श्राप सीखकर तुम पर उसका प्रयोग न कर दूँ।'

हर्माइनी ने अपना मुँह खोला, शायद रॉन को यह बताने के लिये कि भूतों के श्राप का प्रयोग किस तरह से किया जाता है, परंतु हैरी ने उसे चुप रहने का इशारा किया और उन सभी को आगे बढ़ने का संकेत दिया।

वे लोग गलियारे में आगे बढ़े, जहाँ ऊँची खिड़कियों से आती चाँदनी की वजह से रोशनी थी। हर मोड़ पर हैरी फिल्च या मिसेज़ नॉरिस से टकराने की उम्मीद कर रहा था, परंतु उनकी क़िस्मत अच्छी थी। वे तीसरी मंज़िल तक जाने वाली सीढ़ी पर तेज़ी से चढ़े और पंजों के बल चलकर ट्रॉफी रूम तक पहुँचे।

मैल्फॉय और क्रैब अब तक वहाँ नहीं आये थे। चाँदनी जहाँ पड़ रही थी, वहाँ स्फटिक की ट्रॉफियाँ चमक रही थीं। कप, शील्ड प्लेट और मूर्तियाँ अँधेरे में चाँदी और सोने की छटा बिखेर रही थीं। वे दीवारों से सटकर आगे बढ़े; उनकी निगाहें कमरे के दोनों सिरों पर लगे दरवाज़ों पर थीं। हैरी ने अपनी छड़ी निकाल ली, क्योंकि उसे डर था कि मैल्फॉय अचानक उस पर कूद पड़ेगा और तत्काल लड़ना शुरू कर देगा। कई मिनट गुज़र गये।

'उसे देर हो गयी है, शायद वह डर गया होगा,' रॉन फुसफुसाया।

तभी अगले कमरे में हो रही एक आवाज़ ने उन्हें चौंका दिया। हैरी ने अपनी छड़ी को उठाया ही था कि तभी उन्हें किसी के बोलने की आवाज़ आयी – और यह मैल्फॉय की आवाज़ नहीं थी।

'ज़रा चारों तरफ़ सूँघो तो सही, मेरी रानी, वे लोग किसी कोने में छुपे होंगे।'

यह फिल्च की आवाज़ थी, जो मिसेज़ नॉरिस से बोल रहा था। हैरी दहशत में आ गया और उसने हड़बड़ाकर बाक़ी तीनों को फटाफट अपने पीछे आने का इशारा किया। वे लोग फिल्च की आवाज़ के दूसरी तरफ़ वाले दरवाज़े से चुपचाप खिसक लिये। नेविल का दुशाला दरवाज़े से बस बाहर निकला ही था कि तभी उन्हें फिल्च के ट्रॉफी रूम के अंदर घुसने की आवाज़ सुनाई दी।

'वे यहीं कहीं पर हैं,' उन्होंने उसे बुदबुदाते सुना, 'शायद छुपे हुए हैं।'

'इस रास्ते से!' हैरी ने अपने साथियों से कहा। आतंकित होकर वे एक लंबे गलियारे में झुककर चलने लगे, जो कवचों से भरा हुआ था। उन्हें सुनाई दे रहा था कि फिल्च क़रीब आ रहा था। नेविल अचानक डरकर चीख़ा और दौड़ पड़ा – वह फिसल गया। फिसलते समय उसने रॉन की कमर पकड़ ली और वे दोनों एक कवच पर गिर पड़े।

टकराने और गिरने की आवाज़ें पूरे महल को जगाने के लिये काफ़ी थीं।

'भागो!' हैरी चीख़ा और वे चारों गलियारे में तेज़ी से दौड़ने लगे। उन्होंने मुड़कर भी नहीं देखा कि फिल्च पीछे आ रहा था या नहीं। दरवाज़े की चौखट से मुड़कर वे एक के बाद दूसरे गलियारे में सरपट दौड़ते रहे। हैरी सबसे आगे था, परंतु उसे यह बिलकुल भी पता नहीं था कि वे कहाँ थे या कहाँ जा रहे थे। वे एक दीवार पर लगे परदे को फाड़ते हुए अंदर घुसे और उन्होंने ख़ुद को एक ख़ुफ़िया रास्ते के अंदर पाया। वे इसमें टकराते और भड़भड़ाते हुए दौड़े। इस रास्ते से वे सम्मोहन की क्लास के पास निकले और वे जानते थे कि यह जगह ट्रॉफी रूम से मीलों दूर है।

'लगता है हम बच गये,' हैरी ने हाँफते हुए कहा। उसने ठंडी दीवार से टिककर माथे का पसीना पोंछा। नेविल दोहरा हो गया, वह घरघराहट के साथ साँसें ले रहा था और फुफकारने जैसी आवाज़ें निकाल रहा था।

'मैंने – तुमसे – *कहा* – था,' हर्माइनी ने हाँफते हुए कहा। सीने पर लटके ड्रेस के फंदे को पकड़ते हुए वह बोली, 'मैंने तुमसे कहा था।'

'हमें गरुड़द्वार टॉवर की तरफ़ लौटना चाहिये,' रॉन ने कहा, 'जल्दी से जल्दी।'

'मैल्फॉय ने तुम्हारे साथ चाल चली है,' हर्माइनी ने हैरी से कहा। 'तुम्हें समझ में आ रहा है या नहीं? तुमसे लड़ने का उसका कभी इरादा था ही नहीं – फिल्च को पता था कि ट्रॉफी रूम में निश्चित रूप से कोई आने वाला था, ज़रूर मैल्फॉय ने ही उसे बताया होगा।'

हैरी ने सोचा कि शायद वह सही कह रही थी, पर वह उसके सामने यह मानने को तैयार नहीं था।

'चलो वापस चलते हैं।'

परंतु यह काम उतना आसान नहीं था। वे अभी बारह क़दम ही चले होंगे कि तभी एक दरवाज़े का हैंडल घूमा और उनके सामने वाले क्लासरूम से कोई चीज़ तेज़ी से उड़ती हुई बाहर आयी।

वह पीव्ज़ था। उसने उन्हें देखा और ख़ुशी के मारे किलकारी भरी।

'चुप रहो, पीव्ज़ - प्लीज़- तुम्हारे कारण हमें स्कूल से निकाल दिया जायेगा।'

पीव्ज़ खिलखिलाया।

'आधी रात को बाहर घूम रहे हो, फर्स्ट इयर के बच्चों? च... च... च। बदमाशी करते हो और पकड़े जाने से डरते हो।'

'अगर तुम नहीं बताओगे, तो हमें कोई नहीं पकड़ पायेगा, पीव्ज़, प्लीज़।'

'मुझे फिल्च को बताना चाहिये, ज़रूर बताना चाहिये,' पीव्ज़ ने संत जैसी आवाज़ में कहा, परंतु उसकी आँखों में शैतानी चमक दिख रही थी। 'तुम तो जानते ही हो, यह तुम्हारे भले के लिये है।'

'हमारे रास्ते से हट जाओ,' रॉन ने कहा और पीव्ज़ को झपटकर मारने की कोशिश की - यह बहुत बड़ी ग़लती थी।

'**विद्यार्थी बिस्तर से बाहर हैं।**' पीव्ज़ गला फाड़कर चीख़ा। '**विद्यार्थी बिस्तर से बाहर निकलकर सम्मोहन गलियारे में घूम रहे हैं!**'

पीव्ज़ के नीचे से झुकते हुए वे लोग अपनी जान बचाने के लिये भागे, सीधे गलियारे के आख़िरी सिरे तक, जहाँ वे एक दरवाज़े से धड़ से टकराये - और इसका ताला बंद था।

'अब तो फँस गये!' रॉन ने कराहते हुए कहा। उन्होंने दरवाज़े को धक्का देकर खोलने की जीतोड़ कोशिश की, पर दरवाज़ा टस से मस नहीं हुआ। 'अब हमारा काम लग गया! हमारा खेल ख़त्म हो गया!'

उन्हें क़दमों की आवाज़ सुनाई दे रही थी। फिल्च पीव्ज़ की चीख़ों की तरफ़ जितनी तेज़ी से दौड़ सकता था, दौड़ता हुआ आ रहा था।

'चलो, एक तरफ़ हटो,' हर्माइनी गुर्रायी। उसने हैरी की छड़ी छीनी, दरवाज़े को ठोंका और धीरे से कहा, '*अलोहोमोरा!*'

ताले में क्लिक की आवाज़ आयी और दरवाज़ा खुल गया – वे लोग एक साथ अंदर घुसे, तेज़ी से दरवाज़ा बंद कर लिया और उस पर कान लगाकर बाहर की बातें सुनने लगे।

फिल्च कह रहा था, 'वे लोग किस तरफ़ गये हैं, पीव्ज़? जल्दी बताओ।'

'पहले "प्लीज़" कहो।'

'परेशान मत करो, पीव्ज़, *वे लोग किधर गये* हैं?'

'जब तक तुम "प्लीज़" नहीं कहोगे मैं कुछ नहीं कहूँगा,' पीव्ज़ ने अपनी चिढ़ाने वाली गुनगुनाती हुई आवाज़ में कहा।

'ठीक है – *प्लीज़।*'

'**कुछ नहीं**! हा हा हा! मैंने तुमसे कहा था कि जब तक तुम प्लीज़ नहीं कहोगे मैं कुछ नहीं कहूँगा! हा हा! हाआआआ!' और फिर उन्होंने पीव्ज़ के ग़ायब होने और गुस्से में फिल्च के गालियाँ देने की आवाज़ें सुनीं।

'वह सोच रहा होगा कि इस दरवाज़े पर ताला लगा हुआ है,' हैरी फुसफुसाया। 'मुझे लगता है हम लोग सही-सलामत बच गये हैं – *हटो भी, नेविल!*' नेविल पिछले एक मिनट से हैरी के ड्रेसिंग गाउन के सिरे से लगभग लटका हुआ था। *'क्या है?'*

हैरी घूमा-और उसने साफ़-साफ़ देखा कि क्या था। एक पल के लिये तो उसे लगा जैसे वह कोई बुरा सपना देख रहा हो – अब तक जितना कुछ हुआ था, उसके बाद यह तो बहुत बड़ी बात थी।

वे लोग किसी कमरे में नहीं थे, जैसा वे सोच रहे थे। वे एक गलियारे में थे। तीसरी मंज़िल का वह गलियारा, जहाँ जाना मना था। और अब उन्हें पता चल गया था कि यहाँ आना क्यों मना था।

वे एक राक्षसी कुत्ते की आँखों में सीधे देख रहे थे; एक ऐसा कुत्ता, जिसने छत और फ़र्श के बीच की सारी जगह घेर रखी थी। उसके तीन सिर थे। तीन जोड़ी बाहर निकलती, पगलायी हुई आँखें थीं; तीन नाकें, जो उनकी दिशा में सिकुड़ और हिल रही थीं; तीन लार टपकाते मुँह थे और पीले नुकीले दाँतों से लार लसीली रस्सियों में लटक रही थी।

वह बिलकुल चुपचाप खड़ा था और उसकी सभी छह आँखें उन्हें घूर रही थीं। हैरी समझ गया कि वे लोग अब तक सिर्फ़ इसलिये ज़िंदा थे, क्योंकि उनके अचानक आ जाने से वह हैरान रह गया था, परंतु अब वह इससे उबर रहा था। उसके भयंकर गुर्राने का मतलब समझने में किसी से कोई ग़लती नहीं हो सकती थी।

हैरी ने दरवाज़े का हैंडल पकड़ा – फिल्च और मौत के बीच में अगर चुनना हो तो वह फिल्च को चुनेगा।

वे लोग पीछे हटे – हैरी ने दरवाज़े को धड़ाम से बंद किया और वे जान छोड़कर भागे, लगभग उड़ते हुए वे गलियारे से बाहर भागे। निश्चित रूप से फिल्च उन लोगों को ढूँढ़ने के लिये तेज़ी से कहीं और चला गया था, क्योंकि उन्हें वह कहीं नहीं दिखा, परंतु उन्हें उसकी ज़रा भी परवाह नहीं थी– वे तो सिर्फ़ इतना चाहते थे कि उस राक्षस से जितनी दूर पहुँच सकते थे, पहुँच जायें। उन्होंने तब तक दौड़ना बंद नहीं किया, जब तक कि वे सातवीं मंज़िल पर मोटी औरत की तस्वीर के सामने नहीं पहुँच गये।

'तुम लोग कहाँ थे?' मोटी औरत ने पूछा। उनके कंधों से लटकते हुए ड्रेसिंग गाउनों और उनके लाल तथा पसीना-पसीना हो रहे चेहरों को वह आश्चर्य से देख रही थी।

'उसकी चिंता मत करो – पिग स्नाउट, पिग स्नाउट,' हैरी ने हाँफते हुए कहा और तस्वीर आगे की तरफ़ झूल गयी। वे लोग हॉल में घुसे और काँपते हुए कुर्सियों पर लुढ़क गये।

कुछ देर तक उनमें से कोई भी कुछ नहीं बोला। नेविल तो दरअसल ऐसा लग रहा था जैसे अब कभी नहीं बोलेगा।

'तुम्हें क्या लगता है, इस तरह का भयानक जानवर स्कूल में क्यों रखा है?' रॉन ने अंत में कहा। 'अगर किसी कुत्ते को व्यायाम की ज़रूरत है, तो इसी कुत्ते को है।'

हर्माइनी की साँस एक बार फिर सामान्य हो गयी और वह एक बार फिर से चिड़चिड़ी हो गयी।

'तुम लोग अपनी आँखों का इस्तेमाल नहीं करते हो, है ना?' उसने पलटकर कहा। 'क्या तुमने नहीं देखा कि वह किस चीज़ पर खड़ा था?'

'फ़र्श पर?' हैरी ने सुझाव दिया। 'मैं उसके पैर नहीं देख रहा था, मैं तो उसके सिर देखने में व्यस्त था।'

'नहीं, फ़र्श पर *नहीं*, वह एक चोर दरवाज़े पर खड़ा था। ज़ाहिर है वह किसी चीज़ की रखवाली कर रहा है।'

वह खड़ी हुई और उसने उनकी तरफ़ गुस्से से घूरा।

'मुझे आशा है अब तुम लोगों को ख़ुशी मिली होगी। हम लोग मर सकते थे – या इससे भी बुरी बात, हम लोगों को स्कूल से निकाला जा सकता था। अब, अगर तुम बुरा न मानो, तो मैं सोने जा रही हूँ।'

रॉन मुँह फाड़कर उसके पीछे घूरता रहा।

'नहीं, हम बुरा नहीं मानेंगे,' उसने कहा। 'कोई सोचेगा कि हम उसे ज़बर्दस्ती अपने साथ ले गये थे, है ना?'

परंतु हर्माइनी ने हैरी को सोचने के लिये कुछ दे दिया था और जब हैरी बिस्तर पर लेटा, तो वह सोच रहा था – कुत्ता किसी चीज़ की रखवाली कर रहा तथा ... हैग्रिड ने क्या कहा था? अगर आप कोई चीज़ छुपाना चाहते थे तो ग्रिनगॉट दुनिया में सबसे सुरक्षित जगह थी – शायद हॉगवर्ट्स को छोड़कर।

ऐसा लग रहा था, जैसे हैरी को यह पता चल गया था कि सात सौ तेरह नंबर की तिजोरी से निकाला गया छोटा सा गंदा पैकेट कहाँ पर था।

अध्याय दस

हैलोवीन

मैल्फॉय को अपनी आँखों पर यक़ीन नहीं हुआ, जब उसने देखा कि हैरी और रॉन अगले दिन भी हॉगवर्ट्स में ही थे। वे थके हुए परंतु पूरी तरह से ख़ुश दिख रहे थे। वास्तव में, अगली सुबह तक हैरी और रॉन सोच रहे थे कि तीन सिर वाले कुत्ते से मुलाक़ात एक बहुत अच्छा रोमांचक अभियान था और वे इसी तरह का एकाध और रोमांचक काम करने के लिये उत्सुक थे। इस बीच हैरी ने रॉन को उस पैकेट के बारे में बता दिया, जिसे शायद ग्रिनगॉट से निकालकर हॉगवर्ट्स में रखा गया था। वे काफ़ी समय तक सोचते रहे कि आख़िर ऐसी कौन सी चीज़ हो सकती है, जिसे इतनी भारी सुरक्षा की ज़रूरत थी।

'वह या तो सचमुच क़ीमती होगी या ख़तरनाक,' रॉन ने कहा।

'या दोनों ही,' हैरी बोला।

परंतु वे विश्वास के साथ सिर्फ़ इतना ही कह सकते थे कि वह रहस्यमय वस्तु लगभग दो इंच लंबी थी, और जब तक उन्हें कोई और सुराग न मिल जाये, तब तक वे इससे ज़्यादा अंदाज़ा लगाने की स्थिति में नहीं थे।

न तो नेविल ने और न ही हर्माइनी ने इस बात में ज़रा भी रुचि दिखायी कि कुत्ते और चोर दरवाज़े के नीचे क्या छुपा हो सकता था। नेविल तो सिर्फ़ इतना जानता था कि वह दुबारा उस कुत्ते के पास कभी नहीं जायेगा।

हर्माइनी ने अब हैरी और रॉन से बोलचाल बंद कर दी थी, परंतु चूँकि वह मैं-सब-कुछ-जानती हूँ-क़िस्म की थी, इसलिये उन्हें इसमें भी अपना

फ़ायदा नज़र आया। वे अब सिर्फ़ इतना चाहते थे कि मैल्फॉय से किसी तरह बदला ले सकें और उन्हें तब बहुत ख़ुशी हुई, जब एक सप्ताह बाद ही एक ऐसी चीज़ डाक से आ गयी।

जब उल्लू हमेशा की तरह बड़े हॉल में घुसे, तो सबका ध्यान एक लंबे और पतले पैकेट पर गया, जिसे छह बड़े घुघ्घू उठाकर ला रहे थे। हर एक की तरह हैरी की रुचि भी यह देखने में थी कि इस बड़े पैकेट में क्या था। उसे बहुत आश्चर्य हुआ, जब घुघ्घू नीचे आये और उन्होंने पैकेट को उसी के सामने पटक दिया। पैकेट के गिरने से उसका नाश्ता फ़र्श पर गिर गया। घुघ्घू अभी उड़कर रास्ते से हटे भी नहीं थे कि तभी एक और उल्लू वहाँ आया और उसने पैकेट के ऊपर एक चिट्ठी टपका दी।

यह अच्छा रहा कि हैरी ने चिट्ठी को पहले खोला, क्योंकि उसमें लिखा था :

पैकेट को टेबल पर मत खोलना।

इसमें तुम्हारी नई निम्बस 2000 है, परंतु मैं नहीं चाहती कि यह बात सबको पता चल जाये कि तुम्हें जादुई झाडू मिल गयी है, वरना उन सबकी इच्छा होने लगेगी। ऑलिवर वुड तुम्हें आज रात को सात बजे क्विडिच पिच पर मिलेगा, जहाँ तुम पहली बार इस खेल को सीखोगे।

प्रोफ़ेसर एम. मैक्गॉनेगल

हैरी ने जब यह चिट्ठी रॉन को पढ़ने को दी, तो उसकी ख़ुशी छुपाये नहीं छुप रही थी

'निम्बस 2000!' रॉन ने ईर्ष्या से कहा। 'मैंने तो आज तक उसे *छुआ भी नहीं है।'*

वे हॉल से जल्दी चले आये, क्योंकि वे अपनी क्लास के पहले अकेले में जादुई झाडू खोलकर देखना चाहते थे। अभी वे प्रवेश हॉल से आधी दूरी पर ही पहुँच पाये थे कि तभी उन्होंने देखा कि ऊपर जाने वाली सीढ़ियों पर क्रैब और गॉइल रास्ता रोककर खड़े थे। मैल्फॉय ने हैरी से पैकेट छीन लिया और उसे उँगलियों से टटोला।

'यह तो जादुई झाड़ू है,' उसने कहा और उसे हैरी की तरफ़ फेंकते हुए ऐसा चेहरा बनाया जिस पर ईर्ष्या और नफ़रत के मिले-जुले भाव थे। 'इस बार तुमने हद पार कर दी है, पॉटर, फर्स्ट इयर के विद्यार्थियों को जादुई झाड़ू रखना मना है।'

रॉन अपने आपको रोक नहीं पाया।

'यह कोई पुरानी जादुई झाड़ू नहीं है,' उसने कहा, 'यह तो निम्बस 2000 है। तुमने क्या कहा था कि तुम्हारे घर पर कौन सी जादुई झाड़ू है, कॉमेट 260? रॉन ने हैरी की तरफ़ दाँत निकालते हुए कहा। 'कॉमेट में तड़क-भड़क तो होती है, परंतु वो निम्बस जितनी अच्छी नहीं होती।'

'इस बारे में तुम क्या जानो, वीज़्ली, तुम तो इसका आधा हैंडल भी नहीं ख़रीद सकते,' मैल्फॉय ने पलटकर जवाब दिया। 'मुझे लगता है तुम्हें और तुम्हारे भाइयों को तो पाई-पाई जोड़कर इसकी एक-एक डंडी ख़रीदनी पड़ेगी।'

इससे पहले कि रॉन जवाब दे पाये, प्रोफ़ेसर फ्लिटविक मैल्फॉय की कोहनी के पास खड़े थे।

'झगड़ तो नहीं रहे, बच्चों?' उन्होंने पूछा।

'पॉटर को किसी ने जादुई झाड़ू भेजी है प्रोफ़ेसर,' मैल्फॉय ने जल्दी से कहा।

'हाँ, हाँ, सही है,' प्रोफ़ेसर फ्लिटविक ने हैरी की तरफ़ मुस्कराकर देखते हुए कहा। 'प्रोफ़ेसर मैक्गॉनेगल ने मुझे विशेष परिस्थितियों के बारे में बताया था, पॉटर। और यह कौन सा मॉडल है?'

'निम्बस 2000, सर' हैरी ने कहा। मैल्फॉय के चेहरे पर दहशत के भाव देखकर हैरी से अपनी हँसी नहीं रोकी जा रही थी। 'और सच कहा जाये तो मुझे मैल्फॉय को धन्यवाद देना चाहिये, क्योंकि उसी की वजह से मुझे यह मिली है,' उसने आगे कहा।

हैरी और रॉन ऊपर की मंज़िल की तरफ़ चल पड़े। मैल्फॉय के गुस्से और उलझन को देखकर वे अपनी हँसी दबाने की कोशिश कर रहे थे।

जब वे संगमरमर की सीढ़ियों के ऊपर पहुँचे, तो हैरी ने हँसते हुए कहा, 'और क्या, यह सच ही तो है। अगर उसने नेविल का भूल-न-जाना नहीं चुराया होता, तो मैं टीम में नहीं होता ...'

'तो तुम्हें लगता है यह नियम तोड़ने का इनाम है?' उनके ठीक पीछे से गुस्से भरी आवाज़ आयी। हर्माइनी सीढ़ियों पर पैर पटकते हुए ऊपर आ रही थी और हैरी के हाथ में रखे पैकेट को चिढ़कर देख रही थी।

'मैं तो समझ रहा था कि आप हमसे बात नहीं कर रही थीं?' हैरी ने कहा।

'हाँ, अब ऐसा करना बंद मत कीजिये,' रॉन ने कहा, 'इससे हमारा बहुत भला हो रहा है।'

हर्माइनी हवा में अपनी नाक तानकर पैर पटकती हुई चली गयी।

उस दिन हैरी का मन क्लास में नहीं लग रहा था। उसका मन तो अपने कमरे में ही भटक रहा था, जहाँ उसकी नयी जादुई झाड़ू बिस्तर के नीचे पड़ी हुई थी या फिर उसका मन क्विडिच की पिच की तरफ़ भटक रहा था, जहाँ वह उस रात क्विडिच सीखने जाने वाला था। उसने शाम को फटाफट अपना डिनर खाया और उसे यह भी पता नहीं था कि वह क्या खा रहा था। फिर वह रॉन के साथ तेज़ी से दौड़कर ऊपर की मंज़िल पर गया, ताकि आख़िरकार वह अपनी निम्बस 2000 खोलकर देख सके।

जब जादुई झाड़ू हैरी के बिस्तर पर खुलकर बाहर आयी, तो रॉन के मुँह से आह निकल गयी, 'वाह!'

हैरी जादुई झाड़ुओं के बारे में ज़्यादा नहीं जानता था, परंतु उसे भी यह बेहतरीन लगी। पतली और चिकनी जादुई झाड़ू पर महोगनी का हैंडल लगा था, साफ़ और सीधी टहनियों की लंबी पूँछ थी और ऊपर की तरफ़ सुनहरे शब्दों में लिखा था : *निम्बस 2000।*

जब सात बजे का समय पास आया, तो हैरी महल से निकला और धुँधलके में क्विडिच पिच की तरफ़ चल दिया। वह इससे पहले कभी स्टेडियम में नहीं आया था। पिच के चारों तरफ़ सैकड़ों सीटें स्टैंड्स में उठी हुई थीं, ताकि दर्शक इतनी ऊँचाई पर रहें, जहाँ से वे देख सकें कि क्या हो रहा था। पिच के दोनों सिरों पर तीन सुनहरे खंभे थे, जिनके कोने में

रिंग लगे थे। उन्हें देखकर हैरी को प्लास्टिक की वे छोटी छड़ियाँ याद आ गयीं जिनसे बच्चे बुलबुले निकालते थे; फ़र्क़ सिर्फ़ इतना था कि यह खंभे पचास फुट ऊँचे थे।

हैरी उड़ने के लिये इतना उतावला था कि उससे वुड का इंतज़ार नहीं करते बना। वह अपनी जादुई झाड़ू पर चढ़ा और ज़मीन पर पैर मारे। क्या एहसास था- वह गोलपोस्ट से अंदर और बाहर उड़ता रहा, और फिर पिच पर इधर से उधर तेज़ी से चक्कर लगाता रहा। निम्बस 2000 उसके हलके से इशारे पर मुड़ जाती थी।

'अरे पॉटर, नीचे उतरो!'

ऑलिवर वुड आ चुका था। उसकी बाँह में लकड़ी का एक बड़ा बक्सा दबा था। हैरी उसके पास ज़मीन पर उतर गया।

'बहुत बढ़िया,' वुड ने कहा और उसकी आँखें चमक रही थीं। 'मैं समझ सकता हूँ मैक्गॉनेगल का क्या मतलब था ... तुममें सचमुच पैदाइशी प्रतिभा है, पॉटर। मैं आज शाम तुम्हें सिर्फ़ नियम सिखाऊँगा, इसके बाद तुम्हें सप्ताह में तीन दिन टीम के साथ प्रैक्टिस करनी होगी।'

उसने बक्सा खोला। अंदर चार अलग-अलग आकार की गेंदें थीं।

'देखो,' वुड ने कहा। 'क्विडिच को समझना बहुत आसान है, हालाँकि इसे खेलना उतना आसान नहीं है। हर टीम में सात खिलाड़ी होते हैं। इनमें से तीन को धावक कहा जाता है।'

'तीन धावक,' हैरी ने दोहराया, जब वुड ने फुटबॉल के आकार की एक चमकीली लाल गेंद बाहर निकाली।

वुड ने कहा, 'इस गेंद को तूफ़ान कहते हैं। धावक तूफ़ान को एक-दूसरे को देते हैं और कोशिश करते हैं कि इसे रिंग में डालकर गोल कर दें। तूफ़ान के रिंग में जाने पर हर बार दस पॉइंट मिलते हैं। समझ गये?'

'धावक तूफ़ान को फेंकते हैं और स्कोर करने के लिये इसे रिंग में डालते हैं,' हैरी ने दोहराया। 'तो - यह एक तरह से बास्केटबॉल है, जो जादुई झाड़ू पर सवार होकर छह रिंगों के साथ खेला जाता है, है ना?'

'बास्केटबॉल क्या होता है?' वुड ने उत्सुकता से पूछा।

'कुछ नहीं,' हैरी ने जल्दी से कहा।

'अब दोनों टीमों में एक और खिलाड़ी होता है, जिसे रक्षक कहते हैं – मैं गरुड़द्वार का रक्षक हूँ। मैं अपने रिंग के चारों तरफ़ उड़ता हूँ और दूसरी टीम को स्कोर करने से रोकता हूँ।'

'तीन धावक, एक रक्षक,' हैरी ने कहा, जो सब कुछ याद रखने के इरादे से आया था। 'और वे तूफ़ान के साथ खेलते हैं। ठीक है, मैं इतना समझ गया। तो बाक़ी गेंदें किसलिये हैं?' उसने बक्से में रखी बाक़ी तीन गेंदों की तरफ़ इशारा किया।

'अभी बताता हूँ,' वुड ने कहा। 'इसे पकड़ो।'

उसने हैरी को एक छोटा सा डंडा दिया, जो कुछ–कुछ बेसबॉल के बल्ले की तरह था।

'अब मैं तुम्हें बताऊँगा कि पहलवान क्या करते हैं,' वुड ने कहा। 'इन दोनों गेंदों को पहलवान कहते हैं।'

उसने हैरी को एक जैसी दो गेंदें दिखायीं, जो पूरी तरह काली थीं और लाल तूफ़ान से थोड़ी छोटी थीं। हैरी ने देखा कि वे उन रस्सियों से बाहर आने के लिये छटपटा रही थीं, जिनकी वजह से वे बक्से के अंदर बंद थीं।

'पीछे हट जाओ,' वुड ने हैरी को चेतावनी दी। वह झुका और उसने एक पहलवान की रस्सी खोल दी।

काली गेंद तत्काल हवा में ऊपर उड़ी और फिर सीधे हैरी के चेहरे की तरफ़ नीचे झपटी। अपनी नाक टूटने के ख़तरे से बचने के लिये हैरी ने उसे बल्ले से मारा और गेंद एक बार फिर हवा में सनसनाती चली गयी – वह उनके सिर के ऊपर चारों तरफ़ चकरी की तरह कुछ देर घूमी और फिर वुड की तरफ़ झपटी, जो बचता हुआ उसके ऊपर कूदा और उसे ज़मीन पर गिराकर पकड़ लिया।

'देखा?' वुड हाँफ रहा था। जूझ रहे पहलवान को उसने वापस बक्से में बंद किया और सुरक्षित तरीक़े से बाँध दिया। 'पहलवान चारों तरफ़ रॉकेट की तरह घूमते हैं और खिलाड़ियों को उनकी झाड़ू से गिराने की कोशिश करते हैं, इसीलिये हर टीम में दो मारक होते हैं। बीज़्ली बंधु हमारे मारक हैं – यह उनका काम है कि वे पहलवानों से टीम को बचायें और उन पर प्रहार करके उन्हें दूसरी टीम की तरफ़ भेजें। तो – मुझे लगता है तुम सब समझ गये होगे?'

'तीन धावक तूफ़ान से स्कोर करने की कोशिश करते हैं; एक रक्षक गोल की रक्षा करता है; दो मारक पहलवानों को अपनी टीम से दूर रखते हैं,' हैरी ने दोहराया।

'बहुत अच्छे,' वुड ने कहा।

'वैसे - क्या पहलवानों ने कभी किसी को जान से मारा है?' हैरी ने पूछा और वह कोशिश कर रहा था कि वुड को इस सवाल में उसके डर की छाया दिखाई न दे।

'हॉगवर्ट्स में तो ऐसा कभी नहीं हुआ। यहाँ पर दो-एक के जबड़े टूटे हैं, पर इससे ज़्यादा बुरा कुछ नहीं हुआ। अब, टीम का आख़िरी सदस्य है खोजी। यानी कि तुम। और तुम्हें तूफ़ान या पहलवान के बारे में चिंता करने की कोई ज़रूरत नहीं है -'

'- जब तक कि वे मेरा सिर न फोड़ दें।'

'चिंता मत करो, वीज़्ली बंधु पहलवानों से निबटने के लिये काफ़ी हैं - मेरा मतलब है, वे ख़ुद पहलवानों से कम नहीं हैं।'

वुड ने बक्से में हाथ डाला और चौथी तथा आख़िरी गेंद को बाहर निकाला। तूफ़ान और पहलवानों की तुलना में यह बहुत छोटी थी। बड़े अखरोट के आकार की यह गेंद चमकदार सुनहरी थी और इसमें फड़फड़ाते हुए चाँदी के छोटे पंख लगे थे।

वुड ने कहा, 'यह सुनहरी गेंद है, जो सबसे महत्त्वपूर्ण गेंद होती है। इसे पकड़ना बहुत मुश्किल होता है, क्योंकि यह इतनी तेज़ है कि आसानी से नहीं दिखती। सुनहरी गेंद को पकड़ना खोजी का काम है। तुम्हें धावक, मारक, पहलवान और तूफ़ान के बीच से होते हुए इसे पकड़ना है, इससे पहले कि दूसरी टीम का खोजी इसे पकड़ ले, क्योंकि जो खोजी सुनहरी गेंद को पकड़ता है, वह अपनी टीम को एक सौ पचास पॉइंट दिलाता है, इसलिये उसकी टीम लगभग हमेशा जीत जाती है। इसीलिये खोजियों के ख़िलाफ़ बहुत ज़्यादा फाउल होते हैं। क्विडिच का मैच तभी ख़त्म होता है, जब सुनहरी गेंद पकड़ ली जाये, और यह मैच बरसों तक चल सकता है - मुझे लगता है कि रिकॉर्ड तीन महीने का है। उस - मैच में बार-बार रिज़र्व खिलाड़ी उतारने पड़े, ताकि खिलाड़ी कुछ देर सो सकें।

'तो, ऐसा होता है क्विडिच-कोई सवाल?'

हैरी ने अपना सिर हिलाया। वह समझ गया कि उसे क्या करना था, समस्या बस उसे करने में थी।

'हम इस वक़्त सुनहरी गेंद के साथ प्रैक्टिस नहीं करेंगे,' वुड ने गेंद को सावधानी से बक्से में बंद करते हुए कहा। 'अँधेरा हो गया है, यह गुम सकती है। इसके बजाय हम इनसे प्रैक्टिस करते हैं।'

उसने अपनी जेब से गोल्फ की साधारण गेंदों का बैग निकाला तथा कुछ मिनट बाद वह और हैरी हवा में उड़ रहे थे। वुड जितनी तेज़ी से गोल्फ बॉल फेंक सकता था, हर दिशा में फेंक रहा था, ताकि हैरी उसे पकड़ सके।

हैरी ने हर गेंद पकड़ ली और वुड बहुत ख़ुश था। आधे घंटे बाद सचमुच रात हो गयी और उन्हें अपना खेल बंद करना पड़ा।

जब वे वापस महल की तरफ़ लौट रहे थे तो वुड ने ख़ुशी से चहकते हुए कहा, 'इस साल क्विडिच कप पर हमारा नाम लिखा होगा। मुझे हैरानी नहीं होगी, अगर तुम चार्ली वीज़्ली से भी अच्छे खिलाड़ी निकलो और यह कोई छोटी बात नहीं है, क्योंकि अगर चार्ली ड्रैगनों के पीछे नहीं गया होता, तो वह इंग्लैंड के लिये खेल सकता था।'

*

सप्ताह में तीन दिन हैरी शाम को क्विडिच की प्रैक्टिस करता था और होमवर्क तो रोज़ ही करना पड़ता था। शायद इसलिये कि वह इतना व्यस्त रहता था, उसे यह एहसास ही नहीं हुआ कि उसे हॉगवर्ट्स आये दो महीने हो चुके थे। हैरी को यक़ीन नहीं हो रहा था। महल उसे अपने घर की तरह लगने लगा था, जबकि प्रिविट ड्राइव में उसे ऐसा कभी नहीं लगा था। उसकी क्लासें भी अब पहले से अधिक दिलचस्प हो गयी थीं, क्योंकि अब वह मूलभूत बातें सीख चुका था।

जब वे लोग हैलोवीन के दिन सुबह उठे, तो कद्दू भुनने की जायकेदार गंध गलियारों में तैर रही थी। इससे भी अच्छी बात यह थी कि प्रोफ़ेसर फ़्लिटविक ने सम्मोहन की क्लास में यह कहा कि उनके विचार से अब वे चीज़ों को उड़ा सकते थे। ऐसा करने के लिये वे तब से बेताब थे, जब फ़्लिटविक ने उनके सामने नेविल के मेंढक को पूरी क्लास में उड़ाकर

दिखाया था। प्रोफ़ेसर फ्लिटविक ने प्रैक्टिस करने के लिये क्लास में उनकी जोड़ियाँ बना दीं। हैरी का पार्टनर सीमस फिनिगन था (जो राहत की बात थी, क्योंकि नेविल उसका ध्यान खींचने की कोशिश कर रहा था)। बहरहाल, रॉन को हर्माइनी ग्रेंजर के साथ काम करना पड़ा। यह बताना मुश्किल था कि इस वजह से रॉन ज़्यादा गुस्सा था या हर्माइनी। जिस दिन हैरी की जादुई झाड़ू आयी थी, उस दिन के बाद से हर्माइनी ने उन दोनों से बात नहीं की थी।

'आप लोग जिस तरह कलाई घुमाने का अभ्यास कर रहे हैं, उसे मत भूलना!' प्रोफ़ेसर फ्लिटविक ने चिंचियाती आवाज़ में कहा। हमेशा की तरह वे आज भी अपनी किताबों के ढेर पर बैठे हुए थे। 'घुमाना और झटकना, याद रहेगा ना, घुमाना और झटकना। और जादुई शब्दों को सही तरह से बोलना भी महत्त्वपूर्ण है – बैरुफ़ियो नाम के जादूगर को कभी मत भूलना, जिसने "एफ" के बजाय "एस" कह दिया था और नतीजा यह हुआ कि अगले ही पल वह ज़मीन पर पड़ा था और उसके सीने पर एक भैंसा खड़ा था।'

यह बहुत मुश्किल था। हैरी और सीमस ने घुमाया और झटका, परंतु जिस पंख को वे हवा में ऊपर उठाने की कोशिश कर रहे थे, वो टेबल पर ही पड़ा रहा। सीमस इतना बेचैन हो गया कि उसने अपनी छड़ी से पंख हिलाया और उस पर आग लगा दी – हैरी को अपने हैट से यह आग बुझाना पड़ी।

अगली टेबल पर रॉन की क़िस्मत भी बेहतर नहीं थी।

'विन्गार्डियम लेवियोसा!' वह चिल्लाया। वह अपनी लंबी बाँहों को पवनचक्की की तरह हिला रहा था।

'तुम इसे ग़लत तरह से बोल रहे हो,' हैरी ने सुना कि हर्माइनी रॉन को झिड़क रही थी। 'यह-विन्ग-*गार*-डियम-लेवि-यो-सा है। अपने "गार" को थोड़ा अच्छा और लंबा करो।'

'अगर तुममें इतनी अकल है, तो तुम ही क्यों नहीं कर लेतीं,' रॉन गुर्राया।

हर्माइनी ने अपने गाउन की बाँहें चढ़ायीं, छड़ी हिलाई और बोली, *'विन्गारडियम लेवियोसा!'*

उनका पंख टेबल पर से उठा और उनके सिर से चार फुट ऊपर हवा में झूलने लगा।

'अहा, बहुत बढ़िया!' प्रोफ़ेसर फ्लिटविक ने ताली बजाते हुए कहा। 'सब लोग देखो, मिस ग्रेंजर ने यह कर दिखाया है!'

क्लास ख़त्म होने तक रॉन बहुत बुरे मूड में आ गया था।

जब वे भीड़ भरे गलियारे में रास्ता बनाने की कोशिश कर रहे थे, तो रॉन ने हैरी से कहा, 'कोई हैरानी नहीं कि कोई भी उसे सहन नहीं कर पाता। सच पूछो तो वह किसी बुरे सपने की तरह है।'

किसी ने पास से गुज़रते समय हैरी को धक्का दिया। यह हर्माइनी थी। हैरी को उसके चेहरे की एक झलक दिखी - और वह यह देखकर हैरान हुआ कि उसकी आँखों में आँसू भरे थे।

'मुझे लगता है उसने तुम्हारी बात सुन ली।'

'तो?' रॉन ने कहा, परंतु वह थोड़ा परेशान दिख रहा था। 'उसे यह एहसास होना चाहिये कि उसका कोई दोस्त नहीं है।'

हर्माइनी अगली क्लास में नहीं आयी और पूरी दोपहर कहीं नहीं दिखी। जब हैलोवीन की दावत के लिये हैरी और रॉन बड़े हॉल में जाने के लिये नीचे उतर रहे थे, तो पार्वती पाटिल और लैवेंडर की बातें उनके कानों में पड़ीं। पार्वती लैवेंडर को बता रही थी कि हर्माइनी लड़कियों के बाथरूम में रो रही थी और चाहती थी कि उसे अकेला छोड़ दिया जाये। रॉन यह सुनकर अब और भी परेशान हो गया, परंतु एक पल बाद ही वे बड़े हॉल में पहुँच गये, जहाँ हैलोवीन की सजावट देखकर वे हर्माइनी को भूल गये।

एक हज़ार ज़िंदा चमगादड़ दीवारों और छत से फड़फड़ाते हुए आये, जबकि एक हज़ार और चमगादड़ काले बादलों की तरह टेबलों के ऊपर मँडराते रहे, जिस वजह से कद्दुओं में रखी मोमबत्तियाँ हिलने लगीं। दावत अचानक सुनहरी प्लेटों में सामने आयी, सत्र की शुरुआती दावत की ही तरह।

हैरी अपनी प्लेट में एक भुना आलू रख रहा था कि तभी प्रोफ़ेसर क्विरिल हॉल में दौड़ते हुए आये। उनकी पगड़ी अस्त-व्यस्त थी और उनके चेहरे पर दहशत के भाव थे। सबका ध्यान उन्हीं की तरफ़ था, जब वे प्रोफ़ेसर डम्बलडोर की कुर्सी के पास पहुँचे और टेबल पर हाथ टिकाकर

हाँफते हुए बोले, 'दैत्य - तहख़ाने में घुस आया है - सोचा आपको बता देना चाहिये।'

फिर वे बेहोश होकर फ़र्श पर लुढ़क गये।

हँगामा मच गया। सबको शांत करने के लिये प्रोफ़ेसर डम्बलडोर को अपनी छड़ी से कई बैंगनी पटाखे फोड़ने पड़े।

'प्रिफेक्ट्स,' वे गरजे, 'अपने-अपने हाउस को तत्काल उनके कमरों में ले जाइये!'

पर्सी तुरंत सक्रिय हो गया।

'मेरे पीछे-पीछे आओ। इकट्ठे रहो, फर्स्ट इयर! अगर तुम मेरे आदेशों का पालन करोगे, तो दैत्य से डरने की कोई ज़रूरत नहीं है! मेरे ठीक पीछे आओ, जल्दी। रास्ता छोड़िये, फर्स्ट इयर के बच्चे आ रहे हैं। माफ़ कीजिये, मैं प्रिफेक्ट हूँ।'

'दैत्य अंदर कैसे घुस सकता है?' हैरी ने सीढ़ियाँ चढ़ते हुए पूछा।

'मुझे क्या पता? वैसे वे लोग सचमुच मूर्ख होते हैं,' रॉन ने कहा। 'शायद पीव्ज़ ने उसे अंदर घुसाकर हैलोवीन का मज़ाक किया हो।'

वे अलग-अलग दिशाओं में तेज़ी से भागते लोगों के कई समूहों के पास से गुज़रे। जब वे मेहनतकश के परेशानहाल बच्चों की भीड़ के बीच से जा रहे थे, तो हैरी ने अचानक रॉन का हाथ पकड़ लिया।

'मुझे अभी-अभी ख़्याल आया -हर्माइनी।'

'हर्माइनी?'

'उसे दैत्य के बारे में पता नहीं है।'

रॉन ने अपना होंठ काट लिया।

'अच्छा, ठीक है, उसने जवाब दिया। 'परंतु पर्सी से नज़र बचाकर।'

नीचे झुकते हुए वे लोग मेहनतकश के बच्चों में मिल गये, जो दूसरी दिशा में जा रहे थे। फिर वे एक सूने गलियारे में चल दिये और इसके बाद तेज़ी से लड़कियों के बाथरूम की तरफ़ बढ़ने लगे। वे अभी मोड़ पर मुड़े ही थे कि तभी उन्हें अपने पीछे तेज़ी से आ रहे क़दमों की आवाज़ सुनाई दी।

'पर्सी!' रॉन फुसफुसाया और उसने हैरी को पत्थर के एक बड़े गरुड़ के पीछे खींच लिया।

उन्होंने गरुड़ के पीछे से झाँककर देखा कि पीछे आने वाला पर्सी नहीं, बल्कि स्नेप था। वह गलियारे से गुज़रा और उनकी निगाहों से ओझल हो गया।

'वह यहाँ क्या कर रहा है?' हैरी बुदबुदाया। 'वह बाक़ी टीचर्स के साथ तहख़ाने में क्यों नहीं गया?'

'मुझे क्या पता?'

बिना कोई आवाज़ किये वे स्नेप के ओझल होते क़दमों के पीछे-पीछे अगले गलियारे में आगे बढ़े।

'स्नेप तीसरी मंज़िल की तरफ़ जा रहा है,' हैरी ने कहा, परंतु रॉन ने अपना हाथ उठाया।

'क्या तुम्हें बदबू आ रही है?'

हैरी ने साँस खींची और उसकी नाक में तेज़ बदबू घुसी – पुराने मोज़ों और कभी साफ़ न होने वाले सार्वजनिक टॉयलेट की बदबू जैसे एक साथ आ रही हों।

और फिर उन्होंने एक आवाज़ सुनी – एक धीमी गुर्राहट और दैत्याकार क़दमों के घिसटने की आहट। रॉन ने इशारा किया : बाँयी तरफ़ के गलियारे के छोर पर कोई बड़ी सी चीज़ उनकी तरफ़ बढ़ रही थी। वे छायाओं में छुप गये; एक दैत्याकार चीज़ चाँद की रोशनी के टुकड़े में उभरी।

बहुत भयानक दृश्य था। वह बारह फुट ऊँचा था, उसकी चमड़ी फीके ग्रेनाइट की तरह भूरी थी, उसका थुलथुल शरीर किसी खंभे की तरह था और उस शरीर के ऊपर छोटा सा गंजा सिर किसी नारियल की तरह लगा हुआ था। उसके छोटे पैर किसी पेड़ के तने की तरह मोटे थे, और पंजे सपाट व काँटेदार। उसके पास से बहुत बुरी बदबू आ रही थी। वह एक बड़ा सा लकड़ी का मुद्गर पकड़े था, जो फ़र्श पर घिसट रहा था, क्योंकि उसके हाथ बहुत लंबे थे।

दैत्य एक दरवाज़े के पास आकर रुका और उसने अंदर झाँका। उसने अपने लंबे कान हिलाये, अपने छोटे से दिमाग़ से कुछ सोचा और फिर वह झुककर कमरे में घुस गया।

'चाबी दरवाज़े में लगी हुई है,' हैरी बुदबुदाया। 'हम इसे अंदर बंद कर सकते हैं।'

'बहुत बढ़िया विचार है,' रॉन ने घबराते हुए जवाब दिया।

वे खुले दरवाज़े की तरफ़ धीमे-धीमे बढ़े। उनके होंठ सूख रहे थे और वे भगवान से प्रार्थना कर रहे थे कि दैत्य बाहर न निकल आये। एक लंबी छलाँग लगाकर हैरी ने चाबी पकड़ी, दरवाज़ा बंद किया और ताला लगा दिया।

'हाँ!'

अपनी सफलता से ख़ुश होकर वे लोग गलियारे में वापस दौड़ने लगे, लेकिन अभी वे मोड़ तक ही पहुँचे थे कि उन्होंने कुछ सुना, जिसके कारण उनके दिल धक्क रह गये - एक तेज़, डरी हुई चीख़ - और यह उसी कमरे से आ रही थी, जिस पर उन्होंने अभी-अभी ताला लगाया था।

'अरे नहीं,' रॉन ने कहा, जो ख़ूनी नवाब की तरह पीला पड़ गया था।

'वह लड़कियों का बाथरूम था!' हैरी बोला।

'हर्माइनी!' दोनों ने एक साथ कहा।

वे यह काम बिलकुल नहीं करना चाहते थे, परंतु उनके पास और कोई विकल्प भी तो नहीं था। पलटकर भागते हुए वे फिर से दरवाज़े के पास पहुँचे और डर के कारण चाबी घुमाने में हड़बड़ी करते हुए - हैरी ने दरवाज़ा खोला - वे लोग अंदर की तरफ़ दौड़े।

हर्माइनी ग्रेंजर सामने वाली दीवार से टिकी खड़ी थी और ऐसा लग रहा था, जैसे वह बेहोश होने वाली थी। दैत्य उसकी तरफ़ बढ़ रहा था और चलते-चलते दीवारों से लगे वाश बेसिन तोड़ता जा रहा था।

'इसका ध्यान हटाओ!' हैरी ने बेचैन होकर रॉन से कहा, और एक टोंटी उठाकर पूरी ताक़त से दीवार पर फेंकी।

दैत्य हर्माइनी से कुछ फुट दूर रुक गया। वह चारों तरफ़ ताकता रहा, मूर्खतापूर्ण ढंग से आँखें मिचमिचाता रहा, ताकि देख सके कि आवाज़ कहाँ से आयी थी। उसकी छोटी कुटिल आँखों ने हैरी को देख लिया। वह झिझका, फिर हर्माइनी के बजाय हैरी की तरफ़ बढ़ा और चलते समय उसने अपना मुद्गर ऊपर की तरफ़ उठा लिया।

'अरे, भोंदू कहीं के!' रॉन कमरे के दूसरी तरफ़ से चीख़ा और उसने दैत्य पर धातु का एक पाइप फेंककर मारा। दैत्य को यह पता भी नहीं चला

कि उसके कंधे से पाइप टकराया था, परंतु उसने चीख़ सुन ली और वह एक बार फिर रुक गया तथा उसने अपनी बदसूरत नाक रॉन की तरफ़ मोड़ी। इस बीच हैरी को पलटकर भागने का मौक़ा मिल गया।

'चलो, भागो, *भागो!*' हैरी ने हर्माइनी से चीख़ते हुए कहा और उसे दरवाज़े की तरफ़ खींचने की कोशिश की, परंतु वह टस से मस नहीं हुई। वह अब भी दीवार से पूरी तरह टिकी हुई थी और दहशत के मारे उसका मुँह खुला हुआ था।

चीख़ने-चिल्लाने की आवाज़ों और उनकी गूँज से दैत्य पागल हो रहा था। वह एक बार फिर गरजा और रॉन की तरफ़ बढ़ने लगा, जो सबसे पास में था और जिसके पास बचने का कोई रास्ता नहीं था।

फिर हैरी ने ऐसा कुछ किया, जो बहुत वीरतापूर्ण भी था और मूर्खतापूर्ण भी : उसने दौड़ते हुए एक ऊँची छलाँग लगायी और पीछे से दैत्य की गर्दन पर लटकने में कामयाब हो गया। दैत्य को पता भी नहीं चला कि हैरी वहाँ लटका हुआ था, लेकिन दैत्य को भी कुछ तो पता चलेगा, अगर आप उसकी नाक में एक लंबी लकड़ी डालें। दरअसल, हैरी जब दैत्य पर कूदा था, तो उसकी छड़ी उसके हाथ में थी – जो सीधे दैत्य के एक नथुने में घुस गयी।

दर्द के मारे कराहते हुए दैत्य ने अपने मुद्गर को मोड़ा। हैरी अपनी जान हथेली पर लेकर दैत्य से लटका हुआ था। किसी भी पल दैत्य उसके टुकड़े-टुकड़े कर सकता था या अपने मुद्गर से उसका कचूमर बना सकता था।

हर्माइनी डर के मारे फ़र्श पर लुढ़क गयी। रॉन ने अपनी छड़ी निकाली – उसे पता नहीं था कि वह इससे क्या करने वाला था, परंतु तभी उसने अपने दिमाग़ में आया पहला मंत्र बोला : *'विन्गारडियम लेवियोसा!'*

अचानक दैत्य के हाथ से मुद्गर छूटकर हवा में ऊपर, बहुत ऊपर उठता गया, फिर यह नीचे की तरफ़ मुड़ा – और तेज़ धमाके के साथ अपने मालिक के सिर पर टकराया। दैत्य उसी जगह पर लहराया और फिर औंधे मुँह ज़मीन पर धड़ाम से गिर गया। उसके गिरने की आवाज़ से पूरा कमरा हिल गया।

हैरी अपने पैरों पर खड़ा हो गया। वह थरथरा रहा था और हाँफ भी रहा था। रॉन अब भी अपनी छड़ी हवा में उठाये खड़ा था और घूरकर देख रहा था कि उसने क्या कारनामा किया है।

हर्माइनी सबसे पहले बोली।

'क्या ये – मर गया है?'

'मुझे नहीं लगता,' हैरी ने कहा। 'लगता है सिर्फ़ बेहोश हुआ है।'

वह झुका और उसने दैत्य की नाक से अपनी छड़ी बाहर निकाली, जिसके चारों तरफ़ गोंद जैसा गंदा सा भूरा पदार्थ लगा था।

'अह दैत्य की नाक का मसाला।'

उसने अपनी छड़ी दैत्य के कपड़ों से पोंछी।

अचानक दरवाज़े के खुलने और दौड़ने की आवाज़ें सुनकर उन तीनों ने ऊपर देखा। उन्हें यह एहसास नहीं था कि उनकी वजह से कितना हल्ला मच रहा था, परंतु ज़ाहिर था कि नीचे की मंज़िल पर किसी ने गिरने की आवाज़ें और दैत्य की गर्जना सुन ली थी। एक पल बाद प्रोफ़ेसर मैक्गॉनेगल तेज़ी से कमरे में आयीं। उनके ठीक पीछे स्नेप था और सबसे पीछे था क्विरिल। क्विरिल ने दैत्य की एक झलक देखी, एक धीमी सिसकी जैसी आवाज़ निकाली और तत्काल अपने दिल पर हाथ रखकर एक टॉयलेट पर बैठ गया।

स्नेप दैत्य के ऊपर झुका। प्रोफ़ेसर मैक्गॉनेगल रॉन और हैरी को देख रही थीं। हैरी ने उन्हें कभी इतने गुस्से में नहीं देखा था। गुस्से के कारण उनके होठ सफ़ेद थे। गरुड़द्वार के लिये पचास पॉइंट जीतने की आशायें हैरी के दिमाग़ से तत्काल काफ़ूर हो गयीं।

'तुम लोगों ने क्या सोचकर यह किया?' प्रोफ़ेसर मैक्गॉनेगल ने अपनी आवाज़ में ठंडे आक्रोश के साथ कहा। हैरी ने रॉन की तरफ़ देखा, जो अब भी अपनी छड़ी हवा में उठाये खड़ा था। 'तुम्हारी क़िस्मत अच्छी है कि तुम मरे नहीं। तुम लोग अपने कमरे में क्यों नहीं गये?'

स्नेप ने हैरी पर एक सरसराती पैनी निगाह डाली। हैरी फ़र्श की तरफ़ देखने लगा। वह सोच रहा था, काश रॉन अपनी छड़ी नीचे झुका ले।

फिर छायाओं के बीच से एक छोटी सी आवाज़ आयी।

'प्लीज़, प्रोफ़ेसर मैक्गॉनेगल ये लोग मुझे ढूँढ रहे थे।'

'मिस ग्रेंजर!'

हर्माइनी आख़िरकार अपने पैरों पर खड़े होने में सफल हो गयी थी।

'मैं दैत्य को ढूँढने गयी थी, क्योंकि मैंने – मैंने सोचा कि मैं अकेले ही उससे निबट सकती हूँ – क्योंकि मैंने दैत्यों के बारे में सब कुछ पढ़ रखा था।'

रॉन के हाथ से छड़ी छूट गयी। हर्माइनी ग्रेंजर, और टीचर से सफ़ेद झूठ बोल रही थी?

'अगर इन्होंने मुझे नहीं ढूँढ़ा होता, तो मैं अब तक मर चुकी होती। हैरी ने उस दैत्य की नाक में अपनी छड़ी घुसा दी और रॉन ने उसी के मुद्गर से उसे बेहोश कर दिया। इनके पास इतना समय नहीं था कि ये किसी को ढूंढ़ते और उसकी मदद लेते। जब ये लोग यहाँ आये तो दैत्य मुझे बस जान से मारने ही वाला था।'

हैरी और रॉन ने इस तरह दिखने की कोशिश की जैसे यह उनके लिये कोई नयी बात नहीं थी।

'तो – इस स्थिति में ...' प्रोफ़ेसर मैक्गॉनेगल ने उन तीनों की तरफ़ घूरते हुए कहा। 'मिस ग्रेंजर, मूर्ख लड़की, तुमने यह कैसे सोच लिया कि तुम दैत्य से अकेले ही निबट सकती हो?'

हर्माइनी ने अपना सिर झुका लिया। हैरी के पास शब्द नहीं थे। हर्माइनी नियमों के ख़िलाफ कभी कुछ नहीं करती थी और यहाँ वही उन्हें मुसीबत से निकालने के लिये यह नाटक कर रही थी। यह तो वैसी ही बात हो गयी जैसे स्नेप अचानक उन्हें मिठाई बाँटने लगे।

'मिस ग्रेंजर, इसके लिये गरुड़द्वार के पाँच पॉइंट काटे जायेंगे,' प्रोफ़ेसर मैक्गॉनेगल ने कहा। 'मैं तुमसे बहुत निराश हूँ। अगर तुम्हें चोट न आई हो तो बेहतर होगा कि तुम सीधे गरुड़द्वार टॉवर में चली जाओ। विद्यार्थी अपने-अपने हाउस में दावत के पकवान खा रहे हैं।'

हर्माइनी चली गयी।

प्रोफ़ेसर मैक्गॉनेगल हैरी और रॉन की तरफ़ मुड़ीं।

'तो, मैं अब भी यही कहूँगी कि तुम लोगों की क़िस्मत अच्छी थी, परंतु फर्स्ट इयर के ऐसे बहुत कम विद्यार्थी होंगे, जो किसी बड़े दैत्य का

मुक़ाबला कर सकते हों। तुम दोनों ने गरुड़द्वार के लिये पाँच-पाँच पॉइंट जीते हैं। प्रोफ़ेसर डम्बलडोर को इसकी जानकारी दे दी जायेगी। अब तुम जा सकते हो।'

वे दोनों तेज़ी से कमरे के बाहर हो गये और तब तक कुछ नहीं बोले, जब तक कि वे दो मंज़िल ऊपर नहीं पहुँच गये। दूसरी बातों को छोड़ भी दें, तो भी दैत्य की बदबू से दूर आना अपने आप में बहुत बड़ी राहत थी।

'हमें दस पॉइंट से ज़्यादा मिलने चाहिये थे,' रॉन ने शिकायत करते हुए कहा।

'तुम्हारा मतलब है, पाँच पॉइंट से ज़्यादा, क्योंकि पाँच तो हर्माइनी के कारण कम हो गये।'

'यह उसने अच्छा किया कि हमें मुसीबत से बचाया,' रॉन ने माना। 'ख़्याल रहे, हमने उसे *बचाया* था।'

'अगर हमने दैत्य को उसके साथ ताले में बंद नहीं किया होता, तो उसे बचाने की ज़रूरत ही नहीं पड़ती,' हैरी ने उसे याद दिलाया।

वे मोटी औरत की तस्वीर के सामने पहुँच गये।

'पिग स्नाउट,' उन्होंने कहा और अंदर घुस गये।

हॉल भरा हुआ था और वहाँ काफ़ी होहल्ला हो रहा था। हर कोई वह पकवान खाने में जुटा था, जो उनके लिये ऊपर भेजे गये थे। बहरहाल, दरवाज़े के पास हर्माइनी अकेली खड़ी हुई उनका इंतज़ार कर रही थी। कुछ देर तक बहुत अजीब सी ख़ामोशी रही। फिर उन तीनों ने एक-दूसरे की तरफ़ देखे बिना कहा, 'धन्यवाद' और वे अपनी प्लेट उठाने के लिये तेज़ी से चल दिये।

उसी पल से हर्माइनी ग्रेंजर उनकी दोस्त बन गयी। कुछ चीज़ें ऐसी होती हैं, जिन्हें एक साथ करने के बाद आप एक-दूसरे को पसंद किये बिना नहीं रह सकते और बारह फुट के दैत्य को बेहोश करना उनमें से एक है।

अध्याय ग्यारह

क्विडिच

नवंबर आते ही मौसम बहुत ठंडा हो गया। स्कूल के चारों तरफ़ के पहाड़ बर्फ़ के कारण सफ़ेद हो गये और झील ठंडे स्टील की तरह ठोस। हर सुबह मैदान बर्फ़ से ढँक जाता था। ऊपर की खिड़कियों से हैग्रिड दिख जाता था, जो छछूँदर की खाल के लंबे ओवरकोट, खरगोश के फर वाले दस्ताने और ऊदबिलाव के चमड़े वाले विशालकाय जूतों में लैस होकर क्विडिच की पिच पर जादुई झाड़ुओं पर जमी बर्फ़ हटाता था।

क्विडिच का मौसम शुरू हो गया था। कई सप्ताह तक प्रैक्टिस करने के बाद हैरी शनिवार को अपना पहला मैच खेलने वाला था, जो गरुड़द्वार और नागशक्ति के बीच हो रहा था। अगर गरुड़द्वार जीत जायेगा, तो हाउस चैंपियनशिप में दूसरे स्थान पर पहुँच जायेगा।

शायद ही किसी ने हैरी को खेलते देखा था, क्योंकि वुड ने यह फ़ैसला किया था कि हैरी को गुप्त हथियार के रूप में छुपाकर रखना है। परंतु यह ख़बर किसी तरह फैल गयी कि वह खोजी के रूप में खेलने वाला है और हैरी को पता नहीं था कि क्या ज़्यादा बुरा है – लोगों का यह कहना कि वह बहुत बढ़िया खेलेगा या यह कि वे उसके नीचे गद्दा लेकर दौड़ेंगे, ताकि गिरने पर उसे झेल लें।

यह सचमुच उसका सौभाग्य था कि उसके पास अब हर्माइनी जैसी दोस्त थी। हैरी नहीं जानता था कि उसकी मदद के बिना वह अपना इतना सारा होमवर्क कैसे पूरा कर पाता, क्योंकि वुड टीम से आख़िरी मिनट की ढेर

सारी क्विडिच प्रैक्टिस करवा रहा था। हर्माइनी ने उसे *क्विडिच : शुरुआत से आज तक* किताब भी पढ़ने के लिये दी, जो बहुत रोचक निकली।

उस किताब को पढ़कर हैरी ने यह जाना कि क्विडिच में फाउल करने के सात सौ तरीक़े होते हैं और यह सभी 1473 में हुए एक वर्ल्ड कप मैच में हो चुके हैं। उसे यह जानकारी भी मिली कि खोजी आम तौर पर सबसे छोटे और सबसे फुर्तीले खिलाड़ी होते हैं और सबसे गंभीर क्विडिच दुर्घटनायें उन्हीं के साथ होती हैं। उसने यह भी पढ़ा कि हालाँकि लोग क्विडिच खेलते समय शायद ही कभी मरे हो, परंतु कई रेफरी ज़रूर ग़ायब हो गये थे, जो कई महीनों बाद सहारा के रेगिस्तान में नज़र आये।

जब से हैरी और रॉन ने हर्माइनी को दैत्य से बचाया था, तब से हर्माइनी नियम तोड़ने के बारे में थोड़ी ज़्यादा उदार हो गयी थी और इस वजह से उसका स्वभाव भी पहले से बहुत अच्छा हो गया था। हैरी के पहले क्विडिच मैच के एक दिन पहले वे तीनों बीच की छुट्टी में ठिठुरते हुए अहाते में बाहर आये। हर्माइनी ने जादू से एक चमकीली नीली रोशनी जला दी, जिसे एक मुरब्बे के जार में से ले जाया जा सकता था। वे लोग आँच तापते हुए उसकी तरफ़ पीठ करके खड़े थे कि तभी स्नेप अहाते से गुज़रा। हैरी ने तत्काल देख लिया कि स्नेप लँगड़ा रहा था। हैरी, रॉन और हर्माइनी थोड़े सटकर खड़े हो गये, ताकि स्नेप को आग न दिख पाये। उन्हें विश्वास था कि जादू की आग जलाने की इजाज़त नहीं होगी। दुर्भाग्य से उनके चेहरे के अपराधी भाव को स्नेप ने देख लिया। वह लँगड़ाता हुआ वहाँ आया। उसने आग तो नहीं देखी, परंतु ऐसा लग रहा था, जैसे वह किसी कारण की तलाश में था, ताकि उन्हें वहाँ से दफ़ा किया जा सके।

'पॉटर, तुम्हारे हाथ में क्या है?'

उसके हाथ में *क्विडिच : शुरुआत से आज तक* थी। हैरी ने स्नेप को किताब दिखायी।

'लाइब्रेरी की किताबें स्कूल के बाहर ले जाना मना है,' स्नेप ने कहा। 'यह मुझे दो। गरुड्द्वार के पाँच नंबर काट लिये जायेंगे।'

जब स्नेप लँगड़ाता हुआ दूर चला गया, तो हैरी गुस्से में बड़बड़ाया, 'उसने यह नियम अभी-अभी बनाया है। मैं सोच रहा हूँ उसके पैर में क्या हुआ है?'

'क्या पता, पर भगवान करे, उसे बहुत तेज़ दर्द हो रहा हो,' रॉन ने कड़वाहट से कहा।

*

उस शाम को गरुड़द्वार के हॉल में बहुत शोर हो रहा था। हैरी, रॉन और हर्माइनी एक खिड़की के पास इकट्ठे बैठे थे। हर्माइनी हैरी और रॉन का सम्मोहन का होमवर्क देख रही थी। वह उन्हें कभी अपने होमवर्क की नक़ल नहीं करने देती थी ('तुम लोग किस तरह सीखोगे?') परंतु हर्माइनी से अपना होमवर्क पढ़वाने के बाद उन लोगों को वैसे भी सही जवाब मिल जाते थे।

हैरी बेचैन हो रहा था। वह *क्विडिच : शुरुआत से आज तक* वापस चाहता था, ताकि उसका मन कल के मैच की चिंता से दूर हट सके। वह स्नेप से इतना क्यों डर रहा था? उठते हुए उसने रॉन और हर्माइनी को बताया कि वह स्नेप से पूछने जा रहा है कि क्या उसकी किताब उसे वापस मिल सकती है।

'मैं नहीं, तुम जाओ.' दोनों ने एक साथ कहा, परंतु हैरी यह सोच रहा था कि बाक़ी टीचर्स के सामने स्नेप मना नहीं कर पायेगा।

वह नीचे स्टाफ रूम तक पहुँचा और उसने दरवाज़ा खटखटाया। कोई जवाब नहीं मिला। उसने दुबारा खटखटाया। फिर कोई जवाब नहीं।

शायद स्नेप ने उसकी किताब को वहीं पर पड़ा छोड़ दिया हो? कोशिश करके देखने में हर्ज ही क्या था? उसने दरवाज़े को थोड़ा सा खोला और अंदर झाँका – और उसकी आँखों ने एक भयानक दृश्य देखा।

स्नेप और फिल्च अंदर अकेले थे। स्नेप ने अपने कपड़े घुटनों के ऊपर उठा रखे थे। उसका एक पैर ख़ून से लथपथ और बुरी तरह घायल था। फिल्च स्नेप को बैंडेज दे रहा था।

'भयानक चीज़,' स्नेप कह रहा था। 'तीन सिरों पर आप एक साथ नज़र कैसे रख सकते हैं?'

हैरी ने दरवाज़े को धीमे से बंद करने की कोशिश की, परंतु –

'पॉटर!'

स्नेप का चेहरा गुस्से के कारण टेढ़ा हो गया और उसने अपने कपड़े जल्दी से नीचे किये, ताकि पैर छुप जाये। हैरी ने थूक निगला।

'मैं सोच रहा था कि क्या मुझे अपनी किताब वापस मिल सकती है?'

'दफ़ा हो जाओ! बाहर!'

इससे पहले कि स्नेप गरुड़द्वार के पॉइंट काट सके, हैरी वापस लौट आया। वह ऊपर की मंजिल की तरफ़ दौड़ता हुआ गया।

'क्या तुम्हें किताब मिल गयी?' रॉन ने हैरी के पास आते ही पूछा। 'क्या बात है?'

धीमी आवाज़ में हैरी ने उन्हें बताया कि उसने क्या देखा था।

'तुम जानते हो इसका क्या मतलब है?' उसने हाँफते हुए अपनी बात ख़त्म की। 'उसने हैलोवीन के दिन तीन सिर वाले कुत्ते के पार जाने की कोशिश की थी! जब हमने उसे देखा था, तो वह वहीं जा रहा था – स्नेप उस चीज़ के पीछे है, जिसकी रखवाली वह कुत्ता कर रहा है! और मैं अपनी जादुई झाड़ू को दाँव पर लगाने के लिये तैयार हूँ कि *उसी* ने ध्यान बँटाने के लिये दैत्य को अंदर घुसाया था।'

हर्माइनी की आँखें फटी रह गयीं।

'नहीं – वे ऐसा नहीं कर सकते,' उसने कहा। 'मैं जानती हूँ कि वे बहुत भले नहीं हैं, परंतु वे उस चीज़ को चुराने की कोशिश नहीं करेंगे, जिसे डम्बलडोर सुरक्षित रखना चाहते हैं।'

'सच में, हर्माइनी, तुम तो ऐसे सोचती हो जैसे सब टीचर संत-महात्मा होते हैं,' रॉन ने जवाब में कहा। 'मैं हैरी के साथ हूँ। मुझे लगता है स्नेप कुछ भी कर सकता है, परंतु वह किस चीज़ के पीछे है? वह कुत्ता किसकी रखवाली कर रहा है?'

हैरी जब बिस्तर पर गया, तो उसके दिमाग़ में यही सवाल गूँज रहा था। नेविल ज़ोर-ज़ोर से खर्राटे ले रहा था, परंतु हैरी की आँखों में तो नींद का नामोनिशान तक नहीं था। उसने अपने दिमाग़ को ख़ाली करने की कोशिश की – उसे नींद की ज़रूरत थी, उसे नींद चाहिये थी, कुछ ही घंटे बाद उसका पहला क्विडिच मैच होने वाला था – परंतु जब हैरी ने स्नेप का पैर देखा था, तो स्नेप के चेहरे पर जो भाव था, उसे भूलना आसान नहीं था।

*

अगली सुबह बहुत चमकदार और ठंडी थी। बड़ा हॉल भुने कबाबों की जायकेदार ख़ुशबू और ख़ुशनुमा चर्चाओं से भरा था। सभी एक अच्छे क्विडिच मैच का उत्सुकता से इंतज़ार कर रहे थे।

'तुम्हें थोड़ा नाश्ता कर लेना चाहिये।'

'मैं कुछ नहीं खाना चाहता।'

'सिर्फ़ थोड़ा सा टोस्ट,' हर्माइनी ने मनाते हुए कहा।

'मुझे भूख नहीं है।'

हैरी की हालत बहुत बुरी थी। एक घंटे में वह पिच पर उतर रहा होगा। 'हैरी, तुम्हें ताकत चाहिये,' सीमस फिनिगन ने कहा। 'सामने वाली टीम हमेशा खोजी को ही सबसे ज़्यादा परेशान करती है।'

'धन्यवाद, सीमस,' हैरी ने देखा कि सीमस उसके कबाबों पर ढेर सारा केचप उड़ेल रहा था।

ग्यारह बजे तक पूरा स्कूल क्विडिच पिच के चारों तरफ़ बने स्टैंड्स में बैठा था। कई विद्यार्थियों के पास दूरबीनें थी। हालाँकि सीटें हवा में ऊपर उठी हुई थीं, परंतु इसके बावज़ूद कई बार यह देखना मुश्किल होता था कि खेल में क्या हो रहा है।

रॉन और हर्माइनी ऊपर की लाइन में नेविल, सीमस और डीन (जो वेस्ट हैम का फैन था) के साथ बैठे। हैरी हैरान रह गया, जब उसने देखा कि उन्होंने एक बड़ा बैनर पेंट किया था, जो स्कैबर्स द्वारा बर्बाद की गयी एक चादर पर बना था। इस बैनर पर लिखा था *पॉटर फॉर प्रेसिडेंट।* डीन की ड्रॉइंग बहुत अच्छी थी और उसने नीचे गरुड़द्वार का बड़ा सा शेर बना दिया। इसके बाद हर्माइनी ने इस पर थोड़ा सा जादू भी किया, ताकि पेंट अलग-अलग रंगों में चमकता रहे।

इस बीच, चेंजिंग रूम में हैरी और टीम के बाक़ी सदस्य अपने लाल क्विडिच दुशाले पहन रहे थे (नागशक्ति के खिलाड़ी हरे रंग में खेल रहे थे)।

वुड ने सबको ख़ामोश करने के लिये अपना गला साफ़ किया।

'अच्छा, लड़कों,' उसने कहा।

'और लड़कियों,' धावक एंजेलिना जॉनसन ने कहा।

'और लड़कियों,' वुड ने सहमत होते हुए कहा। 'यही मौक़ा है।'

'बहुत बड़ा मौका,' फ्रेड वीज़्ली बोला।

'वह मौक़ा जिसका हम सबको इंतज़ार था,' जॉर्ज ने कहा।

'हमें ऑलिवर का भाषण रटा हुआ है,' फ्रेड ने हैरी को बताया। 'हम पिछले साल भी टीम में थे।'

'तुम दोनों चुप रहो,' वुड ने कहा। 'बरसों बाद गरुड़द्वार को इतनी अच्छी टीम मिली है। हम जीतने जा रहे हैं। मैं जानता हूँ।'

उसने उन सबकी तरफ़ गुस्से से घूरा, मानो कह रहा हो, 'वरना।'

'ठीक है। अब समय हो गया है। गुड लक।'

हैरी चेंजिंग रूम से फ्रेड और जॉर्ज के पीछे-पीछे बाहर निकला और वह आशा कर रहा था कि उसके घुटने उसका साथ न छोड़ दें। जब वे लोग पिच पर पहुँचे तो जोरदार तालियों से उनका स्वागत हुआ।

मैडम हूच रेफरी थीं। वे पिच के बीचोंबीच खड़ी थीं और अपनी झाड़ू हाथ में लेकर दोनों टीमों का इंतज़ार कर रही थीं।

जब सभी खिलाड़ी उनके चारों तरफ़ इकट्ठे हो गये, तो उन्होंने कहा, 'तुम सभी कान खोलकर सुन लो, मैं अच्छा और साफ़-सुथरा खेल चाहती हूँ।' हैरी ने देखा कि वे ख़ास तौर पर नागशक्ति के कप्तान मार्कस फ्लिंट को देखते हुए यह कह रही थीं, जो फिफ्थ इयर में था। फ्लिंट को देखकर हैरी को ऐसा लगा जैसे उसके अंदर दैत्य का थोड़ा-बहुत ख़ून बह रहा हो। कनखियों से उसने ऊपर उड़ रहे बैनर को देखा, जो भीड़ के ऊपर लहरा रहा था और उस पर चमकते हुए शब्द उभर रहे थे *पॉटर फॉर प्रेसिडेंट।* उसका दिल उछल पड़ा। उसके अंदर हिम्मत आ गयी।

'अपनी झाड़ुओं पर चढ़ जाइये।'

हैरी अपनी निम्बस 2000 पर चढ़ गया।

मैडम हूच ने अपनी चाँदी की सीटी ज़ोर से बजायी।

पंद्रह झाड़ुयें एक साथ हवा में ऊपर उठीं और उठती चली गयीं। खेल शुरू हो गया।

'और तूफ़ान को तत्काल गरुड़द्वार की एंजेलिना जॉनसन ने अपने कब्ज़े में कर लिया है - यह लड़की कितनी अच्छी धावक है, और सुंदर भी -'

'जॉर्डन!'

'सॉरी, प्रोफ़ेसर।'

वीज़्ली बंधुओं का दोस्त ली जॉर्डन मैच की कमेंट्री कर रहा था और प्रोफ़ेसर मैक्गॉनेगल उस पर कड़ी निगरानी रखे थीं।

'और वह चकमा देते हुए आगे बढ़ रही है, उसने एक अच्छा सा पास दिया एलिसिया स्पिनेट को, जो ऑलिवर वुड की एक अच्छी खोज है, पिछले साल तक रिज़र्व खिलाड़ी थी – एक बार फिर जॉनसन के पास और– नहीं, नागशक्ति ने तूफ़ान को छीन लिया। नागशक्ति के कप्तान मार्कस फ्लिंट के पास तूफ़ान आ गया है और वे चल दिये – फ्लिंट किसी बाज की तरह उड़े चले जा रहे हैं – वे स्कोर करने ही वाले हैं – नहीं, उन्हें गरुड़द्वार के रक्षक वुड ने बहुत ही शानदार तरीक़े से रोका और गरुड़द्वार ने तूफ़ान को अपने कब्ज़े में कर लिया है – गरुड़द्वार की धावक केटी बेल के पास तूफ़ान है और फ्लिंट के पास से शानदार गोता लगाते हुए वे एक बार फिर मैदान में आगे बढ़ रही हैं और– **आउच** इससे बहुत चोट पहुँची होगी, क्योंकि उनके सिर पर एक पहलवान टकरा गया – तूफ़ान नागशक्ति के पास आ चुका है – अब एड्रियन प्यूसी गोलपोस्ट की तरफ़ बढ़ रहे हैं, परंतु उनका रास्ता एक और पहलवान ने रोका – जिसे फ्रेड या जॉर्ज वीज़्ली ने उनकी तरफ़ भेजा था, यह नहीं बता सकता कि दोनों में से किसने – जो भी हो, गरुड़द्वार के मारक ने शानदार प्रदर्शन किया है – और तूफ़ान एक बार फिर जॉनसन के कब्ज़े में आ गया, सामने ख़ाली मैदान पड़ा है और वे तेज़ी से चली जा रही हैं– वे सचमुच उड़ रही हैं – तेज़ी से आते हुए पहलवान से बचते हुए – सामने गोलपोस्ट है – शाबाश एंजेलिना रक्षक ब्लेचली ने गोता लगाया – पर वे चूक गये – **गरुड़द्वार ने गोल कर दिया!**'

गरुड़द्वार की तालियों की आवाज़ ठंडी हवा में गूँज गयी, जबकि नागशक्ति की दर्द भरी कराहें और आहें साफ़ सुनाई दे रही थीं।

'चलो खिसको, जगह दो।

'हैग्रिड!'

रॉन और हर्माइनी सटकर बैठ गये, ताकि हैग्रिड के बैठने के लिये पर्याप्त जगह बन सके।

'मैं अपनी झोंपड़ी से देख रहा था,' हैग्रिड ने अपनी गर्दन में लटकती दूरबीन को थपथपाते हुए कहा, 'परंतु भीड़ के साथ बैठकर मैच देखने का मज़ा ही अलग होता है। अभी तक सुनहरी गेंद नज़र नहीं आयी, है ना?'

'नहीं,' रॉन ने कहा। 'हैरी को अभी तक ज़्यादा कुछ करने का मौक़ा नहीं मिला।'

'उसने अपने आपको मुसीबत से बचाया हुआ है, यही क्या कम है,' हैग्रिड ने कहा और अपनी दूरबीन उठाते हुए ऊपर आसमान में उस छोटे से बिंदु की तरफ़ देखा, जो हैरी था।

उनके बहुत ऊपर हैरी मैदान के चारों तरफ़ मँडरा रहा था, और सुनहरी गेंद को देखने के लिये आँखें जमाये था। यह उसकी और वुड की खेल की योजना का हिस्सा था।

'तब तक दूर ही रहो जब तक कि सुनहरी गेंद न दिख जाये,' वुड ने कहा था। 'हम नहीं चाहते कि तुम पर सही समय से पहले हमला हो।'

जब एंजेलिना ने स्कोर किया, तो हैरी ने दो कलाबाज़ियाँ दिखाकर अपनी भावनाओं का इज़हार किया। इसके बाद वह एक बार फिर सुनहरी गेंद को चारों तरफ़ खोजने लगा। एक बार उसे सोने की झलक दिखी, परंतु वह वीज़्ली बंधुओं में से एक की कलाईघड़ी का सिर्फ़ प्रतिबिंब था। फिर एक पहलवान ने उसकी तरफ़ आने का फ़ैसला कर लिया। पहलवान किसी तोप के गोले की तरह आ रहा था, परंतु हैरी ने उसे चकमा दे दिया और फ्रेड वीज़्ली उसका पीछा करते हुए आया।

'सब ठीक है, हैरी?' वह चिल्लाया और फिर पहलवान को तेज़ी से मार्कस फ्लिंट की तरफ़ मार दिया।

'नागशक्ति के पास तूफ़ान है,' ली जॉर्डन बोल रहा था। 'धावक प्यूसी ने दो पहलवानों, दो वीज़्ली बंधुओं और धावक बेल से बचते हुए तेज़ गति पकड़ ली है और वे जा रहे हैं – एक मिनट – क्या यह सुनहरी गेंद थी?'

भीड़ में एक शोर हुआ, जब एड्रियन प्यूसी ने तूफ़ान को नीचे गिर जाने दिया, क्योंकि वह अपने कंधे के पीछे से उस सुनहरी रोशनी को जाते देख रहा था, जो उसके बाँये कान के पास से गुज़री थी।

हैरी ने उसे देख लिया। बहुत रोमांचित होकर उसने सोने की झलक के पीछे गोता मारा। नागशक्ति के खोजी टेरेन्स हिग्स ने भी उसे देख लिया था। वे दोनों लगभग एक साथ सुनहरी गेंद की तरफ़ झपट रहे थे – ऐसा लग रहा था जैसे सभी धावक यह भूल गये थे कि उन्हें क्या करना था और इसके बजाय वे बीच हवा में खड़े होकर देखने में लगे थे।

हैरी हिग्स से अधिक तेज़ था – वह छोटी गोल गेंद को देख सकता था, जो अपने पंख फड़फड़ाते हुए तेज़ी से आगे चली जा रही थी – उसने अपनी गति थोड़ी और बढ़ा ली –

भड़ाम! नीचे गरुड़द्वार के समर्थकों के मुँह से गुस्से भरी गर्जना निकली – मार्कस फ्लिंट ने जान-बूझकर हैरी का रास्ता रोका था, जिस वजह से हैरी की झाड़ू अपने रास्ते से भटक गयी और हैरी अपनी जान बचाने की कोशिश करने लगा।

'फाउल!' गरुड़द्वार के समर्थक चीख़े।

मैडम हूच ने गुस्से से फ्लिंट को फटकार लगायी और गरुड़द्वार को एक पेनल्टी दी, नागशक्ति के गोलपोस्ट के ठीक सामने से, परंतु इस सारे झमेले में, ज़ाहिर था, सुनहरी गेंद एक बार फिर ग़ायब हो चुकी थी।

नीचे स्टैंड में डीन थॉमस चिल्ला रहा था, 'उसे बाहर करो, रेफरी! रेड कार्ड दिखाओ!'

'यह फुटबॉल नहीं है, डीन,' रॉन ने उसे याद दिलाया। 'क्विडिच में लोगों को मैदान से बाहर नहीं निकाला जाता– और रेड कार्ड क्या होता है?'

परंतु हैग्रिड डीन के पक्ष में था।

'उन्हें नियम बदलना चाहिये। फ्लिंट हैरी को नीचे भी गिरा सकता था।'

ली जॉर्डन भी अपने आपको पक्ष लेने से रोक नहीं पाया।

'तो – इस स्पष्ट और घटिया धोखाधड़ी के बाद –'

'जॉर्डन!' प्रोफ़ेसर मैक्गॉनेगल गरजीं।

'मेरा मतलब है, इस साफ़ और घटिया फाउल के बाद –'

'जॉर्डन, मैं तुम्हें चेतावनी दे रही हूँ –'

'ठीक है, ठीक है। फ्लिंट ने गरुड़द्वार के खोजी को लगभग जान से मार दिया था, परंतु मुझे विश्वास है ऐसा किसी के साथ भी हो सकता

है, इसलिये गरुड़द्वार को एक पेनल्टी, जो स्पिनेट ने ली और उसे गोल में डाल दिया, कोई दिक़्क़त नहीं, और खेल आगे चल रहा है, तूफ़ान अब भी गरुड़द्वार के पास है।'

जब हैरी ने एक और पहलवान को चकमा दिया, जो उसके सिर के पास से ख़तरनाक तरीक़े से गुज़रा, तभी यह अचानक हुआ। उसकी झाड़ू ने अचानक भयानक झटका दिया। एक पल तो उसने सोचा कि वह गिरने वाला है। उसने अपने दोनों हाथों और घुटनों से झाड़ू को कसकर पकड़ लिया। उसे इस तरह का अनुभव पहले कभी नहीं हुआ था।

यह दुबारा हुआ। ऐसा लग रहा था, जैसे झाड़ू उसे गिराने की कोशिश कर रही थी। परंतु निम्बस 2000 अचानक अपने सवार को गिराने का फ़ैसला नहीं करती। हैरी ने वापस पलटकर गरुड़द्वार के गोलपोस्ट की तरफ़ जाने की कोशिश की; उसका आधा मन हो रहा था कि वह वुड से टाइम आउट लेने के लिये कहे – और तभी उसे एहसास हुआ कि उसकी झाड़ू उसके नियंत्रण से पूरी – तरह बाहर हो चुकी है। वह उसे घुमा नहीं सकता था। वह उसे दिशा नहीं दे सकता था। झाड़ू हवा में हिचकोले खा रही थी और थोड़ी-थोड़ी देर में ज़बर्दस्त झटके दे रही थी, जिस कारण वह उस पर से लगभग गिर जाता था।

ली अब भी कमेंट्री कर रहा था।

'तूफ़ान अब नागशक्ति के कब्ज़े में है – फ्लिंट के पास – उसने स्पिनेट को पास दे दिया – फिर बेल को पास मिला – एक पहलवान उसके चेहरे पर कसकर पड़ा, आशा है उसकी नाक टूट गयी होगी – सिर्फ़ मज़ाक कर रहा था, प्रोफ़ेसर नागशक्ति ने गोल कर दिया – अरे नहीं ...'

नागशक्ति के समर्थक खुशियाँ मना रहे थे। किसी ने भी यह नहीं देखा कि हैरी की झाड़ू अजीब हरकतें कर रही थी। वह उसे धीरे-धीरे और अधिक ऊँचाई पर ले जा रही थी, खेल से दूर – और चलते समय वह उसे झटके दे रही थी और बुरी तरह हिल रही थी।

'न जाने हैरी क्या कर रहा है,' हैग्रिड बुदबुदाया। उसने अपनी दूरबीन में से घूरा। 'अगर हम बेहतर न जानते, तो हम यही कहते कि उसकी झाड़ू उसके काबू में नहीं है ... परंतु ऐसा कैसे हो सकता है ...'

अचानक स्टैंड्स में चारों तरफ़ लोग हैरी की तरफ़ इशारा करने लगे। उसकी झाड़ू अब पलटियाँ खाने लगी थी और हैरी किसी तरह से बस उसे पकड़े हुआ था। तभी पूरी भीड़ की साँस रुक गयी। हैरी की झाड़ू ने बहुत ज़ोर का झटका दिया और हैरी उससे लटक गया। वह अब झाड़ू से झूल रहा था और उसे सिर्फ़ एक हाथ से पकड़े हुए था।

'जब फ्लिंट ने उसे टक्कर मारी थी तो कहीं उस वक़्त तो उसकी झाड़ू के साथ कोई छेड़छाड़ नहीं हुई?' सीमस ने कहा।

'ऐसा नहीं हो सकता,' हैग्रिड ने काँपती आवाज़ में कहा। 'ताक़तवर काले जादू के सिवाय जादुई झाड़ू के साथ किसी तरह की छेड़छाड़ नहीं की जा सकती – निम्बस 2000 के साथ यह काम कोई बच्चा नहीं कर सकता।'

जब हर्माइनी ने यह सुना, तो उसने हैग्रिड की दूरबीन छीन ली, परंतु हैरी की तरफ़ देखने के बजाय वह हड़बड़ाकर भीड़ में देख रही थी।

'तुम क्या कर रही हो?' रॉन ने पूछा, जिसका चेहरा सफ़ेद पड़ गया था।

'मैं जानती थी,' हर्माइनी ने हाँफते हुए कहा। 'स्नेप की तरफ़ देखो।'

रॉन ने दूरबीन ली। स्नेप उनके सामने वाले स्टैंड में बीच में बैठा हुआ था। उसने अपनी आँखें हैरी पर जमा रखी थीं और वह धीमे-धीमे लगातार कुछ बुदबुदा रहा था।

'वह कुछ कर रहा है – वह झाड़ू पर जादू कर रहा है,' हर्माइनी ने कहा।

'हमें क्या करना चाहिये?'

'यह मुझ पर छोड़ दो।'

इससे पहले कि रॉन कुछ और कह पाये, हर्माइनी ग़ायब हो गयी। रॉन ने अपनी दूरबीन फिर हैरी की तरफ़ घुमाई। उसकी झाड़ू अब इतनी तेज़ी से काँप रही थी कि उससे ज़्यादा देर तक लटकना असंभव था। सारे दर्शक अब खड़े हो गये थे और दहशत से देख रहे थे कि वीज़्ली बंधु किस तरह हैरी को अपनी झाड़ू पर सुरक्षित खींचने की कोशिश कर रहे थे, परंतु कोई फ़ायदा नहीं हुआ – हर बार जब भी वे उसके पास जाते थे, झाड़ू

और ज़्यादा ऊपर उछल जाती थी। वे लोग नीचे आकर उसके ठीक नीचे गोल-गोल घूमने लगे। ज़ाहिर था कि उसके गिरने की स्थिति में वे लोग उसे पकड़ने की आशा कर रहे थे। मार्कस फ्लिंट ने तूफ़ान को अपने कब्ज़े में किया और बिना किसी के देखे पाँच गोल कर दिये।

'जल्दी, हर्माइनी,' रॉन हताश होकर बुदबुदा रहा था।

हर्माइनी लोगों को धकेलते हुए उस स्टैंड तक पहुँची, जहाँ स्नेप खड़ा था। अब वह उसके पीछे वाली लाइन में दौड़ रही थी। जब उसने अगली लाइन में बैठे प्रोफ़ेसर क्विरिल को सिर की सीधी टक्कर मारी, तब भी वह सॉरी कहने के लिये नहीं रुकी। स्नेप के पास पहुँचते ही वह झुकी, अपनी छड़ी बाहर निकाली और कुछ चुने हुए शब्द कहे। उसकी छड़ी से चमकीली नीली आग निकली और स्नेप के कपड़ों के सिरे पर लग गयी।

स्नेप को यह एहसास होने में शायद तीस सेकंड लग गये कि उसके कपड़ों में आग लग गयी थी। उसके अचानक चौंकने की आवाज़ ने हर्माइनी को बता दिया कि काम हो गया था। स्नेप के पास से आग को लौटाकर अपनी जेब में रखे एक छोटे जार में वापस रखते हुए वह वापस लौट गयी - स्नेप को पता भी नहीं चलेगा कि क्या हुआ था।

इतना काफ़ी था। ऊपर हवा में हैरी अचानक अपनी झाड़ू पर बैठने में सफल हो गया।

'नेविल, अब तुम ऊपर देख सकते हो!' रॉन ने कहा। नेविल पिछले पाँच मिनट से हैग्रिड की जैकेट में मुँह छुपाकर सुबक रहा था।

जब हैरी ज़मीन की तरफ़ तेज़ी से उतर रहा था, तो भीड़ ने उसे अपने मुँह पर इस तरह से हाथ रखते देखा मानो उसे उल्टी होने वाली हो - वह अपने दोनों हाथों और दोनों पैरों के बल पिच पर कूदा - खाँसा - और उसके हाथ से कोई सुनहरी चीज़ नीचे गिरी।

'मैंने सुनहरी गेंद पकड़ ली है!' वह चीख़ा और उसने सुनहरी गेंद को अपने सिर के ऊपर चारों तरफ़ लहराया। खेल पूरी तरह दुविधा में समाप्त हुआ।

'उसने उसे *पकड़ा* नहीं था, उसने उसे लगभग *निगल लिया* था,' नागशक्ति का कप्तान फ्लिंट बीस मिनट बाद भी खीझ रहा था, परंतु इससे कोई अंतर नहीं पड़ा - हैरी ने कोई नियम नहीं तोड़ा था और ली जॉर्डन

अब भी ख़ुशी-ख़ुशी चिल्लाकर परिणाम बता रहा था - गरुड़द्वार साठ के मुक़ाबले एक सौ सत्तर पॉइंट से जीत गया था। हैरी ने इस बारे में कुछ भी नहीं सुना। वह तो हैग्रिड की झोंपड़ी में रॉन और हर्माइनी के साथ बैठकर कड़क चाय पी रहा था।

'यह स्नेप की कारस्तानी थी,' रॉन बोल रहा था। 'हर्माइनी और मैंने उसे देखा था। वह तुम्हारी झाड़ू पर जादू कर रहा था, बुदबुदा रहा था और तुम पर से अपनी नज़रें नहीं हटा रहा था।'

'बकवास,' हैग्रिड ने कहा, जिसने स्टैंड्स में अपने पास कहा गया एक भी शब्द नहीं सुना था। 'स्नेप इस तरह का काम क्यों करेगा?'

हैरी, रॉन और हर्माइनी ने एक-दूसरे की तरफ़ देखा और सोचा कि इसका क्या जवाब दिया जाये। हैरी ने फ़ैसला किया कि सच बताना ही ठीक रहेगा।

'मैंने उसके बारे में एक राज़ जान लिया है,' उसने हैग्रिड से कहा। 'उसने हैलोवीन के दिन तीन सिर वाले कुत्ते के पार जाने की कोशिश की थी, जिसने उसे काट लिया। हमें लगता है कि स्नेप वह चीज़ चुराने की कोशिश कर रहा था, जिसकी वह कुत्ता रखवाली कर रहा है।'

हैग्रिड के हाथ से चाय की केतली गिर गयी।

'तुम फ़्लफ़ी के बारे में कैसे जानते हो?' उसने कहा।

'फ़्लफ़ी?'

'हाँ वह कुत्ता हमारा है - हमने उसे एक ग्रीक आदमी से ख़रीदा था, जिससे हम पिछले साल बियर बार में मिले थे - हमने उसे डम्बलडोर को रखवाली करने के लिये उधार दिया है -'

'हाँ?' हैरी ने उत्सुकता से पूछा।

'अब हमसे और कुछ मत पूछो,' हैग्रिड ने रूखेपन से कहा। 'यह बहुत ख़ुफ़िया है।'

'परंतु स्नेप उसे *चुराने* की कोशिश कर रहा है।'

'बकवास,' हैग्रिड ने दुबारा कहा। 'स्नेप हॉगवर्ट्स के टीचर हैं, वे इस तरह का कोई काम नहीं करेंगे।'

'तो फिर उसने हैरी को मारने की कोशिश क्यों की?' हर्माइनी चीख़ी।

दोपहर की घटनाओं ने निश्चित रूप से स्नेप के बारे में उसके विचार बदल दिये थे।

'मैं पहचान सकती हूँ कि कब जादू किया जा रहा है, हैग्रिड। मैंने इस बारे में सब कुछ पढ़ा है! जादू करते वक़्त आँखों का संपर्क नहीं टूटना चाहिये, और स्नेप पलकें नहीं झपका रहा था, मैंने उसे देखा था!'

'हम तुम्हें बता रहे हैं, तुम ग़लत हो!' हैग्रिड ने गर्म होकर कहा। 'हम नहीं जानते कि हैरी की झाड़ू ने इस तरह की हरकत क्यों की, परंतु स्नेप कभी किसी विद्यार्थी को मारने की कोशिश नहीं करेंगे। अच्छा, अब तुम तीनों हमारी एक बात सुनो – तुम उन चीज़ों में अपनी टाँग फँसा रहे हो, जिनसे तुम्हारा कोई लेना-देना नहीं है। यह ख़तरनाक है। तुम कुत्ते के बारे में भूल जाओ, इस बारे में भूल जाओ कि वह किस चीज़ की रखवाली कर रहा है, यह तो प्रोफ़ेसर डम्बलडोर और निकोलस फ़्लेमैल के बीच का मामला है –'

'अहा!' हैरी ने कहा। 'तो कोई निकोलस फ़्लेमैल भी इसमें शामिल है, है ना?'

मुँह से यह बात निकल जाने के कारण हैग्रिड ख़ुद से बहुत नाराज़ लग रहा था।

अध्याय बारह

शहिवाश्क का दर्पण

क्रिसमस आ रहा था। दिसंबर के मध्य में एक सुबह हॉगवर्ट्स में जब लोगों की नींद खुली, तो उन्होंने देखा कि चारों तरफ़ कई फुट ऊँची बर्फ़ जमी थी। झील जमकर ठोस हो गयी और वीज़्ली बंधुओं को इस बात के लिये सजा दी गयी कि उन्होंने बर्फ़ के कई गोलों पर जादू कर दिया था, ताकि वे क्विरिल के पीछे-पीछे घूमते रहें और उनकी पगड़ी के पीछे टकराते रहें। जो गिने-चुने उल्लू इस तूफ़ानी आसमान से जूझते हुए चिट्ठियाँ देने आये, उन्हें हैग्रिड ने स्वस्थ किया, तभी वे दुबारा उड़ने के क़ाबिल हो पाये।

सभी बेसब्री से छुट्टियाँ शुरू होने का इंतज़ार कर रहे थे। हालाँकि गरुड़द्वार के हॉल और बड़े हॉल में आग धधकती रहती थी, परंतु हवादार गलियारे बर्फ़ीले हो चुके थे और क्लास में तीखी हवा खिड़कियों को हिलाकर रख देती थी। सबसे बुरी हालत प्रोफ़ेसर स्नेप की क्लास की थी, जो तहख़ाने में लगती थी। यहाँ जब विद्यार्थियों की साँस बाहर निकलती थी, तो कोहरा बन जाती थी और वे अपनी गर्म कड़ाहियों के जितने पास रह सकते थे, रहने की कोशिश करते थे।

'मुझे बहुत अफ़सोस होता है,' ड्रेको मैल्फॉय ने एक दिन जादुई काढ़े की क्लास में कहा, 'मुझे उन लोगों के लिये बहुत अफ़सोस होता है, जिन्हें क्रिसमस में हॉगवर्ट्स में रुकना पड़ रहा है, क्योंकि घर पर किसी को उनकी ज़रूरत नहीं है।'

यह कहते समय वह हैरी की तरफ़ देख रहा था। क्रैब और गॉइल ही-ही करके हँसने लगे। हैरी लॉयनफिश के काँटे का चूर्ण तौल रहा था। उसने

इसे अनसुना कर दिया। क्विडिच मैच के बाद से मैल्फॉय और भी ज़्यादा कड़वी बातें बोलने लगा था। वह नागशक्ति के हार जाने पर दुखी था, इसलिये उसने हरेक को यह कहकर हँसाने की कोशिश की कि किस तरह एक चौड़े मुँह वाले मेंढक को हैरी की जगह अगला खोजी बनाया जायेगा, परंतु उसने देखा कि कोई भी इस पर नहीं हँसा, क्योंकि सभी इस बात से प्रभावित थे कि हैरी अपनी झटके दे रही जादुई झाड़ू को बहुत अच्छी तरह पकड़े रहा था। इसलिये ईर्ष्या और गुस्से से भरा मैल्फॉय अब हैरी को इस बात के लिये ताना मार रहा था कि उसका कोई परिवार नहीं था।

यह सच था कि हैरी क्रिसमस के लिये प्रिविट ड्राइव नहीं जा रहा था। प्रोफ़ेसर मैक्गॉनेगल पिछले सप्ताह उन विद्यार्थियों की सूची बनाने आयी थी, जो क्रिसमस की छुट्टियों में हॉगवर्ट्स में रुकेंगे, और हैरी ने तत्काल साइन कर दिये थे। उसे इस बात का ज़रा भी दुख नहीं था। यह शायद उसका अब तक का सबसे अच्छा क्रिसमस रहेगा। रॉन और उसके भाई भी रुक रहे थे, क्योंकि मिस्टर और मिसेज़ वीज़्ली चार्ली से मिलने के लिये रूमानिया जा रहे थे।

जब जादुई काढ़े की क्लास के बाद वे लोग तहख़ाने से निकले, तो उन्होंने देखा कि आगे वाले गलियारे में फर का एक बड़ा पेड़ बीच में रास्ता रोककर खड़ा है, जिसके पीछे से दो बड़े पैर निकले दिखाई दिये और एक मोटी आवाज़ ने उन्हें बताया कि इसके पीछे हैग्रिड था।

'हलो, हैग्रिड। मदद चाहिये?' रॉन ने शाखाओं में अपना सिर डालते हुए पूछा।

'नहीं, हम ठीक हैं, रॉन। धन्यवाद।'

'क्या तुम रास्ते से हटोगे?' मैल्फॉय ने पीछे से ठंडे धीमे लहजे में कहा। 'क्या तुम पैसे कमाने की जुगाड़ कर रहे हो, वीज़्ली? मुझे लगता है तुम हॉगवर्ट्स से निकलने के बाद यहाँ का रखवाला बनने के ख़्वाब देख रहे हो – वैसे भी तुम्हारा परिवार जितने बड़े घर में रहता है, उसकी तुलना में तो तुम्हें हैग्रिड की झोंपड़ी महल की तरह लगेगी।'

जैसे ही रॉन ने मैल्फॉय की तरफ़ छलांग लगायी, स्नेप सीढ़ियाँ चढ़कर ऊपर आये।

'वीज़्ली!'

रॉन ने तुरंत मैल्फॉय के दुशाले के सामने वाले हिस्से को छोड़ दिया।

'उसे उत्तेजित किया गया था, प्रोफ़ेसर स्नेप' हैग्रिड ने पेड़ के पीछे से अपना बड़े बालों वाला चेहरा बाहर निकालते हुए कहा। 'मैल्फॉय उसके परिवार का अपमान कर रहा था।'

'चाहे जो भी हो, लड़ाई करना हॉगवर्ट्स के नियमों के ख़िलाफ़ है, हैग्रिड' स्नेप ने चिकनी चुपड़ी आवाज़ में कहा। 'गरुड़द्वार के पाँच पॉइंट कम हो गये वीज़्ली, और एहसान मानो कि मैंने ज़्यादा पॉइंट नहीं काटे। अब तुम सब यहीं से चलते नज़र आओ।'

मैल्फॉय, क्रैब और गॉइल पेड़ को धक्का मारते हुए गये, जिस वजह से चारों तरफ़ काँटे बिखर गये। वे लोग हँस रहे थे।

'मैं उसे देख लूँगा,' रॉन ने मैल्फॉय की पीठ के पीछे से अपने दाँत किटकिटाते हुए कहा, 'एक न एक दिन, मैं उसे देख लूँगा –'

'मुझे उन दोनों से नफ़रत है,' हैरी ने कहा, 'मैल्फॉय और स्नेप।'

'चलो, ख़ुश हो जाओ, क्रिसमस आने ही वाला है,' हैग्रिड ने कहा। 'तुम्हें क्या बताऊँ, हमारे साथ चलो और ख़ुद चलकर बड़े हॉल को देख लो, वह कितना बढ़िया लग रहा है।'

इस पर हैरी, रॉन और हर्माइनी हैग्रिड और उसके पेड़ के पीछे-पीछे बड़े हॉल की तरफ़ चल दिये, जहाँ प्रोफ़ेसर मैक्गॉनेगल और प्रोफ़ेसर फ्लिटविक क्रिसमस की सजावट में जुटे थे।

'अहा, हैग्रिड, आख़िरी पेड़- इसे दूर वाले कोने में रख दो।'

हॉल की सजावट देखने लायक थी। दीवारों पर शूलपर्णी और मिसलटो के बंदनवार सजे थे और कमरे में चारों तरफ़ बारह ऊँचे क्रिसमस ट्री रखे थे, जिनमें से कुछ तो बर्फ़ के छोटे-छोटे टुकड़ों के कारण चमक रहे थे और कुछ सैकड़ों मोमबत्तियों के कारण।

'तुम्हारी छुट्टियाँ शुरू होने में अब कितने दिन बचे हैं?' हैग्रिड ने पूछा।

'सिर्फ़ एक,' हर्माइनी ने कहा। 'और इससे मुझे याद आया – हैरी, रॉन, लंच से पहले हमारे पास आधा घंटा है, हमें लाइब्रेरी में होना चाहिये।'

'अरे हाँ, तुम ठीक कह रही हो,' रॉन ने अपनी आँखों को प्रोफ़ेसर फ्लिटविक से हटाते हुए कहा, जो छड़ी से सुनहरे बुलबुले निकालकर उन्हें नये पेड़ की डालों पर सजा रहे थे।

'लाइब्रेरी?' हैग्रिड ने हॉल के बाहर उनके पीछे आते हुए कहा। 'छुट्टियों के ठीक पहले? पढ़ने के लिये बहुत उतावले हो, क्यों?'

'अरे, हम लोग पढ़ नहीं रहे हैं,' हैरी ने उसे उत्साह से बताया। 'जब से तुमने निकोलस फ़्लेमैल के बारे में बताया है, तभी से हम यह पता लगाने की कोशिश कर रहे हैं कि वह कौन है।'

'*क्या?*' हैग्रिड को जैसे ज़ोरदार झटका लगा। 'सुनो – हमने तुम्हें जो बताया है – उसे भूल जाओ। तुम्हें इससे कोई मतलब नहीं होना चाहिये कि कुत्ता किस चीज़ की रखवाली कर रहा है।'

'हम तो सिर्फ़ यह जानना चाहते हैं कि निकोलस फ़्लेमैल कौन है, बस इतना ही,' हर्माइनी बोली।

'बशर्ते तुम हमें यह बताकर हमारी मेहनत न बचा दो?' हैरी ने जोड़ा। 'हम पहले ही सैकड़ों किताबें छान चुके हैं और हमें उसका नाम कहीं नहीं मिला – बस हमें थोड़ा सा सुराग़ दे दो – मैं जानता हूँ मैंने उसका नाम कहीं पर पढ़ा है।'

'हम कुछ नहीं बतायेंगे,' हैग्रिड ने साफ़ जवाब दिया।

'तब तो हमें ख़ुद ही यह खोजना पड़ेगा,' रॉन ने कहा और हैग्रिड को बेचैन हालत में छोड़कर ये तेज़ी से लाइब्रेरी की तरफ़ चल दिये।

जब से हैग्रिड के मुँह से उसका नाम ग़लती से निकला था, तब से वे सचमुच किताबों में फ़्लेमैल का नाम खोज रहे थे, क्योंकि इसके सिवाय किसी और तरीक़े से उन्हें यह कैसे मालूम पड़ सकता था कि स्नेप किस चीज़ को चुराने की कोशिश कर रहा था? समस्या यह थी कि यह जानना बहुत मुश्किल था कि कहाँ से शुरू किया जाये, क्योंकि वे यह नहीं जानते थे कि किताब में अपना नाम लाने के लिये फ़्लेमैल ने किया क्या था। उसका नाम *बीसवीं सदी के महान जादूगर* या हमारे *समय के उल्लेखनीय जादुई नाम* में नहीं था। उसका नाम महत्त्वपूर्ण आधुनिक जादुई खोजें और जादूगरी में आधुनिक विकास का अध्ययन में भी नहीं मिला और फिर

ज़ाहिर है लाइब्रेरी का आकार भी एक समस्या थी। इसमें लाखों किताबें, हज़ारों शेल्फ़, सैकड़ों सँकरी लाइनें थीं।

हर्माइनी ने उन विषयों और शीर्षकों की सूची निकाली, जिन्हें देखने का उसने फ़ैसला किया था। रॉन किताबों की एक लाइन में गया और यूँ ही किसी भी शेल्फ़ से किताबें निकालकर देखने लगा। हैरी उस हिस्से की तरफ़ टहलता हुआ गया, जहाँ जाना मना था। वह कुछ समय से यह सोच रहा था कि कहीं फ़्लेमैल का नाम यहाँ तो नहीं है। दुर्भाग्य से इन किताबों को देखना मना था। इन्हें देखने के लिये आपको किसी टीचर की ख़ास तौर पर साइन की हुई पर्ची की ज़रूरत थी और वह जानता था कि उसे ऐसी पर्ची कभी नहीं मिलेगी। इन किताबों में बहुत ताक़तवर काला जादू था, जो हॉगवर्ट्स में नहीं पढ़ाया जाता था। केवल वे पुराने विद्यार्थी ही इन किताबों को पढ़ सकते थे, जो गुप्त कलाओं से रक्षा के विषय में आगे की पढ़ाई करते थे।

'तुम क्या खोज रहे हो, लड़के?'

'कुछ नहीं,' हैरी ने कहा।

मैडम पिन्स यानी लाइब्रेरियन ने उसकी तरफ़ पंखों का डस्टर दिखाते हुए कहा।

'तो फ़िर तुम बाहर निकल जाओ। चलो – बाहर!'

वह सोच रहा था कि उसे जल्दी से कोई अच्छी सी कहानी या बहाना बनाना चाहिये था। हैरी मन मारकर लाइब्रेरी से बाहर निकल आया। वह, रॉन और हर्माइनी पहले ही इस बात पर सहमत हो गये थे कि मैडम पिन्स से यह पूछना ठीक नहीं होगा कि उन्हें फ़्लेमैल के बारे में जानकारी कहाँ मिल सकती थी। उन्हें विश्वास था कि वे बता सकती थीं, परंतु वे यह जोख़िम नहीं लेना चाहते थे कि स्नेप यह जान जाये कि वे किस बारे में जानकारी हासिल करना चाहते थे।

हैरी ने यह देखने के लिये बाहर गलियारे में इंतज़ार किया कि बाक़ी दोनों को कुछ मिला या नहीं, परंतु उसे बहुत ज़्यादा उम्मीद नहीं थीं। वे पंद्रह दिनों से ढूंढ़ रहे थे, परंतु चूँकि उन्हें दो क्लासों के बीच में सिर्फ़ थोड़ा सा ही समय मिल पाता था, इसलिये इसमें हैरानी की बात नहीं थी कि उन्हें कुछ नहीं मिला था। इसके लिये उन्हें दरअसल एक अच्छी लंबी खोज की ज़रूरत थी, जब मैडम पिन्स उनकी गर्दन के पीछे न खड़ी हों।

पाँच मिनट बाद रॉन और हर्माइनी अपनी गर्दन हिलाते हुए उसके पास आये। फिर वे लंच करने चले गये।

'जब मैं चली जाऊँगी, तो तुम लोग देखते रहोगे, है ना?' हर्माइनी ने कहा। 'और अगर तुम्हें कुछ मिल जाये, तो मुझे उल्लू भेज देना।'

'और तुम अपने माता-पिता से पूछ सकती हो कि फ़्लेमैल कौन है,' रॉन ने कहा। 'उनसे पूछना सुरक्षित रहेगा।'

'बहुत ही सुरक्षित, क्योंकि वे दोनों दाँतों के डॉक्टर हैं,' हर्माइनी ने कहा।

*

एक बार छुट्टियाँ शुरू हो गयीं, तो रॉन और हैरी का समय इतना अच्छा बीतने लगा कि वे फ़्लेमैल के बारे में भूल से गये। पूरा कमरा उनके कब्ज़े में था और हॉल भी आम दिनों की तुलना में बहुत ज़्यादा ख़ाली था, इसलिये वे आग के पास वाली अच्छी कुर्सियों पर बैठ सकते थे। वे घंटों बैठकर कुछ न कुछ ऐसा खाते थे, जिसे वे लंबे हत्थे वाले काँटे से भून सकें - ब्रेड, क्रम्पेट, मार्शमैलोज़ - और ऐसे उपाय सोचते रहते थे जिनसे मैल्फॉय को स्कूल से निकलवाया जा सके। हालाँकि वे जानते थे कि यह उपाय सफल नहीं होंगे, परंतु इनके बारे में बातें करना मज़ेदार तो था ही।

रॉन ने हैरी को जादुई शतरंज सिखाना भी शुरू कर दिया। यह बिलकुल मगलुओं की शतरंज की तरह थी। फ़र्क़ सिर्फ़ इतना था कि इसमें ज़िंदा मोहरों से खेला जाता था, जो एक तरह से युद्ध में सैनिकों को आदेश देने की तरह था। रॉन के पास की हर चीज़ की तरह यह शतरंज भी उसे परिवार के किसी और सदस्य से मिली थी - इस मामले में उसके दादाजी से। बहरहाल, पुराने मोहरों से उसे कोई परेशानी नहीं होती थी। रॉन उन्हें इतनी अच्छी तरह से जानता था कि उसे उनसे अपनी बात मनवाने में कभी दिक़्क़त नहीं होती थी।

हैरी सीमस फिनिगन से उधार लिये मोहरों से खेला और मोहरों को उस पर बिलकुल भी भरोसा नहीं था। हैरी शतरंज का बहुत अच्छा खिलाड़ी नहीं था और वे मोहरे चिल्ला-चिल्लाकर उसे अलग-अलग सलाह दे रहे थे, जिस वजह से वह दुविधा में पड़ जाता था : 'मुझे वहाँ मत भेजो, क्या

तुम्हें उसका घोड़ा नहीं दिख रहा है? *उसे* भेज दो, हम *उसके* बिना काम चला सकते हैं।'

क्रिसमस की शाम को जब हैरी बिस्तर पर गया, तो उसके मन में अगले दिन अच्छे भोजन और मौज-मस्ती की आशा तो थी, परंतु तोहफ़े मिलने की कोई उम्मीद नहीं थी। जब वह अगली सुबह जल्दी उठा तो उसने जो सबसे पहली चीज़ देखी वह था उसके बिस्तर पर पैरों की तरफ़ लगा पैकेटों का ढेर।

जब हैरी बिस्तर से बाहर आया और उसने अपना ड्रेसिंग गाउन खींचा, तो रॉन नींद भरी आवाज़ में बोला, 'हैप्पी क्रिसमस।'

'तुम्हें भी,' हैरी ने कहा। 'इधर देखो तो सही? मुझे तोहफ़े मिले हैं?'

'और तुम किस चीज़ की उम्मीद कर रहे थे, शलजमों की?' रॉन ने अपने तोहफ़ों के ढेर की तरफ़ देखते हुए कहा, जो हैरी के ढेर से काफ़ी बड़ा था।

हैरी ने सबसे ऊपर वाला पैकेट उठाया। यह मोटे, भूरे काग़ज़ में लिपटा था और इस पर लिखा था *हैरी को, हैग्रिड की ओर से।* अंदर लकड़ी की एक अनगढ़ बाँसुरी थी। ज़ाहिर था हैग्रिड ने उसे ख़ुद बनाया था। हैरी ने बाँसुरी बजायी - उसने कुछ हद तक उल्लू जैसी आवाज़ निकाली।

दूसरे बहुत छोटे पैकेट में एक चिट्ठी थी।

हमें तुम्हारा संदेश मिला और हम तुम्हारा क्रिसमस का तोहफ़ा साथ भेज रहे हैं। वरनॉन अंकल और पेटूनिया आंटी की ओर से। काग़ज़ के साथ पचास पेंस का एक सिक्का सेलोटेप से चिपका था।

'यह उनकी उदारता है,' हैरी ने कहा।

रॉन पचास पेंस के सिक्के को देखकर मोहित हो गया।

'*अद्भुत!*, उसने कहा। 'क्या आकार है। यह *पैसा* है?'

'तुम इसे रख सकते हो,' हैरी ने कहा और वह हँसा कि रॉन कितना ख़ुश दिख रहा था। 'हैग्रिड हो गया, मेरे अंकल-आंटी हो गये - बाक़ी तोहफ़े किसने भेजे हैं?'

'मुझे लगता है, मैं जानता हूँ कि यह किसने भेजा है,' रॉन ने थोड़ा गुलाबी होते हुए एक बड़े से उभरे पैकेट की तरफ़ इशारा किया। 'मेरी मम्मी

ने। मैंने उन्हें बताया था कि तुम तोहफ़ों की उम्मीद नहीं कर रहे थे और– अरे नहीं,' उसने दर्द भरी आवाज़ में कहा, 'उन्होंने तुम्हारे लिये भी वीज़्ली स्वेटर बना दिया।'

हैरी ने पैकेट फाड़ा। उसमें हाथ से बुना हुआ एक मोटा, हरे रंग का स्वेटर था और साथ ही घर पर बनी कैंडी का एक बड़ा पैकेट भी।

'हर साल वे हम लोगों के लिये स्वेटर बनाती हैं,' रॉन ने अपना पैकेट खोलते हुए कहा, 'और मेरा *हमेशा मेहरून* रंग का होता है।'

'तुम्हारी मम्मी सचमुच बहुत अच्छी हैं,' हैरी ने कैंडी चखते हुए कहा, जो बहुत स्वादिष्ट थी।

उसके अगले तोहफ़े में भी मिठाइयाँ थीं – हर्माइनी ने चॉकलेट के मेंढकों का एक बड़ा बक्सा भेजा था।

अब सिर्फ़ एक पैकेट बचा था। हैरी ने उसे उठाया और टटोला। वो बहुत हलका था। हैरी ने उसे खोला।

कोई पानी जैसी और चाँदी जैसी भूरी चीज़ फिसलकर फ़र्श पर गिर गयी और चमकने लगी। रॉन के मुँह से आह निकली।

'मैंने इनके बारे में सुना है,' उसने बहुत धीमी आवाज़ में कहा और हर स्वाद की टॉफ़ियों का अपना पैकेट गिरा दिया, जो हर्माइनी ने उसे भेजा था। 'अगर यह वही है, जो मैं सोच रहा हूँ – तो यह सचमुच दुर्लभ है और *सचमुच* क़ीमती भी।'

'यह क्या है?'

हैरी ने उस चमकते, चाँदी जैसे कपड़े को फ़र्श से उठाया। उसे छूना अजीब सा एहसास था, जैसे पानी को ठोस कपड़े में बुन दिया गया हो।

'यह अदृश्य चोगा है,' रॉन के चेहरे पर आश्चर्य के भाव थे। 'मुझे विश्वास है यह वही है – पहनकर देखो।'

हैरी ने चोगे को अपने कंधों के चारों तरफ़ डाला और रॉन की चीख़ निकल गयी।

'*वही है!* नीचे देखो!'

हैरी ने अपने पैरों की तरफ़ देखा, परंतु वे ग़ायब हो गये थे। वह दर्पण की तरफ़ भागा। उसका प्रतिबिंब उसे दिख रहा था, परंतु उसे सिर्फ़ अपना

सिर बीच हवा में लटका दिखा; बाक़ी का शरीर अदृश्य हो गया था। उसने चोगे को अपने सिर पर भी खींच लिया और अब दर्पण में उसका प्रतिबिंब नहीं दिख रहा था।

'इसके साथ एक चिट्ठी भी है!' रॉन ने अचानक कहा। 'यह चिट्ठी इससे निकलकर गिरी है।'

हैरी ने चोगा उतारा और चिट्ठी उठा ली। छोटी, गोल लिखावट में, जिसे उसने पहले कभी नहीं देखा था, यह शब्द लिखे थे :

तुम्हारे डैडी मरने से पहले इसे मेरे पास छोड़ गये थे।
अब वक़्त आ गया है कि यह तुम्हें लौटा दिया जाये।
ध्यान से इस्तेमाल करना।
बहुत सुखद क्रिसमस की मुबारकबाद।

इसके नीचे किसी के साइन नहीं थे। हैरी ने चिट्ठी को घूरा। रॉन चोगे को हसरत भरी निगाहों से देख रहा था।

'मैं इसके लिये *कुछ भी* दे सकता हूँ,' उसने कहा। 'कुछ *भी*। क्या हुआ?'

'कुछ नहीं' हैरी ने कहा। उसे बहुत अजीब लग रहा था। यह चोगा किसने भेजा था? क्या कभी यह सचमुच उसके डैडी के पास था?

इससे पहले कि वह कुछ और कह या सोच पाता, कमरे का दरवाज़ा खुला और फ्रेड व जॉर्ज वीज़्ली धड़धड़ाते हुए अंदर घुस आये। हैरी ने तत्काल चोगे को छुपा दिया। वह इसे किसी और को नहीं दिखाना चाहता था, कम से कम इस वक़्त तो नहीं।

'क्रिसमस मुबारक हो!'

'अरे, देखो तो सही – हैरी को भी वीज़्ली स्वेटर मिला है!'

फ्रेड और जॉर्ज नीले स्वेटर पहने थे, जिनमें से एक पर बड़े पीले अक्षर में 'एफ' लिखा था और दूसरे पर बड़ा पीला 'जी' बना था।

'हैरी का हमसे अच्छा है,' फ्रेड ने हैरी का स्वेटर उठाकर कहा। 'ज़ाहिर है कि वे तब अधिक मेहनत करती हैं, जब आप परिवार के न हों।'

'तुमने अपना स्वेटर क्यों नहीं पहना, रॉन?' जॉर्ज ने पूछा। 'चलो, इसे पहनो, यह बहुत अच्छा और गर्म है।'

'मेहरून रंग से मुझे नफ़रत है,' रॉन ने अधूरे मन से दर्द भरी आवाज़ में कहा और स्वेटर पहन लिया।

'तुम्हारे स्वेटर पर कोई अक्षर नहीं लिखा है,' जॉर्ज ने देखते हुए कहा। 'उन्हें लगता है कि तुम अपना नाम नहीं भूलोगे, परंतु हम बेवकूफ़ नहीं हैं – हम जानते हैं कि हमारे नाम ग्रेड और फोर्ज हैं।'

'इतना शोर क्यों हो रहा है?'

पर्सी वीज़्ली दरवाज़े में अपना सिर घुसाये खड़ा था और शिकायत भरे अंदाज़ में देख रहा था। ज़ाहिर था कि वह अपने तोहफ़ों को खोलते-खोलते बीच में ही आ गया था, क्योंकि उसके हाथ में भी एक स्वेटर था, जिसे फ्रेड ने पकड़ लिया।

'पी यानी प्रिफेक्ट! इसे पहनो, पर्सी, चलो, हम सभी अपने स्वेटर पहने हैं, यहाँ तक कि हैरी को भी एक स्वेटर मिला है।'

'मैं-नहीं-चाहता-' पर्सी ने कहा, परंतु वीज़्ली बंधुओं ने स्वेटर को उसके सिर में ज़बर्दस्ती डाल दिया और इस कोशिश में उसका चश्मा खिसक गया।

'और तुम आज प्रिफेक्ट्स के साथ नहीं बैठोगे,' जॉर्ज ने कहा। 'क्रिसमस परिवार के साथ बैठने का दिन होता है।'

वे लोग पर्सी के हाथ पीछे बाँधकर उसे धकेलते हुए कमरे से बाहर ले गये, पर्सी की बाँहें स्वेटर में फँसी थीं।

*

हैरी ने पूरी ज़िंदगी में ऐसा क्रिसमस डिनर कभी नहीं खाया था। सौ मोटी, भुनी टर्की, भुने और उबले आलू, मोटे पोर्क क़बाबों की प्लेटें, मक्खन लगी मटर की कटोरियाँ, गाढ़ी व लजीज़ मेवा डली ग्रेवी और क्रेनबरी सॉस की चाँदी की नावें – और टेबल के पास हर कुछ फुट दूर रखे जादूगरों के पटाख़ों के ढेर। यह अद्‌भुत पटाख़े कमज़ोर मगलू पटाखों की तरह नहीं थे, जिन्हें डर्स्ली परिवार आम तौर पर ख़रीदता था, जिनमें छोटे प्लास्टिक के खिलौने और पतले काग़ज़ के हैट होते थे। हैरी ने फ्रेड के साथ जादूगरों

का एक पटाखा चलाया, जिसने सिर्फ़ आवाज़ ही नहीं की, बल्कि तोप के गोले की तरह तेज़ आवाज़ करता हुआ गया और उन सभी को नीले धुँये के बादल में लपेट लिया, जबकि इसके अंदर से धमाके के साथ रियर-एडमिरल का हैट निकला और कुछ ज़िंदा, सफ़ेद चूहे बाहर आये। ऊपर ऊँची टेबल पर डम्बलडोर ने जादूगरों वाली नुकीली टोपी के बजाय फूलों वाली टोपी पहन रखी थी और वे उस चुटकुले पर हँस रहे थे, जो उन्हें प्रोफ़ेसर फ्लिटविक ने अभी-अभी पढ़कर सुनाया था।

टर्की के बाद सुलगती हुई क्रिसमस पुडिंग्स आयीं। पर्सी की स्लाइस के अंदर एक चाँदी का सिकल छुपा था, जिसकी वजह से उसके दाँत टूटते-टूटते बचे। हैरी ने देखा कि ज़्यादा शराब पीने के कारण हैग्रिड का चेहरा लाल होता जा रहा था और आख़िरकार हैग्रिड ने प्रोफ़ेसर मैक्गॉनेगल का गाल चूम लिया। हैरी को यह देखकर अचंभा हुआ कि गुस्सा होने के बजाय वे हँसीं, शर्मायीं और उनका हैट तिरछा हो गया।

जब हैरी आख़िकार टेबल से उठा तो पटाख़ों से निकलकर बहुत सी चीज़ें उसके ऊपर गिरीं, जिनमें कभी न फूटने वाले चमकदार गुब्बारों का एक पैकेट था, अपने-खुद-के-मस्से-उगाइये की किट थी और उसका ख़ुद का जादूगरों वाला शतरंज का नया सेट था। सफ़ेद चूहे ग़ायब हो गये थे और हैरी के मन में यह भयानक विचार आया कि शायद उन चूहों की क़िस्मत में मिसेज़ नॉरिस का डिनर बनना लिखा था।

हैरी और वीज़्ली भाइयों ने दोपहर बहुत अच्छे ढंग से गुज़ारी- वे मैदान में बर्फ़ के गोलों से घमासान लड़ाई करते रहे। फिर वे ठंडे, गीले और हाँफते हुए गरुड़द्वार के हॉल की आग के पास लौट आये, जहाँ हैरी ने अपना नया शतरंज सेट खोला और रॉन से बहुत बुरी तरह हार गया। हैरी को लग रहा था कि अगर पर्सी ने उसकी इतनी ज़्यादा मदद करने की कोशिश न की होती, तो शायद वह इतनी बुरी तरह नहीं हारता।

टर्की सैंडविच, क्रम्पेट, स्पंज केक और क्रिसमस केक के साथ चाय पीने के बाद हर एक को लगा कि पेट ज़्यादा भर गया है और अब सोने से पहले ज़्यादा कुछ नहीं किया जा सकता, सिवाय पर्सी को फ्रेड और जॉर्ज के पीछे पूरे गरुड़द्वार के हॉल में भागते देखने के, क्योंकि उन्होंने उसका प्रिफेक्ट वाला बिल्ला चुरा लिया था।

यह हैरी का अब तक का सबसे अच्छा क्रिसमस था, परंतु पूरे दिन उसके दिमाग़ में कोई चीज़ घुमड़ रही थी। जब तक वह सोने के लिए अपने बिस्तर पर नहीं गया, तब तक वह इसके बारे में ठीक तरह से नहीं सोच पाया : अदृश्य चोगा और इसे किसने भेजा था।

रॉन के पेट में ढेर सारी टर्की और केक था तथा उसे परेशान करने के लिये कोई रहस्यमय वस्तु भी नहीं थी, इसलिये उसने जैसे ही अपने बिस्तर के पर्दे लगाये, वह तत्काल सो गया। हैरी अपने बिस्तर के किनारे पर झुका और उसने इसके नीचे से चोगे को बाहर निकाला।

उसके डैडी का ... यह उसके डैडी का था। उसने उस कपड़े को अपने हाथ के ऊपर तैरने दिया, जो रेशम से भी चिकना और हवा की तरह हलका था। *ध्यान से इस्तेमाल करना,* चिट्ठी में लिखा था।

उसे इसे पहनकर देखना था, अभी। वह बिस्तर से बाहर निकला और उसने चोगे को अपने चारों तरफ़ लपेट लिया। जब उसने अपने पैरों की तरफ़ देखा, तो उसे सिर्फ़ चाँदनी और छायायें दिखीं। यह बहुत अजीब एहसास था।

ध्यान से इस्तेमाल करना।

अचानक हैरी पूरी तरह चौकन्ना हो गया। इस चोगे में पूरा हॉगवर्ट्स उसके सामने खुला था। वह अँधेरे और ख़ामोशी में खड़ा था, परंतु उसके अंदर रोमांच का तूफ़ान उमड़ रहा था। वह इसे पहनकर कहीं भी जा सकता है, कहीं भी, और फिल्च को पता भी नहीं चलेगा।

रॉन अपनी नींद में बुदबुदाया। क्या उसे जगाना ठीक रहेगा? किसी चीज़ ने उसे रोक दिया – उसके डैडी का चोगा – उसे लगा कि इस बार – पहली बार – वह अकेले ही इसका इस्तेमाल करना चाहता है।

वह कमरे से बाहर निकला, सीढ़ियाँ उतरा, हॉल के पार गया और तस्वीर के छेद से कूदकर चल दिया।

'कौन है?' मोटी औरत चीख़ी। हैरी कुछ नहीं बोला। वह गलियारे में तेज़ी से चलता गया।

उसे कहाँ जाना चाहिये? वह रुक गया, उसका दिल तेज़ी से धड़क रहा था और यह सोच रहा था। तभी उसके दिमाग़ में एक विचार आया :

लाइब्रेरी में वहाँ, जहाँ जाना मना है। वह जितनी देर तक पढ़ना चाहे, पढ़ सकता था और तब तक पढ़ सकता था, जब तक वह पता न लगा ले कि फ़्लेमैल कौन था। वह आगे की तरफ़ चल दिया और चलते समय उसने अदृश्य चोगे को अपने चारों तरफ़ कसकर लपेट रखा था।

लाइब्रेरी में घना अंधेरा और बड़ा अजीब सन्नाटा था। हैरी ने एक लैंप जलाया, ताकि किताबों की लाइनों के बीच का रास्ता देख सके। ऐसा लग रहा था जैसे लैंप हवा में तैर रहा हो और हालाँकि हैरी जानता था कि उसका हाथ इस लैंप को पकड़े हुए था, परंतु यह देखकर उसे कँपकँपी छूट रही थी।

जहाँ जाना मना था, वह हिस्सा लाइब्रेरी के ठीक पीछे की तरफ़ था। सावधानी से उस रस्सी के पार जाते हुए, जो उन किताबों को बाक़ी की लाइब्रेरी से अलग करती थी, उसने अपना लैंप उठाया, ताकि उनके नाम पढ़ सके।

किताबों के नाम से उसे ज़्यादा कुछ समझ में नहीं आया। उनके उखड़े हुए, धुँधले सुनहरे अक्षर ऐसी भाषाओं में थे, जो हैरी के पल्ले नहीं पड़ रही थीं। कुछ किताबें तो बिना नाम की थीं। एक किताब पर एक गहरा धब्बा था, जो ख़ून की तरह भयानक दिख रहा था। हैरी के गले के पीछे के बाल खड़े हो गये। शायद यह उसके मन का वहम हो, शायद ऐसा न हो, परंतु उसे लगा जैसे किताबें धीमे-धीमे फुसफुसा रही थीं, जैसे वे जानती हों कि वहाँ पर कोई ऐसा व्यक्ति घुस आया था, जिसे वहाँ नहीं होना चाहिये था।

उसे कहीं से तो शुरुआत करनी ही थी। लैंप को फ़र्श पर सावधानी से रखने के बाद उसने सबसे नीचे की शेल्फ़ में किसी अच्छी सी किताब की तलाश की। एक बड़ी सी काली-सफ़ेद किताब पर उसकी आँखें ठहर गयीं। उसने इसे कठिनाई से निकाला, क्योंकि यह बहुत भारी थी और अपने घुटनों पर रखकर खोला।

एक तेज़ और दिल दहला देने वाली चीख़ शांति को चीरती हुई निकली - किताब चीख़ रही थी। हैरी ने उसे तत्काल बंद कर दिया, परंतु किताब फिर भी चीख़ती रही और उसमें से कान के पर्दे फाड़ने वाली आवाज़ लगातार आती रही। वह पीछे की तरफ़ लड़खड़ाया, उसकी ठोकर लगने से लैंप गिर गया और तत्काल बुझ गया। आतंकित होकर उसने सुना कि बाहर गलियारे में क़दमों की आहट सुनाई दे रही थी- चीख़ती हुई

किताब को वापस शेल्फ़ में रखते हुए वह भागा। दरवाज़े के पास वह फिल्च के पास से गुज़रा। फिल्च की पीली, अजीब आँखें सीधे उसके पार देख रही थीं और हैरी फिल्च के खुले हुए हाथ के नीचे से फिसलते हुए गलियारे में ऊपर निकल गया। किताब की चीख़ें अब भी उसके कानों में गूंज रही थीं।

वह एक ऊँचे कवच के सामने अचानक रुक गया। लाइब्रेरी से बाहर निकलने के चक्कर में वह इतना उलझा था कि उसे यह ध्यान ही नहीं रहा कि वह कहाँ जा रहा था। शायद इसलिये क्योंकि अँधेरा था, वह यह नहीं पहचान पाया कि वह कहाँ था। उसे इतना मालूम था कि किचन के पास एक कवच है, परंतु किचन तो इसके पाँच मंज़िल नीचे होना चाहिये।

'आपने मुझसे कहा था प्रोफ़ेसर कि अगर कोई रात को बाहर घूमे तो मैं सीधे आपके पास आ जाऊँ - कोई लाइब्रेरी में उस जगह है, जहाँ जाना मना है।'

हैरी के चेहरे का रंग उड़ गया। वह जहाँ भी था, फिल्च को वहाँ का शॉर्टकट मालूम था, क्योंकि उसकी धीमी, चिकनी आवाज़ क़रीब आती जा रही थी और हैरी का दिल धक्क रह गया जब उसने सुना कि जवाब देने वाला आदमी स्नेप था।

'जहाँ जाना मना है? वे ज़्यादा दूर नहीं गये होंगे, हम उन्हें पकड़ लेंगे।'

जब फिल्च और स्नेप आगे वाले मोड़ से अंदर आये तो हैरी उसी जगह पर मूर्ति की तरह खड़ा रहा। यह सच था कि वे उसे देख नहीं सकते थे, परंतु गलियारा बहुत सँकरा था और अगर वे लोग ज़्यादा क़रीब आये, तो वे सीधे उससे टकरा जायेंगे - चोगे के बावज़ूद उसका शरीर ठोस तो था ही।

वह जितनी शांति से पीछे हट सकता था, हटा। उसके बाँयी तरफ़ एक दरवाज़ा थोड़ा खुला था। यह उसकी इकलौती आशा थी। वह सिकुड़कर इसके अंदर घुस गया। उसने अपनी साँस रोक रखी थी और वह कोशिश कर रहा था कि दरवाज़ा न हिले; उसे बहुत राहत मिली, जब वह बिना आवाज़ किये कमरे के भीतर घुसने में कामयाब हो गया। स्नेप और फिल्च सीधे निकल गये। हैरी दीवार से टिककर गहरी साँसें लेने लगा और उनके क़दमों की दूर होती आहट सुनता रहा। वह बाल-बाल बचा था, बिलकुल बाल-बाल बचा था। कुछ सेकंड बाद ही वह इस स्थिति में आया कि यह देख सके कि वह जिस कमरे में छुपा था वो कौन सा कमरा था।

यह ऐसा क्लासरूम दिख रहा था जिसका इस्तेमाल अब नहीं होता था। दीवारों से डेस्क और कुर्सियों के अँधेरे आकार टिके हुए थे और रद्दी काग़ज़ों की बाल्टी उलटी रखी थी – परंतु उसके सामने दीवार से एक ऐसी चीज़ टिकी थी, जो यहाँ की नहीं लग रही थी – ऐसा लग रहा था जैसे किसी ने इसे सिर्फ़ रास्ते से हटाने के लिये यहाँ पर रख दिया था।

यह एक शानदार दर्पण था, छत जितना ऊँचा। इस पर सोने का फ्रेम था और यह दो पंजों पर खड़ा था। इसके ऊपर एक वाक्य लिखा था : *हूँ ताखादि शहिवाख़ कीप आहीं नराहचे कापआ मैं।*

अब चूँकि फिल्च और स्नेप की आवाज़ आना बंद हो गयी थी, इसलिये उसका डर कम होने लगा। हैरी दर्पण के क़रीब आया। वह ख़ुद का प्रतिबिंब देखना चाहता था, परंतु उसे एक बार फिर कोई प्रतिबिंब नहीं दिखा। वह इसके सामने खड़ा हो गया।

उसे अपनी चीख़ रोकने के लिये मुँह पर हाथ रखना पड़ा। वह पीछे घूमा। उसका दिल अभी जितनी तेज़ी से धड़क रहा था उतनी तेज़ी से तो यह तब भी नहीं धड़का था, जब वो किताब चीख़ी थी – क्योंकि दर्पण में वह अकेला नहीं था, बल्कि उसके पीछे बहुत से लोग खड़े थे।

परंतु कमरा ख़ाली था। तेज़-तेज़ साँस लेते हुए वह धीमे से एक बार फिर दर्पण की तरफ़ मुड़ा।

उसका प्रतिबिंब इसमें दिखाई दे रहा था, सफ़ेद और डरा हुआ – और वहाँ, ठीक उसके पीछे कम से कम दस और लोगों के प्रतिबिंब थे। हैरी ने फिर अपने कंधे के पीछे देखा – परंतु, अब भी, वहाँ कोई नहीं दिख रहा था। क्या वे लोग भी अदृश्य थे? क्या सचमुच वह अदृश्य लोगों से भरे कमरे में था और क्या इस दर्पण का जादू यह था कि यह सबका प्रतिबिंब दिखाता था, चाहे वे अदृश्य हों या न हों?

उसने दुबारा दर्पण में देखा। उसके प्रतिबिंब के ठीक पीछे खड़ी एक महिला उसकी तरफ़ देखकर मुस्करा रही थी और हाथ हिला रही थी। उसने अपना हाथ पीछे की तरफ़ बढ़ाया, पर उसका हाथ सिर्फ़ हवा से टकराया। अगर वह महिला सचमुच वहाँ होती, तो यह बात तय थी कि वह उसे छू लेता, क्योंकि उनके प्रतिबिंब बहुत पास-पास थे, परंतु उसने सिर्फ़ हवा को महसूस किया –

यानी वह और बाक़ी लोग सिर्फ़ दर्पण में ही मौजूद थे।

वह बहुत सुंदर महिला थी। उसके गहरे लाल बाल थे और उसकी आँखें- उसकी आँखें बिलकुल मेरी तरह है, हैरी ने सोचा, और वह दर्पण के थोड़ा और क़रीब खिसक गया। चमकीली हरी- बिलकुल वही आकार है, परंतु फिर उसने देखा कि वह रो रही थी; मुस्करा रही थी, परंतु साथ में रो भी रही थी। उसके पास खड़े लंबे, पतले, काले बालों वाले आदमी ने उसके चारों तरफ़ अपनी बाँह लपेट रखी थी। वह चश्मा पहने था और उसके बाल बहुत उलझे हुए थे, जो पीछे की तरफ़ चिपके भी थे, जैसे हैरी के थे

हैरी अब दर्पण के इतने करीब आ गया था कि उसकी नाक लगभग उसके प्रतिबिंब को छू रही थी।

'मम्मी?' वह फुसफुसाया। 'डैडी?'

वे सिर्फ़ उसकी तरफ़ मुस्कराते हुए देख रहे थे। धीरे-धीरे हैरी ने शीशे में बाक़ी लोगों के चेहरे देखे और उसे अपने जैसी हरी आँखें, अपने जैसी नाक की कई जोड़ियाँ दिखीं। एक नाटा बूढ़ा आदमी तो ऐसा था, जिसके घुटने हैरी की तरह गाँठदार थे - ज़िंदगी में पहली बार हैरी अपने परिवार को देख रहा था।

पॉटर परिवार मुस्कराया और उन्होंने हैरी की तरफ़ हाथ हिलाया। वह उनकी तरफ़ भूखी निगाहों से देखता रहा। उसके हाथ दर्पण पर टिके थे, जैसे उसे लग रहा हो कि वह इसमें अंदर घुसकर उन्हें छू सकता था। उसके भीतर दर्द की तेज़ लहर उठ रही थी, जिसमें आधी ख़ुशी और आधा दुख था, बहुत भयानक दुख।

उसे नहीं मालूम, वह वहाँ कितनी देर तक खड़ा रहा। प्रतिबिंब ग़ायब नहीं हुए और वह देखता रहा, एकटक देखता रहा, जब तक कि दूर से आती एक आवाज़ उसे फिर से होश में नहीं ले आयी। वह यहाँ पर अब और नहीं रुक सकता, उसे वापस अपने बिस्तर पर जाना चाहिये। उसने अपनी माँ के चेहरे से अपनी आँखें हटायीं और फुसफुसाया 'मैं फिर आऊँगा,' और तेज़ी से कमरे से बाहर निकल गया।

*

'तुम मुझे भी तो जगा सकते थे,' रॉन ने चिढ़कर कहा।

'तुम आज रात चल सकते हो, मैं दुबारा जाने वाला हूँ, मैं तुम्हें दर्पण दिखाना चाहता हूँ।'

'मैं तुम्हारे मम्मी-डैडी को देखना चाहूँगा,' रॉन ने उत्सुकता से कहा।

'और मैं तुम्हारे परिवार, पूरे वीज़्ली परिवार को देखना चाहूँगा। तुम मुझे अपने बाक़ी भाई और सब लोग दिखा सकते हो।'

'तुम उन लोगों से कभी भी मिल सकते हो,' रॉन ने कहा। 'बस गर्मियों में मेरे घर पर आ जाओ। वैसे हो सकता है कि शायद यह दर्पण सिर्फ़ उन्हीं को दिखाता हो जो मर चुके हैं। हालाँकि फ़्लेमैल का पता न लगना बड़ी बुरी बात है। थोड़ा सा बेकन या कोई और चीज़ ले लो, तुम कुछ खा क्यों नहीं रहे हो?'

हैरी से कुछ नहीं खाते बन रहा था। उसने अपने मम्मी-डैडी को देख लिया था और वह आज रात उन्हें दुबारा देखने जा रहा था। वह फ़्लेमैल को लगभग भूल चुका था। अब यह काम उसे उतना ज़्यादा महत्त्वपूर्ण नहीं लग रहा था। अब उसे कोई फ़र्क नहीं पड़ता था कि तीन सिर वाला कुत्ता किस चीज़ की रखवाली कर रहा था? और अगर स्नेप उसे चुरा भी ले, तो भी क्या फ़र्क़ पड़ता था?

'तुम ठीक तो हो?' रॉन ने कहा। 'तुम अजीब दिख रहे हो।'

*

हैरी को सबसे ज़्यादा डर इस बात का था कि वह दर्पण वाले कमरे को दुबारा नहीं ढूँढ़ पायेगा। चूँकि चोगे में रॉन भी लिपटा था, इसलिये उन्हें पिछली रात की तुलना में धीमे चलना पड़ा। उन्होंने लाइब्रेरी से हैरी के रास्ते को खोजने की कोशिश की और वे लगभग एक घंटे तक अँधेरे गलियारों में भटकते रहे।

'ठंड के मारे मेरी कुलफ़ी जमी जा रही है,' रॉन ने कहा। 'दर्पण को छोड़ो और वापस चलो।'

'नहीं!' हैरी ने फुफकारते हुए कहा। 'मैं जानता हूँ वह यहीं कहीं पर है।'

वे एक लंबी जादूगरनी के भूत के पास से गुज़रे, जो दूसरी दिशा में जा रही थी, परंतु उसके अलावा उन्हें कोई और नहीं दिखा। जब रॉन कराह

रहा था कि उसके पैर ठंड के मारे सुन्न होने लगे थे, तभी हैरी को कवच दिख गया।

'यहीं है – बस यहीं – हाँ!'

उन्होंने दरवाज़ा खोलने के लिये इसे धक्का दिया। हैरी ने अपने कंधों से चोगा हटाया और दर्पण की तरफ़ भागा।

उसका परिवार वहीं था। उसके मम्मी-डैडी उसे देखते ही ख़ुशी से मुस्कराये।

'देखा?' हैरी फुसफुसाया।

'मुझे कुछ नहीं दिख रहा,' रॉन ने जवाब दिया।

'देखो! उन लोगों को देखो ... बहुत सारे लोग हैं ...'

'मुझे सिर्फ़ तुम दिख रहे हो।'

'इसमें ठीक से देखो, चलो, जहाँ मैं खड़ा हूँ वहाँ खड़े होकर देखो।'

हैरी एक तरफ़ हट गया। चूँकि अब रॉन दर्पण के सामने खड़ा हो गया था, इसलिये अब हैरी को अपना परिवार नहीं दिख रहा था। उसे सिर्फ़ ऊनी पायजामा पहने रॉन दिख रहा था।

रॉन अपने प्रतिबिंब को मंत्रमुग्ध नज़रों से एकटक देख रहा था।

'मेरी तरफ़ देखो!' उसने कहा।

'क्या तुम अपने सारे परिवार को अपने चारों तरफ़ खड़े देख सकते हो?'

'नहीं – मैं अकेला हूँ – परंतु मैं थोड़ा अलग हूँ – मैं थोड़ा बड़ा हो गया हूँ – और मैं हेड बॉय हूँ!'

'क्या?'

'मैं – मैं उस तरह का बिल्ला लगाये हूँ, जैसा बिल लगाया करता था– मेरे हाथ में हाउस कप और क्विडिच कप है – मैं क्विडिच का कप्तान भी हूँ।'

रॉन ने इस अद्भुत दृश्य से अपनी आँखें हटाते हुए हैरी की तरफ़ रोमांचित भाव से देखा।

'क्या तुम्हें लगता है कि यह दर्पण भविष्य दिखाता है?'

'यह कैसे दिखा सकता है? मेरा परिवार मर चुका है – मुझे एक बार और देखने दो –'

'तुमने कल पूरी रात दर्पण देखा है, मुझे थोड़ी देर और देखने दो।'

'तुम्हारे हाथ में सिर्फ़ क्विडिच कप है, इसमें क्या ख़ास बात है? मैं अपने मम्मी-डैडी को देखना चाहता हूँ।'

'मुझे धक्का मत दो -'

बाहर के गलियारे से अचानक एक आवाज़ आयी, जिससे उनकी बहस बंद हो गयी। उन्हें इस बात का एहसास नहीं था कि वे कितनी ज़ोर-ज़ोर से बोल रहे थे।

'जल्दी!'

रॉन ने फुर्ती से अपने और हैरी के ऊपर चोगा फेंका ही था कि तभी मिसेज़ नॉरिस की चमकती आँखें दरवाज़े पर नज़र आयीं। रॉन और हैरी चुपचाप खड़े-खड़े एक ही बात सोच रहे थे- क्या यह चोगा बिल्लियों पर भी काम करता है? ऐसा लगा जैसे एक युग के बाद बिल्ली पलटी और चली गयी।

'अब रुकना ख़तरे से ख़ाली नहीं है - वह फिल्च को बुलाने गयी होगी। मैं शर्त लगा सकता हूँ कि उसने हमारी आवाज़ें सुन ली थीं। चलो।'

और रॉन ने हैरी को कमरे से बाहर खींच लिया।

*

बर्फ़ अगली सुबह भी नहीं पिघली।

'शतरंज खेलोगे, हैरी?' रॉन ने पूछा।

'नहीं।'

'तो फिर हम बाहर चलें और हैग्रिड से मिल आयें?'

'नहीं ... तुम चले जाओ ...'

'मैं जानता हूँ तुम किस बारे में सोच रहे हो, हैरी, दर्पण के बारे में। आज की रात मत जाना।'

'क्यों?'

'मैं नहीं जानता, मुझे सिर्फ़ कुछ खटका लग रहा है - और वैसे भी, तुम पहले ही कई बार बाल-बाल बच चुके हो। फिल्च, स्नेप और मिसेज़ नॉरिस चारों तरफ़ घूम रहे हैं। इससे क्या फ़र्क़ पड़ता है कि वे लोग तुम्हें

देख नहीं सकते? मान लो वे तुमसे टकरा जायें? या मान लो तुम किसी चीज़ से टकरा जाओ?'

'तुम हर्माइनी की तरह बातें कर रहे हो।'

'मैं सच कह रहा हूँ हैरी, मत जाओ।'

परंतु हैरी के मन में सिर्फ़ एक ही विचार था, यही कि वह दर्पण के सामने वापस जायेगा और रॉन उसे ऐसा करने से नहीं रोक सकता था।

*

तीसरी रात उसने अपना रास्ता पहले से बहुत जल्दी खोज लिया। उसे मालूम था कि वह तेज़-तेज़ चल रहा था, जिस वजह से बहुत आवाज़ हो रही है और ऐसा करना समझदारी नहीं थी, परंतु उसे रास्ते में कोई नहीं मिला।

और एक बार फिर उसके मम्मी-डैडी उसकी तरफ़ देखकर मुस्करा रहे थे; उसके एक दादाजी तो ख़ुशी के मारे सिर हिला रहे थे। हैरी दर्पण के सामने फ़र्श पर बैठ गया। वह यहाँ रात भर अपने परिवार के साथ बैठने वाला था और आज उसे कोई नहीं रोक सकता था। कोई भी नहीं।

सिवाय –

'तो हैरी फिर से आ गये?'

हैरी को ऐसा लगा जैसे उसके भीतर का ख़ून जमकर बर्फ़ हो गया। उसने पीछे मुड़कर देखा। दीवार के पास रखी कुर्सियों में से एक पर कोई और नहीं, बल्कि एल्बस डम्बलडोर बैठे थे। हैरी उनके पास से ही गुज़रा होगा, परंतु वह दर्पण तक पहुँचने के लिये इतना बेताब था कि उसने उनकी तरफ़ ध्यान नहीं दिया था।

'मैं – मैं आपको नहीं देख पाया, सर।'

'अजीब बात है, हैरी, लगता है अदृश्य होने से तुम्हारी आँखें कमज़ोर हो गयी हैं,' डम्बलडोर ने कहा और हैरी को यह देखकर राहत मिली कि वे मुस्करा रहे थे।

'तो,' डम्बलडोर ने कहा और वे भी कुर्सी से उतरकर हैरी के पास फ़र्श पर बैठ गये, 'तुम्हारे पहले इसे देखने वाले सैकड़ों लोगों की तरह ही तुम पर भी शहिवाख़ के दर्पण ने जादू कर दिया है।'

'मैं नहीं जानता था कि इसका यह नाम है, सर।'

'परंतु मुझे उम्मीद है कि अब तक तुम्हें यह एहसास हो गया होगा कि यह क्या करता है?'

'यह – यह मुझे मेरा परिवार दिखाता है।'

'और रॉन को यह दिखाता है कि वह हेड बॉय बन गया है।'

'आपको कैसे मालूम –?'

'मुझे अदृश्य होने के लिये किसी चोगे की ज़रूरत नहीं है,' डम्बलडोर ने धीमे से कहा। 'अब, क्या तुम अंदाज़ा लगा सकते हो कि शहिवाख़ का दर्पण हम सबको क्या दिखाता है?'

हैरी ने अपना सिर इंकार में हिलाया।

'मैं थोड़ा समझा दूँ। दुनिया का सबसे सुखी आदमी शहिवाख़ के दर्पण का प्रयोग किसी आम दर्पण की तरह कर सकता है, यानी कि जब वह इसमें देखेगा तो इसमें उसे अपना बिलकुल वही स्वरूप दिखेगा, जो उसका असली स्वरूप है। क्या इससे तुम्हें मदद मिली?'

हैरी ने सोचा। फिर उसने धीमे से कहा, 'यह हमें हमारी ख़्वाहिश दिखाता है ... चाहे हमारी ख़्वाहिश जो भी हो।'

'सही भी है और ग़लत भी,' डम्बलडोर ने शांति से कहा। 'यह हमें हमारे दिल की सबसे प्रबल, सबसे गहरी ख़्वाहिश दिखाता है, न उससे अधिक, न उससे कम। तुम अपने परिवार से कभी नहीं मिले, इसलिये तुम उन्हें अपने चारों तरफ़ खड़ा देखते हो। रोनाल्ड वीज़्ली, जो हमेशा अपने भाइयों की छाया में रहा है, अपने आपको अकेला खड़ा देखता है ... उन सबसे बेहतर स्थिति में। बहरहाल, यह दर्पण हमें न तो ज्ञान देता है, न ही सच्चाई दिखाता है। लोग इसके सामने खड़े होने के बाद बर्बाद हो गये हैं। उन्होंने इसमें जो देखा उससे वे मुग्ध हो गये या पागल हो गये, क्योंकि वे नहीं जानते थे कि जो यह दिखा रहा था वह सच था या नहीं, संभव था भी या नहीं।'

'दर्पण को कल नये घर में ले जाया जायेगा हैरी, और मैं चाहूँगा कि तुम दुबारा इसकी तलाश न करो। अगर तुम्हारा कभी इससे दुबारा सामना हो, तो तुम अब तैयार रहोगे। सपने देखते रहना और ज़िंदगी जीना भूल

जाना कोई अच्छी बात नहीं है, यह बात याद रखना। अब तुम अपने इस शानदार चोगे को वापस पहन लो और बिस्तर पर जाओ।'

हैरी खड़ा हो गया।

'सर – प्रोफ़ेसर डम्बलडोर? क्या मैं आपसे कुछ पूछ सकता हूँ?'

'जाहिर है, तुमने अभी-अभी पूछ लिया है,' डम्बलडोर मुस्कराये। 'बहरहाल, तुम मुझसे एक और सवाल पूछ सकते हो?'

'जब आप दर्पण में देखते हैं तो आपको क्या दिखता है?'

'मुझे? मैं देखता हूँ कि मेरे हाथ में मोटे ऊनी मोज़े हैं।'

हैरी देखता रह गया।

'इंसान के पास कभी पर्याप्त मोज़े नहीं रहते,' डम्बलडोर ने कहा। 'एक और क्रिसमस आया और चला गया, लेकिन मुझे किसी ने एक भी जोड़ी मोज़े नहीं दिये। लोग मुझे किताबें ही देते रहते हैं।'

जब हैरी बिस्तर में आ गया, तब जाकर उसे यह एहसास हुआ कि डम्बलडोर शायद पूरी तरह से सच नहीं बोल रहे थे। परंतु स्कैबर्स को अपने तकिये से दूर हटाते हुए उसने सोचा कि यह बहुत व्यक्तिगत सवाल भी तो था।

अध्याय तेरह

निकोलस फ़्लेमैल

डम्बलडोर ने हैरी को यह समझा दिया था कि वह दुबारा शहिवाख़ के दर्पण की तलाश में न जाये और इसलिये क्रिसमस की बची हुई छुट्टियों में अदृश्य चोगा उसके संदूक में नीचे पड़ा रहा। हैरी सोच रहा था काश इतनी ही आसानी से वह दर्पण में देखी बातों को भी भूल सकता, परंतु वह नहीं भूल पाया। उसे बुरे सपने आना शुरू हो गये, जिनमें वह बार-बार देखता था कि उसके माता-पिता हरी रोशनी के धमाके में ग़ायब हो रहे हैं, जबकि कोई आदमी तेज़ आवाज़ में हँस रहा है।

जब हैरी ने रॉन को इन सपनों के बारे में बताया, तो उसने कहा, 'देखा, डम्बलडोर सही कहते थे, वह दर्पण किसी को भी पागल कर सकता है।'

हर्माइनी स्कूल शुरू होने के एक दिन पहले आयी और उसने घटनाओं को एक अलग ही नज़रिये से देखा। एक तरफ़ तो वह यह सोचकर दहशत में थी कि हैरी तीन रातों तक लगातार बिस्तर से बाहर निकलकर पूरे स्कूल में घूमता रहा ('अगर फिल्च ने तुम्हें पकड़ लिया होता तो!') और दूसरी तरफ़ वह निराश थी कि हैरी को कम से कम यह तो पता लगा लेना चाहिये था कि निकोलस फ़्लेमैल कौन था।

उन्हें अब यह उम्मीद नहीं थी कि वे लाइब्रेरी की किसी किताब में फ़्लेमैल का नाम खोज पायेंगे। वैसे हैरी को अब भी यक़ीन था कि उसने यह नाम कहीं पर पढ़ा था। एक बार स्कूल शुरू हो गये, तो वे ब्रेक के दौरान दस मिनट तक किताबें छानने के काम में फिर से जुट गये। हैरी के पास तो बाक़ी दोनों से भी कम समय था, क्योंकि क्विडिच की प्रैक्टिस एक बार फिर शुरू हो गयी थी।

वुड इस बार टीम से पहले से बहुत ज़्यादा मेहनत करवा रहा था। अब बर्फ़ गिरने के बजाय बारिश हो रही थी, परंतु लगातार हो रही बारिश भी वुड के उत्साह को ठंडा नहीं कर पायी। वीज़्ली बंधु शिकायत कर रहे थे कि वुड पागल हो गया है, पर हैरी वुड की तरफ़ था। अगर वे मेहनतकश के ख़िलाफ़ अपना अगला मैच जीत लेते हैं, तो वे सात साल में पहली बार हाउस चैंपियनशिप में नागशक्ति से आगे निकल जायेंगे। कड़ी मेहनत करने के पीछे जीतने की इच्छा तो थी ही, इसके अलावा हैरी ने पाया कि जब वह प्रैक्टिस के बाद थका होता था, तो उसे बुरे सपने कम आते थे।

फिर एक दिन जब मौसम बहुत ज़्यादा गीला और मैदान कीचड़ भरा था, तब प्रैक्टिस के दौरान वुड ने टीम को एक बुरी ख़बर सुनायी। वह वीज़्ली बंधुओं पर बुरी तरह ख़फ़ा था, क्योंकि वे एक-दूसरे पर गोतामार बमबारी कर रहे थे और अपनी झाड़ू से गिरने का नाटक कर रहे थे।

'मस्ती मत करो!' वह चीख़ा। 'इसी तरह की हरकतों से हम मैच हारेंगे! इस बार स्नेप रेफरी बन रहे हैं और उनकी पूरी कोशिश रहेगी कि वे किसी भी बहाने से गरुड़द्वार के पॉइंट कम कर दें!'

यह सुनकर जॉर्ज वीज़्ली अपनी झाड़ू पर से सचमुच गिर गया।

'*स्नेप रेफरी* बन रहे हैं?' वह कीचड़ सने मुँह से बोला। 'स्नेप क्विडिच के मैच में पहले कब रेफरी बने हैं? अगर हम नागशक्ति से आगे निकलने की स्थिति में हैं, तो वे कभी न्याय नहीं करेंगे।'

बाक़ी टीम भी जॉर्ज के पास नीचे उतरकर शिकायत करने लगी।

'*यह मेरी* ग़लती नहीं है,' वुड ने कहा। 'हमें तो सिर्फ़ इस बात का पूरा ध्यान रखना है कि हम साफ़-सुथरा खेल खेलें, ताकि स्नेप को हमारे ख़िलाफ़ कोई बहाना न मिल सके।'

यह सब तो ठीक था, हैरी ने सोचा, परंतु एक और कारण भी था, जिसकी वजह से वह स्नेप के आसपास रहने पर क्विडिच नहीं खेलना चाहता था ...

टीम के बाक़ी लोग प्रैक्टिस के बाद हमेशा की तरह एक-दूसरे से बात करने के लिये रुक गये, परंतु हैरी सीधे गरुड़द्वार के हॉल में गया, जहाँ उसने रॉन और हर्माइनी को शतरंज खेलते देखा। शतरंज इकलौती ऐसी चीज़

थी, जिसमें हर्माइनी हार जाती थी और हैरी तथा रॉन दोनों का ही विचार था कि यह उसकी उदारता थी।

जब हैरी उसकी बगल में बैठा तो रॉन बोला, 'ज़रा एक मिनट रुको, मुझसे कुछ मत बोलना –' तभी उसकी निगाह अचानक हैरी के चेहरे पर पड़ी। 'तुम्हें क्या हुआ? तुम्हारी हालत बहुत ख़राब दिख रही है।'

कोई और न सुन ले, इसलिये अपनी आवाज़ नीची रखते हुए हैरी ने उन दोनों को बताया कि स्नेप के मन में क्विडिच का रेफरी बनने की दुष्ट इच्छा अचानक जाग गयी है।

'तो खेलने से मना कर दो,' हर्माइनी ने तत्काल कहा।

'कह दो कि तुम बीमार हो,' रॉन ने कहा।

'अपनी टांग टूटने का नाटक करो,' हर्माइनी ने सुझाव दिया।

'अपनी टॉग *सचमुच* तोड़ लो,' रॉन ने कहा

'मैं ऐसा नहीं कर सकता' हैरी ने कहा। 'हमारे पास कोई रिज़र्व खोजी नहीं है। अगर मैं नहीं खेलूँगा, तो गरुड़द्वार तो खेल ही नहीं पायेगा।'

उसी पल नेविल गिरता-पड़ता हुआ हॉल में आया। कोई नहीं समझ पाया कि वह किस तरह तस्वीर के छेद में से अंदर आने में कामयाब हुआ, क्योंकि उसके पैर बँधे थे। वे तत्काल समझ गये कि पैर बाँधने वाले श्राप की वजह से उसके पैर बँधे थे। वह गरुड़द्वार के हॉल तक सारे रास्ते कूदता हुआ आया होगा।

हर्माइनी को छोड़कर सभी हँसने लगे। हर्माइनी उछलकर खड़ी हुई और उसने-श्राप विरोधी मंत्र पढ़ा। नेविल के पैर खुलकर अलग हो गये और वह अपने पैरों पर खड़ा हो गया, हालाँकि वह अब भी काँप रहा था।

'क्या हुआ था?' हर्माइनी ने उससे पूछा और उसे हैरी तथा रॉन के पास ले जाकर बिठा दिया।

'मेल्फॉय,' नेविल ने काँपते हुए कहा। 'वह मुझे लाइब्रेरी के बाहर मिला था। उसने कहा कि वह इसकी प्रैक्टिस करने के लिये किसी को ढूँढ़ रहा था।'

'प्रोफ़ेसर मैक्गॉनेगल के पास जाओ!' हर्माइनी ने नेविल को सलाह दी। 'उसकी शिक़ायत करो!'

नेविल ने अपना सिर हिलाया।

'मैं अपने आपको और ज़्यादा मुश्किल में नहीं डालना चाहता,' वह बुदबुदाया।

'तुम्हें उसका सामना करना पड़ेगा, नेविल!' रॉन ने कहा। 'उसे लोगों को अपने क़दमों तले रौंदने की आदत पड़ चुकी है, परंतु यह तो कोई कारण नहीं है कि तुम उसके सामने झुक जाओ और उसका काम आसान कर दो।'

'मुझे यह बताने की ज़रूरत नहीं है कि मुझमें गरुड़द्वार में रहने लायक बहादुरी नहीं है, मैल्फॉय यह काम पहले ही कर चुका है,' नेविल ने रुँधे गले से कहा।

हैरी ने अपने दुशाले की जेब टटोली और चॉकलेट का एक मेंढक निकाला। यह उस बक्से का आख़िरी मेंढक था, जो हर्माइनी ने उसे क्रिसमस पर दिया था। उसने इसे नेविल को दे दिया, जिसे देखकर लगता था कि वह बस रोने ही वाला था।

'तुम अकेले बारह मैल्फॉयों के बराबर हो,' हैरी ने कहा। 'बोलती टोपी ने तुम्हें गरुड़द्वार में भेजा था, है ना? और मैल्फॉय कहाँ है? सड़े नागशक्ति में।'

मेंढक का कवर हटाते हुए नेविल के होंठों पर एक हलकी मुस्कान आयी।

'धन्यवाद, हैरी ... मुझे लगता है कि अब मुझे बिस्तर पर जाना चाहिये ... क्या तुम्हें कार्ड चाहिये? तुम कार्ड इकट्ठे करते हो, है ना?'

जब नेविल चला गया, तो हैरी ने मशहूर जादूगर के कार्ड की तरफ़ देखा।

'एक बार फिर डम्बलडोर,' उसने कहा। 'पहली बार भी मुझे वही मिले थे –'

उसने साँस अंदर की तरफ़ खींची और कार्ड को पलटकर देखा। फिर उसने रॉन और हर्माइनी की तरफ़ देखा।

'मुझे मिल गया!' वह फुसफुसाया। 'मुझे फ़्लेमैल मिल गया! मैंने तुम लोगों से *कहा था* ना, कि मैंने उसका नाम पहले कहीं पढ़ा था। मैंने उसका नाम ट्रेन में पढ़ा था, जब मैं यहाँ आ रहा था – यह सुनो : "प्रोफ़ेसर

डम्बलडोर ख़ास तौर पर इन चीज़ों के लिये मशहूर हैं : 1945 में शैतानी जादूगर ग्रिन्डेलवाल्ड को हराने के लिये, ड्रैगन के ख़ून के बारह प्रयोगों की खोज के लिये और *अपने पार्टनर निकोलस फ़्लेमैल के साथ रसायनशास्त्र पर किये गये काम के लिये।"'*

हर्माइनी एकदम उछल पड़ी। जब उसे अपने पहले होमवर्क के लिये नंबर मिले थे, उसके बाद वह कभी इतनी रोमांचित नहीं दिखी थी।

'यहीं रुको!' उसने कहा और वह सीढ़ियों पर कूदती हुई लड़कियों के कमरे की तरफ़ भागी। हैरी और रॉन को बस इतना ही मौका मिला कि वे एक-दूसरे को रहस्यमय निगाहों से देख सकें, और इतने में ही हर्माइनी दौड़ लगाकर वापस आ गयी। उसके हाथ में एक भारी-भरकम पुरानी किताब थी।

'मैंने कभी इसमें देखने के बारे में तो सोचा ही नहीं!' वह रोमांचित स्वर में फुसफुसा रही थी। 'मैंने वह किताब कई सप्ताह पहले लाइब्रेरी से दिल बहलाने के लिये ली थी।'

'दिल बहलाने के लिये?' रॉन ने कहा, परंतु हर्माइनी ने उसे तब तक चुप रहने को कहा, जब तक वह किताब में कुछ खोज न ले। इसके बाद उसने किताब के पन्ने तेज़ी से पलटाये और वह अपने आप से बोलते हुए बड़बड़ाती जा रही थी।

आख़िरकार उसे वह मिल ही गया जिसकी वह तलाश कर रही थी।

'मैं जानती थी! *मैं जानती थी!'*

'क्या अब हमें बोलने की इजाज़त है?' रॉन ने मुँह बनाकर कहा। हर्माइनी ने उसे नज़रअंदाज़ कर दिया।

'निकोलस फ़्लेमैल' वह नाटकीय अंदाज़ में बोली, 'के *पास पारस पत्थर है।*

इसका उतना प्रभाव नहीं पड़ा, जितनी उसे उम्मीद थी।

'क्या?' हैरी और रॉन ने कहा।

'सच्ची, क्या तुम दोनों को पढ़ना नहीं आता? देखो - और इसे पढ़ो, यहाँ।'

उसने उन दोनों की तरफ़ किताब सरका दी और हैरी व रॉन ने पढ़ा :

रसायनशास्त्र के प्राचीन अध्ययन का संबंध पारस पत्थर बनाने से है, जो अद्‌भुत शक्तियों वाला एक पौराणिक पत्थर है। यह पत्थर किसी भी धातु को शुद्ध सोने में बदल देता है और आयु बढ़ाने वाला अमृत भी बनाता है, जिसे पीने वाला अमर हो जाता है।

सदियों से पारस पत्थर के बारे में कई अफ़वाहें रही हैं, परंतु फिलहाल ऐसा पत्थर एक ही है और वह मिस्टर निकोलस फ़्लेमैल के पास है, जो जाने-माने रसायनशास्त्री और ऑपेरा-प्रेमी हैं। मिस्टर फ़्लेमैल, जिन्होंने पिछले साल अपना छह सौ पैंसठवाँ जन्मदिन मनाया है, डेवॉन में अपनी पत्नी पेरेनील (छह सौ अट्ठावन साल) के साथ शांत जीवन बिता रहे हैं।

'देखा?' हैरी और रॉन के पढ़ने के बाद हर्माइनी ने कहा। 'कुत्ता फ़्लेमैल के पारस पत्थर की रखवाली कर रहा होगा! मैं शर्त लगाती हूँ कि फ़्लेमैल ने डम्बलडोर से उसे सुरक्षित रखने के लिये कहा होगा, क्योंकि वे दोनों दोस्त हैं और वह जानता था कि कोई इसके पीछे पड़ा था, इसीलिये वह पत्थर को ग्रिनगॉट से निकलवाना चाहता था!'

'एक पत्थर जो सोना बनाता है और आपको कभी मरने नहीं देता!' हैरी ने कहा। 'कोई हैरानी नहीं कि स्नेप इसके पीछे पड़ा है! हर कोई चाहेगा कि ऐसा पत्थर उसके पास हो।'

'और कोई हैरानी नहीं कि हमें फ़्लेमैल का नाम *जादूगरी में आधुनिक विकास का अध्ययन* में नहीं मिला,' रॉन ने कहा। 'अगर वे छह सौ पैंसठ साल के हैं तो उन्हें आधुनिक तो नहीं कहा जा सकता, है ना?'

अगली सुबह हैरी और रॉन गुप्त कलाओं से रक्षा की क्लास में आदम भेड़िये के काटने के विभिन्न उपचार उतार रहे थे, परंतु वे अब भी यही चर्चा कर रहे थे कि अगर उन्हें पारस पत्थर मिल जाये तो वे क्या करेंगे। जब रॉन ने यह कहा कि वह अपनी ख़ुद की क्विडिच टीम ख़रीदेगा, तब जाकर हैरी को स्नेप और आने वाले मैच की याद आयी।

'मैं खेलूँगा,' उसने रॉन और हर्माइनी से कहा। 'अगर मैं नहीं खेला, तो नागशक्ति के लोग सोचेंगे कि मैं स्नेप का सामना करने से डर रहा हूँ।

मैं उन्हें बता दूँगा ... अगर हम जीत जाते हैं, तो उनके चेहरों से मुस्कान उड़ जायेगी।'

'बशर्ते वे लोग तुम्हें पिच से ही न उड़ा दें,' हर्माइनी ने कहा।

*

जैसे-जैसे मैच का दिन क़रीब आता गया, हैरी की घबराहट बढ़ती गयी, चाहे उसने रॉन और हर्माइनी से जो भी कहा हो। बाक़ी टीम भी बहुत शांत नहीं थी। हाउस चैंपियनशिप में नागशक्ति से आगे निकलने का विचार बहुत बढ़िया था। किसी ने भी पिछले सात साल में ऐसा कभी नहीं किया था, परंतु क्या उन्हें ऐसा करने दिया जायेगा, जबकि रेफरी इतना पक्षपात करने वाला हो?

हैरी नहीं जानता था कि यह उसके मन का वहम था या नहीं, परंतु वह जहाँ भी जाता था, स्नेप से टकरा जाता था। कई बार तो उसके मन में यह विचार भी आया कि कहीं स्नेप उसका पीछा तो नहीं कर रहा है और उसे ख़ुद पकड़ने की कोशिश तो नहीं कर रहा है। जादुई काढ़े की क्लास अब एक तरह की साप्ताहिक यातना में बदल रही थी और स्नेप हैरी के साथ भयानक व्यवहार कर रहा था। क्या स्नेप यह जानता था कि उन्हें पारस पत्थर के बारे में पता चल चुका था? हैरी को यह समझ में नहीं आया कि स्नेप को कैसे पता चल सकता था - परंतु कई बार उसे यह भयानक एहसास होता था कि शायद स्नेप मन की बातें पढ़ सकता था।

*

जब रॉन और हर्माइनी अगली दोपहर चेंजिंग रूम के बाहर उसे शुभकामनायें दे रहे थे, तो हैरी जानता था ये लोग यही सोच रहे होंगे कि वे उसे दुबारा ज़िंदा देख पायेंगे या नहीं। आप इसे तो सांत्वना देने वाला विचार नहीं कह सकते। जब उसने अपनी क्विडिच की ड्रेस पहनी और अपनी निम्बस 2000 उठायी, तो हैरी ने वुड के उत्साह बढ़ाने वाले भाषण का एक भी शब्द नहीं सुना।

इस बीच रॉन और हर्माइनी स्टैंड्स में नेविल के पास बैठ गये, जिसे यह समझ में नहीं आ रहा था कि वे इतने गंभीर और चिंतित क्यों थे या वे मैच में अपनी छड़ियाँ साथ लेकर क्यों आये थे। हैरी को मालूम नहीं था कि रॉन और हर्माइनी छुपकर पैर बाँधने वाले श्राप की प्रैक्टिस कर रहे थे।

उन्हें यह विचार मैल्फॉय से मिला था, जिसने नेविल पर इसका प्रयोग किया था, और वे तैयार थे कि अगर स्नेप ने हैरी को चोट पहुँचाने की ज़रा भी कोशिश की, तो वे स्नेप पर इसका प्रयोग कर देंगे।

'भूलना मत, यह *लोकोमोटर मॉर्टिस* है,' हर्माइनी बुदबुदायी, जब रॉन ने अपनी छड़ी अपनी बाँह में ऊपर की तरफ़ छुपायी।

'मैं जानता हूँ,' रॉन ने पलटकर जवाब दिया। 'बार-बार मत बताओ।'

चेंजिंग रूम में वुड हैरी को एक तरफ़ ले गया।

'मैं तुम पर दबाव नहीं डालना चाहता पॉटर, परंतु आज हमारे लिये सुनहरी गेंद को जल्दी पकड़ना जितना ज़रूरी है, उतना पहले कभी नहीं था। इससे पहले कि स्नेप मेहनतकश को ज़्यादा फ़ायदा पहुँचा पाये, खेल ही ख़त्म कर दो।'

'पूरा स्कूल यहाँ पर है।' फ्रेड वीज़्ली ने दरवाज़े से बाहर झाँकते हुए कहा। 'यहाँ तक कि – क़सम से – डम्बलडोर भी मैच देखने आये हैं।'

हैरी का दिल कुलाँचें भरने लगा।

'*डम्बलडोर?*' उसने कहा, और वह दरवाज़े तक दौड़कर गया, ताकि अपनी आँखों से देख सके। फ्रेड सच बोल रहा था। सफ़ेद दाढ़ी पहचानने में किसी से ग़लती नहीं हो सकती थी।

हैरी को इतनी राहत मिली कि उसका मन हुआ, वह ठहाका लगाकर हँसे। अब वह सुरक्षित था। डम्बलडोर अगर देख रहे थे, तो स्नेप ऐसी कोई हरकत करने की हिम्मत नहीं कर सकता था, जिससे हैरी को चोट पहुँचे।

शायद इसीलिये जब टीमें पिच पर पहुँचीं, तो स्नेप बहुत गुस्से में दिख रहा था, और रॉन ने भी यह ताड़ लिया।

'मैंने स्नेप को कभी इतना सड़ा मुँह बनाते नहीं देखा,' उसने हर्माइनी से कहा। 'देखो – खेल शुरू हो गया। आउच!'

किसी ने रॉन के सिर में पीछे से कुछ चुभाया। यह मैल्फॉय था।

'अरे सॉरी, वीज़्ली, तुम मुझे दिखे ही नहीं।'

मैल्फॉय क्रैब और गॉइल की तरफ़ देखकर दाँत निकाल रहा था।

'सोच रहा हूँ कि इस बार पॉटर कितनी देर तक अपनी झाड़ू पर टिका रह पायेगा? कोई शर्त लगाना चाहता है? तुम लगाओगे, वीज़्ली?'

रॉन ने जवाब नहीं दिया। स्नेप ने अभी-अभी मेहनतकश को एक पेनल्टी दी थी, क्योंकि जॉर्ज वीज़्ली ने एक पहलवान को उसकी तरफ़ मारा था। हर्माइनी, जिसकी सारी उँगलियाँ उसकी गोद में गुँथी हुई थीं, हैरी को लगातार देख रही थी, जो किसी बाज की तरह मैदान के चारों तरफ़ चक्कर लगा रहा था और सुनहरी गेंद की तलाश कर रहा था।

'तुम्हें पता है गरुड़द्वार टीम के खिलाड़ियों को कैसे चुना जाता है?' मैल्फ़ॉय ने कुछ मिनट बाद ज़ोर से कहा, जब स्नेप ने मेहनतकश को बिना किसी कारण के एक और पेनल्टी दे दी। 'वे ऐसे विद्यार्थियों को चुनते हैं, जिनके लिये उन्हें अफ़सोस होता है। देखो, पॉटर है, जिसके मम्मी-डैडी नहीं हैं; फिर वीज़्ली बंधु हैं, जिनके पास पैसा नहीं है - तुम्हें भी टीम में होना चाहिये लॉंगबॉटम, तुम्हारे पास दिमाग़ नहीं है।'

नेविल का चेहरा अचानक लाल हो गया, परंतु वह अपनी सीट से मैल्फ़ॉय की तरफ़ मुड़ा।

'मैं तुम जैसे बारह लोगों के बराबर हूँ, मैल्फ़ॉय,' उसने हकलाते हुए कहा।

मैल्फ़ॉय, क्रैब और गॉइल ज़ोर से हँसने लगे, परंतु रॉन बोला, जो अब भी खेल से अपनी आँखें हटाने की हिम्मत नहीं कर पा रहा था, 'उसे बता दो, नेविल।'

'लॉंगबॉटम, अगर दिमाग़ सोना होता तो तुम वीज़्ली से भी ग़रीब होते और यह बहुत बड़ी बात है।'

हैरी की चिंता की वजह से रॉन का संयम पहले ही टूटने के कगार पर पहुँच चुका था।

'मैं तुम्हें चेतावनी दे रहा हूँ, मैल्फ़ॉय - अगर अब आगे कुछ कहा तो -'

'रॉन!' हर्माइनी ने अचानक कहा। 'हैरी -!'

'क्या? कहाँ?'

हैरी अचानक एक ज़बर्दस्त गोता लगा रहा था, जिस वजह से भीड़ के मुँह से आह निकल गयी और तालियों की आवाज़ आने लगी। हर्माइनी

खड़ी हो गयी और उसने अपने दाँतों तले उँगली दबा ली, क्योंकि हैरी गोली की रफ़्तार से ज़मीन की तरफ़ चला आ रहा था।

'तुम्हारी क़िस्मत अच्छी है, वीज़्ली। लगता है पॉटर को ज़मीन पर कोई सिक्का दिख गया है!' मैल्फ़ॉय ने कहा।

रॉन ने आपा खो दिया। इससे पहले कि मैल्फ़ॉय समझ पाता कि क्या हो रहा था, रॉन उसे ज़मीन पर पटककर उसके ऊपर चढ़ चुका था। नेविल झिझका, फिर वह अपनी सीट के पीछे चढ़कर उसकी मदद करने पहुँच गया।

'शाबाश, हैरी!' हर्माइनी चीख़ी और अपनी सीट पर खड़ी होकर देखने लगी कि हैरी स्नेप की तरफ़ तेज़ी से लपक रहा था। हर्माइनी का ध्यान इस तरफ़ नहीं गया कि मैल्फ़ॉय और रॉन उसकी सीट के नीचे लुढ़के हुए हैं या नेविल, क्रैब और गॉइल की तरफ़ से मुक्कों और चीख़ों की आवाज़ें आ रही थीं।

ऊपर हवा में स्नेप अपनी जादुई झाड़ू पर समय रहते पलटा और उसने देखा कि लाल रंग की कोई चीज़ उससे कुछ इंच की दूरी से गुज़री – अगले ही पल हैरी ने अपने गोते को पूरा किया और अपनी बाँह को जीत की ख़ुशी में ऊपर उठाया : सुनहरी गेंद उसके हाथ में क़ैद थी।

दर्शकों के स्टैंड्स जैसे फट पड़े। यह एक रिकॉर्ड था। किसी को भी याद नहीं था कि सुनहरी गेंद को इससे पहले कभी इतनी जल्दी पकड़ा गया था।

'रॉन! रॉन! तुम कहाँ हो? मैच ख़त्म हो गया! हैरी जीत गया! हम जीत गये! गरुड़द्वार अब सबसे आगे है!' हर्माइनी चीख़ी। वह अपनी सीट पर ऊपर-नीचे नाच रही थी और अगली लाइन में बैठी पार्वती पाटिल को गले लगा रही थी।

हैरी अपनी झाड़ू से ज़मीन से एक फुट ऊपर से कूदा। उसे यक़ीन नहीं हो रहा था। उसने यह कर दिखाया था – मैच ख़त्म हो गया था, यह मुश्किल से पाँच मिनट चला होगा। जब गरुड़द्वार के विद्यार्थी पिच पर दौड़ते हुए आये, तो उसने स्नेप को पास में उतरते देखा, जिसका चेहरा सफ़ेद पड़ गया था और होंठ भिंचे हुए थे – फिर हैरी ने महसूस किया कि किसी ने उसके कंधे पर हाथ रखा। उसने पलटकर डम्बलडोर के मुस्कराते चेहरे को देखा।

'शाबाश' डम्बलडोर इतने धीमे बोले कि सिर्फ़ हैरी ही सुन सके। 'यह देखकर अच्छा लगा कि तुम उस दर्पण के बारे में चिंता नहीं कर रहे हो ... अपने आपको व्यस्त रख रहे हो ... बहुत अच्छे ...'

स्नेप ने कड़वाहट से ज़मीन पर थूका।

*

हैरी कुछ समय बाद चेंजिंग रूम से अकेला निकला, ताकि वह अपनी निम्बस 2000 को झाड़ूघर में वापस ले जा सके। उसे याद नहीं था कि उसे इससे पहले कभी इतनी ज़्यादा ख़ुशी हुई थी। उसने अब सचमुच कुछ ऐसा कर दिखाया था, जिस पर वह गर्व कर सकता था – अब कोई नहीं कह सकता था कि वह सिर्फ़ एक मशहूर नाम था। उसे शाम की हवा पहले कभी इतनी मीठी गंध से भरी नहीं लगी थीं। वह गीली घास पर चला और उसने अपने मन में आख़िरी घंटे की याद को ताज़ा किया, जो एक ख़ुशनुमा फिल्म थी : गरुड़द्वार के विद्यार्थी उसे अपने कंधों पर बिठाने के लिये भाग रहे थे, रॉन और हर्माइनी दूर कूद रहे थे, रॉन की नाक से काफ़ी खून बह रहा था, परंतु वह तालियाँ बजा रहा था।

हैरी झाड़ूघर तक पहुँच गया। वह लकड़ी के दरवाज़े पर टिका और उसने हॉगवर्ट्स की तरफ़ देखा, जिसकी खिड़कियाँ डूबते सूरज की रोशनी में लाल दिख रही थीं। अब गरुड़द्वार सबसे आगे था। उसने यह कर दिखाया था, उसने स्नेप को बता दिया था ...

और स्नेप की बात पर ...

एक नक़ाब पहनी हुई आकृति महल की अगली सीढ़ियों से तेज़ी से बाहर आयी। ज़ाहिर था वह नहीं चाहती थी कि कोई उसे देखे, इसलिये वह जितनी तेज़ी से हो सकता था, अँधेरे जंगल की तरफ़ बढ़ने लगी। यह देखते ही हैरी के मन में जीत की यादें धुंधली हो गयीं। उसने उस आकृति की लँगड़ाती चाल को पहचान लिया। जब बाक़ी सभी डिनर ले रहे थे, तो स्नेप चोरी से जंगल में क्यों जा रहा था – आख़िर हो क्या रहा था?

हैरी अपनी निम्बस 2000 पर कूदकर बैठा और उड़ चला। महल के ऊपर चुपचाप उड़ते हुए उसने देखा कि स्नेप लगभग दौड़ते हुए जंगल में घुस रहा था। वह भी उसके पीछे चल दिया।

पेड़ इतने घने थे कि उसे यह नहीं दिखा कि स्नेप कहाँ गया। हैरी निश्चित दायरे में उड़ता रहा, फिर नीचे की तरफ़ आया और पेड़ों की सबसे ऊपरी शाखाओं को छूता रहा, जब तक कि उसे आवाज़ें सुनाई नहीं दीं। वह उन आवाज़ों की तरफ़ उड़ा और बिना हलचल किये उतरकर एक बड़े पेड़ पर बैठ गया।

वह सावधानी से उसकी एक डाल पर चढ़ा और अपनी जादुई झाड़ू को कसकर पकड़े रहा। वह पत्तियों के बीच से देखने की कोशिश कर रहा था।

नीचे छायादार खुली जगह में स्नेप खड़ा था, परंतु वह अकेला नहीं था। क्विरिल भी वहाँ पर था। हैरी क्विरिल के चेहरे के भाव को तो नहीं देख सकता था, परंतु वह पहले से भी बुरी तरह हकला रहा था। हैरी ने यह सुनने के लिये अपनी सारी शक्ति लगा दी कि उनमें क्या बातें हो रही थीं।

'... न-नहीं जानता कि आप मुझसे यहाँ क्यों मि-मि-मिलना चाहते थे, सीवियरस ...'

'मैंने सोचा कि हमारा छुपकर मिलना ही बेहतर होगा,' स्नेप ने बर्फ़ीली आवाज़ में कहा। 'विद्यार्थियों को पारस पत्थर के बारे में मालूम नहीं होना चाहिये, है ना।'

हैरी आगे झुका। क्विरिल कुछ बुदबुदा रहा था। स्नेप ने उसे बीच में टोका।

'क्या तुम्हें पता चल गया कि हैग्रिड के कुत्ते को कैसे पार करना है?'

'प-प-परंतु सीवियरस, मैं -'

'तुम मुझे अपना दुश्मन तो नहीं बनाना चाहोगे, क्विरिल,' स्नेप ने कहा और उसकी तरफ़ एक क़दम बढ़ाया।

'मैं न-न-नहीं जानता कि आपका क्या -'

'तुम बहुत अच्छी तरह जानते हो कि मेरा क्या मतलब है।'

तभी एक उल्लू तेज़ी से चीख़ा और हैरी चौंककर पेड़ पर से लगभग गिर पड़ा, लेकिन उसने समय रहते ही अपने आपको सँभाल लिया, जब स्नेप कह रहा था, '- तुम्हारा तंत्र-मंत्र। मैं इंतज़ार कर रहा हूँ।'

'प-परंतु मैं न-न-नहीं-'

'ठीक है,' स्नेप ने उसकी बात काटते हुए कहा। 'हम जल्दी ही एक बार फिर मिलेंगे। तब तक तुम अच्छी तरह से सोच-विचार कर लेना और यह फ़ैसला कर लेना कि तुम्हारी वफ़ादारी किसके साथ है।'

उसने चोगे को अपने सिर पर डाला और वहाँ से चल दिया। अब अँधेरा लगभग पूरी तरह हो चुका था, परंतु हैरी देख सकता था कि क्विरिल अब भी चुपचाप खड़ा था, जैसे वह पत्थर की मूर्ति बन गया हो।

*

'हैरी, तुम *कहाँ थे?'* हर्माइनी चीख़ी।

'हम जीत गये! तुम जीत गये! हम जीत गये!' रॉन चिल्लाया और उसने हैरी की पीठ ठोकी। 'और मैंने मैल्फ़ॉय की आँख काली कर दी तथा नेविल ने कैब और गॉइल से अकेले ही निबटने की कोशिश की! वह अब भी ठंडा है, पर मैडम पॉमफ्री का कहना है कि वह बिलकुल ठीक हो जायेगा- नागशक्ति को मज़ा चखाने में अब क्या कसर रह गयी है! हॉल में सब तुम्हारा इंतज़ार कर रहे हैं, हम पार्टी कर रहे हैं, फ्रेड और जॉर्ज किचन से कुछ केक और बाक़ी सामान चुरा लाये हैं।'

'उस सबको अभी रहने दो,' हैरी ने हाँफते हुए कहा। 'चलो, हम किसी ख़ाली कमरे में चलते हैं। कुछ करने से पहले मेरी बात सुन लो ...'

हैरी ने पहले यह पक्का कर लिया कि कमरे के अंदर पीव्ज़ तो नहीं है, फिर उसने दरवाज़ा बंद कर लिया। इसके बाद हैरी ने उन्हें बताया कि उसने क्या देखा और सुना था।

'तो हम सही थे, वह पारस पत्थर ही है और स्नेप क्विरिल को मजबूर कर रहा है कि उसे हासिल करने में वह उसकी मदद करे। उसने पूछा कि क्या वह जानता था कि फ़्लफ़ी को कैसे पार किया जाये - और उसने क्विरिल के "तंत्र-मंत्र" के बारे में भी कुछ कहा - मुझे लगता है कि फ़्लफ़ी के अलावा भी बहुत सी चीज़ें पत्थर की रखवाली कर रही हैं, बहुत से जादू-मंत्र होंगे, और शायद क्विरिल ने भी गुप्त कलाओं से रक्षा के लिये कुछ जादू किया होगा, जिसे स्नेप को तोड़ना होगा -'

हर्माइनी ने आतंकित होकर कहा, 'तो तुम्हारा मतलब है पत्थर तभी तक सुरक्षित है, जब तक क्विरिल स्नेप के सामने घुटने नहीं टेक देता?'

'तब तो यह अगले मंगलवार तक चला जायेगा,' रॉन ने कहा।

अध्याय चौदह

नॉर्वे का सीढ़ीदार ड्रैगन नॉरबर्ट

जितना उन्होंने सोचा था क्विरिल उससे ज़्यादा बहादुर निकला। आने वाले सप्ताहों में वह पीला और दुबला ज़रूर होता जा रहा था, परंतु ऐसा नहीं लग रहा था जैसे उसने हार मान ली हो।

हर बार तीसरी मंज़िल के गलियारे से गुज़रते समय हैरी, रॉन और हर्माइनी दरवाज़े पर कान लगाकर यह जाँच करते थे कि फ़्लफ़ी अब भी अंदर गुर्रा रहा है या नहीं। स्नेप अपने बुरे मूड में भन्नाता घूम रहा था, जिसका निश्चित रूप से यह मतलब था कि पत्थर अब भी सुरक्षित था। इन दिनों हैरी जब भी क्विरिल के पास से गुज़रता था, तो वह उत्साह बढ़ाने वाले अंदाज़ में मुस्करा देता था और रॉन ने सबसे यह कहना शुरू कर दिया था कि वे क्विरिल के हकलाने की हँसी न उड़ायें।

बहरहाल, हर्माइनी के दिमाग़ में पारस पत्थर के अलावा और भी बहुत सी चिंतायें थीं। उसने अपने रिवीज़न का टाइमटेबल बनाना शुरू कर दिया और वह अपने नोट्स की कलर-कोडिंग करने लगी। हैरी और रॉन को इस बात का बुरा नहीं लगता, उन्हें परेशानी इस बात से थी कि हर्माइनी ऐसा करने के लिये उनसे भी बार-बार कहती थी।

'हर्माइनी, परीक्षायें बरसों दूर हैं।'

'दस सप्ताह,' हर्माइनी ने पलटकर जवाब दिया। 'यह बरसों दूर नहीं हैं। निकोलस फ़्लेमैल के लिये तो यह एक सेकंड की तरह है।'

'परंतु हम लोग छह सौ साल के नहीं हैं,' रॉन ने उसे याद दिलाया। 'वैसे भी, तुम रिवीज़न क्यों कर रही हो, तुम्हें तो सब पहले से ही आता है।'

'रिवीज़न क्यों कर रही हूँ? क्या तुम पागल हो गये हो? क्या तुम्हें एहसास है कि सेकंड इयर में जाने के लिये इस परीक्षा में पास होना ज़रूरी है? परीक्षायें बहुत महत्त्वपूर्ण हैं, मुझे एक महीने पहले ही पढ़ना शुरू कर देना चाहिये था, न जाने मुझे क्या हो गया था ...'

दुर्भाग्य से टीचर्स भी हर्माइनी की तरह ही सोच रहे थे। उन्होंने उन पर इतना सारा होमवर्क लाद दिया कि ईस्टर की छुट्टियाँ उतनी मज़ेदार नहीं रहीं, जितनी क्रिसमस की थीं। आराम से बैठना मुश्किल था, जब हर्माइनी आपके बगल में बैठकर ड्रैगन के ख़ून के बारह प्रयोग याद कर रही हो या छड़ी घुमाने की प्रैक्टिस कर रही हो। गहरी साँस छोड़ते हुए तथा उबासी लेते हुए हैरी और रॉन ने अपना ज़्यादातर ख़ाली समय उसके साथ लाइब्रेरी में बिताया और ढेर सारा होमवर्क करने की कोशिश की।

'मुझसे यह कभी याद नहीं होगा,' एक दोपहर रॉन अचानक अपनी कलम फेंकते हुए बोला और हसरत भरी निगाह से लाइब्रेरी की खिड़की के बाहर देखने लगा। महीनों बाद मौसम इतना सुहाना था। आसमान साफ़ और मुझे–मत भूलना जैसा नीला था तथा हवा गर्मी के आने का संकेत दे रही थी।

हैरी *एक हज़ार जड़ी–बूटियाँ और फफूँदियाँ* में 'डिट्टैनी' ढूँढ़ रहा था और उसने तब तक ऊपर नहीं देखा, जब तक रॉन यह नहीं बोला, 'हैग्रिड! तुम लाइब्रेरी में क्या कर रहे हो?'

हैग्रिड सामने आया, उसने अपनी पीठ के पीछे कुछ छुपा रखा था। वह छछूँदर की खाल के ओवरकोट में ग़लत जगह पर दिख रहा था।

'बस यूँ ही देख रहे थे, उसने खिसियानी आवाज़ में कहा, जिस वजह से उनकी रुचि तत्काल जाग गयी। 'और तुम लोग क्या कर रहे हो?' अचानक वह उन्हें शंका भरी नज़रों से देखने लगा। 'कहीं अब भी निकोलस फ़्लेमैल के बारे में तो नहीं खोज रहे हो, क्यों?'

'अरे, हमने सदियों पहले पता लगा लिया है कि वह कौन है,' रॉन ने शान झाड़ते हुए कहा। '*और* हम यह भी जानते हैं वह कुत्ता किस चीज़ की रखवाली कर रहा है। वह पारस पत्थर ...'

'श्श्श्श!' हैग्रिड ने तत्काल चारों तरफ़ देखा कि कहीं कोई सुन तो नहीं रहा है। 'उसके बारे में चिल्लाते मत फिरो, तुम्हें हो क्या गया है?'

हैरी बोला, 'दरअसल हम तुमसे यह पूछना चाहते थे कि फ़्लफ़ी के अलावा और कौन सी चीज़ें पत्थर की रखवाली कर रही हैं –'

'श्श्श्श!' हैग्रिड ने दुबारा कहा। 'सुनो – हमसे बाद में मिलो। हम यह वादा तो नहीं करते कि हम तुम्हें कुछ बतायेंगे, परंतु तुम लोग यहाँ पर हल्ला मत मचाओ। विद्यार्थियों को यह मालूम नहीं होना चाहिये। लोग सोचेंगे कि हमने तुम्हें बताया है –'

'बाद में मिलते हैं,' हैरी ने कहा।

हैग्रिड वहाँ से पैर पटकते हुए चला गया।

'उसने अपनी पीठ के पीछे क्या छुपा रखा था?' हर्माइनी सोचते हुए बोली।

'क्या तुम्हें लगता है कि इसका उस पत्थर से कोई संबंध है?'

'मैं देखकर आता हूँ कि वह लाइब्रेरी के किस हिस्से में गया था,' रॉन ने कहा, जिसका मन अब पढ़ाई से ऊब चुका था। एक मिनट बाद वह अपने हाथ में किताबों का गट्ठर लेकर लौटा और उसे टेबल पर पटक दिया।

'ड्रैगन!' वह बुदबुदाया। 'हैग्रिड ड्रैगन पर लिखी किताबें देख रहा था! ज़रा इन पर नज़र डालो : *ग्रेट ब्रिटेन और आयरलैंड की ड्रैगन प्रजातियाँ; अंडे से शैतान तक : ड्रैगन–मालिक की मार्गदर्शिका।'*

'हैग्रिड हमेशा से ड्रैगन पालना चाहता था। उसने मुझे यह तभी बता दिया था, जब मैं उससे पहली बार मिला था,' हैरी ने कहा।

'परंतु यह ग़ैर–कानूनी है,' रॉन ने कहा। 'सब जानते हैं कि 1709 के वारलॉक्स सम्मेलन में ड्रैगन पालना ग़ैर–कानूनी घोषित कर दिया गया है। अगर हम अपने घर के पीछे के बगीचे में ड्रैगन रखेंगे, तो मगलुओं से ख़ुद को मुश्किल हो जायेगा – वैसे भी आप ड्रैगनों को कभी पालतू नहीं बना सकते, यह छुपाना ख़तरनाक है। तुम्हें देखना चाहिये कि चार्ली रूमानिया में जंगली ड्रैगनों के कारण कितनी जगह जला है।'

'परंतु *ब्रिटेन* में तो जंगली ड्रैगन नहीं हैं?' हैरी ने पूछा।

'बिलकुल हैं,' रॉन ने कहा। 'सामान्य वेल्श ग्रीन और हैब्रिडियन ब्लैक। और मैं तुम्हें बता दूँ, जादू के मंत्रालय को उन्हें छुपाने के लिये बहुत

काम करना पड़ता है। हमें उन मगलुओं पर जादू करना पड़ता है, जिन्होंने ड्रैगन को देखा है, ताकि वे उसे भूल जायें।'

'तो फिर हैग्रिड क्या करना चाहता है?' हर्माइनी ने पूछा।

*

जब उन्होंने एक घंटे बाद रखवाले की झोंपड़ी का दरवाज़ा खटखटाया, तो उन्हें यह देखकर आश्चर्य हुआ कि सभी पर्दे बंद थे। हैग्रिड ने पूछा, 'कौन है?' इसके बाद ही उसने उन्हें अंदर आने दिया और उनके अंदर घुसते ही दरवाज़ा जल्दी से बंद कर दिया।

अंदर बहुत ज़्यादा गर्मी थी। हालाँकि आज काफ़ी गर्मी थी, इसके बावज़ूद अँगीठी में आग धधक रही थी। हैग्रिड ने उनके लिये चाय बनायी और उन्हें सैंडविच दिये, जिन्हें लेने से उन्होंने मना कर दिया।

'तो – तुम हमसे कुछ पूछना चाहते थे?'

'हाँ, हैरी ने कहा। घुमा-फिराकर पूछने से कोई फ़ायदा नहीं था। 'हम सोच रहे थे कि क्या तुम हमें बता सकते हो कि फ़्लफ़ी के अलावा पारस पत्थर की रक्षा और कौन कर रहा है।'

हैग्रिड ने उसकी तरफ़ घूरकर देखा।

'बिलकुल नहीं, हम नहीं बता सकते,' उसने कहा। 'पहली बात तो यह कि हम ख़ुद ही नहीं जानते। दूसरी बात, तुम लोग पहले ही बहुत कुछ जान चुके हो, इसलिये अगर हम बता भी सकते, तो भी तुम्हें कुछ नहीं बताते। वह पत्थर यहाँ पर एक बहुत अच्छे कारण से है। उसे ग्रिनगॉट से लगभग चुरा लिया गया था – हमें लगता है तुमने पहले ही यह अंदाज़ा लगा लिया होगा। वैसे हम यह नहीं समझ पा रहे हैं कि तुम्हें फ़्लफ़ी के बारे में कैसे पता चला?'

'हैग्रिड, रहने भी दो, तुम हमें बताना ही नहीं चाहते, वरना तुम तो हर बात जानते हो। यहाँ जो होता है उसके बारे में तुम्हें सब पता रहता है,' हर्माइनी ने चापलूसी भरी भावुक आवाज़ में कहा। हैग्रिड की दाढ़ी हिली और वे समझ गये कि वह मुस्करा रहा था। 'हम तो सिर्फ़ यह सोच रहे थे कि रखवाली का इंतज़ाम किस-किसने *किया है*,' हर्माइनी ने कहा। 'हम सोच रहे थे कि डम्बलडोर ने मदद लेने के लिये तुम्हारे अलावा और किस पर भरोसा किया होगा।'

इन शब्दों को सुनकर हैग्रिड का सीना गर्व से फूल गया। हैरी और रॉन हर्माइनी की तरफ़ देखकर मुस्कराये।

'अच्छा, हमें नहीं लगता कि तुम्हें यह बताने से कोई नुक़सान हो सकता है ... देखो ... उन्होंने फ़्लफ़ी हमसे उधार लिया ... फिर कुछ टीचर्स ने जादू किया ... प्रोफ़ेसर स्प्राउट–प्रोफ़ेसर फ्लिटविक–प्रोफ़ेसर मैक्गॉनेगल –' उसने अपनी उँगलियों पर नाम गिनते हुए कहा, 'प्रोफ़ेसर क्विरिल और ज़ाहिर है डम्बलडोर ने ख़ुद भी कुछ किया है। परंतु यह क्या, हम किसी का नाम भूल गये। अरे हाँ, प्रोफ़ेसर स्नेप।'

'स्नेप?'

'हाँ – तुम कहीं अब भी उसी ग़लतफ़हमी में तो नहीं हो? देखो, स्नेप पत्थर को चुराने की फिराक में नहीं हैं, उन्होंने तो इसकी *रक्षा करने में मदद* की है।'

हैरी जानता था कि रॉन और हमाइनी भी वही सोच रहे होंगे, जो वह सोच रहा था। अगर पत्थर की रक्षा के इंतज़ाम करते समय स्नेप मौजूद था, तो उसे यह आसानी से पता चल गया होगा कि बाक़ी टीचर्स ने इसकी सुरक्षा के कौन से इंतज़ाम किये थे। शायद वह हर चीज़ जानता था – सिवाय क्विरिल के मंत्र और फ़्लफ़ी को पार करने के तरीक़े को छोड़कर।

'तुम इकलौते इंसान हो जिसे यह पता है कि फ़्लफ़ी को पार कैसे किया जाये, क्यों हैग्रिड?' हैरी ने चिंता भरे स्वर में पूछा। 'और तुम यह बात किसी को नहीं बताओगे, है ना? किसी टीचर को भी नहीं?'

'हमारे और डम्बलडोर के अलावा यह बात किसी को भी नहीं मालूम,' हैग्रिड ने गर्व से कहा।

'तब तो बहुत अच्छा है,' हैरी दूसरों के सामने बुदबुदाया। 'हैग्रिड, क्या हम खिड़की खोल सकते हैं? मैं उबल रहा हूँ।'

'नहीं खोल सकते हैरी, सॉरी' हैग्रिड ने कहा। हैरी ने देखा हैग्रिड आग के अंदर झाँक रहा था। हैरी ने भी उसमें देखा।

'हैग्रिड – *वो* क्या है?'

परंतु वह पहले से ही जानता था कि वो क्या था। आग के बीचोंबीच केतली के नीचे एक बड़ा काला अंडा था।

'आह,' हैग्रिड ने घबराहट में अपनी दाढ़ी से खेलते हुए कहा। 'वह तो – ओह ...'

'तुम्हें यह कहाँ मिल गया, हैग्रिड?' रॉन ने कहा और आग के पास जाते हुए अंडे को ग़ौर से देखा। 'यह तो बहुत महँगा होगा।'

'हमने इसे शर्त में जीता है,' हैग्रिड बोला। 'कल रात हम गाँव में कुछ पैग पीने गये और वहाँ एक अजनबी के साथ ताश खेलने लगे। हमें लगता है कि वह इससे छुटकारा पाकर ख़ुश हुआ था, क़सम से।'

'परंतु जब अंडा फूटेगा तब तुम क्या करोगे?' हर्माइनी ने कहा।

'हम कुछ किताबें पढ़ रहे हैं,' हैग्रिड ने कहा और अपने तकिये के नीचे से एक बड़ी किताब निकाली। 'इसे हम लाइब्रेरी से लाये थे – *आनंद और लाभ के लिये ड्रैगन पालना* – यह थोड़ी पुरानी है, परंतु इसमें सब कुछ दिया है। अंडे को आग में रखो, क्योंकि उसकी माँ उस पर फूँक मारती है, और जब यह अंडा फोड़कर बाहर निकल आये, तो हर आधा घंटे – बाद इसे एक बाल्टी ब्रांडी में चिकन का ख़ून मिलाकर दो। और यहाँ देखो अलग–अलग अंडों को कैसे पहचाना जाये – हमारे पास जो है वह नॉर्वे का सीढ़ीदार ड्रैगन है। यह दुर्लभ है।'

वह अपने आप से बहुत ख़ुश लग रहा था, लेकिन हर्माइनी उतनी ख़ुश नहीं थी।

'हैग्रिड, तुम *लकड़ी* के घर में रहते हो,' उसने कहा।

लेकिन हैग्रिड उसकी बात नहीं सुन रहा था। वह तो आग को हिलाते हुए ख़ुशी से गुनगुना रहा था।

*

तो अब उनके पास चिंता करने के लिये एक और चीज़ थी : अगर किसी को यह पता चल गया कि हैग्रिड ने अपनी झोंपड़ी में एक ग़ैर–कानूनी ड्रैगन छुपा रखा है तो उसका क्या होगा।

'कभी मैं सोचता हूँ कि शांत ज़िंदगी कैसी होती होगी,' रॉन ने आह भरते हुए कहा। हर शाम को वे अपने होमवर्क से माथापच्ची करते थे, जो उन्हें लगातार दिया जा रहा था। हर्माइनी ने अब हैरी और रॉन के लिये भी रिवीज़न का टाइमटेबल बनाना शुरू कर दिया था। इससे वे पगला रहे थे।

फिर एक दिन नाश्ते के समय हेडविग हैरी के लिये हैग्रिड की एक चिट्ठी लायी। उसने सिर्फ़ एक लाइन लिखी थी : *वह बाहर निकल रहा है।*

रॉन जड़ी-बूटियों का ज्ञान के पीरियड में गोता मारना चाहता था और सीधे झोंपड़ी की तरफ़ जाना चाहता था, परंतु हर्माइनी इसके लिये तैयार नहीं थी।

'हर्माइनी, ज़िंदगी में कितनी बार ड्रैगन को पैदा होते देखने का मौक़ा मिलता है?'

'हमारी क्लासें हैं, हम मुश्किल में पड़ सकते हैं, और ज़रा सोचो अगर किसी को यह पता चल गया कि हैग्रिड क्या कर रहा है तो वह मुसीबत में फँस सकता है –'

'चुप हो जाओ!' हैरी फुसफुसाया।

मैल्फॉय कुछ फुट दूर खड़ा था और एकदम चुपचाप था, ताकि उनकी बातें सुन सके। उसने कितनी बातें सुनी थीं? हैरी को मैल्फॉय के चेहरे के भाव बिलकुल पसंद नहीं आये।

रॉन और हर्माइनी जड़ी-बूटियों का ज्ञान की क्लास तक जाते समय बहस करते रहे और अंत में हर्माइनी इस बात के लिये तैयार हो गयी कि वह उनके साथ सुबह की छुट्टी में हैग्रिड की झोंपड़ी तक भागकर चलेगी। जब उनकी क्लास के अंत में महल की घंटी बजी, तो तीनों ने तत्काल अपनी खुरपियाँ पटकीं और जल्दी-जल्दी मैदान से होते हुए जंगल के किनारे तक आ गये। हैग्रिड ने लाल चेहरे और रोमांचित भाव से उनका स्वागत किया।

'वह लगभग बाहर निकल चुका है,' उसने उन्हें भीतर बुलाया।

अंडा टेबल पर रखा था। उसमें गहरी दरारें थीं। अंदर कुछ हिल रहा था। उसके अंदर से अजीब सी खटखट की आवाज़ आ रही थी।

उन सभी ने अपनी कुर्सियाँ टेबल के पास खींच लीं और साँस रोककर देखते रहे।

तभी अचानक एक धमाका हुआ और अंडा फूट गया। ड्रैगन का बच्चा टेबल पर पसरा हुआ था। उसे सुंदर नहीं कहा जा सकता था; हैरी ने सोचा कि वह गुड़ी-मुड़ी काली छतरी की तरह दिख रहा था। उसके घुमावदार पंख उसके दुबले काले शरीर की तुलना में बहुत बड़े थे और

उसकी चौड़े नथुने वाली लंबी नाक थी, सींग के ठूँठ थे और बाहर निकली नारंगी आँखें थीं।

वह छींका। उसकी नाक से इक्का-दुक्का चिंगारियाँ निकलीं।

'कितना सुंदर है?' हैग्रिड बुदबुदाया। उसने ड्रैगन का सिर सहलाने के लिये अपना हाथ आगे बढ़ाया। ड्रैगन ने उसकी उँगलियों पर वार किया और अपने नुकीले दाँत दिखाये।

'देखो तो सही, यह अपनी मम्मी को पहचानता है!' हैग्रिड ने कहा।

'हैग्रिड,' हर्माइनी बोली, 'नॉर्वे का सीढ़ीदार ड्रैगन कितनी तेज़ी से बढ़ता है?'

हैग्रिड जवाब देने ही वाला था कि तभी उसके चेहरे का रंग उड़ गया - वह उछलकर खड़ा हुआ और खिड़की की तरफ़ लपका।

'क्या बात है?'

'पर्दों की दरार में से कोई देख रहा था - एक बच्चा था - वह स्कूल की तरफ़ वापस भाग रहा है।'

हैरी ने लपककर दरवाज़ा खोला और बाहर देखा। इतनी दूर होने पर भी पहचानने में कोई ग़लती नहीं हो सकती थी।

मैल्फॉय ने ड्रैगन देख लिया था।

*

अगले सप्ताह के दौरान मैल्फॉय के चेहरे पर थिरकती मुस्कान में कुछ ऐसा था जिसे देखकर हैरी, रॉन और हर्माइनी बहुत परेशान हो जाते थे। उन्होंने अपना ज़्यादातर ख़ाली समय हैग्रिड की अँधेरी झोंपड़ी में बिताया, ताकि वे उसे समझा सकें।

'इसे जाने दो,' हैरी ने आग्रह किया। 'इसे आज़ाद कर दो।'

'हम ऐसा नहीं कर सकते,' हैग्रिड ने कहा। 'यह अभी बहुत छोटा है। यह मर जायेगा।'

उन्होंने ड्रैगन की तरफ़ देखा। वह एक सप्ताह में ही तीन गुना लंबा हो गया था। उसके नथुनों से धुआँ निकलता रहता था। हैग्रिड रखवाली के काम नहीं कर पा रहा था, क्योंकि वह तो ड्रैगन को सँभालने में ही पूरी तरह व्यस्त

रहता था। पूरे फ़र्श पर ब्रांडी की ख़ाली बोतलें और मुर्गे के पंख फैले पड़े थे।

'हमने इसका नाम नॉरबर्ट रखने का फ़ैसला किया है,' हैग्रिड ने ड्रैगन की तरफ़ प्यार से देखते हुए कहा। 'यह अब हमें सचमुच पहचानने लगा है, देखो। नॉरबर्ट! नॉरबर्ट! मम्मी कहाँ है?'

'इसका दिमाग़ चल गया है,' रॉन हैरी के कान में बुदबुदाया।

'हैग्रिड' हैरी ने ज़ोर से कहा, 'नॉरबर्ट को पंद्रह दिन और रखोगे तो यह तुम्हारे घर जितना बड़ा हो जायेगा। मैल्फॉय किसी भी समय डम्बलडोर के पास जा सकता है।'

हैग्रिड ने अपने होंठ काटे।

'हम – हम जानते हैं कि हम इसे हमेशा के लिये नहीं रख सकते, परंतु हम इसे किसी कूड़ेदान में भी तो नहीं फेंक सकते।'

हैरी अचानक रॉन की तरफ़ मुड़ा।

'चार्ली,' उसने कहा।

'तुम्हारा दिमाग़ भी चल गया है,' रॉन ने कहा। 'मैं रॉन हूँ, क्या तुम्हें यह भी याद नहीं है?'

'नहीं – चार्ली – तुम्हारा भाई चार्ली। रूमानिया में। ड्रैगनों की पढ़ाई कर रहा है। हम नॉरबर्ट को उसके पास भेज सकते हैं। चार्ली इसकी देखभाल कर सकता है और फिर इसे जंगल में वापस भेज सकता है!'

'बहुत बढ़िया!' रॉन ने कहा। 'इस बारे में क्या ख़्याल है, हैग्रिड?'

और अंत में हैग्रिड तैयार हो गया कि वे चार्ली के पास उल्लू भेजकर उससे पूछ सकते हैं।

*

अगला सप्ताह गुज़र गया। बुधवार की रात को हर्माइनी और हैरी हॉल में अकेले बैठे थे; बाक़ी सभी काफ़ी पहले बिस्तर पर जा चुके थे। दीवार पर लगी घड़ी ने बारह बजाये ही थे कि तभी तस्वीर का छेद खुला और अचानक हवा में से रॉन प्रकट हुआ, जब उसने हैरी का अदृश्य चोगा उतारा। वह हैग्रिड की झोंपड़ी तक गया था, ताकि नॉरबर्ट को भोजन देने में उसकी मदद कर सके, जो अब बक्से भर–भरकर मरे चूहे खा रहा था।

'उसने मुझे काट लिया!' रॉन ने कहा और उन्हें अपना हाथ दिखाया, जो ख़ून से सने रूमाल में लिपटा हुआ था। 'अब मैं एक सप्ताह तक कलम नहीं पकड़ पाऊँगा। मैं तुम्हें बता दूँ, ड्रैगन वह सबसे भयानक जानवर है, जो मैंने आज तक देखा है, परंतु जिस तरह से हैग्रिड उसकी बात करता है, उसे सुनकर आपको ऐसा लगेगा जैसे वह खरगोश का नन्हा-मुन्ना नाज़ुक बच्चा हो। जब उसने मुझे काटा तो हैग्रिड ने मुझे डाँटा कि मैंने उसे डरा दिया था। और जब मैं वहाँ से आया तो हैग्रिड उसे लोरी सुना रहा था।'

अँधेरी खिड़की पर एक दस्तक हुई।

'हेडविंग!' हैरी ने कहा और उसे जल्दी से अंदर घुसा लिया। 'चार्ली का जवाब लेकर आयी होगी!'

इकट्ठे चिट्ठी पढ़ने के लिये उन तीनों ने अपने सिर पास-पास किये :

प्रिय रॉन,

तुम कैसे हो? पत्र के लिये धन्यवाद - मुझे नॉर्वे का सीढ़ीदार ड्रैगन रखने में ख़ुशी होगी, परंतु उसे यहाँ तक लाना आसान नहीं है। मुझे लगता है सबसे अच्छा यह रहेगा कि तुम उसे मेरे दोस्तों के साथ भिजवा दो, जो मुझसे मिलने के लिये अगले सप्ताह आ रहे हैं। समस्या यह है कि उन्हें ग़ैर-कानूनी ड्रैगन ले जाते हुए कोई देख न ले।

क्या तुम शनिवार को आधी रात के समय ड्रैगन को सबसे ऊँचे टॉवर पर ले जा सकते हो? वे लोग तुमसे यहाँ मिल सकते हैं और अँधेरे में ही उसे ले जा सकते हैं।

मुझे इस पत्र का जवाब जल्दी से जल्दी भेजो।

प्यार सहित,

चार्ली

उन्होंने एक-दूसरे की तरफ़ देखा।

'हमारे पास अदृश्य चोगा है,' हैरी ने कहा। 'यह काम ख़ास मुश्किल नहीं होना चाहिये - मुझे लगता है चोगा इतना बड़ा है कि ये हम दोनों और नॉरबर्ट को ढँक लेगा।'

वे दोनों उसकी बात से सहमत हो गये, इसी से आप समझ सकते थे कि उनका पिछला सप्ताह कितना बुरा गुज़रा था। नॉरबर्ट से – और मैल्फ़ॉय से छुटकारा पाने के लिये वे कुछ भी करने के लिये तैयार थे।

*

एक समस्या थी। रॉन के जिस हाथ में ड्रैगन ने काटा था, वह अगली सुबह तक सूजकर दुगुना मोटा हो गया। रॉन नहीं जानता था कि क्या मैडम पॉमफ्री के पास जाना ठीक रहेगा – क्या वे ड्रैगन के काटने के निशान को पहचान जायेंगी?

बहरहाल दोपहर तक उसके पास कोई विकल्प नहीं बचा था। घाव का रंग गहरा हरा हो चुका था। यह साफ़ दिख रहा था कि नॉरबर्ट के दाँत ज़हरीले थे।

हैरी और हर्माइनी दिन के अंत में भागते हुए हॉस्पिटल गये, जहाँ उन्हें रॉन बिस्तर में बुरी हालत में मिला।

'सिर्फ़ मेरे हाथ की ही बात नहीं है,' वह फुसफुसाया, 'हालाँकि ऐसा लगता है, जैसे यह टूटकर गिरने ही वाला है। मैल्फ़ॉय ने मैडम पॉमफ्री से यह कहा कि वह मुझसे एक किताब लेना चाहता है, ताकि वह अंदर आ सके और मुझ पर अच्छी तरह हँस सके। यह उन्हें यह बताने की धमकी दे रहा था कि मुझे सचमुच किसने काटा था – मैंने मैडम पॉमफ्री से कहा था कि मुझे कुत्ते ने काटा है, परंतु मुझे नहीं लगता कि उन्हें मेरी बात पर विश्वास हुआ होगा – मुझे उसे क्विडिच मैच में नहीं मारना चाहिये था, इसीलिये वह यह सब कर रहा है।'

हैरी और हर्माइनी ने रॉन को शांत करने की कोशिश की।

'शनिवार को आधी रात को सब कुछ ठीक हो जायेगा,' हर्माइनी ने कहा, परंतु इससे रॉन को ज़रा भी तसल्ली नहीं हुई। इसके बजाय वह सीधे होकर बैठ गया और पसीना-पसीना हो गया।

'शनिवार को आधी रात को! उसने फटी आवाज़ में कहा। 'अरे नहीं – मुझे अभी-अभी याद आया – चार्ली की चिट्ठी उसी किताब में थी, जो मैल्फ़ॉय ले गया है। उसे पता चल जायेगा कि हम नॉरबर्ट से पीछा छुड़ा रहे हैं।'

हैरी और हर्माइनी को जवाब देने का मौक़ा नहीं मिला। मैडम पॉमफ्री उसी पल वहाँ आ गयीं और उन्होंने उन लोगों को यह कहकर वहाँ से भगा दिया कि रॉन को नींद की ज़रूरत थी।

*

'योजना बदलने के लिये अब बहुत देर हो चुकी है,' हैरी ने हर्माइनी को बताया। 'हमारे पास इतना समय नहीं है कि हम चार्ली के पास एक और उल्लू भेज सकें और शायद यह नॉरबर्ट से पीछा छुड़ाने का इकलौता मौक़ा होगा। हमें यह जोखिम लेना ही होगा। और फिर हमारे पास अदृश्य चोगा *भी तो* है, मेल्फ़ॉय उसके बारे में नहीं जानता है।'

जब वे हैग्रिड को यह बताने गये, तो उन्हें उसका कुत्ता फैंग बाहर बैठा मिला, जिसकी पूँछ में पट्टी बंधी थी। हैग्रिड ने उनसे बात करने के लिये खिड़की खोली।

'हम तुम्हें अंदर नहीं आने देंगे, वह हाँफते हुए बोला। 'नॉरबर्ट अभी गुस्से में है – वैसे ऐसा कुछ नहीं है, जो हम न सँभाल सकें।'

जब उन्होंने उसे चार्ली की चिट्ठी के बारे में बताया, तो उसकी आँखों में आँसू भर आये, हालाँकि इसकी यह वजह भी हो सकती थी कि नॉरबर्ट ने उसी समय उसके पैर में काटा था।

'आआह! ठीक है, उसने सिर्फ़ हमारा जूता ही काटा है – यूँ ही खेल रहा है – आख़िर वह बच्चा ही तो है।'

बच्चे ने अपनी पूँछ दीवार पर मारी, जिससे खिड़कियाँ हिल गयीं। हैरी और हर्माइनी वापस महल लौट आये और यह सोचने लगे कि शनिवार जल्दी से क्यों नहीं आ जाता।

*

जब नॉरबर्ट को अलविदा कहने का समय आया, तो उन्हें हैग्रिड की हालत पर अफ़सोस हुआ होता, अगर वे इस बात को लेकर चिंतित नहीं होते कि उन्हें कितना कुछ करना था। रात बहुत अँधेरी और बादलों से भरी थी और उन्हें हैग्रिड की झोंपड़ी तक पहुँचने में थोड़ी देर हो गयी, क्योंकि वे पीव्ज़

के रास्ते से हटने का इंतज़ार कर रहे थे, जो प्रवेश हॉल में दीवार के साथ टेनिस खेल रहा था।

हैग्रिड ने नॉरबर्ट को एक बड़े बक्से में पैक करके तैयार रखा था।

'उसके सफ़र के लिये हमने बहुत से चूहे और ब्रांडी रख दी है,' हैग्रिड ने रुँधे गले से कहा। 'और हमने उसका टेडी बियर भी रख दिया है, ताकि वह अकेलापन महसूस न करे।'

बक्से के अंदर से आवाज़ें आ रही थीं, जिन्हें सुनकर लगा जैसे टेडी बियर का सिर फाड़ दिया गया हो।

'बाय-बाय, नॉरबर्ट!' हैग्रिड सुबका, जब हैरी और हर्माइनी ने बक्से को अदृश्य चोगे में ढँक लिया और ख़ुद भी उसके नीचे आ गये। 'मम्मी तुम्हें कभी नहीं भूलेगी!'

वे नहीं जानते कि वे बक्से को महल के ऊपर तक किस तरह लेकर गये। जब वे प्रवेश हॉल में संगमरमर की सीढ़ियों पर नॉरबर्ट को उठाकर अँधेरे गलियारों में ले गये, तो आधी रात होने वाली थी। एक और सीढ़ी, फिर एक और - हैरी के शॉर्टकट से भी काम आसान नहीं हुआ।

'बस पहुँच गये!' हैरी ने हाँफते हुए कहा जब वे सबसे ऊँचे टॉवर के नीचे वाले गलियारे में पहुँचे।

तभी उनके सामने अचानक हुई हलचल की वजह से उनके हाथ से बक्सा लगभग छूट गया। वे यह भूल गये थे कि वे पहले से ही अदृश्य थे, इसलिये वे छाया में दुबक गये और दो लोगों की परछाइयों को घूरते रहे, जो उनसे दस फुट दूरी पर गुत्थमगुत्था थे। एक लैंप जल रहा था।

प्रोफ़ेसर मैक्गॉनेगल चौकड़ी वाला ऊनी ड्रेसिंग गाउन पहने थीं, उनके बाल जूड़े में जाली से बंधे थे और उन्होंने मैल्फॉय का कान पकड़ रखा था।

'डिटेन्शन!' वे चिल्लायीं! और नागशक्ति के बीस पॉइंट कम हो गये! आधी रात को बाहर घूम रहे हो, तुम्हारी *हिम्मत* कैसे हुई -'

'आप समझ नहीं रही हैं प्रोफ़ेसर, हैरी पॉटर आने वाला है - उसके पास - ड्रैगन है!'

'क्या बकवास है! तुम इस तरह का झूठ कैसे बोल सकते हो! चलो - मैल्फॉय, मैं तुम्हारे बारे में प्रोफ़ेसर स्नेप से बात करूँगी!'

इसके बाद टॉवर की चोटी तक जाने वाली ऊँची घुमावदार सीढ़ियाँ पार करना दुनिया का सबसे आसान काम था। जब वे रात की ठंडी हवा में बाहर पहुँचे, तो उन्होंने अपना चोगा उतारकर फेंक दिया और ख़ुश हुए कि वे एक बार फिर से खुली हवा में ठीक से साँस ले सकते थे। हर्माइनी तो जैसे नाचने लगी।

'मैल्फ़ॉय को सज़ा मिल गयी! मैं गा सकती हूँ!'

'गाना मत,' हैरी ने उसे सलाह दी।

मैल्फ़ॉय पर हँसते हुए उन्होंने इंतज़ार किया। नॉरबर्ट अपने बक्से में धमाचौकड़ी कर रहा था। लगभग दस मिनट बाद चार जादुई झाड़ुयें अँधेरे में फिसलती हुई नीचे आयीं।

चार्ली के दोस्त ख़ुशमिजाज़ थे। उन्होंने हैरी और हर्माइनी को रस्सियों का वह झूला बताया जो वे साथ लेकर आये थे, जिससे वे नॉरबर्ट को झुलाते हुए ले जाने वाले थे। उन लोगों ने नॉरबर्ट को रस्सियों से ठीक तरह से बाँधने में मदद की और फिर हैरी व हर्माइनी ने सबसे हाथ मिलाया और उन्हें धन्यवाद दिया।

आख़िरकार, नॉरबर्ट जा रहा था ... जा रहा था ... *चला गया था।*

वे एक बार फिर घुमावदार सीढ़ियों से नीचे उतरे। अब जब नॉरबर्ट की चिंता उनके दिमाग़ से निकल गयी थी, तो उनके दिल उतने ही हलके थे जितने कि उनके हाथ। अब कोई ड्रैगन नहीं था – मैल्फ़ॉय को डिटेन्शन मिल गया था – उनके सुख को कौन सी चीज़ कम कर सकती थी?

इसका जवाब सीढ़ियों के नीचे उनका इंतज़ार कर रहा था। जैसे ही उन्होंने गलियारे में क़दम रखा, फिल्च का चेहरा अचानक अँधेरे से बाहर निकलकर उनके सामने आ गया।

'ओह, ओह, ओह,' फिल्च फुसफुसाया, *'अब तो हम फँस गये।'* वे अपना अदृश्य चोगा टॉवर की छत पर छोड़ आये थे।

अध्याय पन्द्रह

अँधेरा जंगल

इससे बुरा कुछ नहीं हो सकता था।

फिल्च उन्हें पहली मंज़िल पर प्रोफ़ेसर मैक्गॉनेगल की स्टडी में ले गया, जहाँ वे बैठ गये और एक-दूसरे से कुछ बोले बिना इंतज़ार करने लगे। हर्माइनी काँप रही थी। लंबी मनगढ़ंत कहानियाँ, बचने के उपाय और बहाने हैरी के दिमाग़ में एक-दूसरे से टकराते रहे, परंतु हर बहाना दूसरे से कमज़ोर नज़र आ रहा था। उसे समझ में नहीं आ रहा था कि इस बार संकट कैसे दूर होगा। वे बुरी तरह फँस चुके थे। उनसे इतनी बड़ी मूर्खता कैसे हो गयी कि वे अदृश्य चोगे को भूल गये? प्रोफ़ेसर मैक्गॉनेगल बिस्तर से बाहर जाने और अँधेरी रात में स्कूल में घूमने के बारे में कोई बहाना नहीं सुनेंगी, सबसे ऊँचे खगोलशास्त्र के टॉवर पर जाने की बात तो छोड़ ही दें, जहाँ क्लास के अलावा जाना हमेशा मना था। इसमें नॉरबर्ट और अदृश्य चोगे को भी जोड़ दें, तो वे लोग अपने संदूक पैक कर सकते थे।

क्या हैरी को ऐसा लग रहा था कि इससे बुरा कुछ नहीं हो सकता था? वह ग़लत था। जब प्रोफ़ेसर मैक्गॉनेगल आयीं, तो नेविल भी उनके साथ था।

जैसे ही उसने उन दोनों को देखा, वह एकदम बोल पड़ा, 'हैरी! मैं चेतावनी देने के लिये तुम्हें खोज रहा था। दरअसल मैंने मेल्फ़ॉय को कहते सुना था कि वह तुम्हें पकड़ने वाला है। वह कह रहा था कि तुम्हारे पास ड्रैग –'

हैरी ने नेविल को चुप करने के लिये अपना सिर तेज़ी से हिलाया, परंतु प्रोफ़ेसर मैक्गॉनेगल ने देख लिया। जब वे उन तीनों के सिर पर खड़ी

हुईं, तो ऐसा लग रहा था, जैसे वे नॉरबर्ट से भी ज़्यादा तेज़ी से आग उगलने वाली हैं।

'मुझे आप लोगों से यह उम्मीद नहीं थी। मिस्टर फिल्म का कहना है कि आप लोग खगोलशास्त्र के टॉवर पर गये थे। रात के एक बज रहे हैं। *आपको अपनी सफ़ाई में क्या कहना है?'*

यह पहली बार था, जब हर्माइनी किसी टीचर के सवाल का जवाब नहीं दे पायी। वह अपनी चप्पलों की तरफ़ घूर रही थी और किसी मूर्ति की तरह स्थिर खड़ी थी।

'मेरे ख़्याल से मैं समझ सकती हूँ कि क्या हुआ होगा,' प्रोफ़ेसर मेगॉनेगल ने कहा। 'इसे समझने के लिये बहुत बुद्धिमानी की ज़रूरत नहीं है। आपने ड्रेको मैल्फॉय को ड्रैगन के बारे में कोई झूठी, मनगढ़ंत कहानी सुना दी, ताकि वह बिस्तर से बाहर निकले और मुसीबत में फँस जाये। मैंने उसे पहले ही पकड़ लिया है। मुझे लगता है आपको इस बात में मज़ा आया होगा कि लाँगबॉटम ने भी वह कहानी सुनी और उस पर विश्वास कर लिया।'

हैरी ने नेविल की तरफ़ देखा और उसने आँखों ही आँखों में इशारे से उसे बताने की कोशिश की कि वह सच नहीं था, क्योंकि नेविल स्तब्ध खड़ा था, जैसे उसे चोट पहुँची हो। बेचारा, ग़लती करने वाला नेविल – हैरी जानता था कि उन्हें चेतावनी देने के लिये अँधेरे में ढूँढ़ने में उसे कितनी मुसीबतों का सामना करना पड़ा होगा।

'मैं बहुत दुखी हूँ, प्रोफ़ेसर मैक्गॉनेगल ने कहा। 'एक ही रात में चार विद्यार्थी बिस्तर से बाहर थे! मैंने इस तरह की बात पहले कभी नहीं सुनी! और आप, मिस ग्रेंजर, मुझे लगता था आप समझदार हैं। जहाँ तक आपका सवाल है, पॉटर, मैं सोचती थी आपके लिये गरुड़द्वार इससे ज़्यादा मायने रखता होगा। आप तीनों को डिटेन्शन मिलेगा – हाँ, आपको भी मिस्टर लाँगबॉटम, *कोई भी चीज़* आपको रात को स्कूल के बाहर घूमने का अधिकार नहीं देती, ख़ासकर इन दिनों, यह बहुत ख़तरनाक है – और गरुड़द्वार के पचास पॉइंट कम हो जायेंगे।'

'पचास?' हैरी के मुँह से निकला – उनकी बढ़त ख़त्म हो जायेगी, वह बढ़त जो उसने पिछले क्विडिच मैच में हासिल की थी।

'पचास पॉइंट हर एक के,' प्रोफ़ेसर मैक्गॉनेगल ने कहा, जो अपनी लंबी नुकीली नाक से तेज़ी से साँस ले रही थीं।

'प्रोफ़ेसर – प्लीज़ –'

'आप ऐसा नहीं कर सकतीं –'

'पॉटर, मुझे मत बताओ कि मैं क्या कर सकती हूँ और क्या नहीं। अब आप सब अपने बिस्तर पर जायें। मुझे पहले कभी गरुड़द्वार के विद्यार्थियों पर इतनी शर्म नहीं आयी।'

डेढ़ सौ पॉइंट कम हो गये। इससे गरुड़द्वार आख़िरी स्थान पर आ गया।

एक ही रात में उन्होंने गरुड़द्वार के हाउस कप जीतने की सारी संभावना समाप्त कर दी। हैरी को लगा जैसे उसके पेट की तली ग़ायब हो गयी हो। वे लोग इसकी भरपाई कैसे कर पायेंगे?

हैरी सारी रात नहीं सो पाया। वह सुन रहा था कि नेविल अपने तकिये में घंटों सुबकता रहा। हैरी नहीं जानता था कि उसे सांत्वना देने के लिये उससे क्या कहे। वह जानता था कि उसकी तरह नेविल भी सुबह होने से डर रहा था। क्या होगा जब गरुड़द्वार के बाक़ी विद्यार्थियों को उनकी करतूत का पता चलेगा?

हाउस पॉइंट काँच के जिस बड़े स्कोरबोर्ड पर लिखे जाते थे, उसके पास से गुज़रते समय पहले तो गरुड़द्वार के विद्यार्थियों को लगा जैसे कहीं कोई गड़बड़ हो गयी है। कल से आज के बीच उनके डेढ़ सौ पॉइंट अचानक कम कैसे हो गये? और फिर कहानी फैलनी शुरू हुई : हैरी पॉटर, मशहूर हैरी पॉटर, दो क्विडिच मैचों के उनके हीरो ने यह सारे पॉइंट गँवाये थे – उसने और फर्स्ट इयर के दो अन्य मूर्ख विद्यार्थियों ने।

स्कूल में सबसे लोकप्रिय और प्रशंसनीय छात्रों में से एक होने के बजाय अब हैरी को अचानक सबसे ज़्यादा नफ़रत की निगाह से देखा जाने लगा। यहाँ तक कि चीलघात और मेहनतकश के विद्यार्थी भी उसके ख़िलाफ़ हो गये, क्योंकि सभी चाहते थे कि नागशक्ति हाउस कप न जीत पाये। हैरी जहाँ भी जाता था, लोग उसकी तरफ़ इशारा करते थे और उसका अपमान करते समय अपनी आवाज़ धीमी रखने का कष्ट भी नहीं करते थे। दूसरी तरफ़ नागशक्ति के विद्यार्थी उसके पास से गुज़रते समय ताली और सीटी बजाते थे तथा ख़ुश होकर कहते थे, 'धन्यवाद पॉटर, तुमने हमें जिता दिया!'

केवल रॉन ने उसका साथ दिया।

'सब इस बात को कुछ हफ़्तों में भूल जायेंगे। फ्रेड और जॉर्ज ने भी यहाँ पर बहुत सारे पॉइंट गँवाये हैं और लोग फिर भी उन्हें पसंद करते हैं।'

'परंतु उन्होंने एक ही झटके में डेढ़ सौ पॉइंट कभी नहीं गँवाये होंगे, है ना?' हैरी ने दुखी होकर कहा।

'हाँ – यह तो है,' रॉन ने स्वीकार किया।

नुक़सान की भरपाई करने के लिये अब बहुत देर हो चुकी थी, परंतु हैरी ने क़सम खायी कि वह आगे से उन चीज़ों में कभी अपनी टाँग नहीं फँसायेगा, जिनसे उसका कोई लेना-देना न हो। अब इधर-उधर छुपकर जासूसी करना बंद। उसे ख़ुद पर इतनी शर्म आ रही थी कि वह वुड के पास गया और उससे कहा कि वह क्विडिच टीम से इस्तीफ़ा देने के लिये तैयार है।

'इस्तीफ़ा?' वुड गरजा। 'उससे क्या फ़ायदा होगा? अगर हम क्विडिच में नहीं जीतेंगे, तो इन पॉइंट्स को दुबारा कैसे जीत पायेंगे?'

परंतु यहाँ तक कि क्विडिच का मज़ा भी ख़त्म हो गया था। प्रैक्टिस के दौरान बाक़ी की टीम हैरी से बात नहीं करती थी, और अगर उन्हें उसके बारे में कुछ कहना होता था, तो वे उसे 'खोजी' कहकर बुलाते थे।

हर्माइनी और नेविल भी दुख झेल रहे थे। उनका हाल हैरी जितना बुरा नहीं था, क्योंकि वे उतने लोकप्रिय नहीं थे, परंतु उनसे भी कोई बात नहीं करता था। हर्माइनी ने क्लास में लोगों का ध्यान अपनी तरफ़ खींचना बंद कर दिया और वह सिर नीचा करके शांति से अपना काम करती रहती थी।

हैरी लगभग ख़ुश था कि परीक्षायें अब ज़्यादा दूर नहीं थीं। उसे जो ढेर सारा रिवीज़न करना था, उसकी वजह से उसका ध्यान अपने दुख पर से हट गया। वह रॉन और हर्माइनी इकट्ठे रहते थे, देर रात तक पढ़ते थे और जटिल जादुई काढ़ों के तत्व याद करने की कोशिश करते थे, सम्मोहन और मंत्रों को कंठस्थ करते थे तथा जादुई खोजों और पिशाच विद्रोहों की तारीख़ें रटते थे ...

फिर, परीक्षायें शुरू होने के लगभग एक हफ़्ते पहले दूसरों के मामले में टाँग न फँसाने के हैरी के नये संकल्प का अचानक इम्तहान हुआ। एक दोपहर लाइब्रेरी से अकेले वापस लौटते समय उसने आगे वाले क्लासरूम में किसी के सुबकने की आवाज़ सुनी। जब वह पास गया, तो उसने क्विरिल को बोलते सुना।

'नहीं – नहीं – दुबारा नहीं, प्लीज़ –'

ऐसा लग रहा था जैसे कोई उसे धमकी दे रहा हो। हैरी थोड़ा और पास गया।

'ठीक है – ठीक है –' उसने क्विरिल को सुबकते सुना।

अगले ही पल क्विरिल अपनी पगड़ी सीधी करते हुए क्लासरूम से तेज़ी से बाहर आया। उसका चेहरा पीला था और ऐसा लग रहा था जैसे वह रोने ही वाला हो। वह नज़रों से ओझल हो गया। हैरी को नहीं लगा कि क्विरिल ने उसे देखा था। उसने तब तक इंतज़ार किया, जब तक क्विरिल के क़दमों की आवाज़ सुनाई देना बंद नहीं हो गयी, फिर उसने क्लासरूम में झाँका। वह ख़ाली था, परंतु दूसरी तरफ़ का दरवाज़ा थोड़ा खुला था। हैरी उसकी तरफ़ आधी दूर तक चला गया, परंतु तभी उसे याद आया कि उसने दूसरों के मामले में टाँग न फँसाने की क़सम खायी थी।

बहरहाल, वह बारह पारस पत्थर दाँव पर लगाकर कह सकता था कि स्नेप अभी–अभी उस कमरे से बाहर गया होगा और हैरी ने अभी जो सुना था, उसके बाद स्नेप की चाल में नई लचक आ गयी होगी। ऐसा लग रहा था जैसे क्विरिल ने आख़िरकार हार मान ली थी।

हैरी वापस लाइब्रेरी में गया, जहाँ हर्माइनी रॉन की खगोलशास्त्र की परीक्षा ले रही थी। हैरी ने उन्हें बताया कि उसने क्या सुना था।

'स्नेप ने आख़िर उसे मना ही लिया!' रॉन ने कहा। 'अगर क्विरिल ने उसे बता दिया है कि उसके गुप्त कलाओं से रक्षा के मंत्र को कैसे तोड़ा जाये –'

'अब भी फ़्लफ़ी बचा है' हर्माइनी ने कहा।

'हो सकता है स्नेप ने हैग्रिड से पूछे बिना ही यह पता लगा लिया हो कि उसे कैसे पार किया जाये,' रॉन ने अपने चारों तरफ़ लगी हज़ारों किताबों की तरफ़ देखते हुए कहा। 'मैं शर्त लगा सकता हूँ कि यहाँ पर कोई ऐसी किताब होगी, जिसमें यह लिखा होगा कि तीन सिर वाले दैत्याकार कुत्ते को कैसे पार किया जाये। तो अब हम क्या करें, हैरी?'

रॉन की आँखों में एक बार फिर रोमांचक अभियान की चमक आ गयी, परंतु हैरी के जवाब देने से पहले ही हर्माइनी ने जवाब दे दिया।

'डम्बलडोर के पास जाओ। हमें यह काम सदियों पहले करना चाहिये था। अगर हम अपनी दम पर कुछ करने की कोशिश करेंगे, तो यह तय है कि हमें यहाँ से बाहर निकाल दिया जायेगा।'

'पर हमारे पास कोई *सबूत* नहीं है!' हैरी ने कहा। 'क्विरिल इतने डरे हुए हैं कि वे हमारे पक्ष में नहीं बोलेंगे। स्नेप को तो सिर्फ़ इतना कहना है कि उसे क्या मालूम दैत्य किस तरह हैलोवीन के दिन अंदर आया और वह उस दिन तीसरी मंज़िल के आसपास गया ही नहीं – तुम्हें क्या लगता है, लोग किस पर भरोसा करेंगे – उस पर या हम पर? यह किसी से भी नहीं छुपा है कि हम उससे नफ़रत करते हैं। डम्बलडोर सोचेंगे कि हमने स्नेप को निकलवाने के लिये यह कहानी गढ़ी है। फिल्च भी हमारी कोई मदद नहीं करेगा, चाहे इस पर उसकी ज़िंदगी भी दाँव पर लगी हो, क्योंकि स्नेप के साथ उसकी दोस्ती है और वह तो यही सोचेगा कि जितने विद्यार्थी बाहर निकाले जायें उतना ही अच्छा है और यह मत भूलो कि हमें पारस पत्थर या फ़्लफ़ी के बारे में मालूम नहीं होना चाहिये। हमें बहुत से स्पष्टीकरण देने पड़ेंगे।'

हर्माइनी को तो विश्वास हो गया, पर रॉन को नहीं हुआ।

'अगर हम थोड़ी खोजबीन करें –'

'नहीं' हैरी ने सपाट लहज़े में कहा, 'हम पहले ही बहुत खोजबीन कर चुके हैं।'

उसने बृहस्पति का नक्शा निकालकर अपनी तरफ़ खींचा और उसके उपग्रहों के नाम याद करने लगा।

*

अगली सुबह हैरी, हर्माइनी और नेविल को नाश्ते की टेबल पर चिट्ठियाँ मिलीं। सभी में एक ही बात लिखी थी :

आपका डिटेन्शन आज रात ग्यारह बजे शुरू होगा। प्रवेश हॉल में मिस्टर फिल्च से मिलें।

प्रोफ़ेसर एम. मैक्गॉनेगल

पॉइंट गँवाने के बवाल में हैरी यह भूल ही गया था कि उन्हें डिटेन्शन भी करना था। उसे लग रहा था कि शायद हर्माइनी यह शिकायत करेगी कि इस वजह से रिवीज़न की एक पूरी रात चली जायेगी, परंतु हर्माइनी ने एक शब्द भी नहीं कहा। हैरी की ही तरह वह भी सोच रही थी कि उन्हें जो सज़ा मिली थी, वह उन्हें मिलनी ही चाहिये थी।

उस रात को ग्यारह बजे उन्होंने हॉल में रॉन से विदा ली और नेविल के साथ नीचे प्रवेश हॉल में गये। फिल्च वहाँ पहले से ही था – और मैल्फॉय भी। हैरी यह भी भूल गया था कि मैल्फॉय को भी डिटेन्शन मिला था।

'मेरे पीछे आओ,' फिल्च ने एक लैंप जलाते हुए कहा और उन्हें बाहर ले गया। 'मैं शर्त लगा सकता हूँ कि तुम लोग दुबारा स्कूल का नियम तोड़ते समय दो बार सोचोगे, है ना?' वह कहता रहा और उनकी तरफ़ बुरी निगाहों से घूरता रहा। 'और हाँ ... अगर मुझसे पूछा जाये तो कड़ी मेहनत और कष्ट सबसे अच्छे शिक्षक होते हैं ... बड़े अफ़सोस की बात है कि अब सज़ा के पुराने तरीक़ों का इस्तेमाल नहीं किया जाता ... आपको कुछ दिनों के लिये कलाइयों से जंज़ीर बाँधकर छत से लटका दिया जाता था। मेरे ऑफ़िस में अब भी जंज़ीरें रखी हैं और मैं उनमें तेल लगाता रहता हूँ, ताकि ज़रूरत पड़ने पर उनका इस्तेमाल किया जा सके ... ठीक है, हम चलते हैं और हाँ, भागने के बारे में तो सोचना भी मत। अगर तुमने ऐसा किया, तो उसका अंजाम इससे भी बुरा होगा।'

वे अँधेरे मैदान के पार जा रहे थे। नेविल ज़ोर-ज़ोर से साँसें ले रहा था।

हैरी सोच रहा था कि न जाने उन्हें कौन सी सज़ा मिलने वाली थी। यह सचमुच कोई भयानक सज़ा होगी, वरना फिल्च इतना ख़ुश नहीं दिख रहा होता।

चाँद चमक रहा था, परंतु उसके सामने से उड़ते बादलों की वजह से वे बार-बार अँधेरे में छुप जाते थे। सामने, हैरी को हैग्रिड की झोंपड़ी की खिड़कियों में रोशनी दिख रही थी। तभी उन्हें दूर से किसी के चिल्लाने की आवाज़ सुनाई दी।

'क्या तुम हो, फिल्च? जल्दी आओ, हम तत्काल जाना चाहते हैं।'

हैरी का दिल उछल पड़ा। अगर वे हैग्रिड के साथ कुछ करने जा रहे थे, तो यह उतना बुरा नहीं होगा। उसकी राहत उसके चेहरे पर झलक गयी

होगी, क्योंकि फिल्च बोला, 'लगता है तुम सोच रहे हो कि तुम उस मूर्ख के साथ मज़े करने जा रहे हो? दुबारा सोच लो, छोकरे – तुम जंगल में जा रहे हो और मुझे विश्वास है कि तुम लोग साबुत वापस नहीं आ पाओगे।'

यह सुनकर नेविल के मुँह से आह निकल गयी और मैल्फॉय चलते-चलते एकदम रुक गया।

'जंगल?' उसने दोहराया, और वह उतना शांत नहीं लग रहा था जितना आम तौर पर लगता था। 'हम रात के वक़्त वहाँ नहीं जा सकते– वहाँ हर तरह के जानवर रहते हैं – मैंने सुना है, आदम भेड़िये भी।'

नेविल ने हैरी के दुशाले का सिरा पकड़ा और ऐसी आवाज़ निकाली जैसे उसका गला रुँध गया हो।

'यह तुम्हारी समस्या है।' फिल्च ने कहा, जिसकी आवाज़ ख़ुशी के मारे उछल रही थी। 'उन आदम भेड़ियों के बारे में तुम्हें नियम तोड़ने से पहले सोचना चाहिये था, है ना?'

हैग्रिड अँधेरे में उनकी तरफ़ आया, फैंग उसके ठीक पीछे था। हैग्रिड अपना बड़ा धनुष लिये था और उसके कंधे पर तीरों से भरा तरकश था।

'बहुत समय हो गया,' उसने कहा। 'हमें यहाँ इंतज़ार करते-करते आधा घंटा हो चुका है। तुम ठीक तो हो, हैरी, हर्माइनी?'

'हैग्रिड, मैं इनसे इतना दोस्ताना व्यवहार नहीं करता,' फिल्च ने ठंडे लहज़े में कहा, 'यह मत भूलो कि इन्हें यहाँ सज़ा देने के लिये लाया गया है।'

'इसीलिये तुम्हें इतनी देर हो गयी, क्यों?' हैग्रिड ने फिल्च की तरफ़ गुस्से से देखा। 'इन्हें भाषण दे रहे थे? यह तुम्हारा काम नहीं है। तुमने अपना काम कर दिया है, अब इन्हें हमारे हवाले कर दो।'

'मैं सुबह वापस आऊँगा,' फिल्च ने कहा, 'और इनके शरीर के जितने टुकड़े बचेंगे, उन सबको वापस ले जाऊँगा,' उसने कुटिलता से आगे जोड़ा। फिर वह मुड़ा और महल की तरफ़ चल दिया, उसका लैंप अँधेरे में लहराता हुआ दूर होता जा रहा था।

मैल्फॉय हैग्रिड की तरफ़ मुड़ा।

'मैं अँधेरे जंगल में नहीं जाऊँगा,' मैल्फॉय बोला, और हैरी यह सुनकर ख़ुश हुआ कि उसकी आवाज़ में दहशत साफ़ झलक रही थी।

'अगर तुम्हें हॉगवर्ट्स में रहना है, तो तुम्हें जाना ही पड़ेगा,' हैग्रिड ने गुस्से से कहा। 'तुमने ग़लती की है और तुम्हें उस ग़लती की क़ीमत चुकानी ही पड़ेगी।'

'परंतु यह नौकरों का काम है, यह विद्यार्थियों का काम नहीं है। मैंने सोचा था हमें कुछ लाइनें लिखनी होंगी या ऐसा ही कुछ करना होगा। अगर मेरे डैडी को पता चल जाये कि मैं यह कर रहा हूँ, तो वे –'

'– तुमसे कहेंगे कि हॉगवर्ट्स में ऐसा ही होता है,' हैग्रिड गुर्राया। 'लाइनें लिखना! उससे किसी को क्या फ़ायदा होगा? तुम्हें कुछ उपयोगी काम करना होगा, वरना हॉगवर्ट्स छोड़ना होगा। अगर तुम्हें लगता है कि तुम्हारे डैडी तुम्हें स्कूल से बाहर निकलते देखना चाहते हैं, तो तुम महल में वापस लौट जाओ और अपना सामान पैक कर लो। चलो!'

मैल्फ़ॉय अपनी जगह से नहीं हिला। उसने हैग्रिड की तरफ़ गुस्से से देखा, परंतु फिर अपनी निगाह झुका ली।

'तो फिर ठीक है,' हैग्रिड ने कहा, 'अब ध्यान से सुनो, क्योंकि हम आज रात जो करने जा रहे हैं वह ख़तरनाक है, और हम नहीं चाहते कि किसी को कोई नुक़सान पहुँचे। कुछ देर हमारे पीछे-पीछे ही चलो।'

वह उन्हें जंगल के सिरे तक ले गया। अपने लैंप को ऊँचा उठाकर उसने एक सँकरी, घुमावदार पगडंडी दिखायी, जो घने काले पेड़ों में गुम हो गयी थी। जब वे जंगल की तरफ़ देख रहे थे, तो हलकी हवा ने उनके बाल ऊपर उठा दिये।

'यहाँ देखो,' हैग्रिड ने कहा, 'ज़मीन पर पड़ी यह चमकदार चीज़ देख रहे हो? चाँदी जैसी? यह यूनिकॉर्न का ख़ून है। जंगल में एक यूनिकॉर्न है, जिसे किसी ने बुरी तरह घायल कर दिया है। एक सप्ताह में यह दूसरी बार हुआ है। पिछले बुधवार को हमें एक यूनिकॉर्न मरा मिला था। हमें जाकर बेचारे घायल यूनिकॉर्न को खोजना है। शायद हमें उसे उसके कष्ट से मुक्ति दिलाना पड़े।'

'और क्या होगा अगर यूनिकॉर्न को जिसने घायल किया है, वह हमें पहले खोज ले?' मैल्फ़ॉय ने कहा, जो अपने डर को अपनी आवाज़ से दूर नहीं रख पा रहा था।

'अगर तुम हमारे या फैंग के साथ हो तो जंगल में रहने वाली कोई भी चीज़ तुम्हें नुकसान नहीं पहुँचायेगी,' हैग्रिड ने कहा। 'और पगडंडी पर ही रहना। ठीक है, अब हम दो दलों में बँट जाते हैं और अलग-अलग दिशाओं में इस ख़ून की लकीर का पीछा करते हैं। हर तरफ़ ख़ून फैला है। कम से कम पिछली रात से यह यूनिकॉर्न इधर-उधर घूम रहा होगा।'

'मैं फैंग के साथ जाऊँगा,' मैल्फॉय ने फैंग के लंबे दाँत देखकर जल्दी से कहा।

'ठीक है, परंतु हम तुम्हें चेतावनी दिये देते हैं, यह डरपोक है,' हैग्रिड ने कहा। 'तो हम, हैरी और हर्माइनी एक तरफ़ जाते हैं और ड्रेको, नेविल और फैंग दूसरी तरफ़। और सुनो, अगर किसी को यूनिकॉर्न मिल जाये, तो वह हरी चिंगारियाँ निकालेगा, ठीक है? अपनी छड़ियाँ उठा लो और अभी अभ्यास करो - इस तरह - और अगर कोई मुसीबत में पड़ जाये, तो वह लाल चिंगारियाँ निकालेगा, और हम लोग तुम्हें ढूँढ़ लेंगे - इसलिये सावधान रहना - अब हम चलते हैं।'

जंगल काला और शांत था। थोड़ा अंदर जाकर वे पगडंडी के उस हिस्से पर पहुँच गये, जहाँ से दो रास्ते निकलते थे। हैरी, हर्माइनी और हैग्रिड बाँये रास्ते पर चले गये, जबकि मैल्फॉय, नेविल और फैंग दाँये रास्ते पर।

वे ख़ामोशी से चलते रहे, उनकी निगाहें धरती पर जमी हुई थीं। कभी-कभार चाँद की रोशनी ऊपर की शाखाओं के बीच से दिख जाती थी और गिरी हुई पत्तियों पर पड़े चाँदी जैसे नीले ख़ून को चमका देती थी।

हैरी ने देखा कि हैग्रिड बहुत परेशान लग रहा था।

'क्या कोई आदम भेड़िया यूनिकॉर्न को *मार सकता है?'* हैरी ने पूछा।

'आदम भेड़िये उतने तेज़ नहीं होते,' हैग्रिड ने कहा। 'यूनिकॉर्न को पकड़ना आसान नहीं है, क्योंकि वे शक्तिशाली जादुई प्राणी होते हैं। हमने इससे पहले कभी किसी यूनिकॉर्न के घायल होने के बारे में नहीं सुना।'

वे लोग एक काईदार पेड़ के ठूँठ के पास से गुज़रे। हैरी को बहते हुए पानी की आवाज़ सुनाई दे रही थी। कहीं आसपास ही कोई धारा बह रही होगी। घुमावदार पगडंडी पर यहाँ-वहाँ यूनिकॉर्न के ख़ून के धब्बे अब भी दिख रहे थे।

'तुम ठीक तो हो, हर्माइनी?' हैग्रिड फुसफुसाया। 'चिंता मत करो, अगर वह इतनी बुरी तरह घायल है, तो वह ज़्यादा दूर तक नहीं जा सकता और फिर हम उसे – **जल्दी से उस पेड़ के पीछे छुप जाओ।**'

हैग्रिड ने हैरी और हर्माइनी को पकड़ा और उन्हें पगडंडी से हटाकर बलूत के एक ऊँचे पेड़ के पीछे छुपा दिया। उसने एक तीर निकालकर अपने धनुष में लगाया और धनुष उठाकर तीर चलाने के लिये तैयार हो गया। वे तीनों सुनते रहे। पास में ही कोई गिरी हुई पत्तियों के ऊपर फिसलता हुआ जा रहा था। ऐसी आवाज़ आ रही थी, जैसे कोई चोगा ज़मीन पर घिसट रहा हो। हैग्रिड अँधेरी पगडंडी पर देख रहा था, परंतु कुछ पल बाद आवाज़ धीमी होती हुई ग़ायब हो गयी।

'हम जानते थे,' वह बुदबुदाया। 'यहाँ पर कोई है, जिसे यहाँ नहीं होना चाहिये।'

'कोई आदम भेड़िया?' हैरी ने सुझाव दिया।

'न तो वह आदम भेड़िया था, न ही यूनिकॉर्न,' हैग्रिड ने उदासी से कहा। 'ठीक है, हमारे पीछे आओ, परंतु ज़रा सँभलकर।'

वे लोग और ज़्यादा धीमे चलने लगे। हलकी से हलकी आवाज़ पकड़ने के लिये उनके कान सतर्क थे। अचानक सामने वाली ख़ाली जगह से कोई निश्चित रूप से हिला।

'कौन है?' हैग्रिड बोला। 'सामने आओ – हमारे पास हथियार है!'

और ख़ाली जगह में कोई सामने आया – क्या यह आदमी था या फिर घोड़ा? कमर तक वह आदमी था, जिसके लाल बाल और दाढ़ी थी, परंतु इसके नीचे इसका चमकदार शरीर घोड़े जैसा लाल-भूरा था और पीछे एक लंबी, लाल पूँछ थी। हैरी और हर्माइनी के जबड़े लटक गये।

'अच्छा तो तुम हो, रॉनन,' हैग्रिड राहत की साँस लेते हुए बोला। 'कैसे हो?'

वह आगे बढ़ा और उसने सेन्टॉर से हाथ मिलाया।

'गुड ईवनिंग, हैग्रिड' रॉनन ने कहा। उसकी आवाज़ गहरी और दुख भरी थी। 'क्या तुम मुझ पर तीर चलाने वाले थे?'

'बहुत सावधान रहना पड़ रहा है, रॉनन,' हैग्रिड ने अपने धनुष को थपथपाते हुए कहा। 'इस जंगल में कोई बुरी चीज़ खुली घूम रही है। अरे हाँ, यह हैरी पॉटर है और यह है हर्माइनी ग्रेंजर। स्कूल के विद्यार्थी। और यह है रॉनन, एक सेन्टॉर।'

'हमने देख लिया था,' हर्माइनी ने धीमे से कहा।

'गुड ईवनिंग, रॉनन ने कहा। 'तो तुम लोग विद्यार्थी हो? और तुम स्कूल में बहुत कुछ सीखते होगे, है ना?'

'ऐं –'

'थोड़ा–बहुत,' हर्माइनी ने सकुचाते हुए कहा।

'थोड़ा–बहुत। यह तो बहुत अच्छी बात है।' रॉनन ने आह भरते हुए कहा। उसने अपना सिर पीछे की तरफ़ किया और आसमान की तरफ़ घूरा। 'मंगल ग्रह आज रात बहुत चमक रहा है।'

'हाँ,' हैग्रिड ने भी ऊपर देखते हुए कहा। 'सुनो, हमें ख़ुशी है कि तुम हमें मिल गये रॉनन, क्योंकि एक यूनिकॉर्न घायल हो गया है – तुमने कुछ देखा?'

रॉनन ने तत्काल जवाब नहीं दिया। वह बिना पलक झपकाये ऊपर की तरफ़ देखता रहा और उसने दुबारा आह भरी।

'हमेशा निर्दोष लोग ही पहले शिकार होते हैं,' उसने कहा। 'ऐसा सदियों से होता रहा है, यही अब हो रहा है।'

'हाँ,' हैग्रिड ने कहा, 'परंतु तुमने कुछ देखा रॉनन? कोई असामान्य चीज़?'

जब हैग्रिड उसकी तरफ़ बेचैनी से देख रहा था, तो रॉनन ने दोहराया, 'मंगल ग्रह आज रात बहुत चमक रहा है ... असामान्य तेज़ी से चमक रहा है।'

'हाँ, पर हमारा मतलब ज़मीन के आसपास की किसी असामान्य चीज़ से था, हैग्रिड ने कहा। 'तो तुमने कोई अजीब चीज़ नहीं देखी?'

एक बार फिर रॉनन ने जवाब देने में थोड़ा समय लगाया। आख़िर उसने कहा, 'जंगल में बहुत से रहस्य छुपे होते हैं।'

रॉनन के पीछे पेड़ों में हलचल के कारण हैग्रिड ने एक बार फिर अपना धनुष उठाया, परंतु यह एक और सेन्टॉर था, जिसके काले बाल और काला ही शरीर था तथा वह रॉनन से ज़्यादा जंगली दिख रहा था।

'हलो, बेन,' हैग्रिड ने कहा। 'सब ठीक है?'

'गुड ईवनिंग हैग्रिड, आशा है तुम ठीक हो?'

'ठीक ही हैं। देखो, हम अभी रॉनन से पूछ रहे थे कि क्या उसने यहाँ पर हाल में कोई अजीब चीज़ देखी है? बात यह है कि एक यूनिकॉर्न घायल हो गया है – क्या तुम इस बारे में कुछ जानते हो?'

बेन चलकर रॉनन के पास खड़ा हो गया। उसने आसमान की तरफ़ देखा।

'मंगल ग्रह आज रात बहुत चमक रहा है,' उसने इतना ही कहा।

'हमने सुन लिया है,' हैग्रिड ने खीझते हुए कहा। 'अच्छा, अगर तुममें से किसी को कभी कुछ दिखे, तो हमें बताना, ठीक है ना? अब हम चलते हैं।'

हैरी और हर्माइनी उस ख़ाली जगह से हैग्रिड के पीछे-पीछे चल दिये और वे अपने कंधों के पीछे से रॉनन और बेन की तरफ़ देखते जा रहे थे, जब तक कि पेड़ों की वजह से वे दिखना बंद नहीं हो गये।

हैग्रिड ने चिढ़ते हुए कहा, 'कभी किसी सेन्टॉर से सीधे जवाब की उम्मीद मत करो। कमबख़्त सितारे निहारने वाले। चाँद से नीचे की किसी चीज़ में तो उनकी दिलचस्पी ही नहीं होती।'

'क्या यहाँ पर बहुत से सेन्टॉर हैं,' हर्माइनी ने पूछा।

'हाँ, थोड़े बहुत हैं ... वे ज़्यादातर अपने काम से काम रखते हैं, परंतु अगर हमें उनसे कुछ बात करनी होती है तो वे इतने भले हैं कि आ जाते हैं। सेन्टॉर्स बहुत गहरे होते हैं ... उन्हें बहुत कुछ पता होता है ... पर वे ज़्यादा बताते नहीं हैं।'

'क्या तुम्हें लगता है कि जिसकी आवाज़ हमने पहले सुनी थी, वह भी कोई सेन्टॉर था?' हैरी ने कहा।

'क्या वह आवाज़ तुम्हें घोड़े की टाप जैसी लगी थी? नहीं, अगर हमसे पूछा जाये तो वह वही था, जो यूनिकॉर्नों को मार रहा है – इस तरह की आवाज़ हमने पहले कभी नहीं सुनी।'

वे लोग घने, काले पेड़ों के बीच चलते रहे। हैरी घबराहट में अपने कंधे के पीछे देखता रहा। उसे यह डरावना एहसास हो रहा था कि कोई

उन पर नज़र रखे हुए था। वह बहुत ख़ुश था कि उनके साथ हैग्रिड और उसका धनुष था। वे लोग रास्ते में एक मोड़ पर मुड़े ही थे कि तभी हर्माइनी ने हैग्रिड की बाँह पकड़ ली।

'हैग्रिड! देखो! लाल चिंगारियाँ, वो लोग मुश्किल में हैं।'

'तुम दोनों यहीं रुको!' हैग्रिड चिल्लाया। 'पगडंडी पर ही रहना, हम लौटकर आते हैं!'

उन्होंने सुना कि वह झाड़ियों को चीरता हुआ जा रहा था। वे दोनों बहुत डरे हुए एक-दूसरे की तरफ़ देखते रहे। उन्हें चारों तरफ़ पत्तियों की सरसराहट के अलावा और कुछ सुनाई नहीं दे रहा था।

'कहीं ऐसा तो नहीं कि वे लोग घायल हो गये हों?' हर्माइनी फुसफुसायी।

'अगर मेल्फॉय घायल हुआ हो, तो मुझे कोई परवाह नहीं है, परंतु अगर नेविल को कुछ हो गया ... हमारी ग़लती के कारण वह यहाँ पर है।'

मिनट गुज़रते गये। उनके कान सामान्य से ज़्यादा चौकन्ने थे। हैरी हवा की हर आहट, हर चटकती टहनी की आवाज़ सुन सकता था। क्या हो रहा था? बाक़ी लोग कहाँ थे?

आख़िरकार एक ज़ोरदार आवाज़ ने हैग्रिड के लौटने की घोषणा की। मैल्फॉय, नेविल और फैंग उसके साथ थे। हैग्रिड आगबबूला हो रहा था। हुआ यह था कि मैल्फॉय नेविल के पीछे चुपचाप आया था और उसने मज़ाक़ में नेविल को पकड़ लिया था। नेविल आतंकित हो गया और उसने लाल चिंगारियाँ निकाल दी।

'हम लोगों की क़िस्मत अच्छी होगी, अगर तुम लोगों की उछलकूद के बाद भी हम लोग कुछ पकड़ लें। ठीक है, अब हम अपने दल बदल लेते हैं – नेविल, तुम हमारे और हर्माइनी के साथ रहो। हैरी, तुम फैंग और इस मूर्ख के साथ जाओ। हमें अफ़सोस है,' हैग्रिड ने हैरी से फुसफुसाकर कहा, 'परंतु तुम्हें डराने के लिये इसे ज़्यादा मेहनत करनी होगी और हमें यह काम करना ही है।'

इस तरह हैरी मैल्फॉय और फैंग के साथ घने जंगल में चल दिया। वे लगभग आधे घंटे तक जंगल में अंदर घुसते चले गये। अब रास्ता दिखना लगभग बंद हो गया था, क्योंकि यहाँ पर पेड़ बहुत घने थे। हैरी ने देखा कि

ख़ून की धार अब ज़्यादा मोटी हो चली थी। एक पेड़ की जड़ों पर ख़ून के छींटे थे, जैसे वह बेचारा जानवर पास में ही दर्द से छटपटा रहा हो। हैरी को बलूत के एक पुराने पेड़ की गुँथी शाखाओं के बीच से सामने ख़ाली जगह दिखी।

'देखो –' वह बुदबुदाया और उसने मेल्फॉय को रोकने के लिये हाथ उठाया।

ज़मीन पर कोई चमकीली सफ़ेद चीज़ चमक रही थी। वे उसके थोड़े क़रीब गये।

यह यूनिकॉर्न ही था और मर चुका था। हैरी ने इतना सुंदर और दुखद दृश्य पहले कभी नहीं देखा था। जहाँ वह गिरा था, वहाँ उसकी लंबी दुबली टाँगें अजीब तरह से उलझी हुई थीं और गहरे रंग की पत्तियों पर उसके बाल मोतियों की तरह सफ़ेद बिखरे हुए थे।

हैरी ने उसकी तरफ़ एक क़दम बढ़ाया ही था कि तभी सरसराहट की आवाज़ के कारण वह जहाँ खड़ा था, वहीं पर खड़ा रह गया। ख़ाली जगह की कोने वाली झाड़ी हिली ... फिर, छायाओं के बीच से नक़ाब पहने एक आकृति ज़मीन पर रेंगती हुई आयी, जैसे कोई जानवर शिकार करने आ रहा हो। हैरी, मैल्फॉय और फैंग जैसे मूर्ति बन गये। चोगा पहनी आकृति यूनिकॉर्न के पास पहुँची, उसने जानवर के बगल में लगे घाव पर अपना मुँह झुकाया और उसका ख़ून पीना शुरू कर दिया।

'आआआआआआआआआह!'

मैल्फॉय के मुँह से एक भयानक चीख़ निकली और उसने पलटकर दौड़ लगा दी – फैंग ने भी ऐसा ही किया। नक़ाबपोश आकृति ने अपना सिर उठाया और सीधे हैरी की तरफ़ देखा – यूनिकॉर्न का ख़ून उसके मुँह से अब भी टपक रहा था। आकृति अपने पैरों पर खड़ी हुई और तेज़ी से उसकी तरफ़ बढ़ी – हैरी डर के मारे हिल भी नहीं पाया।

तभी उसके सिर में इतनी तेज़ी से दर्द हुआ, जैसा पहले कभी नहीं हुआ था। ऐसा लग रहा था जैसे उसके सिर के निशान में आग लगा दी गयी हो। उसकी आँखों के सामने अँधेरा छा गया और वह पीछे की तरफ़ लड़खड़ाया। उसने अपने पीछे टापों की आवाज़ें सुनीं और फिर किसी ने उसके ऊपर से कूदकर आकृति पर हमला कर दिया।

हैरी के सिर में इतना भयानक दर्द हो रहा था कि वह अपने घुटनों के बल गिर पड़ा। उसे ठीक होने में एक-दो मिनट लगे। जब उसने ऊपर देखा तो आकृति जा चुकी थी। एक सेन्टॉर उसके पास खड़ा था; वह रॉनन या बेन नहीं था। वह उनसे अधिक युवा था, उसके सफ़ेद-भूरे बाल थे और शरीर पीला – सुनहरा।

'तुम ठीक तो हो?' सेन्टॉर ने पूछा और हैरी को उसके पैरों पर खड़ा कर दिया।

'हाँ – धन्यवाद वह क्या *था?*'

सेन्टॉर ने जवाब नहीं दिया। उसकी आँखें आश्चर्यजनक रूप से नीली थीं, पीले नीलम की तरह। उसने हैरी की तरफ़ ग़ौर से देखा और उसकी निगाह उस निशान पर पड़ी, जो हैरी के माथे पर लाल सुर्ख़ चमक रहा था।

वह बोला, 'तुम हैरी पॉटर हो। बेहतर होगा कि तुम हैग्रिड के पास वापस लौट जाओ। जंगल इस वक़्त सुरक्षित नहीं है – ख़ास तौर पर तुम्हारे लिये। क्या तुम सवारी कर सकते हो? इस तरह तुम जल्दी पहुँच जाओगे।'

'मेरा नाम फिरेंज़ है,' उसने अपने अगले पैरों को झुकाते हुए आगे कहा, ताकि हैरी उसकी पीठ पर चढ़ सके।

अचानक ख़ाली जगह के दूसरे छोर से टापों की और आवाज़ें आयीं। रॉनन और बेन पेड़ों को चीरते हुए आये। वे हाँफ रहे थे और उनके शरीर पसीने से लथपथ थे

'फिरेंज़!' बेन ने गरजते हुए कहा। 'तुम ये क्या कर रहे हो? तुम्हारी पीठ पर एक इंसान बैठा है! तुम्हें शर्म नहीं आती? क्या तुम कोई साधारण खच्चर हो?'

'तुम्हें पता है यह कौन है?' फिरेंज़ ने कहा। 'यह हैरी पॉटर है। यह जितनी जल्दी जंगल से चला जाये, उतना ही अच्छा है।'

'तुमने उसे कितनी बातें बता दी हैं?' बेन गुर्राया। 'याद रखो फिरेंज़, हमने क़सम खायी है कि हम ईश्वर की इच्छा के ख़िलाफ़ नहीं जायेंगे। क्या हमने ग्रहों की गतिविधियों में यह नहीं पढ़ा है कि आगे क्या होने वाला है?'

रॉनन ने बेचैन होकर ज़मीन पर अपने पंजे पटके।

'मुझे विश्वास है फिरेंज़ ने सोचा होगा कि वह सही काम कर रहा है,' उसने अपनी उदास आवाज़ में कहा।

बेन ने अपने पिछले पैरों को गुस्से से फटकारा।

'सही काम! सही और ग़लत से हमें क्या लेना-देना? सेन्टॉरों को सिर्फ़ इससे मतलब है कि क्या भविष्यवाणी की गयी है! यह हमारा काम नहीं है कि हमारे जंगल में भटकने वाले इंसानों के पीछे हम गधों की तरह दौड़ते फिरें!'

फिरेंज़ अचानक गुस्से में अपने पिछले पैरों पर खड़ा हो गया और हैरी को अपना संतुलन बनाये रखने के लिये उसके कंधे पकड़ने पड़े।

'क्या तुमने उस यूनिकॉर्न को नहीं देखा?' फिरेंज़ ने बेन से चीख़कर कहा। 'क्या तुम यह नहीं जानते कि उसे क्यों मारा गया? या तुम्हें ग्रहों ने वह रहस्य नहीं बताया? मैं ख़ुद को जंगल में छिपी उस चीज़ के ख़िलाफ़ करता हूँ बेन, हाँ, चाहे इसके लिये मुझे इंसानों का ही साथ क्यों न देना पड़े।'

और फिरेंज़ ने दौड़ लगा दी। हैरी उसे जितनी अच्छी तरह से पकड़ सकता था, पकड़े रहा। वे पेड़ों के बीच चलते रहे, रॉनन और बेन काफ़ी पीछे छूट गये थे।

हैरी को इस बात का ज़रा भी अंदाज़ा नहीं था कि क्या हो रहा था।

'बेन इतने गुस्से में क्यों है?' उसने पूछा। 'वैसे, यह चीज़ क्या थी जिससे आपने मुझे बचाया है?'

फिरेंज़ इतना धीमा हो गया कि वह लगभग पैदल चलने लगा। उसने हैरी को चेतावनी दी कि वह अपना सिर झुकाकर रखे, क्योंकि कई शाखायें बहुत नीचे लटक रही थीं, परंतु उसने हैरी के सवाल का जवाब नहीं दिया। वे ख़ामोशी से इतनी देर तक पेड़ों के बीच चलते रहे कि हैरी ने सोचा फिरेंज़ अब उससे बिलकुल भी बात नहीं करना चाहता। जब वे लोग बहुत ज़्यादा घने पेड़ों के बीच से गुज़र रहे थे, तो फिरेंज़ अचानक रुक गया।

'हैरी पॉटर, क्या तुम जानते हो यूनिकॉर्न का ख़ून किस काम आता है?'

'नहीं,' हैरी ने कहा, जो इस अजीब सवाल से चौंक गया था। 'हमने जादुई काढ़े में सिर्फ़ इसके सींग और पूँछ के बालों का इस्तेमाल किया है।'

'इसलिये क्योंकि यूनिकॉर्न को मारना एक राक्षसी काम है,' फिरेंज़ बोला। 'जिसके पास खोने के लिये कुछ नहीं है और पाने के लिये सब कुछ है, सिर्फ़ वही यह पाप कर सकता है। यूनिकॉर्न का ख़ून आपको ज़िंदा रखेगा, चाहे आप मौत से एक इंच भी दूर हों, परंतु भयानक क़ीमत पर। आपने ख़ुद को बचाने के लिये एक पवित्र और असहाय जीव को मारा है और इसलिये आपकी ज़िंदगी अधूरी होगी, शापित होगी, उसी पल से जब उसका ख़ून आपके होंठों को छुयेगा।'

हैरी ने फिरेंज़ के सिर के पीछे की तरफ़ घूरा, जो चाँदनी में चितकबरा, चाँदी जैसा चमक रहा था।

'परंतु कौन इतना उतावला होगा?' उसने कहा। 'अगर आपको हमेशा के लिये शाप मिलने वाला है, तो इससे तो मौत बेहतर है, है ना?'

'सच है,' फिरेंज़ सहमत हुआ, 'जब तक कि आपको सिर्फ़ तभी तक ज़िंदा रहना हो, जिसके बाद आप कुछ और पीने वाले हों- कोई ऐसी चीज़, जो आपको पूरी शक्ति और ताक़त दिला देगी - कोई ऐसी चीज़, जिसे पीने के बाद आप कभी नहीं मर सकते। मिस्टर पॉटर, क्या तुम्हें पता है, इस समय स्कूल में क्या छुपा हुआ है?'

'पारस पत्थर! ज़ाहिर है - आयु बढ़ाने वाला अमृत! परंतु मैं यह नहीं समझ पा रहा हूँ कि कौन -'

'क्या तुम किसी ऐसे व्यक्ति को नहीं जानते जिसने शक्तिशाली बनने के लिये कई साल तक इंतज़ार किया है, जो जीवन से चिपका हुआ है और अपने मौके का इंतज़ार कर रहा है?'

ऐसा लगा जैसे हैरी का दिल किसी लोहे के शिकंजे में जकड़ लिया गया हो। पेड़ों की सरसराहट के ऊपर उसे एक बार फिर वही बातें याद आयीं, जो हैग्रिड ने उसे उस रात बतायी थीं, जब वे पहली बार मिले थे। 'कुछ लोग कहते हैं कि वह मर गया। हमें लगता है यह बेकार की बात है। हमें नहीं लगता कि उसमें इतनी इंसानियत थी कि वह मर जाता।'

'क्या आपका मतलब है,' हैरी ने दबी आवाज़ में कहा, 'वह वोल-'

'हैरी! हैरी, तुम ठीक तो हो?'

हर्माइनी पगडंडी पर उनकी तरफ़ भागती आ रही थी और हैग्रिड हर्माइनी के पीछे हाँफता चला आ रहा था।

'मैं ठीक हूँ,' हैरी ने कहा। वह नहीं जानता था वह क्या बोल रहा था। 'यूनिकॉर्न मर चुका है, हैग्रिड, वह उस पीछे वाली ख़ाली जगह पर है।'

'मैं तुम्हें यहीं छोड़ देता हूँ,' फिरेंज़ बुदबुदाया, जब हैग्रिड यूनिकॉर्न को देखने के लिये जल्दी से गया। 'अब तुम सुरक्षित हो।'

हैरी उसकी पीठ से फिसलकर उतर गया।

'गुड लक, हैरी पॉटर' फिरेंज़ ने कहा। 'ग्रह-नक्षत्रों को पहले भी ग़लत पढ़ा गया है, और ऐसा करने में सेन्टॉर्स से भी ग़लतियाँ हुई हैं। मुझे आशा है यह भी एक ऐसा ही मौका होगा।'

वह मुड़ा और काँपते हुए हैरी को पीछे छोड़कर टापें मारता हुआ जंगल की गहराइयों में चला गया।

*

रॉन उनके लौटने का इंतज़ार करते-करते अँधेरे हॉल में ही सो गया था। जब हैरी ने उसे हिलाकर जगाया, तो यह क्विडिच के फाउल के बारे में कुछ चिल्लाया। कुछ ही पल में उसकी आँखें चौड़ी हो गयीं, जब हैरी ने उसे और हर्माइनी को ये बताना शुरू किया कि अँधेरे जंगल में क्या हुआ था।

हैरी से बैठा नहीं जा रहा था। वह आग के सामने इधर से उधर घूम रहा था। वह अब भी काँप रहा था।

'स्नेप वोल्डेमॉर्ट के लिये पत्थर चाहता है ... और वोल्डेमॉर्ट जंगल में इंतजार कर रहा है ... और इतने समय से हम सोच रहे थे कि स्नेप सिर्फ़ अमीर बनने के लिये ...'

'उसका नाम मत लो!' रॉन ने दहशत में फुसफुसाते हुए कहा, जैसे उसे लग रहा हो कि वोल्डेमॉर्ट उनकी बातें सुन सकता था।

हैरी ने उसकी बात नहीं सुनी।

'फिरेंज़ ने मुझे बचाया, परंतु उसे ऐसा नहीं करना चाहिये था ... बेन आगबबूला हो रहा था ... वह कह रहा था कि ग्रहों ने जो बताया था उसे होने देने में किसी तरह का दख़ल नहीं देना चाहिये ... सितारों ने शायद उन्हें यह बता दिया है कि वोल्डेमॉर्ट वापस लौट रहा है... बेन सोचता है कि वोल्डेमॉर्ट जब मुझे मार रहा था, तो फिरेंज़ को ऐसा होने देना चाहिये था ... मुझे लगता है शायद यह भी सितारों में लिखा हुआ है।'

'उसका नाम लेना बंद करो!' रॉन झल्लाया।

'तो मुझे सिर्फ़ इस बात का इंतज़ार करना है कि स्नेप वह पत्थर चुरा ले,' हैरी तेज़ी से बोलता जा रहा था, 'फिर वोल्डेमॉर्ट वापस आ जायेगा और मुझे ख़त्म कर देगा ... मुझे लगता है तब जाकर बेन को ख़ुशी मिलेगी।'

हर्माइनी बहुत डरी दिख रही थी, परंतु उसने तसल्ली देने वाली एक बात कही।

'हैरी, सब कहते हैं कि तुम-जानते-हो-कौन सिर्फ़ एक आदमी से डरता था - डम्बलडोर से। अगर डम्बलडोर आसपास हैं, तो तुम-जानते-हो-कौन तुम्हें छू भी नहीं सकता। वैसे भी, कौन कहता है कि सेन्टॉर्स हमेशा सही होते हैं। मुझे तो यह भविष्यवाणी करने जैसा लगता है और प्रोफ़ेसर मैक्गॉनेगल कहती हैं कि यह जादू की एक बहुत ही संदिग्ध और अनिश्चित शाखा है।'

आसमान में उजाला होने तक उनकी बातें ख़त्म नहीं हुईं। वे थके-हारे अपने बिस्तरों पर गये, उनके गले दुख रहे थे। परंतु रात के आश्चर्य अभी ख़त्म नहीं हुए थे।

जब हैरी ने अपनी चादर खोली, तो उसके नीचे उसका अदृश्य चोगा तह किया रखा था। उसके साथ एक काग़ज़ भी था :

वक़्त-ज़रूरत के लिये।

अध्याय सोलह

चोर दरवाज़े के पार

आने वाले सालों में हैरी को यह कभी ठीक से याद नहीं रहेगा कि उसने किस तरह से अपनी परीक्षायें दीं, क्योंकि हमेशा उसे यह डर सताता रहता था कि किसी भी समय वोल्डेमॉर्ट दरवाज़ा खोलकर धड़धड़ाता हुआ अंदर घुस आयेगा। परंतु दिन गुज़रते गये और इस बारे में कोई संदेह नहीं था कि तालाबंद दरवाज़े के पीछे फ़्लफ़ी अब भी ज़िंदा और सही-सलामत था।

मौसम बहुत गर्म था, ख़ास तौर पर बड़े क्लासरूम में बहुत गर्मी थी, जहाँ वे अपनी परीक्षा देते थे। परीक्षाओं के लिये उन्हें ख़ास नये कलम दिये गये, जिन पर नक़ल-विरोधी मंत्र से जादू किया गया था।

उनकी प्रैक्टिकल परीक्षायें भी हुईं। प्रोफ़ेसर फ्लिटविक ने उन्हें अपनी क्लास में एक-एक करके यह देखने के लिये बुलाया कि क्या वे एक अनानास को डेस्क पर डांस करा सकते हैं। प्रोफ़ेसर मैक्गॉनेगल ने उन्हें एक चूहा दिया, जिसे नसवार की डिब्बी में बदलना था - पॉइंट इस बात पर दिये गये कि नसवार की डिब्बी कितनी सुंदर थी, परंतु अगर इसकी मूँछें रह जाती थीं, तो पॉइंट कम कर दिये जाते थे। स्नेप ने उनके होश उड़ा दिये, क्योंकि वह पूरे समय उनके सिर पर ही खड़ा रहा, जब वे यह याद करने की कोशिश कर रहे थे कि भूलने वाला जादुई काढ़ा कैसे बनाया जाये।

हैरी ने अपनी तरफ़ से परीक्षा में अच्छे से अच्छा प्रदर्शन करने की कोशिश की। उसने अपने सिर में बार-बार उठते भीषण दर्द को नज़रअंदाज़ करने की भी कोशिश की, जो उसे तब से परेशान कर रहा था, जब से वह

जंगल की अपनी यात्रा से वापस लौटा था। नेविल ने सोचा कि हैरी की परेशानी का कारण परीक्षाओं का तनाव होगा, क्योंकि हैरी को नींद नहीं आती थी, जबकि सच्चाई तो यह थी कि हैरी को उसका पुराना बुरा सपना जगा देता था। फ़र्क़ सिर्फ़ इतना था कि यह सपना अब पहले से ज़्यादा भयानक हो गया था, क्योंकि अब इसमें नक़ाबपोश आकृति अपने मुँह से ख़ून टपका रही थी।

रॉन और हर्माइनी पत्थर के बारे में हैरी जितने चिंतित नहीं थे, ऐसा शायद इसलिये था, क्योंकि उन्होंने वह नहीं देखा था, जो हैरी ने जंगल में देखा था, या शायद इसलिये, क्योंकि उनके माथे पर जलते हुए निशान नहीं थे। निश्चित रूप से वोल्डेमॉर्ट का विचार उन्हें डरावना लगता था, परंतु वह उनके सपनों में बार-बार नहीं आ रहा था और वे अपने रिवीज़न में इतने व्यस्त थे कि उन्हें इस बारे में चिंता करने का ज़्यादा समय ही नहीं था कि स्नेप या कोई और क्या करने की फिराक में था।

उनकी आख़िरी परीक्षा जादू का इतिहास थी। इसमें उन सिरफिरे बूढ़े जादूगरों के बारे में सवाल पूछे गये, जिन्होंने अपने आप तलने वाली जादुई कड़ाहियों का आविष्कार किया था। एक घंटे तक सवालों का जवाब देने के बाद ये एक सप्ताह के लिये पूरी तरह आज़ाद थे, क्योंकि उनकी परीक्षा के रिज़ल्ट एक सप्ताह बाद आने वाले थे। जब प्रोफ़ेसर बिन्स के भूत ने उनसे अपनी कलम रखने और अपने चमड़े के काग़ज़ मोड़कर देने के लिये कहा, तो बाक़ी लोगों के साथ हैरी भी ख़ुशी का इज़हार करने से ख़ुद को रोक नहीं पाया।

'मैंने जितना सोचा था, यह उससे बहुत आसान था,' हर्माइनी ने कहा, जब वे उस भीड़ में शामिल हो गये, जो धूप भरे मैदान में जा रही थी। 'मुझे 1637 की आदम भेड़ियों की आचार संहिता या एल्फ्रिक उर्फ़ उत्साही के विद्रोह को याद करने की ज़रूरत नहीं थी।'

हर्माइनी को हमेशा परीक्षा के बाद अपने पेपर के बारे में बातें करना अच्छा लगता था, परंतु रॉन ने कहा कि इससे वह परेशान हो जाता है, इसलिये वे लोग झील के किनारे घूमने गये और एक पेड़ के नीचे पसर गये। वीज़्ली बंधु और ली जॉर्डन एक दैत्याकार समुद्रफेनी के तंतुओं से छेड़छाड़ कर रहे थे, जो गर्म उथले पानी में आराम कर रही थी।

'अब कोई रिवीज़न नहीं,' रॉन ने ख़ुशी की साँस छोड़ते हुए कहा और घास पर पूरी तरह पसर गया। 'तुम भी ज़्यादा ख़ुश दिख सकते हो, हैरी। यह पता चलने में अभी एक सप्ताह है कि हमने कितना बुरा प्रदर्शन किया है। हाल-फिलहाल तो चिंता करने की कोई ज़रूरत नहीं है।'

हैरी अपना माथा मल रहा था।

'काश मैं जान पाता इसका क्या *मतलब है!'* वह गुस्से से बोला। 'मेरा निशान लगातार दुख रहा है – यह पहले भी हो चुका है, परंतु इतनी ज़्यादा बार कभी नहीं हुआ जितना कि इस बार।'

'मैडम पॉमफ्री के पास जाओ,' हर्माइनी ने सुझाव दिया।

'मैं बीमार नहीं हूँ,' हैरी ने कहा। 'मुझे लगता है यह एक चेतावनी है... इसका मतलब है ख़तरा पास आ रहा है ...'

रॉन ज़्यादा उत्साहित नहीं दिखा, मौसम बहुत गर्म था।

'हैरी, आराम करो। हर्माइनी ने ठीक कहा था, जब तक डम्बलडोर आसपास हैं, तब तक पत्थर सुरक्षित है। वैसे भी हमारे पास इस बात का कोई सबूत नहीं है कि स्नेप ने फ़्लफ़ी के पार निकलने का तरीक़ा जान लिया है। वह एक बार अपनी टाँग नुचवा चुका है, इसलिये अब वह जल्दबाज़ी में दुबारा कोशिश नहीं करेगा। और हैग्रिड डम्बलडोर को धोखा दे, यह तभी हो सकता है जब नेविल इंग्लैंड के लिये क्विडिच खेलने लगे।'

हैरी ने सिर हिलाया, परंतु उसे एक विचार लगातार परेशान कर रहा था। ऐसा कुछ था, कुछ बेहद महत्त्वपूर्ण था, जो वह करना भूल गया था। जब उसने इसका ज़िक्र किया, तो हर्माइनी बोली, 'यह परीक्षाओं का तनाव है। मैं पिछली रात उठी और रूप-परिवर्तन के अपने नोट्स आधे पढ़ गयी, तब कहीं जाकर मुझे याद आया कि मैं इस विषय की परीक्षा तो दे चुकी हूँ।'

हैरी को यक़ीन था कि उसे परेशान करने वाले विचार का पढ़ाई से कोई लेना-देना नहीं था। तभी उसकी नज़र एक उल्लू पर पड़ी, जो नीले चमकदार आसमान में स्कूल की तरफ़ उड़कर जा रहा था, उसके मुँह में एक चिट्ठी दबी थी। हैग्रिड ही इकलौता व्यक्ति था, जो उसे चिट्ठी भेजता था। हैग्रिड कभी डम्बलडोर को धोखा नहीं देगा। हैग्रिड कभी किसी को नहीं बतायेगा कि किस तरह फ़्लफ़ी के पार निकला जाये ... कभी नहीं ... परंतु –

हैरी अचानक उछलकर अपने पैरों पर खड़ा हो गया।

'तुम कहाँ जा रहे हो?' रॉन ने अलसायी आवाज़ में कहा।

'मेरे दिमाग़ में अभी-अभी एक विचार आया है,' हैरी ने कहा। उसका चेहरा सफ़ेद पड़ चुका था। 'हमें चलकर हैग्रिड से मिलना होगा, अभी।'

'क्यों?' हर्माइनी ने हाँफते हुए पूछा, क्योंकि हैरी के साथ चलने के लिये उसे बहुत तेज़ चलना पड़ रहा था।

'क्या तुम्हें नहीं लगता कि यह अजीब है,' हैरी ने हरी घास के ढाल पर चढ़ते हुए कहा, 'कि हैग्रिड सबसे बढ़कर जो चीज़ चाहता था वह ड्रैगन था, और एक अजनबी आता है, जो अपनी जेब में ड्रैगन का अंडा लिये घूम रहा है? अगर यह जादूगरों के कानून के ख़िलाफ़ है, तो कितने लोग अपनी जेब में ड्रैगन के अंडे लेकर इधर-उधर घूमते होंगे? क्या तुम्हें ऐसा नहीं लगता कि उसकी क़िस्मत अच्छी थी, जो उसे हैग्रिड मिल गया? मैं यह पहले क्यों नहीं समझ पाया?'

'तुम्हारे दिमाग़ में कौन सा विचार आया है?' रॉन ने पूछा, परंतु हैरी मैदान के पार जंगल की तरफ़ भाग रहा था और उसने कोई जवाब नहीं दिया।

हैग्रिड अपने घर के बाहर आरामकुर्सी पर बैठा हुआ था। उसकी पैंट और बाँहें ऊपर चढ़ी हुई थीं और वह एक बड़े बर्तन में मटर छील रहा था।

'हलो,' उसने मुस्कराते हुए कहा। 'परीक्षायें ख़त्म हो गयीं? ड्रिंक के लिये समय है?'

'हाँ, प्लीज़,' रॉन ने कहा, परंतु हैरी ने उसकी बात बीच में ही काट दी।

'नहीं, हम ज़रा जल्दी में हैं। हैग्रिड, मुझे तुमसे कुछ पूछना है। तुम्हें वह रात याद है, जब तुमने नॉरबर्ट को जीता था? जिस अजनबी के साथ तुमने ताश के पत्ते खेले थे, वह दिखने में कैसा था?'

'मालूम नहीं,' हैग्रिड ने सहजता से कहा, 'उसने अपना चोगा नहीं उतारा था।'

उसने जब उन तीनों को हैरान देखा तो अपनी भौंहें उठायीं।

'यह उतना अजीब नहीं है। हॉग्स हेड में - यानी कि गाँव के बियर बार में - बहुत से अजीब क़िस्म के लोग आते हैं। वह ड्रैगन का व्यापारी

होगा, और क्या? हमने उसका चेहरा बिलकुल नहीं देखा, क्योंकि उसने एक बार भी अपना नकाब नहीं हटाया।'

हैरी मटर के कटोरे के पास बैठ गया।

'तुम्हारी उससे किस बारे में बातें हुई, हैग्रिड? क्या तुमने हॉगवर्ट्स का ज़िक्र किया था?'

'हो सकता है किया हो, हैग्रिड ने कहा। याद करने की कोशिश करते हुए, उसने त्यौरियाँ चढ़ा लीं। 'हाँ ... उसने पूछा था कि हम क्या करते हैं और हमने उसे बताया कि हम यहाँ के रखवाले हैं ... उसने हमसे थोड़ी जानकारी ली कि हम किस तरह के जानवरों की देखभाल करते हैं ... हमने उसे बता दिया और ... हमने कहा कि हम हमेशा से जो चीज़ सचमुच चाहते थे, वह एक ड्रैगन था ... और फिर ... हमें ज़्यादा अच्छी तरह से याद नहीं है, क्योंकि वह हमें लगातार शराब ख़रीदकर पिलाता रहा ... देखो ... हाँ, फिर उसने कहा कि उसके पास ड्रैगन का अंडा है और अगर हम चाहें तो उसके लिये ताश खेल सकते हैं ... परंतु उसे यह विश्वास होना चाहिये कि हम उसकी देखभाल कर सकते हैं। वह नहीं चाहता था कि ड्रैगन किसी पुराने घर में चला जाये ... इस पर हमने उसे बताया कि फ़्लफ़ी के बाद ड्रैगन को सँभालना मुश्किल नहीं होगा...'

'और क्या उसने – क्या उसने फ़्लफ़ी में दिलचस्पी दिखायी?' हैरी ने अपनी आवाज़ को शांत रखने की कोशिश करते हुए पूछा।

'हाँ – आपको हॉगवर्ट्स के आसपास भी तीन सिर वाले कुत्ते देखने को कहाँ मिलते हैं? इसलिये हमने उसे बताया फ़्लफ़ी केक का टुकड़ा है, बशर्ते आप उसे शांत करने का तरीक़ा जानते हों। बस उसके सामने थोड़ा सा संगीत बजा दो और वह चुपचाप सो जायेगा –'

हैग्रिड अचानक दहशत में आ गया।

'हमें तुम्हें यह नहीं बताना चाहिये था।' वह बोला। 'भूल जाओ हमने क्या कहा है! अरे – तुम जा कहाँ रहे हो?'

हैरी, रॉन और हर्माइनी एक-दूसरे से तब तक बिलकुल भी नहीं बोले, जब तक कि वे प्रवेश हॉल में आकर नहीं रुक गये, जो मैदान के बाद बहुत ठंडा और अँधेरे से भरा लग रहा था।

'हमें डम्बलडोर के पास जाना चाहिये,' हैरी ने कहा। 'हैग्रिड ने उस अजनबी को बता दिया है कि फ़्लफ़ी को पार कैसे किया जाये, और वह नक़ाबपोश आदमी या तो स्नेप था या फिर वोल्डेमॉर्ट – एक बार हैग्रिड को शराब में धुत्त करने के बाद यह काम आसान रहा होगा। मुझे बस यही आशा है कि डम्बलडोर हमारा विश्वास कर लें। अगर बेन नहीं रोकेगा, तो फिरेंज़ हमारी बात का समर्थन कर सकता है। डम्बलडोर का ऑफ़िस कहाँ है?'

उन्होंने चारों तरफ़ देखा, जैसे वे उम्मीद कर रहे हों कि कोई साइनबोर्ड उन्हें सही दिशा बता देगा। उन लोगों को यह कभी नहीं बताया गया था कि डम्बलडोर कहाँ रहते थे, न ही वे ऐसे किसी विद्यार्थी को जानते थे, जो उनसे मिलने के लिये गया हो।

'हमें सिर्फ़ –' हैरी ने बोलना शुरू किया, परंतु तभी अचानक हॉल के पार एक आवाज़ गूंजी।

'तुम तीनों अंदर क्या कर रहे हो?'

यह प्रोफ़ेसर मैक्गॉनेगल थीं, जिनके हाथ में बहुत सी किताबें थीं।

'हम प्रोफ़ेसर डम्बलडोर से मिलना चाहते हैं,' हर्माइनी ने थोड़ी बहादुरी से कहा, कम से कम हैरी और रॉन को तो ऐसा ही लगा।

'प्रोफ़ेसर डम्बलडोर से?' प्रोफ़ेसर मैक्गॉनेगल ने दोहराया, जैसे ऐसा करना कोई बहुत संदिग्ध काम हो। 'क्यों?'

हैरी ने थूक गटका – अब क्या?

'यह गोपनीय है,' उसने कहा, परंतु तत्काल ही वह सोचने लगा कि उसे यह नहीं कहना चाहिये था, क्योंकि प्रोफ़ेसर मैक्गॉनेगल के नथुने फड़कने लगे।

'प्रोफ़ेसर डम्बलडोर दस मिनट पहले जा चुके हैं,' उन्होंने ठंडे स्वर में कहा। 'उन्हें जादू के मंत्रालय का एक अर्जेन्ट उल्लू मिला था और वे तत्काल उड़कर लंदन चले गये।'

'वे चले गये?' हैरी ने दहशत में आकर कहा। *'इस वक़्त?'*

'पॉटर, प्रोफ़ेसर डम्बलडोर बहुत बड़े जादूगर हैं, उनके पास बहुत से काम रहते हैं –'

'परंतु यह महत्त्वपूर्ण है।'

'तुम जो कहना चाहते हो वह जादू के मंत्रालय से भी ज़्यादा महत्त्वपूर्ण है, पॉटर?'

'देखिये,' हैरी ने सावधानी को हवा में उड़ाते हुए कहा, 'प्रोफ़ेसर- यह पारस पत्थर के बारे में है -'

प्रोफ़ेसर मैक्गॉनेगल ने जो भी उम्मीद की हो, वह यह तो नहीं थी। जो किताबें वे हाथ में पकड़े थीं, उनके हाथ से छूट गयीं, परंतु वे उन्हें उठाने के लिये नीचे नहीं झुकी।

'तुम्हें कैसे पता -?' उनके मुँह से निकला।

'प्रोफ़ेसर, मैं सोचता हूँ - *मैं जानता* हूँ - कि स्ने - कि कोई पत्थर को चुराने की कोशिश कर रहा है। मुझे प्रोफ़ेसर डम्बलडोर से बात करना ही है।'

उन्होंने हैरी को सदमे और संदेह के मिले-जुले भाव से देखा।

'प्रोफ़ेसर डम्बलडोर कल लौट आयेंगे,' उन्होंने आख़िरी फ़ैसला सुनाते हुए कहा। 'मैं नहीं जानती कि तुम्हें पत्थर के बारे में कैसे पता चला, परंतु चिंता मत करो, उसे कोई नहीं चुरा सकता, उसकी सुरक्षा के उपाय बहुत मजबूत हैं।'

'परंतु प्रोफ़ेसर -'

'पॉटर, मैं जानती हूँ कि मैं क्या बोल रही हूँ.' उन्होंने उसकी बात काटते हुए कहा। वे झुकी और अपनी गिरी हुई किताबें उठाने लगीं। 'मैं यह सुझाव दूँगी कि तुम लोग बाहर जाओ और सूरज की रोशनी का आनंद लो।'

परंतु उन्होंने ऐसा नहीं किया।

'यह आज रात ही होने वाला है,' हैरी ने कहा, जब उसे यह विश्वास हो गया कि प्रोफ़ेसर मैक्गॉनेगल इतनी दूर पहुँच गयी थीं कि उसकी आवाज़ उन्हें सुनाई नहीं देगी। 'स्नेप आज रात चोर दरवाज़े से अंदर जायेगा। उसने हर वो चीज़ पता कर ली है, जिसकी उसे ज़रूरत है और अब उसने डम्बलडोर को भी रास्ते से हटा दिया है। उसी ने वह चिट्ठी भेजी थी और मैं शर्त लगा सकता हूँ कि जब डम्बलडोर वहाँ पहुँचेंगे तो जादू के मंत्रालय को सचमुच सदमा लगेगा।'

'परंतु हम क्या कर –'

हर्माइनी की साँस वहीं की वहीं रह गयी। हैरी और रॉन पीछे घूमे।

वहाँ स्नेप खड़ा था।

'गुड आफ़्टरनून,' उसने रेशमी आवाज़ में कहा।

वे उसे घूरते रहे।

'इतने सुहाने दिन में आप लोगों को अंदर नहीं रहना चाहिये,' उसने अजीब तरह से मुस्कराते हुए कहा।

'हम लोग –' हैरी ने बोलना शुरू किया और उसे मालूम नहीं था कि वह आगे क्या कहने जा रहा था।

'तुम्हें ज़्यादा सावधान रहना चाहिये,' स्नेप ने कहा। 'इस तरह अंदर घुसे रहने से लोग समझेंगे कि तुम कोई बदमाशी करने जा रहे हो। गरुड़द्वार अब और ज़्यादा पॉइंट गँवाने की स्थिति में नहीं है, है ना?'

हैरी का चेहरा लाल हो गया। वे बाहर जाने के लिये मुड़े, परंतु स्नेप ने उन्हें वापस बुलाया।

'फिर से चेतावनी दे रहा हूँ, पॉटर – अगर अब कभी रात के समय बाहर घूमे, तो मैं तुम्हें स्कूल से बाहर निकलवाकर ही दम लूँगा। गुड डे।'

स्नेप स्टाफ रूम की दिशा में बढ़ गया।

बाहर पत्थर की सीढ़ियों पर हैरी बाक़ी लोगों की तरफ़ मुड़ा

'ठीक है, तो अब हमें यह करना है,' वह जल्दी से फुसफुसाया। 'हममें से एक को स्नेप पर नज़र रखनी होगी – स्टाफ रूम के बाहर इंतज़ार करना होगा और अगर यह वहाँ से कहीं जाये, तो उसका पीछा करना होगा। हर्माइनी, बेहतर होगा कि यह काम तुम करो।'

'मैं ही क्यों?'

'यह साफ़ है,' रॉन ने कहा। 'तुम नाटक कर सकती हो कि तुम प्रोफ़ेसर फ्लिटविक का इंतज़ार कर रही हो।' उसने ऊँची आवाज़ में नक़ल उतारते हुए कहा, 'ओह प्रोफ़ेसर फ्लिटविक, मैं इतनी घबरा रही हूँ, मुझे लगता है मेरा चौदह बी नंबर का सवाल ग़लत हो गया है ...'

'ओह, चुप हो जाओ,' हर्माइनी ने कहा, परंतु वह स्नेप पर नज़र रखने के लिये तैयार हो गयी।

'और बेहतर होगा कि हम तीसरी मंज़िल के गलियारे के बाहर रहें,' हैरी ने रॉन से कहा। 'चलो।'

परंतु योजना का यह हिस्सा सफल नहीं हुआ। जैसे ही वे लोग उस दरवाज़े तक पहुँचे, जो फ़्लफ़ी को बाक़ी स्कूल से अलग करता था, प्रोफ़ेसर मैक्गॉनेगल वहाँ आ गयीं और इस बार उन्होंने अपना आपा खो दिया।

'मुझे लगता है तुम सोचते हो कि तुम लोगों से पीछा छुड़ाना जादू-मंत्रों के समूह से ज़्यादा मुश्किल है।' वे तूफ़ानी अंदाज़ में बोलीं। 'बेवकूफ़ी की भी हद होती है। अगर मुझे पता चला कि तुम लोग दुबारा इस जगह के पास भी आये हो, तो मैं गरुड़द्वार के पचास पॉइंट कम कर दूँगी! हाँ, वीज़्ली, मेरे अपने हाउस से।'

हैरी और रॉन वापस हॉल में चले गये। हैरी ने इतना ही कहा था, 'कम से कम हर्माइनी तो स्नेप के पीछे है,' कि तभी मोटी औरत की तस्वीर घूमी और हर्माइनी अंदर आयी।

'मुझे अफ़सोस है, हैरी!' उसने बिलखते हुए कहा। 'स्नेप बाहर निकल आया और उसने मुझसे पूछा कि मैं क्या कर रही हूँ। जब मैंने कहा कि मैं फ्लिटविक का इंतज़ार कर रही हूँ, तो स्नेप उन्हें बुलाने के लिये चला गया और मैं बस अभी निकल पायी हूँ। मैं नहीं जानती कि स्नेप कहाँ गया।'

'तो यह मामला है, है ना?' हैरी ने कहा।

बाक़ी दोनों उसकी तरफ़ घूरते रहे। हैरी का चेहरा पीला था और उसकी आँखें चमक रही थीं।

'मैं आज रात को वहाँ जाऊँगा और पत्थर को पहले हासिल करने की कोशिश करूँगा।'

'तुम पागल हो गये हो।' रॉन ने कहा

'तुम ऐसा नहीं कर सकते!' हर्माइनी ने कहा। 'मैक्गॉनेगल और स्नेप ने जो कहा है उसके बाद भी? तुम्हें स्कूल से निकाल दिया जायेगा!'

'तो उससे क्या फ़र्क पड़ता है?' हैरी चिल्लाया। 'क्या तुम्हारी समझ में नहीं आ रहा है? अगर स्नेप उस पत्थर को चुरा लेता है, तो वोल्डेमॉर्ट वापस आ जायेगा! क्या तुमने नहीं सुना कि तब माहौल कैसा था, जब वह अपना साम्राज्य बनाने की कोशिश कर रहा था? फिर कोई हॉगवर्ट्स नहीं

रहेगा, जहाँ से किसी को निकाला जा सके! वह इसे मटियामेट कर देगा, या काले जादू के स्कूल में बदल देगा! क्या तुम्हारी समझ में नहीं आ रहा कि अब पॉइंट गँवाने से कोई फ़र्क नहीं पड़ता? क्या तुम्हें लगता है कि अगर गरुड़द्वार हाउस कप जीत लेगा, तो वह तुम्हें और तुम्हारे परिवारों को छोड़ देगा? अगर मुझे पत्थर पाने से पहले पकड़ लिया जायेगा तो मुझे डर्स्ली परिवार के पास जाना पड़ेगा और वहाँ बैठकर वोल्डेमॉर्ट का इंतज़ार करना पड़ेगा। यानी कि मैं कुछ समय बाद मरूँगा, क्योंकि यह बात तो तय है कि मैं शैतानी काले जादू का साथ कभी नहीं दूँगा! मैं आज रात चोर दरवाज़े के पार जा रहा हूँ और तुम दोनों चाहे जो कहो, मैं रुकने वाला नहीं हूँ! तुम्हें याद है, वोल्डेमॉर्ट ने मेरे मम्मी-डैडी को मारा है?'

उसने उनकी तरफ़ तमतमाकर देखा।

'तुम ठीक कह रहे हो, हैरी,' हर्माइनी धीमी आवाज़ में बोली।

'मैं अदृश्य चोगा पहनकर जाऊँगा,' हैरी ने कहा। 'मेरी क़िस्मत अच्छी थी, जो यह मुझे वापस मिल गया।'

'परंतु क्या यह हम तीनों को छुपा लेगा?' रॉन ने कहा।

'क्या – हम तीनों को?'

'छोड़ो भी, तुमने यह कैसे सोच लिया कि हम तुम्हें अकेले जाने देंगे?'

'बिलकुल नहीं,' हर्माइनी ने तेज़ी से कहा। 'तुमने यह कैसे सोच लिया कि तुम हमारे बिना पत्थर तक पहुँच पाओगे? बेहतर होगा कि मैं जाऊँ और अपनी किताबें देख लूँ, शायद उनमें कोई काम की चीज़ मिल जाये ...'

'परंतु अगर हम पकड़े गये, तो तुम दोनों को भी निकाल दिया जायेगा।'

'अगर मेरे हाथ में हो, तो ऐसा नहीं होगा,' हर्माइनी ने गंभीरता से कहा। 'फ्लिटविक ने मुझे गोपनीय रूप से बताया है कि मुझे उसकी परीक्षा में एक सौ बारह प्रतिशत नंबर मिले हैं। इसके बाद ये लोग मुझे बाहर नहीं निकाल सकते।'

*

डिनर के बाद वे तीनों हॉल में तनाव की हालत में अलग बैठे रहे। किसी ने उन्हें तंग नहीं किया, क्योंकि वैसे भी गरुड़द्वार का कोई विद्यार्थी अब हैरी

से बात नहीं करता था। यह पहली रात थी, जब वह इस बात से परेशान नहीं हुआ। हर्माइनी अपने नोट्स पलट रही थी और आशा कर रही थी कि जिन जादू-टोनों और मंत्रों का वे मुक़ाबला करने जा रहे थे, वे उसके पढ़े हुए हों। हैरी और रॉन ने आपस में ज़्यादा बातें नहीं कीं। दोनों ही इस बारे में सोच रहे थे कि वे क्या करने जा रहे थे।

धीरे-धीरे लोग सोने चले गये और कमरा ख़ाली हो गया।

'बेहतर होगा कि तुम चोगा ले आओ,' रॉन बुदबुदाया, जब ली जॉर्डन आख़िरकार अँगड़ाई और जम्हाई लेता हुआ वहाँ से चला गया। हैरी ऊपर की मंज़िल पर अपने अँधेरे कमरे की तरफ़ भागा। उसने चोगा बाहर निकाला, तभी उसकी निगाह उस बाँसुरी पर पड़ी, जो हैग्रिड ने उसे क्रिसमस पर दी थी। उसने फ़्लफ़ी पर इस्तेमाल करने के लिये उसे जेब में रख लिया - गाना गाने का उसका मन नहीं हो रहा था।

वह वापस हॉल की तरफ़ भागा।

'हम चोगे को यहीं पर ओढ़ लें, ताकि यह पक्का हो जाये कि इससे हम तीनों ढँक रहे हैं - अगर फिल्च को हममें से किसी के भी पैर बिना शरीर के चलते दिख गये -'

'तुम क्या कर रहे हो?' कमरे के कोने से एक आवाज़ आयी। एक कुर्सी के पीछे से नेविल प्रकट हुआ, उसके हाथ में उसका मेंढक ट्रेवर था, जो फिर से आज़ाद होने की कोशिश करता दिख रहा था।

'कुछ नहीं, नेविल, कुछ नहीं,' हैरी ने कहा और उसने जल्दी से चोगे को अपनी पीठ के पीछे छुपा लिया।

नेविल उनके अपराधी जैसे चेहरों की तरफ़ घूर रहा था।

'तुम फिर से बाहर जा रहे हो,' उसने कहा।

'नहीं, नहीं, नहीं,' हर्माइनी बोली। 'नहीं, हम नहीं जा रहे हैं। तुम जाकर सो क्यों नहीं जाते नेविल?'

हैरी ने दरवाज़े के पास लगी पुराने ज़माने की घड़ी देखी। अब और समय बर्बाद करना ठीक नहीं था, स्नेप इस समय शायद फ़्लफ़ी को संगीत सुनाकर सुला रहा होगा।

'तुम बाहर नहीं जा सकते,' नेविल ने कहा, 'तुम फिर से पकड़े जाओगे। गरुड़द्वार और ज़्यादा मुश्किल में फँस जायेगा।'

'तुम समझ नहीं रहे हो नेविल,' हैरी ने कहा, 'यह महत्त्वपूर्ण है।'

परंतु नेविल किसी ख़तरनाक काम को करने के लिये ख़ुद को मज़बूत बना रहा था।

'मैं तुम्हें ऐसा नहीं करने दूँगा,' उसने कहा और जल्दी से तस्वीर के छेद के सामने खड़ा हो गया। 'मैं – मैं तुमसे लड़ूँगा!'

'नेविल,' रॉन फट पड़ा, 'रास्ते से हट जाओ और मूर्ख मत बनो –'

'मुझे मूर्ख मत कहो!' नेविल बोला। 'मुझे नहीं लगता कि तुम लोगों को कोई और नियम तोड़ना चाहिये! और तुम्हीं ने तो मुझसे कहा था कि मुझे लोगों का मुकाबला करना चाहिये!'

'हाँ, परंतु *हम लोगों* का नहीं, रॉन ने परेशान होकर कहा। 'नेविल, तुम नहीं जानते कि तुम क्या कर रहे हो।'

उसने एक क़दम आगे बढ़ाया, तो नेविल ने अपने मेंढक को नीचे गिरा दिया, जो कूदकर ओझल हो गया।

'आओ, मुझे मारने की कोशिश करो!' नेविल ने अपनी मुट्ठियाँ तानकर उन्हें हवा में लहराते हुए कहा। 'मैं तैयार हूँ!'

हैरी हर्माइनी की तरफ़ मुड़ा।

'कुछ करो,' उसने बेचैनी से कहा।

हर्माइनी आगे आयी।

'नेविल,' उसने कहा, 'मुझे सचमुच, सचमुच इसका बहुत दुख है।'

उसने अपनी छड़ी उठायी।

'पेट्रिफिकस टोटैलस!' अपनी छड़ी नेविल की तरफ़ करते हुए वह चीख़ी।

नेविल के हाथ-पैर इकट्ठे बँध गये। उसका पूरा शरीर सख़्त हो गया। वह जहाँ खड़ा था, वहाँ से झूला और फिर चेहरे के बल नीचे गिर गया, लकड़ी के किसी तख़्ते की तरह।

हर्माइनी ने भागकर उसे सीधा किया। नेविल के जबड़े जुड़ गये थे, इसलिये वह बोल नहीं सकता था। सिर्फ़ उसकी आँखें हिल रही थीं और उनकी तरफ़ दहशत से देख रही थीं।

'तुमने उसके साथ क्या किया है?' हैरी फुसफुसाया।

'यह पूर्ण-शरीर-बंधन है,' हर्माइनी ने दुख से कहा। 'ओह, नेविल, मुझे बहुत अफसोस है।'

'और कोई चारा नहीं था, नेविल, समझाने के लिये वक़्त नहीं था,' हैरी ने कहा।

'तुम बाद में समझ पाओगे, नेविल,' रॉन ने कहा, जब वे उसे लाँघते हुए निकले और उन्होंने अपना अदृश्य चोगा ओढ़ा।

परंतु नेविल को फ़र्श पर बँधा छोड़ना उन्हें कोई बहुत शुभ लक्षण नहीं लग रहा था। वे इतने परेशान थे कि हर मूर्ति की छाया उन्हें फिल्च की तरह लग रही थी और हवा की हर आहट उन्हें अपनी तरफ़ आते पीव्ज़ की आवाज़ लग रही थी।

पहली सीढ़ियों पर चढ़ते समय उन्होंने देखा कि मिसेज़ नॉरिस ऊपर की तरफ़ घूम रही है।

'अच्छा, मैं उसे लात मार दूँ, सिर्फ़ एक बार,' रॉन हैरी के कान में फुसफुसाया, परंतु हैरी ने अपना सिर हिलाया। जैसे ही वे मिसेज़ नॉरिस के पास से सावधानी से चढ़े, उसने अपनी लैंप जैसी आँखें उनकी तरफ़ मोड़ीं, परंतु कुछ नहीं किया।

उन्हें तब तक कोई और नहीं मिला, जब तक कि वे तीसरी मंज़िल की सीढ़ियों पर नहीं पहुँच गये। पीव्ज़ बीच रास्ते में लटका हुआ था और ग़लीचे को ढीला कर रहा था, ताकि लोग फिसल जायें।

जब वे उसकी तरफ़ बढ़े, तो उसने अचानक कहा, 'कौन है?' उसने अपनी दुष्ट काली आँखें सिकोड़ीं, 'हालाँकि मैं तुम्हें देख नहीं सकता, परंतु मैं जानता हूँ कि तुम यहाँ हो। क्या तुम भूत-पिशाच हो या कोई जिन्न-जानवर हो?'

वह हवा में ऊपर उठा और वहाँ तैरते हुए उनकी तरफ़ घूरता रहा।

'अगर कोई अदृश्य चीज़ यहाँ घूम रही है, तो फिल्च को बुलाना चाहिये, मुझे बुलाना ही चाहिये।'

हैरी के दिमाग़ में अचानक एक विचार आया।

'पीव्ज़,' उसने कर्कश फुसफुसाहट में कहा, 'ख़ूनी नवाब किसी कारण से अदृश्य होकर घूम रहे हैं।'

पीव्ज़ को इतनी ज़ोर का झटका लगा कि वह हवा से लगभग गिर गया। वह समय रहते सँभल गया और सीढ़ियों से एक फुट ऊपर तैरने लगा।

'बहुत अफ़सोस है, महामहिम, नवाब साहब, सर,' उसने मक्खन लगाने वाली आवाज़ में कहा। 'मेरी ग़लती है, मेरी ग़लती है – मैंने आपको नहीं देखा – ज़ाहिर है मैंने नहीं देखा, आप अदृश्य जो थे – पीव्ज़ के छोटे से मज़ाक को माफ़ कर दीजिये, सर।'

'मुझे यहाँ पर काम है, पीव्ज़,' हैरी फटे बाँस जैसी आवाज़ में बोला। 'इस जगह से आज रात दूर रहो।'

'मैं ऐसा ही करूँगा, सर, मैं निश्चित रूप से ऐसा ही करूँगा,' पीव्ज़ ने दुबारा हवा में ऊपर उठते हुए कहा। 'आशा है आपका काम सफल होगा, नवाब साहब, मैं आपको परेशान नहीं करूँगा।'

और वह वहाँ से तेज़ी से बढ़ लिया।

'*बहुत अच्छे*, हैरी।' रॉन फुसफुसाया।

कुछ पल बाद वे लोग वहाँ पहुँच गये, तीसरी मंज़िल के गलियारे के बाहर – और दरवाज़ा पहले से ही थोड़ा खुला हुआ था।

'यह देखो,' हैरी ने धीरे से कहा। 'स्नेप पहले ही फ़्लफ़ी के पार चला गया है।

खुले दरवाज़े को देखकर अचानक उन तीनों को एहसास हुआ कि उनके सामने कितनी बड़ी चुनौती थी। चोगे के नीचे हैरी बाक़ी दोनों की तरफ़ मुड़ा।

'अगर तुम वापस जाना चाहो, तो मैं तुम्हें दोष नहीं दूँगा,' उसने कहा। 'तुम चोगा वापस ले जा सकते हो, मुझे अब इसकी ज़रूरत नहीं है।'

'बेवकूफ़ी की बातें मत करो,' रॉन ने कहा।

'हम भी चल रहे हैं,' हर्माइनी बोली।

हैरी ने दरवाज़ा खोला।

जैसे ही दरवाज़े की आवाज़ आयी, एक धीमी, गरजती गुर्राहट उनके कानों में पड़ी। कुत्ते की सभी तीन नाकें उनकी दिशा में पागलों की तरह सूँघ रही थीं, हालाँकि वह उन्हें देख नहीं सकता था।

'इसके पैरों में क्या है?' हर्माइनी फुसफुसायी।

'ऐसा लगता है जैसे कोई बीन है,' रॉन ने कहा। 'स्नेप इसे यहाँ छोड़ गया होगा।'

'जैसे ही संगीत बजना बंद होगा, यह उसी पल जाग जायेगा,' हैरी ने कहा। 'तो फिर संगीत शुरू ...'

उसने हैग्रिड की बाँसुरी को अपने होंठों से लगाया और फूँक मारी। सच कहा जाये तो यह कोई सुरीली धुन नहीं थी, परंतु संगीत की पहली तान से ही जानवर की आँखें झुकने लगीं। हैरी ने साँस तक नहीं ली। धीरे-धीरे कुत्ते की गुर्राहटें रुक गयीं – वह अपने पंजों पर लड़खड़ाया और घुटनों के बल गिरा, फिर वह ज़मीन पर लुढ़का और गहरी नींद में सो गया।

'बजाते रहो,' रॉन ने हैरी को चेतावनी दी, जब वे चोगे से बाहर निकलकर चोर दरवाज़े की तरफ़ बढ़े। कुत्ते के दैत्याकार सिरों के पास से गुज़रते समय वे उसकी गर्म बदबूदार साँस महसूस कर सकते थे।

'मुझे लगता है कि हम लोग दरवाज़ा खोलने में कामयाब हो जायेंगे,' रॉन ने कुत्ते के पीछे झाँकते हुए कहा। 'तुम पहले जाना चाहती हो, हर्माइनी?'

'नहीं, मैं नहीं।'

'ठीक है।' रॉन ने अपने दाँत किटकिटाये और सावधानी से कुत्ते के पैरों के ऊपर से निकल गया। वह झुका और उसने चोर दरवाज़े का छल्ला खींचा, जो ऊपर उठा और दरवाज़ा खुल गया

'तुम्हें क्या दिख रहा है?' हर्माइनी ने चिंता से पूछा।

'कुछ नहीं – सिर्फ़ अँधेरा – नीचे उतरने का कोई रास्ता नहीं है, हमें सीधे नीचे कूदना पड़ेगा।'

हैरी अब भी बाँसुरी बजा रहा था। उसने रॉन का ध्यान खींचने के लिये अपना हाथ हिलाया और ख़ुद की तरफ़ इशारा किया।

'तुम पहले जाना चाहते हो? क्या सचमुच?' रॉन ने पूछा। 'मैं नहीं जानता यह कितना गहरा है। बाँसुरी हर्माइनी को दे दो, ताकि वह उसे सुलाये रख सके।'

हैरी ने बाँसुरी उसे दे दी। कुछ पल की इस ख़ामोशी के दौरान कुत्ता हिला और गुर्राया, परंतु जैसे ही हर्माइनी ने बाँसुरी बजाना शुरू किया, वह फिर से गहरी नींद में सो गया।

हैरी उसे लाँघता हुआ गया और उसने चोर दरवाज़े में नीचे देखा। तलहटी का कोई ओर-छोर नहीं दिख रहा था।

उसने अपने आपको छेद में से नीचे किया, जब तक कि वह अपनी उँगलियों के बल नहीं लटकने लगा। फिर उसने रॉन की तरफ़ देखा और कहा, 'अगर मुझे कुछ हो जाये, तो मेरे पीछे मत आना। सीधे उल्लूख़ाने में जाना और हेडविग को डम्बलडोर के पास भेज देना, ठीक है?'

'ठीक है,' रॉन ने कहा।

'आशा है, एक मिनट में मिलेंगे ...'

और हैरी ने अपने आपको छोड़ दिया। ठंडी, नम हवा उसके पास से गुज़री, जब वह नीचे नीचे और नीचे गिरता गया और फिर –

धप्प। एक अजीब, दबी आवाज़ के साथ वह किसी नर्म चीज़ पर गिरा। वह उठा और उसने चारों तरफ़ टटोला, क्योंकि उसकी आँखें अँधेरे में देख नहीं पा रही थीं। ऐसा लग रहा था जैसे वह किसी तरह के पेड़ पर बैठा हुआ था।

'सब **ठीक** है!' खुला चोर दरवाज़ा उसे डाक टिकट के आकार का दिख रहा था और उसने उसकी रोशनी की तरफ़ देखकर कहा। 'यहाँ नर्म जगह है, तुम नीचे कूद सकते हो!'

रॉन तत्काल कूद गया। वह हैरी के पास में ही पसर गया।

'यह क्या है?' उसके पहले शब्द थे।

'पता नहीं, किसी तरह का पेड़ लगता है। मुझे लगता है यह यहाँ पर इसलिये है, ताकि गिरने पर चोट न लगे। चलो आ जाओ, हर्माइनी!'

दूर से आता संगीत थम गया कुत्ता जोर से भौंका, परंतु हर्माइनी पहले ही कूद चुकी थी। वह हैरी के दूसरी तरफ़ कूदी।

'हम लोग स्कूल से मीलों नीचे होंगे,' उसने कहा।

'हमारी क़िस्मत अच्छी है कि यह पेड़ यहाँ पर है, है ना,' रॉन ने कहा।

'*क़िस्मत अच्छी है!*' हर्माइनी चीख़ी। 'तुम दोनों अपनी तरफ़ देखो तो सही!'

वह ऊपर उछली और जूझते हुए एक गीली दीवार की तरफ़ बढ़ी। उसे इसलिये जूझना पड़ा, क्योंकि जिस पल वह कूदी थी, वह पेड़ उसके टखनों के चारों तरफ़ साँप की तरह लतायें जमाने लगा था। जहाँ तक हैरी और रॉन का सवाल था, उनके पैर पहले ही बड़ी लताओं में कसकर बँध चुके थे और उन्हें पता तक नहीं चला था।

पेड़ उस पर अपनी पकड़ मज़बूत कर पाये, इससे पहले ही हर्माइनी ने अपने आपको छुड़ा लिया। वह दहशत से देख रही थी कि उसके दोनों दोस्त पेड़ के चंगुल से बचने के लिये बेतहाशा जूझ रहे थे, परंतु वे उससे जितना लड़ते थे, वह उतनी ही तेज़ी से उनके चारों तरफ़ कसकर लिपटता जाता था।

'हिलो मत!' हर्माइनी ने उन्हें आदेश दिया। 'मैं जानती हूँ यह क्या है – यह शैतानी फंदा है!'

'अरे, बड़ी ख़ुशी की बात है कि हम इसका नाम जान गये, इससे बहुत मदद मिली,' रॉन ने चिढ़कर कहा। वह पीछे की तरफ़ झुका हुआ था और कोशिश कर रहा था कि पेड़ उसकी गर्दन पर अपनी लतायें न लपेट पाये।

'चुप रहो, मैं याद करने की कोशिश कर रही हूँ कि इसे कैसे मारा जाये!' हर्माइनी बोली।

'अच्छा, जल्दी करो, मैं साँस नहीं ले पा रहा हूँ!' हैरी ने हाँफते हुए कहा और वह पेड़ के साथ कुश्ती लड़ने लगा, जो उसके सीने के चारों तरफ़ शिकंजा कस रहा था।

'शैतानी फंदा, शैतानी फंदा ... प्रोफ़ेसर स्प्राउट ने क्या कहा था? यह अँधेरे और नमी को पसंद करता है –

'तो फिर आग जलाओ!' हैरी का गला रुँध गया था।

'हाँ – सही है – पर हमारे पास लकड़ी नहीं है।' हर्माइनी अपने हाथ मलते हुए चीख़ी।

'क्या तुम पागल हो गयी हो?' रॉन पूरी ताक़त से चीख़ा। **'तुम जादूगरनी हो या नहीं?'**

'हूँ कैसे नहीं!' हर्माइनी ने कहा और उसने अपनी छड़ी झटके से बाहर निकाली तथा उसे हिलाकर कुछ बुदबुदाया, फिर उसने पेड़ पर भी उसी तरह की नीली लपटों का प्रयोग किया, जिस तरह की लपटों का प्रयोग उसने स्नेप पर किया था। कुछ ही पल में हैरी और रॉन ने महसूस किया कि पेड़ की लताओं की पकड़ ढीली हो रही है और पेड़ रोशनी तथा गर्मी से दूर सिकुड़ता जा रहा है। सिकुड़ते और अंदर धँसते हुए उसने उनके शरीर को छोड़ दिया और वे उसके चंगुल से छूटकर बाहर आ गये।

'हर्माइनी, हमारी क़िस्मत अच्छी है कि तुम जड़ी-बूटियों का ज्ञान की क्लास में ध्यान देती हो,' हैरी ने कहा, जब वह अपने चेहरे से पसीना पोंछते हुए उसके पास दीवार के किनारे तक आया।

'हाँ,' रॉन ने कहा, 'और हमारी क़िस्मत अच्छी है कि हैरी संकट में अपनी बुद्धि नहीं खोता - "हमारे पास लकड़ी नहीं है," *क़सम से।*'

'इस रास्ते से,' हैरी ने पत्थर के एक गलियारे की तरफ़ इशारा करते हुए कहा, जो आगे बढ़ने का इकलौता रास्ता था।

अपने क़दमों की आहट के अलावा उन्हें सिर्फ़ दीवार पर नीचे गिरते पानी की हलकी कलकल सुनाई दे रही थी। गलियारा उन्हें नीचे की तरफ़ ढलान में ले गया और हैरी को ग्रिनगॉट की याद आ गयी। उसके दिल को तेज़ झटका लगा, जब उसे उन ड्रैगनों की याद आयी, जो जादूगरों के बैंक में तिजोरियों की रक्षा कर रहे थे। अगर उन्हें कोई ड्रैगन मिल गया, एक बड़ा ड्रैगन - नॉरबर्ट के बारे में ही उनका अनुभव बहुत बुरा था ...

'क्या तुम्हें कुछ सुनाई दे रहा है?' रॉन फुसफुसाया।

हैरी ने सुना। ऊपर से सरसराहट और छनछनाहट की हलकी आवाज़ें आ रही थीं।

'क्या तुम्हें लगता है यह कोई भूत है?'

'मुझे नहीं पता ... मुझे लगता है यह पंखों की आवाज़ है।'

'आगे रोशनी है - मुझे कुछ हिलता हुआ नज़र आ रहा है।'

वे लोग गलियारे के छोर पर पहुँच गये और उनके सामने तेज़ रोशनी से भरा एक कमरा था, जिसकी छत मेहराबदार थी। उसमें रत्नों की तरह चमकते छोटे पक्षी भरे थे, जो पंख फड़फड़ाते हुए और एक–दूसरे से टकराते हुए कमरे में चारों तरफ़ उड़ रहे थे। कमरे के दूसरी तरफ़ लकड़ी का एक भारी दरवाज़ा था।

'क्या तुम्हें लगता है कि अगर हम कमरे को पार करेंगे, तो वे हम पर हमला कर देंगे?' रॉन ने कहा।

'शायद,' हैरी ने कहा। 'वे बहुत खूंखार तो नहीं दिख रहे हैं, परंतु मुझे लगता है कि अगर उन सबने इकट्ठे हमला बोल दिया तो ... ख़ैर, हमारे पास कोई विकल्प नहीं है ... मैं दौड़ लगाता हूँ।'

उसने एक गहरी साँस ली, हाथों से अपना चेहरा ढँका और कमरे के पार दौड़ लगा दी। उसे उम्मीद थी कि किसी भी पल तेज़ चोंच और पंजे उसे नोचने लगेंगे, परंतु ऐसा कुछ नहीं हुआ। वह दरवाज़े तक सकुशल पहुँच गया। उसने हैंडल खींचा, परंतु उस पर ताला लगा था।

बाक़ी दोनों उसके पीछे आये। उन्होंने दरवाज़े को खींचा और धक्का दिया, परंतु वह हिलने को भी तैयार नहीं था, तब भी नहीं जब हर्माइनी ने अपने अलोहोमारा मंत्र का प्रयोग किया।

'अब क्या करें?' रॉन ने कहा।

'ये पक्षी ... ये यहाँ सिर्फ़ सजावट के लिये तो नहीं हो सकते,' हर्माइनी बोली।

उन्होंने ऊपर उड़ते पक्षियों को देखा। वे चमक रहे थे – परंतु *क्या चमक रहा था?*

'ये पक्षी नहीं हैं।' हैरी ने अचानक कहा, 'ये तो *चाबियाँ है!* पंख लगी चाबियाँ – ध्यान से देखो। तो इसका मतलब है ...' उसने कमरे में चारों तरफ़ देखा, जब बाक़ी दोनों लोग चाबियों के झुंड को देख रहे थे। '... हाँ – देखो! जादुई झाडुयें रखी हैं! हमें चाबी को पकड़कर दरवाज़े में लगाना है!'

'परंतु यहाँ पर तो *सैकड़ों* चाबियाँ हैं!'

रॉन ने दरवाज़े पर लगे ताले की जाँच की।

'हमें एक पुरानी सी, बड़ी – शायद चाँदी की, जैसा यह हैंडल है – चाबी की तलाश करना है।'

तीनों ने एक-एक जादुई झाड़ू उठा ली और हवा में ऊपर उठकर चाबियों के बादल के बीच उड़ने लगे। उन्होंने झपटकर उन्हें पकड़ने की कोशिश की, परंतु जादुई चाबियाँ इतनी तेज़ी से दूर जाती थीं और गोता लगाती थीं कि उन्हें पकड़ना लगभग असंभव लग रहा था।

हैरी सौ सालों में सबसे कम उम्र का खोजी यूँ ही नहीं था। उसमें ऐसी चीज़ें देखने की क़ाबिलियत थी, जो दूसरों को नहीं दिखती थीं। एक मिनट तक इन्द्रधनुषी पंखों के तूफ़ान में उड़ने के बाद उसने चाँदी की एक बड़ी सी चाबी देखी, जिसका पंख मुड़ा हुआ था, जैसे उसे पहले भी किसी ने पकड़ा हो और चाबी के छेद में बेदर्दी से डाला हो।

'वह वाली!' हैरी ने उन दोनों को बताया। 'वह बड़ी वाली – वहाँ पर – नहीं, वहाँ – चमकते नीले पंखों वाली – जिसके एक तरफ़ के पंख मुड़े हैं।'

रॉन उस दिशा में तेज़ी से गया, जिधर हैरी इशारा कर रहा था, छत से टकराया और अपनी झाड़ू पर से लगभग गिर गया।

'हमें इसे मिलकर घेरना होगा!' हैरी बोला, वह मुड़े पंख वाली चाबी पर से अपनी आँखें नहीं हटा रहा था। 'रॉन तुम इसके ऊपर से आओ – हर्माइनी, इसके नीचे रहो और इसे नीचे जाने से रोको – और मैं इसे पकड़ने की कोशिश करूँगा। ठीक है, **अभी!**'

रॉन ने गोता मारा, हर्माइनी ऊपर की तरफ़ उछली, चाबी ने दोनों को चकमा दिया और हैरी उसके ठीक पीछे चल दिया। वह दीवार की तरफ़ तेज़ी से उड़ी, हैरी आगे झुका और एक बुरी सी तेज़ आवाज़ के साथ उसने उसे एक हाथ से दीवार पर दबोच लिया। रॉन और हर्माइनी की ख़ुशी से चहकती आवाज़ें ऊँचे कमरे में चारों तरफ़ गूंजने लगीं।

वे तेज़ी से नीचे उतरे और हैरी दरवाज़े की तरफ़ भागा, चाबी उसके हाथ में फड़फड़ा रही थी। उसने उसे ताले में घुसाया और घुमाया – वह लग गयी। जिस पल ताला खुला, चाबी दुबारा उड़ गयी और अब वह बुरी तरह घायल दिख रही थी, क्योंकि उसे दो बार पकड़ा जा चुका था।

'तैयार?' हैरी ने बाक़ी दोनों से पूछा, उसका हाथ दरवाज़े के हैंडल पर था। उन लोगों ने सिर हिलाया। उसने दरवाज़ा खींचकर खोला।

अगले कमरे में इतना अँधेरा था कि उन्हें कुछ भी नहीं दिख रहा था, परंतु जैसे ही उन्होंने अंदर क़दम रखा, कमरे में अचानक रोशनी हो गयी और उन्होंने एक अजीब दृश्य देखा।

वे लोग शतरंज के एक बड़े बोर्ड के किनारे पर काले मोहरों के पीछे खड़े थे, जो सभी उनसे ऊँचे थे और ऐसा लग रहा था, जैसे उन्हें काले पत्थर से तराशा गया था। उनके सामने, कमरे में काफ़ी दूरी पर सफ़ेद मोहरे थे। हैरी, रॉन और हर्माइनी थोड़े काँपे – ऊँचे सफ़ेद मोहरों के चेहरे नहीं थे।

'अब हम क्या करेंगे?' हैरी फुसफुसाया।

'यह स्पष्ट है, नहीं क्या?' रॉन ने कहा। 'हमें खेलते हुए कमरे के पार जाना है।'

सफ़ेद मोहरों के पीछे उन्हें एक और दरवाज़ा दिख रहा था।

'कैसे?' हर्माइनी ने घबराते हुए पूछा।

रॉन ने कहा, 'मुझे लगता है कि हमें शतरंज के मोहरे बनना पड़ेगा।'

वह एक काले घोड़े के पास गया और उसने घोड़े को छूने के लिये हाथ बढ़ाया। तत्काल, पत्थर में जान आ गयी। घोड़े ने ज़मीन पर टाप मारी और घुड़सवार ने अपना हेलमेट लगा सिर नीचे झुकाकर रॉन की तरफ़ देखा।

'क्या हमें – पार जाने के लिये आपके साथ शामिल होना पड़ेगा?'

काले घुड़सवार ने सहमति में सिर हिलाया। रॉन बाक़ी दोनों की तरफ़ मुड़ा।

'इसके लिये सोचना पड़ेगा ...' उसने कहा। 'मुझे लगता है कि हमें तीन काले मोहरों की जगह लेना होगी ...'

हैरी व हर्माइनी शांत रहे और रॉन को सोचते हुए देखते रहे। आख़िरकार उसने कहा, 'अब तुम लोग बुरा मत मानना, परंतु तुम दोनों को ही इतनी अच्छी शतरंज नहीं आती –'

'हम बुरा नहीं मानेंगे,' हैरी ने जल्दी से कहा। 'हमें सिर्फ़ यह बता दो कि हमें क्या करना है।'

'ठीक है। हैरी तुम उस ऊँट की जगह ले लो और हर्माइनी तुम उसके बगल में उस हाथी की जगह पर चली जाओ।'

'और तुम?'

'मैं घोड़ा बनूँगा,' रॉन ने कहा।

ऐसा लगा जैसे शतरंज के मोहरे उनकी बात सुन रहे थे, क्योंकि इन शब्दों पर एक घोड़ा, एक ऊँट और एक हाथी सफ़ेद मोहरों की तरफ़ पीठ करके मुड़े और बोर्ड के बाहर चल दिये। वे अपने पीछे तीन ख़ाली जगह छोड़ गये, जहाँ हैरी, रॉन और हर्माइनी खड़े हो गये।

'शतरंज में सफ़ेद मोहरे हमेशा पहली चाल चलते हैं,' रॉन ने कहा और बोर्ड को देखा। 'हाँ ... देखो ...'

एक सफ़ेद प्यादा दो घर आगे बढ़ गया था।

रॉन ने काले मोहरों को आदेश देना शुरू किया। मोहरे चुपचाप वहाँ चले जाते थे, जहाँ वह उन्हें भेजता था। हैरी के घुटने काँप रहे थे। अगर वे हार गये तो क्या होगा?

'हैरी – दाहिनी तरफ़ चार घर तिरछे चलो।'

उन्हें पहला असली सदमा तब लगा, जब उनका दूसरा घोड़ा पिट गया। सफ़ेद वज़ीर ने उसे फ़र्श पर पटक दिया और खींचकर बोर्ड से दूर रख दिया, जहाँ वह औंधे मुँह ख़ामोश पड़ा रहा।

'मैंने जान-बूझकर ऐसा होने दिया,' रॉन ने कहा, जो थोड़ा विचलित दिख रहा था। 'इससे तुम उस ऊँट को मार सकती हो। हर्माइनी, आगे बढ़ो।'

हर बार जब भी उनका कोई मोहरा पिटता था, सफ़ेद मोहरे कोई दया नहीं दिखाते थे। जल्दी ही दीवार के पास बेहोश काले मोहरों की लाइन लग गयी। दो बार, रॉन ने समय रहते देख लिया कि हैरी और हमाइनी ख़तरे में थे। वह ख़ुद बोर्ड पर कूदता हुआ गया और उसने लगभग उतने ही सफ़ेद मोहरे मार डाले, जितने काले मोहरे उन्होंने गँवाये थे।

'हम लोग लगभग वहाँ पहुँच गये हैं,' वह अचानक बुदबुदाया। 'मुझे सोचने दो – मुझे सोचने दो ... –'

सफ़ेद वज़ीर ने अपना भावहीन चेहरा उसकी तरफ़ मोड़ा।

'हाँ ...' रॉन ने धीरे से कहा, 'यही इकलौता रास्ता है। ... मुझे मरना होगा।'

'**नहीं!**' हैरी और हर्माइनी चिल्लाये।

'यह शतरंज है!' रॉन ने पलटकर कहा। 'कुछ पाने के लिये आपको कुछ खोना पड़ता है! मैं एक क़दम आगे बढ़ाऊँगा और वज़ीर मुझे पीट देगा – इसके बाद तुम राजा को शह दे सकोगे, हैरी!'

'परंतु –'

'तुम स्नेप को रोकना चाहते हो या नहीं?'

'रॉन –'

'देखो, अगर तुम जल्दी नहीं करोगे, तो वह पत्थर पर पहले ही कब्ज़ा जमा लेगा!'

इसके अलावा कोई चारा नहीं था।

'तैयार?' रॉन ने पूछा। उसका चेहरा पीला, परंतु संकल्प से भरा था। 'मैं चलता हूँ – और हाँ, एक बार तुम जीत जाओ, तो ज़्यादा देर मत लगाना।'

वह आगे बढ़ा और सफ़ेद वज़ीर ने उस पर झपट्टा मारा। उसने रॉन के सिर पर अपने पत्थर के हाथ से इतना तेज़ वार किया कि वह फ़र्श पर लुढ़क गया – हर्माइनी चीख़ी, परंतु अपने चौखाने में खड़ी रही – सफ़ेद वज़ीर ने रॉन को घसीटकर एक तरफ़ रख दिया ऐसा लग रहा था, जैसे वह बेहोश हो गया था।

काँपते हुए, हैरी बॉयी तरफ़ तीन घर चला।

सफ़ेद राजा ने अपना मुकुट उतारा और हैरी के क़दमों में डाल दिया। वे जीत गये थे। शतरंज के मोहरे सिर झुकाते हुए अलग हट गये, आगे जाने वाले दरवाज़े का रास्ता अब ख़ाली था। रॉन की तरफ़ एक बार निराशा से देखने के बाद हैरी और हर्माइनी दरवाज़े से होते हुए भागकर अगले गलियारे तक गये।

'क्या होगा अगर वह –?'

'उसे कुछ नहीं होगा,' हैरी ने ख़ुद को विश्वास दिलाने की कोशिश करते हुए कहा। 'तुम्हें क्या लगता है आगे क्या होगा?'

'हमने स्प्राउट के जादू को पार कर लिया है, यानी शैतानी फंदा– फ़्लिटविक ने चाबियों पर जादू किया होगा – मैक्गॉनेगल ने शतरंज के

मोहरों को ज़िंदा करने के लिये उनका रूप बदला होगा – अब क्विरिल का जादू बचता है, और स्नेप का ... –

वे लोग अगले दरवाज़े तक पहुँचे।

'ठीक है?' हैरी फुसफुसाया।

'आगे बढ़ो।'

हैरी ने दरवाज़े को धक्का देकर खोला।

एक बुरी सी बदबू उनके नथुनों में भर गयी, जिसकी वजह से दोनों को अपनी नाक पर कपड़ा रखना पड़ा। पानी भरी आँखों से उन्होंने देखा कि उनके सामने फ़र्श पर एक दैत्य पड़ा था, जो उससे भी बड़ा था, जिससे उनकी भिड़ंत हुई थी। इस दैत्य के सिर पर ख़ून भरा गूमड़ था।

'मुझे ख़ुशी है कि हमें इससे नहीं लड़ना पड़ा,' हैरी फुसफुसाया, जब उन्होंने सावधानी से उसके विशालकाय पैर को लाँघा। 'चलो, मुझसे तो साँस लेते नहीं बन रहा।'

उसने अगला दरवाज़ा खींचकर खोला। दोनों की ही हिम्मत नहीं हो रही थी कि देखें आगे क्या है – परंतु उसके अंदर कोई बहुत डरावनी चीज़ नहीं थी, सिर्फ़ एक टेबल थी, जिस पर सात अलग-अलग आकार की बोतलें एक लाइन में रखी थीं।

'स्नेप का जादू,' हैरी ने कहा। 'हमें क्या करना होगा?'

उन्होंने जैसे ही दहलीज़ पार की, तुरंत उनके पीछे वाले दरवाज़े के सामने आग जलने लगी। यह सामान्य आग नहीं थी; बल्कि जामुनी रंग की आग थी। इसी क्षण आगे जाने वाले दरवाज़े में काली लपटें उठने लगीं। वे फँस चुके थे।

'देखो!' हर्माइनी ने बोतलों के पास रखा काग़ज़ का एक रोल उठाया। उसे पढ़ने के लिये हैरी ने हर्माइनी के कंधों के ऊपर से झाँका :

ख़तरा तुम्हारे सामने है, तुम्हारे पीछे है सुरक्षा,
अगर खोज पाओ, तो हममें से दो करेंगी तुम्हारी सहायता।
हम सातों में से एक ले जायेगी तुम्हें आगे,
दूसरी पीने वाले को ले जायेगी पीछे,
हममें से दो में सिर्फ़ नेटल वाइन है भरी,
हममें से तीन में मौत लाइन में छुपकर है खड़ी।

चुन लो, अगर तुम यहाँ पर हमेशा नहीं रहना चाहते लाचार,
चुनाव में मदद के लिये हम देते हैं यह सुराग चार :
पहला, ज़हर कितनी भी चतुराई से छुपने की कोशिश करें
हमेशा तुम्हें मिलेगा उलटे हाथ पर नेटल वाइन के;
दूसरा, दोनों सिरों पर जो बोतलें हैं वे अलग ही हैं,
परंतु आगे जाने के लिये वे तुम्हारी दोस्त नहीं हैं;
तीसरा, जैसा तुम देख सकते हो, अलग सबका आकार है,
न सबसे छोटी, न सबसे बड़ी के अंदर मौत का सामान है;
चौथा, बाँयी और दाँयी तरफ़ से दूसरी स्वाद में
जुड़वाँ हैं, हालाँकि ये पहली नज़र में दिखती अलग हैं।

हर्माइनी ने एक लंबी सी आह भरी और हैरी यह देखकर हैरान रह गया कि वह मुस्करा रही थी। यह वह आख़िरी चीज़ थी, जो वह इस समय करने के मूड में था।

'*बहुत बढ़िया,*' हर्माइनी ने कहा। 'यह जादू नहीं है – यह तर्कशक्ति की परीक्षा है – एक पहेली है। बहुत से महान जादूगरों में रत्ती भर भी तर्कशक्ति नहीं होती। वे यहाँ पर हमेशा के लिये फँसे रह जाते।

'और हम लोग भी फँसे रहेंगे, है ना?'

'बिलकुल नहीं,' हर्माइनी ने कहा। 'हमें जिसकी ज़रूरत है वह सब यहाँ इस काग़ज़ पर लिखा है। सात बोतलें हैं : तीन में ज़हर है, दो में शराब है; एक हमें काली आग के पार सुरक्षित ले जायेगी, और एक जामुनी आग में से पीछे ले जायेगी।'

'परंतु हमें यह कैसे पता चलेगा कि हमें कौन सी पीना है?'

'मुझे एक मिनट सोचने दो।'

हर्माइनी ने काग़ज़ को कई बार पढ़ा। फिर वह बोतलों की लाइन के सामने इधर से उधर घूमती रही और उनकी तरफ़ इशारा करते हुए बुदबुदाती रही। आख़िरकार उसने ताली बजायी।

'समझ में आ गया,' उसने कहा। 'सबसे छोटी बोतल हमें काली आग के पार यानी पत्थर की तरफ़ ले जायेगी।'

हैरी ने छोटी बोतल की तरफ़ देखा।

'इसमें तो सिर्फ़ हममें से एक के लिये ही पर्याप्त रस है,' उसने कहा। 'यह तो मुश्किल से एक घूँट होगा।'

उन्होंने एक-दूसरे की तरफ़ देखा।

'कौन सी तुम्हें जामुनी लपटों के पार ले जायेगी?'

हर्माइनी ने लाइन में दाँये किनारे पर रखी गोल बोतल की तरफ़ इशारा किया।

'तुम इसे पी लो,' हैरी ने कहा। 'नहीं, सुनो - वापस जाओ और रॉन को ले लो - उड़ने वाली चाबियों के कमरे से जादुई झाड़ू उठाओ और झाड़ू की मदद से तुम लोग चोर दरवाज़े से बाहर निकलकर फ़्लफ़ी के पार निकल जाना - सीधे उल्लूख़ाने में जाओ और हेडविग को डम्बलडोर के पास भेज दो, हमें उनकी ज़रूरत है। मैं स्नेप को कुछ समय तक तो रोक सकता हूँ, परंतु सच कहा जाये तो मैं उसकी टक्कर का नहीं हूँ।'

'परंतु हैरी - मान लो अगर तुम-जानते-हो-कौन भी उसके साथ हो?'

'क़िस्मत एक बार मेरा साथ दे चुकी है, है ना?' हैरी ने अपने निशान की तरफ़ इशारा करते हुए कहा। 'क़िस्मत दुबारा मेरा साथ दे सकती है।'

हर्माइनी के होंठ काँपे; वह अचानक हैरी की तरफ़ लपककर आयी और उसे अपनी बाँहों में भर लिया।

'हर्माइनी!'

'हैरी - तुम जानते हो, तुम कमाल के जादूगर हो।'

जब हर्माइनी ने उसे छोड़ा, तो हैरी ने बुरी तरह शर्माते हुए कहा, 'उतना अच्छा नहीं, जितनी तुम हो।'

'मैं!' हर्माइनी ने कहा। 'किताबें! और चतुराई! दुनिया में इनसे भी ज़्यादा महत्त्वपूर्ण चीज़ें होती हैं - दोस्ती और बहादुरी - *और हैरी - अपना ध्यान रखना!'*

'पहले तुम पियो,' हैरी ने कहा। 'तुम्हें भरोसा है किस बोतल में क्या है, है ना?'

'बिलकुल,' हर्माइनी ने कहा। उसने कोने वाली गोल बोतल से एक लंबा घूँट पिया और काँपी।

'इसमें ज़हर तो नहीं है?' हैरी ने चिंता से पूछा।

'नहीं – परंतु यह बर्फ़ की तरह है।'

'जल्दी जाओ, इससे पहले कि इसका असर ख़त्म हो जाये।'

'गुड लक – अपना ध्यान रखना –'

'जाओ!'

हर्माइनी मुड़ी और सीधे जामुनी लपटों के बीच से होते हुए चली गयी।

हैरी ने एक गहरी साँस खींची और सबसे छोटी बोतल उठा ली। वह काली लपटों का सामना करने के लिये मुड़ा।

'मैं आ रहा हूँ,' उसने कहा और छोटी बोतल को एक घूँट में पूरा पी डाला।

सचमुच ऐसा लग रहा था, जैसे उसके शरीर में बर्फ़ बह रही थी। उसने बोतल नीचे रखी और आगे चल दिया। उसने हिम्मत जुटायी, देखा कि काली लपटें उसके शरीर को चूम रही थीं, परंतु उसे उनका पता नहीं चला – एक पल के लिये तो उसे काली आग के सिवाय कुछ नहीं दिख रहा था – फिर वह दूसरी तरफ़ पहुँच गया, आख़िरी कमरे में।

वहाँ पर कोई पहले से ही था – परंतु वह स्नेप नहीं था। वह वोल्डेमॉर्ट भी नहीं था।

अध्याय सत्रह

दो चेहरों वाला आदमी

वह क्विरिल था।

'आप!' हैरी की साँस रुक गयी।

क्विरिल मुस्कराया। उसका चेहरा अब बिलकुल भी नहीं फड़क रहा था।

'हाँ, मैं,' उसने शांति से कहा। 'पॉटर, मैं सोच रहा था कि क्या मेरी तुमसे यहाँ मुलाक़ात होगी।'

'परंतु मैंने सोचा था - स्नेप -'

'सीवियरस?' क्विरिल हँसा और यह उसकी आम तौर पर काँपती हुई हँसी नहीं थी, बल्कि ठंडी और पैनी हँसी थी। 'हाँ, सीवियरस उस तरह का दिखता है, है ना? किसी बड़े चमगादड़ की तरह वह चारों तरफ़ मँडराता रहा और यह मेरे लिये बहुत अच्छा रहा। उसके सामने कौन बे-बे-बेचारे हक-हकलाते प-प्रोफ़ेसर क्विरिल पर शक कर सकता था?'

हैरी को यह बात हज़म नहीं हुई। यह सच नहीं हो सकता था, बिलकुल नहीं हो सकता था।

'परंतु स्नेप ने मुझे मारने की कोशिश की थी!'

'नहीं, नहीं, नहीं। तुम्हें मारने की कोशिश *मैंने* की थी। जब तुम्हारी दोस्त मिस ग्रेंजर क्विडिच मैच में स्नेप के कपड़ों पर आग लगाने के लिये तेज़ी से जा रही थी, तो संयोगवश मुझसे टकराकर उसने मुझे गिरा दिया था। उसने तुम्हारे साथ मेरी आँखों का संपर्क तोड़ दिया। कुछ और सेकंड

मिल जाते तो मैं तुम्हें उस झाड़ू से नीचे गिरा देता। अगर स्नेप तुम्हें बचाने के लिये श्राप–विरोधी मंत्र नहीं पढ़ रहा होता, तो मैंने इससे पहले ही तुम्हें गिरा दिया होता।'

'स्नेप मुझे *बचाने की* कोशिश कर रहा था?'

'और नहीं तो क्या,' क्विरिल ने ठंडे लहज़े में कहा। 'तुम्हें क्या लगता है वह तुम्हारे अगले मैच में रेफरी क्यों बनना चाहता था? दरअसल वह यह पक्का कर लेना चाहता था कि मैं दुबारा ऐसा न करूँ। अजीब बात है, सचमुच ... इतना कष्ट उठाने की कोई ज़रूरत नहीं थी। जब डम्बलडोर देख रहे थे, तो मैं उसे कुछ नहीं कर सकता था। बाक़ी सभी टीचर्स सोच रहे थे कि स्नेप गरुड़द्वार को जीतने से रोकने की कोशिश कर रहा था। उसने ख़ुद को सबके बीच बुरा *बना लिया* ... और कितना समय बर्बाद हुआ, जबकि इस सबके बाद, मैं आज रात तुम्हें मारने जा रहा हूँ।'

क्विरिल ने अपनी उँगलियाँ चटकायीं। हवा में से कुछ रस्सियाँ निकलीं और हैरी के पूरे शरीर पर कसकर बंध गयीं।

'तुम हर चीज़ में इतनी टाँग फँसाते हो पॉटर, कि तुम्हें ज़िंदा नहीं रहना चाहिये। हेलोवीन के दिन तुम स्कूल में चारों तरफ़ मँडराते रहे। मुझे लगा जैसे तुमने मुझे देख लिया था, जब मैं यह देखने गया था कि पत्थर की रखवाली कौन कर रहा था।'

'दैत्य को *तुमने* अंदर घुसाया था?'

'बिलकुल। दैत्यों के मामले में मुझमें विशेष प्रतिभा है – तुमने उस दैत्य को तो निश्चित रूप से देखा ही होगा, जिसका मैंने पिछले कमरे में बुरा हाल किया है? सब लोग दैत्य की खोज में चारों तरफ़ भाग रहे थे, परंतु दुर्भाग्य से स्नेप, जिसे पहले से ही मुझ पर शक था, सीधा तीसरी मंज़िल पर गया, ताकि मुझे वहाँ से पकड़ लाये – और न सिर्फ़ मेरा दैत्य तुम्हें मारने में असफल रहा, बल्कि तीन सिर वाला कुत्ता भी स्नेप के पैर को ठीक से नहीं काट पाया।

'अब चुपचाप इंतज़ार करो, पॉटर। मुझे इस दिलचस्प दर्पण की जाँच करना है।'

तब जाकर हैरी को एहसास हुआ कि क्विरिल के पीछे क्या था। यह शहिवाख़ का दर्पण था।

'यह दर्पण पत्थर हासिल करने की कुंजी है,' क्विरिल बुदबुदाया और उसने चारों तरफ़ रास्ते की तलाश में उसे ठोंका। 'विश्वास था कि डम्बलडोर ज़रूर इसी तरह की कोई चीज़ करेगा ... परंतु वह इस समय लंदन में है ... जब तक वह वापस लौटेगा तब तक मैं बहुत दूर पहुँच जाऊँगा ...'

हैरी सिर्फ़ इतना चाहता था कि क्विरिल को लगातार बोलने पर मजबूर किया जाये, ताकि वह दर्पण पर अपना पूरा ध्यान न लगा सके।

'मैंने आपको और स्नेप को जंगल में देखा था –' वह एक़दम से बोल पड़ा।

'हाँ' क्विरिल ने अलसाये अंदाज में कहा और वह दर्पण के पीछे के हिस्से को देखने के लिये चला गया। 'वह उस वक़्त तक मेरे पीछे लग चुका था और यह जानने की कोशिश कर रहा था कि मैं कहाँ तक पहुँच गया हूँ। उसे शुरू से ही मुझ पर शक था। उसने मुझे डराने–धमकाने की भी कोशिश की – जैसे वह ऐसा कर सकता था, जबकि लॉर्ड वोल्डेमॉर्ट मेरे साथ थे ...'

क्विरिल दर्पण के पीछे से सामने आया और भूखी निगाहों से उसमें घूरा।

'मुझे पत्थर दिख रहा है ... मैं इसे अपने मालिक को भेंट कर रहा हूँ ... परंतु पत्थर है कहाँ?'

हैरी ने अपने को बाँधने वाली रस्सियों से संघर्ष किया, परंतु वे ज़रा भी ढीली नहीं हुई। उसे क्विरिल को *रोकना ही था*, *ताकि* वह दर्पण पर अपना पूरा ध्यान न लगा पाये।

'परंतु ऐसा लगता था, जैसे स्नेप हमेशा मुझसे बहुत नफ़रत करता था।'

'अरे हाँ, वह करता है,' क्विरिल ने लापरवाही से कहा, 'भगवान की क़सम, हाँ। क्या तुम नहीं जानते कि वह हॉगवर्ट्स में तुम्हारे डैडी के साथ था? वे दोनों एक–दूसरे से नफ़रत करते थे, परंतु वह तुम्हारी *मौत* नहीं चाहता था।'

'लेकिन मैंने आपको कुछ दिन पहले सुबकते सुना था – मुझे लगा जैसे स्नेप आपको डरा रहा था ...'

पहली बार क्विरिल के चेहरे पर डर की झलक दिखाई दी।

उसने कहा, 'कई बार मुझे अपने मालिक के आदेशों का पालन करने में मुश्किल आती है – वे एक महान जादूगर हैं और मैं कमज़ोर हूँ –'

'आपका मतलब है कि वे वहाँ क्लासरूम में आपके साथ थे?' हैरी ने आश्चर्य से पूछा।

'वे हर जगह मेरे साथ रहते हैं,' क्विरिल ने शांति से कहा। 'मैं उनसे तब मिला था, जब मैं दुनिया में चारों तरफ़ घूम रहा था। तब मैं एक मूर्ख युवक था, और मेरे मन में अच्छाई और बुराई के बारे में मूर्खतापूर्ण विचार भरे हुए थे। लॉर्ड वोल्डेमॉर्ट ने मुझे बताया कि मैं कितना ग़लत था। अच्छाई और बुराई कुछ नहीं होती, सिर्फ़ ताक़त होती है, जो उन कमज़ोर लोगों के पास नहीं होती, जो इसे हासिल नहीं कर पाते ... तब से मैंने वफ़ादारी से उनकी सेवा की है, हालाँकि मैंने उन्हें कई बार निराश भी किया है। उन्हें मुझ पर बहुत सख़्ती करनी पड़ी।' क्विरिल अचानक काँप उठा। 'वे ग़लतियों को आसानी से माफ़ नहीं करते। जब मैं ग्रिनगॉट से पत्थर नहीं चुरा पाया, तो वे बहुत नाराज़ हुए। उन्होंने मुझे सज़ा दी ... फ़ैसला किया कि उन्हें मुझ पर नज़दीक से नज़र रखनी होगी ...'

क्विरिल की आवाज़ दूर होती जा रही थी। हैरी को छूमंतर गली की अपनी यात्रा याद आयी – वह इतना मूर्ख कैसे हो सकता था? उसने क्विरिल को वहाँ पर उसी दिन *देखा* था, उससे रिसती कड़ाही में हाथ भी मिलाया था।

क्विरिल धीमे-धीमे बुदबुदा रहा था।

'मुझे समझ में नहीं आ रहा है ... क्या पत्थर दर्पण के अंदर है? क्या मुझे इसे तोड़ना पड़ेगा?'

हैरी का दिमाग़ तेज़ी से दौड़ रहा था।

उसने सोचा इस पल मैं दुनिया में किसी भी चीज़ से अधिक यह चाहता हूँ कि मैं क्विरिल से पहले पत्थर तक पहुँच जाऊँ। यानी अगर मैं दर्पण में देखूँगा, तो मैं अपने आपको इसे हासिल करते देखूँगा – जिसका मतलब है मैं देख लूँगा कि यह कहाँ छुपा है। परंतु मैं इसे किस तरह से देखूँ, ताकि क्विरिल को मेरे इरादों का पता न चल पाये?

उसने बाँयी तरफ़ खिसकने की कोशिश की, ताकि क्विरिल की नज़रों में आये बिना दर्पण के सामने पहुँच जाये, परंतु उसके घुटनों के चारों तरफ़

रस्सियाँ बहुत सख़्ती से बँधी थीं। वह फिसला और गिर पड़ा। क्विरिल ने उसे अनदेखा कर दिया। वह अब भी अपने आप से बातें कर रहा था।

'यह दर्पण क्या करता है? यह कैसे काम करता है? मेरी मदद करो, मालिक!'

और हैरी के होश उड़ गये, जब एक आवाज़ ने जवाब दिया और वो आवाज़ क्विरिल के अंदर से आ रही थी।

'बच्चे का इस्तेमाल करो ... बच्चे का इस्तेमाल करो ...'

क्विरिल हैरी की तरफ़ मुड़ा।

'हाँ – पॉटर – यहाँ आओ।'

उसने एक बार ताली बजायी और हैरी को बाँधने वाली रस्सियाँ खुल गयीं। हैरी धीमे-धीमे उठकर अपने पैरों पर खड़ा हो गया।

'यहाँ आओ,' क्विरिल ने दोहराया। 'दर्पण में देखो और मुझे बताओ कि तुमने क्या देखा।'

हैरी उसकी तरफ़ बढ़ा।

'मुझे झूठ बोलना होगा, उसने हताश होकर सोचा। 'मैं जो भी देखूँगा, उसके बारे में मुझे झूठ बोलना होगा, बस इतना ही।'

क्विरिल उसके पीछे उसके बिलकुल पास खड़ा हो गया। हैरी को अजीब सी बदबू आयी, जो क्विरिल की पगड़ी में से आ रही थी। उसने अपनी आँखें बंद कर लीं, दर्पण के सामने आया और अपनी आँखें दुबारा खोल लीं।

उसने अपना प्रतिबिंब देखा, जो पहले तो पीला और डरा हुआ दिखा, परंतु एक क्षण बाद, प्रतिबिंब उसकी तरफ़ देखकर मुस्कराया। प्रतिबिंब ने अपनी जेब में हाथ डाला और ख़ून जैसे लाल रंग का एक पत्थर बाहर निकाला। प्रतिबिंब ने आँख मारी और पत्थर को वापस अपनी जेब में रख लिया – और जब उसने ऐसा किया, तो हैरी को महसूस हुआ कि उसकी असली जेब में भी कोई भारी चीज़ आ गयी है। न जाने कैसे – अविश्वसनीय रूप से – *उसे पत्थर मिल गया था।*

'तो?' क्विरिल ने बेचैन होकर पूछा। 'तुमने क्या देखा?'

हैरी ने हिम्मत जुटायी।

'मैं देख रहा हूँ कि मैं डम्बलडोर से हाथ मिला रहा हूँ,' उसने गप्प छोड़ी। 'मैंने – मैंने गरुड़द्वार के लिये हाउस कप जीत लिया है।'

क्विरिल ने एक बार फिर गाली दी।

'रास्ते से हट जाओ,' उसने कहा। जब हैरी किनारे हटा, तो उसने पारस पत्थर को अपने पैर से टकराते हुए महसूस किया। क्या उसे यहाँ से भागने की हिम्मत करना चाहिये?

परंतु वह अभी पाँच क़दम दूर भी नहीं गया था, कि एक ऊँची आवाज़ आयी, हालाँकि क्विरिल अपने होंठ नहीं हिला रहा था।

'वह झूठ बोल रहा है ... वह झूठ बोल रहा है ...'

'पॉटर, यहाँ वापस आओ!' क्विरिल चिल्लाया। 'मुझे सच-सच बताओ! तुमने अभी-अभी क्या देखा?'

ऊँची आवाज़ एक बार फिर आयी।

'मुझे उससे बात करने दो ... आमने-सामने ...'

'मालिक, आपमें अभी इतनी ताक़त नहीं है!'

'मेरे पास इसके लिये काफ़ी ताक़त है ...'

हैरी ने महसूस किया जैसे शैतानी फंदे ने उसे उसी जगह पर जकड़ लिया था। वह एक भी मांसपेशी नहीं हिला सकता था। वह किसी मूर्ति की तरह देखता रहा, जब क्विरिल अपने हाथ ऊँचे करके अपनी पगड़ी खोलने लगा। क्या हो रहा था? पगड़ी खुलकर ज़मीन पर गिर गयी। इसके बिना क्विरिल का सिर बहुत छोटा दिख रहा था। फिर क्विरिल अपनी जगह पर धीमे से घूम गया।

हैरी की चीख़ निकल जाती, परंतु आवाज़ ने उसका साथ छोड़ दिया था। जहाँ क्विरिल के सिर का पीछे का हिस्सा होना चाहिये था, वहाँ पर एक चेहरा था - हैरी द्वारा अब तक देखा गया सबसे भयानक चेहरा। यह चॉक की तरह सफ़ेद था। उसकी घूरती हुई लाल आँखें थीं और नथुनों की जगह पर छेद थे, जैसे साँप के होते हैं।

'हैरी पॉटर ...' वह फुसफुसाया।

हैरी ने पीछे की तरफ़ हटने की कोशिश की, परंतु उसके पैर हिलने को तैयार नहीं थे।

'देखो मैं क्या से क्या बन गया हूँ?' शैतानी चेहरे ने कहा। 'सिर्फ़ छाया और धुआँ ... मुझे आकार तभी मिलता है जब मैं किसी और के शरीर में रहता हूँ ... परंतु मुझे ऐसे लोग हमेशा मिल जाते हैं, जो मुझे अपने दिल और दिमाग़ में जगह देने के इच्छुक रहते हैं ... पिछले कुछ सप्ताहों में मुझे यूनिकॉर्न के ख़ून से ताक़त मिली ... तुमने जंगल में वफ़ादार क्विरिल को मेरे लिये यह ख़ून पीते देखा था ... और एक बार जब मैं आयु बढ़ाने वाला अमृत पी लूँगा, तो मैं अपना ख़ुद का शरीर बना सकता हूँ ... अब ... तुम मुझे अपनी जेब में रखा वह पत्थर निकालकर क्यों नहीं दे देते?'

तो वह जानता था। हैरी के पैरों में अचानक एक बार फिर जान आ गयी। वह पीछे की तरफ़ लड़खड़ाया।

'बेवकूफ़ी मत करो,' शैतानी चेहरे ने तमतमाते हुए कहा। 'बेहतर होगा कि अपनी जान बचा लो और मेरे दल में शामिल हो जाओ ... वरना तुम्हारा अंत भी वही होगा, जो तुम्हारे माता-पिता का हुआ था ... ये लोग मुझसे दया की भीख माँगते हुए मरे थे ...'

'झूठे कहीं के!' हैरी अचानक चीख़ा।

क्विरिल उसकी तरफ़ पीठ करके उलटा चल रहा था, ताकि वोल्डेमॉर्ट हैरी को लगातार देख सके। शैतानी चेहरा अब मुस्करा रहा था।

'कितना दिल को छूने वाला दृश्य है ...' उसने फुफकारते हुए कहा। 'मैं हमेशा बहादुरी की क़द्र करता हूँ ... हाँ लड़के, तुम्हारे माता-पिता बहादुर थे ... मैंने पहले तुम्हारे पिता को मारा और वे बहादुरी से लड़े ... परंतु तुम्हारी माँ फालतू में ही मेरी ... वे तुम्हारी रक्षा करने की कोशिश कर रही थीं ... अब पत्थर मुझे दे दो, ताकि तुम्हारी माँ की मौत बेकार न जाये।'

'कभी नहीं!'

हैरी लपटों से भरे दरवाज़े की तरफ़ लपका, परंतु वोल्डेमॉर्ट चीख़ा, **'उसे पकड़ो!'** और, अगले पल, हैरी ने महसूस किया कि क्विरिल अपने हाथ से उसकी कलाई पकड़ रहा है। तत्काल, हैरी के निशान में सुई चुभने जैसा पैना दर्द होने लगा। ऐसा लग रहा था, जैसे उसका सिर दो टुकड़ों में फटने वाला है। वह चीख़ा और अपनी पूरी ताक़त लगाकर जूझता रहा और

उसे तब आश्चर्य हुआ जब क्विरिल ने उसे छोड़ दिया। उसके सिर का दर्द कम हो गया – उसने चारों तरफ़ तेज़ी से नज़रें घुमाकर देखा कि क्विरिल कहाँ गया, और उसने देखा कि यह दर्द में सिकुड़ा बैठा था और अपनी उँगलियों को देख रहा था – उसकी आँखों के सामने उसकी उँगलियों में फफोले पड़ रहे थे।

'उसे पकड़ो! **उसे पकड़ो!**' वोल्डेमॉर्ट दुबारा चीख़ा और क्विरिल ने छलाँग लगा दी, उसने हैरी को गिरा दिया और उसके ऊपर चढ़ गया, तथा अपने दोनों हाथ हैरी के गले पर रख दिये – हैरी का निशान उसे दर्द के मारे अंधा बनाये दे रहा था, परंतु वह देख सकता था कि क्विरिल भी दर्द के मारे चीख़ रहा था।

'मालिक, मैं उसे पकड़े नहीं रख सकता – मेरे हाथ – मेरे हाथ!'

और हालाँकि क्विरिल हैरी को अपने घुटनों से पकड़कर ज़मीन पर टिकाये हुए था, परंतु उसने हैरी की गर्दन छोड़ दी और आश्चर्यचकित होकर अपनी हथेलियों को घूरा – हैरी देख सकता था कि उसके हाथ जले हुए, लाल और चमकदार दिख रहे थे।

'तो फिर उसे मार डालो मूर्ख, और क़िस्सा ख़त्म करो।' वोल्डेमॉर्ट चीख़ा।

क्विरिल ने मारने वाला श्राप देने के लिये अपना हाथ उठाया, परंतु हैरी सहज बुद्धि से ऊपर उठा और उसने क्विरिल का चेहरा पकड़ लिया –

'आआआहहह!'

क्विरिल उसके ऊपर से नीचे गिर गया, उसके चेहरे पर भी फफोले उठ रहे थे और तब हैरी यह समझ गया – क्विरिल उसकी खुली चमड़ी के स्पर्श को सहन नहीं कर सकता था, क्योंकि इससे उसे भयानक दर्द होता था। क्विरिल को पकड़े रखना ही उसके लिये बचने का इकलौता रास्ता था, क्विरिल को इतने दर्द में रखना ज़रूरी था, ताकि वह उसे श्राप न दे पाये।

हैरी उछलकर खड़ा हुआ, उसने क्विरिल का हाथ पकड़ा और जितनी कसकर पकड़ सकता था, पकड़े रहा। क्विरिल चीख़ा और उसने हैरी को धकेलने की पूरी कोशिश की – हैरी के सिर का दर्द बढ़ता जा रहा था – उसे कुछ दिखाई नहीं दे रहा था – वह सिर्फ़ क्विरिल की भयानक चीख़ें और वोल्डेमॉर्ट की चिल्लाहट **'उसे मार डालो! उसे मार डालो!'** सुन सकता

था, परंतु अब उसे कई और तेज़ आवाज़ें भी सुनाई दे रही थीं, जो शायद उसके दिमाग़ में थीं, 'हैरी! हैरी!

उसने महसूस किया कि क्विरिल की बाँह किसी ने उसकी पकड़ से छुड़ा ली और वह समझ गया कि अब वह हार चुका है, वह अँधेरे में डूब गया, नीचे ... नीचे ... नीचे ...

*

उसके ऊपर कोई सुनहरी चीज़ चमक रही थी। सुनहरी गेंद! उसने उसे पकड़ने की कोशिश की, परंतु उसके हाथ बहुत भारी हो रहे थे।

उसने पलकें झपकायीं। यह सुनहरी गेंद नहीं थी। यह तो चश्मा था। कितनी अजीब बात थी।

उसने दुबारा पलकें झपकायीं। एल्बस डम्बलडोर का मुस्कराता चेहरा उसकी आँखों के सामने तैरता हुआ आया।

'गुड आफ़्टरनून, हैरी,' डम्बलडोर ने कहा।

हैरी ने उनकी तरफ़ घूरा। फिर उसे याद आया। 'सर! पत्थर! वह क्विरिल था! उसे पत्थर मिल गया है! सर, जल्दी –'

'शांत हो जाओ बेटे, तुम समय से थोड़ा पीछे चल रहे हो,' डम्बलडोर ने कहा। 'क्विरिल के पास पत्थर नहीं है।'

'फिर किसके पास है? सर, मैं –'

'हैरी, मेहरबानी करके शांत रहो, वरना मैडम पॉमफ्री मुझे धक्के देकर बाहर निकाल देंगी।'

हैरी ने थूक निगला और अपने चारों तरफ़ देखा। उसने महसूस किया कि वह शायद हॉस्पिटल में था। वह बिस्तर पर लेटा हुआ था, जिस पर लिनेन की सफ़ेद चादरें थीं और उसके पास वाली टेबल पर इतनी सारी मिठाइयाँ रखी थीं, जैसे मिठाई की आधी दुकान ही वहाँ चली आयी हो।

'तुम्हारे दोस्तों और प्रशंसकों की भेंट,' डम्बलडोर ने मुस्कराते हुए कहा। 'तुम्हारे और प्रोफ़ेसर क्विरिल के बीच तहख़ाने में जो हुआ, वह पूरी तरह से गोपनीय है, इसलिये ज़ाहिर है पूरा स्कूल उस बात को जानता

है। मुझे विश्वास है कि तुम्हारे दोस्त फ्रेड और जॉर्ज वीज़्ली ने तुम्हारे लिये टॉयलेट सीट भिजवायी थी। इसमें कोई शक नहीं कि उन्हें लग रहा था कि इससे तुम्हें आनंद आयेगा, पर मैडम पॉमफ्री के विचार से वह शायद स्वास्थ्य के लिये ठीक नहीं थी, और इसलिये उन्होंने उसे ज़ब्त कर लिया।'

'मैं यहाँ कब से हूँ?'

'तीन दिन से। मिस्टर रोनाल्ड वीज़्ली और मिस ग्रेंजर दोनों बहुत चिंतित थे। तुम्हारे होश में आने से उन्हें बहुत राहत मिलेगी।'

'परंतु सर, पत्थर –'

'मुझे लगता है कि तुम्हें ज़्यादा परेशान नहीं किया जाना चाहिये। बहुत अच्छा, पत्थर। प्रोफ़ेसर क्विरिल उसे तुमसे छीनने में सफल नहीं हुआ। मैं समय रहते उसे रोकने के लिये आ गया था, हालाँकि मुझे यह कहना होगा कि तुम अपने दम पर भी बहुत अच्छा प्रदर्शन कर रहे थे।'

'आप वहाँ आ गये थे? क्या आपको हर्माइनी का उल्लू मिला था?'

'हम आधे रास्ते में एक-दूसरे से पार हुए होंगे। जैसे ही मैं लंदन पहुँचा, मुझे यह समझ में आ गया कि मुझे जहाँ होना चाहिये था, वह जगह वही थी, जहाँ से मैं अभी-अभी आया था। मैं समय रहते आ गया, ताकि क्विरिल को तुम पर से खींच लूँ –'

'तो वह *आप* थे।'

'मैं डर रहा था कि कहीं मुझे ज़्यादा देर न हो गयी हो।'

'आपको लगभग देर हो गयी थी। मैं उसे पत्थर से ज़्यादा देर तक दूर नहीं रख सकता था –'

'पत्थर से नहीं बेटे, अपने आप से – इस कोशिश में तुमने अपनी जान लगभग गँवा ही दी थी। वहाँ पर एक भयानक पल में तो मुझे यही लगा कि इस कोशिश ने तुम्हारी जान ले ली है। जहाँ तक पत्थर का सवाल है, उसे नष्ट कर दिया गया है।'

'नष्ट कर दिया गया?' हैरी ने सूनी निगाहों से देखते हुए कहा। 'परंतु आपके दोस्त – निकोलस फ़्लेमैल –'

'अच्छा, तो तुम निकोलस के बारे में भी जानते हो?' डम्बलडोर ने कहा, जिनकी आवाज़ में ख़ुशी झलक रही थी। 'तुमने काम को बिलकुल

सही तरीक़े से *किया*, है ना? तो, निकोलस और मैंने छोटी सी चर्चा की और हम सहमत हो गये कि यही सबसे अच्छा रहेगा।'

'परंतु इसका मतलब है कि वे और उनकी पत्नी अब मर जायेंगे, है ना?'

'उनके शरीर में इतना अमृत मौज़ूद है कि वे अपने मामलों को ठीक-ठाक कर लेंगे और फिर, हाँ, वे मर जायेंगे।'

डम्बलडोर हैरी के चेहरे पर आश्चर्य का भाव देखकर मुस्कराये।

'मुझे विश्वास है कि तुम्हारी उम्र में यह अविश्वसनीय लगता है, परंतु निकोलस और पेरेनील के लिये यह सचमुच एक बहुत, *बहुत* लंबे दिन के बाद बिस्तर पर जाने की तरह है। आख़िरकार, एक अच्छी तरह संतुलित मस्तिष्क वाले आदमी के लिये मौत अगला महान रोमांचक अभियान होती है। तुम जानते हो, पत्थर सचमुच इतनी अद्‌भुत चीज़ नहीं है। चाहे धन और जीवन की चाह इंसान में कितनी ही क्यों न हो! वे दो चीज़ें जो ज़्यादातर लोग बाक़ी सारी चीज़ों से अधिक चाहते हैं - समस्या यह है कि इंसानों में ठीक वही चीज़ चुनने की आदत होती है, जो उनके लिये सबसे बुरी होती है।'

हैरी वहाँ पड़ा रहा और उसे शब्द नहीं मिल रहे थे। डम्बलडोर थोड़ा गुनगुनाये और फिर छत की तरफ़ देखकर मुस्कराये।

'सर?' हैरी ने कहा। 'मैं सोच रहा हूँ ... सरे - चाहे पत्थर चला भी गया हो, वोल-... मेरा मतलब है, तुम-जानते-हो-कौन-'

'उसे वोल्डेमॉर्ट कहकर बुलाओ हैरी। हमेशा चीज़ों को नाम लेकर पुकारो। नाम का डर उस चीज़ के डर को बढ़ा देता है।'

'हाँ, सर। तो, वोल्डेमॉर्ट वापस आने के दूसरे तरीक़े आज़मायेगा, है ना? मेरा मतलब है, वह ख़त्म नहीं हुआ है, है ना?'

'नहीं हैरी, वह ख़त्म नहीं हुआ है। वह अब भी कहीं पर है, शायद किसी दूसरे शरीर की तलाश में, जिसमें वह रह सके ... चूँकि वह सचमुच जीवित नहीं है, इसलिये उसे मारा नहीं जा सकता। उसने क्विरिल को मरने के लिये छोड़ दिया। वह अपने समर्थकों के प्रति भी उतनी ही कम दया दिखाता है, जितनी कि दुश्मनों के प्रति। बहरहाल, हैरी, हालाँकि तुमने

उसकी वापसी को थोड़े समय के लिये टाल दिया है, परंतु इसमें किसी और की ज़रूरत होगी, जो अगली बार भी एक ऐसी लड़ाई लड़ने के लिये तैयार हो, जिसमें हार तय दिख रही हो – और अगर उसे बार-बार रोका जायेगा, बार-बार, तो वह शायद कभी ताक़त हासिल नहीं कर पायेगा।'

हैरी ने सिर हिलाया, परंतु तत्काल रुक गया, क्योंकि इससे उसका सिर दुखने लगा था। फिर उसने कहा, 'सर, कुछ बातें हैं, जो मैं जानना चाहता हूँ, अगर आप मुझे बता सकें ... ऐसी बातें जिनके बारे में मैं सच्चाई जानना चाहता हूँ..'

'सच्चाई।' डम्बलडोर ने आह भरी। 'यह एक सुंदर और भयानक चीज़ है, और इसलिये इसके बारे में बहुत सावधानी रखनी चाहिये। बहरहाल, मैं तुम्हारे सवालों के जवाब दूँगा, जब तक कि जवाब न देने के पीछे बहुत अच्छा कारण न हो, और ऐसी स्थिति में मैं तुमसे माफ़ी माँग लूँगा। यह तय है कि मैं झूठ नहीं बोलूँगा।'

'ठीक है ... वोल्डेमॉर्ट ने कहा था कि उसने मेरी माँ को सिर्फ़ इसलिये मारा, क्योंकि उन्होंने उसे मुझे मारने से रोकने की कोशिश की थी, परंतु वह मुझे क्यों मारना चाहता था?'

डम्बलडोर ने इस बार बहुत गहरी आह भरी।

'ओह, तुमने जो पहली चीज़ पूछी है, वह मैं तुम्हें नहीं बता सकता। आज नहीं। अभी नहीं। तुम्हें पता चल जायेगा, एक दिन ... अभी इस बात को अपने दिमाग़ से निकाल दो, हैरी। जब तुम बड़े हो जाओगे ... मैं जानता हूँ कि तुम्हें यह सुनकर बहुत बुरा लग रहा होगा ... जब तुम तैयार हो जाओगे, तो तुम जान जाओगे।'

और हैरी जानता था कि बहस करने से कोई फ़ायदा नहीं था।

'परंतु क्विरिल मुझे क्यों नहीं छू सकता था?'

'तुम्हारी माँ ने तुम्हें बचाने के लिये अपनी जान दी थी। अगर कोई ऐसी चीज़ है, जिसे वोल्डेमॉर्ट नहीं समझ सकता, तो वह है प्रेम। उसे वह एहसास नहीं था कि प्रेम जब शक्तिशाली होता है, जैसा तुम्हारी माँ का तुम्हारे प्रति था, तो वह अपनी निशानी छोड़ जाता है। दाग नहीं, न ही कोई दिखाई देने वाला चिन्ह। अगर कोई हमें इतनी गहराई से प्रेम करता हो, तो चाहे हमें प्रेम करने वाला गुज़र भी जाये, फिर भी हमें हमेशा के लिये

कुछ सुरक्षा मिल जाती है। यह तुम्हारी त्वचा में समाया हुआ है। क्विरिल नफ़रत, लोभ और महत्त्वाकांक्षा से भरा था और वोल्डेमॉर्ट के साथ आत्मा बाँटे हुए था, और इसी कारण वह तुम्हें नहीं छू सकता था। जिसकी त्वचा पर इतनी अच्छाई का चिन्ह हो, उसे छूने में भी ऐसे आदमी को भयानक पीड़ा होती है।'

डम्बलडोर अब खिड़की पर बाहर बैठी एक चिड़िया में बहुत दिलचस्पी दिखा रहे थे, जिससे हैरी को चादर पर अपनी आँखें पोंछने का समय मिल गया। जब हैरी की आवाज़ वापस आयी तो उसने पूछा, 'और अदृश्य चोगा – क्या आप जानते हैं, वो मुझे किसने भेजा था?'

'हाँ – तुम्हारे डैडी उसे मेरे पास छोड़ गये थे और मैंने सोचा कि तुम उसे पसंद करोगे।' डम्बलडोर की आँखों में चमक आ गयी। 'उपयोगी चीज़ है ... तुम्हारे डैडी जब यहाँ थे, तो वे ख़ास तौर पर किचन में छुपकर जाने और भोजन चुराने के लिये उसका इस्तेमाल करते थे।'

'और भी कुछ है ...'

'पूछो।'

'क्विरिल ने कहा था कि स्नेप –'

'*प्रोफ़ेसर* स्नेप, हैरी।'

'हाँ, वही – क्विरिल ने कहा था कि वे मुझसे इसलिये नफ़रत करते हैं, क्योंकि ये मेरे डैडी से नफ़रत करते थे। क्या यह सच है?'

'देखो, वे दोनों एक–दूसरे से चिढ़ते थे। कुछ हद तक उसी तरह जिस तरह तुम और मिस्टर मेल्फॉय एक–दूसरे से चिढ़ते हो। और फिर तुम्हारे डैडी ने एक ऐसा काम किया, जिसे स्नेप कभी माफ़ नहीं कर पाये।'

'क्या?'

'उन्होंने उनकी जान बचायी थी।'

'*क्या?*'

'हाँ ...' डम्बलडोर ने सपनीली आवाज़ में कहा। 'अजीब है, लोगों के दिमाग़ किस तरह से सोचते हैं, है ना? प्रोफ़ेसर स्नेप तुम्हारे डैडी के कर्ज़दार बने रहना सहन नहीं कर सके ... मुझे विश्वास है कि इस साल उन्होंने तुम्हारी सुरक्षा करने में इतनी ज़्यादा मेहनत इसीलिये की, क्योंकि

उन्हें लगा कि इससे उनका और तुम्हारे डैडी का हिसाब बराबर हो जायेगा। फिर वे चैन से तुम्हारे डैडी की याद से नफ़रत कर सकेंगे ...'

हैरी ने इसे समझने की कोशिश की, परंतु इससे उसका सिर चकराने लगा, इसलिये उसने कोशिश करना छोड़ दिया।

'और सर, एक और चीज़ है ...'

'बस एक और?'

'मैंने दर्पण में से पत्थर को किस तरह बाहर निकाला?'

'अहा, अब मुझे ख़ुशी है कि तुमने मुझसे यह सवाल पूछा। यह मेरे बेहतरीन विचारों में से एक था, और तुमसे सच कहूँ तो यह कोई छोटी बात नहीं है। देखो, केवल वही जो पत्थर *खोजना* चाहता था – खोजना चाहता था, परंतु उसका इस्तेमाल नहीं करना चाहता था – उसी को यह पत्थर मिल सकता था, वरना वे सिर्फ़ उसमें अपने आपको सोना बनाते या आयु बढ़ाने वाला अमृत पीते देखते। मेरा दिमाग़ कई बार मुझे भी हैरान कर देता है ... अब सवाल बहुत हो चुके। मैं सुझाव दूँगा कि तुम इन मिठाइयों पर शुरू हो जाओ। अहा! बर्टी बॉट की हर स्वाद की टॉफ़ियाँ! दुर्भाग्य से बचपन में मैंने उल्टी के स्वाद वाली एक टॉफ़ी खा ली थी और तब से उनमें मेरी रुचि कम हो गयी है – परंतु मुझे लगता है कि अब मैं सुरक्षित तरीक़े से एक अच्छी सी टॉफ़ी खा सकता हूँ।'

वे मुस्कराये और उन्होंने एक सुनहरी–भूरी टॉफ़ी अपने मुँह में डाली। फिर ऐसा लगा जैसे उनका गला रुँध गया हो और उन्होंने कहा, 'अरे! कान का मैल!'

*

हॉस्पिटल की मैट्रन मैडम पॉमफ्री भली, परंतु बहुत सख़्त महिला थीं।

'बस पाँच मिनट,' हैरी ने आग्रह किया।

'बिलकुल नहीं।'

'आपने प्रोफ़ेसर डम्बलडोर को आने दिया था ...'

'ज़ाहिर है, वे हेडमास्टर हैं, उनकी बात अलग है। तुम्हें *आराम* की ज़रूरत है।'

'मैं आराम ही तो कर रहा हूँ, देखिये, लेटा हुआ हूँ। मान भी जाइये, मैडम पॉमफ्री ...'

'अच्छा, ठीक है,' उन्होंने कहा। 'परंतु *सिर्फ़* पाँच मिनट।'

और उन्होंने रॉन और हर्माइनी को अंदर आने दिया।

'हैरी!'

ऐसा लग रहा था कि हर्माइनी एक बार फिर उसे अपनी बाँहों में लेना चाहती थी, परंतु हैरी ख़ुश था कि उसने अपने आपको ऐसा करने से रोक लिया, क्योंकि हैरी का सिर अब भी बहुत दर्द कर रहा था।

'अरे हैरी, हमें तो लग रहा था कि तुम ज़िंदा नहीं बचोगे – डम्बलडोर इतने चिंतित थे –'

'पूरा स्कूल इस बारे में बात कर रहा है,' रॉन ने कहा। '*सचमुच* क्या हुआ था?'

यह उन दुर्लभ अवसरों में से एक था, जब सच्ची कहानी उड़ायी जाने वाली अफ़वाहों से ज़्यादा आश्चर्यजनक और रोमांचक थी। हैरी ने उन्हें सब कुछ बता दिया : क्विरिल; दर्पण; पत्थर और वोल्डेमॉर्ट। रॉन और हर्माइनी बहुत अच्छे श्रोता थे; वे सही जगहों पर हैरान हुए और जब हैरी ने उन्हें बताया कि क्विरिल की पगड़ी के नीचे क्या था, तो हर्माइनी ज़ोर से चीख़ी।

'तो पत्थर चला गया है?' रॉन ने अंत में कहा। 'फ़्लेमैल *मरने वाले* हैं?'

'यही मैंने कहा था, परंतु डम्बलडोर का विचार था कि – उन्होंने क्या कहा था? – "एक अच्छी तरह संतुलित मस्तिष्क वाले आदमी के लिये मौत अगला महान रोमांचक अभियान होती है।"'

'मैं हमेशा कहता था कि वे थोड़े खिसके हुए हैं,' रॉन ने कहा और वह काफ़ी प्रभावित हुआ कि उसका हीरो कितना पागल था।

'तो तुम दोनों के साथ क्या हुआ?' हैरी ने पूछा।

'मैं सही-सलामत वापस लौट गयी,' हर्माइनी ने कहा। 'रॉन को होश में लायी – इसमें थोड़ा समय लगा – और हम लोग डम्बलडोर से संपर्क करने के लिये उल्लूख़ाने की तरफ़ भाग ही रहे थे कि तभी वे हमें प्रवेश हॉल में मिले। वे पहले से ही जानते थे – उन्होंने सिर्फ़ इतना ही कहा,

"हैरी उसके पीछे गया है, है ना?" और इसके बाद वे तीसरी मंज़िल की तरफ़ दौड़ पड़े।'

'क्या तुम्हें ऐसा लगता है कि वे तुमसे यह काम करवाना चाहते थे?' रॉन ने कहा। 'तुम्हें तुम्हारे डैडी का चोगा भिजवाना और बाक़ी की चीज़ें?'

हर्माइनी फट पड़ी, 'अगर उन्होंने ऐसा किया है – मेरा मतलब है – यह भयानक है – तुम मर भी सकते थे।'

'नहीं, ऐसा नहीं है, हैरी ने विचार करते हुए कहा। 'डम्बलडोर थोड़े अजीब हैं। मुझे लगता है कि वे एक तरह से मुझे मौक़ा देना चाहते थे। मैं सोचता हूँ कि वे यहाँ होने वाली लगभग हर चीज़ जानते हैं। मुझे लगता है कि उन्हें समझ में आ गया था कि हम कोशिश करने वाले थे और हमें रोकने के बजाय उन्होंने हमें इतना सिखा दिया, जिससे हमें मदद मिल सके। मैं नहीं सोचता कि यह संयोग ही था, जिसके द्वारा उन्होंने मुझे यह पता लगाने दिया कि दर्पण किस तरह काम करता है। मुझे लग रहा है उन्होंने यह सोचा होगा कि मुझे वोल्डेमॉर्ट का सामना करने का अधिकार था, बशर्ते मैं ऐसा कर पाऊँ ...'

'हाँ, डम्बलडोर थोड़े खिसके हुए तो हैं, ठीक है,' रॉन ने गर्व से कहा। 'सुनो, साल की आख़िरी दावत कल हो रही है। तुम्हें कल के लिये तैयार रहना है। पॉइंट आ चुके हैं और ज़ाहिर है नागशक्ति जीत गया है – तुम आख़िरी क्विडिच मैच में नहीं खेल पाये और तुम्हारे बिना चीलघात ने हम पर बुलडोज़र चला दिया – परंतु खाना अच्छा मिलेगा।'

उसी समय मैडम पॉमफ्री अंदर आयीं।

'तुम लोगों को लगभग पंद्रह मिनट हो चुके हैं, अब **बाहर**,' उन्होंने सख़्ती से कहा।

*

रात को गहरी नींद लेने के बाद हैरी एक बार फिर लगभग सामान्य महसूस करने लगा।

'मैं दावत में जाना चाहता हूँ,' उसने मैडम पॉमफ्री से कहा, जब वे उसके मिठाई के बहुत से डिब्बों को जमा रही थी। मैं जा सकता हूँ, है ना?'

'प्रोफ़ेसर डम्बलडोर कहते हैं कि तुम्हें जाने की इजाज़त दी जाना चाहिये,' उन्होंने नाक सिकोड़ते हुए कहा, जैसे उनके विचार में प्रोफ़ेसर डम्बलडोर को यह पता नहीं था कि दावतें कितनी ख़तरनाक हो सकती हैं। और तुमसे कोई और भी मिलने आया है।'

'अच्छा' हैरी ने कहा। 'कौन है?'

वह पूछ ही रहा था कि तभी हैग्रिड दरवाज़े से अंदर घुसा। हमेशा की तरह कमरे के अंदर हैग्रिड बहुत बड़ा दिख रहा था – इतना बड़ा कि ऐसा लगता था उसे अंदर आने की इजाज़त नहीं दी जानी चाहिये। वह हैरी के पास बैठ गया, उसकी तरफ़ एक बार देखा और फिर फूट-फूटकर रोने लगा।

'यह – सब – हमारी – ग़लती – है!' वह अपने चेहरे को हाथों से छुपाकर सुबक रहा था। 'हमने उस बुरे आदमी को बताया कि फ़्लफ़ी को पार कैसे किया जाये! हमने उसे बताया! यही वह इकलौती चीज़ थी, जो वह नहीं जानता था और हमने उसे बता दिया! तुम मर भी सकते थे! और यह सब सिर्फ़ एक ड्रैगन के अंडे के लिये! हम फिर कभी शराब नहीं पियेंगे! हमें बाहर निकाल दिया जाना चाहिये और मगलुओं की तरह ज़िंदगी गुज़ारने के लिये छोड़ देना चाहिये।'

'हैग्रिड!' हैरी ने कहा। हैग्रिड को दुख और पश्चाताप के कारण काँपते देखकर वह सदमे में था, क्योंकि हैग्रिड के बड़े-बड़े आँसू बहकर उसकी दाढ़ी में जा रहे थे। 'हैग्रिड, उसने किसी तरह यह पता लगा ही लिया होता। हम लोग वोल्डेमॉर्ट के बारे में बात कर रहे हैं। अगर तुमने उसे नहीं भी बताया होता, तो भी उसने पता लगा लिया होता।'

'तुम मर भी सकते थे!' हैग्रिड सुबका। 'और उसका नाम मत लो।'

'**वोल्डेमॉर्ट!**' हैरी चीख़ा और हैग्रिड को इतना धक्का लगा कि उसने रोना बंद कर दिया। 'मैं उससे मिल चुका हूँ और मैं उसे उसके नाम से बुला रहा हूँ। मेहरबानी करके अब ख़ुश हो जाओ हैग्रिड, हमने पारस पत्थर को बचा लिया, अब पत्थर नष्ट हो चुका है, वोल्डेमॉर्ट उसका इस्तेमाल नहीं कर सकता। चॉकलेट का मेंढक खाओ, मेरे पास बहुत सारे हैं।

हैग्रिड ने अपने हाथ के पिछले हिस्से से अपनी नाक पोंछी और कहा, 'इससे हमें याद आया। हम तुम्हारे लिये एक तोहफ़ा लाये हैं।'

'सैंडविच तो नहीं,' हैरी ने चिंता से पूछा और अंत में हैग्रिड के चेहरे पर एक कमज़ोर मुस्कान आ गयी।

'नहीं। डम्बलडोर ने यह काम करने के लिये कल हमें पूरे दिन की छुट्टी दी थी। ज़ाहिर है, उन्हें ऐसा करने के बजाय हमें नौकरी से निकाल देना चाहिये था – बहरहाल, हम तुम्हारे लिये यह लाये हैं ...'

यह एक सुंदर, चमड़े के कवर वाली किताब थी। हैरी ने उत्सुकता से उसे खोला। उसमें जादूगरों के फ़ोटो थे। उसके मम्मी-डैडी हर पेज से उसकी तरफ़ मुस्कराते और हाथ हिलाते हुए दिख रहे थे।

'तुम्हारे मम्मी-डैडी के स्कूल के पुराने दोस्तों के पास उल्लू भेजे और उनसे फ़ोटो मँगवाये ... जानते थे कि तुम्हारे पास एक भी नहीं होगा ... क्या तुम्हें यह तोहफ़ा पसंद आया?'

हैरी बोल नहीं पाया, परंतु हैग्रिड समझ गया।

*

उस रात साल की आख़िरी दावत में हैरी अकेला ही नीचे गया। उसे मैडम पॉमफ्री ने फ़ालतू की चिंता करके रोक रखा था। वे उसका आख़िरी चेकअप करने पर ज़ोर दे रही थीं, इसलिये जब वह दावत में पहुँचा, तो बड़ा हॉल पहले ही भर चुका था। यह नागशक्ति के हरे और सफ़ेद रंग में सजा था, क्योंकि नागशक्ति ने लगातार सातवें साल हाउस कप जीत लिया था। एक बड़े बैनर पर बना नागशक्ति का साँप ऊँची टेबल के पीछे दीवार पर दिख रहा था।

जब हैरी अंदर आया, तो अचानक ख़ामोशी छा गयी और फिर सभी ने तत्काल ज़ोर-ज़ोर से बोलना शुरू कर दिया। वह गरुड़द्वार की टेबल पर रॉन और हर्माइनी के बीच की सीट पर बैठ गया और उसने इस बात को अनदेखा करने की कोशिश की कि लोग उसकी तरफ़ देखने के लिये खड़े हो रहे हैं।

सौभाग्य से, कुछ ही देर में डम्बलडोर आ गये। शोरगुल बंद हो गया।

'एक और साल गुज़र गया!' डम्बलडोर ने ख़ुशनुमा आवाज़ में कहा। 'इससे पहले कि हम स्वादिष्ट दावत में अपने दाँत गड़ायें, मैं आपको एक बूढ़े आदमी की बकवास सुनाकर बोर करना चाहूँगा। यह साल भी क्या साल था! आशा है कि आपके दिमाग़ अब पहले से ज़्यादा भरे होंगे ...

आपके सामने पूरी गर्मियाँ पड़ी हैं, ताकि आप इन्हें अगला साल शुरू होने से पहले ख़ाली और बढ़िया कर सकें ...'

'अब, जैसा मैं समझता हूँ हाउस कप का पुरस्कार दिया जाना है और पॉइंट्स की स्थिति इस प्रकार है : गरुड़द्वार तीन सौ बारह पॉइंट के साथ चौथे स्थान पर है; मेहनतकश तीन सौ बावन पॉइंट के साथ तीसरे स्थान पर; चीलघात के हैं चार सौ छब्बीस पॉइंट और नागशक्ति के चार सौ बहत्तर पॉइंट'।

नागशक्ति की टेबल से तालियों और पैर पटकने का तूफ़ान सा उठा। हैरी देख सकता था कि ड्रेको मैल्फॉय अपने प्याले को टेबल पर बजा रहा था। यह बहुत बेहूदा दृश्य था।

'हाँ, हाँ, शाबाश नागशक्ति' डम्बलडोर ने कहा। 'बहरहाल, हाल की घटनाओं पर भी ध्यान देना होगा।'

कमरा बहुत शांत हो गया। नागशक्ति के विद्यार्थियों की मुस्कराहटें थोड़ी धुंधली हो गयीं।

'अह,' डम्बलडोर ने कहा। 'मुझे कुछ आख़िरी पॉइंट देने हैं। मुझे देखने दें। हाँ ...

'सबसे पहले – मिस्टर रोनाल्ड वीज़्ली को ...'

रॉन का चेहरा बैंगनी हो गया; वह उस मूली की तरह दिख रहा था, जो सूरज की रोशनी में जल गयी हो।

'... हॉगवर्ट्स में बहुत सालों के बाद देखे गये शतरंज के बेहतरीन खेल के लिये मैं गरुड़द्वार हाउस को पचास पॉइंट देता हूँ।'

गरुड़द्वार की तालियों ने जादू की छत को लगभग उठा दिया; ऊपर चमक रहे सितारे हिलते दिख रहे थे। पर्सी दूसरे प्रिफेक्ट्स को बता रहा था, 'मेरा भाई है! मेरा सबसे छोटा भाई! मैक्गॉनेगल के दैत्याकार शतरंज बोर्ड के पार चला गया!'

आख़िरकार एक बार फिर ख़ामोशी छा गयी।

'इसके बाद – मिस हर्माइनी ग्रेंजर को ... आग के सामने शीतल बुद्धि का इस्तेमाल करने के लिये मैं गरुड़द्वार हाउस को पचास पॉइंट देता हूँ।'

हर्माइनी ने अपना चेहरा अपने हाथों में छुपा लिया। हैरी को विश्वास था कि वह रोने लगी थी। टेबल पर गरुड़द्वार के विद्यार्थी होश में नहीं थे – उन्हें सौ पॉइंट मिल गये थे।

'तीसरे – मिस्टर हैरी पॉटर को ...' डम्बलडोर ने कहा। कमरे में क़ब्रिस्तान जैसी शांति छा गयी। '... अद्‌भुत साहस और आत्मबल के लिये मैं गरुड़द्वार हाउस को साठ पॉइंट देता हूँ।'

शोर कान फोड़ने वाला था, जो लोग गला फाड़कर चिल्लाते हुए जोड़ सकते थे, वे जानते थे कि गरुड़द्वार के अब चार सौ बहत्तर पॉइंट हो गये थे –

ठीक उतने ही जितने नागशक्ति के थे। हाउस कप के लिये दोनों में ड्रॉ हो गया था – काश डम्बलडोर ने हैरी को सिर्फ़ एक पॉइंट ज़्यादा दे दिया होता!

डम्बलडोर ने अपना हाथ उठाया। कमरा धीरे-धीरे फिर शांत हो गया।

'बहादुरी कई तरह की होती है,' डम्बलडोर ने मुस्कराते हुए कहा। 'अपने दुश्मनों का सामना करने के लिये बहुत बहादुरी की ज़रूरत होती है, परंतु अपने दोस्तों का सामना करने के लिये भी उतनी ही बहादुरी की ज़रूरत होती है, इसलिये मैं मिस्टर नेविल लाँगबॉटम को दस पॉइंट देता हूँ।'

बड़े हॉल के बाहर खड़े किसी आदमी को यह लग सकता था कि अंदर किसी तरह का विस्फोट हो गया था, क्योंकि गरुड़द्वार की टेबल से बहुत तेज़ आवाज़ें आ रही थीं। हैरी, रॉन और हर्माइनी चिल्लाते हुए खड़े होकर तालियाँ बजा रहे थे, जबकि नेविल, जो सदमे से सफ़ेद हो गया था, ग़ायब हो गया, क्योंकि बहुत से लोग उसे गले लगाने के लिये उसके ऊपर कूद पड़े थे। उसने इससे पहले गरुड़द्वार के लिये कभी एक पॉइंट भी नहीं जीता था। हैरी अब भी तालियाँ बजा रहा था और उसने रॉन को छूकर मैल्फॉय की तरफ़ इशारा किया, जो इतना स्तब्ध और आतंकित दिख रहा था, जैसे उस पर पूर्ण-शरीर-बंधन का प्रयोग कर दिया गया हो।

'जिसका मतलब है,' डम्बलडोर ने तालियों के तूफ़ान के ऊपर बोलते हुए कहा, क्योंकि चीलघात और मेहनतकश भी नागशक्ति के पतन पर ख़ुश हो रहे थे, 'कि हमें सजावट को थोड़ा सा बदलने की ज़रूरत है।'

उन्होंने ताली बजायी। एक पल में हरे पर्दे लाल हो गये और चाँदी सोने में बदल गयी। बड़ा नागशक्ति सर्प ग़ायब हो गया और उसकी जगह गरुड़द्वार के बड़े सिंह ने ले ली। स्नेप प्रोफ़ेसर मैक्गॉनेगल से हाथ मिला रहा था और उसके चेहरे पर बेबसी की भयानक मुस्कराहट थी। उसकी नज़रें हैरी से मिलीं और हैरी तत्काल जान गया कि उसके प्रति स्नेप की भावनायें ज़रा भी नहीं बदली हैं। इससे हैरी को कोई चिंता नहीं हुई। ऐसा लग रहा था, जैसे अगले साल ज़िंदगी सामान्य पटरी पर वापस आ जायेगी – कम से कम उतनी सामान्य, जितनी यह हॉगवर्ट्स में हो सकती थी।

यह हैरी की ज़िंदगी की सबसे अच्छी शाम थी, क्विडिच में जीतने या क्रिसमस या दैत्य को बेहोश करने से भी अच्छी ... वह आज की रात को कभी, कभी नहीं भूल पायेगा।

*

हैरी लगभग भूल गया था कि परीक्षा परिणाम अब भी आने थे, परंतु वे आ गये। उसे बहुत आश्चर्य हुआ कि रॉन और वह अच्छे नंबरों से पास हो गये। ज़ाहिर था फर्स्ट इयर की क्लास में उस साल हर्माइनी के सबसे ज़्यादा नंबर आये। यहाँ तक कि नेविल भी पास हो गया, जड़ी-बूटियों का ज्ञान के उसके अच्छे नंबरों ने उसके जादुई काढ़े के बुरे नंबरों को संतुलित कर दिया। उन्हें आशा थी कि गॉइल, जो उतना ही मूर्ख था जितना कि नीच, फेल हो जायेगा, परंतु वह भी पास हो गया। यह शर्म की बात थी, परंतु जैसा रॉन ने कहा, आपको ज़िंदगी में सारी चीज़ें एक साथ नहीं मिल सकतीं।

और अचानक उनके वार्डरोब ख़ाली हो गये, उनके संदूक पैक हो गये, नेविल का मेंढक बाथरूम के एक कोने में छुपा पाया गया, सारे विद्यार्थियों को चिट्ठियाँ दी गयीं, जिनमें यह चेतावनी थी कि वे छुट्टियों में जादू का प्रयोग नहीं करेंगे ('मैं हमेशा आशा करता हूँ कि वे हमें यह चेतावनी देना भूल जायेंगे,' फ्रेड वीज़्ली ने दुखी होते हुए कहा।), हैग्रिड उन्हें नावों के झुंड तक ले जाने के लिये आया, जो उन्हें झील के पार ले गयीं। वे लोग हॉगवर्ट्स एक्सप्रेस में चढ़ गये और बातें करते तथा हँसते हुए जा रहे थे, जब ट्रेन के बाहर का देहाती दृश्य अधिक हरा और साफ़-सुथरा हो गया। मगलू शहरों के पास से तेज़ी से गुज़रते हुए वे बर्टी बॉट की हर स्वाद की टॉफ़ियाँ खा रहे थे। उन्होंने अपने जादूगरों वाले कपड़े उतार दिये

और जैकेट तथा कोट पहन लिये। आख़िरकार वे किंग्स क्रॉस स्टेशन के प्लेटफ़ॉर्म नंबर पौने दस पर उतर गये।

प्लेटफ़ॉर्म से बाहर जाने में उन लोगों को थोड़ा समय लगा। एक झुर्रीदार बूढ़ा गार्ड टिकट बैरियर के पास खड़ा था और उन लोगों को गेट से दो या तीन की संख्या में गुज़रने दे रहा था, ताकि वे लोग ठोस दीवार से इकट्ठे बाहर निकलकर मगलुओं का ध्यान खींचकर उन्हें आतंकित न कर दें।

'तुम्हें इन गर्मियों में ज़रूर आना है और हमारे यहाँ रहना है,' रॉन ने कहा, 'तुम दोनों को – मैं तुम्हें उल्लू भेजूँगा।'

'धन्यवाद' हैरी ने कहा। 'मुझे किसी चीज़ का तो इंतज़ार रहेगा।'

जब वे लोग मगलू दुनिया की तरफ़ ले जाने वाले गेट की तरफ़ बढ़े, तो लोग उन्हें धक्का देते हुए आगे जाने लगे। उनमें से कुछ ने कहा :

'बाय, हैरी!'

'फिर मिलते हैं, पॉटर!'

'अब भी मशहूर हो, रॉन ने उसकी तरफ़ देखकर हँसते हुए कहा।

'जहाँ मैं जा रहा हूँ, कम से कम वहाँ तो नहीं हूँ, मैं तुमसे वादा करता हूँ,' हैरी बोला।

वह, रॉन और हर्माइनी गेट से इकट्ठे गुज़रे।

'वह रहा मम्मी, वहाँ पर, देखो!'

यह जिनी वीज़्ली थी, रॉन की छोटी बहन; परंतु वह रॉन की तरफ़ इशारा नहीं कर रही थी।

'हैरी पॉटर!' वह चीख़ी। 'देखो मम्मी! वह रहा –'

'शांत रहो जिनी, और इशारा करना बदतमीज़ी होती है।'

मिसेज़ वीज़्ली उनकी तरफ़ देखकर मुस्करायीं।

'बहुत व्यस्त साल रहा?' उन्होंने कहा।

'बहुत,' हैरी बोला। 'मिसेज़ वीज़्ली, कैंडी और स्वेटर के लिये धन्यवाद।'

'अरे, कोई बात नहीं डियर।'

'तैयार हो?'

यह वरनॉन अंकल थे, जिनका चेहरा अब भी बैंगनी था, जिनके चेहरे पर अब भी मूँछें थीं, और जो अब भी हैरी की हिम्मत पर गुस्सा हो रहे थे, जो सामान्य लोगों से भरे स्टेशन पर पिंजरे में उल्लू लटकाये घूम रहा था। उनके पीछे पेटूनिया आंटी और डडली खड़े थे, जो हैरी को देखते ही सहम गये।

'आप लोग हैरी का परिवार होंगे!' मिसेज़ वीज़्ली ने कहा।

'सिर्फ़ कहने के लिये,' वरनॉन अंकल ने कहा। 'जल्दी करो लड़के, हमारे पास पूरा दिन नहीं है।' वे चल दिये।

चलते-चलते रॉन और हर्माइनी से कुछ कहने के लिये हैरी पीछे रह गया।

'तो, गर्मियों में मिलते हैं।'

'आशा है तुम्हारी छुट्टियाँ अच्छी गुज़रेंगी,' हर्माइनी ने वरनॉन अंकल की तरफ़ अनिश्चितता से देखते हुए कहा, वह हैरान थी कि कोई इतना बुरा भी हो सकता है।

'हाँ, अच्छी गुज़रेंगी,' हैरी ने कहा, और वे उसके चेहरे पर फैलती मुस्कान को देखकर आश्चर्यचकित थे। 'उन्हें नहीं मालूम कि हमें घर पर जादू करना मना है। मैं इस गर्मियों में डडली के ख़ूब मज़े लूँगा ...'